首届向全国推荐优秀古籍整理图书

〔唐〕李商隱 著
〔清〕馮浩 詳注
錢振倫
錢振常 箋注

樊南文集

上

上海古籍出版社

圖書在版編目(CIP)數據

樊南文集/(唐)李商隱著;(清)馮浩詳注;錢振倫,錢振常箋注.—2版.—上海:上海古籍出版社,2015.4(2022.6重印)
(中國古典文學叢書)
ISBN 978-7-5325-7191-8

Ⅰ.①樊… Ⅱ.①李… ②馮… ③錢… ④錢… Ⅲ.①駢文—作品集—中國—唐代 Ⅳ.①I222.5

中國版本圖書館CIP數據核字(2014)第036232 號

中國古典文學叢書
樊南文集
(全二册)
[唐]李商隱 著
[清]馮 浩 詳注
錢振倫 錢振常 箋注
上海世紀出版股份有限公司
上 海 古 籍 出 版 社 出版
(上海市閔行區號景路159弄1-5號A座5F 郵政編碼 201101)
(1)網址:www.guji.com.cn
(2)E-mail:gujil@guji.com.cn
(3)易文網網址:www.ewen.co
上海世紀出版股份有限公司發行中心發行經銷
常州市金壇古籍印刷廠有限公司印刷
開本850×1168 1/32 印張30.5 插頁 11 字數660,000
2015 年 4 月第 2 版 2022 年 6 月第 3 次印刷
印數:2,001 — 2,600
ISBN 978-7-5325-7191-8

I·2793 精裝定價:156.00 元

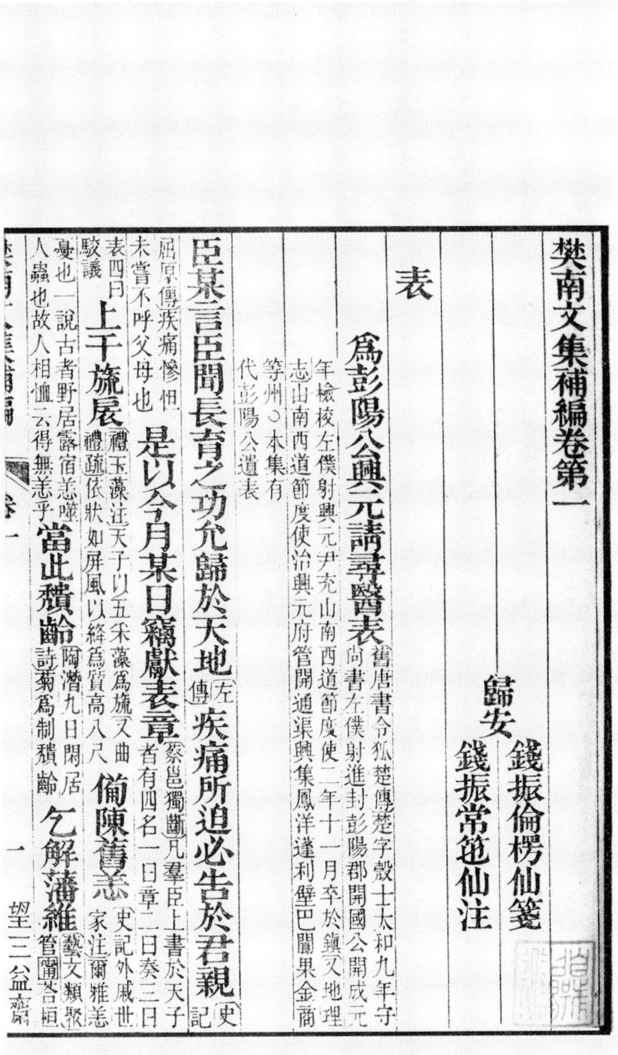

樊南文集補編卷第一

歸安 錢振倫楞仙箋
錢振常篴仙注

表

爲彭陽公興元請尋醫表（舊唐書令狐楚傳：楚字殼士，太和九年守尚書左僕射，進封彭陽郡開國公。開成元年檢校左僕射、興元尹，充山南西道節度使。二年十一月卒於鎮。又地理志：山南西道節度使治興元府，管開通渠興集鳳洋蓬利壁巴閬果金商等州。○本集有代彭陽公遺表。）

臣某言：臣聞長育之功，允歸於天地；（左傳）疾痛所迫，必告於君親。（史記屈原傳：疾痛慘怛，未嘗不呼父母也。）是以今月某日竊獻表章，（蔡邕獨斷：凡羣臣上書於天子者有四名，一曰章，二曰奏，三曰表，四曰駮議。）上干旒扆，（禮玉藻注：天子以五采藻爲旒。又曲禮疏：扆狀如屏風，以絳爲質，高八尺。）備陳舊恙。（史記外戚世家注：爾雅：恙，憂也。一説古者野居露宿，恙，噬人蟲也，故人相恤云得無恙乎。）當此頹齡，（陶潛九日閑居詩：菊爲制頹齡。）乞解藩維，（藝文類聚：管甯答桓

樊南文集補編 卷一 一 望三益齋

清同治刻本《樊南文集補編》

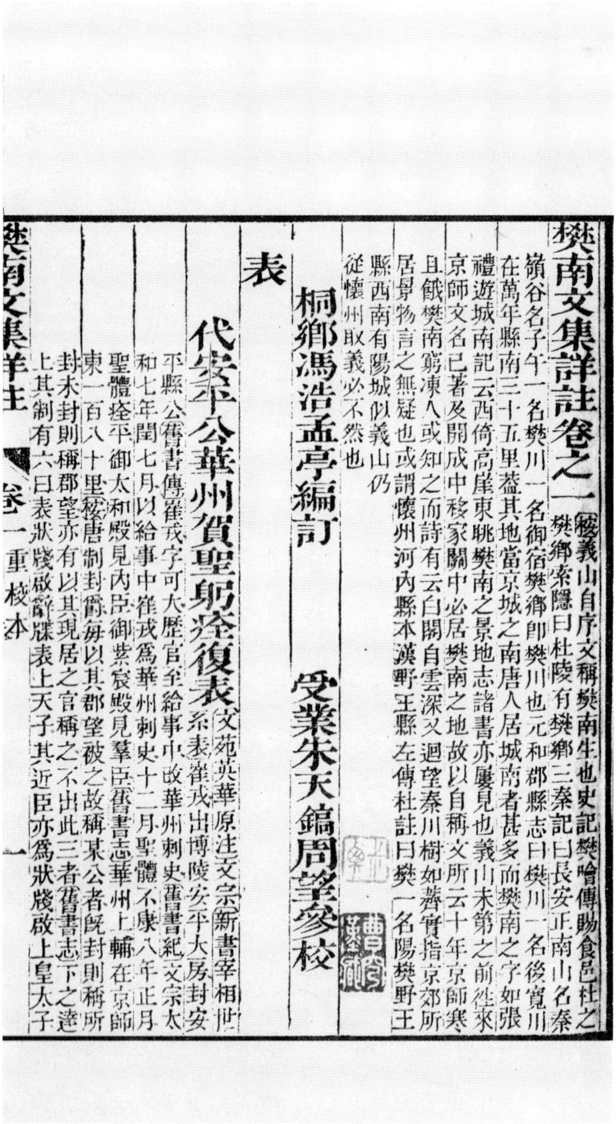

樊南文集詳註卷之一（按）義山自序文稱樊南生也史記樊噲傳賜食邑杜之樊鄉索隱曰杜陵有樊鄉三秦記曰長安正南山名秦嶺谷名子午一名樊川一名御宿樊鄉卽樊川也元和郡縣志曰樊川一名後寬川在萬年縣南三十五里蓋其地當京城之南唐人居城南者甚多而樊南之字如張禮遊城南記云西倚高崖東眺樊南之景地志諸書亦屢見也義山未第之前往來京師文名已著及開成中移家關中必居樊南之地故以自稱文所云十年京師寒且餓樊南窮凍人或知之而詩有云白閣自雲深又迴望秦川樹如薺實指京郊所居身物言之無疑也或謂懷州河內縣本漢野王縣左傳杜註曰樊一名陽樊野王縣西南有陽城似義山仍從懷州取義必不然也

桐鄉馮浩孟亭編訂　受業朱天鎬周望參校

表

代安平公華州賀聖躬痊復表（文苑英華原注文宗（新書宰相世系表）崔戎出博陵安平大房封安平縣公（舊書傳）崔戎字可大歷官至給事中改華州刺史（舊書紀）文宗太和七年閏七月以給事中崔戎爲華州刺史十二月聖體不康八年正月聖體痊平御太和殿見內臣御紫宸殿見羣臣（舊書志）華州上輔在京師東一百八十里（按）唐制封爵每以其郡望被之故稱某公者旣封則稱所封未封則稱郡望亦有以其現居之官稱之不出此三者（舊書志）下之達上其制有六曰表狀牋啟辭牒表上天子其近臣亦爲狀牋啟上皇太子

樊南文集詳註　卷一　重校本　一

清乾隆重校刻本《樊南文集詳註》

前言

李商隱是晚唐著名詩人和駢文家，字義山，號玉谿生，又號樊南生，懷州河内（今河南沁陽）人。約生於憲宗元和八年（八一三），殁於宣宗大中十二年（八五八）。

李商隱以大量絢麗多采、蘊蓄高遠的詩篇流傳於世而著名。他的文也和詩一樣，有工整典麗、博奥精審、文字流暢的特色，在唐代文壇上閃耀着奪目的光芒，是我國頗爲珍貴的一份文化遺産。

樊南文集多爲四六駢文，體裁分爲：表、狀、啓、牒、祝文、祭文、序文、書信、傳記、墓誌、碑銘等。其中不少是任幕僚時所撰擬的章奏文牘，多爲應制、酬贈和答謝之作；其餘則爲賦得、抒懷之什。後一部份比較能够直接反映作者的思想傾向和感情色彩。無論是前者還是後者，都在一定程度上反映了當時的社會風貌，是提供研究李商隱生平和作品以及當時社會政治制度和經濟狀況、文化習尚的寶貴資料。

李商隱文中，有較多的篇幅反映他强烈的忠君愛國政治熱情，如祭全義縣伏波廟文中盛贊馬援的誓死保衛邊疆、以馬革裹屍爲國捐軀爲榮的英雄氣概：「鳶泊啓行，蠻溪請往。銅留鑄柱，革誓裹尸。男兒已立邊功，壯士猶羞病死。」代濮陽公諸表中，借王茂元之口，抒發了他内心的愛國熱忱，「臣方將奮勵疲駑，指揮精鋭」（代僕射濮陽公遺表）、「率厲驍雄，揣摩鋒鏑，遠收麻壘，直取艾亭，成大朝經武之威，畢微臣報主之分」（代濮陽公陳情表）。他具有愛憎分明的正義感，嫉惡如仇。對宦豎弄權、禍國殃民表示極大的忿慨，而對爲國家建立功勳的宗臣反遭貶斥，則寄以無限的同情。他在太尉衛公會昌一品集序中對李德裕的文才武略備加贊頌，充分表現了詩人的愛國情懷。

李商隱在學術思想上能突破儒家學説的束縛，認爲「百經萬書，異品殊流，又豈能意分出其下哉」（容州經略使元結文集後序）。他深感儒學並不能幫助李唐王朝治國平天下，他教導兒子「勿守一經帙」，要學兵書。「探雛入虎穴」，去爲國家出生入死，建立功勳。（驕兒詩）他批判「學道必求古，爲文必有師法」的主張説：「論者徒曰次山不師孔氏爲非。嗚呼！孔氏於道德仁義外有何物？百千萬年，聖賢相隨於塗中耳！次山之書曰：『三皇用眞而恥聖，五帝用聖而恥明，三王用明而恥察。』嗟嗟此書，可以無書。孔氏固聖矣，次山安在其必師之邪！」（容州經略使元結文集後序）這種提倡百家爭鳴，反對獨尊儒術的思想，在當時應是難能可貴的。

李商隱生於李唐王朝瀕臨覆滅的前夕，「時閹豎擅威，天子擁虛器，搢紳道喪」，如裴度等正直的朝臣都「不復有經濟意」，而「不問人間事」了。（新唐書裴度傳）李商隱長期流落江湖，沈淪幕府，歷盡滄桑，備嘗艱辛，在他後期思想上逐漸產生消極遁世的傾向。在獻河東公啓二首中寫道：「見芳草則怨王孫之不遊，撫高松則歎大夫之虛位。」抒發了他懷才不遇的幽怨。在他悼亡以後，家室凋零，痛感人世飄渺，悲歡離合，聚散無常，企求擺脱人世間的煩惱。他在上河東公啓中謝絶所贈樂妓時説：「早歲志在玄門，及到此都，更敦夙契。自安衰薄，微得端倪。」又樊南乙集序：「三年已來，喪失家道，平居忽忽不樂，始剋意事佛，方願打鐘掃地，爲清涼山行者，於文墨意緒闊略。」想皈依佛門，超然出世。

歷來對李商隱究竟是牛黨還是李黨，曾有過爭論。舊唐書李商隱傳載：「（綯）以商隱背恩，尤惡其無行。」新唐書李商隱傳：「牛、李黨人蚩謫商隱，以爲詭薄無行，共排笮之。」「綯以爲忘家恩，放利偷合，謝不通。」其實，他對令狐綯父令狐楚的栽培，是終身不忘的。他在奠相國令狐公文中回憶「天平之年，大刀長戟，將軍樽旁，一人衣白。」對楚的去世，極爲悲痛，「嗚呼！昔夢飛塵，從公車輪；今夢山阿，送公哀歌。古有從死，今無奈何！」在和王茂元的女兒結褵以後，仍然過着清貧的生活，并沒有攀附權貴，結黨營私。在重祭外舅司徒公文中說：「紵衣縞帶，雅況或比於僑吳；荆釵布裙，高義每符於梁孟。」「不忮不求，道誠有在；自媒自衒，病或未能。雖吕範以久貧，幸冶長之無罪。」安貧樂道，襟懷坦蕩，絕不是「放利偷合」之輩。而令狐綯爲人僉險，妒賢忌能。綯子滈仗勢作惡。新唐書令狐滈傳：「綯輔政，而滈與鄭顥爲姻家，怙勢驕偃，通賓客，招權，以射取四方貨財，皆側目無敢言。」像令狐綯這樣的人，如果李商隱去投靠他，那才是「詭薄無行」呢。商隱家道清寒，爲生計及出路，周旋於牛、李兩黨之間，自然不免遭受誤解和攻擊。擇木而棲，擇賢而從，這原是無可非議的。

李商隱幼年喪父，在叔父的教誨下，培養成良好的寫作素質。十六歲時以善爲古文，稍有聲譽。十七歲在令狐楚幕下作客。當時官府行文仍沿用駢體文。於是，商隱在楚的教授下改作駢文。新唐書李商隱傳：「商隱初爲文，瑰邁奇古，及在令狐楚府，楚本工章奏，因授其學。商隱儷偶長短，而繁縟過之。」從此商隱就以駢文知名於時。

魏晉六朝以來，文風日趨侈靡。文人寫作摹倣楚辭，競作駢文。片面地講究排比偶對，刻意追求辭藻華麗，堆砌典故，内容則空洞無物。曾有人批評那些文章是「飾其辭而遺其意者，則潤色愈工，其實愈喪。」（唐獨孤及檢校尚書吏部員外郎趙郡李公中集序）「華多於實，理少於文。」（唐劉知幾史通·論贊）而商隱的駢儷文却能繼承楚辭的優點，尤其是離騷對他的影響極大。他善於運用比興的表現手法，寄寓深遠的涵義。他在謝河東公和詩啓中寫道：「爲芳草以怨王孫，借美人以喻君子。思將玳瑁，爲逸少裝書；願把珊瑚，與徐陵架筆。」又在梓州罷吟寄同舍一詩中明白地表示「楚雨含情皆有託」的主張。歷代的評論家對李文也是十分肯定他這些優點的。朱長孺説他的詩文「乃風人之緒音，屈宋之遺響」（箋注李義山詩集序），所以説李商隱的文章既有綺麗的外觀，又有豐富的内涵，他掃除六朝文體空泛堆砌之弊端，把駢儷文體推向新的高峯。因此受到時人和後世的贊賞，這是李文主要的特色。

至於李文的運筆流暢，瀟灑自如，用詞造句之精當，引典之深湛，文章結構之緻密，創作態度之嚴謹等優點均爲後人所欽服。有人稱他是「清麗爲文」、「編珠綴貝」（清高錫蕃樊南文集補編序）；又説他「博而不雜，簡而能該，參伍鈎校，絶非苟作」（清吴棠樊南文集補編序）。馮浩對他的評價則更高：「援引精切，揮灑縱横，思若有神，文不加點，徐庾而下，趙宋以來，誰復與之抗衡藝苑哉！」（樊南文集詳注發凡四條）

也有人認爲李文晦澀難解，用典冷僻。如楊億説：「義山爲文，多簡閱書册，左右鱗次，號『獺祭魚』。」（談苑）甚至認爲他爲了追求形式上的美而影響了表達的明朗。産生上述情況的主要原因，馮浩在玉谿生詩箋注發凡中指出：「義山不幸而生於黨人傾軋、宦豎横行之日，且學優奥博，性愛風流，往往有正言之不可，而迷離煩亂、掩抑紆迴，寄其恨而晦其跡者，索解良難，所無如何耳。」的確，李商隱是封建時代中小官僚階層的知識分子，有正義感，對宮廷的黑暗、官場的腐敗是憎惡的。加之時運不濟，遭到朋黨傾軋，致潦倒終身，抑鬱不得志。滿腔悲憤難平，時而發出嚴厲的譴責和聲討，時而表現爲痛惜或哀悼。但也有迫於所處逆境，敢怒而不敢言，不得不采取委婉曲折、含蓄蘊藏的方式來表達。這樣就增加了閱讀上的困難，而且容易被人忽略其思想内涵而片面地摹倣他的表面形式，以至墮入唯美主義、形式主義的窠臼，此實非商隱之初衷。不過在他的作品中也確實存在一些内容空泛的文章，如文集中的表、狀之類，在今天看來，就顯得内容陳腐庸俗，形式拘泥，重叠乏味。

由於李商隱在政治思想上的局限，既無遠大的政治抱負，更不具與人民休戚與共的深厚感情，故在揭露統治階級内部矛盾和反映人民疾苦方面的深度廣度都還顯得不够，他的作品在充分再現歷史真實的意義上尚有不足。而反映個人懷才不遇、窮困愁苦則比較多。同時還受釋、老的影響，流露消極遁世、虛無飄渺的情緒。因此他的作品還不能像杜甫之作那樣地成爲時代的强音，在文學上未能有更高的成就。

總的説來，李商隱這樣一位千餘年前的作家，爲後世留下這樣一部篇幅較大，内容豐富的著作，供我們學習借鑑，對中華民族文化是有貢獻的。這部有價值的古代文獻，尚有待於我們進一步研究，闡發其精微，爲繁榮社會主義新文化發揮其應有的作用。

李商隱最早的文集是樊南甲、乙二集。樊南甲集編於唐宣宗大中元年十月在桂州鄭亞幕府任掌書記時，全集分爲二十卷，收文四百三十二篇，名爲樊南四六。樊南乙集編於大中七年十一月在東川柳仲郢處任節度判官、檢校工部郎中時，亦分爲二十卷，收文四百篇，名爲四六乙。可惜這兩部文集都已散佚。後來，曾有不少人搜集整理過，其中以清乾隆年間馮浩的樊南文集詳注和清同治年間錢振倫、錢振常兄弟的樊南文集補編較爲完備。樊南文集詳注是根據徐樹穀徐炯兄弟的箋注本，而徐本是采自文苑英華，共一百五十篇，編爲八卷。樊南文集補編共十二卷，是清道光年間錢氏兄弟從全唐文李商隱駢體文中輯出以補馮本之不足，得二百零三篇，加以箋注，於清同治年間刊行。阮元在胡書農傳中説過，從永樂大典録出樊南佚文四百餘篇，數與此約略相符。馮氏、徐氏兄弟的注釋均極詳備，既能排除僻典之癥結，又能啓發其寄託之隱衷。當然亦有未及之處，正如馮浩所説：「其弗關輕重、未盡剖覈者，病夫之心液腹笥不足以完之也。」至於李文和注文中許多不當之處，今天當本着「取其精華，去其糟粕」的宗旨有待於讀者去作深入的探討研究了。

本書由華東師範大學古籍研究所朱菊如、李國鈞、李德清、林艾園、段颺、徐震堮、徐德嶙、趙善詒等同志（以姓氏筆劃爲序）標點。馮浩的詳注和錢氏兄弟的補編都是經過精心考證的，在標點過程中，對本文個别刊誤則參校朱鶴齡本、徐樹穀本以及文苑英華、全唐文加以釐正。箋注部分也基本保持原貌，對讀不通和有明顯錯誤之處，則參照有關資料校正。

水平所限，不當之處，懇希讀者指正。

標點者

樊南文集目録

前言……一
目録……一

樊南文集詳注

詳注序……錢維城　三
詳注發凡四條……馮浩　五

卷一

表

代安平公華州賀聖躬痊復表……（七）
爲安平公謝除兗海觀察使表……（一一）
爲安平公兗州謝上表……（一六）
代安平公遺表……（一九）
代彭陽公遺表……（二三）
爲令狐博士緒補闕綯謝宣祭表……（三二）
爲濮陽公論皇太子表……（三三）
爲濮陽公陳情表……（三八）
爲汝南公華州賀赦表……（四六）
爲京兆公陜州賀南郊赦表……（五〇）
爲濮陽公陳許謝上表……（五三）
爲汝南公以妖星見賀德音表……（五七）
爲汝南公賀彗星不見復正殿表……（六一）
爲汝南公賀元日御正殿受朝賀表……（六四）
代僕射濮陽公遺表……（六七）
爲王侍御瓘謝宣弔并賻贈表……（七四）
爲懷州李中丞謝上表……（七七）
爲河南盧尹賀上尊號表……（八二）

爲滎陽公桂州謝上表……（八七）
爲滎陽公賀幽州破奚寇表……（九二）
爲滎陽公賀老人星見表……（九八）

卷二

狀

爲大夫安平公華州進賀皇躬痊復物狀……（一〇一）
爲安平公兗州奏杜勝等四人充判官狀……（一〇二）
爲安平公赴兗海在道進賀端午馬狀……（一〇五）
爲安平公謝端午賜物狀……（一〇六）
爲濮陽公涇原謝冬衣狀……（一〇七）
爲楊贊善奏請東都洒掃狀……（一〇九）
爲侍郎汝南公華州謝加階狀……（一一〇）
爲尚書渤海公舉人自代狀……（一一一）
爲渤海公謝罰俸狀……（一一六）
爲濮陽公陳許舉人自代狀……（一一七）
爲濮陽公陳許奏韓琮等四人充判官狀……（一一九）
爲鹽州刺史奏舉李孚判官狀……（一二三）
爲懷州刺史舉人自代狀……（一二五）
爲中丞滎陽公謝借飛龍馬送至府界狀……（一二七）
爲中丞滎陽公赴桂州長樂驛謝敕設狀……（一二八）
爲滎陽公謝除盧副使等官狀……（一三〇）
爲滎陽公赴桂州在道進賀端午銀狀……（一三一）
爲滎陽公端午謝賜物狀……（一三二）
爲滎陽公桂州舉人自代狀……（一三三）

爲滎陽公舉王克明等充縣令主簿狀……（一三五）
爲滎陽公進賀冬銀乳白身狀……（一三七）
爲滎陽公進賀正銀狀……（一三八）
爲滎陽公謝賜冬衣狀……（一四〇）
爲滎陽公奏請不敍録將士狀……（一四一）
爲閑廄使奏判官韓勵改名狀……（一四三）

卷三

啓

爲韓同年瞻上河陽李大夫啓……（一四五）
爲張周封上楊相公啓……（一四七）
爲李貽孫上李相公德裕啓……（一五三）
爲白從事上陳許李尚書啓……（一六八）
爲舍人絳郡公上李相公啓……（一七二）
爲絳郡公上史館李相公啓……（一七七）
爲絳郡公上崔相公啓……（一八〇）
爲絳郡公上李相公啓……（一八四）
獻侍郎鉅鹿公啓……（一八六）
爲桂州盧副使戡謝聘錢啓……（一八九）
賀相國汝南公啓……（一九〇）
獻相國京兆公啓……（一九四）
謝座主魏相公啓……（一九七）
謝宗卿啓……（一九八）
爲山南薛從事傑遜謝辟啓……（一九九）
爲舉人獻韓郎中琮啓……（二〇二）
爲同州任侍御憲上崔相國啓……（二〇七）

卷四

啓

上兵部相公啓……（二一三）

上尚書范陽公啓三首……（二一五）
獻河東公啓二首……（二一九）
爲東川崔從事福謝辟并聘錢啓二首……（二二三）
爲河東公謝相國京兆公啓二首……（二二四）
爲柳珪謝京兆公啓三首……（二二八）
上河東公啓……（二三四）
謝河東公和詩啓……（二三六）
爲舉人上翰林蕭侍郎啓……（二三九）
爲某先輩獻集賢相公啓……（二四七）
上河東公啓二首……（二五四）
爲崔從事福寄尚書彭城公啓……（二六三）
爲同州張評事潛謝辟并聘錢啓二首……（二六七）
爲賀拔員外上李相公啓……（二七〇）
上時相啓……（二七五）
端午日上所知劍啓……（二七六）
端午日上所知衣服啓……（二七七）

卷五

祝文

爲安平公兗州祭城隍神文……（二七九）
爲舍人絳郡公鄭州禱雨文……（二八〇）
爲懷州李使君祭城隍神文……（二八二）
賽城隍神文……（二八三）
爲中丞滎陽公桂州賽城隍神文……（二八三）
祭桂州城隍神祝文……（二八五）
賽舜廟文……（二八六）
賽越王神文……（二八七）
賽北源神文……（二八八）
賽曾山蘇山神文……（二八九）

賽白石神文……（二九一）
賽龍蟠山神文……（二九二）
賽陽朔縣名山文……（二九三）
賽海陽神文……（二九四）
賽堯山廟文……（二九五）
賽古欖神文……（二九六）
賽蘭麻神文……（二九七）
祭全義縣伏波廟文……（二九八）
賽靈川縣城隍神文……（三〇二）
賽荔浦縣城隍神文……（三〇三）
賽永福縣城隍神文……（三〇四）

卷六

祭文

代李玄爲崔京兆祭蕭侍郎文……（三〇五）
奠相國令狐公文……（三〇八）
爲濮陽公祭太常崔丞文……（三一〇）
祭張書記文……（三一五）
爲李郎中祭舅竇端州文……（三二一）
爲絳郡公祭宣武王尚書文……（三二七）
祭徐姊夫文……（三三二）
祭徐氏姊文……（三三四）
祭處士房叔父文……（三三六）
祭小姪女寄寄文……（三三九）
祭裴氏姊文……（三四一）
重祭外舅司徒公文……（三四七）
爲鄭從事妻李氏祭從父文……（三五二）
爲裴懿無私祭薛郎中袞文……（三五五）
爲外姑隴西郡君祭張氏女文……（三六五）
祭呂商州文……（三六九）

祭長安楊郎中文……（三七六）
爲李兵曹祭兄濠州刺史文……（三八一）
祭韓氏老姑文……（三八六）

卷七

序

太尉衛公會昌一品集序……（三九三）
附録前篇改本……（四一八）
樊南甲集序……（四二八）
樊南乙集序……（四二九）
容州經略使元結文集後序……（四三三）

卷八

書

別令狐綯拾遺書……（四三九）
上崔華州書……（四四二）
與陶進士書……（四四四）
爲濮陽公與劉稹書……（四四八）
爲河東公上西川相國京兆公書……（四六二）

箴

太倉箴……（四六三）

傳

李賀小傳……（四六六）

碑銘

刑部尚書致仕贈尚書右僕射太原白公墓碑銘……（四六九）
劍州重陽亭銘……（四八〇）

賦

蝨賦……（四八四）
蝎賦……（四八五）

雜記

子史精華采象江太守、韋六石、劉叉冰柱雪車詩作李商隱義山雜記，故敬遵之。

象江太守……（四八六）
華山尉……（四八七）
齊魯二生……（四八八）
宜都内人……（四九一）
斷非聖人事……（四九二）
讓非賢人事……（四九三）
逸句……（四九三）

樊南文集補編

樊南文集補編序……吴棠（五〇三）
原序……高錫蕃（五〇四）
自序……錢振倫（五〇六）
凡例……（五〇八）

卷一

表

爲彭陽公興元請尋醫表……（五一一）
爲尚書濮陽公涇原讓加兵部尚書表……（五一三）
爲濮陽公奉慰皇太子薨表……（五一九）
爲中丞滎陽公赴桂州至湖南敕書慰諭表……（五二一）
爲滎陽公至湖南賀聽政表……（五二三）
爲滎陽公奉慰積慶太后上謚表……（五二五）

狀

爲汝南公賀元日朝會上中書狀……（五二六）
爲京兆公乞留瀘州刺史洗宗禮狀……（五二九）
爲濮陽公附送官告申使回狀……（五三〇）
爲濮陽公奏臨涇平涼等鎮准式十月一日

起燒賊路野草狀……（五三四）
爲滎陽公論安南行營將士月糧狀……（五三四）
爲滎陽公進賀壽昌節銀零陵香麝靴竹靴狀……（五三九）

卷二

狀

爲彭陽公上鳳翔李司徒狀……（五四一）
爲安平公賀皇躬痊復上門下狀……（五四二）
爲汝南公上淮南李相公狀三首……（五四三）
爲汝南公與蘄州李郎中狀……（五五三）
爲濮陽公皇太子薨慰宰相狀……（五五四）
爲濮陽公官後上中書門下狀……（五五五）
爲濮陽公許州請判官上中書狀……（五五六）
爲濮陽公上李太尉狀……（五五七）
爲濮陽公上楊相公狀……（五五九）
爲濮陽公上華州陳相公狀……（五六一）
爲濮陽公上陳相公狀三首……（五六二）
爲尚書濮陽公賀鄭相公狀……（五六六）
爲濮陽公上賓客李相公狀二首……（五七一）
爲濮陽公與丁學士狀……（五七五）

卷三

狀

爲濮陽公與度支周侍郎狀……（五七七）
爲中丞滎陽公桂州上後上中書門下狀……（五八〇）
爲滎陽公賀幽州破奚寇上中書狀……（五八一）
爲滎陽公請不敘將士上中書狀……（五八二）
爲滎陽公謝集賢韋相公狀……（五八四）

爲滎陽公上集賢韋相公狀三首……（五八四）
爲滎陽公上弘文崔相公狀三首……（五八八）
爲滎陽公上河中崔相公狀二首……（五九二）
爲滎陽公上僕射崔相公狀二首……（五九四）
爲滎陽公上史館白相公狀三首……（五九七）
爲滎陽公上門下李相公狀三首……（六〇〇）
爲滎陽公上荆南鄭相公狀……（六〇三）
爲滎陽公謝荆南鄭相公狀……（六〇四）
爲滎陽公上荆南鄭相公狀……（六〇四）
爲滎陽公上淮南李相公狀……（六〇六）

卷四

狀

爲滎陽公賀幽州張相公狀……（六〇九）
爲滎陽公上西川李相公狀……（六一三）
爲滎陽公上西川張相公狀……（六一六）
爲滎陽公賀牛相公狀二首……（六一八）
爲滎陽公上衡州牛相公狀……（六二三）
爲滎陽公上通義崔相公狀……（六二四）
爲滎陽公與昭義李僕射狀……（六二六）
爲中丞滎陽公與汴州盧僕射狀……（六二七）
爲滎陽公與浙西李尚書狀……（六二八）
爲滎陽公與度支盧侍郎狀……（六二九）
爲滎陽公與京兆李尹狀……（六二九）
爲滎陽公與河南崔尹狀……（六三〇）
爲滎陽公與魏中丞狀……（六三一）
爲滎陽公與容州韋中丞狀……（六三一）
爲滎陽公與裴盧孔楊韋諸郡守狀……（六三二）
爲河東公上楊相公狀二首……（六三二）
爲河東公上鄭相公狀……（六三五）

爲河東公賀陳相公送土物狀……（六三六）
爲河東公賀楊相公送土物狀……（六三七）
爲河東公賀李相公送土物狀……（六三八）
爲河東公上李相公狀二首……（六三九）
爲河東公與周學士狀……（六四一）

卷五

狀

爲弘農公上虢州後上中書狀……（六四三）
爲弘農公虢州上後上三相公狀……（六四四）
爲弘農公上兩考官狀……（六四五）
爲懷州刺史上後上門下狀……（六四五）
於江陵府見除書狀……（六四七）
上令狐相公狀七首……（六四八）
上座主李相公狀……（六五八）
上漢南李相公狀……（六六四）
上李太尉狀……（六六七）
上河中鄭尚書狀……（六六九）
上許昌李尚書狀二首……（六七二）
上李尚書狀……（六七六）

卷六

狀

上漢南盧尚書狀……（六八一）
上易定李尚書狀……（六八四）
上忠武李尚書狀……（六八五）
上度支盧侍郎狀……（六八六）
上度支歸侍郎狀……（六八七）
上華州周侍郎狀……（六八八）
上江西周大夫狀……（六八九）

上崔大夫狀……（六九一）
上河陽李大夫狀二首……（六九二）
上孫學士狀……（六九六）
上容州李中丞狀……（六九七）
上韋舍人狀……（六九八）
上劉舍人狀……（七〇〇）
上鄭州李舍人狀四首……（七〇一）
上李舍人狀七首……（七〇五）

卷七

狀

賀翰林孫舍人狀……（七一五）
上鄭州蕭給事狀……（七一六）
上河南盧給事狀……（七一七）
上張雜端狀……（七一八）
上考功任郎中狀……（七一九）
與白秀才狀……（七二〇）
與白秀才第二狀……（七二二）

啓

爲濮陽公上四相賀正啓……（七二三）
爲濮陽公上白相公杜相公崔相公馬相公鳳翔崔相公賀正啓……（七二三）
爲濮陽公賀丁學士啓……（七二四）
爲滎陽公與魏博何相公啓……（七二五）
爲滎陽公賀白相公加刑部尚書啓……（七二六）
爲滎陽公上宣州裴尚書啓……（七二七）
爲滎陽公上浙西鄭尚書啓……（七二九）
爲滎陽公上陳許高尚書啓……（七三一）
爲滎陽公賀太尉王司徒啓……（七三一）
爲滎陽公賀韋相公加禮部尚書啓……（七三三）

爲滎陽公上馬侍郎啓…………（七三三）
爲滎陽公與浙東楊大夫啓…………（七三五）
爲滎陽公與三司使大理盧卿啓…………（七三七）
爲滎陽公與前浙東楊大夫啓…………（七三八）
爲河東公謝相國京兆公第三啓…………（七四〇）
爲河東公復相國京兆公啓…………（七四二）
爲河東公復相國京兆公第二啓…………（七四三）
爲河東公上尚書侍郎給事賀冬啓…………（七四四）
爲河東公上西川白司徒相公賀冬啓…………（七四五）
爲河東公上四相賀冬啓…………（七四六）
爲河東公上翰林院學士賀冬啓…………（七四六）
爲河東公上方鎮武臣賀冬啓…………（七四七）
爲湖南座主隴西公賀馬相公登庸啓…………（七四七）
爲尚書范陽公賀吏部李相公啓…………（七四九）
爲度支盧侍郎賀畢學士啓…………（七五一）
爲興元裴從事賀封尚書加官啓…………（七五三）

卷八

啓

獻相國京兆公啓…………（七五七）
賀崔相公轉户部尚書啓…………（七六一）
獻襄陽盧尚書啓…………（七六三）
獻華州周大夫十三丈啓…………（七六五）
謝鄧州周舍人啓…………（七六六）
獻舍人彭城公啓…………（七六六）
獻舍人河東公啓…………（七六九）

牒

爲濮陽公涇原署營田副使賓牒…………（七七二）
爲濮陽公補保定尉張鴇巡官牒…………（七七三）
爲濮陽公陳許補王琛銜前兵馬使牒…………（七七四）

爲濮陽公補盧處恭牒……（七七五）
爲濮陽公補仇坦牒……（七七五）
爲濮陽公補顧思言牒……（七七六）
爲滎陽公桂州署防禦等官牒……（七七七）

卷九

牒

爲滎陽公桂管補逐要等官牒……（七九三）
爲大夫博陵公兗海署盧鄯巡官牒……（七九八）
爲潼關鎮使張瑄補後院都知兵馬使兼押衙牒……（七九八）
陳寧攝公井令牒……（七九九）
周宇爲大足令牒……（七九九）

碑銘

梓州道興觀碑銘……（八〇〇）

卷十

碑銘

唐梓州慧義精舍南禪院四證堂碑銘……（八二三）
道士胡君新井碣銘……（八四八）

卷十一

行狀

請盧尚書撰故處士姑臧李某誌文狀……（八六三）
請盧尚書撰曾祖妣誌文狀……（八六六）
請盧尚書撰李氏仲姊河東裴氏夫人誌文狀……（八六九）

黄籙齋文

爲滎陽公黄籙齋文……（八七二）
爲相國隴西公黄籙齋文……（八七六）
爲馬懿公郡夫人王氏黄籙齋文……（八七七）

為馬懿公郡夫人王氏黃籙齋第二文……（八八四）
為馬懿公郡夫人王氏黃籙齋第三文……（八九〇）
為故麟坊李尚書夫人王鍊師黃籙齋文……（八九一）

祝文

為李懷州祭太行山神文……（八九三）
為中丞滎陽公賽理定縣城隍神文……（八九五）
賽侯山神文……（八九六）
賽建山神文……（八九六）
賽莫神文……（八九七）
賽石明府神文……（八九七）

卷十二

祭文

為司徒濮陽公祭忠武都押衙張士隱文……（八九九）
為賈常侍祭韋太尉文……（九〇一）
為西川幕府祭韋太尉文 符載……（九〇三）
代諸郎中祭太尉王相國文……（九〇六）
韓城門丈請為子姪祭外姑公主文……（九〇九）
為王從事妻万俟氏祭先舅司徒文……（九一二）
為王秀才妻蘇氏祭先舅司徒文……（九一四）
祭外舅贈司徒公文……（九一八）

補遺

修華嶽廟記……（九三六）

附録

舊唐書文苑傳……（九三九）
新唐書文藝傳……（九四一）
玉谿生年譜訂誤 錢振倫……（九四二）

〔唐〕李商隱 著
〔清〕馮 浩 詳注

樊南文集詳注

樊南文集詳注序

余年十八九時，好讀李義山集，其詩則吴江朱長孺本也，其文則崑山徐藝初本也。孟子稱誦詩讀書，必知其人，論其世。義山之爲人，史稱其「放利偷合，詭薄無行」，朱氏論之詳矣，雖涣丘之公，或以爲褒譽之過，然以背令狐而即濮陽爲「偷合」，則彼背公私黨，不顧是非者，翻得稱志節乎？朱氏之言未必非平情之論也。且文與行雖爲兩途，能文之士未必無遺行，而學者表彰前哲，尊其文必先推其行。其有負俗之累，取譏當時，尤當揣其時局，或出於不得已之情，迫於無可奈何之勢，而白之於衆惡之中，使其行顯而文益光。况義山名不掛朝籍，徒以取憎於僉險之令狐綯，遂使終身抑鬱不得志以死，此千古才人所爲讀「九日尊前」之句而欷歔泣下者也。何忍吹毛索瘢，助之呵詆，以中令狐之憤而揚太牢之餤哉！朱氏縱有過情，要爲善善；湛園翻駁，吾無取諸。善乎孟亭馮侍御之言曰：「義山蹤迹名位，絶無與黨局。即綯惡其背恩，僅一家私事，不必各徇偏見，妄分牛、李。」真可謂義山知己矣。夫黨局不係乎名位，東漢鈎黨，太學諸生猶得持之。若義山僕僕書記，不過飢驅餬口耳。其慇憂世變，不忘忠愛，見於詩歌者，往往託爲神仙兒女隱約不可深解之辭，未嘗抵掌軒渠，高論國是，與昔之月旦品題臧否人倫者異矣，義山誠何心於黨事哉！侍御雅好李集，取朱氏、徐氏及凡諸家之爲箋疏者，盡抉其疎誤而訂正之。別立年譜，一以祭姊文爲主而定其生卒之歲；生卒既定，中間出處事實，犂然就班，隱語寓言，均可參悟，於今乃見李生真面目矣。書成，命其文集曰樊南文集詳注，屬予序。昔杜預爲左傳釋例，尚書郎摯虞甚重之曰：「左丘明本爲春秋作傳，而左傳遂自孤行；釋例本爲傳設，其所發明，何但左傳，故亦孤行。」侍御養疾丘園，寄情墳典，聊資傳釋，以代草玄，豈特玉溪功臣，即以爲孟亭文集也可。爰繹其緒論以應之。其詩注大司寇香樹師別有序。

乾隆三十年，歲次乙酉，長至，茶山同學弟錢維城序。

樊南文集詳注發凡四條

李義山詩集三卷，唐、宋史志無異辭也。文集則義山自編樊南甲集、乙集各二十卷，體皆四六，故新唐書藝文志更有賦一卷、文一卷。宋史藝文志於甲、乙集四十卷外，更云文集八卷、別集二十卷。閲時漸久，數乃大增，何歟？迄於今集本竟不可得，不知海内藏書家猶有之否？吴江朱長孺從文苑英華、文粹而彙輯之，偶漏狀之一體，玉峯徐章仲補之。又因顧俠君得全蜀藝文志中劍州重陽亭銘一首，而志中更有書一首，余又爲補采。余抱病里居，無由博搜羣籍。徐湛園曰：「幼曾於閩中徐興公書目見有義山文集。」今玉峯箋本得之林吉人，不知即興公架上者否？愚亦未遑遠訪也。周必大之跋英華有曰：「修書官於權德輿、李商隱輩或全卷收入。」是又若所取之過多者。然準之史志，甚悵寥寥，即甲、乙集中所自負之作，已竟逸矣。徐氏刊本名李義山文集；余以四六尚居十之八，改標樊南文集，稍見當時手編之遺意。

徐氏刊本注則章仲炯爲之，箋則其兄藝初樹穀爲之，用心交勤矣。此外未見有他注本。宋王楙野客叢書有劉鍇註樊南序之名，鍇，真宗咸平二年擢進士，官至户部郎中、鹽鐵副使，與楊文公同時。而談苑及他書有作徐錯者。觀不知灰釘一事，豈以博學之楚金乃有此耶？愚以爲當屬劉鍇傳述歧舛耳。宋史劉蟠傳：子鍇。續通鑑長編：真宗大中祥符五年，有先是直史館劉鍇之名。今無可訪求矣。徐氏注頗詳，但冗贅訛舛之處迭出，余爲之删補辨正改訂者過半；至原箋創始誠難，而疎略太甚。余徧繙兩書、通鑑，以知人論世之法，爲披霧掃塵之舉，或直而證之，或曲而悟之，或錯綜左右而交成之，或貫穿前後而會印之，用使事盡詳明，文尤精確。其無可徵定者：表一、狀一、啓六、祭文一及無多雜著已耳。樊南生有知，或不訶其多事也乎！

徐刊本分類而仍凌亂，余既訂定年譜，並列詩文，故得於分類之中各寓按年之次；偶有不可編者，附之各體之末。

自來注家每曰「所釋故事，必求其祖」，究之孰副所言哉？況事有古人已用而後人用其所用者，豈數典必出於開山，成章盡由於鑿空歟？余所改注，蘄不違乎作者之意焉耳！乃知其援引精切，揮灑縱横，思若有神，文不加點，徐庾而下，趙宋以來，誰復與之抗衡藝苑哉？其弗關輕重、未盡剖覈者，病夫之心液腹笥不足以完之也。未解者數條，請俟之博物君子。

桐鄉馮浩孟亭甫書

樊南文集詳注卷之一

按：義山自序文稱樊南生也。史記樊噲傳：賜食邑杜之樊鄉。索隱曰：杜陵有樊鄉。三秦記曰：長安正南，山名秦嶺，谷名子午，一名樊川，一名御宿。樊鄉即樊川也。元和郡縣志曰：樊川一名後寬川，在萬年縣南三十五里。蓋其地當京城之南。唐人居城南者甚多，而「樊南」之字，如張禮遊城南記云：「西倚高崖，東眺樊南之景。」地志諸書亦屢見也。義山未第之前，往來京師，文名已著。及開成中，移家關中，必居樊南之地，故以自稱。文所云「十年京師寒且餓，樊南窮凍人或知之」，而詩有云「白閣自雲深」，又「迴望秦川樹如薺」，實指京郊所居景物言之無疑也。或謂懷州河内縣本漢野王縣，左傳杜註曰：「樊一名陽樊，野王縣西南有陽城。」似義山仍從懷州取義，必不然也。説文：樊，京兆杜陵鄉。徐鍇繫傳曰：即樊川，漢曰御宿，在長安南，終南山北，連芙蓉園曲江也。

表

代安平公華州賀聖躬痊復表

文苑英華原注：文宗。新書宰相世系表：崔戎出博陵安平大房，封安平縣公。舊書傳：崔戎字可大，歷官至給事中，改華州刺史。舊書紀：文宗太和七年閏七月，以給事中崔戎爲華州刺史。十二月，聖體不康。八年正月，聖體痊平，御太和殿見内臣，御紫宸殿見羣臣。舊書志：華州，上輔，在京師東一百八十里。按唐制，封爵每以其郡望被之。故稱某公者，既封則稱所封；未封則稱郡望；亦有以其現居之官稱之，不出此三者。舊書志：下之達上，其制有六，曰：表、狀、牋、啓、辭、牒。表上天子，其近臣亦爲狀。牋、啓上皇太子，然於其長亦爲之。公文皆曰牒，庶人言曰辭。

臣某言：今月某日，得本道進奏院報，舊書紀：代宗大曆十二年，諸道邸務在上都，名曰留後，改爲進奏院。按華州刺史職同京牧、京尹，領潼關防禦、鎮國軍使。凡節度、觀察、防禦等使，皆有進奏院。以聖躬痊和，右僕射平章事臣涯等，新書宰相表：太和七年七月，尚書右僕射王涯同中書門下平章事。奉見聖躬訖，社稷殊祥，生靈大慶。臣忝分朝寄，四奉國恩，舊書傳：戎入爲殿中侍御史，累拜吏部郎中，遷諫議大夫，拜給事中。故曰「四奉國恩」。無任抃舞踴躍之至。列子：一里老幼，喜躍抃舞。潘岳藉田賦：觀者莫不抃儛乎康衢。魏志文帝紀注：相國華歆等上言曰：「能言之倫，莫不抃舞。」

臣聞：天普覆也，應運而健若龍行；易：天行健。又：時乘六龍以御天。日至明焉，有時而氣如虹貫。禮記：君子比德於玉，氣如白虹，天也。戰國策：白虹貫日。伏惟皇帝陛下，道超普覆，迹邁至明。思宗社文苑英華作「社稷」，集作「宗社」。凡曰「集作」，皆英華本云。之靈，惟德是輔；書：皇天無親，惟德是輔。念蒸黎之廣，以位爲憂。漢書董仲舒傳：堯以天下爲憂，而未以位爲樂也。求衣未明，漢書鄒陽傳：孝文皇帝據關入立，寒心銷志，不明求衣。謝脁詩：當宁日昃，求衣未明。觀書乙夜。北堂書鈔引東觀漢記：兹者，甲夜讀書，乙夜講經。通鑑：唐文宗嘗謂左右曰：「若不甲夜視事，乙夜觀書，何以爲人君？」壽域既勤於躋俗，漢書王吉傳：歐一世之民，躋之仁壽之域。大庭徽闕於怡神。列子：黄帝憂天下之不治，昏然五情爽惑。退而閒居大庭之館，齋心服形，三月不親政事，晝寢而夢遊於華胥氏之國，神遊而已。黄帝既寤，怡然自得。是以自北陸送寒，左傳：申豐曰：「古者日在北陸而藏冰。」暫停禹會；左傳：禹合諸侯于塗山，執玉帛者萬國。及東郊迎氣，禮記：立春之日，天子迎春于東郊。爰復堯咨。書堯典：帝曰：「咨。」四海方來，百辟咸在，六幽雷動，班固典引：光被六幽。注曰：天地四方也。易：雷以動之。萬壽山呼。漢書武帝紀：親登嵩高，御史乘屬，在廟旁吏卒咸聞呼萬歲者三。

惟臣獨以一麾，夢溪筆談：今之守郡謂之建麾，蓋誤用顔延年詩也。延年五君詠阮始平詩云「屢薦不入官，一麾乃出守」者，乃指麾之麾，謂山濤薦咸爲吏部郎，帝不用，荀勗一擠，遂出守始平。延年被擠，以此自託耳。自杜牧之有「擬把一麾江海去」之句，始謬用，遂成故實。二老堂詩話：後人誤用一麾出守事，以爲起於杜牧之。杜實用旌麾之麾，未必本之顔詩，後人因此二字，誤用顔詩耳。徐炯曰：觀三國志擁麾守郡，文選建麾作牧，此語在前久矣。謂把一麾之誤自牧之始則可，謂建麾之誤自牧之始則不可。按：古今注曰：麾所以指麾，武王右執白旄以麾是也。乘輿以黄，諸公以朱，刺史二千石以纁。蓋麾者旌旗之屬，軍禮必用麾。周禮：巾車大麾以田。左傳：欒鍼見子重之旌，曰：「子重之麾也。」凡後之言麾下者，皆謂大將軍之旗也。刺史兼兵事，故有麾。唐時節度賜雙旌，亦此義也。顔詩一麾，文選注固言指麾，亦兼用郡將建麾。若牧之句，「把」字貫下，用牧誓傳右手把旄，尤與擁麾同義，把則自可一麾，其慨歎皆在言外。實字未嘗有誤，議者徒紛紛耳。載離雙闕，按史記：高祖八年，蕭何造未央宮，立東闕北闕。三輔舊事：東有蒼龍闕，北有玄武闕也。而古歌云：「長安城西雙員闕，上有一雙銅爵宿。一鳴五穀生，再鳴五穀熟。」此則指建章宮之鳳闕也。犬馬之微誠空一作「徒」。切，史記三王世家：大司馬臣去病上疏：臣竊不勝犬馬心。曹植上責躬詩序：不勝犬馬戀主之情。鴛鴻之舊列難階，後漢書蔡邕傳：鴻漸盈階，振鷺充庭。隋書劉炫傳：屢動宸眷，每升天府；齊鑣驥騄，比翼鵷鴻。揚子雲劇秦美新：振鷺之聲充庭，鴻鸞之黨漸階。文選註：振鷺、鴻鸞，喻賢也。提郡印而通宵九驚，後漢書蘇不韋傳：李暠大驚懼，乃布棘於室，以板藉地，一夕九徙。對使符而一食三起。呂氏春秋：禹一沐而三捉髮，一食而三起，以禮有道之士。説苑：魯有恭士名曰机氾，行年七十，其恭益甚，一食之間三起，見衣裘褐之士則爲之禮。氾對魯君曰：「君子好恭以成其名，小人學恭以除其刑。」今幸已俗臻殷富，一作「富庶」。年比順成。禮記：八蜡以記四方，四方年不順成，八蜡不通。伏惟稍簡萬幾，書：一日二日萬幾。以迎百福，託燮調於彼相，責綏撫於列藩，承九廟之降祥，舊書紀：開元十年，增置京師太廟爲九室。又：太和八年正月，修太廟，徧告九室，遷神主便殿。二月，以聖躬痊復，赦繫囚，放逋賦，移流人。五月，修太廟畢，徧告神主，復正殿。書：作善降之百祥。副兆人之允望。臣某不勝慺慺慊慊文選：曹子建表：是臣慺慺之誠。注：尚書傳曰：慺慺，謹慎也。後漢書五行志：慊慊常若不足。曹子建賦：愁慊慊而繼懷。之至，謹差某奉表陳賀以聞。

爲安平公謝除兗海觀察使表

舊書紀：太和八年三月，以崔戎爲兗海觀察使。地理志：至德之後，中原用兵，刺史皆治軍戎，遂有防禦、團練、制置之名，要衝大郡，皆有節度之類。寇盜稍息，則易以觀察之號。兗海節度使治兗州，管兗、海、沂、密四州。新書方鎮表：太和八年，廢節度爲觀察使。白香山詩後集送兗州崔大夫駙馬赴鎮：戚里誇爲賢駙馬，儒家認作好詩人；魯侯不得辜風景，沂水年年有暮春。按：此詩年時姓地皆可相合，則崔大夫頗疑即是崔戎。但駙馬之稱本集中一不敍及，舊書既無可徵，新書公主傳亦無此下嫁之主，白公只此一絶，更無他篇取證。惟崔氏之女入宫、男尚主者每有之，戚里相誇，情事亦合。豈此主早薨，故傳文不載歟？上下近年中又别無崔兗州者，特拈出以俟再考。

臣某言：今月某日，中使王士一作「仕」。岌至，奉宣恩旨，藩鎮授爵、加封、賜物，皆遣中使將命。備見唐書。改授臣某官，并賜臣前件告身一通者。寵命天臨，恩光春煦，兢惶無措，抃蹈失容。臣某中謝。文選注：裴氏新語曰：若薦其君將有所乞請，中謝，言臣誠惶誠恐，頓首死罪。

臣幸逢昭代，本自諸生，文以飾身，學實爲己，寧韞玉而待賈，竊運甓一作「甕」。以私勞。晉書陶侃傳：侃在廣州，朝運百甓於齋外，夕運百甓於齋内，曰：「吾方致力中原，過爾優游，恐不堪事。」春闈一作「闈」，義同。再中於明經，周禮：春官宗伯。舊書傳：戎兩經登科。新書選舉志：開元二十四年，考功員外郎李昂爲舉人詆訶。帝以員外郎望輕，遂移貢舉於禮部，以侍郎主之。禮部選士自此始。又：明經之別，有五經，有三經，有二經，有學究一經。又：凡明經先帖文，然後口試經問大義十條，答時務策三道，亦爲四等。天官一昇於判第。周禮天官冢宰。舊書傳：戎調判入等。新書選舉志：文選吏部主之。凡擇人之法有四：一曰身，體貌豐偉；二曰言，言辭辯正；三曰書，楷法遒美；四曰判，文理優長。四事可取，則先德行；德均以才，才均以勞。得者爲留，不得者爲放。五品以上不試。六品以下集而試，觀其書判。試而銓，察其身言；銓而注，詢其便利；而擬唱不厭者，得反通其辭。厭者爲甲，上于僕射，以至於奏聞。受旨而奉行焉，謂之奏受。階級甚薄，登階拾級，見曲禮。後漢書邊讓傳：階級名位，亦宜超然。際會則多，芸閣讎書，魚豢魏略：芸香辟紙魚蠹，故藏書臺曰芸臺。劉向別録：讎校，一人讀書，校其上下得謬誤，爲校，一人持本，一人讀書，若怨家相對，爲讎。舊書傳：戎授太子校書。藍田集作「山」。作吏。舊書志：京兆府藍田縣。舊書傳：授藍田主簿。中間因依知己，契闊從軍。詩：死生契闊。傳曰：契闊，勤苦也。舊書傳：裴度領太原，署爲參謀。時王承宗據鎮州叛，度請戎單車往諭之，承宗感泣受教。按文苑英華有授崔戎等西川判官制，則戎又曾在西川幕，史故言藩鎮名公交辟也。其後超屬憲司，舊書傳：入爲殿中侍御史。驟登郎署，史記：馮唐爲中郎署長，文帝輦過。索隱曰：乘輦過郎署也。舊書傳：累拜吏部郎中。埋輪而出，高幰一作「懸」。八使之威；後漢書張綱傳：漢安元年，遣八使徇行風俗，而綱獨埋其車輪於洛陽都亭，曰：「豺狼當路，安問狐狸？」遂奏大將軍冀無君之心十五事，京師震竦。舊書傳：遷諫議大夫，尋爲劍南東西川宣慰使，戎既宣撫，兼定征税，公私便之。起草以居，遠謝三臺之妙。應劭漢官儀：尚書郎主作文書起草，晝夜更直五日於建禮門內。又：尚書爲中臺，謁者爲外臺，御史爲憲臺，謂之三臺。後漢書蔡邕傳：三日之中，周歷三臺。按蔡邕讓尚書表「三月之中，充歷三臺」，而范書傳論「信宿三遷」，則定謂三日也。晉書：衛瓘爲尚書令，與尚書郎索靖俱善草書，時人號爲一臺二妙。徐陵序：三臺妙迹，龍伸蠖屈之書。起草二句不必引蔡邕事，邕不得已就董卓之辟，不足美也。每含香而自嘆，漢官儀：尚書郎懷香握蘭，含雞舌奏事。常襆被而待行。一作「命」，非。晉書：魏舒爲尚書郎，或有非其人，論者欲沙汰之，舒曰：「吾即其人。」襆被徑出。

伏惟皇帝陛下，陶鈞庶彙，漢書鄒陽傳：聖王制世御俗，獨化於陶鈞之上。張晏曰：陶家名模下圓轉者爲鈞，以其制器爲大小，比之於天也。餘詳爲李貽孫啓。亭毒萬方，老子：亭之毒之，蓋之覆之。王弼曰：亭謂品其形，毒謂成其質。憂心一作「位」。同堯，見上表。好諫若禹。鬻子：禹治天下以五聲聽，門懸鐘、鼓、鐸、磬而置鞀，爲銘于簨虡，曰：「教寡人以道者，擊鼓；教寡人以義者，擊鐘；教寡人以事者，振鐸；語寡人以憂者，擊磬；語寡人以獄訟者，揮鞀。」此之謂五聲。淮南子末句作「有獄訟者，揮鞀」，餘同。東掖垣內，封章何有於日聞？漢書注：正殿門之旁，有東西掖門，如人臂掖，故名。新書百官志：門下省給事中四人，凡百官奏鈔，侍中既審，則駁正違失；詔勑不便者，塗竄而奏還，謂之塗歸。季終，奏駁奏之目。舊書紀：高宗龍朔二年，改尚書省爲中臺，門下省爲東臺，中書省爲西臺。按給事中屬門下省，故曰東掖也。西掖、東掖，又稱左掖、右掖。青瑣門前，列位徒參於夕拜。漢書元后傳：赤墀青瑣。後漢書志：黃門侍郎掌侍從左右，給事中關通中外。注曰：漢舊儀，黃門郎屬黃門令，日暮對青瑣門拜，名曰夕郎。宮閣簿：青瑣門在南宮。衛瓘注吳都賦：青瑣，户邊青鏤也。一曰天子門內有眉，格再重，裏青畫曰瑣。舊書傳：拜給事中，駁奏爲當時所稱。擺波濤而鯤鱗纔變，莊子：北冥有魚，其名爲鯤；化而爲鳥，其名爲鵬，怒而飛，其翼若垂天之雲。鵬之徙於南冥也，水擊三千里，摶扶搖而上者九萬里。望煙霄而鸞翮初高。崔駰七言詩：鸞鳥高翔時來儀。誓將竭誠，非敢養一作「仰」。望。按英華只作「仰」，謂更望升陟也。徐刊本作「養」。晉書陶侃傳：諸參佐或以談戲廢事者，侃曰：「君子當正其衣冠，攝其威儀，何有亂頭養望自謂宏達耶？」又陳頵傳：頵議諸僚屬乘昔西臺養望餘弊，偃蹇倨慢，以爲優雅。玩上下文，「養」字是也。晉書陳頵傳：頵與王導書曰：莊老之俗，傾惑朝廷，養望者爲宏雅，政事者爲俗人，王職不恤，法物墜喪。然虚受難處，忝據非安，忽擁隼旟，周禮春官：司常，掌九旗之物名，鳥隼爲旟。州里建旟。詩：孑孑干旟，在浚之都。竟辭龍闕。見上篇。猶賴雲日未遠，大戴禮：孔子曰：「放勳其仁如天，其智如神，就之如日，望之如雲。」闕城不遥，詳上篇。虔奉國章，麤免官謗。左傳：敢辱高位，以速官謗。豈意便升亞相之班一作「重」。秩，漢書表：御史大夫位上卿，掌副丞相。白帖：御史大夫，亞相。按觀察等使，例兼御史臺銜。復委大藩之廉問。史記始皇本紀：吾使人廉問。漢書高祖紀：廉問有不如詔者，以重論之。魚箋帝語，按舊書德宗紀：復降魚書。通鑑天寶八載注曰：唐制，銅魚符所以起軍旅、易守長。新書楊綰傳：舊制，刺史被代若别追，皆降魚書，乃得去。程大昌演繁露曰：唐制左魚之外，又有敕牒將之，故兼名魚書。此魚箋即魚書也。句意則指告身言。唐國史補：蜀有魚子牋。皮、陸有魚牋唱和詩，非此所用。象軸神工，以象牙爲卷軸。拜受而若捧千鈞，伏讀而如聽九奏。史記趙世家：簡子夢遊于鈞天，廣樂九奏萬舞。誠雖深於負荷，左傳：其父析薪，其子弗克負荷。戀實切於違離。況曲阜遺封，禮記：成王以周公爲有勳勞于天下，是以封周公于曲阜，地方七百里，革車千乘。導河舊壤，書：兗州九河既道。列九州之數，書：濟、河惟兗州。周禮：河東曰兗州，其川河、泲。泲、濟同。帶五嶽之雄，謂泰山。初學記：五經通義曰：泰山一曰岱宗，爲羣嶽之長。古爲詩書俎豆之鄉，史記孔子世家：常陳俎豆，設禮容。又：周室微而禮樂廢，詩書缺。孔子序書傳，上紀唐、虞之際，下至秦繆，編次其事。古者詩三千餘篇，孔子去其重，取可施於禮義三百五篇。今兼魚鹽兵革之地。史記齊世家：太公修政，便魚鹽之利。管仲設輕重魚鹽之利。訓整合資於武幹，晉書桓沖傳：最淹識，有武幹。拊循宜屬於柔良。史記司馬穰苴傳：身自拊循之。淮南王傳：拊循百姓。後漢書光武紀：詔中都官三輔郡國，務進柔良，退貪酷。按訓整謂觀察，拊循謂刺史。豈伊孱微，堪此委寄？謹當冰霜勵志，金石貫誠，後漢書王常傳：帝指常曰：「輔翼漢室，心如金石，真忠臣也。」駑馬奮十駕之勤，荀子：騏驥一日而千里，駑馬十駕，則亦及之矣。鉛刀淬一割之用。韓詩外傳：陳饒謂宋燕曰：「鉛刀畜之，而于將用之。」班固答賓戲：搦朽磨鈍，鉛刀皆能一斷。後漢書班超傳：上疏請兵曰：「況臣奉大漢之威，而無鉛刀一割之用乎？」即以今月二日，雪泣西拜，呂氏春秋：吳起雪泣而應之。星馳東下。望西京拜辭，遂東赴兗。帝一作「京」。城思入，雖有類於陳咸；漢書陳咸傳：起家復爲南陽太守。時王音輔政，信用陳湯，咸數予湯書曰：「即蒙子公力，得入帝城，死不恨。」關外恥居，安敢同於楊僕，漢書：元鼎三年，徙函谷關于新安。應劭曰：時樓船將軍楊僕，數有大功，恥爲關外民，上書乞徙關，以家財給其用度。武帝意亦好廣闊，於是徙關於新安，去弘農三百里。無任瞻天戀闕之至。謹附中使某奉表陳謝以聞。

爲安平公兗州謝上表

徐曰：凡除官到任謂之上；上日修表謝恩，謂之謝上。上，時掌切。

臣某言：臣自承明詔，移鎮東藩；戰國策：東藩之臣嬰齊。漢書：中山王對：位雖卑也，得爲東藩。望闕而雪一作「血」。涕以辭，戒途而星奔不息，即以今月五日到任上訖。據詩集安平公詩，是爲五月。當時集軍州官吏等宣布皇風，闡揚玄造，歡聲雷動，喜一作「嘉」。氣雲高。臣某中謝。

臣本由儒業，獲厠朝榮，曹植表：使名挂史筆，事列朝榮。粤自烏臺，漢書朱博傳：御史府中列柏樹，常有野烏數千棲宿其上，晨去暮來，號曰「朝夕烏」。白帖：御史大夫，霜臺、柏臺、烏臺、烏府。至於青瑣，見上篇。累更近地，皆奉休期。用盡心以書紳，長憂福過；庾亮表：小人禄薄，福過災生。取知足而銘座，敢傲時來。老子：知足不辱，知止不殆。後漢書：崔瑗字子玉，善爲書記箴銘。按，瑗座右銘曰：「慎言節飲食，知足勝不祥。」漢書蒯通傳：時乎時乎不再來。旋屬皇帝陛下，垂意闕城，推心甸服，書：五百里甸服。此謂華州。俾之防遏，兼使緝綏，防遏，謂領防禦；緝綏，謂刺史。橫被天波，詩：維天有漢。陸機謝平原内史表：塵洗天波，謗絶衆口。未移星琯，月令：季冬，是月也，星回于天。琯，玉琯，即玉律。詳後榮陽賀冬銀狀。徐陵書：修好徵兵，彌留星琯。此言由守華至遷兗海，未周一歲。豈期非次，忽致殊遷！察俗雄藩，分榮大憲，地濱河濟，見上篇。山奄龜蒙。詩魯頌：奄有龜蒙，遂荒大東。本孔里周封，史記孔子世家：弟子及魯人往從冢而家者，百有餘室，因命曰孔里。後漢書明帝紀注：孔子宅在曲阜縣故魯城中歸德門内闕里之中，背洙面泗。餘見上篇。有堯祠舜澤。漢書地理志：濟陰郡成陽縣有堯冢靈臺。禹貢：雷澤在西北。水經注：瓠子河又左逕雷澤北，其澤藪在大成陽縣故城西北十餘里，即舜所漁也。城西二里有堯陵，陵南一里有堯母慶都陵，皆立廟。南史羊侃傳：嘗於兖州堯廟蹋壁，直上至五尋，横行得七跡。九州之名數甚古，三代之禮樂舊傳。退省何人，合安兹地？撫躬而沾一作「浹」。背汗下，史記陳丞相世家：右丞相勃汗出沾背，愧不能對。漢書王陵傳作「汗出洽背」。仰恩而溢面一作「眥」。淚流。説文：眥，目厓也。況所部驍雄，虞溥江表傳：許貢表曰：孫策驍雄，與項籍相似。素兼節制，漢書刑法志：齊桓、晉文之兵，可謂入其域而有節制矣。爲於當代，使屬文臣。此謂乍改節度爲觀察。畫武聚螢，按舊書高祖紀：皇祖諱虎，故諱「虎」爲「武」。後漢書馬援傳：畫虎不成反類狗。晉書車胤傳：胤家貧，不能得油，練囊盛數十螢火以照書。昔惟久事筆硯；後漢書：班超爲官傭書，久勞苦，投筆歎曰：「大丈夫當立功異域，以取封侯，安能久事筆硯間乎？」左右皆笑之，超曰：「小子安知壯士志哉！」佩鞬戴鶡，左傳：左執鞭弭，右屬櫜鞬。按：戴，舊作「帶」，誤。後漢書志：武冠環纓無蕤，以青系爲緄，加雙鶡尾，豎左右，爲鶡冠云。五官、左右虎賁、羽林、將監、武騎皆鶡冠。鶡者，勇雉也，其鬭對一死乃止。故趙武靈王以表武士，秦施之焉。張平子東京賦：虎夫戴鶡。今寧能執干戈？禮記檀弓：魯人欲勿殤重汪踦，仲尼曰：能執干戈以衛社稷，雖欲勿殤也，不亦可乎？重通作「童」。幸臣前在華州日，虔奉詔條，漢書百官公卿表：武帝元封五年初置部刺史，掌奉詔條察州。注曰：漢官典職云：刺史班宣，周行郡國，省察治狀，黜陟能否，斷治寃獄，以六條問事，非條所問即不省。克宣戎律。易：師出以律。檢下而羊無九牧，列子：楊朱見梁惠王曰：「君見夫牧羊者乎？百羊而羣，使五尺童子荷箠而隨之，欲東而東，欲西而西，使堯牽一羊，舜荷箠而隨之，則不能前也。」劉向新序：淳于髡曰：「三人共牧一羊，羊不得食，人亦不得息。」鄒忌曰：「敬諾。減吏省員，使無擾民也。」按：取義本此。隋書：楊尚希上表，言當今郡縣倍多於古，所謂民少官多，十羊九牧。宋王應麟玉海引古人有言曰：「十羊九牧，羊既不得食，人亦不得息。」亦不標明始何人也。新唐書魏元忠傳：古語有之，十羊九牧，羊既不得食，人亦不得息。玉海似引此。馭黠而犬用左牽。曲禮：效犬者左牽之。用令去任之時，大有遮留之請。北史唐永傳：永爲北地太守，遷南豳州刺史，夷人送故者，莫不垂淚當路遮留，隨數日始得出境。此類史書頗多。今以「遮留」字引此。盡三屬縣，至萬餘人，不放即途，皆來卧轍。後漢書侯霸傳：爲淮平大尹，及王莽之敗，霸保固自守，卒全一郡。更始元年，遣使徵霸，百姓相攜號哭，遮使者車，或當道而卧。竟稽朝發，戰國策：鯨魚朝發崐崙之墟。遂致宵奔。後漢書循吏傳：孟嘗遷合浦太守，被徵當還，吏民攀車請之。嘗既不得進，乃載鄉民船夜遁去。晉書：鄧攸爲吴郡太守，俸禄無所受，惟飲吴水而已。後稱疾去職，百姓數千人，留牽攸船不得進，攸乃小停，夜中發去。陶潛文：外姻晨來，良友宵奔。新書傳：時詔使尚在，民泣詣使，請白天子匃戎還，使許諾。戎夜單騎亡去，民追不及，乃止。請於兹時，亦因前政，冀漸令蘇息，後漢書朱浮傳：疏曰：保宥生人，使得蘇息。長使謐寧。然後遠訪云亭，漢書郊祀志：無懷氏封泰山禪云云，黄帝封泰山禪亭亭。服虔曰：云云在梁父東，山名也。晉灼曰：蒙陰縣故城東北下有云云亭。此對日觀，蓋用云云亭也。高尋日觀，應劭漢官馬第伯封禪儀記：泰山東山名日觀。日觀者，雞一鳴時見日始欲出，長三丈所。備萬乘登封之所，漢書武帝紀：上登封泰山，降坐明堂。設諸侯朝宿之儀。春秋公羊傳：鄭伯使宛來歸邴。邴者何？鄭湯沐之邑也。天子有事于泰山，諸侯皆從泰山之下，皆有湯沐之邑焉。又：鄭伯以璧假許田。許田者何？魯朝宿之邑也。諸侯時朝乎天子，天子之郊，諸侯皆有朝宿之邑焉。史記封禪書：詔曰：「古者天子巡狩，用事泰山，諸侯有朝宿邑。其令諸侯各治邸泰山下。」盛禮獲窺，微願斯畢。過此以往，不知所圖。無任戴恩隕越之至。左傳：齊桓公曰：「恐隕越于下，以遺天子羞。」謹差某官某奉表陳謝以聞。

代安平公遺表

舊書紀：太和八年六月庚子，兗海觀察使崔戎卒。

臣某言：臣聞風葉露華，榮落之姿何定；夏朝冬日，短長之數難移。臣幸屬昌期，謬登貴仕，英華作「位」。左傳：有大功而無貴仕。左傳杜註：貴仕，貴位。按集中每用「貴仕」。行年五十五，歷官二十三。念犬馬之常期，死亦非夭；奈君親之厚施，生以無酬。是以時及含珠，周禮春官典瑞：大喪共飯玉含玉。左傳：王使榮叔歸含。注曰：珠玉曰含。莊子：儒以詩禮發冢，小儒曰：「詩固有之，生不布施，死何含珠爲？」命餘屬纊，禮記喪大記：屬纊以俟絶氣。註曰：纊，新綿，易動搖，置口鼻之上以爲候。心猶向闕，手尚封章。撫躬而氣息奄然，李密陳情表：氣息奄奄，人命危淺。戀主而方寸亂矣。蜀志：先主爲曹公所追破，獲徐庶母，庶辭先主而指其心曰：「方寸亂矣，請從此別。」臣某中謝。

臣少而羈屑，按北史：裴安祖曰：「京師遼遠，憚於棲屑。」權德輿序李栖筠集曰：伏思羈屑，展敬無容。「棲屑」「羈屑」，皆言旅況。徐刊本作「羈紲」，用左傳「臣負羈紲從君巡於天下」。又「行者爲羈紲之僕」，以言少年行役，意亦同也。長乃遭逢。常將直道而行，實以明經入仕。漢書：夏侯勝曰：「士病不明經術。經術苟明，其取青紫如俛拾地芥耳。」南史：賀琛字國寶，伯父瑒授其經業，一聞便通義理。瑒異之，常曰：「此兒當以明經致貴。」王畿作吏，非州縣一作「府」。之職徒勞；後漢書梁竦傳：嘗登高遠望，歎息言曰：「大丈夫生當封侯，死當廟食。如其不然，閒居可以養志，詩書足以自娱。州郡之職，徒勞人耳！」按：「徒勞」竟成名目，如隋書劉炫傳曰「數忝徒勞之職」，謂爲州户曹禮曹從事也。北史序傳：「何爲徒勞之任。」謂仲舉爲洛州主簿也。侯國從知，媿軍旅之事未學。憲宗皇帝謂臣剛決，易：夬，決也。剛決柔也。擢以憲司；新書傳：戎辟淮南李鄘府，衛次公代鄘，憲宗稱戎才，故次公倚成於職。戎爲藩鎮名公交辟，已見上表。此云「剛決」「憲司」者，指論王承宗入爲侍御史也。穆宗皇帝謂臣才能，登之郎選。史記平準書：入財者得補郎，郎選衰矣。漢書董仲舒傳：夫長吏多出於郎中，中郎，吏二千石子弟選郎吏，又以富訾，未必賢也。訾與資同。通典：魏時尚書郎有二十三人，非復漢時職任，晉尚書郎選極清美，號爲大臣之副。按漢時之郎猶輕，其後則謂尚書諸司郎也。忝霜威而無所摧拉，玉篇：摧、拉，皆注曰折也。西京賦：梗林爲之靡拉，樸業爲之摧殘。歷星紀集作「叨星經」。而有紊次躔。後漢書明帝紀：館陶公主爲子求郎，不許，謂羣臣曰：「郎官上應列宿，出宰百里，苟非其人，則民受其殃，是以難之。」以上歷官，並詳上表。旋屬皇帝陛下，大明御宇，至道承乾。澄汰之初，臣不居有過；遷舊作「超」，今改。擢之際，漢書金日磾傳：甄邯劾奏金欽曰：「欽幸得以通經術超擢。」按：以形近，訛「遷」爲「超」也。下句乃是「超」字意。臣獨出常倫。高選掖垣，箴規未效；入居瑣闥，論駁無聞。自去年秋，來典河關，兼臨甸服，惟當静而阜俗，清以繩姦，晉書劉毅傳：官政無繩姦之防。麤致豐穰，詩：豐年穰穰。漢書：宣帝即位，用吏多選。百姓安土，歲數豐穰。幸逃譴舊作「遣」，今改。責。按：謂幸逃譴責也。字以形似而訛。或謂無以稱職，猶如負責無歸，非也。豈意陛下謂臣奄有三縣，舊書志：華州屬縣三：鄭、華陰、下邽。未稱其能；謂臣出以一麾，見上表。未足爲貴。爰降綸綍，禮記：王言如絲，其出如綸，王言如綸，其出如綍。移之藩方，錫以海隅，與之岳鎮。將吾君之驍果萬計，魏志傳：文欽驍果麤猛。字習見。通鑑：隋煬帝徵天下兵集涿郡，始募民爲驍果。使得總齊；聯吾君之牧伯三人，書：外有州牧侯伯。按：兖州刺史，觀察所自領，餘三州各有刺史，故云。以居巡屬。時雖相羨，臣實深憂，既辱聖恩，果遭鬼瞰。揚雄解嘲：高明之家，鬼瞰其室。況臣素無微善，未及大年，莊子：小年不及大年。方思高掛一作「卧」，誤。饋魚，謝承後漢書：羊續好食生魚，爲南陽太守，府丞侯儉貢鯉，續受而懸之。一歲儉復致一枚，續乃以所懸枯魚示儉，終身不復食。不然官燭，謝承後漢書：巴祇爲揚州刺史，在官不迎妻子。與客坐暗暝之中，不然官燭。成陛下比屋可封之化，新語：堯、舜之人，可比屋而封；桀、紂之人，可比屋而誅。尚書大傳逸句：周民可比屋而封。分陛下一夫不獲之憂。書：一夫不獲，則曰時予之辜。志願未伸，大期俄迫。大期，生死大期也。史記吕不韋傳：至大期時，生子政。南史：齊武帝詔：「始終大期，聖賢不免。」忽自今月十日夜，一作「忽自某夜」。暴染霍亂，春秋考異郵：

襄公朝于荊，士卒失時，泥雨暑溼，多霍亂之病。漢劉安諫伐閩粵書：夏月暑時，嘔泄霍亂之病相隨屬也。并兩脅氣注。英華作「痓」。按：痓，廣韻：古隘切，病也。玉篇：五圭切，癡兒。皆非此義。徐刊本作「注」，亦非。竊疑爲「疾」字之訛。嗽，上氣疾，見周禮，注曰：上氣，逆喘也。與此頗相合。太平御覽醫針類：王渾表曰：「臣有氣病，善夜發。」梁書：徐摛因感氣疾而卒。周書：蔡祐遂得氣疾。氣疾，固常語，且與霍亂相合。南史虞寄傳：得感氣病，每氣奔劇，危殆者數矣。當時檢驗方書，史記扁鵲傳：長桑君乃悉取其禁方書，盡與扁鵲。漢書藝文志：醫經七家，經方十一家。又：方技者皆生生之具，故論其書以序方技爲四種。煎和藥物，左傳：盡心力以事君，舍藥物可也。百計療理，英華作「治」，而注曰：「唐諱。」一無痓除，至十一日辰時，一作「至於某日」。轉加困劇，漸不支持。想彼孤魂，漢書貢禹傳：骸骨棄捐，孤魂不歸。已游岱嶽；劉楨詩：常恐游岱宗，不復見故人。張華博物志：泰山，天帝孫也。主召人魂。東方萬物之始，故主人生命之長短。念兹二豎，徒訪秦醫。左傳：晉侯疾，秦伯使醫緩爲之。未至，夢疾爲二豎子，曰：「居肓之上，膏之下，若我何？」醫至曰：「疾不可爲也。在肓之上，膏之下，攻之不可，達之不及，藥不至焉，不可爲也。」對印執符，漢書韓信傳：漢王即其卧，奪其印符。碎心殞首，李密陳情表：臣生當殞首。人之到此，命也如何！戀深而乏力以言，泣盡而無血可繼。説苑：下蔡威公閉門而哭，三日三夜，泣盡而繼以血。臣某誠哀誠戀，頓首頓首。

臣當道三軍將士，準前使李文悦例，舊書文宗紀：太和六年七月，以前靈武節度使李文悦爲兖、海、密、沂節度使。餘附詳爲鹽州刺史狀。差監軍使元順通勾當訖。按史記：穰苴將兵，願得君之寵臣以監軍，景公使莊賈往。此爲監軍之始，自後屢見之，至唐則藩鎮皆有中使監軍。臣與順通雖近同王事，已備見公才，晉書虞騤傳：孔愉有公才而無公望。假之統臨，必能和協。左傳：鄭伯曰：「寡人有弟，不能和協。」其團練、觀察兩使事，差都團練巡官盧涇勾當訖。臣亦授之方略，示以規模。伏惟聖明，不至憂軫。

臣精神危促，言詞爽一作「失」。錯，行當窮塵埋骨，鮑照蕪城賦：莫不埋魂幽石，委骨窮塵。枯木容身，猶曰就木，見下濮陽遺表。螻蟻卜鄰，螻蟻穴土，故每以言葬埋。左傳：非宅是卜，惟鄰是卜。莊子：在上爲烏鳶食，在下爲螻蟻食。烏鳶食祭。史記：田單令人食必祭先祖於庭，飛鳥悉翔舞下食。黄河兩曲，爾雅：河出崐崙虚，色白，所渠并千七百，一川色黄，百里一小曲，千里一直一曲。楊泉物理論：河九曲以達於海。此謂自西京至兗，故曰兩曲。長安幾千。梁元帝賦：平原如此，不知道路幾千。生入舊關，望絶班超之請；後漢書班超傳：超久在絶域，年老思土，上疏曰：「臣不敢望到酒泉郡，但願生入玉門關。」力封遺奏，痛深來歙之辭。後漢書來歙傳：自書表曰：「臣夜人定後，爲何人所賊傷，中臣要害。」投筆抽刃而絶。迴望昭代，不勝荒惙眷戀之至。謹差某奉表代辭以聞。

代彭陽公遺表

舊書令狐楚傳：楚字殼士，自言國初十八學士德棻之裔。太和九年守尚書左僕射，進封彭陽郡開國公。開成元年檢校左僕射、興元尹，充山南西道節度使。二年十一月，卒於鎮，年七十二。册贈司空，謚曰文。楚未終前一日，召從事李商隱曰：「吾氣魄已殫，情思俱盡，然所懷未已，強欲自寫聞天，恐辭語乖桀，子當助我成之。」徐曰：漢地理志安定郡有彭陽縣。匈奴傳：遂至彭陽。師古曰：即今彭原縣，是其故城。周封令狐熙之父御正中大夫襄公以此，唐無彭陽郡，其封楚蓋仍其先世之號耳。按：北史令狐整及子熙皆封彭城縣公，隋書於熙作彭陽，熙少子德棻。舊傳云：賜爵彭城男，而北史序傳稱彭陽公德棻也。

臣某言：臣聞達士格言，以生爲逆旅；莊子：悲夫世人，直爲物逆旅耳。古者垂訓，謂死爲歸人。列子：古者謂死人爲歸人，則生人爲行人矣。苟得其終，何怛于化？莊子：子來有病，喘喘然將死，其妻子環而泣之。子犂往問之，曰：「叱避！無怛化。」臣永惟際會，獲遇一作「偶」。昇平，漢書梅福傳：升平可致。張晏曰：民有三年之儲曰升平。「昇」與「升」通。舊書本傳：楚召商隱云云，即秉筆自書曰：「臣永惟際會，受國深恩。」下四字酌改矣。受國深恩，册府元龜遺諫類采此表中句，亦作「受國深恩」。鍾鼎之勳莫彰，國語：魏顆退秦師于輔氏，其勳銘于景鐘。禮記：衛孔悝之鼎銘：悝拜稽首曰：「對揚以辟之，勤大命施于烝彝鼎。」後漢書崔駰傳：銘昆吾之冶。注曰：蔡邕銘論曰：吕尚作周太師，其功銘于昆吾之鼎。風露之姿先盡，雖無非一作「逃」。大數，亦有負清朝。後漢書史弼傳：使臣得於清朝，明言其失。今則舉纊陳詞，對棺忍死，白日無分，元夜何長！劉楨詩：遺思在元夜。餘見下濮陽遺表。淚兼血垂，目與魂一作「雲」。斷。臣某中謝。

臣早緣儒學，得廁人曹，克紹家聲，不虧士行。詞賦貢名於宗伯，書檄應聘於諸侯。東汎西浮，謝朓牋：東汎三江，西浮七澤。南登北走，宋書隱逸傳：宗炳好山水，愛遠遊，西涉荆、巫，南登衡嶽。史記季布傳：不北走胡，即南走越。時惟一作「推」。倚馬，世説：桓宣武北征，袁虎時從，被責免官。會須露布文，喚袁倚馬前令作，手不輟筆，俄得七紙。人或薦雄。漢書揚雄傳：孝成帝時，客有薦雄文似相如者，召雄，待詔承明之庭，從上甘泉，還奏賦以風。傳：家世儒素，兒童時已學屬文。弱冠應進士，貞元七年登第。桂管觀察使王拱愛其才，欲以禮辟召，懼楚不從，乃先奏聞而後致聘。楚以父掾太原，有庭闈之戀，徑往桂林謝拱，不預宴游，乞歸奉養。李説、嚴綬、鄭儋相繼鎮太原，高其行義，皆辟爲從事。自掌書記至節度判官，歷殿中侍御史。楚才思俊麗，德宗好文，每太原奏至，能辨楚之所爲。鄭儋在鎮暴卒，軍中喧譁，將有急變。中夜十數騎持刃迫楚至軍門，諸將環之，令草遺表。楚在白刃之中，搦管即成，讀示三軍，無不感泣，軍情乃安。自是聲名益重。西掖承榮，謂徵拜右拾遺。餘見安平謝除表。得以言之無罪；詩序：言之者無罪，聞之者足以戒。曲臺備位，謂改太常博士。漢書儒林傳：后蒼説禮數萬言，號曰后氏曲臺記。藝文志注曰：行禮射於曲臺，后蒼爲記。曲臺，天子射宫也。西京無太學，於此行禮也。按：太常掌禮儀，故每云曲臺。麤明物有其容。一作「官」。按左傳：屠蒯曰：「事有其物，物有其容。」張平子東京賦：春日載陽，合射辟雍。設業設虡，宫懸金鏞。鼖鼓路鼗，樹羽幢幢。於是備物，物有其容。此處言修禮儀，當作「容」，不作「官」。晏殊類要：令狐楚爲太常博士時，言曰：「自叔孫通以還，若賈誼、董仲舒、公孫弘稀不以此進，人以班末禄寡爲愧，臣獨以爲榮，詳曲臺之儀法，考庶僚之功行。」允謂才難，便叨郎選。謂遷禮部員外郎。振衣華省，楚辭：新浴者必振衣。潘岳秋興賦：獨展轉於華省。歷履一作「履歷」，非。名曹；高步内庭，光揚密命。新書傳：其爲文，於牋奏制令尤善，每一篇成，人皆傳諷。憲宗皇帝以臣行多餘力，忠絶它腸，漢書衛綰傳：上以爲廉，忠實無它腸，乃拜綰爲河間王太傅。進無所因，靜以有立，過蒙顧問，後漢書章帝紀：朕思遲直士，欲置於左右，顧問省納。深降褒稱，乃於同列之中，獨許非常之拜。舊書憲宗紀：元和九年十月，以刑部員外郎令狐楚爲職方員外郎、知制誥，十一月爲翰林學士。傳：楚與皇甫鎛、蕭俛同年登第。元和九年，鎛初以財賦得幸，薦俛、楚俱入翰林充學士，遷職方郎中、中書舍人，皆居內職。按：許以爲相，故曰「非常之拜」。殊恩既浹，當路相排，旅翮未高，謝朓牋：渤海方春，旅翮先謝。孤根已動。晏子春秋：魯昭公曰：「吾少之時，內無拂而外無輔，譬之猶秋蓬也，孤其根而美枝葉，秋風至，根且拔矣。」河潼爲郡，謂華州。盟津統師。即孟津，謂河陽。溺以待援，痿而念起漢書韓王信傳：僕之思歸，如痿人不忘起，盲人不忘視。傳：時用兵淮西，言事者以師久無功，宜宥賊罷兵，唯裴度與憲宗志在殄寇。宰相李逢吉與度不協，與楚相善。楚草度淮西招撫使制，不合度旨。憲宗方責度用兵，乃罷逢吉相任，亦罷楚內職，守中書舍人。十三年四月，出爲華州刺史。十月，皇甫鎛作相，以楚爲河陽懷節度使。憲皇一作「宗」。旁集作「講」。求輔相，既一作「即」，誤。記姓名，果遺急徵，漢書鮑宣傳：急徵故大司馬傅喜。仍加大用。漢書魏相傳：丙吉予相書曰：朝廷已深知弱翁治行，方且大用矣。傳：元和十四年七月，皇甫鎛薦楚入朝，自朝議郎授朝議大夫、中書侍郎同平章事。按舊書職官志：文散官朝議大夫，正五品，下階。凡職事皆帶散位，謂之本品，職事則隨才録用，參差不定。楚已爲節度，時將爲相，而所授散位如此。裴中令讓官表亦云「以臣爲朝議大夫、守中書侍郎、同中書門下平章事」。戴君之力雖弱，許國之誠在茲。實有微衷，可裨元化。曹植責躬詩：元化旁流。況初誅背叛，謂元和十二年誅淮西吴元濟，十四年誅淄青李師道。務活疲羸。後漢書段熲傳：屯結不散，人畜疲羸。方伏奏於鳳扆之前，周禮：掌次，設皇邸。注曰：謂後板屏風，染羽象鳳皇羽色以爲之。忽庀徒於鳥耘之次。左傳：官庀其司。注曰：庀，具也。王屮頭陀寺碑：庀徒揆日，各有司存。帝王世紀：禹葬會稽山陰縣之南，今山上有禹冢并祠，下有羣鳥耘田。傳：元和十五年正月，憲宗崩，詔楚爲山陵使。小吏抵罪，史記任安傳：笞辱北軍錢官小吏。漢書酷吏傳：坐法抵罪。邪臣結謀，指之有名，嘿不得訴，空甘罪戾，仰託聖明，粗得生還，幾臨死所。左傳：狼瞫曰：「吾未獲死所。」傳：時皇甫鎛貶崖州，物議以楚因鎛作相而逐裴度，羣情共怒。其年六月，山陵畢，會有告楚親吏贓污，事發，出爲宣歙觀察使。楚充奉山陵時，親吏韋正牧等同隱官錢不給工價，移爲羨餘十五萬貫上獻。正牧等皆誅，楚再貶衡州刺史。其後官移賓護，徐刊本誤作「督護」。通典：太子賓客定置四人，掌調護、侍從、規諫。凡太子有賓客之事，則爲上齒，蓋取象於四皓焉。四年不謁於承華；文選：陸士衡皇太子宴賦詩：振纓承華。注曰：洛陽記曰：「太子宮在大宮東，中有承華門。」此以仍在東都，故曰不謁。任改察廉，徐曰：即廉察，以聲病倒用，非舉孝察廉之謂。按：察廉，唐人習用，白居易詩：「俗阜知敦勸，民安見察廉。」一日暫留於分陝。春秋公羊傳：自陝而東，周公主之；自陝而西，召公主之。欲舉而墜，將安更危。傳：長慶元年四月，量移郢州刺史，遷太子賓客，分司東都。二年十一月，授陝虢觀察使。制下旬日，諫官論奏，上遽令追制，時楚已至陝州視事一日矣。復授賓客，歸東都。賴敬宗皇帝纘乃丕圖，是思求舊，書：人惟求舊。振於洛宅，謂尹河南。召誥：太保朝至于洛，卜宅。榮彼夷門。謂鎮宣武。史記信陵君傳：太史公曰：「吾過大梁之墟，求問其所謂夷門，夷門者，城之東門也。」自茲以來，敢虛其遇，周旋五經鎮守，惟切分憂；白帖：刺史類：共理。注曰：漢宣曰：「與我共理者，其唯二千石乎！」又：分憂。注曰：分主憂。按漢宣語即分憂之意，而分憂字俟再考。唐人稱刺史曰分憂，如王維詩「歸分漢主憂」，杜甫詩「漢二千石真分憂」之類甚多。晉書宣帝紀：黄初五年，天子觀兵吴疆，帝留鎮武昌，録尚書事。帝固辭，天子曰：「此非爲榮，乃分憂耳。」或謂「分憂」字始此，似未然。前後兩歸闕庭，皆非久次。漢書孔光傳：竊見國家故事，尚書以久次轉遷。傳：敬宗即位，用楚爲河南尹。其年九月，檢校禮部尚書、汴州刺史、宣武軍節度使。太和二年九月，徵爲户部尚書。三年三月，檢校兵部尚書、東都留守、東畿汝都防禦使。其年十一月，進位右僕射、鄆州刺史、天平軍節度。六年二月，改太原尹、北都留守、河東節度。七年六月，入爲吏部尚書。九年六月，轉太常卿。十月，守尚書左僕射，進封彭陽郡開國公。按：五經鎮守，謂尹河南、鎮宣武、守東都、鎮天平、守北都。兩歸闕庭，謂太和二年入爲户部尚書，七年六月入爲吏部尚書也。拙直不同於衆，讒毁每集其躬，含意未宣，救過不暇。漢書酷吏傳：九卿奉職，救過不給。伏思自長慶厥後，書無逸：自時厥後。開成之前，凡幾忝遷昇，幾遭退斥。若非不欺天地，不負君親，至於幾微，尋合顛隕。伏惟皇帝陛下，道超覆載，仁極照臨，既委銅鹽，徐刊本誤作「鹽鐵」。史記吴王濞列傳：其居國以銅鹽，故百姓無賦。又分端揆，鹽鐵稱銅鹽，僕射稱端揆，皆史書習用語。逮今控壓，亦在重鎮。傳：李訓兆亂之夜，帝召鄭覃與楚宿禁中，商量制敕，皆欲用爲相。楚以王涯、賈餗冤死，敍其罪狀浮汎，士良等不悦，故輔弼之命，移於李石，乃以本官領鹽鐵轉運等使。開成元年，以權在内官，上疏乞解使務。其年四月，充山南西道節度使。陛下之恩，微臣何益；「益」字疑。微臣之節，陛下方知。興言及兹，一作「斯」。碎首殊晚。漢書杜鄴傳：禽息憂國，碎首不恨。應劭曰：禽息，秦大夫，薦百里奚而不見納。繆公出，當車以頭擊闑，腦乃播出。繆公感痦，而用百里奚，秦以大治。此指不能助文宗以勝宦豎也。其隱約如此。

然臣從心之年已至，致政之禮宜遵，禮記：大夫七十而致事。尋欲拜章，以求歸老。伏以諸道節制，頻歲更移，其於送迎，例多積累，漢書黄霸傳：霸曰：「數易長吏，送故迎新之費，及姦吏緣絶簿書，盜財物，公私費耗甚多。」臣在此雖無一毫侵損，亦無纖介一作「芥」。誅求，後漢書竇融傳：皆以底裏上露，長無纖介。左傳：介于大國，誅求無時。帑英華上有「而」字，誤。藏甚殷，晉書范寧傳：帑藏空匱。倉儲有一作「可」。羨，特緣行李，左傳：行李之往來，共其乏困。注：行李，使人。又：一介行李。又：行理之命。「李」、「理」通用。按：凡使者從者皆稱行李。如舊書温造傳「臣聞中丞行李，不過半坊，今乃遠至兩坊，謂之籠街喝道」。蓋謂儀從也。此句亦指儀從供億之多費。忍過秋冬。而江山之氣候難常，蒲柳之蕭衰易見，王隱晉書：顧悦之與簡文帝同年而髮早白，上問故，對曰：「松柏之姿，經霜猶茂；蒲柳之質，望風先凋。」按唐修晉書作「望秋先零」，世説作「早秋而落，隆冬轉茂」。自夏則膝脛無力，入冬則集作「又」。腸胃不調，對冠冕而始訝儻來，莊子：軒冕在身，非性命也；物之儻來，寄也。指墳墓而已知息處。禮記：奈何去墳墓也。列子：望其壙，睪如也，墳如也，則知所息矣。大哉死乎？君子息焉，小人伏焉。

昨今月八日，一作「昨某日」。臣已召男國子博士緒，舊書傳：緒以蔭授官，歷隨、壽、汝三郡刺史，轉河南少尹，加金紫。左補闕綯、註別詳。左武衛兵曹參軍綸，世系表作「緘」。等，示以殁期，按「殁」字，徐刊本作「致」。史記：馮驩曰：「生者必有死，物之必至也。」魏文帝典論云：必至之常期。見後會昌一品集序，俟再考定。遺之理命。治命也，諱「治」爲「理」。見後爲王侍御表。使内則雍和私室，外則竭盡公家，兼約其送終，所務遵儉，一作「務遵儉約」。漢書循吏傳：召信臣遷南陽太守，禁止嫁娶送終奢靡，務出於儉約。吴志吕岱傳：遺令葬送之制，務從約儉。此類事頗多。勿爲從俗，曲禮：禮從宜，使從俗。漢書兩龔傳：勝因敕以棺歛喪事，衣周於身，棺周於衣。勿隨俗動吾家，種柏，作祠堂。以至慮居。禮記：喪不慮居，毁不危身。喪不慮居，爲無廟也，毁不危身，爲無後也。至十二日夜，一作「至某夜」。有僕夫告臣云：「大星隕地，雅當正室，洞照一庭。」臣即端坐俟時，正辭無撓。傳：楚謂其子緒、綯曰：「吾生無益於人，勿請謚號。葬日勿請鼓吹，唯以布車一乘，餘勿加飾。銘誌但志宗門，秉筆者無擇高位。」當殁之夕，有大星霣於寢室之上，其光燭廷。楚端坐與家人告訣，言已而終。嗣子奉行遺旨，詔鹵簿宜停，易名須準舊例。新書紀：開成二年十一月丁丑，有星隕於興元府署。臣之年亦極矣，劉禹錫令狐公集紀：享年七十。唐書「七十二」，小異。玩「從心」二句，似七十爲是。臣之榮亦足矣。以祖以父，皆蒙褒贈；「贈」本作「寵」，今從舊書傳。有弟有子，並列班行。新書表：楚弟從，檢校膳部郎中。舊書傳：楚弟定，進士第，累遷右散騎常侍、桂管觀察等使。全腰領以從前人，禮檀弓：文子曰：「是全要領以從先大夫于九京也。」「前」傳作「先」。歸體魄以事先帝。禮記禮運：體魄則降，知氣在上。郊特牲：魂氣歸于天，形魄歸于地。「歸」傳作「委」，「以」傳作「而」。此不自達，誠爲甚愚。但以將掩泉扃，庾信銘：移燈泉扃。「將掩」，傳作「永去」。不得重辭雲陛，謝朓詩：十載朝雲陛。「不得」二字傳省。「重」傳作「長」。更一作「重」。陳尸諫，家語：史魚將卒，命其子曰：「吾不能進蘧伯玉，退彌子瑕，我死，汝置屍牖下。」孔子聞之曰：「古之列諫者，死則已矣，未有若史魚死而屍諫，忠感其君者也！」猶進瞽言，漢書谷永傳：瞽言觸忌諱。雖叫呼而不能，「叫呼」傳作「號叫」。豈誠明之敢忘！去聲。伏惟皇帝陛下，「伏惟」傳作「今」。春秋鼎盛，漢書賈誼傳：天子春秋鼎盛。注曰：鼎，方也。華夏鏡清，淮南子：鏡太清者，視大明。班固東都賦：百姓滌瑕蕩穢而鏡至清。「華夏」傳作「寰海」。是修教化之初，是一作「當」。復理安之始。「安」傳作「平」。然自前年夏秋以來，按：舊傳「前年」下有「夏秋」二字，英華無之。文意指「甘露」變後，而曰夏秋者，所以稍隱之也。且訓、注用事之時，朝臣已多貶謫矣。貶譴者至多，册府元龜：作「貶謫」。册府元龜所引皆與舊書傳及英華同，惟此「謫」字爲異。誅僇者不少。新書傳：時以「甘露」事誅譴者衆。伏望普加鴻造，傳無「伏」字。稍霽皇威。歿者昭洗以雲雷，存者霑濡以雨露，揚雄長楊賦：莫不沾濡。自然五稼嘉熟，「自然」二字，傳作「使」。「稼」傳作「穀」。「嘉」刊本作「皆」，今從傳。兆人樂康。屈原九歌：君欣欣兮樂康。「樂」傳作「安」。用臣將盡之苦言，史記商君傳：苦言，藥也；甘言，疾也。「用」傳作「納」。慰臣永蟄之幽魄。關尹子：明魂爲神，幽魄爲鬼。以上二十八句，楚所秉筆自書者。舊傳載之，字之不同，當由義山酌改，然有宜從傳者。臣某云云。

臣當道兵馬，已差監軍使竇千乘勾當；其節度留務，差行軍司馬趙祝；觀察留務，差節度判官杜勝訖。見爲安平公狀。有舊規模，無新革易。必一作「悉」。當輯睦，左傳：隨武子曰：「卒乘輯睦。」決無諠驚。臣心雖澄定，曹植七啓：澄神定靈。氣已危促，辭多逾切，嗚急更哀，升屋而三號豈來，禮記喪大記：復者朝服，皆升自東榮，中屋履危，北面三號，卷衣投于前。赴壑而一去無返。山海經：海曰大壑。古樂府辭：百川東到海，何時復西歸？忠誠直道，竟埋没於外藩；腐骨枯骸，空歸全於故國。禮記：樂正子春曰：「父母全而生之，子全而歸之。」迴望昭代，無任攀戀永訣之至。潘岳誄：存亡永訣，逝者不追。江淹别賦：誰能寫永訣之情者乎？謹奉表代辭以聞。臣某誠號集作「哀」。誠咽，頓首頓首。

爲令狐博士緒補闕綯謝宣祭表

按綯於父喪之前已爲左補闕，舊傳小疎，詳年譜。

專謝宣祭，故語甚簡。賜弔賻贈，必别有謝表。

草土臣某言：今月某日，中使某至，奉宣恩旨，致祭臣亡父贈司空臣某者。存没願終，哀榮禮備，荒迷觸地，吕氏春秋：黎丘丈人之子泣而觸地。號叫瞻天。臣某中謝。臣先臣某，生遇昌期，早司國柄，管子：大德不至仁，不可以授國柄。説苑：楚令尹子文曰：「執一國之柄。」没留懿德，上惻宸襟，特降王人，春秋：王人子突救衛。迂臨私第，陳其醆爵，禮記明堂位：爵，夏后氏以琖，殷以斝，周以爵。詩大雅「洗爵奠斝。」傳：夏曰「醆」。釋文：「醆」或作「琖」。説文：醆，爵也。一曰酒濁而微清也。潔以豆登。詩：卬盛于豆，于豆于登。傳曰：木曰豆，瓦曰登。招遺魄於幽陰，旋歸莫覿；視殘生於晷刻，報效無期。臣等無任戴恩荒殞之至，謹附中使某奉表陳謝以聞。

爲濮陽公論皇太子表

徐曰：此王茂元鎮涇原時上也。舊書紀：文宗太和九年十月，以前廣州節度使王茂元爲涇原節度使。開成三年九月，以皇太子慢游敗度，欲廢之，殺太子宮人左右數十人。冬十月，太子薨於少陽院。文宗二子傳：莊恪太子永，文宗長子也，母曰王德妃。太和四年封魯王，六年册爲皇太子。開成三年暴薨。時傳云德妃晚年寵衰，賢妃楊氏恩渥方深，懼太子他日不利於己，故日加誣譖，太子終不能自辨明也。太子既薨，上意追悔。王栖曜傳：栖曜，濮州濮陽人，貞元中，鄜坊丹延節度、觀察使。子茂元，幼有勇略，從父征伐知名。元和中爲右神策將軍，太和中廣州刺史、嶺南節度使。新書傳：茂元交煽權貴。鄭注用事，遷涇原節度使。注敗，悉出家貲餉兩軍，得不誅，封濮陽郡侯。按：舊傳漏書鎮涇原，餘詳年譜。

臣某言：今月某日，得本道進奏院狀報，今月六日，宰臣鄭某等。時鄭覃爲首相。宰相表：太和九年十一月，鄭覃同中書門下平章事。開成四年五月，罷爲尚書左僕射。率三省官屬，見安平公謝除表。入論皇太子事者。文宗二子傳：開成三年，上以皇太子晏游敗度，將議廢黜，特開延英，召宰臣及兩省御史臺對。宰臣及衆官以爲儲后年小，可俟改過，國本至重，願寬宥。御史中丞狄兼謩上前雪涕以諫，詞理懇切。翌日翰林學士、神策六軍軍使又進表陳論，上意稍解。其日一更，太子歸少陽院。中人張克己等數十人，連坐至死及剥色流竄。褫魄疆埸，馳魂輦轂，曹植表：入侍輦轂。莫知本末，伏用驚惶。臣某中謝。

臣聞禮贊元良，禮記文王世子：一有元良，萬國以貞，世子之謂也。易標明兩，易：明兩作離，大人以繼明照于四方。是司匕鬯，以奉宗祧。易：震亨，不喪匕鬯，出可以守宗廟社稷，以爲祭主也。又：震爲長子。禮記：王立七廟，遠廟爲祧。華夏式瞻，邦家大本。漢書叔孫通傳：通曰：「太子天下本，本壹搖，天下震動。」自昔質文或異，步驟雖殊，孝經鈎命決：三皇步，五帝驟；三王馳，五霸騖。論語撰考讖：考靈差德，堯步舜驟，禹馳湯騖，德有優劣，故日行轉疾。後漢書律曆志三五步驟，優劣殊軌。既立之以賢，則輔之有道，北宮養德，三輔黄圖：北宮有太子宮甲觀畫堂。禮記文王世子：立太傅、少傅而養之，欲其知父子君臣之道也。東序承榮，集作「勞」。禮記文王世子：凡學世子及學士；凡祭與養老之禮，皆于東序。又曰：凡大合樂，必遂養老。注曰：大合樂時，天子視學。祭義：食三老五更於太學，天子袒而割牲，執醬而饋，執爵而酳，冕而總干。又曰：天子設四學，當入學而太子齒。此云承榮，謂太子承天子之榮以養老乞言也。務近正人，漢書賈誼傳：太子乃生而見正事，聞正言，行正道，左右前後，皆正人也。用光繼體。穀梁傳：承明繼體，則守文之君也。史記外戚世家：繼體守文之君。註曰：謂是嫡子，繼先帝之正體而立者也。周則周公爲太傅，太公爲太師；漢書賈誼傳：昔者成王幼在繦抱之中，召公爲太保，周公爲太傅，太公爲太師。漢則疏氏二賢，漢書：地節三年，立皇太子，疏廣爲太傅，兄子受爲少傅。其後乞骸骨歸，道路觀者曰：「賢哉二大夫！」商山四老。高士傳：四皓秦始皇時共入商雒，隱地肺山。史記：高祖欲易太子，及宴置酒，太子侍，東園公、甪里先生、綺里季、夏黄公從太子，年皆八十餘，鬚眉皓白。上大驚，曰：「煩公等卒調護太子。」按史、漢云四皓來以爲客，時時從入朝。是時叔孫通爲太傅，留侯行少傅事。而北堂書鈔引史記「漢高祖以商山四皓爲太子太師」，唐類函亦有之，云出史記外戚世家。今史記無此語。晉書閻纘傳：四皓爲師，子房爲副，竟復成就。内揚孝道，外進忠規，猶在去彼嫌猜，辨其疑似，一作「是」，「誤」。不由微細，輕致動摇，乃得守三十代之丕圖，左傳：成王定鼎于郟鄏，卜世三十，卜年七百。延四百年之景祚，後漢書張衡傳：漢四百歲。獻帝紀贊：終我四百，永作虞賓。著於史册，焕若丹青。揚子法言：聖人之言，明若丹青也。

伏惟皇帝陛下，道冠百王，功高三古，事窺化本，謀洞一作「動」，誤。機先。皇太子自正位春坊，廣韻注：漢官有太子坊，坊亦省名。梁書徐摛傳：摛文體既别，春坊盡學之。舊書睿宗紀：改門下坊爲左春坊，典書坊爲右春坊。傳輝望苑，漢書武五子傳：戾太子據及冠，上乃爲立博望苑，使通賓客。陛下旁延儁乂，書：俊乂在官。晉書張華傳：劉卞曰：「東宫俊乂如林。」以贊温文。禮記：三王教世子必以禮樂，是故其成也懌，恭敬而温文。並學探泉源，班固典引：與之斟酌道德之淵源。唐諱「淵」爲「泉」。氣壓浮競，晉書賈充傳：浮競之徒，莫不盡禮事之。文宗二子傳：上以魯王年幼，思得賢傅輔導之，因以户部侍郎庾敬休兼魯王傅，太常卿鄭肅兼王府長史，户部郎中李踐方兼王府司馬。尋册爲太子，以王起、陳夷行爲侍讀。按：其時爲東宫官者頗多。嗜魚不進，賈誼新書：文王使太公望傅太子發。嗜鮑魚，太公不與曰：「禮，鮑魚不登于俎，豈有非禮而可以養太子哉！」求玦莫從。魏文帝與鍾大理書：近日南陽宗惠叔稱君侯昔有美玦，乃不忽遺，嘉貺益腆，敢不欽承。有王褒之獻箴，初學記：周王褒皇太子箴曰：庶僚司箴，敢告閽寺。無卞蘭之奉一作「奏」，非。賦。魏略：卞蘭獻賦，贊述太子德美，太子報曰：「蘭此賦豈吾實哉！事雖不諒，義足嘉也。」由是見親敬。魏志武宣卞皇后傳：太后弟子奉車都尉蘭。今縱麤乖睿旨，微嗛一作「慊」。聖心，史記外戚世家：景帝恚心嗛之。按嗛與銜同，又與歉同，皆見史、漢註。當以猶屬妙齡，未加元服，儀禮：令月吉辰，始加元服。或攜徒御，詩：徒御不驚。時致一作「縱」。逸游。樂或作「欒」，誤。野夏儲，亦嘗觀舞；山海經：大樂之野，夏后啓于此舞九代，乘兩龍。按海外西經：大樂之野，一曰大遺之野。太平御覽玉海引之皆作「大樂」，而每有作「欒」者，形近而誤也。南皮魏副，漢書疏廣傳：廣曰：「太子國儲副君。」屢見飛觴。魏文帝與吳質書：每念昔日南皮之游，誠不可忘。又：每至觴酌流行，絲竹並奏，酒酣耳熱，仰而賦詩。文選：曹子建公讌詩，與兄丕讌飲作。陛下濬發慈仁，殷勤指一作「楷」。教，稍踰規戒，即震威靈。雖伐木析薪，必循其理；詩小弁之篇曰：伐木掎矣，析薪扡矣。舍彼有罪，予之佗矣。傳曰：伐木者掎其顛，析薪者隨其理。箋曰：掎其巔者，不欲妄踣之。扡，謂觀其理也。隨其理者，不欲妄挫折之。以言今王之遇太子，不如伐木析薪也。而逝梁發笱，亦有可虞。詩：無逝我梁，無發我笱。箋曰：之人梁，發人笱，此必有盜魚之罪。以言褒姒淫色，來嬖于王，盜我太子母子之寵。徐曰：此以宜臼喻太子，褒姒比賢妃。按唐人用詞少忌諱耳。抑臣又聞父之於子也，有嚴訓而無責善；君之於臣也，有掩惡而復録功。故得一作「能」。各務日新，並從夕改。文選曹子建上責躬詩表：以罪棄生，則違古賢夕改之勸。註曰：

曾子曰：「君子朝有過，夕改，則與之；夕有過，朝改，則與之。」注：曾子云云，見大戴禮立事篇。同寘於道，不傷其慈，儻犯在斯須，便遺天性；過當造次，遽抵國章。則以古以今，孰爲令子？在朝在野，誰曰全臣？虚牽復之微一作「至」。言，易：牽復吉。失不貳之深旨。

伏惟陛下，侔覆育於天地，霽赫怒於雷霆，説文：霽，雨止也。詩：王赫斯怒。漢書魏相傳：相心善其言，爲霽威嚴。復許省勵宮闈，卑刊本誤作「早」。謝師傅，蹈殊休於列聖，慰欽矚於兆人。臣才則荒涼，志惟朴騃，漢書息夫躬傳：内實騃，不曉政事。因緣代業，唐諱「世」爲「代」。蒙被官榮，竊諸侯之土田，詩魯頌曰：錫之山川，土田附庸。領大將之旗鼓。周禮：若作其民而用之，則以旗鼓兵革帥而至。左傳：張侯曰：「師之耳目，在吾旗鼓。」漢書韓信傳：信建大將之旗鼓，鼓行出井陘口。當車折檻，禽息當車碎首，已見彭陽遺表。漢書薛廣德傳：上欲御樓船，廣德當乘輿車，免冠頓首，曰：「宜從橋。陛下不聽臣，臣自刎以血污車輪。」朱雲傳：雲曰：「臣願賜尚方斬馬劍，斷佞臣一人，以厲其餘。」上問：「誰也？」曰：「安昌侯張禹。」上大怒，御史將雲下，雲攀殿檻，檻折，雲呼曰：「臣得從龍逢、比干遊於地下足矣！」合首他人；瀝膽刺心，吴均詩：開胸瀝膽取一顧。按：「披肝瀝膽」字屢見。李陵答蘇武書：陵不難刺心以自明。正當今日。而名非朝籍，三輔黄圖：漢宮門各有禁，非侍衛通籍之臣不敢妄入。北史隋文帝紀：開皇二年三月，初命入宮殿門通籍。按：隋復行此制，惟京職乃云通籍，若出外即云非朝籍矣。今人概以筮仕爲通籍，誤也。務切軍機，道阻且躋，一作「修」，誤。佇立以泣。語見詩。龍樓獻直，漢書成帝紀：帝爲太子，居桂宮。上常急召，太子出龍樓門，不敢絶馳道。戴逵之詞翰蔑聞；藝文類聚：隋戴逵皇太子箴曰：無謂父子無間，江充掘蠱；無謂兄弟無攜，倡優起舞。此戴逵隋時人，非晉戴安道。鳳闕拜章，班固西都賦：設璧門之鳳闕，上觚稜而棲金爵。注曰：漢書曰：建章宮其東則鳳闕，高二十餘丈，其南有璧門之屬。三輔故事曰：建章宮闕上有銅鳳皇。金爵即銅鳳也。餘互見安平賀聖躬表。張儼之精誠未泯。吴志三嗣主傳注：吴録曰：張儼字子節，以博聞多識，拜大鴻臚，使於晉。藝文類聚：吴張儼請立太子師傅表。干冒宸極，晉書傅咸傳：億兆顒顒，戴仰宸極。無任隕涕祈恩之至。謹差某官某奉表陳論以聞。

爲濮陽公陳情表

徐曰：此王茂元在涇原求代表也。甘露之變，中人掎摭其事。而此云「一去闕庭，五罹寒暑」，蓋中人德其重賂，故能久帥涇原。其陳情當在開成四年之冬，去文宗之升遐無幾矣。按：舊書職官志，凡諸軍鎮使副使以上皆四年一替。茂元鎮涇原，至開成四年冬滿四年之期。此表亦循例也，上表後當即受代入朝，下篇所敍可見。

臣某言：臣聞事君以忠者，所宜效死；食君之禄者，亦戒妨賢。説苑：虞丘子謂楚莊王曰：「臣爲令尹，處士不升，妨羣賢路。」苟非内慊私誠，外憂官謗，見爲安平公表。則安肯固辭武節，周禮：掌節，凡邦國之使節，山國用虎節，土國用人節，澤國用龍節。皆金也，以英蕩輔之。漢書：元封元年詔曰：「朕將巡邊垂，擇兵振旅，躬秉武節。」舊書職官志：旌以專賞，節以專殺。強委信一作「侯」。圭，周禮：大宗伯，以玉作六瑞，侯執信圭。註曰：信，當爲「身」，聲之誤也。拒七命賜國之榮，周禮：大宗伯，以九儀之命，正邦國之位，壹命受職，再命受服，三命受位，四命受器，五命賜則，六命賜官，七命賜國，八命作牧，九命作伯。捨萬里封侯之策，後漢書班超傳：相者曰：「祭酒布衣諸生耳，而當封侯萬里之外。」後永元中，爲西域都護，封定遠侯。餘詳爲安平公表。必知不可，安敢無言！臣某中謝。

臣因緣代業，遭逢集作「遇」。聖時，竊嘗一作「常」。有志四方，禮記：男子生，桑弧蓬矢六，射天地四方。男子之所有事也，必先有志於其所有事。左傳：姜氏謂晉公子曰：「子有四方之志。」不掃一室。後漢書陳蕃傳：蕃庭宇蕪穢。蕃曰：「大丈夫處世，當掃除天下，安事一室乎！」奉隨武之家事，無媿陳辭；左傳：子木問范武子之德於趙孟，對曰：「夫子之家事治，言于晉國無隱情，祝史陳信於鬼神無愧辭。」慕一作「纂」。鄧傅之門風，不傷清議。後漢書鄧禹傳：有子十三人，各使守一藝，修整閨門，教養子孫，皆可以爲後世法。資用國邑，不修產利。顯宗即位，拜爲太傅。又曰：自祖父禹教訓子孫，皆遵法度，閨門靜居。按清議之於鄧氏，俟考。屬者每憂不試，曹植求自試表：微才不試，没世無聞；禽息鳥視，終於白首。深恥因媒。韓詩外傳：宋玉因其友見楚襄王，襄王待之無以異，乃讓其友。友曰：「夫薑桂因地而生，不因地而辛；女因媒而嫁，不因媒而親。子之事王未耳，何怨於我。」按：此則謂恥求人薦舉也。自薦之書，朝投象魏；周禮：太宰正月之吉，縣治象之法于象魏。注曰：象魏，闕也。疏曰：周公謂之象魏，雉門之外兩觀，闕高魏魏然，孔子謂之觀。殊常之澤，暮降芸香。見爲安平公表。新書傳：茂元少好學，德宗時上書自薦，擢試校書郎，改太子贊善大夫。其後契闊星霜，羈離戎旅。從軍

王粲，徒感所知；王粲從軍詩：從軍有苦樂，但問所從誰；所從神且武，焉得久勞師？**掌**一作「草」。**檄陳琳，亦常交辟。**魏志：陳琳字孔璋，太祖以爲軍謀祭酒，管記室。典略：琳作諸書及檄草成，呈太祖。太祖先苦頭風，是日疾發，卧讀琳所作，翕然而起，曰：「此愈我病。」按此則茂元嘗爲書記。**呂元膺東周保釐之日，**書：王以成周之衆，命畢公保釐東郊。舊書傳：呂元膺元和中爲東都留守。新書傳：元膺署茂元防禦判官。**李師道**舊作「師古」，誤。**天平畔換**集作叛渙，一作「叛換」。**之時，**漢書敍傳：項氏畔換，黜我巴蜀。注曰：強恣貌。南史宋武帝紀：劉毅叛換，志肆姦暴。玉篇引詩云：無然伴換。注：伴換，猶跋扈也。按：叛、畔，古通，叛逆每云叛換，其字甚多。舊書李正己傳：師道，師古異母弟。師古死，其奴潛使迎師道於密州而立之。元和元年七月，授檢校左散騎常侍、權知鄆州事，十月，充平盧軍及淄青節度等使。自正己至師道，竊有鄆、曹等十二州六十年矣。十年，王師討蔡州。初，師道置留邸於河南府，兵諜雜以往來，吏不敢辨。因吴元濟北犯汝、鄭，郊畿多警，防禦兵盡戍伊闕。師道潛以兵數十百人内其邸，謀焚宫闕而肆殺掠。既烹牛饗衆矣，明日將出，會有小將詣留守呂元膺告變。新書方鎮表：元和十五年，賜鄆曹濮號天平軍節度使。**潛入其徒，盈於留邸。**漢書季布傳：至，留邸。師古曰：郡國朝宿之舍在京師率名邸。舊書憲宗紀：元和十年八月，淄青節度李師道陰與嵩山僧圓净謀反，勇士數百人伏於東都進奏院，乘洛城無兵，欲竊發焚燒宫殿而肆行剽掠。小將楊進、李再興告變，留守呂元膺乃出兵圍之，賊突圍而出，入嵩岳山棚，盡擒之。訊其首，僧圓净主謀也。僧臨刑歎曰：「誤我事，不得使洛城流血！」**臣此時尚持白簡，**徐曰：白簡即遺表所云「竹簡」。唐會要五品以上執象笏，六品以下執竹木笏。笏，手版也。按徐説固是，而初學記引崔篆御史箴曰：簡上霜凝，筆端風起。又引宋書：顔延之爲御史中丞，何尚之與之書曰：絳騶清路，白簡深劾。通典曰：魏時御史八人，當大會殿中，簪白筆側陛而坐，以奏不法。蓋御史以糾察彈劾爲職，凡彈事日輒奉白簡以聞。此則不計品階之高下者。猶著青袍。古詩：青袍似春草，長條隨風舒。徐曰：遺表所云「藍衫」，即青袍。杜氏通典：貞觀四年，令八品九品服青。時茂元爲元膺防禦判官，判官例帶御史銜，所謂青袍御史也。按唐會要、舊書志，六品七品服緑，八品九品服青，後以深青亂紫，改著碧青碧藍，仍相類也。元膺知臣傳劍論兵，史記太史公自序：在趙者以傳劍論顯。服虔曰：世善傳劍也。蘇林曰：傳，手搏論而釋之。又自序孫子吴起贊曰：非信仁廉勇，不能傳劍論兵書也。本於仁信，孫子：將者，知信仁勇嚴也。佩韃插羽，羽，箭也。餘見爲安平公表。亦識孤虚，漢書藝文志：五行家有風后孤虚二十卷。後漢書方術傳：孤虚之術。注曰：孤謂六甲之孤辰，若甲子旬中，戌亥無干，是爲孤也，對孤爲虚。抱朴子：太公曰：「從孤擊虚，萬人無餘，一女子當百丈夫。」俾以發姦，漢書趙廣漢傳：其發姦擿伏如神。假之捕盜，幸無容刃，一作「忍」，非。按：用投刃皆虚之義，見天台山賦，本莊子庖丁遊刃有餘之語也。以及焚巢。易：鳥焚其巢，旅人先笑後號咷。舊書吕元膺傳：元膺追兵伊闕，圍留邸，半月無敢進攻。防禦判官王茂元殺一人而後進，或有毁其墉而入者，賊衆突出，轉掠郊墅，東濟伊水，望山而去。元膺誡境上兵，重購捕之。數月，官兵圍於谷中，盡獲之。

旋帶銀章，漢書百官公卿表：凡吏秩比二千石以上皆銀印。注曰：漢舊儀云：銀印背龜鈕，其文曰章。俄分竹使，詳後爲汝南公賀彗星不見表。隼旟楚峽，按楚峽，歸州也。晉書志：秭歸，故楚子國。舊書志：歸州，隋巴東郡之秭歸縣，其屬縣即古巫縣，夔子之地，巫峽在其境。本集祭文有「秭歸爲牧」句可證。文苑英華有茂元作三閭大夫屈先生祠堂銘，中云：元和十五年，余刺建平之再歲也，歸州在晉爲建平郡矣。徐氏以爲峽州，誤也。茂元文止傳此篇。**出以分憂，熊軾鄖城，**後漢書輿服志：三公列侯伏熊軾黑轓。**忽然通貴。**南史沈慶之傳：慶之既通貴。字習見。按漢書地理志：江夏郡竟陵縣。注曰：鄖鄉，楚之鄖公邑。舊書志：郢州長壽縣，漢竟陵縣地，屬江夏郡。又均州有鄖鄉縣，漢錫縣地，屬漢中郡。則此云鄖城，斷不指均，而當指郢矣。**豈意復踰五嶺，**史記始皇本紀：三十三年，發諸人遣戍。注曰：五嶺，廣州記云：大庾、始安、臨賀、揭楊、桂陽。輿地志云：一曰臺嶺，亦名塞上，今名大庾；二曰騎田；三曰都龍；四曰萌諸；五曰越嶺。漢書張耳傳：南有五嶺之戍。後漢書吳祐傳：踰越五嶺。注曰：領者，西自衡山之南，東至於海，一山之限耳。别標名則有五焉。按都龍，或作「都龐」，萌諸，或作「萌渚」，而越嶺即始安也。**更授再麾。**按舊書文宗紀：太和元年四月，以邕管經略使王茂元爲容管經略使。地理志：邕州朗寧郡，容州普寧郡，皆屬嶺南道。二經略使，嶺南五管中之都督府也。本傳略之矣。凡節度、觀察、經略等使辭日，賜雙旌雙節，見百官志。再麾者，即雙旌之義。或謂因移鎮故再麾，謬也。下有爲桂州謝上表云「叨賜再麾」，時固初出鎮也。唐文以雙旌爲再麾者極多。餘見代安平公表。二句謂踰嶺而兩爲經略。**中間叨相青宫，**神異經：東明山中有宫，青石爲牆，門有銀牓，以青石碧鏤題曰：天地長男之宫。**忝司緹騎，**周禮註疏：緹，其色紅赤，今時五伯緹衣，古兵服之遺色。後漢書志：執金吾緹騎二百人。通典：漢執金吾，唐爲左右金吾衛，置大將軍一人，將軍二人。據此，茂元爲金吾衛將軍，紀文不誤。舊傳云：元和中爲右神策將軍，誤矣。而東宫官有賓客、詹事、少詹事，茂元必一爲之，傳又遺之矣。**纔通閨籍，**謝朓詩：既通金閨籍。按金閨即金門，此謂方居京職。餘見上篇。史記魏其侯傳：太后憎竇嬰，除嬰門籍，不得入朝請。**又處藩條。**隋書公孫景茂傳：宜升戎秩，兼進藩條。舊書紀：太和七年正月，以右金吾衛將軍王茂元爲嶺南節度使。舊書傳：檢校工部尚書、嶺南節度使，在安南招懷蠻落，頗立政能。按舊書志：廣州刺史充嶺南五府經略使，安南都督亦所屬也。但此「安南」字未知無誤否？越井朝臺，寰宇記：天井岡，廣州南海縣北四里。南越志：天井岡下有越王井，深百餘尺，云是趙佗所鑿。諸井鹹鹵？惟此井甘泉，可以煮茶。昔有人誤墜酒盃於此井，遂流出石門。故詩云。石門通越井。水經注：尉佗舊治處，負山帶海。佗因岡作臺，北面朝漢，朔望升拜，名曰朝臺。前後刺史郡守遷除新至，未嘗不乘車升履，於焉逍遥。備經艱險；貪泉湞水，晉書：吴隱之爲廣州刺史，酌貪泉飲之，賦詩曰：古人云此水，一歃懷千金；試使夷齊飲，終當不易心。漢書：元鼎五年，遣樓船將軍楊僕出豫章，下湞水。湞，音丈庚反。彭叔夏文苑英華辨證：湞水今屬英州。集以「湞」作「須」，當以文苑爲正。益勵平生。是甘馬革之言，後漢書馬援傳：援謂孟冀曰：「男兒要當死於邊野，以馬革裹尸還葬耳，何能卧牀上在兒女子手中邪？」冀曰：「諒爲烈士當如此矣。」常懼武皮之誚。揚子：羊質而虎皮，見草而悦，見狼而戰。及聖造遠流南極，淮南子：章亥自北極步至南極。許拱北辰，黄犢留官，晉書羊祜傳：祜兄子篇爲鉅平侯，奉祜嗣。篇歷官清慎，有私牛於官舍産犢，及遷而留之。又王遜傳：遜遷上洛太守，私牛馬在郡生駒犢者，秩滿悉以付官。魏略：時苗建安中入丞相府，出爲壽春令，乘薄軬車黄牸牛，布被囊。居官歲餘，牛生一犢，及其去，留其犢，曰：「令來時本無此犢，犢是淮南所生有也。」胡牀掛柱，魏略：裴潛爲兖州刺史，嘗作一胡牀，及其去也，留以掛柱。程大昌演繁露：胡牀本自虜來，隋改名交牀，唐時又名繩牀。裴潛事，見魏志傳注。如生羽翼，禮記：羽翼奮。若出嬰羅，郭璞江賦：鰲神使之嬰羅。按唐人每以嶺外爲險遠，故云。誓以歸彼冗員，處之散地。後漢書：蔡邕論長吏之還朝者，若器用優美，不宜處之冗散。俄以朝那闕守，漢書地理志：安定郡朝那縣。應劭曰：史記故戎那邑也。昆壤須人，漢書楊惲傳：安定山谷之間，昆戎舊壤。舊書志：涇原節度領涇、原、渭、武四州。新書方鎮表：大曆三年，置涇原節度使，貞元六年，領四鎮、北庭行軍節度使。一去闕庭，五羅寒燠，處京畿五百里之内，控蕃寇數十州之多。提鼓燒烽，增埤濬洫。「埤」與「陴」同，城上女牆也。如左傳：「授兵登陴。」此與漢書劉向傳「增埤爲高」之義相類而微異。雖國家遠敦一作「追」。上策，不事文争，漢書匈奴傳：王莽欲窮追匈奴，嚴尤諫曰：「匈奴爲害，未聞上世有必征之者也。後世三家，周、秦、漢征之，然皆未有得上策者也。周得中策，漢得下策，秦無策焉。」然蛇豕難防，左傳：申包胥曰：「吴爲封豕長蛇，以荐食上國。」犬羊易縱，苟罷嚴徹警，則負約渝盟。按唐與吐蕃，肅、代時已與會盟，而德宗建中四年有清水之盟，貞元三年有平涼川之盟。平涼川近涇州。是時已刼盟，渾瑊奔而免。自後使命往來，屢申盟好，而寇掠時有。舊書吐蕃傳曰：雖每遣行人來修舊好，背惠食言，不顧禮義。而涇州廣德元年曾爲吐蕃所陷，自後入寇，此州每被其兵，皆詳史文。

臣自受命以來，爲日斯久，未嘗一日不修戰格，舊書張仁愿傳：爲朔方軍總管，於河北築三受降城，不置壅門及卻敵戰格之具。或曰：「邊城禦賊之所，不爲守備何也？」仁愿曰：「寇至當併力出戰，迴顧望城，猶須斬之，何用守備，生其退恧之心？」通典：笓籬戰格，於女牆上跳出三尺，用避矢石。未嘗一日不數軍儲。左傳：歸而飲至，以數軍實。吴志周魴傳：輦貲運糧，以爲軍儲。使士有鬭心，人無虚額，使之偵候，偵候，探候也。史文屢見。咸亦聞知。舊書吐蕃傳：涇州之西，惟有連雲堡，每偵候賊之進退。貞元三年九月，吐蕃陷之，涇州不敢開西門，樵蘇殆絶。按：採此以見涇州偵候之要地耳。至四年三月，通鑑仍書「劉昌復築連雲堡也」。又太平御覽引唐書：元和中，涇原節度使段祐請城涇州西北之臨涇城，其界有青石嶺，亦連雲堡之地。尚未能率厲驍雄，揣摩鋒鏑，遠收麻壘，初學記：秦州記曰：枹罕城西有麻壘，壘中可容萬衆。直取艾亭，漢書地理志：天水郡豲道縣騎都尉治密艾亭。按秦州本天水郡，時陷於吐蕃，故云。成大朝經武之威，左傳：子姑整軍而經武乎？畢微臣報主之分。可書竹帛，吴越春秋：樂師曰：「名可留於竹帛。」後漢書鄧禹傳：禹曰：「但願垂功名於竹帛。」不辱旂常。周禮春官：司常，日月爲常，交龍爲旂。夏官：司勳，凡有功者，銘書於王之大常，祭於大烝，司勳詔之。蓋以久處炎荒，備薰瘴毒，按太平御覽引郡國志：容州瘴氣，春爲青草瘴，秋爲黄茆瘴。蓋嶺外已有瘴，至南尤多瘴癘也。茂元歷邕、容、廣州，故云。內摇心力，外耗筋骸。雖馬援據鞍，尚能矍鑠；後漢書馬援傳：援年六十二，據鞍顧盼，以示可用。帝笑曰：「矍鑠哉，是翁也！」遂遣率馬武等征五溪。而班超攬鏡，不覺蕭衰。後漢書班超傳：超上疏曰：臣超犬馬齒殲，常恐年衰，奄忽僵仆。超妹曹壽妻昭，亦上書請超曰：超年最長，今且七十，衰老被病，頭髮無黑。恐無以早就大功，久當重任，自思已熟，求退爲宜。伏惟皇帝陛下，道冠百王，功高三代，照臨若日，覆露如天。晉語：是先主覆露子也。漢書嚴助傳：陛下垂德惠以覆露之。況今國不乏人，時稱多士，有才略在臣之右，齒髮少臣之年，俾代處是邦，上三字似有一衍。遞臨斯位，以之責效，誰曰不然？俾「俾」字重，或疑作「庶」。前達後生，皆無蔽滯，由中及外，得以交相，成陛下適時之方，減微臣固寵之責。漢書韓王信傳：韓增寬和自守，保身固寵，不能有所建明。臣不勝祈恩懇迫之至，謹差某官某奉表以聞。

爲汝南公華州賀當脱「南郊」字。赦表

舊書周墀傳：墀字德升，汝南人，長慶二年擢進士第，開成四年拜中書舍人。武宗即位，出爲華州刺史、鎮國軍潼關防禦等使。後至大中時，封汝南男。新書傳：武宗即位，以疾改工部侍郎，出爲華州刺史。按舊書紀陳夷行傳：開成五年七月，以檢校禮部尚書華州刺史召入，復同平章事。則周墀代陳刺華，亦在此際也。舊書武宗紀：會昌元年正月壬寅朔，庚戌，有事郊廟。禮畢，御丹鳳樓，大赦改元。新書紀：正月己卯，朝獻太清宮。庚辰，朝享太廟。辛巳，有事於南郊，大赦改元。按太平御覽引此作「庚戌」，同舊書。通鑑引此作「辛巳」，同新書。新書紀事而不紀朔。舊書正月壬寅朔，二月乃又書壬寅。今以本集祭文是年四月辛丑朔，舊紀十一月丁酉朔，通鑑閏月十月，舊紀誤作兩十月。又舊紀開成五年正月戊寅朔，會昌二年正月丙申朔。合而推之，則舊紀二月壬寅不誤，正月實誤，當作壬申或癸酉朔。其九日或庚辰或辛巳，則一一畢符也。此爲無益之考核耳。又按：唐時郊天，頗不專用辛日。如大中元年正月，舊紀戊申有事郊廟，新紀作「甲寅」，要皆非辛也。此兩表云卜上辛，謂用典也可，謂適逢辛也可，其爲九日必然也。

臣某言：伏奉正月九日制書，南郊禮畢，改元爲某，大赦天下者。王應麟玉海：秦并諸侯

日，大赦天下。由漢以來，或即位、建儲、改元、立后，皆有大赦，遂爲常制。奉郊禋以定天位，周禮：大宗伯以禋祀祀昊天上帝。周語：精意以享曰禋。漢書郊祀志：兆於南郊，所以定天位也。新曆象以授人時，書：曆象日月星辰，敬授人時。乾健離明，震動兑悦，見易象傳。跂行喙息，漢書匈奴傳：跂行喙息，蝡動之類。師古曰：跂行，凡有足而行者；喙息，凡以口出氣者。罔不慶幸。臣某中賀。臣聞欽一作「禋」，非。昊天而旅上帝者，書：欽若昊天。周禮：掌次，大旅上帝。注曰：祭天于圜丘。聖王一作「人」。之重事；覃殊休而發大號者，易：涣汗其大號。哲后之洪猷。故必致四圭以達誠，周禮：典瑞，四圭有邸以祀天。注曰：夏正郊天也。制六器而申敬，周禮：大宗伯以玉作六器，以禮天地四方。將崇嚴配，孝經：嚴父莫大于配天。必在元旬。禮記：孟春之月，天子乃以元日祈穀于上帝。注曰：謂以上辛郊祭天也。晉書郊祀歌：歷元旬，集首吉。徐曰：元旬即元日，日以干言。先之以蒼璧騂牲，周禮：大宗伯，以蒼璧禮天。禮記郊特牲：牲用騂，尚赤也；用犢貴誠也。重之以雲門大吕。周禮：大司樂乃奏黄鐘，歌大吕，舞雲門，以祀天神。然後王猶有闕於薦敬，禮記祭義曰：其薦之也，敬以欲。爽彼告虔。魏志：高堂隆疏曰：所以昭事上帝，告虔報施也。周官三代之文，周官即周禮，三代之文，謂三代郊祀之制。絶而不續；漢氏萬靈之位，史記封禪書：公孫卿曰：黄帝接萬靈明廷。明廷者，甘泉也。又：天子遂郊雍，幸甘泉，令祀官具太一祠壇。十一月辛巳朔旦冬至，昧爽，天子始郊拜太一，如雍郊禮。漢書郊祀志：甘泉宫中爲臺室，畫天地泰一諸鬼神而置祭具，以致天神。按此萬靈之位，似指泰畤甘泉，而祠祀極多，備見郊祀志。失而莫尋。豈若皇帝陛下，以大道遂羣生，以至公臨寶祚，上苞玄象，下

「惣」「總」同。皇祇，黜幽陟明，書：三考黜陟幽明。興廢繼絕。靈芝甘露，鄙之而不告史官；漢書武帝紀：元封二年，甘泉宮内中産芝九莖連葉，作芝房之歌。宣帝紀：元康元年，甘露降未央宮；元康四年，金芝九莖産函德殿銅池中；神爵二年，鳳皇甘露降集京師。赤鴈白麟，陋之而不編瑞牒。漢書武帝紀：太始三年，行幸東海，獲赤雁，作朱雁之歌；元狩元年，行幸雍，祀五畤，獲白麟，作白麟之歌。班固兩都賦序：武、宣之世，衆庶説豫，福應尤盛。白麟、赤雁、芝房、寶鼎之歌，薦於郊廟；神爵、五鳳、甘露、黄龍之瑞，以爲年紀。然後因孟月一作「春」，非。卜一作「擇」。上辛，禮記：郊之用辛也，周之始郊日以至。春秋穀梁傳：以十二月下辛卜，正月上辛祭。率於國南，禮記：兆于南郊，就陽位也。通典：周制祈穀壇名泰壇，在國南五十里。式是歲首。且天以陛下爲子，故必饗明誠；人以陛下爲天，故必流睿澤。踰千越萬，按：即超越前古之意。舊引漢書郊祀志：黄帝萬諸侯而神靈之，封君七千，非也。邁五登三。漢書司馬相如傳：上咸五，下登三。何則？取集作「致」。直言之科，漢書武帝紀：建元元年，詔舉賢良方正直言極諫之士。互詳下篇。則聽輿論者不足算；左傳：聽輿人之誦。楚語：輿人誦。設宥過之令，書：宥過無大，刑故無小。則除鄉議者未可儔。左傳：鄭人游于鄉校，以論執政。然明謂子産：「毁鄉校，如何？」子産曰：「何爲？夫人朝夕退而游焉，以議執政之善否。其所善者，吾則行之；其所惡者，吾則改之。是吾師也，若之何毁之？」延賞推恩，書：賞延于世。按：推恩是汎語，非專用漢書諸侯王表「武帝施主父之策，下推恩之令」。用以勸禦災捍患之士；禮記：能禦大災，則祀之；能捍大患，則祀之。減租退責，漢書惠帝紀：帝即位，減田租，復十五税一。退責即已責。左傳：晉悼公即位，施舍已責。

注曰：施恩惠，舍勞役，止逋責。左傳：成二年，楚子重曰：已責。註曰：棄逋責。將以矜火耕水耨之人。漢書武帝紀：詔曰：江南之地火耕水耨。應劭曰：燒草下水種稻，草與稻並生，高七八寸，因悉芟去，復下水灌之，草死，獨稻長，所謂火耕水耨。養庶老，頒淖糜暖帛之資；禮記月令：仲秋，養衰老，授几杖，行糜粥飲食。王制：有虞氏養國老於上庠，養庶老於下庠。漢書文帝紀：吏稟當受鬻者。師古曰：鬻，淖糜也。走羣望，潔刳牲瘞幣之禮。左傳：韓宣子曰：「並走羣望。」注曰：晉所望祀山川，皆走往祈禱。書：望于山川。周禮：大宗伯，以血祭祭社稷、五祀、五嶽，以貍沈祭山林川澤。又校人：將事四海山川，飾黄駒。注曰：殺駒以祈沈。又肆師：大祀用玉帛牲牷，次祀用牲幣，小祀用牲。古不覯者復覯，古不聞者復聞。萬蟄蘇而六幽盡開，禮記樂記曰：蟄蟲昭蘇。餘見代安平公表。五刃藏而九土咸闢。齊語：定三革，隱五刃。注曰：定，奠也。隱，藏也。三革，甲、胄、盾也。五刃，刀、劍、矛、戟、矢也。魯語：共工氏子曰后土，能平九土。臣當時集軍州官吏等，丁寧告示訖。漢書谷永傳：以丁寧陛下。師古曰：丁寧謂再三告示也。況臣嘗備論思，獲叨侍從。兩都賦序：武、宣之世，言語侍從之臣，若司馬相如、虞丘壽王、東方朔、枚皋、王褒、劉向之屬，朝夕論思，日月獻納。當時仙禁，慚視草以無能；漢書淮南王傳：武帝每爲報書及賜，常召司馬相如等視草乃遣。舊書傳：墀能有古文，有史才，文宗重之，歷集賢學士、起居舍人，知制誥，充翰林學士，拜中書舍人。此日泰壇，望給薪而靡及。禮記祭法：燔柴於泰壇，祭天也。月令：季冬之月，命四監收秩薪柴，以共郊廟及百祀之薪燎。周禮：委人，以式法共祭祀之薪蒸木材。徘徊甸服，跼蹐闕城，史記：呂産入未央宮殿門，弗得入，徘徊往來。詩：謂天蓋高，不敢不局；謂地蓋厚，不敢不蹐。雖有慶於文明，竟無階於奔走。書武成：祀于周廟，邦甸侯衛，駿奔走，執豆籩。詩：駿奔走在廟。司馬談闕陪盛禮，没齒難忘；史記自序：是歲天子始建漢家之封，而太史公留滯周南，不得與從事，故發憤且卒。蕭望之願立本朝，馳魂莫及。漢書蕭望之傳：望之爲平原太守，雅意在本朝，遠爲郡守，内不自得。無任抃舞結戀之至。

爲京兆公陜州賀南郊赦表

按：此即上篇之事也。徐氏以本集代謝相國京兆公諸啓、獻相國京兆公啓皆爲杜悰，此亦當代悰；而舊、新傳無悰出守陜州之事，遂謂史文失此一遷。其説頗辯。余初亦從之而疑之，今而實知其謬也。通鑑：會昌元年三月，武宗將遣使誅楊嗣復等，户部尚書杜悰奔馬見德裕。是何嘗有出外之蹟哉？舊書傳：韋温京兆人，文宗時爲尚書左丞，出爲陜虢觀察使。武宗即位，李德裕用事，召拜吏部侍郎。今據此文。蓋温於武宗初出爲陜虢，傳文小舛耳。韋自漢扶陽侯徙京兆杜陵，故後世皆稱京兆。城南韋、杜，何可專屬杜哉？獻相國京兆公啓，亦非杜也。又按：此題與獻相國京兆公、與尚書渤海公及詩之寄興元渤海尚書，書法本自分别，不細心考索，易致相混耳。舊書志：陜州屬河南道，陜虢觀察使治陜州。

臣某言：臣伏奉正月九日制書，郊禋禮畢，改元爲某，大赦天下者。既事虞郊，書舜典：肆類于上帝。禮記祭法：有虞氏禘黄帝而郊嚳。復新堯曆。天潢瀉潤，史記天官書：漢者金之散氣，其本曰水。絶漢曰天潢。後漢書張衡傳：乘天潢之汎汎兮，浮雲漢之湯湯。日觀揚暉。見爲安平公表。普天率土，罔不慶幸。臣某中賀。臣聞君人之孝，莫大於尊祖；詩序：生民，尊祖也。后稷生于姜嫄；文、武之功，起于后稷。故推以配天焉。王者之敬，孰踰於事天？固一作「故」。必用因高之儀，禮記禮器：爲高必因丘陵。注曰：謂冬至祭天于圜丘之上也。申嚴配之禮，見上表。百神集有「攸」字。序，萬靈昭，集有「蘇」字。乃可覃殊恩，涣大號，禮成而德備，惠敷而慶宏。然而秦尚武功，戰國策：魯仲連曰：「彼秦者，棄禮義而尚首功之國也。」先祈禳之事，漢書郊祀志：秦并天下，令祠官各以歲時奉祠，唯雍四時上帝爲尊。又曰：祝官有秘祝，即有災祥，輒祝祠移過於下。故柴燎蕭薌未必饗；禮記祭義：燔燎羶薌，見以蕭光，以報氣也。郊特牲：既奠，然後焫蕭合羶薌。漢稱文物，左傳：文物以紀之，聲名以發之。按：漢時稽古禮文之事，武帝始作，備詳漢書紀贊。云「稱文物」，謂此也，故下云「重神仙」。漢書武帝紀贊：文、景務在養民，至於稽古禮文之事，猶多闕焉。武帝興太學，修郊祀，協音律，作詩樂，建封禪，禮百神，號令文章，焕焉可述。又郊祀志贊：漢武之世，文章爲盛。重神仙之道，漢書紀：文帝十五年，上幸雍，始郊見五帝。武帝元鼎五年，立泰畤于甘泉，天子親郊見。餘詳上篇。武帝好神仙，詳史記、漢書。故雲門太簇未必和。周禮大司樂：圜鍾爲宮，黄鍾爲角，太簇爲徵，姑洗爲羽。雲門之舞，冬日至，於地上之圜丘奏之。漢書禮樂志：武帝定郊祀之禮，乃立樂府，造爲詩賦，略論律吕，以合八音之調，作十九章之歌。以正月上辛，用事甘泉圜丘，使童男女七十人俱歌。既不講於禮官，終致譏於儒者。

伏惟皇帝陛下，與春生育，並日照臨，究三代之質文，酌百王之損益，定午位，卜上辛。

潔齊之誠，易：齊也者，言萬物之潔齊也。先掃除而遐達；禮記：至敬不壇，埽地而祭。孝思之志，協氣臭以升聞。禮記：至敬不饗味而貴氣臭也。書：玄德升聞。然後推作解之恩，易：雷雨作解，君子以赦過宥罪。降惟新之令。書：舊染汚俗，感與惟新。設科以招諫諍，新書選舉志：制舉有賢良方正直言極諫之科。宥過以務哀矜。書：皇帝哀矜庶戮之不辜。已責既恤於三農，周禮：三農生九穀。餘見上表。録勳無遺於十代。左傳：范宣子因叔向，祁奚曰：「社稷之固也，猶將十世宥之，以勸能者。」頒粟帛而養耆老，漢書文帝紀：有司請八十以上，月賜米肉酒，九十以上加帛絮。長吏閲視，丞若尉致。走牲幣而徧山川。見上表。舉皇王之廢官，盡古今之能事。臣當時集軍州官吏丁寧告示訖。

況臣嘗奉恩光，叨居華顯。當太史撰日之際，周禮：太史，太祭祀與執事卜日。文選曹大家東征賦：時孟春之吉日兮，撰良辰而將行。善曰：禮記注云：撰，猶擇也。猶立漢庭；漢書陸賈傳：賈以此遊漢庭公卿間。及宗伯相儀之時，周禮大宗伯，凡祀大神，享大鬼，祭大示，詔相王之大禮。已辭魏闕。見濮陽陳情表。按：於開成五年歲暮出而至陜，舊紀不書也。怊悵郡印，漢書百官公卿表：郡守秩二千石，景帝更名太守。餘見濮陽陳情表。徘徊使車，漢書蕭育傳：以三公使車載育入殿中受策。餘互詳爲絳郡公啓。徒深傾藿之誠，曹植表：葵藿之傾葉，太陽雖不爲之迴光，然終向之者，誠也。實積懸瓠英華注：疑作匏。按：不必疑。之歎。詩：匏有苦葉。傳曰：匏謂之瓠。論語註：匏，瓠也。瓠瓜得繫一處者，不食故也。吾自食物，當東西南北，不得如不食之物，繫滯一處。按古今注：「瓠有柄曰懸瓠。」此則用論語以歎羈滯，即他篇羨海槎不繫之意。召公邑内，敢思棠樹以追蹤；詩序：甘棠，美召公也。箋曰：召公聽男女之訟，不重煩勞百姓，止舍小棠之下而聽斷焉。國人思其人，敬其樹。餘見彭陽遺表。尹喜宅中，惟望靈符之復出。舊書紀：天寶元年正月，陳王府參軍田同秀上言，玄元皇帝降見於丹鳳門之通衢，告賜靈符在尹喜之故宅。上遣使就函谷故關尹喜臺西發得之。地理志：陝州靈寶縣本桃林縣，以掘得寶符改名。臣不勝慶幸踴躍之至。

爲濮陽公陳許謝上表

新書表：貞元三年，置陳許節度使，治許州。十年，賜號忠武軍。舊書志：忠武節度使管陳、許、蔡三州。舊書傳：茂元授忠武軍節度、陳許觀察使。按：當在會昌元年，詳年譜。舊書德宗紀：貞元二十年，陳許節度賜號忠武軍。按：新書表似小誤。

臣某言：臣伏奉去月八日制書，授臣前件官，臣即以某月日到任上訖。當時集軍州官吏僧道耆老等。揄一作「諭」，非。揚皇一作「玄」。化，宣布睿慈，連營咸鼓於巽風，闔境均霑於兑澤。易：巽爲風，兑爲澤。臣某中謝。

臣才謝漢飛，漢書李廣傳：廣爲右北平太守，匈奴號曰「漢飛將軍」，避之不入界。義慚燕使，集作「客」。戰國策：望諸君報燕王書曰：臣乃口受令，具符節，南使臣於趙，顧反命，起兵隨而攻齊。獻書求試，學劍邀勳。漢書項籍傳：學書不成，去學劍。皆詳上表。大舸千艘，廣韻：楚以大船曰舸。又：艘，船總名也。早竊樓船之任；謂鎮嶺南。餘詳上表。勝兵萬數，勝音升。漢書伍被傳：勝兵可得二十萬。晚兼車騎之名。漢書

表：孝文元年，薄昭爲車騎將軍。謂鎮涇原。雖任在啓行，詩：元戎十乘，以先啓行。而時當柔遠，書：柔遠能邇。珠崖銅柱，漢書：元鼎六年，定越地爲珠厓郡。晉書地理志：日南郡象林縣南有銅柱，漢置此爲界。廣州記：馬援到交阯，立銅柱爲漢之極界。祇務廉平；史記倉公傳：緹縈上書曰：妾父爲吏，齊中稱其廉平。麻壘艾亭，見上表。莫能恢復。東都賦恢復疆宇。旋屬皇帝陛下，荆枝協一作「叶」。慶，吴均續齊諧記：京兆田真兄弟三人，共議分財，皆平均，惟堂前一株紫荆，議欲破三片。明日，其樹即枯死，狀如火然。真大驚。謂諸弟曰：「是人不如木也。」因悲不自勝，不復解樹，樹應聲榮茂。兄弟相感，更合財寶，遂爲孝門。周景式孝子傳：古有兄弟，忽欲分異，出門見三荆同株，接葉連陰，歎曰：「木猶欣聚，況我而殊哉？」遂還爲雍和。棣蕚傳輝。詩：常棣之華，鄂不韡韡。箋曰：承華者曰鄂。不當作「柎」。柎，鄂足也。鄂足得華之光明則韡韡然，喻弟以敬事兄，兄以榮覆弟。古聲不、柎同。柎，方于反，亦作「跗」。臣得先巾墨車，周禮春官：巾車，掌公車之政令。又服車，孤乘夏篆，卿乘夏縵，大夫乘墨。注曰：墨車不畫也。儀禮覲禮：侯氏乘墨車，載龍旂弧韣，乃朝。入拜丹陛；蘭臺假號，舊書志：御史臺，魏、晉、宋爲蘭臺。御史大夫一員，從三品；中丞二員，正五品上。會昌二年十二月敕：大夫昇正三品，中丞昇正四品下。大夫秩崇，官不常置，中丞爲憲臺長。棘署參榮。舊書志：太常寺卿一員，正三品；少卿二員，正四品。按：後有代祭太常崔丞文，云「棘署選丞」，則棘署謂太常署也。奉漢后之園陵，後漢書光武紀：詔修復西京園陵。舊書志：將作監，大匠一員，從三品；少匠二員，從四品下。通典：天寶中改爲大監、少監。按：太常卿之屬有諸陵署，掌先帝山陵守衛；而將作監領左校、右校、甄官、中校四署，喪葬所需及明器皆供之。此專謂初建章陵而

茂元爲將作也。獲申送往；掌周王之廩庾，周禮：廩人掌九穀之數，以待國之匪頒、賙賜、稍食。舊書志：司農寺，卿一員，從三品上，少卿二員，從四品上，掌倉儲委積之事，謹其出納。按茂元入朝，當爲御史中丞、太常少卿、將作監，轉司農卿，遷陳許節度，史多略之。方切事居。左傳：送往事居，耦俱無猜，貞也。不謂遽董戎旃，謝朓牋：契闊戎旃，從容讌語。還持武節。見上表。徐曰：晉書職官志：持節都督無定員。使持節爲上，持節次之，假節爲下。唐之節度使，蓋古之持節都督。按晉書志曰：前漢遣使，始有持節。今考如蘇武、汲黯、傅介子傳中所書是也。其後乃漸以爲都督軍事者之制。餘詳桂州城隍祝文。賜國既高於七命，見上表。又周禮：典命，侯伯七命，其國家、宮室、車旗、衣服、禮儀，皆以七爲節。承家又慶於重侯。易：大君有命，開國承家。楚辭大招：三圭重侯。漢書：許、史、三王、丁、傅之家，皆重侯累將，窮貴極富。維彼璧田，春秋：桓公元年三月，鄭伯以璧假許田。寶聯鼎邑，左傳：武王克商，遷九鼎于洛邑。古之近甸，今也雄藩。想像汝南，星聚而先賢未遠；太平御覽敍賢引異苑：汝南陳仲弓與諸息姪就潁川荀季和父子，于時德星爲之聚。太史奏曰：「五百里内有賢人聚。」漢書志：潁川郡汝南郡。隋書志：汝南先賢傳五卷。按後漢書：荀淑、陳寔同潁川郡。荀，潁陰縣人；陳，許縣人也。潁川、汝南二郡相去一百五十里。經過潁上，水濁而強族皆除。漢書灌夫傳：夫字仲孺，潁陰人也。宗族賓客爲權利，橫潁川，潁川兒歌之曰：潁水清，灌氏寧；潁水濁，灌氏族。通典：許州，秦爲潁川郡。

況在昔年，常鄰多壘。禮記：四郊多壘，此卿大夫之辱也。指淮蔡吴元濟叛軍。載瞻軍額，忠武賜號。深見士心。貴忠孝之兩全，則忠可移孝；孝經：君子之事親孝，故忠可移于君。正文武之二道，則武可輔文。將謀將領之能，左傳：晉作三軍，謀元帥。按兩「將」字雖音義不同，而四六法海作「咨謀」。竊疑本作「欲」而誤作「咨」，此亦誤作「將」也。必重英豪之選。豈虞拔擢，揚雄劇秦美新：數蒙渥惠，拔擢倫比。乃出孱微。謹當阜俗而必致人和，貞師而不爲兒戲。易：師，貞，丈人，吉。漢書：周亞夫軍細柳，文帝勞軍至其營，曰：「嗟乎，此真將軍矣！向者霸上、棘門如兒戲耳。」使流庸自占，漢書昭帝紀：詔曰：比歲不登，民匱于食，流庸未盡還。師古曰：流庸，謂去其本鄉而行爲人庸作。循吏王成傳：成爲膠東相，流民自占八萬餘口。師古曰：隱度名數而來附業也。占，之贍反。驍悍知方。吴志陸遜傳：雖云師老，猶有驍悍。任棠水薤之規，臣當可服；後漢書龐參傳：參爲漢陽太守，郡人任棠者有奇節，隱居教授。參到，先候之，棠不與言，但以薤一大本、水一盂置户屏前，自抱孫兒伏於户下。主簿白以爲倨，參良久曰：「棠是欲曉太守也。水者，欲吾清也；拔大本薤者，欲吾擊強宗也；抱兒當户，欲吾開門恤孤也。」於是歎息而還。黄霸米鹽之政，臣亦不遺。漢書循吏傳：黄霸爲潁川太守，米鹽靡密，初若煩碎，然霸精力能推行之。麤勤報効之資，用贖貪饕集作「叨」。之責。漢書王莽傳：馳傳天下，考覆貪饕。奉違軒鏡，黄帝内經：帝既與王母會於王屋，乃鑄大鏡十二，隨月用之。宣和博古圖：昔黄帝液金作神物，爲鑑凡十有五，去古既遠，不能盡考，後世有得其一者，其制度以四靈位四方，以八卦定八極，十二辰環其外，二十四氣布其中，故與日月合明，鬼神通意。幾落堯蓂。帝王世紀：堯時有異草夾階而生，每一日生一葉，至十五日生十五葉。至十六日一葉落，至三十日落盡。若小月即一葉厭而不落，謂之蓂莢。比園葵以自傾，晝惟向日；文選陸機園葵詩。餘見京兆公賀郊赦表。羡海槎之不繫，秋則經天。張華博物志：舊説天河與海通。近世人有居海渚者，年年八月，有浮槎去來不失期。乃多賫糧乘槎去，忽忽不覺晝夜，奄至一處，遥望宮中多織婦，見一丈夫牽牛渚次飲之。人問「此是何處」，答曰：「君還至蜀訪嚴君平則知之。」後至蜀問君平，曰：「某年月日有客星犯牽牛宿。」計年月，正此人到天河時也。感激而淚血沾衣，兢憂而汗雨浹集作「洽」。背。戰國齊策：揮汗成雨。餘屢見。無任感恩戀闕兢惕屏營之至。吳語：申胥曰：「昔楚靈王三軍叛於乾谿，王親獨行，屏營彷徨於山林之中。」注曰：屏，步丁切。

爲汝南公以妖星見賀德音表

舊書紀：會昌元年十一月壬寅夜，大星東北流，其光燭地，有聲如雷，山崩石隕，其彗起于室，凡五十六日而滅。天文志所書同。新書紀：有彗星出于營室，辛亥，避正殿，減膳、理囚、罷興作。天文志：有彗星于北落師門，在營室，入紫宮，十二月辛卯不見，并州分也。初學記：妖星曰孛星、彗星。玉海：大赦者不以罪大小皆原。其或某處有災，或車駕行幸，則曰赦某郡以下，謂之曲赦。復有遞減其罪，謂之德音者，比曲赦則恩及天下，比大赦則罪不盡除。漢書天文志：天鼓，有音如雷非雷，音在地而下及地。其所住者，兵發其下。天狗，狀如大流星，有聲，其下止地，類狗。所墜及，望之如火，光炎炎中天，千里破軍殺將。徐曰：所謂大星東北流，其光燭地，有聲如雷者，蓋即天狗之類。

臣某言：臣伏奉某月日德音，德音載文苑英華，注曰：十一月十五日。以妖星謫見，禮記昏義：適見於天，日爲之食。鄭氏註曰：適之言責也。思答天戒者，臣當時集軍州官吏，丁寧宣示訖。仁深覆載，恩極照臨，究祖宗之令圖，左傳：女叔齊曰：令圖天所贊也。極皇王之盛事。圓首方足，大戴禮記：曾子曰：「天之所生上首，地之所生下首。上首之謂圓，下首之謂方。」注曰：人首員足方。莊子：圓臚方趾。罔不欣慶。臣某中賀。臣聞覆載莫大於天地，而騰一作「升」。降之氣或不接；禮記：孟冬之月，天氣上騰，地氣下降，天地不通，閉塞而成冬。照臨莫大於日月，而薄蝕之度或有差。漢書天文志：彗孛飛流，日月薄蝕。此皆陰陽之精，其本在地，而上發于天者也。豈惟休咎之徵，書洪範：曰休徵，曰咎徵。自是陰陽之事。左傳：僖公十六年，周内史叔興曰：「是陰陽之事，非吉凶所生也。」旋觀彗孛，載考策書，雖欲爲災，曷嘗勝德！史記殷本紀：帝太戊立，亳有祥桑穀共生於朝，一暮大拱，太戊懼。伊陟曰：「臣聞妖不勝德，帝之政其有闕與？帝共修德。」太戊從之，而祥桑枯死而去。伏惟皇帝陛下，荆枝載茂，棣蕚重輝。見上表。既居正以體元，春秋：隱公元年春王正月。註曰：凡人君即位，欲其體元以居正，故不言一年一月也。班固東都賦：體元立制，繼天而作。亦觀文而察變。易：觀乎天文，以察時變。仰窺星彩，稍越天常。左傳：帥彼天常。於是深軫皇情，重迴宸睠。省躬之懼，洞感於幽明；及物之恩，畢霑於華夏。戒田游則成集作「殷」。湯祝網之意，史記殷本紀：湯出，見野張網四面，祝曰：「自天下四方，皆入吾網。」湯曰：「嘻，盡之矣！」乃去其三面，祝曰：「欲左左，欲右右；不用命，乃入吾網。」諸侯聞之，曰：「湯德至矣，及禽獸。」釋寃滯乃大禹泣辜之慈。劉向説苑：禹出見罪人，下車問而泣之。罷去修營，惜漢氏十家之産；漢書文帝紀：嘗欲作露臺，召匠計之直百金。上曰：「百金，中人十家之産也。吾奉先帝宮室，常恐羞之，何以臺爲？」勸課耘耔，一作「耕耘」。復周邦九歲之儲。禮記：三年耕必有一年之食，九年耕必有三年之食。德已厚矣，仁已極矣。然猶避寢自責，謂避正殿。撤膳貽憂，周禮膳夫，掌王之膳羞，王日一舉，鼎十有二，物皆有俎，以樂侑食。天地有災，邦有大故，則不舉。註曰：殺牲盛饌曰舉，不舉不殺牲。以此延休，何休不至？以茲備患，何患能爲？足以高步三王，平窺百古。鞭韃守成之主。魏志武帝紀：陳壽評曰：太祖運籌演謀，鞭韃宇内。秕糠中代之君。莊子：是其塵垢秕糠，將猶陶鑄堯、舜者也。抑臣又聞之，昔貞觀之理也，太宗文皇帝吞蝗而災沴息；通鑑：太宗掇蝗吞之，曰：「但當食朕，無害百姓。」蝗果不爲害。泰嶽之封也，玄宗明皇帝露坐而風雨消。舊書禮儀志：開元十三年十一月，有事泰山。登山日，氣和煦，至齋次，日入後，勁風偃人，寒氣切骨。帝因不食，次前露立，至夜半，仰天稱：「某身有過，請即降罰；若萬人無福，亦請某爲當罪。兵馬辛苦，乞停風寒。」應時風止，山氣温暖。又：行事已畢，中書令張説曰：「昨夜則息風收雨，今朝則天清日暖。」炯戒猶存，班固幽通賦：又申之以炯戒。神靈未遠。陛下永懷詒厥，詩：詒厥孫謀。有切欽承，書：惟説式克欽承。爲其所不爲，至其所不至。佇見地泉流醴，禮記：地出醴泉。尚書中候：帝堯即位七十載，醴泉出山。天酒凝甘，禮記：天降膏露。東方朔神異經：西北海外有長人，日飲天酒五斗。張華注云：天酒，甘露也。孫柔之瑞應圖：甘露者，美露也。其凝如脂，其甘如飴，一名膏露，一名天酒。人知朱草之祥，帝王世紀：堯時朱草生於郊。大戴禮記：朱草日生一葉，至十五日生十五葉，十六日一葉落，終而復始。抱朴子：朱草狀如小桑，長三四尺，刻之汁流如血，以金投之曰金漿，以玉投之名玉醴，服之長生。家識白麟之瑞，見上表。又豈芒角足懼，天官書：太白者，西方金之精，角摇則兵起。史記正義：角，芒角也。按彗孛之屬，皆有芒角。晷度可憂者哉？晉書江逌傳：陛下今以晷度之失，同之六沴。按：言妖星見於躔度，不取日晷之義。

臣素乏器能，漢書東方朔傳：武帝既招英俊，程其器能。謬當任使。東雍西嶽，隋書地理志：京兆郡鄭縣，後魏置東雍州，并華山郡，西魏改華州，後廢，有少華山。華陰縣有華山。舊書志：華州，隋京兆郡之鄭縣，義寧元年置華山郡，武德元年改華州。書：八月西巡狩，至于西嶽。按：四字正言華州，徐氏疑其有誤，則謬矣。雖首化於百城；「百城」，見後漢書賈悰傳，詳後。庾信碑：百城解印。按：京兆府下，首以華州爲上輔。日遠天高，初學記：劉劭幼童傳云：晉明帝諱紹，元帝太子也。初，元帝爲江東都督鎮揚州時，問帝：「汝意謂長安何如日遠？」答曰：「不聞人從日邊來，只聞人從長安來，居然可知。」明日，集羣臣宴會，設以此問，又以爲日近。元帝動容，問何故異昨日之言？答曰：「舉頭不見長安，只見日，以是知近。」帝大悦。但心存於雙闕。聽金石而慚殊舞獸，書：夔曰：於予擊石拊石，百獸率舞。無羽翼而恨異冥鴻。揚子法言：鴻飛冥冥，弋者何篡焉？惟當虔奉詔條，見兗州謝上表。頌宣德澤，成陛下無偏之道，書：無偏無黨，王道蕩蕩；無黨無偏，王道平平。畢微臣盡瘁之勤。所冀不寘簡書，詩：豈不懷歸，畏此簡書。傳曰：戒命也。疏曰：書之于簡，謂之簡書。免拘司敗。左傳：箴尹遂歸復命，而自拘于司敗。如其禮樂，非臣所能。無任感恩戀闕。懇悃屏營之至。

爲汝南公賀彗星不見復正殿表

徐曰：舊書云：「凡五十六日而滅。」則當滅于二年正月二日之夜。而新書志云：「十二月辛卯不見。」計止有五十日。觀表「時及初正，禮當元會」，意新書爲得其實。不然則正殿未復，元會之禮不行，亦何用揚厲其辭耶？

臣某言：得本州進奏院狀報，今月某日夜，彗星不見，宰臣某等奉表稱賀，請御正殿，復常膳者。天道甚密，聖心不遐，感極而災亦爲祥，誠至而妖寧勝德。臣某中賀。

臣聞殷湯以六事責躬，止七年之旱；荀子：湯旱而禱曰：「政不節與？使民疾與？何以不雨，至斯極也！宮室榮與？婦謁盛與？何以不雨，至斯極也！苞苴行與？讒夫興與？何以不雨，至斯極也？」帝王記曰：成湯大旱七年，齋戒，翦髮、斷爪，以己爲犧牲，禱於桑林之社，以六事自責。按：「使民疾」或作「民失職」，「榮」或作「營」、或作「崇」，「婦」或作「女」，「興」或作「昌」，「七年」或作「五年」。凡吕氏春秋、説苑、後漢書鍾離意傳各小異。宋景以一言修德，退三舍之星。吕氏春秋：宋景公時，熒惑在心，召子韋問焉。子韋曰：「禍當君，可移於相。」公曰：「相所與治國家也。」曰：「可移於民。」曰：「民死，寡人將誰爲君？」曰：「可移於歲。」曰：「歲害，民饑必死。爲人君而殺其民以自活，其誰以我爲君乎？」子韋曰：「君有至德之言三，天必三賞君。今夕熒惑其徙三舍，君延年二十一歲。」是夕熒惑果徙三舍。歷代以來，咎徵常有，苟君能克己，則禍不移人。謂修德勝妖，則不足爲禍於人也。非用左傳「有雲如衆赤鳥，夾日以飛三日，楚子使問周太史。周太史曰：『其當王身乎？若禜之，可移於令尹、司馬。』昭王弗禜」之事。伏惟皇帝陛下，寅奉丕圖，恭臨大寶。易：聖人之大寶曰位。遵符列聖，「遵」，英華作

「尊」。酌憲前王。昨者天象之間，星文稍一作「稱」。異，載深歸咎，爰用覃恩。倉箱一作「儲」。畢復於九年，按英華作「倉箱」，而注曰：「箱」，集作「請」。今思「請」字無理，當爲「儲」字，形近之訛。詩：乃求千斯倉，乃求萬斯箱。箋曰：年豐收入踰前也。羅網並一作「并」。開其三面。見上表。去營繕，絶蕩心之巧；禮記：毋或作爲淫巧以蕩上心。申寃結，除滅耳之俘。漢書于定國傳：民多寃結，州郡不理。易：何校滅耳，凶。而又正殿不居，大庖盡減，詩：大庖不盈。精誠昭達，懇惻敷聞。後漢書蔡邕傳：前後制書，推心懇惻。按：是邕論齋祀中語。芒燄遽銷，晷度如舊。況蕞爾戎羯，沈約碑文：加以戎羯窺窬。正犯疆場。徐曰：左傳：疆埸之事。從易，音亦；後人訛爲「疆場」，從昜，音長，則義取戰場之場矣。昜，古陽字。舊書：會昌元年八月，回鶻烏介可汗寇天德軍。按舊書迴紇傳：元和四年，遣使請改爲迴鶻，義取迴旋輕捷如鶻，故史文中「紇」、「鶻」每互書。載思星見之徵，恐是虜一作「滅」。亡之兆。漢書天文志：妖星，不出三年，其下有軍及失地，若國君喪。太平御覽：劉向洪範傳曰：彗者，去穢布新者也。此天所以去無道而建有德也。伏惟稍寬聖慮，以擁皇休。遵九廟之降祥，副兆人之欽屬。

臣又聞皇王之事天英華作「業」，誤。也，雖至理之時，不遺於憂畏；一作「惕」。雖至和之氣，不忘於將迎。莊子：無有所將，無有所迎。是故神農焦勞，軒帝顦顇，堯既癯瘠，舜集作「禹」。亦胼胝，列子：黄帝即位十有五年，燋然肌色皯黣。淮南子：神農憔悴，堯瘦臞，舜黴黑，禹胼胝。吕氏春秋：舜之未遇，手足胼胝。此四主側身於昔時，家語：太戊恐駭，側身修行。陛下用心於兹一作「今」。日。千載符契，萬方懷柔。詩：懷柔百神。臣嘗忝内朝。禮玉藻：天子皮弁，以日視朝；諸侯朝服，以日視朝於内朝。鄭氏註曰：内朝，路寢門外之正朝也。天子諸侯皆三朝。又：文王世子註：内朝，路寢庭，外朝，路寢門之外庭。周禮秋官朝士註：外朝在路門外，内朝在路門内。周天子諸侯皆有三朝，外朝一，内朝二。内朝之在路門内者，或謂之燕朝。夏官司士疏：玉藻，諸侯禮謂路門外朝爲内朝，對臯門内應門外朝爲外朝，通路寢庭朝爲三朝也。宋史宋庠傳：唐大明宫之正南門曰丹鳳門，門内第一殿曰含元殿，大朝會御之；第二殿曰宣政殿，謂之正衙，朔望大册拜御之；第三殿曰紫宸殿，謂之上閤，亦曰内衙，隻日常朝御之。按周及唐之制如此，此則汎言内廷耳。今居近甸。拱辰不及，空瞻北極之尊；就日無因，見安平公謝除表。忽覺長安之遠。見上表。惟知抃蹈，莫可奮飛，詩：心之憂矣，不能奮飛。況時及初正，禮當元會，曹植元會詩：初歲元祚，吉日惟良，乃爲嘉會，宴此高堂。華夷畢至，玉帛皆陳，小國行人，外藩下士，皆得入趨鳳闕，仰望獸樽。晉書禮志：正旦元會，設白獸樽於殿庭，樽蓋上施白獸。若有能獻直言者，則發此樽飲酒。樽乃杜舉之遺式也。白獸蓋後代所爲，示忌憚也。宋書禮志：白虎樽，欲令言者猛如虎，無所忌憚也，徐曰：唐諱「虎」，故以「虎」爲「獸」。臣獨限關河，史記：蘇秦説秦惠王曰：「被山滯渭，東有關河。」坐縈符竹，漢書文帝紀：二年初，與郡守爲銅虎符、竹使符。應劭曰：銅虎符第一至第五，當發兵，遣使者至郡命符，乃聽受之。竹使符，以竹箭五枚，長五寸，鐫刻篆書，第一至第五。張晏曰：符以代古之圭璋，從簡易也。師古曰：各分其半，右留京師，左以與之。徐曰：後漢杜詩疏曰：舊制發兵，皆以虎竹。而晉書陸機傳云：入侍帷幄，出剖符竹。易虎爲符，唐修史避廟諱也。按：分符剖竹，後人習用。後漢書杜詩傳：舊制，發兵皆以虎符，其餘徵調，竹使而已。戀既深而詞懇，慶已極而涕零，無任感恩賀聖鬱戀屏營之至。

爲汝南公賀元日御正殿受朝賀表

徐曰：與上賀彗星不見表相繼而上也。按：此見英華表中雜賀類。其上篇則許敬宗賀朔旦冬至表，此篇與之同類。其下篇則張説賀大衍曆表，別爲一小類矣。此篇題下脱去「李商隱」三字，余初疑之，然表文雖多，而惟義山於周墀稱汝南公。且方守河潼，及「藝文」、「禁密」語，皆可據。其他文義亦相類，必無疑也。舊本英華，題下必有人名，余所見本偶脱去耳。

臣某言：臣得本州進奏院狀，稱報元日皇帝陛下御含元殿受朝賀者。上正三辰，謂星變滅除。下臨萬國，謂元正朝會。事雖舉舊，命則維新。臣某中賀。

臣聞聖祖垂訓，王者處域中之尊；聖祖，老子也。老子：域中四大，而王居其一。詳賀汝南公啓。公羊紀時，春者爲一歲之始。公羊傳：元年春王正月。元年者何？君之始年也，春者何？歲之始也。載稽故實，抑有典章。近歲以來，此禮多闕，或事因惜費，或時屬告休。徐曰：舊書文宗紀：太和五年，以積陰浹旬，罷元會。六年，以久雪廢。開成五年，上不康，不受朝賀，故云。按紀文，太和七年春正月朔，御含元殿受朝賀，比年以用兵雨雪，不行元會之儀。故書開成元年，常服御宣政殿受賀，遂宣詔大赦，改元。蓋史文於罷元會、受朝賀，皆舉其異乎常年者書之，餘不備書。伏惟皇帝陛下，道被無垠，漢書賈誼傳：坱軋無垠。政敷有截。詩：海外有截。全取發生之德，梁元帝纂要：春曰青陽，亦曰發生。無非訢合之仁。禮記：天地訢合。蒼昊一作「旻」。降符，黄輿告瑞，易：坤爲大輿。石碑既見，文作太平；按：山石成文事頗多，此重在「太平」字。魏書靈徵志：真君五年，張掖郡上言，石文記國家祖宗諱，著受命之符。其文大石有五，皆青質白章，間成文字，中有次記「太平天王繼世主治」凡八字。其石在大柳谷山，所用或指此也。文苑英華有上官儀爲人賀涼州瑞石表云涼州都督李襲譽奏昌松瑞石中有「太平天子李世民」之字。事在貞觀十七年，見舊書紀。此本朝事，有廟諱。又齊書曰：會稽剡縣有山名刻石，而不知文字所在。宋昇明末，剡人倪襲祖行獵，見石上有文三處，去苔視之，其大石文曰：「黄天星姓蕭字道成，得賢師，天下太平。」亦非所用。若吴孫皓時，歷陽石印封發，其文曰：「四世治，太平始。」乃皓遣祭山使者所僞作。徐氏謂必非所引矣。通志藝文略祥異類：張掖郡元石圖一卷。按：即此所用。銀甕旋臻，字成萬歲。禮記：山出器車。註曰：器謂若銀甕丹甑也。孝經援神契：銀甕不汲自隨，不盛自盈。孫氏瑞應圖：王者宴不及醉，刑罰中，則銀甕出。又曰：玉甕不汲自盈，王者飲食有節則出。按「銀甕」亦作「玉甕」，而「字成萬歲」未詳。而又憂勤不輟，克責方深。精誠旁照於八紘，淮南子：九州之外有八夤，八夤之外有八紘。八紘之氣，是出寒暑。懇惻上通於九廟。仙廚撤味，漢武内傳：西王母降，命侍女郭密香邀上元夫人同宴。俄而夫人至，夫人設廚，廚亦精珍。按：不必拘此。獸館休畋。揚雄長楊賦序：上將誇胡人以多禽獸，載以檻車，輸長楊射熊館。遂使化妖宿爲壽星，當用南極老人星，詳後表。非用爾雅「壽星，角、亢也」。變小饑爲酺飲。穀梁傳：二穀不升謂之饑。漢書文帝紀：酺五日。師古曰：酺之爲言布也。王德布於天下，合而聚飲食爲酺。按：今英華刊本作「變小戎爲餓殍」，不知何以若此異也。慶由聖感，令屬神行。爰在新正，式修闕典，彤庭列位，西都賦：玉階彤庭。丹陛陳儀。凝旒而天啓其門，大戴禮：古者冕而前旒，所以蔽明也。漢書郊祀歌：天門開，詄蕩蕩。服衮而日昇於觀。周禮：享先王則衮冕。注曰：衮，卷龍衣也。餘見爲安平公謝上表。巽風發越，易：隨風巽，君子以申命行事。兑一作「解」。澤滂沱。詩：月離于畢，俾滂沱矣。餘見京兆公陝州表。左右賢臣，駿奔多士。詩：實左右商王。餘見汝南公華州賀赦表。國無諛一作「便」。佞，擢靈草而不搖；博物志：堯時有屈軼生於庭，佞人入朝，則屈而指之，一名指佞草。朝絶姦邪，儼神羊而莫動。神異經：東北荒有獸，狀如羊，一角，毛青，四足似熊。見人鬬則觸不直，聞人論則咋不正，名獬豸，又曰任法獸。論衡：皐陶治獄，疑者令觸之。後漢書志：法冠一曰柱後，或謂之獬豸冠。獬豸，神羊，能別曲直，故以爲冠。禮成而退，物有其官。一作「容」。按：左傳：蔡墨曰：夫物物有其官，官修其方，故有五行之官，是謂五官。此處言朝退各修其職，當作「官」，不作「容」。足以光耀瑶圖，按：王者受命，則曰膺圖受籙，皆原於易經「河出圖，洛出書」，而讖緯推演之也。河圖挺佐輔曰：黄帝夢兩龍挺白圖，乃至翠嬀之川，魚汎白圖，蘭葉朱文，以授黄帝，名曰録圖。「録」，一作「緑」。論語比考讖：仲尼曰：「堯率舜等游首山，有五老游河渚，赤龍銜玉苞，舒圖刻版，題命可卷，金泥玉檢封盛，五老乃爲流星上入昴，堯等共發曰：『帝當樞百，則禪於虞。』」春秋運斗樞曰：舜以太尉即位，黄龍五采負圖，以黄玉爲甲如櫃，白玉檢，黄金繩之。尚書中候曰：舜時修壇河洛，榮光出河，休氣四塞，龍馬銜甲，赤文録色，有列星之分，斗政之度，帝王紀録興亡之數。斯類不可殫述。徐陵檄周文：主上嗣奉瑶圖。丹青玉版，漢書鼂錯傳：刻于玉版，藏于金匱。拾遺記：堯聖德光治河洛之濱，得玉版方尺，圖天地之形。輝一作「耀」。前映後，邁五登三。見爲汝南賀赦表。

臣竊訪碩儒，遠徵舊典，帝堯華封之祝，惟止匹夫；莊子：堯觀乎華，華封人曰：「請祝聖人，使聖人壽，使聖人富，使聖人多男子。」堯曰：「多男子則多懼，富則多事，壽則多辱。是三者非所以養德也。」故辭。神禹塗山之儀，見安平公賀聖躬表。且非元會。然猶堯有多憂之戒，「多憂」，即上文所引多懼。禹行一作「存」，非。後至之誅。國語：仲尼曰：「昔禹致羣神於會稽之山，防風氏後至，禹殺而僇之，其骨節專車。」在和平而尚乖，孰歡呼之可致？豈與茲日，而得同年！賈誼過秦論：不可同年而語矣。

臣方守河潼，文選注：向曰：河、潼，二水名，後漢書皇甫張段列傳贊：戎驂糾結，塵斥河潼。注曰：潼，谷也。即潼關。正分符竹，不獲躬陳玉帛，首率梯航，宋顏延之序：棧山航海，踰沙軼漠之貢。注曰：揚雄交州箴：航海三萬，束牽其犀。梁王僧孺謝啓：航海梯山，獻琛奉貢。況又嘗以藝文，叨居禁密，雖遠離天上，猶近疑脱一字。闕西。抃賀空深，就望無所。心馳紫闥，曹植表：注心皇極，結情紫闥。非夢寐而不通；魂繞皇闈，傅咸詩：明明闢皇闈。羨歸飛而莫及。詩：弁彼鸒斯，歸飛提提。無任荷一作「賀」。恩祝壽戀闕屏營之至。

代僕射濮陽公遺表

新書傳：王茂元領陳許節度，又徙河陽，討劉稹也。李德裕以茂元兵寡，詔王宰領陳許，合義成兵援之。會病卒，贈司徒，謚曰威。舊書傳：河北諸軍討劉稹，茂元亦以本軍屯天井，賊未平而卒。漢書表曰：僕射，秦官。古者重武官，有主射以督課之。應劭曰：僕，主也，射音夜。舊書志：尚書都省左右僕射各一員。按茂元加僕射，傳不書，詳後隴西郡君祭女文。

臣某言：臣聞螻蟻知雨，雖通感於玄天；東觀漢記：沛獻王輔善京氏易。永平五年少雨，上自爲卦，以易林占之，其繇曰：蟻封穴户，大雨將至。以問輔，輔曰：蹇，艮下爲山，坎上爲水。山出雲爲雨。蟻穴居知雨將至，故以蟻爲興。蒲柳望秋，必凋華於厚夜。左傳：楚子曰：「惟是春秋窀穸之事。」注曰：窀，厚也；穸，夜也。厚夜猶長夜，謂葬埋。餘見代彭陽表。況臣攝生寡要，老子：善攝生者，陸行不遇兕虎，入軍不被甲兵，兕無所投其角，虎無所措其爪，兵無所容其刃。夫何故？以其無死地。將命無方，寒暑頓侵，精神坐竭。竈乏傳薪之火，莊子：指窮於爲薪，火傳也，不知其盡也。餘燄幾何？楊泉物理論：人含氣而生，精盡而死，譬猶火焉，薪盡而火滅，則光無矣。隙無留影之駒，史記魏豹傳：人生一世間，如白駒過隙耳。漢書注：白駒，日景也。隙，壁際也。按：莊子作「過郤」，郤亦作「隙」。殘光即盡。叩心戀闕，文選注：春秋考異郵曰：桓公殺賢，吏民含痛，流涕叩心。後漢書張奐傳：奏記曰：凡人之情，寃則呼天，窮則叩心。忍死集作「命」。封章，晉書宣帝紀：天子執帝手，目齊王曰：「以後事相託，死乃復可忍，吾忍死待君。」叫白日而不回，九辯：去白日之昭昭，襲長夜之悠悠。望青天而永訣。臣某中謝。

臣雖忝望族，按王氏自晉以來，世爲望族。宰相世系表：王氏定著三房，一曰瑯琊，二曰太原，三曰京兆。茂元固稱太原公，然其世系無考。本實將家。自先臣出惣郊圻，遇英華多一「任」字。大國靜無師旅，被服元化，翺翔盛時，遂與季弟參元柳宗元賀王參元失火書：僕自貞元十五年見足下之文章，蓄之者蓋六七年。俱以詞場就貢。久而不調，因以上書，自薦求通，干時願一作「預」，非。試。按：王栖曜，貞元初鎮鄜坊，十九年卒於位。而貞元二十一年正月，德宗崩。則茂元筮仕，當在栖曜未卒時也。芸香作吏，見爲安平公表。始筮仕於德宗；左傳：畢萬筮仕于晉。瑞節臨戎，周語：先王既有天下，爲車服旗章以旌之，爲摯幣瑞節以鎮之。按：周禮春官：典瑞，掌玉瑞，辨其名物與其用事，如王晉大圭，公執桓圭，侯執信圭之屬。而牙璋以起軍旅，以治兵守。註曰：瑞節，信也。牙璋亦王使之瑞節。地官掌節：掌守邦節。而辨其用，以輔王命。註云：邦節者，珍圭牙璋之屬。疏曰：珍圭之等，皆約典瑞言之。復分憂於陛下。雖性分有限，而忠誠不移。一作「磨」。固無韓、彭爲將之能，漢之韓信、彭越。實慕趙、竇散財之義。魏志武帝紀注：趙奢、竇嬰之爲將也，受賜千金，一朝散之，故能濟成大功，永世流聲。吾未嘗不慕其爲人也。又曰：追思竇嬰散金之義。史記趙奢傳：所賞賜者，盡以與軍吏士大夫。餘見下篇。按：茂元富財，交通權貴。此頗爲之粉飾。兩踰嶺嶠，四建牙旗。東京賦：牙旗繽紛。按茂元經略邕容，又節度嶺南，故曰「兩踰嶺嶠」也。鎮嶺南、涇原、陳許、河陽，故曰「四建牙旗」也。約己潔身，絕甘分少，司馬遷報任安書：李陵素與士大夫絕甘分少，能得人死力。良田五頃，慮莫及於子孫；南史王悅之傳：賜良田五頃。舊書劉弘基傳：弘基遺令，給諸子奴婢各十五人、良田五頃，謂所親曰：「若賢，固不藉多財；不賢，守此可以免饑凍。」餘財悉以散施。後漢書儒林周澤傳：光禄勳孫堪，建武中，仕郡縣，奉禄不及妻子，皆以供賓客。厚禄萬鍾，惠頗霑於賓客。史記平津侯傳：故人所善賓客，皆分奉禄以給之，無有所餘。按此類事頗多。恭承詔命，以守藩條。而掌事者「掌事」，見周禮。徒以元和中吕元膺留守東都，李師道舊作「師古」，誤，今改正。潛謀洛邑，託以郡邸，入之甲兵。臣當時爲元膺賓僚，值師道竊發，藍衫不脱，竹簡仍持，因爲麾兵，虜其□帥，英華作「明師」，徐刊作「元帥」，皆誤。按：賊魁乃中岳寺僧圓凈，年八十餘，嘗爲史思明將，偉悍過人，見舊書吕元膺傳。此當作「主帥」。南史周山圖傳：鄉里獵戲集聚，常爲主帥。按：凡行軍及叛賊之徒，用「主帥」字者甚多，竟疑作「主帥」爲是。初以英華作「明師」，疑本是「朋帥」之訛，謂賊黨也，又或作「棚帥」，謂曰棚之首也。但「朋帥」字無可據，故以「主帥」爲近是。按：舊書志：親王摠戎曰元帥。雖每可通稱，然叛賊必不可稱也。英華作「明師」，疑「朋帥」之形近而訛。但字無證據，不如闕疑。遂以將材相許，戎統見期，頡頏遐途，詩：頡之頏之。纂修舊服。書：纘禹舊服。光陰荏苒，潘岳悼亡詩：荏苒冬春謝。篇海：「荏染」，猶侵下也，亦作「荏苒」。廣韻：展轉也。按：與詩「荏染柔木」義異。遷授頻仍。漢書孝成帝紀：詔曰：大異重仍。師古曰：仍，頻也。昨者分領許昌，通典：許州許昌縣，漢許縣，獻帝都於此，魏文改曰許昌。餘見前。兼臨河内，舊書志：河陽三城節度使領懷州河内郡。當上黨阻兵之始，通典：秦置上黨郡，唐爲潞州，或爲上黨郡。左傳：衆仲曰：「阻兵無衆。」是孽童拒詔之初。謂昭義劉稹拒命。詳見爲河南尹賀尊號表。臣方將奮勵疲駑，司馬遷書：僕雖疲駑，亦常側聞長者之遺風矣。指揮精鋭，漢書陳平傳：天下指揮即定矣。翟義傳：吏士精鋭攻義，破之。所冀解鞍赤狄，春秋：宣公十有五年，晉師滅赤狄潞氏，以潞子嬰兒歸。息駕晉城，潞州，晉地，非指太原。時楊弁固未叛也。大攘蜂蠆之羣，左傳：臧文仲曰：「君無謂邾小，蜂蠆有毒，而況國乎？」以雪人神之憤。自前月某日後，軍聲大振，賊勢稍一作「少」。衰，人一其心，書：爾尚一乃心力，其克有勳。士百其勇。南史韋睿傳：人百其勇。按：茂元所遣之師，被賊破擒，頗爲危迫，詳見史文及會昌一品集。表乃矯語若此，唐時風氣然也。燕頷有相，曾無定遠之期；後漢書班超傳：相者指曰：「生燕頷虎頸，飛而食肉，此萬里封侯相也。」餘見陳情表。馬革裹尸，實負伏波之願。見上陳情表。而精誠靡著，志望一作「素心」。見違，援桴之意方堅，「桴」，通作「枹」。左傳：郤克左并轡，右援枹而鼓，馬逸不能止。呂氏春秋：援桴一鼓，使三軍之士樂死若生。就木之期俄及。左傳：季隗曰：「吾二十五年矣，又如是而嫁，則就木焉。」忽自今月某日，疾生腹臟，弊及筋骸，藥劑之攻擊愈深，暗用膏肓事，見前。神祇一作「理」，非。之禱祠無益。固已騰名鬼籙，魏文帝書：觀其姓名，已爲鬼籙。收氣人寰，鮑照舞鶴賦：歸人寰之喧卑。復然無望於死灰，漢書韓安國傳：安國坐法抵罪，獄吏田甲辱安國，安國曰：「死灰獨不復然乎？」更起難同於仆樹。漢書昭帝紀：元鳳三年春，上林有柳樹枯僵自起生。然臣素窺長者，曾慕達人，左傳：聖人有明德者，若不當世，其後必有達人。列子：端木叔，達人也。此謂曠達之人，知死生有命者。省知一作「於」。變化之端，麤識死生之理，豈其有貪富貴，敢冀延長？但以未報國恩，未誅賊黨，視胄長免，左傳：先軫免胄入狄師。又：郤至見楚子，必下免胄而趨。對弓莫彎，關弓、援弓、彎弓並同。戰國策「楚王引弓射狂兕」，他書作「彎弓」。思犬馬以自悲，見安平公賀聖躬表。悼一作「怛」。鐘漏之先迫。魏志：田豫答司馬宣王曰：「年過七十而以居位，譬猶鐘鳴漏盡而夜行不休，是罪人也。」按：後人以鐘鳴漏盡比老死。文選放歌行注引崔元始正論：永寧詔曰：鐘鳴漏盡，洛陽城中不得有行者。志有所在，傷如之何！撫節而乏淚以流，用事未詳。左傳，宋司馬公子卬握節以死，無「淚」字，非所用也。晉書何無忌傳：無忌執節督戰，遂握節死之。亦無「淚」字。伏弢而無血可峈。晉語：鐵之戰。趙簡子曰：「鄭人擊我，吾伏弢峈血，鼓音不衰。」注曰：面污血曰峈。左傳作「嘔」。杜注：嘔，吐也。蓋咯血爲嘔。臣某中謝。

其行營三軍，已舉牒差某官某，河陽留務差某官某，懷州留務差某官某訖。河陽兼領懷州刺史，故分差留務。並皆授之方略，漢書趙充國傳：願馳至金城圖上方略。各有司存。見論語。按正義曰：執籩豆行事之禮，則有所主者存焉。故「司存」二字古人習用，非以「有司」二字連也。竊計一作「至於」。旬日，必無逗撓。漢書韓安國傳：廷尉當王恢逗撓，當斬。注曰：逗，曲行避敵也；撓，顧望也。

臣又伏思任司農大卿之日，授忠武統帥之時，詳陳許謝上表。紫殿承恩，三輔黃圖：武帝又起紫殿，雕文刻鏤，黼黻以玉飾之。彤庭入對，躬瞻堯日，屢見。親沐舜風，禮記：舜作五絃之琴以歌南風。家語曰：南風之薰兮，可以解吾民之愠兮；南風之時兮，可以阜吾民之財兮。獲睹陛下神武之姿，獲聞陛下憂勤之旨。即北蕃小寇，謂回鶻。東土微妖一作「戎」，謂劉稹。亦何足煩陛下之甲兵，污陛下之鈇鑕？公羊傳：子家駒曰：「君不忍加之以鈇鑕，賜之以死。」註曰：鈇鑕，腰斬之罪。史記項羽本紀：陳餘遺章邯書：

孰與身伏鈇鑕？索隱曰：質，莝椹也。伏願時推明略，魏志武帝紀：評曰：惟其明略最優也。光闡睿圖。顔延之詩：睿圖炳睟。内則收德裕、李德裕，詳太尉衛公序。讓夷、舊書：李讓夷字達心，隴西人。新書宰相表：會昌二年七月，尚書左丞李讓夷爲中書侍郎同中書門下平章事。紳、舊書：李紳字公垂，潤州無錫人。新書宰相表：會昌二年二月，以淮南節度使李紳爲中書侍郎平章事。鉉舊書：崔鉉字台碩，博陵人。新書宰相表：會昌三年五月，翰林學士承旨崔鉉爲中書侍郎同中書門下平章事。之嘉謨，外則任彦佐、舊書武宗紀：會昌三年九月，以徐泗節度使李彦佐爲澤潞西南面招討使。元逵新書王元逵傳：元逵襲成德軍節度使。劉稹叛，詔元逵爲北面招討使。宰、舊書紀：以陳許節度使王宰充澤潞南面招討使。沔舊書劉沔傳：授沔太原節度使，充潞府北面招討使。按元逵當其東北，沔則正北。然紀文不書沔爲招討也。之威力，廓清華夏，昭薦祖宗，然後瘞玉勒成，漢書：武帝天漢三年，泰山修封，還過祠常山，瘞玄玉。桓譚新論：修封泰山，瘞玉岱宗。班固東都賦：封岱勒成，儀炳乎世宗。鏤金垂烈，文選劉孝標廣絶交論：聖賢鏤金版而鐫盤盂。任彦升王文憲集序：金版玉匱之書。善曰：七略曰：太公金版玉匱。抱朴子曰：鄭君有玉匱記、金版經。按此似用封禪金繩玉檢，或鑄鼎鐘，以紀功烈，如後漢書鄧后紀「勒勳金石，攄之罔極」之義，非直用金版也。臣雖百死，後漢書第五倫傳：疏曰：雖遭百死，不敢擇地。復何恨焉！臣精爽已虧，左傳：心之精爽，是謂魂魄。言辭失次。迷亂失次也，字屢見。氣無復續，蒙以纊而莫勝；見安平公遺表。口不能言，飯用貝而何益？檀弓：飯用米貝，弗忍虚也。穀梁傳：貝玉曰含。故國一作「園」。千里，明君萬年，永將徐刊本作「捐」，非。覆載之恩，長入幽冥之路。後漢書馮衍傳：歎曰：「修道德於幽冥之路。」殘魂不昧，雖温序之思歸；後漢書獨行傳：温序爲護羌校尉，行部至襄武，爲隗囂别將苟宇所拘，遂伏劍而死。序主簿韓遵、從事王忠持屍歸殮，光武憐之，賜洛陽城旁爲冢地，長子壽服竟，爲鄒平侯相，夢序告之曰：「久客思鄉里。」壽即棄官，上書乞骸骨歸葬。帝許之，乃反舊塋焉。枯骨有知，遇杜回而必亢。見下篇。迴望昭一作「聖」。代，哀號不能。無任荒惙攀戀之至，謹奉表代辭以聞。英華不載此七字。

爲王侍御瓘謝宣弔并賻贈表

瓘，王茂元子也，茂元傳不附載。隴西郡君祭女文云：七女五男。此當其長也。

草土臣瓘言：今月某日某官吕述，此當即後之吕商州。某官任疇等至，奉將聖旨，以臣父某官某亡歿，賜弔臣等，并賻贈臣亡父布帛三百疋、米粟二百石者，大夜銜輝，庾信碑文：爰在盛年，先從大夜。窮泉漏澤，潘岳哀永逝文：襲窮泉兮朽壤。以隕以越，終哀且榮。臣某中謝。

臣先臣某託體元侯，元侯謂栖曜。後漢書盧芳傳疏曰：臣芳過託先帝遺體。策名任子，左傳：策名委質。漢書王吉傳：吉言：「今使俗吏得任子弟，率多驕驁，不通古今。宜明選求賢，除任子之令。」象賢傳劍，書：惟稽古崇德象賢。餘見陳情表。餘力攻書，歷七朝而在公，七朝德、順、憲、穆、敬、文、武也。秉二道而非墜。謂初以詞場就貢，後爲將帥之任，備文武二道。氛興赤狄，兵聚晉城，先臣受律一作「敵」，非。臨戎，忘家狥衆。史記司馬穰苴傳：將受命之日則忘其家。士卒均食，漢書李廣傳：廣歷七郡太守，前後四十餘年，得賞賜輒分其戲下，飲食與士卒共之。罔愧於前修；離騷：謇吾法夫前修。廊廡散金，漢書竇嬰傳：嬰爲大將軍，賜金千斤，陳廊廡下，軍士過，輒令財取爲用。「財」與「裁」同。遠齊於舊説。上憑王略，「王略」，猶言廟略。下振軍威，旬月之間，慶捷相繼。並親桴三鼓，周禮夏官：大司馬，中軍以鼙令鼓，鼓人皆三鼓。按吴越春秋：孫子試戰，三鼓爲戰形。戰國策：甘茂攻宜陽，三鼓之而卒不上。此所用也。又尉繚子：勒卒令曰：「商，將鼓也。角，帥鼓也。小鼓，伯鼓也。三鼓同而將帥伯其心一也。」唐六典：軍鼓之制有三，一曰銅鼓，二曰戰鼓，三曰鐃鼓。則謂鼓制有三，非所用也。躬運九章。管子兵法篇：九章，一曰舉日章則晝行，二曰舉月章則夜行，三曰舉龍章則行水，四曰舉虎章則行林，五曰舉鳥章則行陂，六曰舉蛇章則行澤，七曰舉鵲章則行陸，八曰舉狼章則行山，九曰舉韓章則載食而駕。九章既定而動静不過。如臣弟兄，皆冒矢石。左傳：荀偃、士匄攻偪陽，親受矢石，滅之。漢書：叔孫通曰：漢王方蒙矢石，争天下。鼂錯傳：能使其衆蒙矢石，赴湯火。豈意奇功垂立，大願莫從，傳飡失時，漢書韓信傳：令其裨將傳餐曰：「今日破趙會食。」峈血成疾，見上表。奄至凋落，長違盛明。此皆由臣等抱釁既深，就養無素，禮記：左右就養無方。遂延家難，詩：未堪家多難。仰惻宸襟，尚一作「止」。偷生於晷刻，晷，日景。刻，漏刻。亦何顔於天地。伏惟皇帝陛下悼深撫几，晉書劉毅傳：遷尚書左僕射，年七十告老，以光禄大夫歸第，門施行馬，太康六年卒。武帝撫几驚曰：「失吾名臣，不得生作三公。」即贈儀同三司。按：茂元生加僕射，殁贈司徒，此引典精切。悲軫聞鞞，禮記：聽鼓鼙之聲，則思將帥之臣。降憫册一作「惻」，誤。於上公，書微子之命：庸建爾于上公。韓詩外傳：三公曰司馬、司空、司徒也。司馬主天，司空主土，司徒主人。

舊書職官志：正第一品，太尉、司徒、司空各一員，三公論道之官也。厚賻禮於遺體。公羊傳：車馬曰賵，貨財曰賻，衣被曰襚。昔魏優死事，止分食邑之餘；魏志注：公令曰：「諸將士大夫共從戎事，吾獨竊大賞，户邑三萬，今分所受租與諸將掾屬及故戍于陳、蔡者，宜差死事之孤，以租穀及之。」漢養孤兒，但有羽林之聚。漢書百官公卿表：武帝取從軍死事之子孫養羽林，官教以五兵，號曰羽林孤兒。方於今日，彼一作「惟」。愧推恩，叫號失容，戴履無所。左傳：晉大夫三拜稽首曰：「君履后土而戴皇天。」軍前結草，必自於幽靈；左傳：魏武子有嬖妾，武子疾，命顆曰：「必嫁是！」疾病，則曰：「必以爲殉。」及卒，顆嫁之，曰：「疾病則亂，吾從其治也。」及輔氏之役，顆見老人結草以亢杜回，回躓而顛，故獲之。夜夢之曰：「余，而所嫁婦人之父也，爾用先人之治命，余是以報。」石上生一作「澆」。松，敢忘於遺訓。烈士傳：干將、莫耶爲晉君作劍，三年而成。劍有雌雄，天下名器也，乃以雌劍獻君，留其雄者。謂其妻曰：「吾藏劍在南山之陰，北山之陽，松生石上，劍在其中矣。君若覺，殺吾，爾生男以告之。」及君覺，殺干將，妻後生男，名赤鼻，具以告之。赤鼻斫南山之松，不得劍，思於屋柱中得之。晉君夢一人眉廣三寸，辭欲報讎。君覺，購求甚急，乃逃朱興山中，遇客欲爲之報，乃刎首以奉晉君。客令鑊煮之，頭三日三夜跳，不爛，君往視之，客以雄劍倚擬君，君頭墮鑊中，客又自刎，三頭悉爛，不可分別，葬之，名曰「三王冢。」按：孝子傳亦作「晉君」，列異傳、搜神記作「楚王」。眉廣三寸，搜神記作「眉間廣尺」。又太平御覽引吳越春秋：眉間尺逃楚入山，逢客爲之報讎。孝子傳曰：眉間尺名赤鼻。是直以「眉間尺」爲人名矣。餘皆大同小異耳。庾子山集：楹前鑿柱，即取遺書；石上開松，仍求故劍。與此正合。蓋古人用事，既取一義，不旁顧而避忌也。惟一作「澆」字不合，或係字誤，或別有所本，未能全考。無任感恩荒殞之至。

爲懷州李中丞謝上表

文苑英華原注：武宗。舊書志：懷州屬河北道。徐曰：李中丞不知其名，據表所云，蓋嘗使吐蕃而還，乃拜懷州之命者。考舊書紀傳，會昌二年十月吐蕃贊普卒。十二月，遣使論普熱入朝告哀，詔將作少監李璟入蕃祭弔。表云「三時而還」，則還期當在三年之深秋，時方命陳許節度使王宰討澤潞，與「潞潛逆孽，許出全師」之語適相符合，李中丞蓋即其人也。或以爲李師偃，則紀書其往回鶻烏介可汗牙宣慰，乃烏介已入塞，近在天德軍，何言「萬里以遥」？昆夷乃西戎，不得以斥回鶻。時劉從諫尚存，皆與表語抵梧。李中丞之爲李璟無疑矣。按徐氏之説甚是，余又參以通鑑校之也。通鑑：會昌三年九月，李德裕奏，河陽節度先領懷州刺史，常以判官攝事，不若遂置孟州，其懷州别置刺史，俟昭義平日，仍割澤州隸河陽，則太行之險不在昭義，而河陽遂爲重鎮。新書方鎮表：會昌三年復置河陽節度，徙治孟州。四年，增領澤州。此表正别置刺史時也。蓋河陽節度舊以懷州爲治所，而實居河陽，其懷州則令判官攝之耳。先是，懷州領九縣，河陽縣屬焉，後以河陽五縣割屬河陽三城使，非懷州所屬，故德裕請昇河陽縣爲孟州，而懷州别置刺史也。懷、孟、澤合爲節度，號河陽，故自後每稱懷孟節度。題下「吐蕃贊普卒」，通鑑：來告達磨贊普之喪。達磨是其名也。

臣某言：臣伏奉某月日制書，授臣某官者。天旨下臨，星言東騖，詩：星言夙駕。即以今月某日到任上訖。臣某中謝。臣聞漢分刺舉之條，三河最重；史記田仁傳：使舉刺三河。正義曰：遣御史分刺之。三河，河南、河東、河内。周舊作「唐」，誤。制郊圻之數，二宅惟均。二宅，謂鎬京、洛邑也。洛誥「公既定宅」，畢命「申畫郊圻」，成周之邑事也。此因懷州近東都，故引之。舊作唐制，而徐氏即引唐時兩畿採訪使，誤矣。故直改之。況蘇公舊田，左傳：王取鄔、劉、蔿、邘之田于鄭，而與鄭人蘇忿生之田温、原、絺、樊、隰郕、欑茅、向、盟、州、陘、隤、懷。注曰：蘇忿生，周武王司寇蘇公也。凡十二邑，皆蘇忿生之田。欑茅、隤屬汲郡，餘皆屬河内。又：劉子、單子曰：昔周克商，使諸侯撫封，蘇忿生以温爲司寇，與檀伯達封于河。注曰：忿生與檀伯達俱封于河内。懷侯故邑，按：通典，懷州，周爲畿内及衛，邘、雍三國，春秋時又屬晉。太平寰宇記：周時爲三監邶、鄘、衛地，管、蔡廢黜，封康叔以爲懷侯於此地，即爲衛。衛遷河南，晉文公始啓南陽，又爲晉地。則康叔初封懷侯也，古有是説矣。春秋左氏傳：隱六年，懷姓九宗。註曰：唐叔始封，受懷姓九宗，職官五正。疏曰：周成王滅唐，始封唐叔於懷氏，一姓九族及其先代五官之長子孫賜之。太行會險，吕氏春秋：通乎德之情，則孟門、太行不爲險矣。史記魏世家：斷羊腸。注曰：前腸坂在太行山上，南口懷州，北口潞州。通典：懷州，太行山在焉。左傳：襄二十二年，齊侯伐晉，入孟門，登太行。注曰：孟門，晉隘道。太行，在河内郡北。德水通津，漢書郊祀志：秦文公獲黑龍，以爲此水德之瑞，更名河曰德水。孟州即古孟津。在申畫之時，一作「間」。素爲清地，語翕張之勢，實一作「號」。曰要區。老子：將欲歙之，必固張之。淮南子：用兵之道，爲之以歙，而應之以張。按：歙一作「踰」，此謂近東都，爲清地；近澤潞，爲用兵要區。自河上置一作「致」。軍，以幕中分理，所謂以判官攝事也。地雖密邇，左傳：以陳、蔡之密邇于楚。事異躬親。詩：弗躬弗親，庶民弗信。伏惟仁聖文武至神大孝皇帝陛下，會昌二年所上尊號。神以運機，聖而制變，將鎮頑梗，更務恢張。皇甫謐三都賦序：並務恢張其文。由是開三壘之新規，復數朝之故事。「三壘」，即河陽三城。通典：後魏太和中築北城，東魏元象元年築南城及中潬城，是爲三城。河陽三城記：北城南臨大河，長橋架水。南城三面臨河，屹立水濱。中潬城水環四周，表裏二城，南北相望。黄河兩派貫于三城之間。齋壇將節，漢書韓信傳：蕭何曰：「王必欲拜之，擇日齋戒，設壇場，具禮，乃可。」王許之。重加廉郡之雄；「齋壇」，指河陽節度，河陽縣升爲孟州，則當有刺史，而節度自領之，故云。皂蓋朱轓，漢書景帝紀：六年詔曰：夫吏，民之師也，車駕衣服宜稱。令二千石車朱兩轓，千石至六百石朱左轓。應劭曰：車耳反出，所以爲之藩屏，翳塵泥也。轓以簟爲之，或用革。轓與幡同，音甫元反。後漢書輿服志：中二千石、二千石皆皂蓋，朱兩轓。各有爲州之貴。謂懷州别置刺史也。遠徵三紀，書：既歷三紀，世變風移。間有兩人，陶某以吏理當材，「吏理」，即吏治。鄭某以名家正授。按：趙氏金石録：康懷州刺史陶大舉碑，開元八年姚崇撰，徐嶠之正書。舊書鄭餘慶傳：弟膺甫，官至主客郎中、楚懷鄭三州刺史。當即此所云也。第與三紀不可符，豈不必拘耶？抑别有賢守耶？所引陶某似可符，鄭某不可符，再酌。清塵不遠，楚辭遠遊：聞赤松之清塵兮，願承風乎遺則。文選盧諶贈劉琨詩序：自奉清塵，于今五稔。餘烈猶存，頒條之寄，繼組爲難。説文：組，綬屬。若臣者，品以勳昇，官由賞達，徒慕益恭之美，左傳：正考父佐戴、武、宣，三命兹益共，故其鼎銘云：一命而僂，再命而傴，三命而俯，循牆而走，亦莫余敢侮。以承猶宥之恩，見爲京兆公賀郊赦表，李中丞當是西平之孫，以蔭襲起家，互詳爲李郎中祭竇端州文。過獎在朝，承乏充使。左傳：攝官承乏。將聖代懷柔之德，率昆一作「畎」。夷畏慕之心，詩：昆夷駾矣。箋曰：昆夷，西戎也。萬里以遥，三時而復。副介漢書南粤傳：陸賈使粤，謁者一人爲副使。禮記：諸侯七介。釋文：介，副也。不離於疾故，一作「痼疾」，誤。檀弓：非有大故，非疾也。按：漢書蘇武傳：單于召會武官屬，前以降及物故，凡隨武還者九人。疑其本用物故。説文：「罹」，古通用「離」。少從舊作「人從」，一作「故人」，皆誤。免難舊作「難似」，當從徐刊本作「歎」。於凋零。按：「少從」見漢書張騫傳。師古曰：漢時謂隨使而出外國者爲少從，言其少年而從使也。從音材用反。文必用此。從作平音亦可。舊本皆非，竟爲改定。敢矜跋涉之勞，自被生成之賜。豈期皇帝陛下謂能專對，遽委牧人，仍其柏署之雄，出使例加御史中丞，今爲刺史亦兼之，餘屢見。賜以竹符之重。屢見。遂使霍氏固辭之第，漢書霍去病傳：上爲治第，令視之，對曰：「匈奴不滅，無以家爲也。」早建雙旌；徐曰：節度領刺史，乃有雙旌，諸州不與焉，儲光羲詩：今之太守古諸侯，出入雙旌垂七旒。通用爲太守之故事矣。按：唐自中葉後，刺史多典兵，詳前表。懷州別置刺史，時方用兵，宜有雙旌也。于公必大之門，漢書于定國傳：始定國父于公，其閭門壞，父老方共治之。于公謂曰：「少高大門閭，令容駟馬高蓋車，我治獄多陰德，子孫必有興者。」至定國爲丞相，永爲御史大夫，封侯傳世云。更屯五馬。漢樂府陌上桑：使君從南來，五馬立踟躕。按：白帖「刺史五馬」，注曰「使君」，是專據此詩也。遯齋閑覽：謂太守爲五馬，人罕知其故事，或言詩「孑孑干旟，在浚之都，素絲組之，良馬五之」，周時州長建旟，漢太守視之。或云古乘駟馬車，至漢時太守出則增一馬，事見漢官儀也。潘子真詩話：禮，天子六馬左右驂，三公九卿駟馬左驂。漢制九卿則二千石以右驂，太守駟馬而已，其加秩中二千石乃右驂，故以五馬爲美稱。按：詩良馬四之、五之、六之。毛傳以轡言，鄭箋以見之數言，非數馬也。漢郡守又非周州長也。他書引漢官儀云：太守駟馬，行部加一馬，故稱五馬。然漢官儀本文不見，凡諸轉引者於唐初類書皆無之，恐不足信。據許彥周詩話云：前輩楊、劉、李、宋最號知僻事，豈不知漢官儀注而疑之耶？此語曉然矣。今考後漢書、晉書輿服志、宋書禮志，凡所云中二千石以上駕二右騑者，以右騑爲駕二，非駕二外又有右騑，則潘氏之説亦必非也。漢書高帝紀：田横乘傳詣洛陽。如淳曰：律，四馬高足爲置傳，四馬中足爲馳傳，四馬下足爲乘傳，一馬二馬爲軺傳。朱買臣傳：拜會稽太守，長安廐吏乘駟馬車來迎，買臣遂乘傳去。張晏曰：故事，大夫乘官車駕駟，如今州牧刺史矣。鮑宣傳：遷豫州牧，行部乘傳去法駕，駕一馬。師古曰：言其單率不依典制，是謂不循舊典駕駟也。後漢書志曰：大使車，立乘，駕駟，赤帷。晉志亦云：赤帷裳，騶騎導從。後漢志又曰：公卿、中二千石、二千石，郊廟、明堂、祠陵、法出，皆大車，立乘，駕駟。晉、宋志皆同。其云法出者，可與鮑宣傳「法駕」同義。凡此皆駕四之證而無駕五也。惟宋書志引逸禮王度記曰：天子駕六，諸侯駕五，卿駕四，大夫三，士二，庶人一。愚竊據此謂諸侯駕五，漢之刺史猶諸侯，故美其駕五馬。於義或可合也。宋志又云：江左以來相承無六，駕四而已。後漢書志注中亦引王度記而直曰：諸侯駕四。所引他書亦無駕五者，於是駕五之文漸隱。茲詳列之以備一説，實則據漢詩足矣。任淵陳后山詩注：古樂府陌上桑，五馬本事所出也。後人臆説，妄矣。又按：字典馬部註引前漢東方朔傳：太守駟馬駕車，一馬行春。衛宏輿服志：諸侯四馬，駙以一馬。今檢漢書傳不見此文，而字典必有據，與輿服志語皆即漢官儀所云「行部加一馬」也。賢無所象，分可自量，入祖廟而欷驚，祖謂李晟。瞻父堂而益懼。書：若考作室既底法，厥子乃弗肯堂，矧肯構？按：其父未可核定何人。況潞潛逆孽，許出全師，繫一作「緊」，又一作「較」，非。此州兵，横制賊境，兼聲勢之任，有資扉之須。一作「頒」，非。左傳：申侯曰：「若出于陳、鄭之間，共其資糧扉屨，其可也。」謹當懋舉詔書，聽求人瘼。詩小雅傳：瘼，病也。後漢書循吏傳：廣求民瘼。思理行之第一，誠愧昔賢；史記賈誼傳：文帝聞河南守吳公治平爲天下第一。漢書張敞傳：潁川太守黄霸以治行第一，入守京兆尹。奉忠孝於在三，亦惟先訓。晉語：欒共子曰：「人生于三，事之如一。父生之，師教之，君食之。」苟愆素誓，則有神明，伏遠雲天，已逾旬朔。魏志鍾會傳注：王弼答荀融書：隔踰旬朔。獻封人富壽之祝，未卜其時；見爲汝南公賀元日御殿表。懸子牟江海之思，莫知其極。莊子：中山公子牟身在江海之上，心居魏闕之下。注曰：魏之公子，封中山名牟。無任感恩攀戀闕庭之至。

爲河南盧尹賀上尊號表

英華原注：武宗會昌五年。舊書武宗紀：會昌五年春正月己酉朔，宰臣李德裕、杜悰、李讓夷、崔鉉，太常卿孫簡等，率文武百寮上徽號曰：仁聖文武章天成功神德明道皇帝。徐曰：英華載册文及此表，皆有「大孝」字。蓋舊紀遺脱耳。職官志：京兆、河南、太原各置尹一員。按：盧尹爲盧貞，見白香山集。香山七老會，貞與秘書狄兼謩以年未七十，雖與會而不及列。唐詩紀事：貞字子蒙，會昌五年爲河南尹。而七老會中又有盧貞，亦作真，前侍御史内供奉官，年八十三，不可誤合爲一人也。餘詳年譜。

臣某言：臣得本道進奏院狀，知宰臣某等奉上尊號，以光洪休，耀列聖之睿圖，表三宮之慈集作「義」。訓。舊書后妃傳：憲宗懿安皇后尊爲太皇太后，居興慶宮；穆宗恭僖皇后尊爲皇太后，居義安殿；貞獻皇后尊爲皇太后，居大内。文宗時號三宮太后。武宗即位，供養彌謹，貞獻徙居積慶殿。凡在生物，孰不歡心。臣某中賀。

臣聞善言天者必推功於廣覆，善言日者必詠德於大明，禮記：大明生于東。然後物仰玄穹，人知景曜。後漢書鄧后紀：宜令史官著長樂注、聖德頌，以敷宣景燿。班固答賓戲：含景曜，吐英精。曜、燿同。皇王擬象，今古同規。伏惟仁聖文武章天成功神德明道大孝皇帝陛下，體天垂蔭，法日輪一作「流」。輝，宏上德以纘戎，老子：上德不德，是以有德。詩：纘戎祖考。啓下武而膺運。詩序：下武，繼文也。武王有聖德，復受天命，能昭先人之功焉。頃從臨御，旋致治平，雨塊風條，英華作「雨順風調」，誤。時推順適，西京雜記：董仲舒云：太平之時，風不鳴條，開甲散萌而已；雨不破塊，潤葉津莖而已。按：「鳴」一作「摇」，「散」一作「破」。苗螟葉蟥，坐致消亡。詩：去其螟螣，及其蟊賊。傳曰：食心曰螟，食葉曰螣，食根曰蟊，食節曰賊。陸氏釋文：「螣」亦作「蟘」，徒得反。説文作「蟥」。是以銀甕石碑，見爲汝南公賀元日御殿表。非煙浪井，史記：若煙非煙，若雲非雲，郁郁紛紛，蕭索輪囷，是謂卿雲。卿雲見，喜氣也。正義曰：卿音慶。瑞應圖：王者清淨則浪井出，有仙人主之。典略：浪井不鑿自成。神而告瑞，史不絶書。左傳：女叔侯曰：「史不絶書，府無虚月。」

且獯鬻爲災，漢書匈奴傳：唐、虞以上有山戎、獫允、薰鬻居於北邊。周、秦乏策，見濮陽公陳情表。金行火運，不絕於侵陵；晉書：董養曰：「白者金色，國之行也。」漢書高帝紀贊：漢承堯運，斷蛇著符，旗幟上赤，協于火德。瀚海陰山，幾渝於約誓。漢書匈奴傳：驃騎封于狼居胥山，禪姑衍，臨瀚海而還。又：郎中侯應曰：北邊塞至遼東，外有陰山，東西千餘里，是其苑囿也。而敢乘衰運，來犯昌朝。詩：朝既昌矣。陛下乃赫以天威，左傳：天威不違顏咫尺。授之宏略，晉書應詹傳疏曰：遐邇皆想宏略。一伐而單于僅免，戰國策：齊王遁而走莒，僅以身免。三鼓而貴主來還，滅大邦之仇讎，詩：蠢爾蠻荆，大邦爲仇。攄累聖之忿憤。班固封燕然山銘：將上以攄高、文之宿憤。舊書紀：會昌元年八月，回鶻烏介可汗遣使告難，言「本國爲黠戛斯所攻破散，今奉太和公主，南投大國」。時烏介至塞上表，借天德城以安公主，仍乞糧儲牛羊供給。三年二月，劉沔遣石雄襲其牙帳，大敗之。烏介可汗被創而走。迎得太和公主至雲州。是日，御宣政殿，百寮稱賀。餘備詳爲李貽孫上李相公啓。及晉陽逐帥，代馬新羈，戰國策：蘇秦説秦惠王曰：「大王之國，北有胡貉代馬之用。」按：古詩每言代馬，注謂代郡之邑。典略曰：代馬，陰之精。李陵答蘇武書：策疲乏之兵，當新羈之馬。陛下又濬發宸襟，委諸廟畫。謂委任李德裕。浹辰而前軍就路，左傳：浹辰之間。注曰：浹十二日也。逾月而元惡膏碪，見濮陽遺表。靜豐沛之遺疆，漢書高帝紀：沛豐邑中陽里人也。舉陶唐一作「唐堯」。之故俗。詩序：晉也而謂之唐，本其風俗，憂深思遠，儉而用禮，乃有堯之遺風焉。徐曰：晉陽本唐堯所封，高祖神堯皇帝本襲封唐國公，由太原起義兵而有天下，故云。舊書紀、李石傳：初劉沔破回鶻，留三千人戍橫水，及討澤潞，王逢軍榆社，訴兵少。詔李石以太原之卒赴之，石乃割橫水戍卒千五百人，令別將楊弁率之，以赴王逢。十二月二十八日軍至太原。舊例，發軍人二縑，石以支計不足，人給一疋，便催上路，不候過歲，軍情不悦，都頭楊弁激士卒爲亂。四年春正月乙酉朔，逐李石。壬子，河東監軍使吕義忠收復之，生擒弁，盡斬其亂卒，百寮稱賀。餘互詳爲李詒孫啓。蕞爾潞子，謂潞州劉從諫。左傳：蕞爾國。後漢書郡國志注：上黨記曰：潞，濁漳也。餘見濮陽遺表。復生孽童，劉稹。脱縗冀恩，邀求旄鉞。止柩拒詔，拒旨不護喪歸洛。據九折之險，左傳：哀四年，齊伐晉壺口。杜預曰：路縣東有壺口關。漢書地理志：上黨壺關縣有羊腸坂。郡國志：晉陽萬谷根山即羊腸坂也。按：古人言羊腸者每即云九折。餘互詳懷州謝上表。有五州之人，舊書志：昭義軍節度使治潞州，領潞、澤、邢、洺、磁五州。藪澤逋逃，書：爲天下逋逃主萃淵藪。糞土租税。左傳：榮季謂子玉曰：「況瓊玉乎，是糞土也，而可以濟師，何愛焉？」史記貨殖傳：計然曰：「貴出如糞土，賤取如珠玉，財幣欲其行如流水。」十年國富，厚賂戰士，遂報强吴。陛下又遠揚神斷，深詔徂征，書：帝曰：「咨禹，惟時有苗弗率，汝徂征。」合鎮魏之强藩，成德王元逵、魏博何弘敬。出韓彭之鋭將，討澤潞之諸將，詳年譜。夷其巢窟，去彼根株，漢書趙廣漢傳：郡中盗賊，閭里輕俠，根株窟穴，所在皆知之。戰國策：張儀説秦王曰：「削株掘根，無與禍鄰，禍乃不存。」清明皇之舊宫，舊書玄宗紀：景龍二年，兼潞州别駕。開元十一年正月，幸并州、潞州，别改其舊宅爲飛龍宫。復金橋之故地。玉海地志：金橋在上黨南二里，嘗有童謡云：聖人執節度金橋。景龍三年，明皇經此橋至京師。曾非曠歲，集此丕功，以上事蹟詳見爲李貽孫上李相公啓。固已至化潛融，事光於玉版，見汝南公元日賀表。玄機獨運，理溢於瑶編。

況又志切希夷，老子：視之不見名曰夷，聽之不聞名曰希。道存沖漠。揚子太玄：沖漠無朕。慕遺蹤於姑射，載動堯心；思順請於崆峒，欲勞軒拜。莊子：堯見四子藐姑射之山，汾水之陽，窅然喪其天下。又：黄帝聞廣成子在于崆峒之上，故往見之。黄帝順下風膝行而進，再拜稽首而問。遠惟集作「揚」。聖祖，新書：天寶二年，加號玄元皇帝曰大聖祖。唐會要：會昌元年勅：我聖祖降誕昌辰，宜改爲降聖節。載佇神孫，俾異法皆祛，多門就掩。左傳：子産曰：「晉政多門。」麟殿正玄元之座，麟德殿也。如舊書文宗紀：上降誕日，僧徒道士講論於麟德殿。按：武宗會昌元年，道士趙歸真等於三殿造九天道場，諸事備載舊紀。鳳書招黄老之徒。陸翽鄴中記：石虎詔書以五色紙銜木鳳皇口中，飛下端門。按：武宗時，有衡山道士劉元靖與道士趙歸真、羅浮道士鄧元起等。歸真爲左右街道門教授先生，時帝志學神仙，師歸真。歸真排毁釋氏，言非中國之教，蠧耗生靈，盡宜除去。帝頗信之。五年春正月，勑造望仙臺于南郊壇，歸真遂與元起、玄靖排毁釋氏，而拆寺之請行焉。凡天下所拆寺四千六百餘所，還俗僧尼二十六萬五百人，拆招提、蘭若四萬餘所，收膏腴上田數千萬頃，勒大秦穆護、祆三千餘人還俗，不雜中華之風，皆見舊書紀。祆，虚焉切，讀若軒。新書藝文志：破胡集一卷。注曰：會昌沙汰佛法詔勅。將以休有萬齡，一作「靈」，誤。臨兹兆衆，使咸踐壽昌之域，俱游富庶之鄉。巍乎焕乎！盛矣美矣！故得人祇協欲，華夏均懷，願加尊顯之稱，以報財成之美。易：后以財成天地之道。宰臣等果能陳大義，允建鴻名，相如封禪文：前聖所以永保鴻名，而常爲稱首。伊尹暨湯，咸有一德，書：惟尹躬暨湯，咸有一德。咎繇謨禹，克讚一作纘。九功，漢書百官公卿表：咎繇作士。師古曰：咎音皐，繇音弋昭反。書：九功惟敍。述盡善於王猷，詩：王猷允塞。標具美於帝籙。陸機漢高祖功臣頌：赫矣高祖，飛名帝録。注曰：孔子曰，五帝出受録圖。按：已詳賀元日表。「録」、「籙」同。此猶言載在史編也。南山稱壽，詩：如南山之壽，不騫不崩。北辰降光，荆州星占：北辰一名天闕，一名北極。北極者，紫宫天座也。北史杜弼傳：安得使北辰降光，龍宫韞櫝。永於徐刊本作「終」。無極之年，汲冢周書：道天莫如無極。曹植詩：年若王父無終極。長奉上清之號。「玉清」、「太清」、「上清」習見道經。集古録：唐會昌投龍文，武宗自稱承道繼元昭明三光弟子南嶽炎上真人。臣幸丁昌運，方守洛京，空深戀闕之誠，不在稱觴之列。舉頭見日，見賀德音表。雖悲千里之遥；側一作「測」。管窺天，見後上集賢相公啓。且慶百生一作「年」。之幸。無任徘徊望闕蹈舞踴躍之至。

爲滎陽公桂州謝上表

滎陽公，鄭亞也。新書宰相世系表：鄭當時，漢大司農，居滎陽。又曰：滎陽鄭氏鄭少鄰，少鄰生穆，穆生亞。舊書宣宗紀：大中元年二月，以給事中鄭亞爲桂州刺史、御史中丞、桂管防禦觀察等使。三年二月，責授循州刺史。地理志：嶺南西道桂管經略觀察使，治桂州。按：義山從亞赴桂州爲掌書記，非判官。辨詳年譜。

臣某言：臣奉違禁掖，祇役遐陬，雖懸就日之誠，屢見。懼曠宣風之寄。漢書王霸傳：宣布詔令，百姓鄉化。又王褒傳：益州刺史王襄欲宣風化於衆庶，使褒作中和、樂職、宣布詩，選好事者令依鹿鳴之聲習而歌之。按：刺史以班宣爲職，故每曰宣風，見兗州謝上表。柔轡載揚於永路，左傳：國子賦「轡之柔」矣。輕舠一作「船」。利濟於大川，詩：誰謂河廣，曾不容刀。箋曰：狹小船曰刀。釋文：刀如字，字書作「舠」。按：赴桂先陸程，後水程。即以今月九日到任上訖，臣某中謝。臣系承儒訓，生屬昌期，初掛弁髦，左傳：豈如弁髦而因以敝之。注曰：童子垂髦，始冠必三加冠，成禮而棄其始冠。疏曰：士冠禮，始冠緇布冠，次加皮弁，次加爵弁。即親筐篋。禮記：入學鼓篋，孫其業也。疏曰：學士入學之時，大胥之官先擊鼓以召之，既至，發其筐篋以出其書。應璩百一詩：文章不經國，筐篋無尺書。南史劉苞傳：家有舊書，例皆殘蠹，手自編緝，筐篋盈滿。嘉樹無忘於封殖，左傳：韓宣子來聘，公享之，韓子賦角弓。既享，宴于季氏，有嘉樹焉，宣子譽之。武子曰：「宿敢不封殖此樹，以無忘角弓。」青氈不落於寇偷，世説：王子敬夜齋中卧，有羣偷入其室，王徐曰：「偷兒，青氈我家舊物，可特置之。」舊書鄭畋傳：曾祖鄰、祖穆，並登進士第。再擢詞科，一登册府。謂秘書省。穆天子傳：天子北征，東還，乃循黑水至于羣玉之山，四轍中繩，先王之所謂策府。舊書鄭畋傳：父亞，元和十五年擢進士第，又應賢良方正直言極諫制科，吏部調選，又以書判拔萃，數歲之内，連中三科。徂遷歲律，浮汎軍裝，揚雄甘泉賦：振殷轔而軍裝。畋傳：亞爲李德裕浙西從事，累屬家艱，人多忌嫉，久之不調。忽彰華纓，鮑照詩：仕子彰華纓。俄列通籍。極望郎於南省，事文類聚：山濤啓事曰：舊選尚書郎，極清望也。陸游筆記：唐人本以尚書省在大明宫之南，故謂之南省。備給事於左曹，漢書楊敞傳：子惲，名顯朝廷，擢爲左曹。徐曰：左曹謂門下省。沈佺期自考功員外拜給事中詩云：南省推丹地，東曹拜瑣闈。「東曹」，即「左曹」也，互詳安平公謝除表。中間帖掌臺綱，畋傳：亞，會昌初始入朝，爲監察御史，累遷刑部郎中。中丞李回奏知雜，遷諫議大夫、給事中。通典：侍御史號爲臺端，他人稱之曰端公，其知雜事者謂之雜端，最雄劇。食坐之南，設横榻，謂之南牀，殿中、監察不得坐，亦謂之癡牀，言處其上者皆驕傲如癡。按：雜端佐中丞大夫以綜庶事，故曰帖掌臺綱也。分修國史。舊書紀：會昌元年，李德裕奏改修憲宗實録，所載吉甫不善之迹，鄭亞希旨削之。三年十月辛相監修國史李紳、兵部郎中、史館修撰判館事鄭亞，進重修憲宗實録四十卷，頒賜有差。旋值孽童拒詔集作「召」，謂劉稹。狂虜亂華，此謂党項，不指回鶻。副中憲以急宣，「中憲」，謂中丞李回。木華海賦：偏荒速告，王命急宣。佐維城而遥護，按：刊本作「微臣」，英華作「威城」，皆必不可通。細思方知爲「維城」之誤。用詩：宗子維城，以指兖王岐也，故直改定。督晉氏遷延之役，左傳：諸侯之大夫從晉侯伐秦，至于棫林，乃命大還。晉人謂之遷延之役。絶戎人偵邏之姦。後漢書南匈奴傳：南單于既居西河，亦列置諸部王，助爲扞戍，皆領部衆，爲郡縣偵邏耳目，北單于惶恐。舊書李回傳：會昌三年，以户部侍郎兼御史中丞。武宗懼稹陰附河朔三鎮，命回使河朔。魏博何弘敬、鎮冀王元逵皆櫜鞬郊迎，回喻以朝旨，俯僂從命。通鑑：會昌三年十月，党項寇鹽州。十一月，邠寧奏党項入寇，李德裕奏党項愈熾，不可不爲區處，請以皇子兼統諸道，擇廉幹之臣爲之副，居于夏州，理其辭訟。乃以兖王岐爲靈夏等六道元帥，兼安撫党項大使，御史中丞李回爲安撫副使，史館修撰鄭亞爲元帥判官，令齎詔往安撫党項及六鎮百姓。按：使諭河朔，亞亦從行。觀此數語可見。「六鎮」，通鑑注云：鹽、夏、靈武、涇原、振武、邠寧也。敢伐善以攘㺄，左傳：晉獻公欲以驪姬爲夫人，卜之，其繇曰：專之渝，攘公之㺄。注曰：㺄，美也。按：此指佐兖王，唐人用典絶無忌諱。固盡誠於養楝。魯語：虢之會，季武子伐莒，楚人將以叔孫穆子爲戮。又：楚人乃赦之，穆子歸，武子勞之。穆子曰：「吾不難爲戮，養吾楝也。夫楝折而榱崩，吾懼壓焉。」注曰：武子正卿爲國楝。按：此以言佐李回也。或作「楝」、作「棟」，皆誤。伏惟皇帝陛下武推時夏，詩：肆于時夏。

文號欽明，書：欽明文思。方將虔奉紫泥，漢舊儀：皇帝六璽，皆以武都紫泥封之。恭拜青瑣，見安平公謝除表。豈意遽分專席，謂兼御史中丞。後漢書志：御史中丞，注引蔡質漢儀曰：朝會獨坐。初學記引續漢書曰：御史中丞與司隸校尉、尚書令會同，並專席而坐，故京師號曰「三獨坐」。叨賜再麾，謂觀察桂管，得賜雙旌也。詳濮陽陳情表。首南服以稱藩，控西原而遏寇。詩：式遏寇虐。新書志：嶺南道諸蠻州中，有西原州，隸安南都護府。南蠻傳：西原蠻居廣、容之南，邕、桂之西，其地西接南詔，自天寶初以後，屢爲寇害。敬宗時，黄氏、儂氏據州十八，侵掠諸州，嶺南節度常以兵五百戍横州，不能制。太和中討平之。贊云：及唐稍弱，西原、黄洞繼爲邊害，垂百餘年，及其亡也以南詔。按此句指戍兵言。褰帷廉部，後漢書賈琮傳：舊典，傳車驂駕，垂赤帷裳。琮爲冀州刺史，命褰之，百城聞風，自然竦震。猶恐墜於斯文；横槊令軍，南史：垣榮祖曰：「曹操、曹丕上馬横槊，下馬談論。」實致憂於不武。左傳：荀罃曰：「城小而固，勝之不武。」雖期竭力，終懼敗官。左傳：貪以敗官爲墨。况俗雜華夷，地兼縣道，漢書文帝紀：有司請令縣道云云。又百官公卿表：縣大率方百里，列侯所食縣曰國，皇太后、皇后、公主所食曰邑，有蠻夷曰道。文身椎髻，漸尉佗南越之餘；左傳：斷髮文身，裸以爲飾。漢書志：粤地文身斷髮以避蛟龍之害。陸賈傳：賈至，尉佗魋結箕踞見賈。餘詳後賽越王文。叩鼓鳴鐘，傳士燮交州之態。吴志士燮傳：燮爲交趾太守，弟壹，合浦太守；䵋，九真太守；武，海南太守。兄弟並爲列郡，雄長一州，偏在萬里，威尊無上。出入鳴鐘磬，笳簫鼓吹，車騎滿道，當時貴重，震服百蠻，尉佗不足踰也。䵋，于鄙反。網疎則魚漏，漢書酷吏傳：號爲罔漏吞舟之魚。老子：天網恢恢，疎而不失。繩急則麕驚，説文：麕，麞也。埤雅：麞性善驚。

吳越春秋：章者，慞惶也。麞飲水見影輒奔。沈約詩：驚麏去不息。欲經緯以合宜，「經緯」，取縱橫之義，以言經略也。顧韋絃而匪易。韓子：西門豹性急，佩韋以自緩，董安于性緩，佩絃以自急。伏願陛下務修儉德，書：愼乃儉德，惟懷永圖。廣扇廉風，沈約碑：扇以廉風。拾翠採珠，粵西文載、四六法海皆作「捐翠投珠」，似當從之。曹植洛神賦：或採明珠，或拾翠羽。漢書南粵王傳：獻生翠四十雙。王章傳：妻子徙合浦，采珠致産數百萬。不勤異物，書：不貴異物賤用物，民乃足。驅犀逐一作「返」。象，用示深仁。新書志嶺南道：厥貢孔翠、犀象。始於問俗之時，便獲稱君之美，禮記：善則稱君，過則稱己，則民作忠。東方朔非有先生論：退不能揚君美以顯其功。臣亦當求規水薤，見濮陽公謝上表。取戒脂膏，後漢書：孔奮爲姑臧長，力行清潔，或以爲身處脂膏，不能自潤，徒益苦辛耳。冀少息於疲一作「羣」。黎，庶免拘於司敗。一作「隸」，見爲汝南公表。

三梁路阻，按：陽江經三石梁以東合灕江，此所云三梁也。詳詩集孔雀詠。舊註引尋陽記廬山上三石梁，誤甚。九嶠封英華作「山」。遥。梁簡文帝七勵：經九嶠之夐阻。吳録：南野縣有大庾山、九嶺嶠以通廣州。按：漢之南野縣，晉爲南康，唐之虔州南康郡也。浮江過一作「遇」。楚澤之萍，家語：楚昭王渡江，江中有物大如斗，圓而赤，直觸王舟，舟人取之，王使使問孔子，孔子曰：「此所謂萍實，可剖而食之，吉祥也，惟霸者爲能獲焉。吾昔聞童謡曰：『楚王渡江得萍實，大如斗，赤如日，剖而食之甜如蜜。』此是應也。」望國隔番禺之桂。山海經：桂林八樹在番禺東。遐思白鳥，鎮颺音於周囿之中；詩：王在靈囿，白鳥翯翯。遠羡仙蓂，永固本於堯階之上。見濮陽公謝上表。無任感恩望闕結戀屏營之至。

爲滎陽公賀幽州破奚寇表

按：此爲鄭亞賀破奚寇也。徐氏以爲當作濮陽，而引會昌時破回鶻那頡啜事，謬甚。新書奚傳：奚亦東胡種，居鮮卑故地，直京師東北四千里。其地東北接契丹，西突厥，南白狼河，北霫。喜戰鬭，兵有五部，部一俟斤主之。其國西距回鶻牙三千里，多依土護真水。貞元、元和、太和之世，屢朝獻，亦時陰結回鶻、室韋犯邊。大中元年，北部諸山奚悉叛，盧龍張仲武禽酋渠，燒帳落二十萬，取其刺史以下面耳三百、羊牛七萬、輜貯五百乘獻京師，即此文所敍也。亦見宣宗紀、張仲武傳，而舊書紀傳皆失載，惟回鶻傳云：烏介敗走東北，託附室韋，諸回鶻殺烏介，立其弟特勤遏捻，復有衆五千以上，其食用糧羊皆取結于奚王石舍郎。大中元年春，張仲武大破奚衆，回鶻無所取給，日有耗散。此數語亦可引證。

臣某言：臣得本道進奏官某狀報，某月日幽州節度使張仲武奏，破奚北部落。及諸山奚，除舊奚王匿郎徐刊本誤作「耶」。所管外，按：石舍郎，新書回紇傳作「碩舍朗」。奚傳又云「太和末大首領匿舍朗來朝」，蓋取音之相近，無定字，此匿郎即匿舍朗也。傳云「禽酋渠」，當即擒匿舍朗而盡戮其人，故曰「除所管外」。文中袁尚一聯，指此。殺戮首領丁壯老幼，并殺獲牛羊，焚燒車帳器械等計二十萬，刺史已下面皮一百具，按國策、史記：聶政自皮面。索隱曰：以刀剌其面皮，或注曰：去面之皮。耳二百隻，詩傳：馘，獲也。殺而獻其左耳曰馘。奚車五百乘，羊一萬口，牛一千五百頭者。天聲遠疊，班固封燕然山銘：振大漢之天聲。廟略遐宣，晉書羊祜傳：詔曰：外揚王化，內經廟略。白虜獲於寧臺，晉書苻堅傳：堅曰：「吾不用王景略、陽平公之言，使白虜敢至於此。又：秦人呼鮮卑爲白虜。戰國策：樂毅報燕昭王書曰：齊器設於寧臺。」赤夷俘於燕路。東夷九種，有赤夷，詳柳州謝上表。漢書韓信傳：廣武君曰：「牛酒日至，以饗士大夫醳兵，北首燕路。」臣某中賀。

臣竊窺舊史，逖聽前朝，有天子憂邊，漢書丙吉傳：吉見謂憂邊思職。清宵輟寐，漢書文帝紀：詔曰：間者累年匈奴並暴邊境，多殺吏民，今朕夙興夜寐，勤勞天下，憂苦萬民，爲之惻怛不安。按：似尚有典，再考。將軍出塞，白首言歸。後漢書班超傳：超妹昭上書請超曰：「敢觸死丐超餘年。」書奏，徵超還。超在西域三十一年，至洛陽，病遂加，卒。餘屢見。至乃或勝或奔，一彼一此，左傳：趙孟曰：「疆場之事，一彼一此，何常之有。」竟困塞郊之柝，「塞郊」，猶云邊郊也。然似宜作「寒」，如顧況啓有云：邊烽息焰，寒柝沉聲。此或刊刻小誤。那停絶漠一作「漢」，誤。之烽，「漠」與「幕」通。漢書武帝紀：衛青復將六將軍絶幕。臣瓚曰：沙土曰幕，直度曰絶。師古曰：幕者，即今之突厥中磧耳。李陵歌云：經萬里兮度沙幕。說文：漠，北方流沙也。餘見後桂州賽城隍文。猶欲敍烈旂常，見濮陽陳情表。告功祧廟，見論皇太子表。用其暫勝，謂曰難能。況幽朔巨都，書：宅朔方曰幽都。全燕重地，晉書：石勒讓王浚曰：「據幽都驍悍之國，跨全燕突騎之鄉。」薦臻奚寇，猾亂華人。田讓之護一作「獲」，誤。鮮卑，按：魏志田豫傳：豫護鮮卑，將精鋭討軻比能，破之，僵尸蔽野。又：烏丸王骨進桀黠不恭，豫將百餘騎入進部，斬進以令衆，威振沙漠，其戰功固多也。莫能深入；魏志田豫傳：豫字國讓，漁陽雍奴人也。文帝初，使豫持節護烏桓校尉，牽招、解儁并護鮮卑。爲校尉九年，其御夷狄，恆摧抑兼并，乖散強猾。按：「莫能深入」乃遺詞之法耳。讓與牽招戰功頗著。徐曰：唐初修前代之史，凡犯廟諱者，一名則稱其字。劉淵曰劉元海，石虎曰石季龍是也。二名則去其一，蕭淵明曰蕭明，韓擒虎曰韓擒是也。義山爲文亦遵其式，代宗諱豫，故以田豫爲田讓，稱字之例也。孝敬皇帝諱弘，故會昌一品集序以周弘正爲周正，去一之例也。苟非有爲而然，則古人之名固未可任意爲翦截矣。按：六朝時，亦有取便對屬意爲翦截者。**祭彤之軍遼水，惟遣相攻。**後漢書祭彤傳：彤拜遼東太守，以三虜連和，卒爲邊害，乃招呼鮮卑，其大都護偏何遣使奉獻。彤曰：審欲立功，當歸擊匈奴。其後歲歲相攻，輒送首級，受賞賜，自是邊無寇警。**近歲以來，爲患滋甚，走單于偵邏之路，**見桂州謝上表。**懷駒支漏泄之姦。**左傳：晉將執戎子駒支，范宣子親數諸朝曰：「今諸侯之事，我寡君不如昔者，蓋言語漏泄，則職汝之由。」按：舊、新書張仲武傳：皆言回鶻常有酋長監護奚、契丹，以督歲貢，因詗刺中國，仲武使裨將石公緒等厚結二部，執諜者八百餘人殺之。此會昌時事。而自後回鶻餘衆尚取給于奚故此四句云然。

張仲武重感國恩，習知邊事，新書：張仲武范陽人，會昌初爲雄武軍使，遣其屬吳仲舒入朝，請以本軍擊回鶻。李德裕因問北方事。仲舒曰：「仲武，舊將張光朝子，通書，習戎事，性忠義，願歸款朝廷舊矣。」乃擢兵馬留後，即拜副大使、檢校工部尚書、蘭陵郡公。舊書傳：爲幽州大都督、蘭陵郡王。**同三師而肄楚，**左傳：吳子問于伍員曰：「伐楚如何？」對曰：「若爲三師以肄焉，一師至，彼必皆出，彼出則歸，彼歸則出，楚必道敝。」**侔五餌以間戎，**漢書賈誼傳贊曰：欲試屬國，施五餌三表以係單于。師古曰：賈誼書：賜之盛服車乘以壞其目，賜之盛食珍味以壞其口，賜之音樂婦人以壞其耳，賜之高堂邃宇倉庫奴婢以壞其腹。于來降者，上以召幸之，相娛樂，親酌而手食之，以壞其心。

此五餌也。乘其囂惰之時，俄得翦除之便。燕犀密掛，考工記：函人爲甲，犀甲七屬，壽百年。又：燕之無函也，非無函也，夫人而能爲函也。冀馬潛羈，左傳：冀之北土，馬之所生。後漢書劉表傳：贊曰：雲屯冀馬。超距投石者動過千羣，史記：秦王翦擊荆，荆兵數挑戰，終不出。久之，翦使人問：「軍中戲乎？」對曰：「方投石超距。」翦曰：「士卒可用矣。」徐廣曰：超，一作「拔」。餘詳與劉稹書。戟手科頭者略踰萬計，左傳：公戟其手。注曰：抵徒手屈肘如戟形。文選西京賦：袒裼戟手。史記張儀傳：虎賁之士跿跔科頭。集解曰：科頭，謂不著兜鍪入敵。徐陵九錫文：他他籍籍，萬計千羣。坎三鼓而河流自卻，詩：坎其擊鼓。餘詳爲王璀謝表。淮南子：武王伐紂，渡孟津，陽侯之波，波流而擊，疾風晦冥，武王左操黄鉞，右秉白旄，瞋目而撝之曰：「余在，天下誰敢害吾意者？」於是風霽而波罷。水經注河水「東過砥柱間。」引搜神記：「劉景公渡于江沈之河，黿銜左驂没之。古冶子拔劍從之，至砥柱之下，左手持黿頭，右手挾左驂，燕躍鵠踊而出，仰天大呼，水爲逆流三百步」。按：用此類事，然俟再考。聲六校而屋瓦皆飛。漢書陳湯傳：即日引軍分行，别爲六校。後漢書光武紀：莽兵大潰，走者相騰踐，會大雷風，屋瓦皆飛。自使一作「是」。鴟懼喪林，兔忙迷穴，戰國策：馮煖曰：「狡兔有三窟，僅得免其死耳。」無舟掬指，左傳：邲之戰，中軍下軍争舟，舟中之指可掬也。有地僵尸。西京賦：尸僵路隅。未驚紫陌之烏，前軍已蹙；北史尉景傳：世辯嗣爵。周師將入鄴，令世辯率千騎覘候，出滏口，登高阜西望，遥見羣烏飛起，謂是西軍旗幟，即馳還，比至紫陌橋，不敢顧。郡國志：漳水，趙建武十一年造紫陌浮橋於水上。按：王粲羽獵賦：濟漳浦而横陣，倚紫陌而並征。則其名舊矣。不唳淮山之鶴，後隊仍窮。淮山謂八公山。晉書謝玄傳：苻堅進屯壽陽，列陣臨肥水。玄以精鋭八千決戰肥水南。堅中流矢，臨陣斬苻融。載記：苻堅與苻融北望八公山上草木皆類人形，及大敗遁還，聞風聲鶴唳，皆謂晉師之至。遂分袁尚之頭顱，後漢書：袁尚與操軍戰敗，奔公孫康于遼東，康曰：「卿頭顱方行萬里。」遂斬首送之。仍裂蚩尤之肩髀，史記五帝本紀：黃帝與蚩尤戰於涿鹿之野，遂禽殺蚩尤。集解：皇覽曰：蚩尤冢在東平郡壽張縣闞鄉城中，高七丈。肩髀冢在山陽郡鉅野縣重聚，大小與闞冢等。傳言黃帝殺蚩尤，身體異處，故別葬之。穹廬落燼，漢書匈奴傳：匈奴父子同穹廬卧。同甲揚灰。管子：兵中十萬。注曰：同甲，謂完堅齊等。按：以上專敘禽酋渠，燒帳落二十萬，即奚王所管者也，下乃旁及車乘牛羊。困學紀聞引莊子逸篇：羌人死，燔而揚其灰。山積雲屯，大收其車乘；後漢書劉盆子傳：赤眉降，積兵甲宜陽城西，與熊耳山等。角羸耳濕，盡獲其牛羊。易：羝羊觸藩，羸其角。詩：爾牛來思，其耳濕濕。柳水載澄，柳城見後漢書烏桓傳。魏志田疇傳：出盧龍，歷平岡，登白狼堆，去柳城二百餘里。隋書志：遼西郡柳城縣有渝水、白狼水，則柳水當即指此。新書志：營州柳城縣西北接奚，北接契丹。地正相合。桑河無事，水經：溼水出鴈門陰館縣東北，過代郡桑乾縣南，又東過涿鹿縣北，又東南出山，過廣陽薊縣北，又東至漁陽雍奴縣，西入笥溝。按：注曰：溼水又東北流，左會桑乾水，而桑乾水自源東南流，又有諸水合注，桑乾水爲溼水，並受通稱也。一統志：盧溝河本桑乾河，俗呼渾河，亦曰小黃河。爰馳英華作「施」，而注曰「疑」，今思必馳字之訛，故改正。吉語，漢書陳湯傳：湯知烏孫瓦合，不能久攻，屈指計其日曰：「不出五日，當有吉語聞。」居四日，軍書到，言已解。入解皇威，西都賦：耀皇威講武事。此皆皇帝陛下功格上玄，揚雄甘泉賦：惟漢十世，將郊上玄。運膺下武，見爲河南盧尹表。授兹成算，於彼當仁，震肅九圍，詩：帝命式于九圍。歡呼萬國。昔艱難云始，詩：天步艱難。胡塵首起於盧龍；魏志田疇傳：舊北平郡治在平岡。餘見上文。新書志：平州治盧龍縣。按：唐人追溯安禄山之亂，每曰艱難。經籍志有天寶艱難記十卷。今開泰有期，晉書顧榮傳：上牋曰：羣生有賴，開泰有期。漢將先清於涿鹿。漢書志：上谷郡涿鹿縣。人謀允若，易：人謀鬼謀。書：帝曰：「俞允若兹。」靈貺昭然，後漢書光武紀贊曰：靈貺自甄。固已上慶祖宗，下光編策，録一作「籙」。圖洪範，競三古之殊尤，一作「猷」，已見汝南公賀元日表。又周易乾鑿度：録圖受命。書：天乃錫禹洪範九疇，彝倫攸敘。漢書藝文志：世歷三古。司馬相如封禪文：未有殊尤絶跡可考于今者也。按：「録」、「洪」假借顔色爲對，唐人詩文中此類極多。玉檢金泥，有百神之靈祐。英華作「符」，誤。漢書郊祀志：武帝令侍中儒者封泰山下東方，封廣丈二尺，高九尺，其下則有玉牒書，天子上泰山亦有封，其事皆禁。又武帝紀注：孟康曰：功成治定，告成功於天，刻石紀號，有金策、石函、金泥、玉檢之封焉。臣雖當防遏，不介邊陲，空增氣於懦夫，實叨榮於下將。日圍千里，揚雄解難：日月之徑不千里不能燭六合。徐整長曆：泉陽之精上合爲日，徑千里，周圍三千里，下於天七千里。天蓋九重，宋玉大言賦：方地爲車，圓天爲蓋。楚辭天問：圓則九重，孰營度之？奉一月之捷書，惟知抃蹈，詩：一月三捷。獻萬年之壽酒，尚隔班行。後漢書禮儀志：每月朔歲首爲大朝，受賀，二千石以上上殿稱萬歲，舉觴御坐前。按注云：舉觴上壽也。歲首或遇大喜事，即御殿受賀。黄香天子頌曰：獻萬年之玉觴。互詳滎陽進賀正銀狀、李詒孫啓。念風水於遐藩，「風水」，謂飄泊出外，舊書鄭畋傳：自陳曰：一沉風水，久換星霜。意亦類此，習用語也。奇夢寐於宣室，漢書賈誼傳：文帝思誼，徵之，及入見，上方受釐坐宣室。無任望闕結戀之至。

爲滎陽公賀老人星見表

英華原注：宣宗。舊書百官志：凡景星、慶雲爲大瑞，其名物六十有四，大瑞則百官詣闕奉賀，餘瑞歲終員外郎以聞，有司告廟。

臣某言：臣得本道進奏院狀報，司天監李景亮奏八月六日寅時老人星見於南極，其色黄明潤大者。史記天官書：狼比地有大星曰南極老人。老人見，治安；不見，兵起。常以秋分時候之南郊。晉書天文志：老人星見則治平，主壽昌。唐會要：開元間敕有司置壽星壇，以千秋節日修祠，祭老人星，著之常式。玉海：黄帝占云：老人星一名壽星，色黄明大則主壽昌，天下多賢士。聖惟合德，神實效祥，必垂有爛之文，詩：明星有爛。以表無疆之祚。臣某中賀。臣聞玄象示人，昊穹凝命，易：君子以正位凝命。曜爲經而宿爲紀，徐刊本作「緯」。注曰：英華作「紀」。徐曰：此傳寫之誤，當作「宿爲經而曜爲緯」。穀梁傳：列星爲恆星，亦曰經星。禮記：宿離不貸，毋失經紀。注：二十八宿爲經，七曜爲紀，紀即緯也。西京賦：五緯相汁以旅於東井。注云：五緯，五星也。按：徐説似是而非，其所引禮記注，見太平御覽。而漢鄭氏注經紀，謂天文進退度數。穀梁傳：七曜爲之盈縮。注曰：日月五星。左傳：天以七紀。注曰：二十八宿面七。漢書志：凡天文，經星常宿中外官云云。張衡靈憲：文曜麗乎天，其動者有七，日月五星是也。晉書於天文經星二十八舍、十二次度數、七曜，分而志之。蓋列曜皆經星，而七曜尤其大者，東方角、亢，北方斗、牛等二十八星，以星體謂之星，以日月會於其星即名宿，亦名辰，亦名次，亦名房，又名舍。度數進退遲速於此考驗，所謂無失經紀也。文初未有誤，本作「紀」，不作「緯」，徐氏乃作「緯」而疑之，辨之，斯誠誤會矣。則有一作「曰」。常名，斗挹酒而牛服箱，詩：維北有斗，不可以挹酒漿。睆彼牽牛，不以服箱。或標虛號。一作「稱」。未若候時而出，有道則彰，居五福之先，書洪範：九，五福一曰壽。在三辰之列。左傳：三辰旂旗。注曰：三辰，日、月、星也。伏惟皇帝陛下，昭明老契，游泳莊環，徐曰：晉書阮籍等傳論曰：馳騁莊門，排登李室。二語本此。按：老子有任契篇，曰「聖人執左契」，莊子有「道樞得其環中，以運無窮」之語，故曰「老契莊環」。「環」，一作「寰」。式一作「屆」。是中秋，呈茲上瑞。況見於午位，又屬寅時，仰考玄符，乃有深意。自南耀彩，將弘解慍之風；見濮陽公遺表。近曉流光，欲助無私之日，禮記：天無私覆，地無私載，日月無私照。皇心載裕，靈鑒孔昭，凡本作「況」，誤。居率土之濱，皆慶後天之壽。莊子：後天地終而不爲老。藝文類聚：韓終采藥詩曰：閶河之桂，實大如棗，得而食之，後天而老。臣誤蒙重寄，實遠清光。漢書晁錯傳：對策曰：「然莫能望陛下清光。」送玄燕於梁間，禮記：仲秋之月玄鳥歸。傷時自切；望集作「數」。白榆於天上，古樂府：天上何所有，歷歷種白榆。初學記引之，以白榆爲星。厥路無由。賀聖戀恩，無任蹈舞屏營之至。

【按】：朱長孺編義山文集，而徐氏刊本從之，有爲成魏州賀瑞雪慶雲日抱戴表。此表載文苑英華賀祥瑞類中。其上篇商隱爲汝南公賀彗星不見表，此篇題下缺書人名，亦並不書前人。其下篇則李嶠賀雪表，蓋一類中，又各以小類爲次也。英華有崔融爲魏州成使君賀白狼表，筆法正同。崔融於武后聖曆中，自魏州參軍入授著作佐郎，故其先有代魏州之作。而魏州地在河朔，中葉後，藩鎮擅命，至文宗、武宗時則何進滔父子所據。魏州既爲節度治所，刺史乃其自領，安得更有他使君哉？其承上篇而誤收無疑，故竟削去。

【又按】：有爲柳州鄭郎中謝上表，此表見文苑英華藩鎮謝官表類第二卷中，其一類中又暗分刺史小類，略敍時代。此表之上首，于邵爲福建李中丞謝上表，此首題下缺人名，下則李邕淄州刺史謝上表等十六首也。李商隱爲安平公謝除兗海觀察表在上卷，爲安平公兗州謝上表在下卷，皆不相接，故他書引此表句同上首作于邵也。祇因本集有紀象江太守鄭璠事，此表云：三紀蠻陬，三提郡印，惟貞苦節，以奉休辰。似與紀事有相近者，疑即一人，先後守象守柳，故粵西文載亦從徐刊本作義山。然柳州、象州地既異矣，表雖自述清廉，而云「渭水之陰，敝廬斯託」，與紀事云「還長安無家居」不細合，自由象州還長安，非由柳州也。玩其句調圓麗而短勁，乃中唐以前筆法，與樊南四六自異，則英華雖漏人名，未嘗錯簡。其十六首中有于邵武州刺史謝上表，則此首即于邵，亦疑非是，況可強屬之商隱哉？余初因其誤，繼存其疑，今則斷其必非，而亦削之矣。

樊南文集詳注卷之二

狀

爲大夫安平公華州進賀皇躬痊復物狀

右臣聞藩方舊德，臣子私懷，將稱慶於天朝，必展儀於土貢。書序：禹别九州，任土作貢。伏惟皇帝陛下，道苞乾象，德總坤靈。班固西都賦：據坤靈之正位。肇自元正，載康福履，九廟不忘於繼志，兩宫無闕於問安。禮記：文王之爲世子，朝于王季，日三。雞初鳴而衣服，至于寢門外，問内豎之御者曰：「今日安否何如？」内豎曰：「安。」文王乃喜。按：文宗時有三宫太后，見前，今止曰兩宫，豈敬宗母義安太后在所略歟？鼓舞萬靈，波濤一作「傳」。英華只作「波傳」。四國，「波濤」亦取鼓動之義。驗推測則咸如周卜，見論太子表。聽祝辭而皆若華封。屢見。臣坐擁伏熊，行驅畫隼，見濮陽陳情表。值一人之有慶，當春日之載陽。心但葵傾，見爲濮陽謝上表。跡猶匏繫，詳京兆公陝州賀表。伏蒲之覲謁未果，漢書：史丹以親密臣得侍視疾，候上間獨寢時，丹直入卧内頓首，伏青蒲上。應劭曰：以青規地曰青蒲，自非皇后不得至此。獻芹之誠懇空深。列子：昔人有美戎菽、甘枲莖、芹萍子者，對鄉豪稱之，鄉豪取而嘗之，蜇於口，慘於腹。衆哂而怨之。嵇叔夜與山巨源絶交書：野人有快炙背而美芹子者，欲獻之至尊。況又地邇宸居，俗薰儉德，更無玉帛，以率梯航。前件石器等，徐曰：爾雅：西南之美者有華山之金石焉。郭注云：黄金瓀石之屬。邢疏云：瓀石，石次玉者，此石器等，當以瓀石爲之。瑞匪土硎，按：家語：魯有儉嗇者，瓦鬲煮食，盛之土型，以進孔子。韓非子言堯時飲於土鉶，乃美其儉朴也。鉶或作硎，亦作型。甗磬二物，土硎一物，且不可云瑞，不曉更何本也。按：史記：韓子曰：「堯舜飯土塯，啜土形。」又「堯飯土甌，啜土鉶。」又墨子：堯舜德行，食土簋，啜土刑。「形」「刑」皆以音同通用。珍慚甗磬，左傳：鞌之戰，齊侯使賓媚人賂以紀甗、玉磬。注曰：甗，玉甑。皆滅紀所得。疏曰：甗，無底甑。傳：文玉在甗、磬之間，明二者皆是玉也。並取諸地産，皆勒以工名。舊作「以勒」，今改正。月令：物勒工名，以考其誠。茯苓茯神等，廣志：茯神松汁所作，勝茯苓。新書志：華州土貢茯苓、茯神。唐本草注：茯苓第一出華山。品載仙經，博物志仙傳云：松脂入地中，千年化爲茯苓。葛洪神仙傳：秀眉公餌茯苓得仙。奇標藥録。梁陶弘景集：本草集有桐君採藥録，説其花葉形色；藥對四卷，論其佐使相須。通靈祛疾，不惟色若凝脂；詩：膚如凝脂。延壽安神，豈是心如枯木。猶莊子「形如槁木，心如死灰」之義。見爲張周封啓。干冒陳進，無任兢惶云云。

爲安平公兗州奏杜勝等四人充判官狀

凡節度、觀察等使，皆有判官、掌書記、支使、巡官，詳舊、新書志。

杜　勝 舊書杜黃裳傳：次子勝登進士第，大中朝位給事中。

右件官流慶相門，班固典引：發祥流慶。史記孟嘗君傳：將門有將，相門有相。舊書傳：黃裳同平章事，封邠國公。策名詞苑，「策」舊作「榮」，形近而誤也。今改正，見爲王瓘謝表。當仁罕讓，見義敢爲，符彩極高，曹植七啓：符彩照爛。注曰：符彩，玉之横文也。涯涘難挹。莊子：出于涯涘。臣前任已奏爲判官，臨事而每見公方，後漢書：牟融忠正公方。字習見史書。與語而必相宏益。「宏益」，大益也。語習見。今臣寄分團結，一作「練」。任切訓齊，將奉廟謨，實在賓彥，伏請英華脱二字。賜守本官充臣團練判官。

趙　晳 舊書王質傳：質在宣城，辟崔珦、劉蕡、裴夷直、趙晳爲從事，皆一代名流，視其所與，人士重之。按：此在趙赴宣城辟之前也。崔戎卒，晳乃赴宣歙之幕。詳詩集。

右件官洛下名生，「洛下」字習見，如洛下書生之類。山東茂族，漢書賈捐之傳：石顯本山東名族。按：趙爲清河大姓，清河當洛下，古稱山東地也。仁實堪富，天爵極高，妙選文場，漢書劉輔傳：妙選有德之世。文心雕龍：文場筆苑，有術有門。字習見。亟仕侯國，珪璋特達，禮記：珪璋特達，德也。蘭杜芬馨。今臣廉問大藩，澄清列部，藉其謨畫，共讚朝經，伏請賜守本官充臣觀察判官。

李　潘 按：舊書李漢傳：弟潘，大中初爲禮部侍郎。潘字子及，見宗室世系表，餘詳詩箋。若徐氏引宰相世系表趙郡李氏有山南東道節度使承之子潘，此即元和中爲相之李藩，而表中誤刊作「潘」者，則誤矣。

右件官文囿馳聲，蕭統文選序：歷觀文囿，泛覽辭林。賓階擅美，口含言瑞，身出禮門。前任已奏爲判官，馭下而和易不流，臨事而貞方有執。今臣移參國用，禮記：冢宰制國用。務切軍需，實假平均，以同計畫。伏請賜守本官充臣觀察支使。

盧　涇

右件官博涉典經，後漢書鄧后紀：書修婦業，暮誦典經。晉書儒林傳論曰：擯闕里之典經。該覈一作「核」。流略，後漢書班固傳：九流七略之言，靡不窮究。自魯壁所壞，漢書藝文志：古文尚書者，出孔子壁中。景十三王傳：魯恭王壞孔子舊宅，以廣其宮，于其壁中得古文經傳。汲冢之藏，晉書束皙傳：太康二年，汲郡人不準盜發魏襄王冢，或言安釐王冢，得竹書數十車。三篋能知，漢書張安世傳：上行幸河東，嘗亡書三篋，詔問莫能知，惟安世識之，具作其事。後購求得書以相校，無所遺失。五車盡究，莊子：惠子多方，其書五車。加之文采，兼以器能。前者爲臣屬僚，常在州推獄，明斷而不容吏黠，哀矜而莫有人寃。後漢書明帝紀：人寃不能理，吏黠不能禁。今者團練之司，稽巡是切，直一作「每」。思獎效，一作「敕」，誤。漢書注：直猶但也。非敢用情，伏請依資賜授法官，充臣都一作「部」，非。團練巡官。

以前件狀如前。伏以長人者必以吏分勞逸，開幕者亦用士爲重輕，若不樹人，管子：一年之計莫如樹穀，十年之計莫如樹木，終身之計莫如樹人。又：一樹一穫者，穀也。一樹十穫者，木也。一樹百穫者，人也。何以報國？況臣素無勳効，謬竊寵榮，至於賢才，敢悋筐篚？詩：承筐是將。序曰：鹿鳴宴羣臣嘉賓也。實幣帛筐篚，以將其厚意。前件官並推賓彥，堪贊藩條，伏希殊私，盡允誠請。謹録奏聞，伏聽敕後漢書光武帝紀注：帝之下書有四，四曰「誡勑」。玉篇：本作「勑」，今相承皆作「勅」，通作「敕」。旨。

爲安平公赴兗海在道進賀端午馬狀

右臣伏以浴蘭令節，大戴禮夏小正：五月煮梅蓄蘭。注曰：爲豆實也，爲沐浴也。採艾嘉辰，荆楚歲時記：五月五日採艾爲人，懸門户上，以禳毒氣。百辟合祝於堯年，萬方宜修於禹貢。臣方夙駕之部，見爲懷州表。馳傳出關，史記孟嘗君傳：孟嘗君得出，即馳去，更封傳，變名姓以出關。又司馬相如傳：馳四乘之傳。欲獻琛而未識土儀，詩：憬彼淮夷，來獻其琛。願祝壽而已悲日遠。屢見。前件馬伏櫪斯久，魏武帝詩：老驥伏櫪，志在千里，烈士暮年，壯心不已。著鞭亦多，晉書：劉琨聞祖逖被用，曰：枕戈待旦，常恐祖生先我著鞭。麤覺柔馴，未嘗奔逸。雖非龍孫驥子，隋書：吐谷渾青海中，有小山，其俗至冬輒放牝馬于其上，言得龍種。桓譚新論：善相馬者曰薛公，得馬惡貌而善走，名驥子。徐陵文：龍駒驥子，百千其羣。遜一舉以絶塵；莊子：天下馬有成材，若卹若失，若喪其一。若是，超軼絶塵，不知其所。願陪月駟雲螭，顔延之赭白馬賦：稟靈月駟，祖雲螭兮。春秋考異郵：地生月精爲馬。郭璞遊仙詩：雲螭非我駕。慶千嘶於扈蹕。崔豹古今注：警蹕，所以戒行徒也。秦制，出警入蹕，謂出軍者皆警戒，入國者皆蹕止也。一曰蹕路也，謂行者皆警於塗路也。

干冒宸扆，無任兢惕之至。

爲安平公謝端午賜物狀

右今月某日中使某至，奉宣恩旨，賜臣手詔一通，兼前件端午紫衣、銀器、百索，并大將衣者。周處風土記：以五綵絲繫臂者，辟兵及鬼，令人不病瘟，一名長命縷，一名續命絁，一名辟兵繒，一名五色絲，一名朱索。乾文昭融，詩：昭明有融。睿賜稠疊，恩生望外，榮積懼中。臣已當時宣布給散訖。伏以正陽令月，左傳：惟正陽之月則然，餘則否。端午佳辰，風土記：仲夏五日曰端午。端，初也。渥澤合止於勳賢，錫賚宜先於戚屬。臣遠臨東魯，久去上京，班孟堅幽通賦：有羽儀於上京。豈望仁時，同躋壽域。見安平公賀聖躬表。八行明詔，馬融與竇伯向書：賜書見手跡，歡喜何量？書雖兩紙，紙八行，行七字。陸倕以詩代書：八行思自勉，一札望來儀。按：後漢書循吏傳：光武以手迹賜方國者，皆一札十行，細書成文，言其勤約也。詔書八行，究未知所始。伏讀而不啻千鈞；一襲輕衣，漢書叔孫通傳：賜通帛二十匹，衣一襲。師古曰：一襲，上下皆具也。今人呼一副。跪捧而若無三伏。曆忌釋曰：立秋以金代火，金畏火，故至庚日必伏。初學記：陰陽書曰：從夏至後第三庚爲初伏，第四庚爲中伏，立秋後初庚爲後伏，謂之三伏。曹植謂之三旬。況又綵縷出仙蠶之繭，女仙傳：園客常種五色香草，服食其實，忽有五色蛾集香草上，生華蠶焉。至蠶出時，有一女自來助客養蠶，得繭百三十枚。繭大如甕，一繭繅六七日乃盡，繅訖，與園客俱去。貞金凝姹女之魂，後漢書五行志：桓帝初，京師童謡曰：河間姹女工數錢，以錢爲室，金爲堂。持可戒盈，帶堪延算。風俗通：續命縷，俗説以益人命。豈微臣獨忝，在列校不遺。華楚成行，永願千春而奉聖；綿長共保，常期五日以霑恩。臣與大將等無任感激懇悃之至。

爲濮陽公涇原謝冬衣狀

右某月日中使某至，奉宣聖旨，賜臣及大將兼諸鎮防秋兵馬等，舊書陸贄傳：河隴陷蕃以來，西北邊常以重兵守備，謂之防秋。皆河南、江淮諸鎮之軍，更番戍役。前件敕書手詔并冬衣者，臣並已準詔旨宣示給散訖。恩極解衣，漢書韓信傳：漢王解衣衣我，推食食我。榮加降璽，降璽書，即敕書手詔也。漢書循吏傳：二千石有治理效，輒以璽書勉勵。戴山未重，莊子：狂接輿曰：「其於治天下也，猶涉海鑿河而使蚊負山也。」列子：大壑中有五山，天帝使巨鼇戴之。負日非暄。列子：宋國有田夫，常衣緼黂，僅以過冬。暨春東作，自曝於日，不知天下有廣廈、隩室、綿纊、狐貉，顧其妻曰：「負日之暄，人莫知者，以獻吾君，當有重賞。」臣謬領藩垣，詩：价人維藩，大師維垣。適當戎狄，唯憑廟算，孫子：夫未戰而廟勝，得算之多者也。麤振一作「展」。軍威。絶漠一作「塞」。獵迴，幸無警急；史記信陵君傳：公子與魏王博，而北境傳舉烽，言趙寇至，且入界。公子止王曰：「趙王田獵耳，非爲寇也。」復博如故。曹植白馬篇：邊城多警急，虜騎數遷移。高烽似當作「峯」。火過，但報平安。説文：熢燧，候表也。邊有警則舉火。衞公兵法：烽臺於高山四顧險絶處置之，無山亦於孤迴道平地置。唐六典：鎮戍每日初夜放烟一炬，謂之平安火。直以地勢多陰，漢書鼂錯傳：胡貉之地，積陰之處也。川形稍背，三伏常聞於屏篳，潘岳秋興賦：屏輕箑，釋纖絺。九秋尋訝於垂繒。傅休奕詩：歷九秋篇。謝惠連雪賦：裸壤垂繒。代馬暫嘶，見爲河南表。隴山無葉；漢書地理志：隴西郡，應劭曰：隴底，在其西也。燕鴻未過，涇水先冰。三秦記：涇水出幵頭山，至高陵縣而入渭。是以每降王臣，仍迂御筆，北史彭城王勰傳：帝令勰爲露布辭，及就，尤類帝文，有人見者，咸謂御筆。字亦習見。緘封垂露，法書要録：漢曹喜工篆隸，善懸針垂露之法。寵錫禦冬，詩：我有旨蓄，亦以禦冬。非玉女裁成，述異記：琅玡郡靈山有方石，昔有神女于此搗衣，謂之「玉女擣衣砧」。又：萍鄉西津玉女岡，天將雨，先湧五色氣於石間，俗謂玉女披衣。按：晉書志：安成郡萍鄉縣。故此事亦見安成記，有刊作斗鄉者，誤。即仙人織出，北史畢衆敬傳：獻仙人文綾一百疋。徒驚在笥，書：惟衣裳在笥。莫覩一作「匪」，誤。因針。見濮陽陳情表。始顧孱微，深懼不勝冠帶；後漢書梁冀傳：諷衆人共薦其子胤爲河南尹，胤一名胡狗，時年十六，容貌甚陋，不勝冠帶，道路見者，莫不嗤笑焉。旋蒙被服，便如能執干戈。見安平公謝上表。遍逮軍前，歷霑麾下，達喜氣而陳根復秀，氾勝之引古語：土長冒橛，陳根可拔，耕者急發。動歡聲而蟄户潛開。禮記：仲秋之月，蟄蟲坏户。華楚成行，曳婁塞路。詩：子有衣裳，弗曳弗婁。其山南宣歙三道大將等，此防秋兵也，山南有東西兩道，與宣歙爲三。雖久居炎燠，不慣嚴凝，禮記：天地嚴凝之氣，始于西南，而盛于西北。亦既更衣，漢書灌夫傳：坐皆起更衣。皆忘易地，賈餘勇而例思盡敵，左傳：齊高固入晉師曰：「欲勇者賈余餘勇。」又：先丹木曰：「盡敵而反。」感鴻私而咸願殺身。各限征行，不獲陳謝。臣與大將等無任瞻天戀闕感恩屏營之至。

爲楊贊善奏請東都洒掃狀

舊書志：河南道河南府，隋大業元年，自故洛城西移十八里置新都，今都城是也。新書志：東都，隋置。武德四年廢，貞觀六年號洛陽宮，顯慶二年曰東都。按：楊氏，如於陵贈司空、嗣復贈左僕射，皆弘農人也，與此不合。惟楊元卿於吴元濟叛時，詭辭離蔡，毁家效順，由是官於朝。至太和五年節度河陽，就加司空，改汴宋亳觀察使。太和七年，年七十，寢疾歸洛陽，詔授太子太保，卒贈司徒。子延宗，開成中爲磁州刺史，以罪誅，事詳舊、新書傳。此云「贈太保，塋在河南縣」，必即元卿，而傳之贈司徒，或小誤也。延宗當先爲贊善，後乃刺磁。此文約爲開成四年作。

右臣先臣贈太保某，塋在河南縣界。舊書志：河南府河南縣。臣自終喪紀，左傳：齊孝公卒，有齊怨，不廢喪紀，禮也。三年贊道於宫庭，似爲莊恪太子官屬。千里違離於墳墓，竊惟令式，合許芟除。舊書憲宗紀：元和元年，詔常參官寒食拜墓，在畿内聽假日往還，他州府奏取進止。便參朝倫，追遠興情，敢希榮於陸曄；晉書陸曄傳：蘇峻平，加衛將軍，以勳進爵爲公。咸和中，求歸鄉里拜墳墓，因以卒。報恩未死，寧自誓於義之。晉書王羲之傳：稱病去郡，於父母墓前自誓，朝廷以其誓苦，亦不復徵之。伏乞聖慈，特從一作「允」，一作「鑒」。丹懇。

爲侍郎汝南公華州謝加階狀

按舊書志：華爲上州，刺史從三品，朝請大夫從第五品上階，朝散大夫從第五品下階。唐制，職與階不齊，詳見彭陽遺表矣。

右臣伏奉今月某日制書加賜臣階朝散大夫者。榮從日下，恩自天中。臣聞周室設官，實重大夫之號；詩：三事大夫。漢臣異禮，則加朝請一作「散」，誤。之名。漢書成帝紀：宗室朝請。注曰：請，音才性反。後漢書二十八將論：雖寇、鄧之高勳，耿、賈之鴻烈，分土不過大縣數四，所加特進、朝請而已。按：晉書志：奉朝請本不爲官，無員。漢東京罷三公，外戚宗室諸侯多奉朝請，奉朝會請召而已。蓋職閑而階崇者也。而漢官解詁曰：三輔職如郡守，獨奉朝請，則以爲榮矣。今以華州爲上輔，故引用之。漢律：諸侯春朝天子曰朝，秋曰請。漢時無朝散之名也。又按：朝請、朝散，雖同五品，然既分上下階，不應以朝散而用朝請，更疑授朝請而上文誤刊作「散」耳。若臣者辨乏談天，史記荀卿傳：齊人頌曰：「談天衍。」應劭曰：著書所言多大事，故齊人號「談天騶衍」。文非擲地，世説：孫興公作天台山賦成，以示范榮期云：「卿試擲地，要作金石聲。」貪叨華顯，緜歷光陰。當陛下御極之初，分陛下憂人之寄。金章紫綬，已塵求瘼之榮；崇級清階，更切昇高之望。循揣斯久，怔忪莫寧。王褒四子講德論：百姓怔忪。惟當勤奉詔條，所希麤贖官謗。見安平公謝除表。誠深感勵，情切違離，犬戀主而空深，見濮陽遺表。蚊負出而何力。見涇原謝冬衣狀。無任感恩望闕結戀屏營之至。

爲尚書渤海公舉人自代狀

徐曰：世系表高氏出自姜姓，後漢有高洪者，爲渤海太守，因居渤海蓨縣，故渤海爲高氏之郡望。按：舊書高元裕傳：開成四年，改御史中丞，會昌中爲京兆尹。新書於御史中丞下，書累擢尚書左丞，領吏部選，出爲宣歙觀察，不言尹京兆。二書所敍，互有詳略，證之此文及英華所載除吏尚制文，則由尹京進檢校尚書而觀察宣州也。徐曰：文宗於開成五年正月崩，八月葬。狀云「肇建園陵」，則尹京當在是年春也。按：英華又有崔嘏所撰授高元裕等加階制，蓋因肆赦霈澤，即上篇華州加階之時，而以尹京者冠之耳。文中所敍必文宗崩後未久也。舊傳概云會昌中，稍疎矣。

某官周墀

右臣伏準某年月日敕内外文武官上後舉一人自代者。建中元年敕也，詳後狀。伏以京一作「商」，誤。邑爲四方之極，詩：商邑翼翼，四方之極。咸秦一作「京」，誤。乃天下之樞，戰國策：范睢説秦昭王曰：「韓魏，中國處而天下之樞也。王其欲霸，必親中國，以爲天下樞。」按：秦地勢實天下之樞，而皇居爲辰極，故云。必命英髦，以居尹正。漢書表：内史，周官，秦因之，掌治京師。武帝太初元年，更名京兆尹。通典：開元初，改雍州長史爲京兆尹。爾雅釋言：尹，正也。臣謬蒙抽擢，素乏材能，漢書車千秋傳：千秋無他材能學術。將何以風采章臺，漢書王莽傳：欲有所爲，微見風采。張敞傳：敞爲京兆，時罷朝會，過走馬章臺街。羽儀華囿。

一作「省」。易：鴻漸于陸。其羽可用爲儀。徐曰：華囿即靈囿也。按：泛言苑囿。班固西都賦：西郊則有上囿禁苑。況又方營鄗畢，按：英華作「方營咸鄗」。「咸」，集作「函」。下句「肇建」，一作「畢肇」。今思「畢肇」無理，而「咸鎬」泛言京師，皆非也。合而繹之，當用後漢書潛夫論曰：「鄗、畢之陵。」注曰：周文王、武王葬畢，在鄗東南，今在長安西北。以比將葬文宗於章陵也。故直改正之。「鄗」、「鎬」古通。肇建園陵，見陳許謝上表。苟推擇之不先，漢書韓信傳：家貧無行，不得推擇爲吏。則顛覆而斯在。前件官莊栗以裕，簡嚴而寬，玉無寒温，淮南子：譬如鍾山之玉，炊以鑪炭，三日三夜而色澤不變，則至德天地之精也。松有霜雪。莊子：天寒既至，霜雪既降，是以知松柏之茂也。頃居内署，實事文皇，引裾而外朝莫知，魏志：文帝欲徙冀州士家十萬户實河南，辛毗諫以爲非也。帝起入内，毗隨而引其裾，帝奮衣不還，良久乃出，曰：「佐治，卿持我何太急耶？」視草而中言罔漏。屢見。洎分符近甸，廉印雄藩，舊書周墀傳：出爲華州刺史，改鄂岳觀察使。不狥物以沽名，善推誠而立斷。渾一作「藹」。若全器，宜乎在庭。儻召以急宣，被之眷渥，必能明張條目，漢書劉向傳：各有條目。峻立隄防，禮記：季春之月，命司空修利隄防。肅千里之封畿，見詩經。又西都賦：封畿之内，厥土千里，卓犖諸夏，兼其所有。殷一作「慇」五都之貨殖，漢書食貨志：王莽於長安及五都立五均官，更名長安東西市令及洛陽、邯鄲、臨菑、宛、成都市長皆爲五均司市師。西都賦：七相五公，與夫州郡之豪傑，五都之貨殖，三選七遷，充奉陵邑。軒英華作「燕」，非。臺禹穴，山海經：西王母之山，有軒轅臺，射者不敢西向，畏軒轅之臺。漢書：司馬遷南遊江淮，上會稽，探禹穴。徐曰：喻陵寢也。無虧充奉之儀；謂充奉山陵之事。漢苑秦陵，史記秦始皇本紀：葬始皇驪山，奇器珍怪徙藏滿之。餘見上。盡絶椎埋之黨。史記貨殖傳：閭巷少年攻剽椎埋，劫人作姦，掘冢鑄幣，走死地如騖，其實皆爲財用耳。此謂嚴捕盜賊。特乞俯迴宸斷，用授當仁，免今日之叨恩，冀他時之上賞。漢書蕭何傳：上曰：「吾聞進賢受上賞，蕭何功雖高，待鄂君乃得明。」於是鄂千秋封爲安平侯。干冒陳薦，兢越伏一作「殊」。深。

某官崔龜從 舊書：崔龜從字玄告，清河人。元和十二年擢進士第，又登賢良方正制科、書判拔萃，拜右拾遺，累官至中書舍人。開成初，出爲華州刺史。三年，入爲户部侍郎，判本司事。四年，權判吏部尚書銓事。大中四年，同平章事。六年，罷相，累歷方鎮，卒。

伏以内史故事，例帶銀青；通典：漢京兆尹、右扶風、左馮翊，是爲三輔，治長安城中，銀章青綬。餘見上篇。尹正舊儀，平揖令僕。謂尚書令、尚書左右僕射。按：後漢書志：司隸校尉，注引蔡質漢儀曰：職在典京師，外部諸郡，封侯、外戚、三公以下，無尊卑。司隸初除，謁大將軍、三公，通謁持板揖，公儀、朝賀無敬。臺召入宫對，見尚書持板，朝賀揖。漢書表、晉書志、通典諸書：漢武初置司隸校尉，察三輔、三河、弘農，後省復置，但爲司隸。後漢部河南尹、河内、右扶風、左馮翊、京兆尹、河東、弘農七部。至東晉渡江，乃罷其官，而其職爲揚州刺史也。唐無司隸校尉，而有京畿採訪使，亦其職也。蓋司隸固尊於尹，而職則相類相兼。「平揖令僕」，似即用此。必資髦碩，方備次遷。漢書田廣明傳：功次遷河南都尉。臣特以鯫儒，漢書：沛公曰：「鯫生説我距關。」猥丁昌運，位崇八座，晉書職官志：後漢以三公曹、吏部曹、民曹、客曹、二千石曹、中都官曹，合爲六曹，并令僕二人，謂之八座尚書。官紹三王。漢書王吉傳：吉子駿，遷司隸校尉，遷少府，成帝欲大用之，出爲京兆尹，試以政事。先是，京兆有趙廣漢、張敞、王尊、王章，至駿，皆有能名。故京師稱曰：「前有趙、張，後有三王。」按：八座謂尚書，三王謂京尹，是高以尚書左丞兼京尹也。況駕有上仙，莊子：千歲厭世，去而上仙，乘彼白雲，至于帝鄉。車當晏出，史記范雎傳曰：宮車一日晏駕。應劭曰：天子當晨起早作，如方崩殞，故稱晏駕。韋昭曰：臣子之心，猶謂宮車當駕而晚出。務煩廄置，史記田横傳：至尸鄉廄置。瓚曰：廄置，置馬以傳驛也。役重津途，蜀志許靖傳：袁術扇動羣逆，津塗四塞。傳季友爲宋公至洛陽謁五陵表：伊洛榛蕪，津塗久廢。儻讓爵之不思，詩：受爵不讓，至于已斯亡。則敗一作「效」。官而斯疚。前件官荆岑挺價，王粲登樓賦：蔽荆山之高岑。韓子：楚人卞和得璞玉於荆山，獻之武王，玉人相之曰：「石也。」王刖其左足。及文王即位，和又奉其璞玉，刖其右足。及成王即位，和乃抱其璞而哭於荆山之下，王乃使玉人剖其璞而得寶，遂名曰「和氏之璧」。史記藺相如傳：趙惠文王時得楚和氏璧，秦昭王使人遺趙王書，願以十五城請易璧。相如願奉璧往使秦，城不入，臣請完璧歸趙。文選盧諶覽古詩：趙氏有和璧，天下無不傳，秦人來求市，厥價徒空言。赤堇揚鋒，吴越春秋：越王允常聘區冶子作名劍五枚，一曰純鉤。秦客薛燭善相劍，王取純鉤示之。薛燭曰：「臣聞王之造此劍，赤堇之山破而出錫，若耶之溪涸而出銅，蛟龍捧鑪，天帝裝炭，太一下觀，於是區冶子因天地之精，造爲此劍。」按：藝文類聚諸書皆作允常事，而越絶書則爲句踐事。稟松筠四序之榮，禮記：如竹箭之有筠也，如松柏之有心也，故貫四時而不改柯易葉。包金石一定之調，淮南子：聖人所由者道，道猶金石，一調不更。宋書律志：案周禮調樂金石，有一定之聲，作樂之時，諸音皆受鐘磬之均，即爲悉應律也。由中及外，自誠而明。昨者

故鄣利遷，漢書志：丹陽郡，故鄣郡，屬江都。武帝更名丹陽，屬揚州。縣十七，宛陵。按：首曰宛陵，郡之治所也，餘不備引。舊書志：江南西道宣州，宣城郡，縣十，宣城縣，漢宛陵。宣州觀察使治宣州，管宣、歙、池等州。易：利用爲依遷國。**朝臺受律**，見濮陽公陳情表。**隱之清節，無愧於投香**；晉書：吴隱之，隆安中爲廣州刺史。歸自番禺，其妻劉氏齎沈香一斤，隱之見之，遂投於湖亭之水。寰宇記：沈香浦，在今南海縣西北二十里石門之内，亦曰投香浦。**江革歸資，唯聞於單舸**。南史：江革除武陵王長史、會稽郡丞，稱職，乃除都官尚書。將還，贈遺一無所受，惟乘臺所給一舸。舸艚偏欹不得安卧，乃於西陵岸取石十餘片以實之，其清貧如此。按：舊書傳：開成三年，龜從自華州入爲户部侍郎。文宗紀：開成四年三月，以户部侍郎崔龜從爲宣歙觀察使。而舊傳於開成四年之後、大中四年之前皆遺漏。新書更率畧。據此則自宣歙移鎮嶺南而後入朝也。**必能集同軌之會**，左傳：天子七月而葬，同軌畢至。按：此句上有脱文。**奉因山之儀**，漢書文帝紀：治霸陵，皆瓦器，不得以金銀銅錫爲飾。因其山。不起墳。**使桴鼓稀鳴**，漢書張敞傳：敞守京兆尹，長安市偷盜尤多，一日捕得數百人，窮治所犯，盡行法罰，由是枹鼓稀鳴，市無偷盜。**建瓴流化**。史記高帝本紀：田肯賀，因説高祖曰：「陛下得韓信，又治秦中，秦，形勝之國，地勢便利，其以下兵於諸侯，譬猶居高屋之上，建瓴水也。」如淳曰：瓴，盛水瓶也，居高屋之上而翻瓶水，言其向下之勢易也。按：「翻」，漢書注作「幡」，同。**伏乞特迴鳳詔**，見爲盧尹賀表。**以命龜從，成聖朝棫樸之詩**，詩序：棫樸，文王能官人也。**減微臣維鵜之刺**。詩：維鵜在梁，不濡其翼，彼其之子，不稱其服。**干黷旒扆，伏用兢惶**。按：玩文義，皆因尹京舉代，而舉二人者，似元裕以京兆尹兼尚書左丞，例得舉二人，或舉一舉二，本皆可也。

爲渤海舊作「濮陽」，誤，今改正。公謝罰俸狀

按：濮陽爲王茂元。考茂元由涇原入朝，似曾爲御史中丞，然在武宗已即位時，而此事乃開成四年，茂元尚在涇原，何云不覺察哉？且身爲中丞，又何云準御史臺牒哉？必非也。蓋高元裕在臺既疑此事有寃，而元裕遷京尹，此案方定，故以不先覺察責之。所敍自明，乃誤「渤海」爲「濮陽」也，故竟改正。

右臣伏準御史臺牒，奉恩旨以臣不先覺察妖賊賀蘭進興等，按：舊書紀：開成四年閏正月，高元裕爲御史中丞。高元裕傳：開成四年，爲御史中丞。藍田縣人賀蘭進與里内五十餘人相聚念佛，神策鎮將皆捕之，以爲謀逆，當大辟，元裕疑其寃，請出進等付臺覆問，然後行刑，從之。即此事也。史作「進」，此作「進興」，新書魏謩傳亦作「進興」。傳曰：元裕建言未報，謩又言獄不在有司，法有輕重，何從而知？帝詔神策軍以官兵留仗内，餘付御史臺。臺憚仇士良，不敢異，卒皆誅死。宜罰兩月俸料者。伏以霧市微妖，後漢書張霸傳：霸子楷，字公超，隱居弘農山中，學者隨之，所居成市，後華陰山南遂有公超市，性好道術，能作五里霧。時關西人裴優亦能爲三里霧，自以不如楷，從學之，楷避不肯見。桓帝即位，優遂行霧作賊，事覺引楷，言從學術。楷坐繫廷尉，詔獄，以事無驗，見原。潢池小寇，漢書循吏傳：宣帝以龔遂爲渤海太守，謂遂曰：「君欲何以息其盜賊？」遂對曰：「海濱遐遠，不霑聖化，其民困於飢寒而吏不恤，故使陛下赤子盜弄陛下之兵於潢池中耳。」有乖先覺，上黷宸聰。二句指疑有寃而奏請也，必元裕何疑。昔漢以捕一作「逋」，誤。盜不嚴，猶加黜削；漢書元后傳：王賀字翁孺，爲武帝繡衣御史，逐捕魏郡羣盜堅盧等黨與。翁孺皆縱不誅，以奉使不稱免。歎曰：「吾聞活千人有封子孫，吾所活者萬餘人，後世其興乎？」晉

以發姦無狀，亦峻科條。徐曰：未詳。按：晉事，檢之刑法志，未有符者，俟再考。豈若皇帝陛下恩極好生，德一作「仁」。惟宥過，與其漏網，見滎陽謝上表。止以罰金。漢書張釋之傳：釋之奏當此人犯蹕，當罰金。臣與寮屬等「寮屬」，當謂在臺時之寮屬。無任戴恩宥罪屏營之至。

爲英華多「薦」字，誤。濮陽公陳許舉一作「請」。人自代狀

徐曰：狀云「汭水、武昌」，係鄂岳之地，「秦韓戰伐之鄉，周鄭交圻之邑」，則陳許也。時崔蠡方觀察鄂岳，茂元舉以自代。

某官崔蠡舊書崔寧傳：寧弟孫蠡，元和五年擢第。太和初爲侍御史，三遷戶部郎中，出爲汝州刺史。開成初，以司勳郎中徵，尋以本官知制誥。明年正拜舍人，三年，權知禮部貢舉，四年，拜禮部侍郎轉戶部，尋爲華州刺史、鎮國軍等使，再歷方鎮。按：新書傳更略，此時豈已從華州觀察鄂岳耶？

右臣伏準某年月日敕：內外文武官上後三日，舉一人自代者。臣伏見前件官，欒郤舊族，欒、郤，晉世卿。左傳：叔向曰：欒、郤、胥、原，降在皂隸。鄒魯名儒，漢書韋賢傳：賢，魯國鄒人，以詩教授，號稱鄒、魯大儒。鏡納無疲，一作「私」。世說：袁羊曰：「何曾見明鏡疲於屢照，清流憚於惠風。」山高不讓，史記李斯傳：太山不讓土壤，故能成其大。而又循牆戒切，見爲懷州表。銘座規深。見安平公謝上表。蘭省辭榮，白帖：郎官曰蘭省。餘詳安平公謝除表。竹符出守，漢悲來暮，詳滎陽謝賜冬衣狀。晉有去思，漢書循

吏傳：所居民富，所去見思。晉書：樂廣所在，無當時功譽，每去職，爲人所思。謝安亦然。晦而轉明，一作「彰」。易明夷：君子以涖衆，用晦而明。浼而尤白。既還綸閣，晉書王湛等傳論：或任華綸閣，密勿于王言。初學記：中書職掌綸誥，前代詞人因謂之綸閣。復掌禮闈，任昉王文憲集序：出入禮闈。文選注：十洲記曰：崇禮闈，即尚書上省門。崇禮東建禮門，即尚書下舍門。然尚書省二門名禮，故曰「禮闈」也。人驚吞鳳之才，西京雜記：揚雄著太玄，夢吐白鳳，似當作「吐鳳」，而李羣玉詩亦有曰：子雲吞白鳳，遂吐太玄書。又羅含事，見爲舉人獻韓郎中啓。士切登龍之譽。一作「望」。後漢書：李膺字元禮，以聲名自高，士有被其容接者，名爲登龍門。及司版籍，以副地官，周禮地官：大司徒，掌土地之圖與其人民之數。秋官：司民，掌登萬民之數，自生齒以上皆書於版。註曰：版，户籍也。互詳爲賀拔員外啓。按比罔差，周禮：小司徒，頒比法于六鄉之大夫，及三年則大比。註曰：大比謂使天下簡閲民數及其財物也。鄭司農云：五家爲比，故以比爲名，今時八月案比是也。後漢志：仲秋之月，縣道案户比民。江革傳：縣當案比。注曰：猶今見閲也。孤終靡失，周語：仲山甫曰：「古者不料民而知其少多，司民協孤終。」注曰：無父曰孤。終，死也。按：二句承上文言之也，乃英華訛作「比按西羌，孤忠靡失」，而注曰集作云云，以形近而誤矣。集作「初終」，亦刊刻之誤，今皆改正。居然國器，漢書韓安國傳：天子以爲國器。實映朝倫。今沔水無兵，書禹貢傳：漢上曰沔。漢書地理志注：北方人謂漢水爲沔水。武昌非險，舊書志：鄂州江夏郡，江夏、武昌、漢陽等縣。武昌軍節度使治鄂州。用爲廉問，按：新書表：武昌軍使，廢置不一，自元和五年至開成、會昌時，則爲團練觀察使，故云廉問。尚鬱廟謀。臣所部乃秦、韓戰伐之鄉，周、鄭交圻之邑，軍踰千乘，地控三州，陳、許、蔡三州。若以代臣，必爲名將。敢希睿澤，曲遂愚衷，俾寬竊位之譏，冀受一作「獲」。進賢之賞。見渤海公舉代狀。干冒陳薦，無任兢越，謹録奏聞，伏聽敕旨。

爲濮陽公陳許奏韓琮等四人充判官狀

韓琮新書藝文志：韓琮，字成封，大中湖南觀察使。

右件官早中殊科，榮推雅度，弦柔以直，見滎陽謝上表。濟伏而清。山海經：王屋之山，𣴑水出焉，而西北流注于泰澤。郭景純云：聯、沇聲相近，沇即濟也。水經注：濟水出王屋山，潛行地下，至共山南，復出於東丘。按：近人禹貢錐指中引舊記，濟水出王屋山頂太乙池，伏流地中，東行九十里復見也。禹貢：溢爲滎，東出于陶丘北。吴澄曰：溢者，言如井泉自中而滿，非有來處；出者，言在平地，自下而涌，非有上流。蓋濟瀆所經之地，其下皆有伏流，遇空竇即涌出，如濼水之趵突泉與阿井，皆濟之伏流所發也。頃佐憲臺，且丁家難，韓當爲侍御史，以喪免。當喪而齒未嘗見，禮記：高子皐之執親之喪也，泣血三年，未嘗見齒。既祥而琴不成聲，禮記：孔子既祥，五日彈琴而不成聲，十日而成笙歌。又：子夏既除喪而見，予之琴，和之而不和，彈之而不成聲。逮此變除，家語：夫禮爲可繼也，故哭踊有節，而變除有期。未蒙抽擢。臣頃居鎮守，琮已列賓僚，鎮涇原時，韓已在幕。謀之既臧，剛亦不吐。並見詩。願稽中選，榮借外藩，伏請依資，賜授憲官，「憲官」，謂御史銜，屢見。充臣節度判官。

段　環　按：書史會要：段環工於翰墨，有名當世。此云精於草隸，疑即此人，而名小誤歟？

右件官言思無邪，一作「諂」。學就有道，屢爲從事，常佐正人。書：惟厥正人，既富方穀。加以富有文辭，左傳：非文辭不爲功。精於草隸，書斷：隸書，秦下邽人程邈所作；章草，漢黄門令史史游所作；草書，後漢徵士張伯英所造。按：古人草隸兼善者甚多。俊而且檢，通亦不流。晉書嵇紹傳：曠而有檢，通而不雜。臣所部稍遠京都，每繁章奏，敢兹上請，乞以自隨，伏請依資賜授憲官，充臣節度掌書記。

裴　蘧

右件官魯國名儒，𩡺鄉右族，宰相世系表：秦非子之支孫封𩡺鄉，因以爲氏，今聞喜𩡺城是也。六世孫陵當周僖王時，封爲解邑君，乃去邑從衣爲裴。一云晉平公封顓頊之孫鍼於周川之裴中，號裴君，疑不可辨。𩡺音裴。松寒更翠，馬老不迷。韓子：管仲、隰朋從于桓公而伐孤竹，春往冬返，迷惑失道。管仲曰：「老馬之智可用也。」乃放老馬而隨之，遂得道行。臣昔忝鑿一作「監」，非。門，淮南子：大將受命已，則設明衣，鬋指爪，鑿凶門而出。辟爲記室，此亦在涇原時。屬辭而宿構無異，禮記：屬辭比事，春秋教也。魏志：王粲善屬文，舉筆便成，無所改定，時人常以爲宿構。論兵而故校多歸，按：國策：甘茂攻宜陽，三鼓之而卒不上，右將有尉對曰：「公不論兵，必大困。」此「論」，治之義也，其餘皆作論議用，字習見矣。「故校」猶「舊校」，謂老於軍事者皆推與之。第所用未及檢明，或引山濤論不宜去州郡武備，暗合孫吳，亦未似也。委一作「晝」。以前籌，史記留侯世家：酈食其謀橈楚權，復立六國後，漢王曰：「善。」以酈生語告於子房。子房曰：「陛下事去矣，臣請藉前箸爲大王籌之。」見其餘地。莊子：恢恢乎其于游刃必有餘地矣。伏以前任大理評事漢書：宣帝初置廷尉左右平。按：隋置大理評事，唐因之。舊書志：從八品下階，凡幕官每帶此銜。已三十三箇月，比於流輩，已是滯淹，左傳：楚子使然丹舉淹滯。伏請特授憲官，充臣觀察支使。

夏侯曈

右件官藏器於身，易：君子藏器于身，待時而動。爲仁由己，齊莊難犯，勁挺不搖。臣任切拊循，一作「循良」，誤。見安平公謝除表。務繁稽勾，稽考勾當之意，勾音遘。思留仙尉，漢書：梅福補南昌尉，後去官歸壽春，常以讀書養性爲事，一朝棄妻子去九江，至今傳以爲仙。以重賓階，伏請依資改授一官，充臣節度巡官。

以前件狀如前。臣四朝受任，謂穆、敬、文、武。三鎮叨榮，謂嶺南、涇原、陳許。慕碣石之築宫，史記：騶衍如燕，昭王築碣石宫，身親往師之。廣延儒雅，效西河之擁篲，史記：子夏居西河教授，魏文侯受子夏經藝。文選阮籍奏記：子夏處西河上，而文侯擁篲。善曰：吕氏春秋：白圭曰：魏文侯師子夏。李奇漢書注：擁篲爲恭也，如今卒持帚也。樂得賢才。韓琮等並無所因依，不由請託，漢書翟方進傳：爲相公潔，請託不行郡國。後漢書蔡邕傳：並以小文超取選舉，開請託之門，違明王之典。久諳才地，晉書王蘊傳：蘊輒連狀白之曰：「某人有地，某人有才。」務存進達，各隨其方。又鄭默傳：不以才地矜物。王恭傳：自負才地高華。字屢見史書。

堪列幕庭。伏希殊私，盡允誠請。謹録奏聞，伏聽敕旨。

爲鹽州刺史奏舉李孚判官狀

舊書志：鹽州鹽川郡屬關内道，在京師西北一千一百里。舊書紀：貞元三年，鹽州城爲吐蕃所毁，自是塞外無保障。九年二月詔復築之，既成之後，邊患息焉。按：舊書吐蕃傳：元和、長慶間，圍鹽州，刺史李文悦擊退之。而紀文又書：寶曆九年右金吾將軍李文悦爲豐州刺史、天德軍防禦使，太和二年爲靈武節度使，六年爲兖海密沂節度使。余初疑此題之人即李文悦，然狀乃會昌初所上，則斷非也。後爲李郎中祭竇端州文云「玗剖郡符，塞遠城迴」，與刺鹽州合，似當爲李玗，惜無他文可互證。

某官李孚 徐曰：狀所云蓋宗室之子，以法謫遠州而遇赦得還者，其事迹無可考。按：有「辨能專對」語，當是曾隨人使外夷者。是時因出使而獲罪者頻見史書，詳後祭濠州刺史文。

右件官克生公族，詩：振振公族。早履宦途，器實幹時，魏志徐邈傳：有鑒識器幹。字屢見。辯能專對。加之夙明韜略，隋書經籍志：太公六韜五卷，又黄石三略三卷。注曰：下邳神人撰。久逐旌旃，周禮：司常，通帛爲旜，雜帛爲物，全羽爲旞，析羽爲旌。頃爲己知，一作「知己」。晏子春秋：越石父曰：「士者申乎知己。」張衡思玄賦：恃己知而華予兮。按：已知當指正使也，舉以爲副，及歸而同得罪。屈從吏議。史記李斯傳：臣聞吏議逐客。漢書司馬遷傳：因爲誣上，卒從吏議。許文休之流浪，萬里非賒；蜀志：許靖字文休，汝南平與人。董卓秉政，靖懼誅，吴郡都尉許貢、會稽太守王朗素與靖有舊，故往保焉。孫策東渡江，走交州以避其難。餘詳後祭薛郎中文。王仲宣之播遷，三年未遇。魏志：王粲字仲宣，山陽高平人。獻帝西遷，粲徙長安，以西京擾亂，乃之荆州依劉表。儉而不懟，困且能通，雖何恤於無家，左傳：諺曰：心苟無瑕，何恤乎無家？良可悲其絶籍。按：是門籍之籍，既不爲官，則無由通籍矣。徐氏以爲絶其宗室之屬籍，是必罪大而後絶之，尚可登之薦剡哉？後有「絶籍金閨」句可證。去歲以維新之命，大洽鴻私，開成五年正月，武宗即位，大赦，所謂「維新之命」也。下文開成五年，即此去歲，蓋春時從流所釋放，冬乃注擬也。亦既旋還，合從敍用。開成五年十一月十三日吏曹已注右威衛倉曹參軍，授官未謝，又蒙挾名除替。初云牽復，見濮陽論太子表。仍迫屢空。京口劉生，方思鵝炙；晉書劉毅傳：初，江州刺史庾悦，隆安中曾至京口。毅時甚屯窶，先就府借東堂與親故出射，而悦後與僚佐徑來詣堂。毅告之曰：「望以今日見讓。」悦不許，射者皆散，惟毅留射如故。既而悦食鵝，毅求其餘，悦又不答。洛陽蘇子，已弊貂裘。戰國策：蘇秦説秦王不行，黑貂之裘弊。史記：雒陽人也，字季子。方今崇唐集作「帝」。堯敦厚之恩，書堯典：以親九族，九族既睦。推魏文榮樂一作「光榮」，誤。之旨，詳見後會昌一品集序。豈令棄良材於散地，化王孫爲一作「於」，非。旅人？臣素乏器能，叨膺任使，控緑池之要地，守清澤之堅城，徐曰：新書食貨志：鹽州五原有烏池、白池、瓦池、細項池。史記正義云：鹽州有烏池，猶出三色鹽，有井鹽、畦鹽、花鹽。此所謂「緑池」、「清澤」者，疑即其類。或云「清」當作「青」。漢書地理志：朔方郡朔方縣，有青鹽澤在南，是也。緑池蓋烏池之别名耳。按：玉海引史記正義云：河東鹽池是畦鹽。緣黄河鹽池有八九所，而鹽州有烏池，猶出三色鹽，有井鹽、畦鹽、花鹽。又曰：西方鹹地，堅且鹹，即出石鹽及池鹽。今檢「西方鹹地」數語，見貨殖傳「山西食鹽鹵」句下，餘俟細檢。元和郡縣志：五原縣，鹽池四所，烏、白二池出鹽，瓦窑、細項並廢。鹽州以北有鹽池名白池，縣以地近白池名。州西北取烏池黑浮圖堡私路至靈州，「緑池要地」當指此。清澤即指白池，不必旁及。細項池，寰宇記作「嶺」，新書志作「項」，玉海鹽法引之作「細項」，似「項」字是。將已似當作「以」。宣布威靈，魏畧：王自手筆令曰：「吾前遣使宣國威靈。」彈壓氛祲，淮南子：體太乙者，牢籠天地，彈壓山川。楚語：伍舉曰：「榭不過講軍實，臺不過望氛祥。」周禮春官：眡祲掌十煇之法，以觀妖祥，辨吉凶：一曰祲，二曰象，三曰鐫，四曰監，五曰闇，六曰瞢，七曰彌，八曰敘，九曰隮，十曰想。註曰：祲，陰陽氣相侵也。徐曰：氛祲喻邊塵。苟咨謀失所，佐理非材，豈惟失「失」字英華脱去。徐刊本補，再校。此軍聲，兼且傷於朝寄。臣深自計，乎實當仁。況又得於諸宗，且兼通舊，諸葛均有因依之分，蜀志諸葛亮傳：亮早孤，從父玄爲袁術所署豫章太守。玄將亮及亮弟均之官，會漢朝更選朱皓代玄，玄素與荆州牧劉表有舊，往依之。龐士元多鑒裁之恩。蜀志：龐統字士元，郡命爲功曹，性好人倫，勤於長養，每所稱述，多過其才。是故輒黷宸階，乞榮賓席，使得盡其風力，佐彼邊陲。錐處平原之囊，必將穎脱；史記：平原君謂毛遂曰：「賢士之處世也，譬若錐之處囊中，其末立見。」遂曰：「臣乃今日請處囊中耳，使遂蚤得處囊中，乃穎脱而出，非特其末見而已。」劍拭華陰之土，麤雪幽沈。晉書張華傳：斗牛之間，常有紫氣。華補雷煥豐城令。到縣掘獄屋基，得雙劍，使送一劍與華。華以華陰土一斤致煥，煥以拭劍，倍益精明。伏「伏」字英華脱去，固當補也。請依資賜授一官，充臣防禦判官。干冒宸一作「冕」。旒，無任戰越。

爲懷州刺史舉人自代狀

懷州刺史，李璟也，詳謝上表。按：徐氏以所舉人爲順宗莊憲皇后王氏之族，而引王難得子顔傳爲證，其誤由於拘「沙麓遺芳」之一語。沙麓只指發祥，何拘姓氏耶？其解汾陽則支離甚矣。且王難得寶應二年卒，子顔亦生后而卒，與文中所敍絶不符。李璟乃李晟之孫，所舉者係郭令公後人。令公，肅宗時封汾陽郡王，憲宗懿安皇后，令公之孫而曖之女也，當文宗、武宗時爲太皇太后。汾陽王於代宗時賜鐵券，圖形凌烟閣。李晟，德宗時封西平郡王，貞元五年亦圖像於舊臣之次。郭、李閥閲相當，子孫並盛，故有「祖禰以來」數聯，此所舉當是曖之子孫。英華已脱書某人，無從指以實之矣。舊書傳：李光弼，寶應元年封臨淮王，賜鐵券，圖形凌烟閣。郭、李同時並稱，似更親切，但史傳不敍及其子孫，而璟與西平之孫，名輩悉符，故爲酌定。

右臣伏準建中元年正月五日敕，内外文武官到任三日舉一人自代者。舊書紀：德宗建中元年，常參官、諸道節度、觀察、防禦等使，都知兵馬使、刺史、少尹、畿赤令、大理司直評事等，授訖三日内，於四方館上表，讓一人自代。其表付中書門下，每官闕以舉多者授之。臣伏見前件官汾陽啓胄，沙麓遺芳，漢書元后傳：昔春秋沙麓崩，晉史卜之，曰：「陰爲陽雄，土火相乘，故有沙麓崩。後六百四十五年，宜有聖女興。」其齊田乎！今王翁孺徙，正直其地，日月當之。元城郭東有五鹿之虛，即沙鹿地也。後八十年，當有貴女興天下云。佩觿之辰，詩：童子佩觿。平居不戲，國語：祁奚曰：「臣之子午少也，好學而不戲。」加冠已後，禮記曲禮：二十曰弱冠。冠義：三加彌尊，加有成也，餘見桂州謝上表。出言成章，詩：出言有章。魏志陳思王植傳：言出爲論，下筆成章。本以詩書，綽有機斷，奉陰郭之良躅，集作「轍」。後漢書后紀：光武郭皇后廢爲中山王太后，王徙封沛，爲沛太后。光烈陰皇后，顯宗即位，尊爲太后。銜一作「御」。馬鄧之明一作「成」。規。明德馬皇后，肅宗即位，尊爲太后。和熹鄧皇后，殤帝、安帝時，尊爲太后。按：四后皆爲太后，郭后雖廢爲中山太后而恩禮不衰。馬、鄧誡敕外家，必遵禮法，故曰「明規」。臣以一作「與」。其祖禰以來，祖禰謂兩姓之祖禰也。蕃宣相接，詩：四國于蕃，四方于宣。雲臺高議，江淹上建平王書：結綬金馬之庭，高議雲臺之上。同承鐘鼎之餘；見彭陽遺表。麟閣舊圖，漢書蘇武傳：宣帝思股肱之美，乃圖畫其人於麒麟閣，署其官爵姓名，惟霍光不名，凡十一人。共著河山之誓。漢書高惠功臣表：封爵之誓曰：使黄河如帶，泰山若厲，國以永存，爰及苗裔。又：割符世爵，受山河之誓。交深志見，年齊道均。今河内名邦，覃懷巨郡，書：覃懷底績。傳曰：覃懷近河地名。疏曰：懷縣在河之北，「覃懷」二字，共爲一地。南蕃鳳闕，見論皇太子表。此謂東都，故曰「南蕃」。平分晉鄭之交；北控羊腸，屢見。方有干戈之役，時方用兵昭義。推讓雖循於故事，書：推賢讓能，庶官乃和。薦聞實切於私誠。左傳：左師曰：「小國習之，大國用之，敢不薦聞。」伏乞聖恩，特允臣志，無任感恩推賢之至。謹録奏聞，伏聽敕旨。

爲中丞滎陽公謝借飛龍馬送至府界狀

舊書志：尚乘局掌内外閑廄之馬。開元時仗内六閑：曰飛龍、祥麟、鳳苑、鵷鸞、吉良、六羣等，號「六廄馬」。按：新書百官志：武后萬歲通天元年，置仗内六閑，亦曰六廄，以殿中丞檢校，以中官爲内飛龍使，則非始開元時也。新書兵志：於尚乘左右六閑之外，又云其後禁中又增置飛龍廄。

右中使某奉宣恩旨，以臣赴任，特借飛龍馬一一作「兩」。疋，并鞭轡等，送至京兆府界者。臣謬奉恩榮，出叨廉問，豈期蹇步，謝瞻詩：蹇步愧無良。深軫皇慈，特命内臣，俾騰上駟。史記孫子傳：孫子謂田忌曰：「今以君之下駟與彼上駟，取君之上駟與彼中駟。」梁懸蜀鐙，初學記：魏百官各有紫茸題高橋鞍一具。又劉義恭啓曰：賜臣供御金梁橋鞍，制作精巧，宜副龍駟。廣韻：鐙，都鄧切，鞍鐙。几覆吴鞍，按公羊傳：以幦爲席，以鞍爲几。齊侯唁昭公于野井事也。與句意大異。蜀鐙吴鞍以地言，徐氏引蜀先主、吴大帝事，非也。每多曳練之疑，論衡：儒書稱孔子與顔淵俱登魯東山，望吴閶門，謂曰：「爾何見？」曰：「一疋練，前有生藍。」子曰：「噫！此白馬盧芻。」使人視之，果然。謝莊舞馬賦：寫秦坰之彌塵，狀吴門之曳練。句意言速，猶曰飛練。不假著鞭之力。見安平公進馬狀。倏踰秦甸，將復周閑，周禮：校人掌王馬之政，天子十有二閑，馬六種。照地迴光，西京雜記：武帝時身毒國獻白光琉璃鞍，在暗室光照十丈。古今注：孫文臺獲青玉馬鞍，其光照衢。鮑照詩：鞍馬光照地。瞻天送影。謂送馬影也。拾遺記：周穆王八龍之駿，亦名越影。古今注：秦始皇馬，一曰「躡影」。意兼取之。長亭欲别，未期東道而來；庾信賦：十里五里，長亭短亭。漢書郊祀歌曰：天馬來，歷無草。徑千里，從東道。雙闕儻睎，願附北風之思。吴越春秋：子胥曰：「胡馬望北風而立。」古詩：胡馬依北風。無任感恩戀闕雪涕屏營之至。

爲中丞滎陽公赴桂州長樂驛謝敕設狀

右今月某日中使某，奉宣進止，集作「旨」，非。就長樂驛，長安志：長樂驛在萬年縣東十五里長樂坡下，東去滋水驛，西去都亭驛。賜臣及將吏等設饌者。將承闔集作「藩」。寄，尚忝朝恩，絡繹八珍，周禮：膳夫，凡王之饋珍用八物。又：食醫，掌和八珍之齊。杜甫詩：御廚絡繹送八珍。芬芳九醖。左思蜀都賦：芬芳酷烈。張衡南都賦：酒則九醖甘醴，十旬兼清，醪敷徑寸，浮蟻若蓱。魏武帝集上九醖酒法奏：臣縣故令南陽郭芝，有九醖春酒法，三日一釀，滿九斛米止。臣階緣薄伎，塵辱修塗，張華詩：懸邈極修途。揚執戟之讀書，雖無非聖；漢書揚雄傳：非聖哲之書不好也。又：位不過侍郎。又東方朔傳：官不過侍郎，位不過執戟。董太中之對策，何補清時？漢書董仲舒傳：少治春秋。武帝即位，舉賢良文學之士前後百數，而仲舒以賢良對策。對既畢，天子以仲舒爲江都相。中廢爲中大夫，下吏當死。詔赦之，使相膠西王。病免歸居，以壽終。班固兩都賦序：太中大夫董仲舒漢書百官公卿表：大夫掌論議，有太中大夫、中大夫、諫大夫。按表：武帝太初元年，更名中大夫爲光禄大夫，秩比二千石，太中大夫秩比千石如故。故班氏作太中大夫，是。忽委廉車，乍離閨籍，見濮陽公陳情表。

誠欣列土，實耿辭天。然猶食指告祥，左傳：楚人獻黿于鄭靈公，公子宋與子家將見，子公之食指動，以示子家，曰：「他日我如此，必嘗異味。」朵頤有慶，易：舍爾靈龜，觀我朵頤。爰於近驛，式降貴臣，酒自堯鐏，孔叢子：昔有遺諺：堯、舜千鍾，孔子百觚，子路嗑嗑，尚飲十榼。魏志註：張璠漢紀曰：太祖禁酒，孔融書嘲之曰：「堯不飲千鍾，無以成其聖。」饌分殷鼎，一作「禹膳」。帝王世紀：湯思賢，夢見有人負鼎抗俎對己而笑。湯求婚于有莘之君，遂嫁女于湯，以伊摯爲媵臣，乃負鼎抱俎見湯也。楚辭天問：緣鵠飾玉，后帝是饗。注曰：伊尹烹鵠鳥之羹，修玉鼎以事湯，湯賢之，以爲相。下霑將校，旁耀路歧。況臣平生，本實孤賤，懷書奉役，久無黔突之謀，文子：墨子無黔突。淮南子：孔子無黔突。按：漢書志：文子九篇，老子弟子與孔子同時而稱「周平王問」，似依託者也。史記：墨翟，宋大夫。或曰並孔子時，或曰在其後。索隱曰：別録云：墨子書有文子。文子，子夏之弟子，問於墨子，則墨子在七十子後也。據此可以知孔、墨之多互易矣。入國展儀，且懵殽烝之禮。左傳：晉侯使士會平王室，定王享之，原襄公相禮，殽烝。武子私問其故。王聞之，召武子曰：「季氏而弗聞乎？王享有體薦，宴有折俎，公當享，卿當宴，王室之禮也。」註曰：烝，升也，升殽於俎，享當體薦而殽烝，故怪問之。體解節折，升之於俎，物皆可食。疏曰：折俎即殽烝是也。飽期滿腹，莊子：偃鼠飲河，不過滿腹。醉更憂心，詩：憂心如醉。終虞負乘之災，易：負且乘，致寇至。無報雲天之施。易：雲上于天，需，君子以飲食宴樂。臣與將吏等無任望闕感恩結戀屏營之至。

爲滎陽公謝除盧副使等官狀

文苑英華：有授盧戡桂州副使制，戡蓋前江陵縣令，時已閑居，而亞奏請也。

新授某官盧戡　新授某官任繕

右臣得進奏官某狀報，臣所奏盧某等二人，按：新書表有盧戡，陝虢觀察使岳子，似是此人。奉某月日敕旨，賜授前件官充職者。臣謬當廉印，合啓幕庭，撫魚罩以興懷，詩：南有嘉魚，烝然罩罩。序曰：南有嘉魚，樂與賢也，太平君子至誠，樂與賢者共之也。懼羖皮之廢禮。史記秦本紀：晉虜虞大夫百里傒，以爲秦繆公夫人媵於秦。百里傒亡秦走宛。繆公聞百里傒賢，欲重贖之，恐楚人不與，乃請以五羖羊皮贖之。楚人與之。繆公與語國事，大悦，授之國政，號曰「五羖大夫」。盧戡與臣同年登第，少日論交，學富文雄，氣孤志逸，玉清越而爲樂，禮記：君子比德于玉，叩之其聲清越以長，其終詘然樂也。女舒脱一作「退」。以求媒，詩：舒而脱脱兮。傳曰：脱脱，舒遲也。箋曰：貞女欲吉士以禮來，脱脱然舒也。實懷難進之規，不起後時之歎。史記李斯傳：時乎時乎，惟恐後時。二句正謂方閑居也。徐刊本乃脱去。任繕幼學孝悌，潔静精微，禮記：絜静精微，易教也。會稽典録：山陰丁覽，清身立行，爲人精微潔净，門無雜賓。按丁覽，見吴志虞翻傳注。得君子之時中，友鄉人之善者，匪因請託，見濮陽奏充判官狀。實自諳知。北史唐邕傳：精心勤事，莫不諳知。皇帝陛下俯照遠藩，咸加命秩，南臺貼職，通典：御史臺，梁及後魏、北齊謂之南臺。延閣分班，漢書藝文志：孝武建藏書之策，置寫書之官。注引劉歆七略曰：外則有太常、太史、博士之藏，内則有延閣、廣内、祕室之府。按：盧授御史，任授祕書郎也。使戡有紆朱之榮，揚子法言：或曰：「使我紆朱懷金，其樂可量也。」紆朱懷金之樂，不如顏氏子之樂。」繙無衣白之見。史記儒林傳：公孫弘以春秋，白衣爲天子三公。後漢書崔駰傳：帝幸竇憲第，駰適在憲所，帝欲召見之，憲諫以爲不宜與白衣會。又孔融傳：與白衣禰衡跌蕩放言。已經聖鑒，可謂國華。魯語：季文子曰：「吾聞以德榮爲國華。」冀收規畫之功，吳志胡綜傳：規畫計較，應見納受。共奉澄清之寄。後漢書范滂傳：滂登車攬轡，慨然有澄清天下之志。不任感恩荷聖集作「得賢」。之至。

爲滎陽公赴桂州在道粵西文載有「换」字。進賀端午銀狀

右臣伏以一作「聞」。握丕圖而御物，必相見於離；易：離也者，明也，萬物皆相見，南方之卦也。聖人南面而聽天下，嚮明而治，蓋取諸此也。推小正以辨時，則盛德在夏。隋書經籍志：夏小正一卷，漢戴德撰。禮記：某日立夏，盛德在火。故著爲令節，稽以舊章，通修任土之宜，仰續後天之壽。見賀老人星表。臣方乘傳置，謂傳車驛馬。未至藩維，王簡栖頭陀寺碑文：觀政藩維。前件銀已及中塗，實從前政。拜章獻祝，雖令尹以告新；納賮展儀，欲長府之仍舊。謹以前觀察使楊漢公封印進上。新書：楊漢公字用乂，累遷司封郎中，坐虞卿，下除舒州刺史，徙湖、亳、蘇三州，擢桂管、浙東觀察使。千春屬文載作「稱」。慶，億載儲休，繫以藩條，闕覲丹墀之下；徵諸貨志，且愧白金爲中。漢書食貨

志：金有三等，黄金爲上，白金爲中，赤金爲下。孟康曰：白金，銀也。赤金，丹陽銅也。干冒宸嚴，無任兢越。

爲滎陽公端午謝賜物狀

右中使某至奉宣恩旨，賜臣端午紫衣一副、百索一軸、銀器二事、大將衣三副，并賜臣手詔一通者。伏以五神定位，祝融司長養徐刊本誤作「發」。之功；禮記：仲夏之月，其神祝融。六律鈞和，周禮：典同，掌六律六同之和。管子：内外均和。説文：律，均布也。按：「均」、「鈞」通。蕤賓有酬酢之義。禮記：仲夏之月，律中蕤賓。周語：伶州鳩曰：「蕤賓所以安靖神人，獻酬交酢也。」故節推戴禮，大戴禮夏小正：五月，初昏，大火中。大火者，心也。心中，種黍菽糜時也。日著漢儀，後漢書禮儀志：五月五日，朱索五色印爲門户飾，以難止惡氣。彼艾人遠具於歲時，見安平公進馬狀。角黍近標於風土，風土記：仲夏端午煮肥龜，加鹽豉、菻蓼，名曰「葅龜」。又以菰葉裹粘米，一名「糉」，一名「角黍」。乃耆舊傳聞之末，晉書陳壽傳：撰益部耆舊傳十篇。按：書以「耆舊」名者不一。公羊傳：所見異辭，所聞異辭，所傳聞異辭。亦一作「是」。君親慶賜之原。禮記：孟夏之月，慶賜遂行，無不欣悦。伏惟皇帝陛下，克協樂章，後漢書明帝紀：永平二年，宗祀光武皇帝於明堂，事畢，升靈臺，吹時律。章帝紀：建初五年，始行月令，迎氣樂。馬防傳：十二月迎氣樂，防所上也。律曆志註：防奏言王者有食舉之樂，所以順天地，養神明，求福應也，可作十二均，各應其月氣，和氣宜應。祭祀志：章帝元和二年，東巡狩，還京都，告至，祀高祖、世祖，又爲靈臺十二門作詩，各以其月祀而奏之。允符時訓，逸周書有時訓解。淮南子有時則訓。恩一作「仁」。霑近戚，惠浹元僚。臣守介蠻圻，程遥鳳闕，敢希瘴嶠，特降乾文，輕縞染衣，真金備器，海綃掩麗，博物志：南海外鮫人水居織綃。餘詳後重祭外舅文。渠盌藏珍。魏文帝車渠椀賦：車渠，玉屬也。多纖理縟文，生于西國，其俗寶之。謝朓金谷聚詩：渠椀送佳人。廣雅：車渠，石，次玉也。拜受若驚，跪捧如失。常衣國僑之紵，國僑，子産也。左傳：吴公子札聘于鄭，見子産，如舊相識，與之縞帶，子産獻紵衣焉。被服多慚；久攜顔氏之瓢，捧持未慣。當晝而不假交扇，世説：郄嘉賓三伏之日詣謝公，雖復當風交扇，猶沾汗流離。向日而惟宜飲冰。莊子：朝受命而夕飲冰，我其内熱與？況又將以綵絲，縈諸畫軸，用禳故炁，故炁即死氣。兼續殘英華刊本作「收」，誤。今從粤西文載。齡。爰自微臣，頗流諸校，鞠躬被寵，全踰錫帶之榮；易：或錫之鞶帶。覩物傳輝，實動請纓之思。漢書終軍傳：南越與漢和親，乃遣軍使南越，欲令入朝，比内諸侯。軍自請願受長纓，必羈南越王而致之闕下。唯當仰承帝力，麤舉藩條，誓相率於明時，庶同登於壽域。屢見。臣與大將等無任望闕感恩抃舞屏營之至。

爲滎陽公桂州舉人自代狀

某官裴俅新書宰相世系表：裴肅，浙東觀察使。三子：儔，江西觀察使；休，相宣宗；俅，諫議大夫。按舊書裴休傳：休，河内濟源人，兄弟並登進士第。俅字冠識，表作冠儀，似「識」字誤。小學紺珠：裴休兄弟三人，有盛名，號三裴。世謂俅不如儔，儔不如休。

右臣伏準某年某月日敕，内外文武官上後舉一人自代者。伏見前件官邕一作「邯」，誤。鄉茂族，見陳許奏判官狀。洛下名生，見兗州奏判官狀。處家國以必聞，善兄弟而無瘉。詩：不令兄弟，交相爲瘉。而又南翬耀徐刊本誤作「輝」。彩，詩：如翬斯飛。箋云：伊、洛而南，素質五色皆備成章曰翬。翬者，鳥之奇異者也。東箭含筠，爾雅：東南之美者，有會稽之竹箭焉。身先較藝之場，班固答賓戲：婆娑乎術藝之場。首出觀光之籍，易：觀國之光，利用賓于王。從外府而允稱賢佐，立中臺而克號清郎。通典：唐改尚書省曰中臺，亦曰文昌臺。北史：袁聿修爲尚書郎十年，未曾受升酒之遺，尚書邢劭常呼聿修爲清郎。洎時急昌言，書：禹拜昌言曰：「俞。」官登大諫，詩：是用大諫。管子：臣不如東郭牙，請立以爲大諫之官。楊阜常規於法服，魏志楊阜傳：嘗見明帝著繡帽，被縹綾半褎袖。阜問帝曰：「此於禮何法服也？」帝默然不答，自是不法服不以見阜。陳羣盡削其封章，魏志陳羣傳注：羣前後數密陳得失，每上封事，輒削其草，時人及其子弟莫能知也。實於不咈之朝，書：先王肇修人紀，從諫弗咈。能守勿欺之旨。臣所部俗分蠻徼，漢書注：東北謂之塞，西南謂之徼。地控越城，水經注：湘、灕之間陸地廣百餘步，謂之始安嶠，即越城嶠也。元和郡縣志：越城嶠在桂州全義縣北三里，五嶺之最西嶺也。藉威略以靖封隅，晉書桓溫傳：論曰：受寄干城，用恢威略。資簡惠而安疲瘵，晉書魏舒傳：出爲冀州刺史，在州三年，以簡惠稱。魏略：曹植上書曰：「疲瘵風靡。」顧迴殊渥，以授當仁，豈微敬仲英華註：一作「豈爲敬重」，誤。之才，管敬仲也。齊語：管子，天下之才也。管子：

鮑叔曰：「施伯之知，夷吾之才，必將致魯之政。」兼有伯游之長，左傳：晉侯蒐于緜上以治兵，使士匄將中軍。辭曰：伯游長，昔臣習于知伯，是以佐之，非能賢也，請從伯游。荀偃將中軍，士匄佐之。注曰：伯游，荀偃。俯從牢讓，漢書師丹傳：復曾不能牢讓爵位。方一作「克」，非。免曠官。特冀宸嚴，曲垂矜許。干冒陳讓，一作「請」。惶越無任。

爲滎陽公一有「桂州」字。舉王克明等充縣令主簿狀

以前件狀如前，伏以臣所部控聯谿洞，嶺南多蠻夷谿洞。隋書史萬歲傳：踰嶺越海，攻陷谿洞，不可勝數。參錯蠻髦，詩：如蠻如髦。傳曰：蠻，南蠻也。髦，夷髦也。箋曰：髦，西夷別名。武王伐紂，其等有八國從焉。正義曰：髦雖在西，夷總名也。水接重湖，荆州記：巴陵南有青草湖，週圍數百里。湖南有青草山，故名。一名洞庭湖。又：雲夢澤一名巴丘湖。巴陵舊志：謂之重湖者，一湖之内，南名青草，北名洞庭，有沙洲間之也。山當五嶺，見濮陽公陳情表。縱有天官注集作「恣」，非。擬，一作「遴選」，非。見安平公謝除表。多緣地理幽遐，或不出上京，已發徒勞之歎；見安平公遺表。或暫來屬邑，即聞歸去之辭，晉書隱逸傳：陶潛爲彭澤令，義熙二年解印去縣，乃賦歸去來辭。既經久而不謀，亦柔良而曷寄。舊書傳：韓佽爲桂州觀察使，桂管二十餘郡，州掾下至邑長三百員，由吏部補者什一，他皆廉使量其才而補之，佽皆得清廉吏以蘇活其人。按：唐會要：嶺南郡縣官，遣使就補，謂之南選。太和、開成時，屢敕權停，皆委廉使推擇，惟廣、韶、桂、賀等州，吏曹注官，號爲北選。

盧鈞奏云：「選人肯來者貧弱令史、遠處無能之徒，到官皆有積債，無一肯識廉恥。」皆可證此狀也。臣謬膺廉部，慮在曠官，儻旬朔以無言，則賦輿而必闕。左傳：羣臣帥賦輿。注曰：猶兵車。按：此作財賦之義，唐人常用。前件官或膏粱遺胄，南史王曇首傳：帝曰：「並膏粱世德，乃能屈志戎旅。」唐柳芳氏族論：三世有三公者曰膏粱，有令僕者曰華腴。或英俊下僚，左思詠史詩：世胄躡高位，英俊沈下僚。雖寓遐陬，久從試吏。假之銅墨，漢書：縣令長秩六百石以上皆銅印墨綬。有意於鳴琴；呂氏春秋：宓子賤爲單父宰，鳴琴而治。委以簿書，劉楨詩：沈迷簿領書。漢書賈誼傳：大臣特以簿書不報，期會之間，以爲大故。不羞其棲棘。後漢書：仇香爲考城主簿，令王渙謝遣曰：「枳棘非鸞鳳所棲，百里豈大賢之路。」既聞績用，書：九載績用弗成。後漢書循吏傳論：斯其績用之最章章者也。合有甄昇，一則復遠俗之凋殘，一則輕微臣之憂責。漢書陸賈傳贊：致仕諸呂，不受憂責。後漢書吴良傳：東平王蒼署爲西曹，上疏薦良曰：「臣榮寵絶矣，憂責深大，私慕公叔同升之義。」苟事因請託，迹涉貪殘，後漢書鄭弘傳：洛陽令楊光，其官貪殘，不宜處位。後漢書第五倫傳：陛下誅刺史二千石貪殘者六人。將有負於斯人，豈敢逃於舉主。後漢書楊倫傳：豺狼之吏不絶者，豈非本舉之主不加之罪乎？自非案坐舉者，無以禁絶姦萌。南史謝莊傳：若任得其才，舉主延賞；有不稱職，宜及其坐。伏英華多一「乞」字，誤。希卑聽，史記：司星子韋謂宋景公曰：「天高聽卑。」咸賜即真。漢書韓信傳：信請自立爲假王。漢王曰：「大丈夫定諸侯，即爲真王耳，何以假爲？」王莽傳：遂謀即真之事矣。按：後凡攝官而實授者，皆曰即真。干冒宸嚴，無任兢越。

爲滎陽公一有「桂州」字。進賀冬銀乳白身英華作「賀冬銀」等。狀

右臣伏以黃鍾應候，禮記：仲冬之月，律中黃鍾。白琯舒和。大戴禮：舜以天德嗣堯，西王母來獻其白琯。晉書律曆志：舜時，西王母獻昭華之琯，以玉爲之。及漢章帝時，零陵文學史奚景于泠道舜祠下得白玉琯，度以爲尺，相傳謂之漢官尺。近訪晉儀，禮同元日；晉書禮志：魏、晉冬至日受方國及百僚稱賀，因小會，其儀亞於獻歲之日。遐觀魯史，事重朔朝。左傳：公既視朔，遂登觀臺以望而書，禮也。伏惟皇帝陛下，與天同休，如日之盛，將融漢道，謝莊月賦：淪精而漢道融。兼舉周正。周正建子，冬至之月。臣方駕廉車，闕稱壽酒，心懸土炭，空循一作「思」。太史之書；史記天官書：冬至短極，縣土炭。孟康曰：先冬至三日，縣土炭于衡兩端，輕重適均，冬至日陽氣至則炭重，夏至日陰氣至則土重。晉灼曰：蔡邕律曆記：候鍾律，權土炭，冬至陽氣應黃鍾通，土炭輕而衡仰，夏至陰氣應蕤賓通，土炭重而衡低。進退先後，五日之中。漢書天文志同。李尋傳：致治感陰陽，猶鐵炭之低昂。孟康曰：以鐵易土耳。先冬夏至，縣鐵炭于衡各一端，令適停，冬陽氣至，炭仰而鐵低，夏陰氣至，炭低而鐵仰，以此候二至也。淮南子：陽氣爲火，陰氣爲水，水勝故夏至濕，火勝故冬至燥，燥故灰輕，濕故灰重。按：今本史、漢作「土炭」，而後漢書志、晉書志作「土灰」，淮南子作「灰」，或作「炭」，而諸解不能合一。唐王起懸土炭賦已主「冬至炭重，夏至土重」，爲定論矣。身遠江湖，徒積一作「切」，誤。子牟之戀。見爲懷州謝上表。苟無納賮，曷慶履長？玉燭寶典：冬至日南至，景極長，陰陽日月萬物之始，律當黃鍾，其管最長，故有履長之賀。曹植冬

至表：亞歲迎祥，履長納慶。前件銀乳，一作「等」。稟和文載作「和鎔」。於天地之爐，賈誼鵩鳥賦：天地爲爐兮，造化爲工；陰陽爲炭兮，萬物爲銅。擢粹於神仙之府，後漢書竇章傳注：蓬萊，海中神山，爲仙府，幽經祕録並皆在焉。按：凡名山皆可謂神仙之府。豈爲方賄？史記孔子世家：昔武王克商，通道九夷百蠻，使各以其方賄來貢。且自地征。周禮：大司徒，制天下之地征。新書志：嶺南諸州土貢銀，韶、連二州貢鍾乳。柳宗元乳穴記：楚、越之山多産石鍾乳，於連於韶者獨名於世。對三品之金，書：揚州，厥貢惟金三品。庶陪白璧；史記蘇秦傳：黄金千鎰，白璧百雙。撰一作「厠」。一丸之藥，魏文帝詩：西山一何高，高高殊無極，上有兩仙童，不飲亦不食，與我一丸藥，光耀有五色。請暎玄霜。御覽引漢武内傳西王母曰：「仙之上藥，有玄霜絳雪。」私一作「乳」，非。白身等一作「某等」。舊書敬宗紀：寶曆二年詔朝官及方鎮人家不得置私白身。新書宦者傳：是時諸道歲進閹兒，號「私白」，閩、嶺最多。雖長在遐鄉，而生知望闕，比從訓示，堪備指呼。冀因物以達誠，竊先時而效祝。七百年之卜，願過成周；見論皇太子表。八千歲爲春，敢徵蒙叟。莊子：上古有大椿者，以八千歲爲春，八千歲爲秋。史記：莊子者，蒙人也，名周，嘗爲蒙漆園吏。干冒陳進，兢越無任。

爲滎陽公進賀正銀狀

伏以運當聖日，節在王春，近則入金門而排玉堂，揚雄解嘲：歷金門上玉堂有日矣。歡於上壽；史記表：大事記，未央宮成，置酒前殿，太上皇輦上坐，帝奉玉卮上壽，殿上稱萬歲。又叔孫通傳：諸侯王以下至史以次奉賀畢，復置法酒，諸侍坐殿上皆伏抑首，以尊卑次起上壽，觴九行，謁者言罷酒。遠則梯重山而浮漲海，初學記：案南海，大海之別有漲海。謝承後漢書：交趾七郡貢獻，皆從漲海出入。隋書志：龍川郡海豐縣有漲海。舊書志：循州海豐縣南五十里，即漲海，渺漫無際。餘見汝南公賀御殿表。務以獻琛。見安平公進端午馬狀。臣受國恩深，守藩地阻，明珠大貝，禮斗威儀：德至淵泉，則江海出明珠。書：大貝鼖鼓，在西房。爾雅：貝大者魧。注曰：大貝如車渠，車渠謂車輞，即魧屬，出日南。南越志：土產明珠大貝。南異於百蠻；詩：因時百蠻。隋書南蠻傳序：南蠻雜類，與華人錯居，曰蜒，曰獽，曰俚，曰獠，曰㐌，俱無君長，隨山洞而居，古先所謂百越是也。此謂不如廣州、安南多珠貝之產。翠羽犀皮，周書：湯使伊尹爲四方獻令，正南甌鄧、桂國、損子、產里、百濮、九菌，請令以珠璣、瑇瑁、象齒、文犀、翠羽、菌鶴、短狗爲獻。孔晁注：六者南蠻之別名。左傳：晉公子重耳對楚子曰：「羽毛齒革，則君地生焉。」北殊於三楚。文選阮籍詠懷詩：三楚多秀士。善曰：孟康漢書注：舊名江陵爲南楚，吳爲東楚，彭城爲西楚。翰曰：三楚謂楚文王都郢，昭王都鄀，考烈王都壽春。前件銀出非大冶，莊子：「大冶鑄金，金踴躍曰：我且必爲鏌鎁。」大冶必以爲不祥之金。又：今以天地爲大鑪，以造化爲大冶，惡乎往而不可哉？貨在中金，見上賀端午銀狀。敢以元正，式陳方賄。望闕憶銀臺之峻，尚隔一作「阻」。仙寮；一作「僚」，誤。此謂銀臺門內翰林學士院也。詳後白公墓碑銘。瞻天仰銀一作「河」。漢之流，莫階霄路。白帖：天河謂之天漢、銀漢、銀河。馳心獻祝，因物達誠。干冒宸嚴，不任兢越。

爲滎陽公一有「桂州」字。謝賜冬衣狀

右中使某至，奉宣恩旨，賜臣冬衣一副、大將衣四副，兼賜臣手詔一通者。八行帝語，窅降於重霄；一襲天衣，梁簡文帝望同泰寺浮圖詩：天衣盡六銖。字習見佛書、道書，而帝王之服每曰「天衣」。餘詳安平公謝賜物狀。俯迴於窮節。月令：季冬，日窮于次，月窮于紀。顏延之詩：徂生入窮節。臣當時準詔給散訖。臣叨蒙重寄，適控遐陬，地雖五鎮之衝，舊書志：嶺南道五管，廣州刺史充嶺南五府經略使，統桂管、容管、安南、邕管四經略使。氣得四時之正，每玄冥應律，顓頊司辰。禮記：冬令其帝顓頊，其神玄冥。當二日之鑿冰，則殊豳野；詩豳風：二之日鑿冰沖沖。及兩楹之飛雪，無異朔山。鮑照詩：胡風吹朔雪，千里度龍山，集君瑶臺上，飛舞兩楹間。范成大桂海虞衡志：靈川、興安之間有嚴關，朔雪至此輒止，大盛則度關至桂州城下，不復南矣。北城舊有樓曰「雪觀」，所以夸南州也。重以賨布少溫，後漢書南蠻傳：秦置黔中郡，漢改武陵，歲令大人輸布一匹、小口二丈，是謂「賨布」。晉書食貨志：夷人輸賨布户一匹，遠者或一丈。蠻緜乏暖，文選吴都賦：鄉貢八蠶之緜。善曰：劉欣期交州記云：一歲八蠶繭出日南。按：嶺南以木棉花爲布。南史「海南諸國出古貝木花，如鵝毳，紡之作布」是也。後乃俗呼爲吉貝。二句似兼可指此。方求麗密，漢書王褒傳：夫荷旃被毳者，難與道純緜之密麗。以禦嚴凝。豈望司服頒衣，周禮春官：有司服。貴臣傳詔，綾裁飛鵠，晉書盧志傳：帝賜志鶴綾袍一領。鵠、鶴通。謝惠連詩：客從遠方來，贈我鶴文綾。舊書董晉傳：在式朝官皆是

綾袍袄。按：唐制袍三品以上服綾，鵠則袍上之紋。絮一作「素」，非。裛仙蠶，見安平公謝賜物狀。白分椒壁之光，漢官儀：以椒塗室。又：漢省中皆胡粉塗壁，丹朱漆地。餘詳一品集序。按：句意兼用之。紫奪蘭牙之色。鮑照白紵歌：桃含紅萼蘭紫牙。已均下將，仍逮連營。晏子狐裘故敝，何一作「舊飾故」。彰於國儉；禮記：晏子一狐裘三十年。曾子曰：「國奢則示之以儉，國儉則示之以禮。」王恭鶴氅風流，不自於君恩。晉書：王恭披鶴氅，涉雪而行。被服有輝，負戴無力。謹當上宣殊渥，下拊多寒，左傳：申公巫臣曰：「師人多寒。」王巡三軍拊而勉之，三軍之士，皆如挾纊。均大袑於瑯琊，漢書朱博傳：遷瑯琊太守，齊部舒緩，敕功曹官屬多褒衣大袑，不中節度；自今掾史衣皆去地三寸。師古曰：袑音紹，謂大袴也。變無襦於蜀郡，後漢書：廉范字叔度，建初中，遷蜀郡太守。百姓歌之曰：「廉叔度，來何暮？不禁火，民安作。平生無襦今五袴。」麤令康泰，以塞貪叨。後漢書梁冀傳：皆貪叨凶淫。臣與大將等無任望闕感恩抃舞屏營之至。

爲滎陽公一有「桂州」字。奏請不敍録將士狀

使當道將士及管內昭、賀等州新書方鎮表：桂管經略使領桂、梧、賀、連、柳、富、昭、蒙、嚴、環、融、古、思唐、龔十四州。軍士共二千一百二十六人，準去年五月五日制敍勳階使司去，今年四月二十五日具將士姓名及甲授年月日申省訖。右臣當道將士等遠當戎寄，式控遐陬，乘解慍之和，

見濮陽遺表。寧親矢石；望拱辰之列，實隔烟波。近者朝廷奄靖北方，北謂回鶻。惟荒東道，「東道」字屢見左傳，此則謂澤潞。當陰山之哭虜，漢書匈奴傳：侯應曰：陰山東西千餘里，單于依阻其中，治作弓矢，是其苑囿也。孝武出師斥奪此地，攘之於幕北，邊境得用少安。邊長老言匈奴失陰山之後，過之未嘗不哭也。靡效纖埃；魏都賦：風無纖埃。此言無一塵之效。詳爲舍人絳郡公啓。及天井之摧凶，漢書地理志：上黨郡有天井關。後漢書紀注曰：今太行山上關南有天井泉三所。不横寸草。漢書終軍傳：軍自請曰：「軍無横草之功。」師古曰：言行草中，使草偃卧，故云「横草」。徒以皇帝陛下非烟結彩，集作「蔭」。見賀尊號表。瀼露流光，詩：零露瀼瀼。向明纔及於鳳樓，布澤遠霑於蠻徼，按：戰功皆在會昌時，而宣宗初立，猶以此爲詞，普行慶賞也。固合同承徐刊本誤作「成」。國慶，共稟朝榮。伏以當管一作「管下」。近無豐年，亦經小水，海上有分屯之卒，邕南有未返之師。按：邕管之南當指南蠻邊事，即表云：控西原而遏寇，賽文云：既禦寇於西原是也。屯邊本有兵甲，或小小蠢動。史文所不必詳耳。徐氏以李涿在安南事證之，然新書南蠻傳年月不甚明晰，而通鑑載於大中十二年，雖有「初安南都護李涿」之文，然考異中詳辨擅罷林西原防冬戍卒爲大中八年事，則必非此時事矣。歉冗食於居人，説文：歉，食不滿。漢書成帝紀：避水它郡國，在所冗食之。註曰：冗，散也。散廪食使生活。食讀曰飤。谷永傳：流散冗食，餧死於道。頂上小水。周禮：地官之屬稾人，掌外内朝冗食者之食。注：冗食者，謂留治文書，若今尚書之屬諸直上者。疏：冗，散也。散吏以上直不歸家食，稾人供之，因名冗食者。困裹糧於戎士。左傳：裹糧坐甲，固敵是求。頂上分屯。臣初叨廉問，方切拊循，雖拾級升階，見安平公謝除表。各思受寵，而濡毫執簡，左傳：南史氏執簡以往。無以爲資，謂無以敍其功也。仰慮後期，敢忘積懼？伏見比者諸道有物力未足者，聖恩洪貸，晉書徐邈傳：邈言於帝曰：「會稽王奉上純一，宜加弘貸。」許且權未敍録，竊緣往例。冒此上陳，伏冀天慈，曲垂矜許，臣與將士等無任感激冒昧戰越之至。

爲閑廄使奏判官韓勵改名狀

新書百官志：聖曆中置閑廄使，以殿中監承恩遇者爲之，分領殿中太僕之事，而專掌輿輦牛馬。按：此狀未詳何年。

右前件官名與再從叔爾雅：父之從父晜弟爲從祖父，父之從祖晜弟爲族父，再從叔即族父也。余之舊註皆誤。故嬀州參軍自勵向下一字同。伏以韓自勵頃因宦遊，殁於幽朔，羈孤未返，謝莊月賦：親懿莫從，羈孤遞進。親黨莫知。近始言歸，因之合族。禮記：合族以食。禮記大傳：旁治昆弟合族以食，序以昭穆。坊記：君子因睦以合族。雖爲子之道，則慎更名於已孤，禮記：君子已孤不更名。而諸父具一作「之」。來，詩：既有肥羜，以速諸父。又：豈伊異人，兄弟具來。漢書淮南王安傳：武帝以安屬爲諸父。固難舉一作「俱」，誤。諱於其側。禮記：妻之諱不舉諸其側。按：詩伐木篇傳：天子謂同姓諸侯，諸侯謂同姓大夫，皆曰「父」。此同姓親親之辭，不謂其尊於我也。而後之凡云諸父者，則皆謂其與父同輩也。蓋兄弟當諱。禮記雜記疏曰：父之兄弟於己爲伯叔，子與父同，是有諱也。此諸父承上「合族」，指自勵之兄弟，故已不可於其側稱名而犯所諱也。伏請改名融，謹録奏聞，伏聽敕旨。

樊南文集詳注卷之三

啓

爲韓同年瞻上河陽李大夫啓

韓瞻，字畏之，韓偓父也。開成二年，與義山同登進士第，亦與義山爲友婿。舊書紀：開成二年六月，以左金吾衛將軍李執方爲河陽三城懷州節度使。按：執方爲王茂元妻兄弟，故曰「家人自出」也。此時執方欲辟之入幕，故啓謝之。徐氏以爲即表中懷州中丞，則其時不得兼稱河陽，餘皆誤矣。此約當開成二三年。

某啓：某材術空虛，行能無取，揚雄劇秦美新：行能無異。因緣慰薦，漢書趙廣漢傳：其尉薦待遇吏，殷勤甚備。蒙一作「得」。記姓名。劉弘一紙之榮，方斯未重；晉陽秋：劉弘爲開府荆州刺史，每有興發，手書郡國，莫不感悅奔赴。咸曰：「得劉公一紙書，賢於十部從事也。」季布百金之諾，比此猶輕。見下李詒孫啓。昨者李瑑侍御此一作「北」。來，續酉陽雜俎：翊善坊保壽寺，本高力士宅。河陽從事李瑑於此寺破甕中得物如被幅，乃畫也，裝治大十餘幅，訪於常侍柳公權，方知張萱所圖石橋圖也。後爲左軍宣敕取之，先帝命張於雲韶院。按：此李瑑似即大中末爲安南都護者。樊綽蠻書作「涿」，而舊書咸通四年、六年紀及令狐綯子滈傳，俱以「涿」爲

「琢」。通鑑僖宗乾符三年，鄭畋上言，宮苑使李琢，西平王晟之孫，嚴而有勇，請以爲招討使。此李聽子琢，新書有傳，非都護安南者也。因「涿」、「琢」相混，故通鑑考異中辨之，今亦助之剖晰焉。又蒙降以重言，莊子：有「重言」、「寓言」、「卮言」。將之厚意。望輝光而便同簪履，「簪履」，以言依歸之親也。在負荷而何啻丘山，用蚊負山之語，見濮陽謝冬衣狀。況某婚姻，早聯門館，後漢書邊韶傳：章華賦曰：夕回輦於門館。外舅以列藩之故，爾雅：妻之父爲外舅。家人延自出之恩，「家人」，謂其妻也。左傳：吕相絶秦，曰：「康公我之自出。」重疊依投，樂府石城樂：城中諸少年，出入見依投。綢繆顧遇。後漢書李固傳：奏記梁商曰：「況受顧遇，而容不盡乎！」北史李弼等傳論：締構艱難，綢繆顧遇。東牀坦腹，早以愧於郄公；晉書：郄鑒使門生求婿於王導，導令就東廂偏觀子弟。歸謂鑒曰：「王氏諸少並佳，然咸自矜持。惟一人在東牀坦腹食，若不聞。」鑒曰：「正此佳婿耶！」訪之，乃羲之也。遂以女妻之。朱邸曳裾，復欲偕於謝掾。漢書鄒陽傳：飾固陋之心，則何王之門不可曳長裾乎？晉書王珣傳：珣與謝玄爲桓温掾，俱温所敬重，嘗曰：「謝掾年四十，必擁旄杖節。王掾當作黑頭公。」皆未易才也。」謝朓辭隨王牋：長裾日曳，後乘載脂。又曰：惟待青江可望，朱邸方開。時朓爲隨王鎮西功曹，遷新安王中軍記室。儻復清風時至，丹慊獲申，任昉表：不任丹慊之至。實於生前，識其死所。後漢書朱穆傳論：情爲恩死，命緣義輕。伏希恩督。「督」、「察」同。謹啓。按：牧之亦有上河陽李尚書書，稱其有才名德望，知經義儒學。則執方固時英也。

爲張周封上楊相公啓

新書藝文志：張周封華陽風俗録一卷。字子望，西川節度使李德裕從事，試協律郎。按：酉陽雜俎屢稱工部員外郎張周封，又稱補闕張周封也。李衛公太和六年十二月由西川入朝，張久不在其幕矣。又據尚書故實云：顧長康清夜遊西園圖，本張惟素物，後入内，復流人間。惟素子周封，涇川從事，秩滿居京，有人將此求售，遽以絹數匹贖得。余初疑涇川即王茂元幕，然此圖尋被豪士以計取奉王涯，則在茂元之前矣。舊書紀：開成三年正月，户部尚書楊嗣復同中書門下平章事。按：嗣復至武宗立，乃罷相。張於嗣復相後，尚充邊幕，乃據昔日之口惠而重希其升進也。約當開成三四年。郭若虛圖畫見聞志：及十家事起，流落一粉鋪家，郭承嘏侍郎聞而市之。後流傳至令狐相公家，一日，宣宗問有何名畫，具以圖對，復進入内。

某啓，某聞不祥之金，大冶所惡；見滎陽公進銀狀。自衒之士，明時不容。漢書東方朔傳：四方士多上書言得失，自衒鬻者以千數。曹植表：自衒自媒者，士女之醜行也。文選註：越絕書曰：衒女不貞，衒士不信。斯實格言，潘岳閑居賦：奉周任之格言。文選註：論語考比讖：賜問曰：「格言成法亦可以次序也？」魏志崔琰傳：此周、孔之格言。足爲垂訓。然或顧逢伯樂，但伏鹽車；戰國策：驥服鹽車而上大行，外阪遷延，負棘不能上。伯樂遭之，下車攀而哭之。驥於是俛而噴，仰而鳴。彼見伯樂之知己也。聽屬鍾期，不調緑綺。呂氏春秋：伯牙鼓琴，鍾子期聽之。方鼓而志在太山，鍾子期曰：「善哉乎，巍巍乎若泰山。」少選之間，而志在流水，鍾子期曰：「善哉乎，洋洋乎若流水。」傳休奕琴賦序：司馬相如有焦尾，蔡邕有緑綺。臯壤摇落，莊子：山林與？臯壤與？使我欣欣然樂與？樂未畢也，哀又繼之。謝朓辭隨王牋：臯壤摇落，對之惆悵。老大傷悲。古樂府辭：少壯不努力，老大徒傷悲。同劉勝之寒蟬，後漢書黨錮杜密傳：劉勝知善不薦，聞惡無言，隱情惜己，自同寒蟬。效子綦之枯木。莊子：南郭子綦隱几而坐，顔成子游曰：「何居？形固可使如槁木，而心固可使如死灰乎？」則亦跡歸棄世，行闕揚名。

某價乏琳琅，書禹貢：雍州，厥貢惟璆、琳、琅玕。爾雅：西北之美者，有崑崙虛之璆、琳、琅玕焉。譽輕鄉曲。漢書司馬遷傳：僕少負不羈之才，長無鄉曲之譽。淮南子主術訓：朝廷之所不舉，鄉曲之所不譽。後漢書和帝紀：科別行能，必由鄉曲。麤沾科第，薄涉藝文。錐不穎於囊中，見爲鹽州狀。水竟深於山上。易蹇象曰：蹇，難也。象曰：山上有水，蹇，君子以反身修德。淹留蓮幕，一作「侯國」。栖託一作「祗事」。戎麾。世説：謝公與王右軍書曰：敬和棲託好佳。插羽佩韃，從相公於關右；魏志：建安二十年，公西征張魯，自武都入氐。至陽平，入南鄭，降張魯。注曰：「是行也，侍中王粲作詩以美曰：『相公征關右，赫怒振天威，一舉滅獯虜，再舉服羌夷，西收邊地賊，忽若俯拾遺。』」束書載筆，隨校尉於河源。漢書張騫傳：騫以校尉從大將軍擊匈奴。又：漢使窮河源，其山多玉石，采來，天子案古圖書，名河所出山曰昆侖云。鮑照東武吟：始隨張校尉，占募到河源。自北徂南，一作「東」，非。已秋復夏。心驚於急絃勁矢，陸機詩：年往迅勁矢，時來亮急絃。目斷於高足要津。古詩：何不策高足，先據要路津。而又永念敝廬，空餘喬木。取故家喬木之義。山一作「月」，非。

中桂樹，遠愧於幽人；淮南王招隱士：桂樹藂生兮山之幽。日暮柴車，莫追於傲吏。文選江淹雜體詩擬陶徵君田居曰：日暮巾柴車，路闇光已夕。注曰：歸去來曰：或巾柴車。按：此聯言無以爲家，不能高隱也。郭璞詩「漆園有傲吏」，而歸去來有曰「倚南窗以寄傲」也。「或巾柴車」，與晉書「或命巾車」小異。捋鬚理鬢，吴志：朱桓捋孫權鬚。晉書王恭傳：自理鬚鬢，神無懼容。霜雪呈姿；弔影颺音，曹植責躬表：形影相弔，五情愧赧。煙霞絶想。

徒以相公遠敦世故，容在恩門。存趙氏之孤，史記趙世家：屠岸賈攻趙氏，滅其族。朔妻有遺腹，生男。程嬰、公孫杵臼謀取他人嬰兒負之，衣以文葆，匿山中。嬰出，謬言趙氏孤處，遂殺杵臼與孤兒，趙氏真孤乃反在。受梁王之禮。漢書文三王傳：梁孝王招延四方豪傑，自山東游士莫不至，齊人羊勝、公孫詭、鄒陽之屬。竽將濫吹，韓子：齊宣王使人吹竽，必三百人。南郭處士請爲王吹竽，廩食與三百人等。宣王死，湣王立，好一一聽之，處士逃。御覽引之，又云。一一聽之，乃知其濫吹也。石有參瓊。詩：尚之以瓊華乎而。傳曰：瓊華，美石，士之服也。箋曰：瓊華，石色似瓊也。按：正義引玉藻「士佩瓀珉玉」。蓋礝石、碔砆，皆石之似玉者。山海經注：武夫，赤地白文。而詩三言瓊華、瓊瑩、瓊英，皆言石色似瓊，故此句云，非用宋人寶燕石也。咳唾隨風，莊子：孔子遊乎緇帷之林，有漁父者下船而來。孔子曰：「幸聞咳唾之音。」趙壹嫉邪賦：勢家多所宜，咳唾自成珠。夏侯湛抵疑：咳唾成珠玉，揮袂出風雲。眄睞成飾。任昉到大司馬記室牋：咳唾爲恩，眄睞成飾。以上皆言在幕之意。追維疇曩，盧諶詩：借日如昨，忽爲疇曩。曾是逢迎。戰國策：田光造焉，太子跪而逢迎，卻行爲道。蜀郡登文翁之堂，漢書循吏傳：文翁爲蜀郡守，修起學官於成都市中，招下縣子弟以爲學官子弟。至今巴蜀好文雅，文翁之化也。任豫益州記：文翁學堂在大城南，經火災，蜀郡太守高眹修復繕立，圖畫聖賢古人像及禮器瑞物，堂西有二石屋。餘互詳祭竇端州文。舊書嗣復傳：太和四年七月，爲東川節度，九年三月，爲西川節度。上國醉曹參之酒。左傳：於是始大，通吴于上國。史記：曹參爲漢相，日夜飲醇酒。卿大夫已下吏及賓客見參不事事，來者皆欲有言。參輒飲以醇酒，間之，欲有所言，復飲之，醉而後去。吹噓盡力，一作「力盡」，非。後漢書鄭泰傳：孔公緒清談高論，噓枯吹生。撫愛形顏。爾雅注：撫，愛撫也。漢書張安世傳：安世瘦懼，形於顏色。雖以捧承，莫能銜戴。況許之高選，後漢書王暢傳：是時政事多歸尚書，桓帝特詔三公，令高選庸能。光彼宦情。晉書阮裕傳：吾少無宦情。以曲臺之任用猶輕，見彭陽公遺表。憲署之發揮方盛。協律郎屬太常寺，亦禮官之屬，故用曲臺。此謂許内授憲官。仍期官牒，漢書匡衡傳：隨牒在遠方。後漢書李固傳：其列在官牒者。不越歲時。今則節邁白藏，梁元帝纂要：秋曰白藏。候臨玄律，謝惠連雪賦：玄律窮，嚴氣升。燕雖戀主，巢燕去來，固如戀主。然此與爲崔福啓「燕别張巢」意同所未詳也。馬亦嘶風。見謝借飛龍馬狀。郭伋還州，尚不欺於童子；後漢書郭伋傳：伋在并州，始至行部，到西河美稷，有童兒數百，各騎竹馬，道次迎拜。及事訖，復送至郭外，問「使君何日當還」。伋謂從事，計日當告之。既還，先期一日。伋爲違信於諸兒，遂止于野亭，須期乃入。文侯校獵，寧爽約於虞人？韓子：魏文侯與虞人期獵，明日會天疾風，左右止侯，侯不聽，曰：「疾風失信，吾不爲。」遂犯風往，而罷虞人。按：戰國策作「是日飲酒樂，天雨」，與「疾風」異。苟四時之信是乎，魏略：曹植上書曰：古者聖君，與日月齊其明，四時等其信。亦一諾之恩斯及。詳後李詒孫啓。

況自元和已後，公侯冢嫡，一作「嗣」，非。卿士子孫，與之同時，歷然可數。莫不翔踰鳥道，「鳥道」，猶雲路，如鴻漸鵬摶之類，非謂峻嶮。泳出龍津。晉書郤詵等傳贊：鳥路曾飛，龍津派泳。餘詳下文。或並命南臺，或迭居青瑣。並屢見。金朱照耀，見謝除盧副使狀。軒蓋追隨。某雖忝伊人，亦惟一作「共推」。華胄。晉書石季龍載記：雍、秦二州望族，遂在戍役之列，既衣冠華胄，宜蒙優免。南史何昌寓傳：遥遥華胄。比王謝之子弟，王、謝門才最盛。詳晉書、南史。誠有重輕；在嵇吕之交朋，晉書嵇康傳：東平吕安，服康高致，每一相思，輒千里命駕，康友而善之。宿常連接。向子期思舊賦序：余與嵇康、吕安，居止接近。而獨分光鄰女，戰國策：甘茂亡秦，且之齊，出關，遇蘇子曰：「江上之處女，有家貧而無燭者，處女相與語，欲去之。無燭者謂處女曰：『妾以無燭故，常先至，掃室布席。何愛於餘明之照四壁者，幸以賜妾。』處女相語，以爲然而留之。」史記甘茂傳：貧人女與富人女會績，貧人女曰：「我無以買燭，而子之燭光幸有餘。可分我餘光，無損子明，而得一斯便焉。」當引此。貸潤監河。莊子：莊周家貧，往貸粟於監河侯，曰：「視車轍中，有鮒魚焉，曰：『我東海之波臣也，君豈有升斗之水活我哉！』」野鶴天麟，晉書：嵇紹始入洛，或謂王戎曰：「昨於稠人中見嵇紹，昂昂然如野鶴之在雞羣。」陳書徐陵傳：陵年數歲，寶誌手摩其頂曰：「天上石麒麟也。」鶴麟並用，似更有典。絶比倫於朝右；髯參短簿，晉書郗超傳：桓温遷大司馬，超爲參軍，温傾意禮待。時王珣爲主簿，亦爲温所重。府中語曰：「髯參軍，短主簿，能令公喜，能令公怒。」超髯、王珣短故也。困擬議於軍前。竊聽重言，見上篇。常興深嘆。

是以願馳蹇步，誓奉光塵。老子：挫其鋭，解其紛，和其光，同其塵。吴志：陸遜與關羽書曰：「延慕光塵，思稟良規。」儻或厠錯薪之斯翹，詩：翹翹錯薪，言刈其楚。詠歸荑於一作「之」。自牧。詩：自牧歸荑，洵美且異。少窺上路，試睨重霄。擊水三千，暫隨鵬運；見安平公謝除表。澄流十二，免使魚勞。徐曰：「澄」當作「墱」。水經注：魏武王堨漳水迴流東注，號天井堰。二十里中，作十二墱，墱相去三百步，令互相灌注，一源分爲十二流，皆懸水門。故左思之賦魏都，謂「墱流十二，同源異口」也。詩箋：魚勞則尾赤。按：作「墱」似矣。但其事本爲灌溉田野，與魚勞無涉。此處取升進之義，當用龍門事。穆天子傳：北登孟門九河之磴。孟門，即龍門之上口也。辛氏三秦記：江海大魚，集龍門下數千，登者化龍，不登者點額暴腮。此事爲名場用熟矣，但無「十二」之字，或别有據，或偶誤用，未可定，而命意則必然也。徐氏所引，似未然。文選劉淵林注：今鄴下有十二墱。猶能贊叙夔調，謳歌鎔範。王融策秀才文：且有後命，復兹鎔範。庶無雅拜，以累於君公；漢書何武傳：武字君公。徙京兆尹，二歲，坐舉方正所舉者召見槃辟雅拜，有司以爲詭衆虚僞。武坐左遷楚内史。周禮春官：大祝辨九拜，七曰奇拜。註曰：讀爲奇偶之奇，謂先屈一膝，今雅拜是也。不使繁聲，見憂於仲子。後漢書宋弘傳：弘字仲子，薦沛國桓譚，帝令鼓琴，好其繁聲。弘聞之不悦，悔於舉薦。心一作「仁」。懷台一作「右」，誤。席，夢結邊城。寓尺牘而畏達空函，漢書游俠傳：陳遵，性善書，與人尺牘，主皆藏去以爲榮。晉書殷浩傳：浩廢爲庶人，徙東陽。後桓温將以浩爲尚書令，遺書告之。浩欣然答書，慮有謬誤，開閉者數十，竟達空函，大忤温意，由是遂絶。寫丹誠而慚非健筆。晉書劉喬傳：劉弘與喬牋曰：披露丹誠，不敢不盡。徐陵讓表：雖復陳琳健筆，未盡愚懷。餘見後爲薛從事啓。仰望恩顧，下情無任攀戀感激惶懼之至。

爲李貽孫上李相公德裕啓

按：唐文粹四門助教歐陽詹文集序，李貽孫作。玩其所自述，則貽孫於太和中，曾爲福建團練副使，至大中六年，爲福建觀察使。酉陽雜俎有云：夔州刺史李詒孫。書史會要曰：李貽孫工書。金石録有會昌五年九月李貽孫神女廟詩碑。全蜀藝文志有會昌五年，夔州刺史李貽孫都督府記。則上此啓後，即刺夔矣。舊書紀傳：開成五年正月，武宗即位。九月，李德裕爲門下侍郎、同平章事。新書宰相表：會昌二年正月，德裕爲司空。三年六月，爲司徒。四年八月，守太尉。此啓是楊弁已誅，劉稹尚未平，會昌四年四、五月所上，故尚稱司徒，且有「景風」、「中吕」之語。法書苑引廣川書跋：酆都宮陰真人祠，刻詩三章，唐貞元中刺史李貽孫書。豈亦其人耶！貞元年稍遠矣，似字有誤。

月日，從姪某官某，謹齋沐裁誠，著於啓事，跪授僕者，上獻於司徒相國叔父閤「閤」、「閣」音義每通。下：某伏遠牆藩，揚雄甘泉賦：電倏忽於牆藩。亟踰年籥。爾雅釋樂註：籥如笛，三孔而短小。釋名：籥，躍也，氣躍而出也。舊書音樂志：籥，春分之音。按：「籥」又與「律」同義。漢書志：黄帝制十二筩以聽鳳之鳴，比黄鐘之宮，而皆可以生之，是爲律本。尚書：「聲依永，律和聲。」疏引之作「十二籥」也。年籥猶云歲律，義取於此。抱或作「挹」，非。徽音於故器，史記周本紀：太師疵、少師彊抱其樂器而奔周。周禮：典同，掌六律六同之和。凡爲樂器，以十有二律爲之數度，以十有二聲爲之齊量。凡和樂亦如之。註曰：和，謂調其故器也。雖賞逐時遷；竊餘潤於奧雲，按：王弼老子注：奧，猶曖也，可得庇蔭之辭。「奧雲」、「餘潤」，義相似也。徐氏疑作「鬱」，而引謝莊宣貴妃誄「巫山鬱雲」，誤矣。亦情由類至。謙言不入時宜，而同宗之情不敢忘也。類，是族類之類。中阿弭節，顔延之秋胡詩：弭節停中阿。末路增懷，漢書鄒陽傳：至其晚節末路。沈吟易失之時，後漢書賈復傳：帝召諸將議兵事，未有言，沈吟久之。古詩十九首：沈吟聊躑躅。説苑：鄭桓公會封于鄭，暮宿於宋東之逆旅。逆旅之叟曰：「聞之，時難得而易失也。今客之寢安，殆非就封者也。」漢書蒯通傳：通説韓信曰：「時者，難值而易失。」悵望難邀之會。石崇著引，徒願思歸；石崇思歸引序：尋覽樂篇，有思歸引，儻古人之情，有同於今，故制此曲。殷浩裁書，其如慕義。按：殷浩空函，非此所用。浩傳又有致箋簡文，具自申述之事。然是陳讓，亦不相合。當更有典，未詳。漢書鄒陽傳：梁孝王下陽吏，陽從獄中上書曰：王奢、樊於期去二國，死兩君者，行合於志，慕義無窮也史記吳太伯世家：延陵季子之仁心，慕義無窮。

伏惟相公丹青玄化，桓寬鹽鐵論：公卿者，四海之表儀，神化之丹青也。冠蓋中州，班固西都賦：英俊之域，紱冕所興，冠蓋如雲。羣生指南，崔豹古今注：黄帝與蚩尤戰涿鹿之野，蚩尤作大霧，軍士皆迷路，帝作指南車以示四方。舊説周公所作也。越裳氏使者迷其歸路，周公錫以軿車五乘，皆爲司南之制。黄帝内傳：玄女爲帝制司南車。蜀志：南陽宋仲子與蜀郡太守書曰：許文休有當世之具，足下當以爲指南。命代先覺。魏志：橋玄謂太祖曰：「天下將亂，非命世之才不能濟也。」語姬朝之舊族，莊武慚顔；左傳：鄭武公、莊公爲平王卿士。敍漢代之名門，韋平掩耀。漢書韋賢傳：賢爲丞相，封扶陽侯。少子玄成復以明經歷位至丞相。平當傳：當爲丞相，卒，子晏以明經歷位大司徒，封防鄉侯。漢興，惟韋、平父子至宰相。將一作「歲」，非。鄰三紀，見爲懷州表。克佐五君。左傳：楚屈建問范會之德于趙武。歸，以語康王。康王曰：「宜夫子之光輔五君，以爲諸侯主。」按：舊書德裕傳：自元和中累辟諸府從事，十四年，入朝，真拜監察御史，至會昌，歷事憲、穆、敬、文、武五朝。動著嘉猷，行留故事。漢書蘇武傳：明習故事。後漢書鄭弘傳：爲尚書令，前後所陳補益王政者，皆著之南宮，以爲故事。史記魯世家：咨於固實。註曰：固一作故。故實，故事之是者。陶冶於無形之外，漢書董仲舒傳：陶冶而成之。上之化下，下之從上，猶泥之在鈞，惟甄者之所爲；猶金之在鎔，惟冶者之所鑄。師古曰：「甄，作瓦之人。鈞，造瓦之法其中旋轉者。鎔謂鑄器之模範也。」優游於不宰之中。老子：生而不有，爲而不恃，長而不宰，是謂玄德。始者主上以代邸承基，漢書紀：孝文皇帝，高帝中子，立爲代王。諸吕既誅，大臣使人迎詣長安，羣臣請即天子位，奉天子法駕迎代邸。瑯琊纘業。晉書紀：元皇帝諱睿，宣帝曾孫，琅邪恭王之子也。年十五，嗣位瑯琊王。永嘉初，鎮建鄴。建武元年春二月，羣臣請爲晉王於建康。大興元年春三月，愍帝崩問至，百寮上尊號，即皇帝位。武宗爲穆宗之子，文宗之弟，故云。明發不寐，詩：明發不寐，有懷二人。懷清廟之景靈；晉書涼武昭王傳：述志賦云：承景靈之冥符。日晏忘飡，書：文王自朝至于日中昃，不遑暇食。念蒼生之定命。詩：訏謨定命。箋曰：謂正月始和，布政于邦國都鄙也。左傳：劉子曰：「民受天地之中以生，所謂命也。是以有動作禮義威儀之則，以定命也。」爰徵元老，詩：方叔元老。允在賓臣。漢紀：陳元疏曰：師臣者帝，賓臣者王。五載於玆，武宗即位之年，至是五載。

六符斯炳。漢書東方朔傳：願陳泰階六符，以觀天變。孟康曰：泰階，三台也。每台二星，凡六星。符，六星之符驗也。應劭曰：黄帝泰階六符經云：泰階者，天之三階也。上階爲天子，中階爲諸侯公卿大夫。下階爲士庶人。三階平則陰陽和，風雨時，天下大安，是爲太平。

頃單于故境，一作「地」。獯鬻遺疆，見爲盧尹賀表。屢緣喪荒，亟致攜貳。通鑑：開成四年，回紇歲疫，大雪，羊馬多死，回鶻遂衰。又註引獻祖紀年録曰：回鶻大饑，族帳離叛，復爲黠戛所逼，漸過磧口，至於榆林。夙沙自縛其主，吕氏春秋：夙沙之民，自攻其君，而歸神農。淮南子作「宿沙」。注曰：伏羲、神農之間，有共工、宿沙，霸天下者。冒頓忍射其親。漢書匈奴傳：單于頭曼欲廢太子冒頓而立少子。冒頓從其父頭曼獵，以鳴鏑射頭曼，其左右皆隨鳴鏑而射，殺頭曼，冒頓自立爲單于。冒音墨，頓音毒。遂去北邊，漢書武帝紀：詔曰：今中國一統，而北邊未安。欲事南牧。賈誼過秦論：胡人不敢南下而牧馬。既赫斯而貽怒，乃密勿以陳謀。漢書劉向傳：詩曰：密勿從事，不敢告勞。師古曰：密勿，猶黽勉也。文選註：黽勉同心。韓詩作「密勿同心」。魏志杜恕傳：與聞政事，密勿大臣。管氏初一作「將」。來，屢發新柴之井；管子：桓公將與管仲飲，十日齋戒，掘新井而柴焉。注曰：新井而柴蓋覆之，取其清潔，示敬也。留侯每入，便一作「更」。聞借箸之籌。見濮陽公奏充判官狀。羣帥一作「全師」，非。受成，中樞獨運。漢書：斗運中央，臨制四海。春秋運斗樞：北斗七星，第一名天樞。此謂獨運兵機也。前軍露板，方事於羽馳；漢書：高祖曰：「吾以羽檄召天下兵。」北史魏彭城王勰傳：臣聞露布者，布於四海，露之耳目。文心雕龍：檄者，皦也，或稱露布，播諸視聽也。插羽以示迅，露版以宣衆。封氏聞見記：露布，捷書之別名也，破賊則以帛書建竿上兵部，謂之露布，自漢以來有其名，亦謂之露版，魏武奏事云「有警急輒露板插羽」是也。按：露布、露板，相似而稍不同。露布專是捷書。露版即露章，或示昭著，或示警急，奏議用之。如魏志崔琰傳：琰露板答太祖。晉書趙王倫傳：尚書疑詔有詐，郎師景露版奏請手詔。南史謝靈運傳：孟顗表其異志，露板上言。此句取警急入告之義，下句乃指報捷。故詳辨之。按：露布、露版究同，如後漢書李雲傳「憂國將危，露布上書，移副三府」注：露布，謂不封之也。魏書傅永傳：高祖每嘆曰：「上馬能擊賊，下馬作露布，惟傳修期耳。」通鑑載之，作「露板」。清禁壽觴，漢書兒寬傳：臣寬奉觴再拜，上千萬歲壽。制曰：敬舉君之觴。旋聞於月捷。見賀破奚寇表。仍其貴種，漢書匈奴傳：其大臣皆世官。呼衍氏、蘭氏、須卜氏，此三姓，其貴種也。慕我華風。晉書劉曜傳論：習以華風。或辨姓寫誠，左傳：東郭偃曰：「男女辨姓。」蜀志諸葛亮傳：遂解帶寫誠，厚相結納。推諸右校；史記陳涉世家：秦左右校。索隱曰：即左右校尉軍也。漢書百官公卿表：武帝置中壘、屯騎、步兵、越騎、長水、胡騎、射聲、虎賁，凡八校尉。衛青傳註：校者營壘之稱，故謂軍之一部爲一校。按：此謂右軍，諸衛皆有左右，合稱左右兩軍也。或釋兵伏一作「服」。義，史記漢武帝紀：澤兵須如。徐廣曰：古釋字作「澤」。列在周廬。史記秦本紀：周廬設卒甚謹。後漢書班固傳：周廬千列，徼道綺錯。註曰：宿衛之廬周於宮也。前書曰：中尉掌徼巡京師。通鑑：會昌二年八月，賜嗢没斯與其弟阿歷支、習勿啜、烏羅思皆姓李氏，名思忠、思貞、思義、思禮。回紇宰相受耶勿賜姓名李宏順。會昌一品集異域歸忠傳序云：大特勒嗢没斯率其國宰相、尚書、將軍凡十二人，大首領三十七人，騎士二千一百六十八人內附。潞子離狄而春秋書，漢書表：春秋列潞子之爵，許其慕諸夏也。應劭曰：潞子離狄內附，春秋嘉之，稱其爵，列諸盟會間。徐夷朝周而大雅詠。漢書表：詩云：徐方既倈。師古曰：大雅常武之詩：王猷允塞，徐方既倈。言徐方、淮夷並來朝也。其餘鷹鷙鳥散，漢書李陵傳：陵曰：「各鳥獸散，猶有得脱，歸報天子者。」餘見桂州謝上表。風去雨還。鮑照舞鶴賦：風去雨還，不可談悉。亘絶幕以銷魂，揚雄羽獵賦：蹴竦讋怖，魂亡魄失。委窮沙而喪膽。後漢書吴漢等傳論曰：戎羯喪其精膽。胡琴公主，已出於襜襤；宋書樂志傳休奕琵琶賦曰：漢遣烏孫公主嫁昆彌，念其行道思慕，故使工人裁箏、筑，爲馬上之樂。欲從方俗語，故名曰「琵琶」，取其易傳於外國也。風俗通曰：以手琵琶，因以爲名。杜摯云：長城之役，弦鼗而鼓之。並未詳孰實。按：傅休奕賦序：柱十有二，配律吕也；四弦，法四時也。通典引之而曰：今清樂奏琵琶，俗謂之秦漢子。又曰：五弦琵琶稍小，蓋北國所出。又曰：舊彈琵琶，皆用木撥，貞觀中始有手彈之法，今謂搊琵琶是也。是琵琶五弦分列爲二。馬氏通考於「搊琵琶」下曰：唐時謂之「秦漢子」。趙璧之彈五絃，即此。恐有混誤矣。胡琴古無此名。通考曰：唐文宗朝，女伶鄭中丞善彈胡琴。亦不細言其制度，此謂「胡琴公主」，正用烏孫公主事，以琵琶爲胡琴亦可，不必細剖耳。史記李牧傳：大破殺匈奴十餘萬騎，滅襜襤，破東胡，降林胡，單于奔走。其後匈奴不敢近趙邊城。集解：襜，都甘反。襤，路談反。徐廣曰：一作「臨」。駰、如淳曰：胡名也，在代北。按：是時戰地，正在代北。舊書回紇傳：穆宗即位踰年，封第十妹爲太和公主，出降回紇。李德裕傳：烏介突入朔州，大縱掠，卒無拒者。德裕曰：「今烏介所恃者公主，如令勇將出奇，奪得公主，虜自敗矣。」上即令德裕草制，以出奇形勢授劉沔。石雄傳：雄受沔教，徑趨烏介之牙，既入振武城，登堞，諜知公主帳。雄諭其人曰：「國家兵馬，欲取可汗。公主至此，家國也，須謀歸路。俟兵合時，不得動帳幕。」餘詳下文。通鑑：會昌三年：石雄迎公主歸京師，改封安定大長公主，詣光順門謝和蕃無狀。上遣中使慰諭，然後入宫。毳幕天驕，行遺其種落。一作「湩酪」，誤。李陵答蘇武書：韋鞲毳幕，以禦風雨。漢書匈奴傳：單于遣使與漢書云：胡者天之驕子。按：烏介以數百騎走，則其部落盡遺棄矣，必當作種落。通鑑：回紇既衰，數爲黠戛斯所敗。及掘羅勿殺彰信可汗，立㕎馺，其別將引黠戛斯大攻破之，殺㕎馺及掘羅勿，牙帳蕩盡，諸部逃散。可汗兄弟嗢没斯及其相赤心，各帥其衆抵天德塞下。德裕以爲宜遣使者鎮撫，運糧食以賜之，此漢宣所以服呼韓也。乃以穀二萬斛賑之。初，黠戛斯既破回鶻，得太和公主，將歸之於唐。回紇烏介可汗邀奪公主，南度磧口，屯天德軍境，上表借振武一城以居。詔諭以城不可借。而可汗屢侵擾邊。嗢没斯以赤心桀黠難知，誘殺之。那頡啜收赤心之衆七千帳東走。德裕言：「石雄善戰無敵，請以爲副使，佐田牟。」嗢没斯率衆來降，乃以爲左金吾大將軍、懷化郡王。盧龍節度張仲武迎擊那頡啜，大破之，悉收降其七千帳，分配諸道。那頡啜爲烏介所殺。烏介尚號十萬，駐大同北。二年八月，突入大同川，驅掠河東，轉鬬至雲州。詔發陳、許、徐、汝、襄陽等兵屯太原及振武、天德。又詔河東、幽州、振武、天德移營以迫之。三年正月，烏介侵逼振武，劉沔遣石雄襲其牙帳，沔自以大軍繼之。雄追擊，大破之。烏介被瘡，與數百騎遁去，走保黑車子族。雄迎太和公主以歸。烏介潰兵多詣幽州降，前後三萬餘人，皆散隸諸道。按：詳書之，使文中所用事實，一一印合也。互詳上尊號表。向若非薛公料敵，先陳三策；漢書英布傳：反書聞，上乃見問薛公，對曰：「使布出於上計，山東非漢之有。出於中計，勝負之數未可知也。出於下計，陛下安枕而卧矣。」上曰：「是計將安出？」薛公曰：「出下計。」充國爲學，盡一作「嘗」。通四夷。漢書趙充國傳：學兵法，通知四夷事。則何以雪高廟稱臣之羞，舊書突厥傳：高祖起義太原，遣劉文静聘於始畢，引以爲援。李靖傳：太宗聞靖破頡利，大悦曰：「往者國家草創，太上皇以百姓之故，稱臣於突厥，朕未嘗不痛心疾首，志滅匈奴，今者恥其雪乎！」全肅祖復京之好？舊書肅宗紀：至德二載九月，回紇葉護太子率兵四千助國討賊。元帥廣平王統朔方、安西、回紇、南蠻、大食之衆二十萬收西京，十月入東京。

乃封葉護爲忠義王，約每年送絹二萬疋。此廟戰之功一也。文子：廟戰者帝，神化者王。廟戰者，法天道也；神化者，明四時也。餘見涇原謝冬衣狀。淮南子兵略訓：用兵者，必先自廟戰。

惟彼參伐，一作「代」，非。史記秦始皇本紀：據狼、狐，蹈參、伐。天官書：參下三星，兑曰罰，爲斬艾事。正義曰：罰亦作伐。左傳：子産云：「遷實沈于大夏，主參，唐人是因。故參爲晉星。」晉書天文志：參十星，一曰參伐。實興皇家。天漢美名，方之尚陋；漢書蕭何傳：項羽立沛公爲漢王。何曰：「語曰『天漢』，其稱甚美。」舂陵王氣，比此非多。後漢書光武紀：望氣者蘇伯阿爲王莽使，至南陽，遥望見舂陵郭，唶曰：「氣佳哉！鬱鬱葱葱然。」而物衆藏姦，地寬長孽。敢起在行之衆，左傳：韓厥曰：「屬當戎行。」又：季武子曰：「今寡君在行。」按：楊弁率横水戍卒赴榆社，因以起亂，故謂行役之衆，非僅行伍之謂。當從户庚切，或從户剛切，皆通。因興逐帥之謀。遂使起義堂邊，舊書高祖紀：高君雅請高祖祈雨晉祠，將爲不利，即斬之以狥，遂起義兵。玄宗紀：親制起義堂頌及書，刻石紀功于太原府之南街。台臣夙駕；李石先於太和九年爲相，故曰台臣，時石奔汾州。晉陽宫下，魏書地形志：太原郡晉陽縣，武定初，齊獻武王始置晉陽宫。逆豎宵奔。翻集作「月」，非。勢將冀於連雞，戰國策：秦惠王謂寒泉子曰：「諸侯不可一，猶連雞之不能俱止於棲。」按：通鑑：楊弁使其姪詣劉稹，約爲兄弟，稹大喜。故曰「逆豎宵奔，而冀連雞之勢。」勇鬬尚同於困獸。左傳：晉侯曰：「困獸猶鬬，況國相乎？」詎知長算，已出奇兵。金僕靈鈃，左傳：魯莊公以金僕姑射南宫長萬。注曰：矢名。又曰：公卜使王黑以靈姑鈃率，吉。請斷三尺而用之。注曰：公旗也。徐陵陳公九錫文：裁舉靈鈃，亦抽金僕。金僕，左傳莊十一年。靈鈃，昭十年。靡留於旬朔；箯輿貫木，漢書張耳傳：廷尉以貫高辭聞，上使泄公持節問之箯輿前。師古曰：編竹木以爲輿，高時委困，故以處之也。箯音鞭。司馬遷傳：關木索。又曰：交手足受木索。又曰：關三木。注曰：三木，在頸及手足。已集於都街。後漢書馮緄傳：郅支、夜郎、樓蘭之戎，頭懸都街。漢書陳湯傳：斬郅支首及名王以下。宜縣頭藁街蠻夷邸閣。此廟戰之功二也。舊書李德裕傳：太原橫水戍兵，倒戈入太原城，逐節度使李石。武宗以賊稹未殄，又起太原之亂，心頗憂之。德裕請令王逢起榆社軍，又令王元逵兵自土門入，會於太原。河東監軍吕義忠聞之，即日召榆社本道兵，收復太原。舊書紀：四年二月，太原送楊弁與其同惡五十四人來獻，斬於狗脊嶺。按：楊弁之起亂在稹後，而其擒誅在稹前，故先敍。餘詳賀上尊號表。

而徐刊本脱「而」字。潞寇不懲兩豎之兇，「兩豎」，謂吴元濟、李同捷，因父死承襲，逆朝命而誅滅者。徒恃三軍之力，干我王略，左傳：侵敗王略，王命伐之。據其父封。稹本從諫之姪，而亦稱子。漢書：疏廣、疏受叔姪，而稱父子。此則稹實爲繼嗣之謀矣。袁熙因累葉之資，後漢書袁紹傳：累世台司，賓客所歸。熙，紹之中子也，爲公孫康所殺。衛朔拒大君之詔。春秋：桓公十有六年十有一月，衛侯朔出奔齊。公羊傳：朔何以名？絶，曷爲絶之？得罪於天子也。穀梁傳：朔之名，惡也，天子召，而不往也。舊書紀：會昌三年四月，劉從諫卒，三軍以其姪稹爲留後。遣使齎詔令稹護喪歸洛陽，稹拒朝旨。人將自棄，左傳：晉侯受玉惰，內史過歸告王曰：「晉侯其無後乎！王賜之命，而惰于受瑞，先自棄也已。」鬼得而一作「其」。誅；莊子：爲不善乎幽間之中者，鬼得而誅之。按：左傳有「晉侯夢大厲，被髮及地，搏膺而踊曰：『殺余孫不義，余得請于帝矣』」之事，亦可借用以切晉地。蛙覺井窺，後漢書馬援傳：謂隗囂曰：「子陽井底蛙耳，而妄自尊大。」蟻言樹大。按：符子，羣蟻相要乎海畔觀鼇云云，羣蟻曰：「鼇之冠山，何異乎我之載粒也。逍遥乎封壤之巔，歸伏乎窟穴之下，此乃物我之適，自己而然，何用數百里勞形而觀之乎？」此蟻言樹大之意也。當更有典，未詳。徐氏引異聞録淳于棼夢入大槐安國，乃貞元時事，出小説家者，則謬矣。招延輕險，曾微一作「徵」，誤。吴國之錢；漢書吴王濞傳：吴有豫章郡銅山，即招致天下亡命者盜鑄錢。餘互詳爲濮陽與劉稹書。藏匿罪亡，又乏江陵之粟。漢書武帝紀：詔曰：方下巴蜀之粟，致之江陵。按：藏匿罪亡，謂甘露諸人之遺屬，及天下負罪亡命者多歸之也。詳史書。所謀者河朔遺事，新書劉稹傳：諸將乃詣監軍崔士康邀説，請如河朔故事。士康懦，不敢拒，乃至喪次，扶稹出見三軍。舊書李德裕傳：德裕曰：「澤潞内地，不同河朔。稹所恃者，河朔三鎮耳。但得魏、鎮不與稹同，破之必矣。請遣重臣傳達聖旨，言三鎮自艱難已來，已成故事。今國家欲加兵誅稹，禁軍不欲出山東。其山東三州，委鎮、魏出兵攻取。」乃賜魏、鎮詔書云：勿爲子孫之謀，欲存輔車之勢。何弘敬、王元逵聳然從命。所恃者巖險偷生。「巖險」，謂羊腸天井。今則趙魏俱攻，燕齊一作秦非。併入。舊書劉稹傳：命徐、許、滑、孟、魏、鎮、幽、并八鎮之兵，四面進攻。奉規於帷幄，漢書：高祖曰：「運籌帷幄之中，決勝千里之外，吾不如子房。」舊書：帝與宰臣議可否，德裕曰：「若不加討，何以號令四方？若因循授之，則藩鎮相效，威令去矣。」遵命於指蹤。一作「縱」。史記蕭相國世家：高帝曰：「諸君知獵乎？夫獵，追殺獸兔者狗也，而發蹤指示獸處者人也。今諸君，功狗也。至如何，功人也。」漢書傳作「縱」。師古曰：發縱，謂解紲而放之。今俗言放狗。縱音子用反，而讀者乃爲蹤蹟之蹤，非也。書本皆不爲「蹤」字。按：玩漢書註：疑史記「蹤」字亦後人之誤。但此固用平聲。亞夫拒吴，驚東南「南」一作「西」非。而備西西一作「南」，非。北；史記絳侯世家：吴、楚反，亞夫爲太尉，東擊吴、楚。漢書周亞夫傳：吴奔壁東南陬，太尉使備西北。已而其精兵果奔西北，不得入。韓信擊魏，艤臨晉而渡夏陽。史記淮陰侯傳：信擊魏，陳船欲渡臨晉，而伏兵從夏陽以木罌缻渡軍襲安邑，虜魏王豹。徐曰：艤本作「檥」。漢書項籍傳：烏江亭長檥船待。廣韻：檥同艤。百道無飛走之虞，晉書張重華傳：石季龍令麻秋攻枹罕，圍塹數重，雲梯雹車，地突百道，皆通於內。吴都賦：窮飛走之棲宿。一縷見傾危之勢。漢書枚乘傳：夫以一縷之任，係千鈞之重，上縣無極之高，下垂不測之淵，雖甚愚之人，猶知哀其將絶也。計其反接，史記陳丞相世家：未至軍，爲壇，以節召樊噲。噲受詔，即反接載檻車。漢書註：反縛兩手。當不踰時。魏志鄧艾傳：詔曰：兵不踰時，戰不終日。通鑑：鎮魏奏邢、洺、磁三州降。德裕曰：「昭義根本盡在山東，三州降，上黨不日有變矣。」上曰：「郭誼必梟劉稹以自贖。」德裕曰：「誠如聖料。」是則陳曲逆之六奇，一作「策」。史記：以陳平爲曲逆侯，除前所食户牖。凡六出奇計，輒益邑，凡六益封。翻成屑屑；左傳：女叔齊對晉侯曰：「屑屑焉習儀以亟。」葛武侯之八陣，蜀志諸葛亮傳：謚忠武侯。亮推演兵法，作八陣圖。更覺一作「見」。區區。左傳：子罕曰：「宋國區區。」此廟戰之功三也。通鑑：李德裕奏：嚮日用兵，或陰與賊通，借一縣一柵據之，自以爲功，坐食轉輸。今令王元逵取邢州，何弘敬取洺州，王茂元取澤州，李彦佐、劉沔取潞州，毋得取縣。上從之。彦佐發徐州，行甚緩，德裕請以天德防禦使石雄爲之副，俟至軍中，令代之。王元逵前鋒入邢州已踰月，何弘敬尚未出師。德裕請遣王宰將忠武全軍徑魏博，直抵磁州，以分賊勢。弘敬必懼，此攻心伐謀之術。從之。詔王宰選精兵自相、魏趨磁州。何弘敬恐軍中有變，蒼黄出師。王宰久不進軍，又奏請劉沔鎮河陽，令以義成精兵直抵萬善，處宰肘腋之下。王宰遂進攻澤州，官軍四合，捷書日至。潞人聞三州降，大懼。郭誼、王協謀殺劉稹以自贖，遂斬之，收稹宗族，至襁褓中子皆殺之。按：必詳述其指畫之方，乃知亞夫數聯，運古極精。

孤一作「三」，誤。寇行静，萬方率同。將盪海騰區，夷山拓宇。後漢書馮衍傳：欲摇太山而盪北海。晉書趙至傳：與嵇蕃書云：蕩海夷嶽。高待泥金之禮，見賀破奚寇表。雄專瘞玉之辭。見濮陽公遺表。烟閣傳形，舊書太宗紀：貞觀十七年，詔圖畫司徒趙國公長孫無忌等勳臣二十四人於凌煙閣。革車就國。禮記明堂位：成王以周公有大勳勞於天下，封周公於曲阜，地方七百里，革車千乘。史記絳侯世家：文帝復以勃爲丞相，十餘月，上曰：「前日吾詔列侯就國，或未能行，丞相朕所重，其率先之。」乃免相就國。盡人臣之極分，焕今古之高名。言德裕將削平海内，封岱勒成，而全功名於始終也。

况又奉以嘉聲，諧兹國檢。揚子法言：天下有三檢，衆人用家檢，賢人用國檢，聖人用天下檢。晉書庾峻傳：此其出言，合於國檢。鬭本作「傳」。文賜糗，遠箴醉飽之徒；徐曰：「傳文」當作「鬭文」。楚語：鬭且語其弟曰：「昔鬭子文三舍令尹，無一日之積，恤民之故也。成王聞子文之朝不及夕也，於是乎每朝設脯一束，糗一筐，以羞子文，至於今，令尹秩之。」晏子朝一作「澣」。衣，横厲輕肥之俗。禮記：晏平仲澣衣濯冠以朝，君子以爲隘矣。徐曰：以上美德裕之節儉。比周息慮，管子：比周之人，阿黨取與。左傳：帝鴻氏不才子，醜類惡物，是與比周。韓非子：朋黨比周以事其君。史記魏世家：豈將比周以求大官哉。孤介歸仁。紹續勳家，後漢書馮異傳：安帝詔曰：將及景風，章敍舊德。於是紹封普子晨爲平鄉侯。二十八將絶國者，皆紹封焉。扶持舊族。罔容私謝，漢書：張安世嘗有所薦，其人來謝，安世大恨，以爲舉賢達能，豈有私謝耶！絶弗復爲通。皆事公言。漢書文帝紀：宋昌曰：「所言公，公言之。」按：此數語隱爲朋黨洗脱。然德裕實不專事朋黨，如舉用白敏中、柳仲郢之類可見。國史補云：德裕爲相，清直無黨。景風至而慶賞先行，易通卦驗：夏至景風至，辯大將，封有功。淮南子：景風至，施爵禄，賞有功。仲呂協而賢良必遂。禮記：孟夏之月，律中中呂。命太尉贊傑俊，遂賢良，舉長大，行爵出禄，必當其位。豈直杜伯山之令子，大邑傳家；一作「榮」，非。後漢書杜林傳：林字伯山，建武二十二年，代朱浮爲大司空。明年薨，帝親自臨喪送葬，除子喬爲郎。詔曰：公侯子孫，必復其始；賢者之後，宜宰城邑。其以喬爲丹水長。陶彭澤之孤孫，西曹受署。晉書陶潛傳：爲彭澤令。南史梁宗室傳：安成康王秀爲江州刺史，聞前刺史取徵士陶潛曾孫爲里司，嘆曰：「陶潛之德，豈可不及後胤？」即日辟爲西曹。按：受署，言補吏職也，見漢書張敞傳、孫寶傳。徐曰：以上美德裕之舉用賢才。重以心游書囿，一作「圃」。上林賦：翱翔乎書圃。思託文林。公孫乘月賦：文林辨囿。提或作「緹」，非。枹於絶藝之場，史記田仁傳：提桴鼓，立軍門，使士大夫樂死戰鬭。班揚掃地；班固、揚雄。後漢書孔融傳：魏文帝深好融文詞，嘆曰：「揚、班儔也。」漢書魏豹傳贊：秦滅六國，上古遺烈，埽地盡矣。鞠旅於無前之敵，詩：陳師鞠旅。魏志呂布傳：呂布壯士，善戰無前。江鮑輿尸。一作「棺」，誤。江淹、鮑照。易：長子帥師，弟子輿尸。故矯枉則黄治之賦興，或作「黄竹」，非。漢書郊祀志：谷永説上曰：「黄治變化。」晉灼曰：黄治者，鑄黄金也。道家言治丹砂令變化，可鑄作黄金也。一品集黄治賦序：蜀道有青城、峩眉山，皆隱淪所託，有以鑄金術干余者。竊歎劉向累世懿德，爲漢儒宗，其所述作，振於聖道，猶愛信鴻寶，幾嬰時戮。況流俗之士，能無惑於此乎！因作賦以正之。游道則知止之篇作。一品集自敍詩：五嶽遥雖深，徧遊心已蕩。苟能知止足，所遇皆清曠。七十難可期，一丘乃微尚。遥懷少室山，常恐非吾望。注曰：非尚子徧遊五嶽。辭窮體物，陸機文賦：賦體物而瀏亮。律變登高。漢書藝文志傳曰：登高能賦，可以爲大夫。文星留伏於筆間，晉書天文志：文昌六星，在北斗魁前，天之六府也。晉書志：凡五星見伏、留行、逆順、遲速應曆度者，爲得其行。按：文昌六星曰大將、次將、貴相、司禄、司命、司寇，實非專指文章，故曰六府。東壁二星主文章，天下圖書之祕府也。星明道術行，國多君子，此乃專是文星。綵鳳翺翔於夢裏。見陳許舉人狀。此固談揚絶意，傚一作「報」，誤。效何階！漢書楊惲傳：轉相倣效。舊書傳：德裕位極台輔而讀書不輟，吟詠終日。在長安私第，别構起草院。院有精思亭，每朝廷用兵，詔令制置，獨處亭中，凝然握管，左右侍者無能預焉。有文集二十卷。徐曰：以上美德裕文章。

若某一有「者」字。徒預宗盟，左傳：周之宗盟，異姓爲後。早塵清鑒，魏志王粲等傳評曰：周洽、劉廙以清鑒著。而行藏遷貿，歧路差池。詩：燕燕于飛，差池其羽。今將抽實吐誠，椎一作「推」。心敍款。李陵答蘇武書：仰天椎心而泣血也。緘猶未寫，詞已失煩。一作「繁」。某爰自弱齡，實抱一作「標」。孤操，寒郊映雪，宋齊語：孫康家貧，常映雪讀書。暑草搜螢。見兗海謝上表。雖有謝於天姿，或無慚於力學。庾或作「屢」，非。持奇字，彭叔夏文苑英華辨證曰：陳書，庾持好爲奇字。當從集作「庾」。信未皆通；敬禮小文，曹植與楊德祖書：昔丁敬禮常作小文，使僕潤色之。頗常留意。太和中，敢揚微抱，竊獻短章。方候明誅，忽蒙復命。荊州一紙，見爲韓同年啓。河東百金。史記季布傳：季布者，楚人也。爲氣任俠，爲河東守，楚人曹丘生，辯士，至，揖季布曰：楚人諺曰：得黃金百斤，不如得季布一諾。足下何以得此聲於梁、楚間哉？叨延月旦之評，後漢書：許劭，字子將，汝南平輿人。與從兄靖好共覈論鄉黨人物，每月輒更其品題，故汝南俗有月旦評焉。長積竹林之戀。晉書嵇康傳：所與神交者，阮籍、山濤，預其流者，向秀、劉伶、籍兄子咸、王戎，共爲竹林之遊，世謂竹林七賢。竟以事將願背，蹇與身期。離索每多，交攀莫遂。武陵被病，後漢書馬援傳：劉尚擊武陵五溪蠻夷，軍沒。援因請行進營壺頭，士卒多疫死，援亦中病。洛表求醫。書：畋于有洛之表。後漢書清河孝王慶傳：上言外祖母王年老遭憂病，下土無毉藥，願乞詣洛陽療疾。於是詔宋氏悉歸京師。未及上言，先蒙受代。肩輿而至，晉書：王獻之聞顧辟疆有名園，乘平肩輿徑入。杜門以居。戰國策：趙鞅曰：「公子虔杜門不出，已八年矣。」史記留侯世家：多病，道引不食穀，杜門不出。蓬藋荒涼，庾信賦：掩蓬藋之荒扉。風霜迅厲。今已稍痊美疢，左傳：臧孫曰：「美疢不如惡石。」獲託休辰。殷鈞體羸，尚能爲郡；南史殷鈞傳：鈞爲臨川内史，體羸多疾，閉閤臥理，而百姓化其德，劫盜皆奔出境。馬卿疾罷，猶可言文。史記：相如善著書，常有消渴疾。按：相如病免遊梁，其後乃奏上林賦。及使蜀還，又每稱病閑居，乃奏哀二世賦、大人賦，故曰疾罷言文。詒孫當於太和中爲官，而以病罷，今病痊求其援引也。退無井臼之資，進乏交朋一作「朋友」。之助。是以徘徊軒幄，託附緘封。冀陳蔡之及門，庶江黃之列會。春秋：僖公三年，齊侯、宋公、江人、黃人會于陽穀。敢渝孤直，仰累清光。東浪驚年，謂年華易逝。西飈結欷。說文：飆，扶搖風也。按：俗省作「颺」，此謂悲秋之感，且指西京也。矢英華作「交」，非。心佩賜，畢命銜輝。道阻且躋，書不盡意。金楹假蔭，望同相賀之禽；何晏景福殿賦：金楹齊列。淮南子：大廈成而燕雀來賀。珠岸迴光，庶及不枯之草。大戴禮：玉居山而木潤，淵生珠而岸不枯。文子、荀子、淮南子、史記龜策列傳皆有此二語相類。明懸肝膽，後漢書竇融傳：上書曰：故遣劉鈞，口陳肝膽。唯所鑪錘。莊子：意而子曰：「夫無莊之失其美，據梁之失其力，黄帝之亡其智，皆在鑪捶之間耳。」干冒尊嚴，伏用兢灼。謹啓。按：此篇是以全力赴之者。

爲白從事上陳許李尚書啓

李尚書，執方也。按：李執方爲河陽三城懷州節度使，上篇爲韓同年啓是也。執方之移陳、許，紀不書，今參考史文合之，此啓蓋當會昌三年，王宰代王茂元爲陳許節度，充澤潞招討。至四年九月，王宰移命太原，而執方自易定節度移鎮陳許，紀文所書不全耳。文苑英華有授李執方陳許節度盧弘宣易定節度合制，蓋盧代李帥易水矣。舊、新書何進滔傳，太和三年，魏博軍人害史憲誠，推立進滔，朝廷因授節度，十餘年卒，時爲開成五年。子弘敬襲。武宗詔河陽李執方、滄洲劉約諭朝京師，不聽命。考會昌一品集有與李執方書，正此事也。通鑑書在五年十一月。然則執方於會昌初猶在河陽明矣。舊書則訛河陽爲河中，故附辨之。又按李執方世系，徧檢史文，竟無可考，乃箋斯集者之遺憾也。英華制詞：執方檢校吏部尚書，兼御史大夫，充陳許節度使。

某啓：伏奉公牒辟署節度巡官，兼伏奉榮示賜及疋帛等。才異當仁，事從非望。左傳：鄭伯曰：「君之惠也，孤之願也，非所敢望也。」漢書息夫躬傳：欲求非望。拜受失度，跪捧難勝。某符彩無奇，見爲安平公狀。局量有限。晉書外戚褚裒傳：祖䂮，有局量，以幹用稱。徒以杜林外氏，學富文華；漢書藝文志：蒼頡多古字，俗師失其讀，宣帝時徵齊人能正讀者，張敞從受之，傳至外孫之子杜林，爲作訓故。杜鄴傳：鄴字子夏，少孤，其母張敞女，鄴從敞子吉學問，得其家書。吉子竦，又幼孤，從鄴學問，亦著於世。鄴子林，建武中位至大司空，其正文字，過於鄴、竦，故世言小學者由杜公。後漢書杜林傳：林家既多書，又外氏張竦父子喜文采，林從竦受學，時稱通儒。謝朗舉宗，皆親儒墨。按：南史謝晦傳，晦祖朗，字長度，位東陽太守。絢、瞻、晦、皭、遯皆其孫，而瀹、裕、恂、微、純、述、朓、方明、惠連、靈運、超宗、幾卿，皆其門也。南史論曰：謝氏自晉以降，雅道相傳，各擅一時，可謂德門者矣。齠年有志，韓詩外傳：男子八月生齒，八歲而齠齒。女子七月生齒，七歲而齔齒。徐曰：家語皆作「齔」。周禮：未齔者不爲奴，亦統男女言。齔音襯，齠音迢，皆始毀齒也。壯歲無名。禮記：三十曰壯，有室。瞻遺構以自驚，見爲懷州表。奉成書而未遂。漢書司馬遷傳：父談且卒，執遷手而泣曰：「余固周室之太史也，汝復爲太史，則續吾祖矣。」遷俯首流涕曰：「小子不敏，請悉論先人所次舊聞，弗敢闕。」庾信賦：受成書之顧託。重以零丁屬釁，李密陳情表：零丁孤苦。息類非蕃。決稚圭之甲一作「射」。科，漢書匡衡傳：衡字稚圭，射策甲科，以不應令，除爲太常掌故。則行有違離之苦；效敬通之卻掃，後漢書：馮衍字敬通，爲司隸從事，西至故郡，閉門自保，不敢復與親故通。江淹恨賦：敬通見抵，罷歸田里，閉關卻掃，塞門不仕。則坐無供養之資。徘徊盛時，鬱抑衷懇。漢書司馬遷傳：是以抑鬱而無誰語。敢思聘召，忽賜降臨。尚書分戚天家，會昌一品集與執方書云：尚書藩方重寄，宗室信臣。揚輝王國。攻文而丹青讓巧，論兵而鉤格慚能。淮南子：桀之力制觡、伸鉤、索鐵、歙金。揚雄方言：鉤，宋、楚、陳、魏之間謂之鹿觡，或謂之鉤格。頃者言自執金，後漢書百官志：執金吾一人，掌宫外：戒司非常水火之事。月三繞行宫外，及主兵器。「吾」，猶禦也。餘見濮陽陳情表。雄推受脤。左傳：帥師者受命於廟，受脤於社。註曰：脤宜社之肉，盛以脤器。「宜」，出兵祭社之名。河橋三壘，見爲懷州表。當弟子之輿尸；見爲李諮孫啓。舊書紀：開成二年六月丙午，河陽軍亂，逐節度使李泳。戊申，執方出鎮。通鑑：李泳奔懷州，軍士焚府署，殺泳二子，大掠數日。泳貪殘不法，下不堪命，故作亂。泳貶澧州長史。河陽軍士日相扇，執方索得首亂者七十餘人，悉斬之，然後定。易水一集作「二」。城，水經：易水出涿郡故安縣閻鄉西山。值將軍之下世。鮑照東武吟：將軍既下世，部曲亦罕存。按：易水事，徐氏引大中四年張直方盧龍軍亂，誤甚。即會昌元年張絳之事，亦非也。蓋幽州、易定各有節度。考開成五年八月，易定節度陳君賞復定亂軍事，見舊書紀及通鑑，其卒年無考。然會昌四年正月通鑑書：以易定千騎助討楊弁。蓋太原、潞州皆恃邢洺爲援，而易定與之接壤，觀下文所敍，正指出兵助討。然則君賞卒後，當會昌三四年，執方移鎮易定。及王宰移太原，執方乃移陳許。此句指君賞之卒無疑也。功深式遏，道著綏和。中間衛朔拒君，見爲李諮孫啓。邢洺起亂，謂劉稹作亂。紀侯去國，汾晉挺災。左傳：紀侯大去其國，違齊難也。汾水、晉水皆在太原界中，謂楊弁作亂。按：漢書賈誼傳：主上有敗，則因而挺之矣。服虔曰：挺，起也。晉書食貨志：挺亂江南。又四夷傳論曰：振鴞響而挺災。

義皆同也。舊誤作「挺」，今改正。語其巢穴之間，在我封鄰之側。而又潛調遠轡，密運良籌。輕敵殘人，後漢書賈復傳：光武大驚曰：「所以不令賈復別將者，爲其輕敵也。」左傳：殘民以逞。則勇於不敢；老子：勇於敢則殺，勇於不敢則活。此兩者或利或害。伐謀持重，孫子：上兵伐謀，其次伐交。漢書韓安國傳：梁孝王使安國扞吳兵，安國持重，吳不能過梁。又趙充國傳：充國尤能持重，愛士卒，先計而後戰。則令在必行。

今者趙北變風，後漢書公孫瓚傳：前此有童謠曰：燕南垂，趙北際，中央不合大如礪，唯有此中可避世。瓚自以爲易地當之，遂徙鎮焉。淮南受賜，伏滔正淮論：淮南者，三代揚州之分也。當春秋時，吳、楚、陳、蔡之輿地，戰國之末，楚全有之。新書地理志：陳州淮陽郡。按：謂自易定遷陳許。戎麾始至，賓驛初開。漢書：鄭當時常置驛馬長安諸郊，請謝賓客，夜以繼日。固合大選英髦，以充僚屬。豈期思一作「恩」。慮，遂及孱微。賁帛豐盈，易：賁于丘園，束帛戔戔。寓圭重復。禮記：大夫執圭而使，所以申信也。按：寓，寄也，託也。故遣使曰寓圭。慈親喜問，孀姊號驚。白與李必戚誼，故敍此情話。觀前引杜林、謝朗可知矣。姓名遂列於羣英，簪笏再一作「遽」。光於單緒。感深肌骨，戴重丘山。未伸投刺一作「刺股」，誤。之誠，劉熙釋名：書姓字於奏上，作再拜起居字，皆使書盡邊。下官刺曰長刺，書中央一行。又曰爵里刺，書其官爵及郡縣鄉里。按：此三者，至今用之也。「投刺」字見後漢書童恢傳：掾屬來去，謁見必投刺。此以言初充掾屬。已定糜軀之誓。楚辭：子胥諫而糜軀。盧諶贈劉琨詩并書：意氣之間，糜軀不悔。

伏以久將栖託，兼議扶迎，晉書荀崧傳：雖無扶迎之勳。此則謂奉母而行。更涉旬時，方遂行李。漆園之蝶，濫入莊周之夢；莊子：昔者莊周夢爲胡蝶，栩栩然胡蝶也。餘見進賀冬銀狀。竹林之虱，永依中散之身。嵇康與山巨源書：性復多蝨，把搔無已。晉書嵇康傳：拜中散大夫。餘見爲李詒孫啓。蓮幕含誠，南史：庾杲之爲王儉衛將軍長史，蕭緬與儉書曰：盛府元僚，實難其選。庾景行汎緑水，依芙蓉，何其麗也！時人以入儉府爲蓮花池，故美之。金臺結想。白帖：燕昭王置千金於臺上，以延天下士，謂之黄金臺。太平御覽引史記與此同。仰瞻恩顧，伏撓精魂。謹奉啓陳謝。謹啓。

爲舍人絳郡公上李相公啓

英華此爲一。舍人名褒，會昌中爲鄭州刺史。本集有鄭州禱雨文，詩集有鄭州獻從叔舍人褒詩。按：會昌有李相公四：德裕也，讓夷也，紳也，回也。讓夷於二年七月爲相，至宣宗即位始罷。然舊、新書傳，讓夷於爲相之前，未嘗居外藩，則此爲上德裕也。紳與回見下篇諸啓，雖皆乞移他郡，然以中書舍人内庭供職而出爲郡守，未免失意，此言外微旨也。舊書禮儀志：天寶元年，隴西李氏燉煌、姑臧、絳郡、武陽四房，隸於宗正寺。新書世系表：雍，濟北、東莞二郡太守。雍五世孫涼武昭王、興聖皇帝。興聖子豫，其後爲武陽房。興聖孫寶之長子承，姑臧房始祖。次子茂，燉煌房始祖也。曾孫成禮，絳郡房始祖也。按：此故稱絳郡公而下篇云東莞舊族也。舍人以會昌二年出守，四年七月平昭義後上諸啓。

某聞量力省躬，典刑之深旨；度材任事，聖哲之良規。某雖甚愚，頗嚮斯義。屬者謬圖一作「從」。仕進，因藉時來，伏值相公，顧以外藩，夙通襟契。憫羊曇之未立，早託謝家；晉書謝安傳：羊曇，太山知名士，安所愛重。安薨後，徹樂彌年，行不由西州路。常因石頭大醉，扶路唱樂，不覺至州門。左右白曰：「此西州門。」羊慟哭而去。曇爲安甥，傳有乞墅事。憐康伯之無歸，常依王氏。徐曰：「王」當作「殷」。晉書韓伯傳：伯字康伯，母殷氏。舅殷浩稱之曰：「康伯能自標置，居然出羣之器。」殷浩傳：浩坐廢爲庶人，徙於東陽之信安縣。浩甥韓伯，浩素賞愛之，隨至徙所。經歲還都，浩送至渚側，詠曹顏遠詩云：富貴他人合，貧賤親戚離。因而泣下。按：韓伯傳：王坦之著公謙論，袁宏作論以難之。伯作辯謙以折中。而王坦之傳：坦之嘗與殷康子書，論公謙之義。康子及袁宏並有疑難。則韓康伯亦稱殷康子也。當是舍人幼時無家，寄居舅氏，而李相憐憫之，故特敍之也。但或更有事實，寧闕疑再考。又按：滕王逌序庾信集云：若韓康之養甥。註庾集者謂康甥卞鞠，見世説。鞠即範之，此別一事，而未能詳也。庾小園賦：韓康則甥舅不別。似即韓康養甥，觀出句皆用陸機兄弟事，可悟也。註家乃引殷浩事，疑其誤會。偶附辨之。拔於幽滯，處以周行。左傳：詩云：嗟我懷人，寘彼周行。能官人也。王及公、侯、伯、子、男、甸、采、衛大夫各居其列，所謂周行也。遂俾一作「得」。南憲中臺，「南憲」，謂御史，「中臺」，謂尚書郎，亦謂之内臺。屢承闕乏；内庭西掖，屢見。比辱昇遷。邁越時流，塵污中旨，知制誥，故云「塵污中旨」。此君當以侍御史歷郎官，爲翰林學士，拜中書舍人。恩渥非次，後漢書和帝紀：勑曰：署用非次，選舉乖宜。性分一作「命」。難移。徒當侍從之榮，莫有論思之效。竟使懼因福過，疾以憂成，外雖全人，呂氏春秋：此之謂全人。中抱美癰。疢、疨、癰同。亦常顧青蒲瀝懇，見安平公進賀皇躬物狀。紫殿披誠。進退未聞，過累仍積。及正名綸閣，正拜中書舍人也，唐書傳中屢見。收跡翰林，揚雄長楊賦：問於翰林主人。尋欲一作「願」。竊候休旬，初學記：漢律，吏五日得一下沐，言休息以洗沐也。通鑑注：唐制，十日一休沐，謂之旬休。伏拜一作「拜伏」。蕭屏，爾雅：屏謂之樹。註曰：小牆當門中。論語：蕭牆之內。註：鄭曰：蕭之言肅也，牆謂屏也，至屏而加肅敬焉，是以謂之蕭牆。謝昔年之朝奬，抒他日之私誠。而機事且繁，爕和少暇，齋沐累至，肝集作「肺」。腸莫滋。一作「從」。

旋屬虜帳夷氛，謂烏介。按：虜有牙帳，本常語。而通鑑云：黠戛斯詈回紇曰：「汝運盡矣，我必取汝金帳！」金帳者，回紇可汗所居帳也。壺關伐叛。謂討劉稹。餘見爲河南盧尹賀表。絳臺北控，後漢書馮衍傳：顯志賦曰：鹽女齊於絳臺兮。注曰：絳，晉國所都。國語：晉平公爲九層之臺。有元戎大集之師；鄭國東臨，過列鎮在行之衆。任當調發，漢書陳咸傳：所居調發屬縣。事屬供須。豈斯擇材，皆在非據？易：非所據而據焉，身必危。吳志嚴畯傳：樸素書生，不閑軍事，非才而據，咎悔必至。周旋二一作「三」，誤。郡，先刺絳，移刺鄭。緜歷兩霜。頒宣詔條，見汝南公賀德音表。祗暢廟畫。「祗暢」，敬爲宣布也。一作「祗惕」，誤。雖無咎悔，亦乏殊尤。一作「功」。今幸四海無塵，六英華作「九」，非。州嚮化。按：北史李義深傳：齊神武行經冀州，總合河北六州文籍。而唐時河朔以魏博六州爲最強，故舉六州以該河朔。「六州」字史文習見，此言昭義既平，河朔嚮化。吳縝新唐書糾繆曰：唐人著書，多謂天下視河北得失，以爲朝廷治亂輕重也。餘互詳交城舊莊詩。靈臺偃伯，後漢書馬融傳：廣成頌曰：命師於鞬櫜，偃伯於靈臺。注曰：司馬法曰：古者武軍三年不興，則凱樂凱歌，偃伯靈臺，答人之勞，告不興也。偃，休也。伯，謂師節也。衢室歸尊。管子：堯有衢室之問者，下聽於人也。淮南子：聖人之道，若中衢而設尊，過者斟酌，各得其宜。是修明禮律之初，後漢書章帝紀贊曰：左右藝文，斟酌律禮。晉書儒林傳：漢祖勃興，粗修禮律。舉拔俊賢之始。而鄭之爲地，舊書志：鄭州，隋滎陽郡。武德四年，置鄭州於武牢。貞觀七年，移理所於管城。右臨梁苑，漢書梁孝王傳：孝王築東苑，方三百餘里，廣睢陽城七十里。元和郡國志：史記，魏惠王自安邑徙大梁，今汴州浚儀也。漢文帝以皇子武爲梁王，都大梁，後東徙睢陽，今宋州也。按：梁苑雖在睢陽，而汴州本梁國，唐時汴宋節度使理汴州，每稱梁國。梁苑，此統指汴宋也。左倚成皋。漢書志：河南郡成皋縣。注曰：故虎牢，或曰制。通典：河南府汜水縣，有故虎牢城，漢成皋縣，後漢置關。元和郡縣志：汜水縣屬鄭州。顯慶二年，改屬河南府。通典：鄭州，東至汴州陳留郡，西至東都河南府。比之列藩，實爲劇郡。漢書朱邑傳：直敞遠守劇郡。山東望族，詳後祭處士文。幾同屈景之強；史記屈原傳：子非三閭大夫歟？注曰：三閭之職，掌王族三姓，曰屈、昭、景。三輔黃圖：漢高帝都長安，徙齊諸田，楚屈、昭、景及諸功臣於長陵。洛邑頑民，書畢命：毖殷頑民。常雜萑蒲之聚。左傳：鄭國多盜，取人于萑蒲之澤。永言出牧，豈易其人？而又孔道所因，漢書西域傳：辟在西南，不當孔道。使車旁午。周禮夏官：馭夫，掌馭貳車、從車、使車。注曰：使車，驅逆之車。漢書霍光傳：使者旁午。注曰：一縱一橫爲旁午。送迎或闕，則怨讟流詞；左傳：民不罷勞，君無怨讟。館餼稍乖，一作「求」，誤。周禮：遺人，凡賓客、會同、師役，掌其道路之委積。

五十里有市，市有候館，候館有積。禮記聘義：致饔餼。國語：單襄公過陳，膳宰不致餼，司里不授館。則職司貽英華作「謗」。辱。託之全器，猶或難居；矧在朽材，漢書孔光傳：臣以朽材，前比歷位。寧宜久處！

某伏思自隨宦一作「官」。牒，遽忝恩榮。位至圭符，文選：王元長策秀才文：深汰圭符，妙簡銅墨。寵當金紫。或筋骸無苦，心志有餘，即豈願踞熊軾以告勞，指隼旟而辭疾？屢見。直以攝生寡妙，舊恙無痊。儻或形言，懼塵清聽。後漢書申屠蟠傳：況在清聽，而不加哀矜。每朝昏改候，霧露潛一作「消」，誤。威，漢書淮南厲王傳：爰盎諫曰：「臣恐其逢霧露病死。」潛威，潛施其威也。則或至問俗有違，在公多廢。坐爲尸禄，説苑：虞丘子復於莊王曰：「尸禄素飡，貪欲無厭，臣之罪當稽於理。」行有愧顔。而又貪盛明之時，有婚嫁之累，後漢書逸民傳：向長，字子平，建武中，男女娶嫁既畢，遂與同好北海禽慶遊五嶽名山，竟不知所終。未敢高論止足，直乞退休。是以輒疏精一作「情」。誠，上干陶冶。

伏惟相公，雲龍協應，易：雲從龍，風從虎。舟檝呈功。書：若濟巨川，用汝作舟楫。比屋可封，期於屈指；一夫不獲，並見代安平公遺表。固以動心。如蒙曲鑒深情，一作「誠」。猥從志願，置之他所，以遂其愚。一作「宜」。則吴楚列城，左傳：晉侯賂秦伯以河外列城五。江關别郡，一作「部」。雖居鄰佐，亦委緝綏，獲安病躬，豈敢擇地？猶希磨淬鉛鈍，見安平公謝除表。撫養疲羸，積以歲時，一作「月」，非。少裨塵露。文選曹子建表：塵露之微，補益山海。註引謝承後漢書：楊喬曰：「猶塵附泰山，露集滄海，雖無補益，款誠至情，猶不敢默。」伏惟試賜恩照。圍減帶緩，南史：沈約有志台司，梁武帝不用，以書陳情於徐勉，言己老病，革帶常應移孔，以手握臂，率計月小半分。古詩：衣帶日以緩。髮稀弁傾，詩：側弁之俄。箋曰：側，傾也。俄，傾貌。窅然向風，目極心往。楚辭：目極千里兮傷春心。下情無任攀戀感激惶懼之至！今本英華省此十字。

爲絳郡公上史館李相公啓

按：李紳也。英華此爲三。舊書紳傳：會昌元年，由淮南節度入爲兵部侍郎、同平章事，監修國史。新書宰相表作二年八月入相。通鑑與表同。又舊書紀、新書表及通鑑皆書四年七月紳罷相，復鎮淮南。而文云「今寰瀛大定，雨露滂流」，乃是四年八月劉稹傳首京師之後。舊書紳傳云：四年暴中風恙，足緩不任朝謁，拜章求罷。十一月守僕射平章事，復出爲淮南節度。以文證之，舊傳爲是。

某啓：伏以秉大鈞者，以物得其所爲先；執大化者，以材適於任爲急。將以致理，在明命官，使輕重合宜，大小有裕。然後人稱其職，職無廢人。此相公之所一多「以」字，誤。明知也。某材術素寡，聲光莫聞。偶叨承平，謬登華顯。洎分符竹使，絕籍金閨，一授專城，古樂府：四十專城居。再易一作「賜」。灰琯。後漢書志：候氣之法，每律從其方位，以葭莩灰抑其內端，案曆而候之，氣至者灰去。且解巾臨郡，前賢攸重；後漢書韋彪傳：豹子著，以經行知名，屢徵不就。後就家拜東海相，詔書逼切，不得已，解巾之郡。吴志薛綜傳：綜子瑩，孫皓時獻詩曰：釋放巾褐，受職剖符。謂綜守郡也。註曰：既服冠冕，故解幅巾。一麾出守，昔人所榮。見安平公賀聖躬表。雖積戀於本朝，見汝南公賀赦表。實俯光於單緒。況又此州，管叔舊國，史記周本紀：武王封弟叔鮮於管。括地志：鄭州管城縣外城，古管國城也。帝鴻遺墟，左傳：帝鴻氏有不才子。註曰：帝鴻，黄帝。水經注：洧水東逕新鄭故城中。帝王世紀云：或言縣故有熊氏之墟，黄帝之所都也。鄭氏徙居之，故曰新鄭。接彼敖鄗，左傳：楚次于管以待之。晉師在敖、鄗之間。註曰：滎陽京縣東北有管城，敖、鄗二山在滎陽縣西北。按：元和郡縣志：敖、鄗在滎澤縣，不可與鄆州盧縣之舊爲碻磝城混也。英華作「嶅嶢」，今從左傳改。後漢書郡國志：滎陽有敖亭。註曰：左傳宣十二年：晉師在敖、鄗之間。秦立爲敖倉。浸以京索。漢書高帝紀：與楚戰滎陽南京、索間。應劭曰：京，縣名。今有大索、小索亭。水經：濟水又東，索水注之。通典：滎陽縣有京水、索水，楚、漢戰於京、索間是也。元和郡國志：鄭州滎陽縣，京水出縣南平地，索水出縣南二十五里小陘山。古大索城，今縣理是也。聚山東之右族，邇洛表之宸居。謂近東都。内揣非才，頗榮斯一作「所」，非。任。而復以通莊所自，爾雅：五達謂之康，六達謂之莊。假道攸繁。左傳：晉荀息假道于虞以伐虢。載惟餞迓之勞，實半頒宣之務。必屬於壯齒，付彼全人，用以責功，僅能集事。左傳：張侯曰：「此車一人殿之，可以集事。」

某早年被病，晚歲加深，衣袴無取於潔清，漢書周仁傳：景帝拜仁爲郎中令。仁爲人陰重不泄。常衣弊補衣溺袴，故爲不潔清，以是得幸。藩溷動淹於景刻。見後祭張書記文。徐曰：謂如厠不能速出。徇己則坐隳物務，業官則立致蕭衰。欲一作「願」。俱濟於公私，實加憂於痞寐。易：其於人也爲加憂。矧一作「坐」。茲仍歲，適有外虞。降卒征人，旬時併集，飛芻輓粟，漢書嚴安傳：飛芻輓粟，以隨其後。星火爲期。李密陳情表：州司臨門，急於星火。以此疚心，彌深舊恙。

今寰瀛大定，史記鄒衍傳：中國名曰赤縣、神州。中國外如赤縣神州者九，於是有裨海環之，如此者九，乃有大瀛海環其外，天地之際焉。雨露滂一作「旁」，非。流，高步翰飛，後漢書儒林謝該傳：今尚父鷹揚，方叔翰飛。按：章懷注引采芑詩「鴆彼飛隼，翰飛戾天」，與今本作「其飛」異，當緣小宛之詩「翰飛戾天」，常武之詩「如飛如翰」互相類也。又「鴥」字，注疏作「鴪」，而章懷注作「鴆」，亦與今「鴥」字異耳，聊贅辨之。一呼而至，雲羅場藿，江淹雜體詩：雲羅更四陳。詩：皎皎白駒，食我場藿。萬里無遺，將調斯人，以求良牧，得才爲美，今也其時。儻蒙允贊聰明，曲聽奏記，俯憐衰薾，謝靈運詩：疲薾慚貞堅。稍賜優容，則亦不敢便掛簪纓，後漢書逸民逢萌傳：萌即解冠掛東都城門，歸，將家屬浮海，客於遼東。遽離陶一作「罏」。冶。江湖一作「吴」，誤。偏郡，襦袴須人，見滎陽公謝賜冬衣狀。無根節之難，後漢書：虞詡爲朝歌長，故舊皆弔。詡笑曰：「志不求易，事不避難，不遇槃根錯節，何以別利器乎？」少舟車之會，俾之養理，使得便安，漢書薛宣傳：思省吏職，求其便安。庶麤致人謡，以酬廟算。則某所謂材有稱職，時無廢人，凡在宦途，皆仰時化。伏惟試賜恩察。違離漸久，刺謁末由。昔在丘門，列子：子貢茫然自失，歸家淫思，七日不寢不食，以至骨立。顔回重往喻之，乃反丘門。常忝四科之列；今瞻魯史，將期一字之恩。穀梁傳集解序：一字之褒，寵踰華袞之贈。下情無任感戀兢惶之至！

爲絳郡公上崔相公啓

英華此爲四。新書宰相表：會昌三年五月，翰林學士承旨中書舍人崔鉉爲中書侍郎、同中書門下平章事。按：同時崔珙亦爲相。然新書珙傳，會昌三年罷相。此文乃澤潞平後所上，且有「禁林夜直」之語，故知是鉉非珙。玩文中後半，此啓成於四年八、九月，而上於五年之初，表書五年五月，鉉亦罷相矣。

某啓：某本洛下諸生，見兗州奏充判官狀。山東英華作「東莞」。舊族。山東，見後祭文。漢書志：瑯琊郡東莞縣。晉書志：東莞郡，太康中置東莞縣，故魯鄆邑。餘見前題下。麤疏科第，薄涉藝文，謬藉時來，因成福過。一作「遇」。青縑赤管，蔡質漢官典職：尚書郎入直臺中，官供新青縑白綾被，或錦被，晝夜更宿，帷帳畫，通中枕，卧旃褥，冬夏隨時改易，氈旃通用。漢官儀：尚書令、僕、丞、郎，月給赤管大筆一雙，隃麋大墨一枚，小墨一枚。後漢書應劭傳：時始遷都於許，舊章堙没，書記罕存。劭乃綴輯所聞，著漢官禮儀故。按：隋書志：漢官解詁三篇。蓋王隆撰漢官篇，胡廣爲之解詁也。漢官五卷，應劭注。漢官儀十卷，應劭撰。漢官典職儀式選用二卷，蔡質撰。皆在職官類中，漢舊儀五卷，衛宏撰。在儀注類中。舊唐書志：漢官解故事三卷。無人名，余疑即解詁也。新書志：蔡質漢官典儀一卷，丁孚漢官儀式選用一卷。似分二卷爲各一卷也。而漢舊儀作四卷。惟應劭二書，與隋志同。太平御覽書目，列漢舊儀、應劭漢官儀、漢官典職、漢官解詁四種。至明修宋史志，則漢舊儀三卷，漢官儀一卷，漢官典儀一卷，當是闕軼者多矣。今細檢後漢書註所引「漢舊儀曰」、「漢官曰」「胡廣注曰」、「胡廣漢制度曰」、「應劭漢官儀曰」、「應劭漢官曰」、「應劭漢官名秩曰」、「蔡質漢儀曰」、「丁孚漢儀曰」之類，雖稱名尚可條分，而辭義皆相承述，難以剖定。且蔡質所撰，胡廣所解，傳註中或亦稱蔡質漢官儀、胡廣漢官儀，則并其名而通借矣。茲故因端而詳徵之，以資好古之考核。

已忝於清華；一作「華資」，見後獻鉅鹿公啓「八米」下。黄紙紫泥，新書：高宗上元詔曰：詔敕施行，既爲永式，比用白紙，多有蟲蠹，宜令今後皆用黄紙。餘見滎陽謝上表。仍參於宥密。詩：夙夜基命宥密。相公早容薄伎，獲寄光塵。別殿朝迴，禁林夜直，西都賦：集禁林而屯聚。每披襟素，常賜話一作「語」。言。左傳：君子曰：古之王者，並建聖哲，樹之風聲，著之話言。詩：告之話言。知蔣琬之爲公，敢矜先見；蜀志蔣琬傳：夜夢有一牛頭在門前，流血滂沲，呼問占夢趙直，直曰：「見血，事分明也，牛角及鼻，公字之象。君位必當至公。大吉之徵也。」後遷大將軍録尚書事，封安陽亭侯。蜀志蔣琬傳：除廣都長，衆事不理。先主將加罪戮。軍師將軍諸葛亮請曰：「蔣琬社稷之臣，非百里之才也。」哀馬卿之多病，亦辱來言。見爲李詒孫啓。圭律未遐，周禮地官：大司徒，以土圭之法測土深，正日景，以求地中。註曰：土圭，所以致四時日月之景也。餘屢見。銘鏤斯在。

相公鹽一作「羹」。梅調味，書：若作和羹，爾惟鹽梅。舟一作「川」。楫濟時，見上篇。晉水擒兇，謂誅楊弁。韓都蕩梗，謂平昭義。漢書地理志：上黨，本韓之別都也，遠韓近趙，後卒降趙。按：漢書刊本或訛作「別郡」。通典曰：潞州，戰國初爲韓之別都。可取證也。以不剛不柔貞百度，詩：不剛不柔，敷政優優。書：百度惟貞。以無偏無黨定九流。按：九流，本出漢書藝文志「儒家者流，出於司徒之官」之類。志言「諸子十家，其可觀者九家而已」，故後世去小説家稗官，而止曰九流，如爾雅序「九流之津涉」是也。漢書古今人表，列九等之序，而魏陳羣依之以爲九品官人之法。通典：魏文帝延康元年，吏部尚書陳羣立九品官人之法，州郡皆置大小中正，各以本處人在諸公卿及臺省郎吏有德充才盛者爲之，區别所管人物，定爲九等。晉依魏制，内官吏部尚書司徒左長史，外官州有大中正，郡國有小中正，皆掌選舉。若吏部選用，必下中正，徵其人居及祖父官名。至隋開皇中，方罷九品及中正，於是海内一命之官，州郡無復辟署矣。銓衡九流，澄敍九流，史文習見。若某者實有何能，可叨出牧？絳田已非厥任，左傳：晉人謀去故絳，韓獻子曰：「不如新田。」滎波轉過其材。禹貢：豫州滎波既豬。傳曰：滎澤波水。間歲已來，漢書食貨志：間藏萬餘人。爲政非易。有南遷之降虜，見上表。有西出之成師。謂討劉稹。左傳：成師以出，又何濟焉？資扉所供，見懷州謝上表。餼牽之備，左傳：吾子淹久于敝邑，唯是脯資餼牽竭矣。未嘗造次，敢怠躬親。今梟獍掃除，漢書郊祀志：古天子常以春解祠，祠黄帝用一梟、破鏡。張晏曰：梟，惡逆之鳥。方士虚誕，云令神仙之帝食惡逆之物，使天下爲逆者破滅訖竟，無有遺育也。孟康曰：梟，鳥名，食母。破鏡，獸名，食父。黄帝欲絶其類，使百吏祠皆用之。徐曰：獍即破鏡，古今字異耳。馬牛歸放。書：歸馬于華山之陽，放牛于桃林之野。將使坐臻富庶，必先用得才能。此地名高六雄，通典：開元中，定天下州府，其鄭、陝、汴、絳、懷、魏六州爲六雄。實控東道，分憂之寄，自昔爲榮。況在疎蕪，敢忘涯分！隋書史詳傳：循涯揣分，實爲幸甚。但以輶軒坌至，風俗通：周、秦常以歲八月遣輶軒之使，採異國方言。陸士衡漢高祖功臣頌：輶軒東踐，漢風載徂。文選孔文舉薦禰衡表：溢氣坌湧。翰曰：坌，塵也，音蒲悶切。賦貢川流，非惟撫字之難，兼有送迎之遽。舊痾加甚，潘岳閒居賦：舊痾有痊。朽質難堪，假故稍頻，曠廢爲懼。

又以宧游既久，故里多違，陶令之田園將蕪，晉書陶潛傳：歸去來兮，田園將蕪胡不歸。尚平之婚嫁未畢。見上啓。顧惟羈絆，魏志陳思王傳注：植上書曰：固當羈絆於世繩，維繫於禄位。未可歸休。

竊敢遠疏丹誠，上干清重。匪獨祈恩於時宰，南史劉瓛傳：濟陽蔡仲熊禮學博聞，執經議論，往往與時宰不合。實將誓款於己知。儻蒙以然諾爲心，史記張耳傳：貫高，趙國立名義不侵爲然諾者也。上賢貫高能立然諾。誠明濟物，垂憂不逮，賜議所安，則吴、楚之間，郡邑不一作「非」少，非一作「不」。當衝要，謝靈運詩：河兗當衝要。或異膏腴，漢書賈誼傳：高皇帝割膏腴之地，以王諸公。使之頒條，庶可求瘼。一昨賊平之後，啓事尋成，冰霜始嚴，筆札未暇，史記司馬相如傳：上許令尚書給筆札。漢書游俠傳：樓護與谷永俱爲五侯上客，長安號曰「谷子雲筆札，樓君卿脣舌」，言其皆信用也。又伏慮内庭展一作「曩」，非。顧，稱已推遷，外郡寓詞，頗乖流品，沈吟有日，鬱悒一作「抑」。經時。今則情素坐煎，戰國策：蔡澤曰：「公孫鞅事孝公，竭智謀，示情素。」史記鄒陽傳：披心腹，見情素。驅馳行久，若猶緘默，是負陶甄。詳見爲李詒孫啓。伏惟曲賜恩鑒。誠懸書殿，集賢殿，又稱集賢書院，本藏書之所，史官所居。崔以翰林爲相，故用之也。唐詩中屢見。戀積台階。屢見。比殷浩之空函，見爲張周封啓。情同事異；望孫弘之東閣，漢書公孫弘傳：元朔中，封丞相弘爲平津侯，於是起客館，開東閣，以延賢人，與參謀議。魂往形留。陸雲答兄機書：神往同逝感，形留悲參商。下情無任感戀兢惶一作「感激攀戀」。之至！

爲絳郡公上李相公啓

李回也。英華此爲二。按：云「奸兇克乂」，是昭義平矣。「漢籌始運，殷鼎將調」，是初爲相也。回於用兵時奉使河朔，賊平，同平章事，正相合。徐氏誤以「貴臣銜命」指回使河朔。不知自京師至河朔，其途不由鄭州。此貴臣乃李彥佐、王茂元之流，即上篇所謂「元戎列鎮」也。新書表：會昌五年五月，戶部侍郎判戶部李回爲中書侍郎、同中書門下平章事。大中元年八月，回節度西川。

某少悲羈屑，一作「羈紲」。見安平公遺表。不承師友之親一無此字。規；晚學文章，麤致鄉曲之名一無此字。譽。見爲張周封啓。謬汙官秩，遂彯華纓。握蘭清曹，見安平公謝除表。視草禁掖。見汝南公賀赦表。貪叨過極，憂責非寧。見滎陽舉充縣令狀。蚤爲寒暑所一作「之」。侵，頗染一作「有」。肺腸之疾。自頃以慶雲結蔭，尚書大傳：舜爲賓客，禹爲主人，百工相和而歌卿雲。宋書符瑞志：舜在位十有四年，天大雷雨疾風，舜乃擁璿持衡而笑曰：「明哉！夫天下非一人之天下也。」乃薦禹於天，於時和氣普應，慶雲興焉，百工相和而歌慶雲。按：卿雲歌：日月光華，旦復旦兮。謂禪代也。史記天官書：卿雲見，喜氣也。卿音慶。此當謂武宗即位之恩覃於宗室者。宸極係一作「繫」。心，晉書傅咸傳：億兆顒顒，戴仰宸極。當就望以推誠，見安平公謝除表。於煎調而寡裕。徐曰：煎調，謂湯藥之事。前歲伏蒙任使，奉遠承明。西都賦：承明、金馬，著作之庭。值朝廷興問罪之師，原野有宿兵之餽。左傳：凡師一宿爲舍，再宿爲信，過信爲次。絳城甚苦，左傳：士蔿城絳，以深其宮。鄭馹非完。英華作「鄭驛匪遥」。一作「遥」，誤。左傳：鄭公孫黑將作亂，子産在鄙聞之，乘遽而至。爾雅釋言：馹，遽傳也。按：言恐賊兵至，故修城郭，整驛傳。苦音古，惡也。如考工記「辨其良苦」、史記五帝紀「器不苦窳」之「苦」，與左傳「楚圍渠丘，渠丘城惡」同意。加之以降虜移鄉，是時破逐烏介可汗，其衆多來降，遂命分隸諸道，事見史文。故曰「降虜移鄉」也。徐氏止云「謂烏介」，則烏介方走投黑車子，與絳、鄭二州何與哉！仍之以貴臣銜命，見題下。飛輓之外，將迎實繁。旁奉廟謀，上遵詔旨。動繁調發，居勞撫安，抱疾以臨，爲日斯久。

伏幸姦兇克乂，濡澤橫流。司馬相如封禪文：沾濡浸潤，協氣橫流。是大朝黜陟一作「陟降」。之初，良冶埏鎔之始。禮記：良冶之子。此郡路通四境，名冠六雄。見上啓。軒蓋以一作「已」。來，原野交錯。一作「午」。萑蒲有聚，見上啓。武吏貽憂。漢書何並傳：並徙潁川太守，使文吏治潁川鍾威，陽翟趙季、李款三人獄，武吏往捕之。雖清時無杼軸之虞，詩：小東大東，杼柚其空。而常日有逋懸之賦。漢書成帝紀：諸逋租賦所振貸勿收。北史辛雄傳：逋懸租調，宜悉不征。必在假之賢守，屬以強材，然後謡一作「清」，誤。詠克興，公私不廢。豈可使某素兼疴恙，本乏良能，後漢書循吏傳：亦一時之良能也，今綴集以爲循吏篇云。久於是邦，以主東道？屢見。饋飡將藥甌並進，揚雄方言：甂，自關而西謂之甂，其大者謂之甌。假牒以公案相隨。含意不言，貪榮是罪。晉書陶侃傳：表曰：臣非貪榮於疇昔，而虛讓於今日。相公漢籌始運，見爲李詒孫啓。殷鼎將調，見滎陽謝勅設狀。度材任官，歸於至當；存誠愛一作「受」，非。物，決在無頗。書：無偏無陂。又曰：人用側頗僻。「頗」與「陂」義同。本作「頗」，唐明皇改作「陂」。竊敢自託緘封，遠干樽俎。晏子春秋：不出樽俎之間，而折衝千里之外。俯期恩意，一作「旨」。以保衰微。

且某運偶昌期，年初知命，豈不願臨劇郡，稍冀榮途？但以力有所不任，心有所不逮，雖欲勉強，實憂傾敗。彼吳楚偏鄉，非舟車要路，永言凋瘵，爾雅：瘵，病也。文選木華海賦：天綱浡潏，爲凋爲瘵。亦藉緝綏。儻特降優容，遥聞擬議，則朽質有報恩之所，羸軀收曠位之譏。宿疹或痊，按：越語有「疾疹」字。張衡思玄賦：「思百憂以自疹。」疢、疹、疹並同。理劇未晚。漢書酷吏傳：尹賞能治劇，徙爲頻陽令。後漢書袁安傳：三府舉安能理劇，拜楚郡太守。伏惟試賜裁度。嚮風披懇，楚辭：長嚮風而舒情。服義陳詞。大戴禮記：祈奚曰：「趙文子服義而行信。」楚辭：身服義而未沫。謝朓辭隨王牋：服義徒擁。仰台耀以瞻輝，望洪鈞而佇惠。王褒四子講德論：鴻鈞之世，何物不樂。「鴻」、「洪」，古字通。干冒尊德，徐曰：當作「聽」，集作「雄」，非。按「尊德」自可，但德、惕音犯，似「德」字誤。伏積兢惕。謹啓。

獻侍郎鉅鹿公啓

魏扶也。按：宰相世系表：漢魏歆，鉅鹿太守，初居下曲陽，故以爲郡望。魏徵、謩、魏少遊，史皆書鉅鹿人。扶無傳，然既爲相，必有封號矣。扶字相之，見表。舊書紀：大中元年三月，禮部侍郎魏扶奏所放進士三十三人。本傳：弟羲叟，進士擢第，累爲賓佐。按：太平御覽載魏扶放及第二十三人，續放封彥卿等三人。蓋會昌三年敕「所放進士，自今但據才堪者，不要限人數」，故數較少也。通考所載同。則舊紀有誤。

某啓：今月某日，舍弟新及第進士唐摭言：近年及第，未過關試，皆稱新及第進士。按：關試後則稱前進士。羲叟處，伏見侍郎所制春闈於榜後寄呈在朝同年兼簡新及第諸先輩五言四韻詩一首。國史補：互相推敬謂之先輩，有司謂之座主。按：此呼門生爲先輩。而北夢瑣言，王凝知舉，司空圖登科，凝稱司空先輩。故餘冬序録以爲後輩士之通稱，不第互相呼也。夫玄黄備采一作「綵」。者繡之用，周禮考工記曰：五色備謂之繡。清越爲樂者玉之奇。見謝除盧副使狀。固以慮合玄機，運清俗累，陟降於四始之際，史記孔子世家：關雎之亂以爲風始，鹿鳴爲小雅始，文王爲大雅始，清廟爲頌始。詩序：風、小雅、大雅、頌是謂四始，詩之至也。箋曰：始者，王道興衰之所由。按：史記、大序解有不同。優游於六義一作「藝」，非。之中。周禮：大師教六詩，曰風，曰賦，曰比，曰興，曰雅，曰頌。詩序：詩有六義。同。竊計前時，承榮内署，魏曾兼翰林之職，故云。柏臺侍宴，漢書武帝紀：元鼎元年，起柏梁臺。三輔黄圖：以香柏爲梁也。帝嘗置酒其上，詔羣臣和詩，能七言詩者乃得上。熊館從畋。揚雄長楊賦序：雄從至射熊館還，上長楊賦以諷。式以風騷，國風、離騷。仰陪天籟，莊子：子游曰：「敢問天籟。」子綦曰：「夫吹萬不同，而使其自己也。」天籟，比御製。動沛中之舊老，一作「宅」，非。漢書高帝紀：上置酒沛宫，擊筑自歌曰：「大風起兮雲飛揚，威加海内兮歸故鄉，安得猛士兮守四方！」令兒皆和習之。上起舞，忼慨傷懷，泣數行下。謂沛父兄曰：「遊子悲故鄉，吾雖都關中，萬歲之後，吾魂魄猶思家沛。」駭汾水之佳人。漢武帝秋風辭：蘭有秀兮菊有芳，懷佳人兮不能忘，汎樓船兮濟汾河，横中流兮揚素波。非首義於論思，實終篇於潤色。光傳樂録，新書志：古今樂録十三卷。字亦屢見。道焕詩家。

況屬詞之工，禮記：比事屬辭。言志爲最，書：詩言志。詩序：詩者，志之所之也。在心爲志，發言爲詩。自魯毛兆軌，漢書藝文志：詩經二十八卷，魯、齊、韓三家。魯申公爲詩訓故，而齊轅固、燕韓生皆爲之傳。魯最爲近之。又有毛公之學，自謂子夏所傳，而河間獻王好之。儒林傳：申培公，魯人；轅固生，齊人；韓嬰，燕人。蘇李揚聲，見前。代有遺音，時無絶響。雖古今異制，而律吕同歸。我朝以來，此道尤盛。皆陷於偏巧，莊子：巧言偏辭。罕或兼材。魏志崔琰等傳：評曰：自非兼才，疇克備諸。魏志杜恕傳：中朝之人兼才者，勢不獨多。枕石漱流，魏武帝秋胡行：遨遊八極，枕石漱流飲泉。則尚於枯槁寂寞一作「寥」。之句；攀鱗附翼，後漢書光武帝紀：耿純進曰：「天下士大夫從大王於矢石之間者，其計固望攀龍鱗、附鳳翼，以成其所志耳。」則先於驕奢豔佚之篇。推李杜則怨刺居多，舊書文苑杜甫傳：是時，山東人李白亦以文奇取稱，時人謂之李、杜。效沈宋則綺靡爲甚。沈佺期傳：善屬文，尤長七言之作，與宋之問齊名，時人稱爲沈、宋。新書文藝傳：及宋之問、沈佺期，又加靡麗。陸機文賦：詩緣情而綺靡。至於秉無私之刀尺，郭泰機答傅咸詩：衣工秉刀尺，棄我忽若遺。晉書李含傳：傅咸上表理含曰：含忠公清正，無令龐騰得妄弄刀尺。此則取裁成之義。立莫測之門牆，自非託於降神，詩：維嶽降神，生甫及申。安可定夫衆製？伏惟閤下，比英華作「皆」，誤。其餘力，廓此大中。足使同僚，盡懷博我。不知學者，誰可起予。

某比興非工，顓蒙有素。漢書揚雄傳：天降生民，倥侗顓蒙。然早聞長者之論，夙託詞人之末。淹翔下位，欣託知音，抃賀一作「贊」。之誠，翰墨無寄。況乎仲氏，實預諸生，榮沾洙泗之風，禮記：曾子曰：「商，吾與汝事夫子于洙、泗之間。」高列偃商之位。漢書儒林傳：包商、偃之文學。仰惟厚德，願沐餘輝。輒罄鄙詞，上攀清唱。謝靈運詩：六引緩清唱。聞郢中之白雪，愧列千人；宋玉對楚王問：客有歌於郢中者，其始曰下里巴人，國中屬而和者數千人；其爲陽阿薤露，屬而和者數百人；其爲陽春白雪，屬而和者不過數十人；引商刻羽，雜以流徵，屬而和者不過數人而已。是其曲彌高，其和彌寡。比齊日之黄門，慚非八米。集作「斗米」，非。北史盧思道傳：齊文宣帝崩，當朝文士共作挽歌十首，擇其善者用之。魏收、陽休之、祖孝徵不過得一、二首，思道獨得八首，故時人稱爲「八米盧郎」。後爲給事黄門侍郎。初學記：齊職儀曰：初，秦有給事黄門之職，漢因之。自魏及晉，置給事黄門侍郎，與散騎常侍並清華，代謂之「黄散」。西齋叢説：關中歲以六米、七米、八米爲上中下，言在穀取八米，取數之多也。困學紀聞：「八米盧郎」，或謂「米」當爲「采」。徐鍇云：八米，以稻喻之，若言十稻之中得八粒米也。干冒尊重，伏用兢惶。其詩五言四首今止一首。謹封如右。一作「别」。

爲桂州盧副使戡謝聘錢啓

戡啓：錢若干，伏蒙賜備行李，謹依數捧領訖。多若鑿山，或作「井」，非。按：謂鑿山取銅也。

史記平準書：即山鑄錢，吴鄧氏錢布天下。風俗通曰：龐儉鑿井得錢數萬。徐氏疑用之，誤矣。積如别藏。漢書張安世傳：安世以父子封侯，在位太盛，乃辭禄。詔都内别臧張氏無名錢以百萬數。丙一作「兩」，誤。科擢第，未全染於桂香；漢書儒林傳：博士弟子，歲課甲科四十人爲郎中，乙科二十人爲太子舍人，丙科四十人補文學掌故。史記匡衡傳：才下，數射策不中，至九，乃中丙科。通典：明經雖有甲乙丙丁四科，自武德以來，唯有丙丁第而已。戩與亞同年，故云。盛府從知，卻自驚於銅臭。後漢書崔寔傳：寔從子烈，時因傅母入錢五百萬，得爲司徒。問其子鈞：「議者何如？」曰：「論者嫌其銅臭。」烈怒，舉杖擊之。禮於是重，富而可求。既不憂貧，惟思報德。伏惟俯鑒微懇。謹啓。

賀相國汝南公啓

舊書紀：大中元年六月，以義成軍節度使周墀爲兵部侍郎，判度支。二年三月，周墀本官平章事。三年三月，中書侍郎、同平章事、汝南縣開國子周墀檢校刑部尚書，充東川節度使。按：杜牧作墓誌云，二年五月，以本官平章事，後一月，正位中書侍郎。此啓當在二年秋所寄賀，非遲至三年春初也。

某啓：日者慶屬中興，詩序：烝民，尹吉甫美宣王也。任賢使能，周室中興焉。漢書宣帝紀：贊曰：可謂中興，侔德殷宗、周宣矣。運推常武。詩序：常武，召穆公美宣王也。有常德以立武事，因以爲戒然。仰窺金版，莊子徐無鬼：金板六弢。按：金版金匱通用語，見濮陽遺表。遐考瑶圖。見汝南公賀元日御殿表。順祖之孝思，丹青曾閔；「丹青」，屢見。晉書羊祜傳：主上天縱至孝，有曾、閔之性。莊子外物篇：孝未必愛，故曾參悲。陸氏音義曰：曾參至孝，爲父所憎，嘗見絶糧而後蘇。後漢書陰興傳：詔曰：興在家仁孝，有曾、閔之行。舊書李泌傳：順宗在春宫，妃蕭氏母郜國公主交通外人，德宗疑其有他，連坐貶黜者數人，皇儲亦危。泌百端奏説，上意方解。通鑑：太子遣人謝泌曰：「若必不可救，欲先自仰藥。」泌曰：「必非此慮，願太子起敬起孝。」間一日，上獨召泌，流涕曰：「皆如卿言，太子仁孝，實無它也。」憲皇之武烈，英華作「武力」，徐刊本作「功烈」，今酌定。刀机彭韋。史記項羽本紀：如今人方爲刀俎，我爲魚肉。魏志：文帝詔曰：孫權如几上肉。鄭語：史伯曰：「大彭、豕韋爲商伯矣。」又曰：「彭姓，彭祖、豕韋、諸稽，則商滅之矣。」註曰：彭祖，大彭也。豕韋、諸稽，其後別封也。徐陵九錫文：驅馭於韋、彭。舊書：史臣蔣係曰：憲宗翦削亂階，誅除羣盜，睿謀英斷，近古罕儔。宣宗爲順宗之孫，憲宗之第十三子，故特敍之。聖上初九潛泉，易：乾，初九，潛龍勿用。登三佩契。按：老子云：聖人執左契，有德司契。故後世用爲帝王受命之符，已詳詩集注矣。「登三」雖本相如難蜀文，然不專主三王之解，如舊書音樂志：登三處大，得一居貞。蓋老子云，域中有四大，而王居其一焉。道大，天大，地大，王亦大。此所謂登三者，謂帝王與道、天、地三者並尊也。乃合用老子語，非用「咸五登三」。以后稷岐嶷爲小慧，詩：克岐克嶷，以就口食。故人莫得知；以漢皇雲物爲下祥，左傳：凡分至啓閉，必書雲物。史記高祖本紀：高祖隱芒碭山澤巖石之間，吕后與人俱求，常得之。吕后曰：「季所居，上常有雲氣。」故神無所豫。舊書宣宗紀：長慶元年，封光王。會昌六年三月一日，武宗疾篤，遺詔立爲皇太叔。翌日，即帝位，時年三十七。帝外晦而内明，嚴重寡言，幼時，宫中以爲不慧。十餘歲時，遇重疾沈綴，忽有光輝燭身，蹶然而興。歷太和、會昌朝，愈事韜晦，羣居游處，未嘗有言。文宗、武宗幸十六宅宴集，強誘其言以爲戲劇，謂之「光叔」。洎陟元后，書：帝曰：「來，禹，汝終陟元后。」洪惟長君。左傳：晉襄公卒，靈公少，晉人以難故，欲立長君。又：陳僖子曰：「少君不可以訪，是以求長君。」固必降非常之人，漢書武帝紀：詔曰：蓋有非常之功，必待非常之人。輔維新之政。

伏惟閤下昭回降彩，詩：倬彼雲漢，昭回于天。沆瀣融精。楚辭遠遊：餐六氣而飲沆瀣。注曰：沆瀣，北方夜半氣也。賈誼惜誓：攀北極而一息兮，吸沆瀣以充虛。往執靈鉔，見爲李詒孫啓。正星辰之分野；周禮：馮相氏掌十有二辰二十有八星之位，以會天位。保章氏以星土辨九州之地所封，封域皆有分星，以觀妖祥。周語：伶州鳩曰：「歲之所在，則我有周之分野也。」杜牧作周墀墓誌：由華州刺史遷江西觀察使，遷鄭滑觀察使，期歲，入拜兵部侍郎兼户部。今謂鏤鼎，吴都賦：形鏤於夏鼎。餘詳崔福寄彭城公啓。猶日月之得一作「行」。天。易：日月得天而能久照。昔軒后師臣，帝王世紀：黄帝以風后配上台，天老配中台，五聖配下台，謂之三公。其餘知天、規紀、地典、力牧、常先、封胡、孔甲等，或以爲師，或以爲將。後漢書張衡傳注：春秋内事曰：黄帝師於風后。晉書王導傳論：軒轅，聖人也，杖師臣而授圖。商一作「成」。王畏相。書：自成湯咸至于帝乙，成王畏相。傳曰：從湯至帝乙中間之王，猶保成其王道，畏敬輔相之臣，不敢爲非。按：自當作「商」，下文又用「殷」，無礙也。數句内，「殷」、「周」皆複見。殷奉伊尹，則謂之元聖；書：聿求元聖，與之戮力。周事吕尚，則命爲太公。史記齊世家：吕尚窮困，年老矣，以漁釣奸周西伯。西伯出獵，遇太公於渭之陽，與語大悦，曰：「自我先君太公曰：『當有聖人適周，周以興。』子真是邪？吾太公望之久矣。」故號之曰「太公望」，載與俱歸，立爲師。此王者之所以尊賢傑而不以爲疑也。至於姬旦金縢，不與燕召同列；詳會昌一品集序。按：數典乃及金縢，唐人無避忌若此。金縢中之二公，召公、太公也。此作燕召，小誤。仲尼麟史，不令游夏措辭。春秋：哀公十有四年春，西狩獲麟。註曰：仲尼因魯史而修中興之教，絶筆於獲麟之一句。史記孔子世家：狩大野，獲獸，仲尼視之，曰：「麟也，吾道窮矣。」乃因史記作春秋，筆則筆，削則削，子夏之徒，不能贊一辭。甘盤尊舊學之名，書説命：台小子，舊學于甘盤。夷吾居仲父之位。戰國策：昔者齊公得管仲時，以爲仲父。詳見管子。此又賢傑之所以自負其道而不以爲讓也。上下交感，人祇協從。是我后夷姦秉哲之辰，書：在昔殷先哲王，經德秉哲。寔一作「是」。閤下宰物匡時之日。一作「夕」，非。清廟係心，詩：於穆清廟。蒼生延首。二句，英華有兩「矣」字。晉書謝安傳：諸人每相與言，安石不肯出，將如蒼生何！延首，猶延頸。列子：孔丘、墨翟，天下丈夫女子莫不延頸舉踵而願安利之。曹子建誄：延首歎息。允也無間，樂哉惟時。

某早奉輝光，常蒙咳唾，見爲張周封啓。牛心致譽，語林：王右軍年十一，周顗異之，時絶重牛心炙，坐客來，未啖，先割啖右軍，乃知名。麈尾交談。晉書孫盛傳：殷浩擅名一時，與抗論者，惟盛而已。盛嘗詣浩談論對食，奮擲麈尾，毛悉落飯中。而契闊十年，流離萬里，會昌元、二年，代周墀賀表，至此方七年，而約舉成數也。時自桂管歸，故曰萬里。扶風歌則劉琨抱一作「跪」，非。膝，劉琨扶風歌：抱膝獨摧藏。白頭吟則鮑照撫膺。鮑照白頭吟：古來共如此，非君獨撫膺。重至門闌，班固答賓戲：皆及時君之門闌。按：謂將重至墀門。而下云「方從初服」、「未知伏謁之期」，則必先還故鄉，未至京師也。此二句虛擬之詞，餘詳年譜。空餘皮骨。方從初服，見爲柳州表。無補大鈞。穿履敝衣，莊子：衣弊履穿，貧也。正同東舊作「北」，誤。郭；史記滑稽傳：東郭先生久待詔公車，貧困飢寒，衣敝，履不完。行雪中，履有上無下，足盡踐地。槁項黄馘，乃一作「仍」。類曹商。莊子：宋人有曹商者，見莊子曰：「夫處窮閭阨巷，困窘織屨，槁項黄馘者，商之所短也。」未知伏謁之期，史記張耳傳：李良道逢趙王姊，從百餘騎，良望見，以爲王，伏謁道旁。徒切太平之賀。謂立相得人，太平可慶，如後漢書班固薦謝夷吾曰：「堯登稷契，政隆太平；舜用皋陶，政致雍熙。」下情無任抃舞一作「賀」。踴躍之至！謹啓。

獻相國京兆公啓

按：京兆公亦非杜悰也。玩詩集述德抒情二篇「早歲乖投刺，今晨幸發蒙」，與此情境迥别。舊書紀，大中元年七月，尚書户部侍郎、知制誥、翰林學士承旨韋琮以本官同中書門下平章事。新書表作三月。二年十一月，琮罷爲太子詹事，分司東都。新書表同。新書傳云，世顯仕，琮進士及第。敍歷官甚略。舊書無傳，而紀云：元年三月，魏扶奏放進士，其封彦卿、崔琢、鄭延休三人，實有詞藝，以父兄見居重位，不得令中選。詔韋琮重考覆，勑放及第。帝雅好儒士，留心貢舉之得失。每山池曲宴，學士詩什屬和。則韋在當時，文采大著，故有「大政」「斯文」之語也。彼「禿角犀」焉能與於此？

某啓：人稟五行之秀，禮記：人者，五行之秀氣也。備七情之動，禮記：何謂人情？喜、怒、哀、懼、愛、惡、欲，七者弗學而能。必有詠歎，以通性靈。鍾嶸詩評：可以陶性靈，發幽思。故陰慘陽舒，西京賦：夫人在陽時則舒，在陰時則慘，此牽乎天者也。其塗不一；安樂哀思，禮記：治世之音安以樂，亂世之音怨以怒，亡國之音哀以思。厥源數千。遠則鄘、邶、曹、齊，皆國風。以揚領袖；晉書裴秀傳：時人語曰：「後進領袖有裴秀。」字習見。近則蘇李一作「李、蘇」。顏謝，漢蘇武、李陵爲五言之祖。文選有蘇、李贈答詩。鍾嶸詩評序：謝客爲元嘉之雄，顏延年爲輔。用極菁華。竹書紀年：帝載歌曰：鼚乎鼓之，軒乎舞之，菁華已竭，褰裳去之。嘈囋而鐘鼓在懸，陸機文賦：或奔放以諧合，務嘈囋而妖冶。焕爛而錦繡入玩。刺時見志，各有取焉。

某爰自弱齡，側聞古義。留連薄宦，感念離羣。禮記：子夏曰：「吾離羣而索居，亦已久矣。」東至泰山，空吟梁父；蜀志諸葛亮傳：亮躬耕隴畝，好爲梁父吟，每自比於管仲、樂毅。此謂昔在崔兗海幕。南遊郢澤，徒和陽春。見獻鉅鹿公啓，似謂開成、會昌間江鄉之遊。詳年譜。游於自得之場，郭象注逍遥遊曰：小大雖殊，而放於自得之場，逍遥一也。意謂詩學自有心得。實竊德音之選。禮記：天下大定，然後正六律，和五聲，弦歌詩頌，此之謂德音。伏惟相公，既康一作「秉」。大政，復振斯文。謂仍以學士本官也。新書表：二年正月，琮兼禮部尚書。論風雨則秋卉一作「栟」，非。按：英華作「卉」，詩小雅「秋日淒淒，百卉俱腓」，故反言「秋卉芬華」。若栟，爾雅「餘也」註：「伐餘木也。」何獨秋哉。芬華，語霜霰則春條零落。劉峻廣絕交論：敍温燠則寒谷成暄，論嚴苦則春叢零葉。發軔於風力，楚辭：朝發軔兮天津。餘詳爲某先輩啓。解鞍於伊咎。後漢書班固傳：奏記曰：詳唐、殷之舉，察伊臯之薦。餘見濮陽遺表。宮商資正始之音，詩序：周南召南，正始之道，王化之基。按：宋書樂志、通典引魏侍中繆襲奏周禮注云：漢安世歌，猶周房中之樂也。往昔議者，以房中歌后妃之德以風天下，正夫婦，宜改安世之名曰正始之樂。此指文帝改安世爲正始言之。襲此奏，固在明帝太和初矣。魏志文帝黄初四年註引魏書曰：有司奏改漢氏宗廟安世樂曰正世樂。乃刊本或誤「始」爲「世」也。此云正始之音，自用詩義。若晉書衛玠與王敦、謝鯤言語彌日，敦謂鯤曰：「不意永嘉之末，復聞正始之音。」正始，魏齊王芳年號，時何晏、王弼善談老易，爲清言之祖，故云然也。註家每誤引。寒暑協中和之序。即燮理陰陽之意。周禮：保章氏，以十有二風察天地之和。亦其義也。是故贊其纓拾，禮記：野外軍中無摯，以纓、拾、矢可也。註曰：非爲禮之處，用時物相禮而已。纓，馬繁纓也。拾謂射鞲。俟彼斧斤。求其裁成也。神氣雖怯於大巫，吴志注：吴書曰：張紘見陳琳作武庫賦、應機論，與琳書，深歎美之。琳答曰：僕在河北，此間率少於文章，易爲雄伯。今景興在此，足下與子布在彼，所謂小巫見大巫，神氣盡矣。名字願聞於下客。列士傳：孟嘗君上客食肉，中客食魚，下客食菜。按：史記平原君傳：平原君謂毛遂曰：「先生處勝門下，三年於此矣。左右未有所稱誦，勝未有所聞。」及定從，自楚而歸，遂以爲上客。然則其始固下客也。「願聞」二字用此，蓋獻詩猶自薦也。

舊詩一百首，謹封如別。延之設問，希鮑照之一言；南史顔延之傳：延之嘗問鮑照，己與靈運優劣。照曰：「謝五言如初發芙蓉，自然可愛。君詩若鋪錦列繡，亦雕繢滿眼。」按：唐人每以鮑照爲昭，避武后嫌名也。何遜著名，繫沈約之三讀。南史何遜傳：沈約嘗謂遜曰：「吾每讀卿詩，一日三復，猶不能已。」干冒嚴重，延望恩輝。進退之間，若據泉谷。言如臨淵俯谷，中心恐懼。伏惟俯賜容納。謹啓。專論風雅，不及政事，使韋正居相位，必不應爾。當是韋分司東都，而義山途次相遇，玩「纓拾」句可悟在三年還京時之前無疑也。

謝座主魏相公啓 原注：爲弟作。舊書紀：大中三年四月，魏扶同中書門下平章事。

按：羲叟元年得第，此則三年筮仕。

羲叟啓：伏奉前月二十八日敕旨，授祕書省校書郎、知宗正表疏，舊書志：宗正寺，卿一人，少卿二人。續奉今月五日敕，改授一作「换」。河南府參軍，依前充職者。舊書志：祕書有校書郎，正九品，上階。河南府參軍，正八品，下階。小宗伯之取士，周禮春官：小宗伯，中大夫二人。早辱搜揚；大宗正之薦賢，按：大宗正，謂宗卿也。通典：後魏有宗正卿少卿。北齊亦然。北史傳文中，大宗正屢見。唐時幕府辟署奏充，習云薦賢，下篇「猥被薦聞」是也。徐刊本作「中正」，而引魏晉州郡大小中正，誤矣。又蒙抽擢。未淹旬日，再授班資。任重本枝，詩：本支百世。職齊載筆。禮記：史載筆。方殊王逸，惟注於楚辭；後漢書文苑傳：王逸字叔師，元初中，舉上計吏，爲校書郎。順帝時爲侍中，著楚辭章句。有異郝隆，但攻於一無兩「於」字。蠻語。世説：郝隆爲桓公南蠻參軍，作詩云：娵隅躍清池。蠻名魚爲「娵隅」，公問何以作蠻語，隆曰：「千里投公，始得蠻府參軍，那得不作蠻語！」此皆相公事均卵翼，左傳：子西曰：「勝如卵，予翼而長之。」勢作一作「借」，誤。風雲，特於汩没之中，俯借扶摇之便。見安平公謝除表。孔龜效印，未議於酬恩；晉書孔愉傳：愉字敬康，會稽山陰人，以討華軼功封餘不亭侯。愉嘗行經餘不亭，見籠龜於路者，愉買而放於溪中，龜中流左顧者數四。及是鑄侯印，而印龜左顧，三鑄如初。印工以告，愉悟，遂佩焉。楊雀銜環，徒聞於報惠。續齊諧記：弘農楊寶，字文淵。年九歲，至華陰山北，見一黄雀爲鴟梟所搏，墜於樹下，爲螻蟻所困。寶取歸，置諸梁上，爲蛟所嚙。乃移置巾箱中，啖以黄花。百日毛羽成，朝去暮還，宿巾箱中，積年，忽與羣雀俱來，哀鳴遶堂，數日乃去。爾夕三更，寶讀書未卧，有黄衣童子拜曰：「我西王母使臣，昔使蓬萊，不慎爲鴟鳥所搏，蒙君仁愛見救，今當受賜南海，不得奉侍。」以白玉環四枚與之，曰：「令君子孫絜白，且位登三事，當如此環矣。」寶之孝大聞天下，名位日隆。子震，震生秉，秉生賜，賜生彪。四世名公，爲東京盛族。蔡邕論曰：昔黄雀報恩而至。感抃之至，罔知所裁！謹啓。

謝宗卿啓

原注：爲弟作。按：宗卿，即宗正卿，當兼尹河南。

羲叟啓：伏蒙一作「奉」。奏署知表疏官，伏奉前月二十八日敕旨授祕書省校書郎，續奉今月五日敕改授河南府參軍者。某少實艱屯，長無才術。集作「運」。徒以與周同姓，史記：召公奭與周同姓。從魯諸儒，史記儒林傳：魯中諸儒，講誦習禮樂，絃歌之音不絕。託阮籍之竹林，見爲李詒孫啓。攀郤詵之桂樹，晉書：郤詵對武帝曰：「臣舉賢良對策，爲天下第一，猶桂林之一枝，崑山之片玉。」曲蒙題目，晉書：山濤再居選職，所奏甄拔人物，各爲題目，時稱「山公啓事」。猥被薦聞。惟我大朝，克崇宗祏。左傳：原繁對曰：「先君桓公，命我先人，典司宗祏。」敍文昭武穆之位，左傳：富辰曰：「管、蔡、郕、霍、魯、衛、毛、聃、郜、雍、曹、滕、畢、原、豐、郇，文之昭也。邘、晉、應、韓，武之穆也。」敦紹堯纘禹之親。班彪王命論：唐據火德而漢紹之。餘見濮陽遺表。豈以斯文，失於能者！況一蒙旌録，魏志高貴鄉公紀注：太尉華歆表曰：故漢大司農鄭，爲世儒宗，文皇帝旌録先賢，拜適孫小同爲郎中。再忝恩榮。班資將厠於郄超，見爲張周封啓。職業幾踰於孫楚。晉書孫楚傳：楚字子荆，才藻卓絶，爽邁不羣，多所陵傲。年四十餘，始參鎮東軍事。後復參石苞驃騎軍事。楚侮易於苞，初至，長揖曰：「天子命我參卿軍事。」感結所至，死生以之。左傳：苟利社稷，死生以之。即以今月某日，發赴所職。登門在近，見濮陽公舉人自代狀。縮地是思，神仙傳：費長房能縮地脈，千里存在目前宛然，放之復舒如舊。惟勒肺肝，按：「勒」，英華作「勤」。徐刊本作「動」，必刊刻之誤，故竟改正。恨無毛羽！猶曰不能奮飛。伏惟特賜恩察。謹啓。

爲山南薛從事傑遜謝辟啓

按：山南有東道、西道。唐人稱興元直曰山南，以西京言之，爲南山也。稱襄州每曰漢南矣。此必西道興元府也。又按：傑遜當爲河東舊族，而無可考。徐氏謂必保遜之訛。引舊書傳：薛存誠子廷老，廷老子保遜，登進士第，位給事中。新書表，保遜字遜之，司農卿。余檢表有「存誠弟子庭傑，右拾遺」，亦見大中十一年九月紀文。似「傑」字不應上同，豈果訛「保」爲「傑」歟？唐摭言云：保遜好行巨篇，自號「金剛杵」。大中朝以侵侮諸叔，自起居舍人貶洮馬而卒。北夢瑣言云：大中年，保遜爲舉場頭角，人皆體倣。又曰：恃才與地，號爲浮薄。後謫授澧州司馬，殞於郡。則與司農卿大異，疑皆有誤，而與此自敍情態，亦殊不類。安知薛氏必無傑遜者？當從闕如。又按：此府主曾職翰林也。細檢翰林諸人：王源中，太和八年辭内職，十一月出鎮，九年十月爲刑部尚書，見紀文。鄭瀚，開成二年十一月出鎮，四年春卒。王起，會昌四年秋出鎮，大中元年卒。封敖，大中三年正月出鎮，十一年拜太常卿，皆見紀傳。敖在鎮頗久，詳詩集寄興元渤海尚書。今思王源中似太早。瀚爲宰相餘慶子。餘慶曾鎮山南，瀚來復繼前美。起四典貢舉。此啓中皆無其意。則似封敖無疑也。啓言赴梓中途，得叨宴飲，其後不久被辟。雖未能細定何年，當在大中三、四年間也。按：保遜事見唐摭言、北夢瑣言者，必無「山南從事」之蹟，不可混牽。

傑遜啓：今月某日，伏蒙辟奏節度掌書記敕下。徒有長裾，見爲韓同年啓。曾無綵筆。南史：江淹常夢一丈夫，自稱郭璞，謂淹曰：「吾有筆在卿處多年，可見還。」淹乃探懷中，得五色筆一以授之。爾後爲詩，絶無美句。初疑誤聽，久乃知歸。感激慚惶，不知所喻。某受天和氣，而鮮雄才。後漢書仲長統傳：統謂高幹曰：「君有雄志而無雄才。」句疑有脱字。幸承舊族之華，遂竊名場之價。頃者湮淪孤賤，緜隔音塵，謝莊月賦：美人邁兮音塵闕，隔千里兮共明月。其後從事梓潼，見後獻河東公啓。經塗天漢。爾雅注：箕斗之間，天漢之津梁。通典：今之梁州，秦漢中郡。餘見爲李詒孫啓。初筵末席，詩：賓之初筵。禮記鄉飲酒義：啐酒，於席末。此則謙言居席之末。披霧覩天。徐幹中論：文王畋於渭水，遇太公釣，召而與之言，載之歸，以爲太師。文王之識也，灼然若披雲而見日，霍然若開霧而觀青天。「披雲」，一作「驅雲」。晉書樂廣傳：尚書令衛瓘見而奇之，命諸子造焉，曰：「此人之水鏡，見之瑩然，若披雲霧而覩青天。」自爾以來，懷恩莫極。鄭玄之腰腹，若掛丹青；後漢書鄭玄傳：袁紹總兵冀州，要玄大會。玄至，延升上坐。身長八尺，飲酒一石，秀眉明目，容儀温偉。依方辯對，莫不歎服。崔琰之鬚眉，常存夢寐。魏志：崔琰聲姿高暢，眉目疏朗，鬚長四尺，甚有威重，朝士瞻望，太祖亦敬憚焉。方思捧持杖屨，禮記：侍坐於君子，君子欠伸，撰杖屨。厠列生徒；豈望便上仙舟，後漢書郭太傳：字林宗，遊於洛陽，始見河南尹李膺，遂相友善。後歸鄉里，諸儒送至河上，林宗惟與李膺同舟而濟，衆賓望之，以爲神仙焉。按：「仙舟」，猶言仙路；取登進之義，不拘李郭。詩集「仙舟尚惜乖雙美」，以言科第矣。遽塵蓮府？見爲白從事啓。尚書士林圭臬，陸倕石闕銘：陳圭置臬。周禮考工記：匠人建國，置槷以縣，眡以景。註曰：槷，古文臬。於所平之地中央，樹八尺之臬，以縣正之，眡之以其景，將以正四方也。餘見絳郡公上崔相啓。翰苑龜龍，詳後上蕭侍郎啓。方殿大藩，詩：殿天子之邦。將求記室。是才子懸心之地，戰國策：楚王曰：「心摇摇如懸旌，而無所終薄。」詞人效命之秋。史記信陵君傳：朱亥曰：「此乃臣效命之秋也。」豈伊踈蕪，堪此選擢。漢書師丹傳：尚書劾咸、欽：幸得以儒官選擢備腹心。思曾顔之供養，家語：曾參志存孝道，齊嘗聘欲以爲卿而不就，曰：「吾不忍遠親而爲人役。」後母遇之無恩，而供養不衰。史記：曾參，孔子以爲能通孝道，故授之業，作孝經。按：曾子之孝習見矣。家語孔子説顔回之行，引詩「永言孝思，孝思維則」。後漢延篤傳論仁孝前後曰：仁孝同質而生，純體之者，則互以爲稱，虞舜、顔回是也。若偏而體之，則各有其目，公劉、曾參是也。是可徵顔子之孝。念陳阮之才華。魏志：太祖並以陳琳、阮瑀爲司空軍謀祭酒，管記室。軍國書檄，多琳、瑀所作。又：文帝書與吴質曰：孔璋章表殊健，元瑜書記翩翩，致足樂也。自公及私，終榮且忝。

伏以家室憂繁初解，山川跋涉未任，須至季秋，方離上國。方可出都。撫躬泣下，尚遥郭隗之門；戰國策：燕昭王將欲報讎，往見郭隗先生。郭隗先生對曰：「王誠博選國中之賢者而朝其門下，天下之士，必趨於燕矣。今王誠欲致士，先從隗始。」閉目夢遊，已入孔融之座。後漢書孔融傳：性寬容少忌，好士，喜誘益後進，賓客日盈其門，常嘆曰：「坐上客常滿，樽中酒不空，吾無憂矣。」下情無任攀戀銘鏤之至！

爲舉人獻韓郎中琮啓

韓琮見前陳許奏充判官狀。又東觀漢記曰：大中中，韓琮嘗爲中書舍人，則當由郎中遷也。按：此代柳仲郢子璧作，然在大中六年赴東川幕之前也。舊書柳仲郢傳，爲京兆尹，改右散騎常侍。宣宗即位，出爲鄭州刺史。周墀入輔政，遷爲河南尹。踰月，召拜户部侍郎。居無何，墀罷相，仲郢左授祕書監。數月，復出爲河南尹。考墀於二年五月爲相，三年四月罷。此榮皤、神州，謂隨仲郢於鄭洛。下云「光陰荏苒」，又云「今此秋期」，約在三四年間也。舊傳云：璧，大中九年登進士第。此篇定爲代璧者，以馬嵬句爲證也。尤袤全唐詩話：宣宗因白樂天詩，命取永豐柳兩枝植禁中。白感上知爲詩，洛下文士，無不繼作，韓常侍琮時爲留守，亦和。按：白香山集附東都留守韓琮、河南尹盧貞和作，是會昌末年事。然六年三月，武宗崩，宣宗已即位矣。

某啓：某少承嚴訓，早學古文。非聖之書，未嘗關慮；見爲滎陽謝勑設狀。論都之賦，頗亦留神。後漢書文苑杜篤傳：光武時，篤以關中表裏山河，先帝舊京，不宜改營洛邑，乃上奏論都賦。舊書柳公綽傳：家甚貧，有書千卷，不讀非聖之書，爲文不尚浮靡。徒以不授一作「受」，非。綵毫，見爲薛從事啓。未吞瑞鳥。藝文類聚：羅含傳曰：含少時晝卧，忽夢一鳥文色異常，飛來入口。含因驚起，心胸間如吞物，意甚怪之。叔母謂曰：「鳥有文章，汝後必有文章，此吉祥也。」含於是才藻日新。按：瑞鳥謂鳳，梁昭明十二月啓：吞羅含之彩鳳，辯囿日新。馳名江左，陸機莫及於才多；晉書陸機傳：機天才秀逸，辭藻宏麗。張華嘗謂之曰：「人之爲文，常恨才少，而子更患其多。」擅譽鄴中，王粲終聞於體弱。魏文帝與吳質書：仲宣獨自善於辭賦，惜其體弱，不足起其文，至於所善，古人無以遠過。上下羣士，差池累年。見爲李詒孫啓。又左傳：譬之草木，吾臭味也，而何敢差池。頃者輒露疎蕪，不思狂簡。捧爝火以干日御，動已光銷；莊子：堯讓天下於許由曰：「日月出矣，而爝火不息，其於光也，不亦難乎！」廣雅：日御曰羲和。抱布鼓以詣雷門，忽然聲寢。漢書王尊傳：尊曰：「毋持布鼓過雷門。」師古曰：雷門，會稽城門，有大鼓，越擊此鼓，聲聞洛陽也。布鼓，以布爲鼓，故無聲。不謂郎中搜材路廣，登客門寬，望犬附書，述異記：陸機有快犬曰黃耳，常將自隨。機羇旅京師，久無家問，戲語犬曰：「汝能賫書馳取消息否？」因試爲書，盛以竹筒，繫之犬頸。犬出驛路，走向吳。到家，既得答，仍馳還洛。往還裁半月。冀雞談易，幽明録：晉兗州刺史沛國宋處宗，常愛一長鳴雞，爲置窗間。後雞作人語，與處宗論，極有玄旨，終日不輟。處宗由此玄功大進。徐曰：魏晉以老、易並稱，皆謂之玄。玄即易也。按：顔氏家訓：莊、老、周易，總謂三玄。特垂題目，見謝宗卿啓。曲賜丹青。屢見。旋屬滎嶓從行，謂鄭州也。按：禹貢「滎波既豬」疏曰：馬、鄭、王本皆作滎播。史記：「滎播既都。」藝文類聚引揚雄豫州箴曰：滎嶓枲漆。水經注引闞駰曰：滎波，嶓澤名也。呂忱云：嶓水在滎陽。則知「播」、「嶓」古通用，不可云誤。神州視膳，按：京都稱神州，如北史柳彧傳稱雍州爲神州，此則謂洛州河南府也。晉左思詠史詩：皓天舒白日，靈景曜神州。列宅紫宮裏，飛宇若雲浮。峨峨高門内，藹藹皆王侯。晉書桓温傳：眺矚中原，慨然曰：「遂使神州陸沉。」雖通指淪没之十二州，而首重洛都之陷也。舊書紀：則天皇后光宅元年，改東都爲神都。魏元忠傳：儀鳳中，元忠赴洛陽，上封事云：神州化首，萬國共尊。左傳：太子朝夕視君膳。同孟陽之覲蜀，詳見後爲柳珪啓。比孝若之歸齊。晉書：夏侯湛，字孝若，父莊，淮南太守。湛幼有盛才，文章最富，善構新詞。文選孝若東方朔畫贊序：朔，平原厭次人，建安中，分厭次以爲樂陵郡，故又爲郡人。大人來守此國，僕自京都言歸定省。注曰：其父爲樂陵太守。漢書地理志：平原郡屬青州。雖佩恩私，竟乖陳謝，光陰荏苒，誠抱勤拳。今此秋期，詩：秋以爲期。唐音癸籤：每秋七月，士子從府州覓解，故有「槐花黄，舉子忙」之諺。遂有天幸。漢書霍去病傳：去病敢深入，常先其大軍，軍亦有天幸，未嘗困絶。更奉禰衡之刺，禰衡別傳：衡初遊許下，乃懷一刺，既到而無所之適，至於刺字漫滅。敢無鬷蔑之言。左傳：昔叔向適鄭，鬷蔑惡，欲觀叔向，從使之收器者而往，立於堂下，一言而善。叔向將飲酒，聞之，曰：「必鬷明也。」下執其手以上，曰：「子少不颺，子若無言，吾幾失子矣。」

某在京多時，自夏有疾。失外郡薦名之限，俯神皋試士之期。張平子西京賦：實惟地之奧區神皋。物情既集於宗師，漢書藝文志：儒家者流，宗師仲尼，以重其言。公選果歸於令季。漢書董仲舒傳：制曰：廣延四方之豪俊，郡國諸侯公選賢良修絜博習之士。以上謂外郡薦送已後期矣，而京兆正當試期，韓之弟試京兆而入選。懷材者皆云道泰，抱器者自謂時來。以卞和爲玉人，無不收之瓊玖；詩：報之以瓊玖。楚人卞和，詳爲渤海公舉人狀。得蹇修爲媒氏，無不嫁之娉婷。一作「娫」。離騷：吾令豐隆乘雲兮，求虙妃之所在。解佩纕以結言兮，吾令蹇修以爲理。注曰：蹇修，人名。周禮：媒氏，掌萬民之判。辛延年羽林郎詩：不意金吾子，娉婷過吾廬。按：此則男女通用，而後人皆以謂婦女，字本從女也。是以願託一拳，潛布百兩。左傳：高齮以錦示子猶曰：「魯人買之，百兩一布。」顧方流而有記，顏延之詩：玉水記方流。按：舊作「有託」，必誤，今爲改正。淮南子：水圓折者有珠，方折者有玉。慮良會之猶賒。古詩：今日良宴會，歡樂難具陳。伏惟郎中與先輩賢弟，按：唐摭言進士篇：互相推敬謂之先輩，俱捷謂之同年。則韓之弟亦尚在應舉中。其曰「公選」者，似此時當入選也。韓郎中兄弟，能爲人薦助者，故以「玉人」、「媒氏」比之。價重兩劉，晉書：劉琨，字越石。兄輿，字慶孫。並名著當時，京都爲之語曰：洛中奕奕，慶孫、越石。南史：劉瓛好學，博通儒業，冠於當時。士子貴游，莫不下席受業，以比古之曹、鄭。弟璡，儒雅不及瓛，而文采過之。劉孝標辨命論：近世有沛國劉瓛，瓛弟璡，皆毓德於衡門，並馳聲於天地。譽高二陸，晉書：陸雲少與兄機齊名，號曰二陸。比李膺則仙舟對棹，見爲薛從事啓。方馬融則絳帳雙褰。後漢書馬融傳：融爲世通儒，教養諸生，常有千數。常坐高堂，施絳紗帳，前授生徒，後列女樂，弟子以次相傳，鮮有入其室者。

若某者雖陋若左思，世説：潘岳妙有姿容，少時挾彈出洛陽道，婦人遇者，莫不連手共縈之。左太沖絶醜，亦復效岳遨遊，於是羣嫗齊共亂唾之，委頓而返。瘦同沈約，見絳郡公上李相啓首篇。無庾信之腰腹，周書庾信傳：身長八尺，腰帶十圍，容止頹然，有過人者。乏崔琰之鬚眉，見爲薛從事啓。然至於感分識歸，銜誠議報，將酬楊寶，則就雀求環；欲答孔愉，則從龜覓印。並見謝座主啓。推其異類，不後他人。謹復軸一作「陳」，誤。新文，重干清鑒。軸文重干，唐人所謂温卷也。柳子厚有上權補闕温卷啓。凡舉人獻文，必以卷軸。國史補：京兆府考而升者，謂之等第。外府不試而貢者，謂之拔解。然亦須預託人爲詞賦，非謂白薦。造請權要，謂之關節；激揚聲價，謂之還往。唐摭言：敍京兆府解送曰「神州解送」，自開元、天寶之際，率以在上十人，謂之等第，必求名實相副，以滋教化之源。小宗伯倚而選之，或至渾化。不然，十得其七八。暨咸通、乾符，則爲形勢吞嚼，臨制近同及第，得之者互相誇詫，貞實之士不復齒，所以廢置不常。又曰：得之者搏躍雲衢，梯階蘭省，即六月沖霄之漸也。今所傳者，始於元和景戌歲，次敍名氏，目曰神州等第録。萬花谷後集有神州等第録一條。又曰：大中七年，韋澳爲京兆尹，牓曰：近日以來，互爭強弱，多務奔馳，曾非考核，盡繫經營。奥學雄文，例舍於貞方寒素，增年矯貌，盡取於朋比羣強。雖中選者曾不足云，而爭名者益熾其事。今年並以納策試前後爲定，不更分等第之限。按：韋澳爲京兆尹，通鑑書於十年。似摭言七年誤。其他每年多置等第，此聲氣之總也。韓之弟必高等，或爲首解，而試事尚可薦送。

韓兄弟必有氣燄，能提挈科第，故贊美祈請若此。舉場風氣，即禮法之家，亦不免乎！馬卿室邇，「室邇」，用詩經。「馬卿」，用相如家居茂陵。此當以文章言之。且韓若爲京兆萬年人，尤可相比，非用病免閑居也。孔子牆高，遲面莫由，墮肝無所。漢書蒯通傳：臣願披心腹，墮肝膽。任重道遠，方懷驥坂之長鳴；見爲張周封啓。一日三秋，詩：一日不見，如三秋兮。空詠馬嵬之清什。舊書肅宗紀：明皇幸蜀，至馬嵬頓，六軍不進。於是誅國忠，賜貴妃自盡。柳仲郢（子璧）傳：文格高雅，嘗爲馬嵬詩，詩人韓琮、李商隱嘉之。按：義山有馬嵬詩二首，或琮亦賦之，意是諸人唱和之作也。知深可恃，謝靈運詩：知深覺命輕。言切成煩。幽谷未見於鶯喬，詩：伐木丁丁，鳥鳴嚶嚶。出自幽谷，遷于喬木。餘詳詩集箋。曲沼空勤於鳧藻。後漢書杜詩傳：將帥和睦，士卒鳧藻。注曰：言其和睦歡悦，如鳧之戲於水藻也。述異記：梁孝王築平臺，有蒹葭洲、鳧藻洲。仰瞻几閣，漢書刑法志：文書盈於几閣。伏待簡書。謹啓。

爲同州任侍御憲上崔相國啓

「憲」，英華作「史」。宰相世系表：任憲字亞司，高宗相雅相來孫，易定節度使迪簡子。舊書良吏任迪簡傳：京兆萬年人，節度易定，除工部侍郎。徐曰：崔鄲、崔珙相文宗，崔鉉相武宗，崔龜從、崔慎由相宣宗。此云「彰明下武，恢拓中華，不舞梯幢，不鳴金鼓，復數千里之沃野，刷十五聖之包羞」，則是龜從也。舊書宣宗紀：大中二年十一月，以户部侍郎判度支崔龜從本官同平章事。三年，秦、原、安樂三州，及石門等七關之兵民歸國。八月下制曰：左衽輸款，邊壘連降，刷恥建功，所謀必尅，實樞衡妙算，將帥雄稜。副玄元不争之文，絶漢武遠征之悔。與此啓相合。又唐與吐蕃和親，自高祖至武宗凡十五帝。至宣宗而吐蕃始弱，來歸故地。故曰「刷十五聖之包羞」，其爲龜從無疑矣。舊書龜從傳云「大中四年同平章事」，非也。新書表亦承其誤。以此啓證之，宣紀爲是。按：舊、新書傳表皆作「四年」，文云「一登宣室，遂借前籌」者，謂未爲相時，已參謀議。下文乃以恢復河、隴之功歸之，此致頌之法，非必宣紀獨是也。傳云龜從於開成三年自華州入爲户部侍郎，四年權判吏部尚書銓事，大中四年爲相。而會昌年間之官職失載，未及詳考。

憲啓：憲質異楚材，左傳：聲子曰：「如杞梓皮革，自楚往也。惟楚有材，晉實用之。」寶同燕石。荀子：宋之愚人得燕石於梧臺之東，藏之以爲大寶。周客觀之，掩口而笑曰：「其與瓦甓不差。」主人大怒曰：「商賈之言，豎匠之口。」藏之愈固，守之彌謹。按：闞子作「藏以華櫃十重，緹巾一襲」。客掩口胡盧而笑」。又水經注：聖水東逕玉石山，謂之玉石口，山多珉玉燕石，故以名之。則燕石自珉類也。重以羈丱，詩：總角丱兮。穀梁傳：羈貫成童，不就師傅，父之罪也。貫與丱通。即丁憫凶。瞻遺構以闕然，見爲李懷州表。不堪多難；見王侍御表。奉成書而未就，見爲白從事啓。無處求生。庾信哀江南賦：傅燮之但悲身世，無處求生。藐是流離，庾信賦：藐是流離，至於暮齒。屢經寒暑。逮於一作「乎」既冠，猶恤無家。見鹽州刺史狀。叨承師友之規，獲忝簪纓之列。此皆相公推孔李之素分，後漢書孔融傳：融字文舉，孔子二十世孫也。年十歲，隨父詣京師。時河南尹李膺，融造膺門，語門者曰：「我是李君通家子弟。」門者言之。膺請融問曰：「高明祖父，常與僕有恩舊乎？」融曰：「然，先君孔子，與君先人李老君同德比義，而相師友。則融與君累世通家。」衆坐莫不歎息。念高國之舊家，高氏、國氏，齊之貴族。屢見左傳。左傳：齊敝無存曰：「必娶於高、國。」鏤朴雕頑，披聾抉瞶，枚叔七發：伸傴起躄，發瞽披聾，而觀望之也。沐膏雨以令植，詩：芃芃黍苗，陰雨膏之。假順風而使飛。王子淵聖主得賢臣頌：翼乎如鴻毛遇順風。不然，則安得獲驪龍之珠，莊子：河上有家貧恃緯蕭而食者，其子没於淵，得千金之珠。其父曰：「夫千金之珠，必在九重之淵而驪龍頷下，子能得珠者，必遭其睡也。」獲珠，喻及第。假獬豸之角？漢官儀：侍御史，周官也。爲柱下史，冠法冠，一名柱後，以鐵爲柱，言其審固不撓。或言以獬豸角形爲冠。餘見汝南公賀元日御殿表。榮皆過望，感豈勝言！

而猶悵望下風，左傳：晉大夫三拜稽首曰：「羣臣敢在下風。」徘徊高義，望賀燕以難去，見爲李詒孫啓。撫棲烏而不寧一作「安」。者，見後崔福寄彭城公啓。蓋以相公以伊臯之事業佐大君，以揚馬之文章輔昌運。揚雄、司馬相如。一登宣室，見賀破奚寇表。遂借前籌。見濮陽奏充判官狀。以有征無戰之方，漢書嚴助傳：淮南王安上書曰：臣聞天子之兵，有征而無戰，言莫敢校也。文選陳孔璋書：王者之師，有征無戰。彰明下武；以永逸暫勞之勢，揚雄諫不受單于朝書：不一勞者不久佚，不暫費者不永寧。恢拓中華。不舞梯幢，詩：以爾鉤援，與爾臨衝。傳曰：鉤，鉤梯也，所以鉤引上城者。臨，臨車。衝，衝車。箋曰：墨子稱公輸般作雲梯以攻宋，即鉤梯也。餘詳後與劉稹書。不鳴金鼓，左傳：金鼓以聲氣也。復數千里之沃野，漢書張良傳：關中沃野千里。此謂三州七關之地。刷十五聖之包羞。易：否，六三包羞。按：如前云「雪高廟稱臣之羞」。雖夷種不一，而同爲外夷也，故曰十五聖。徐氏謂吐蕃和親，實始貞觀，至武宗止十四帝，非矣。彼圍徐曰：疑作「違」。穀而穀人不知，左傳：齊陳成子救鄭及留舒，違穀七里，穀人不知。註曰：言其整也。按：文義似當作「圍」，或者義山偶誤記耳。入鄭而鄭陴皆哭，左傳：楚子圍鄭旬有七日。鄭人卜行成，不吉，卜臨于大宮，且巷出車，吉。國人大臨，守陴者皆哭。方茲決勝，彼有多慚。

今百職聿修，九功一作「五工」。咸敍，書：九功惟敍。萬國佇登封之禮，見安平公謝上表。五山傾望幸之祥。史記封禪書：天下名山八，而三在蠻夷，五在中國。華山、首山、太室、太山、東萊，此五山，黄帝之所常遊，與神會。漢書郊祀志：郡國各除道，繕治宮館、名山、神祠所，以望幸也。徐曰：五山，謂五嶽。爾雅釋山：河南華，河西嶽，河東岱，河北恆，江南衡。疏曰：篇首載此五山者，以爲中國名山也。又：泰山爲東嶽，華山爲西嶽，霍山爲南嶽，恆山爲北嶽，嵩山爲中嶽。疏曰：羣書言五嶽，皆數嵩高不數嶽，而鄭注大司樂，嶽在雍州。蓋鄭有所據，更見異意也。其正名五嶽，必取嵩高爲定解。按：周禮註疏，或刊作「嵩在雍州」者，誤。鰈至鶼來，封禪書：管仲曰：「東海致比目之魚，西海致比翼之鳥。」韋昭曰：各有一目，不比不行。其名曰鰈，各有一翼，不比不飛，其名曰鶼鶼。茅歸楛入，書：荆州貢包匭菁茅。魯語：仲尼曰：「昔武王克商，肅愼氏貢楛矢石砮，其長尺有咫。」馳湯驟夏，轢漢陵周。用帝驟王馳之意，見論皇太子表。句法本班固典引「孕虞育夏，甄殷陶周」。若某者雖不能行舞舜戈，「若某」，英華作「憲」。徐曰：「戈」，當作「干」。書：帝乃誕敷文德，舞干羽于兩階，七旬有苗格。坐耕堯壤，列子：

帝堯時擊壤歌曰：日出而作，日入而息。耕田而食，鑿井而飲，帝力何有於我哉！至於獻千載河清之序，文選注：京房易傳：河千年一清。宋書臨川王傳：元嘉中，河、濟俱清，鮑照爲河清頌，其序甚工。裁二王助祭之詩，詩序：振鷺，二王之後，來助祭也。正義曰：周公、成王之時，已致太平，諸侯助祭，二王之後，亦在其中。故詩人述其事而爲此歌焉。此二句言歌詠太平也。舊書職官志：隋、周二王之後，酅公、介公。歌詠相庭，發揮帝載，則其志願，亦或庶幾。伏希孫閤時開，見爲絳郡公啓。邴茵多恕，漢書丙吉傳：馭吏耆酒，常從吉出，醉歐丞相車上。西曹主吏白欲斥之，吉曰：「此不過汙丞相車茵耳。」按：丙，姓，古通作「邴」，漢書丙吉傳、後漢書班固傳、西都賦及文選皆作「邴」。克懋山公之德，晉書忠義傳：嵇紹字延祖，魏中散大夫康之子也。十歲而孤，事母孝謹，以父得罪，靖居私門。山濤領選，啓武帝詔徵之，起家爲祕書丞。終全趙氏之孤。見爲張周封啓。擁篲瞻門，按：用史記魏勃欲見齊相曹參，乃早夜掃齊相舍人門，舍人得勃，見之參，因以爲舍人，參言之齊王，拜爲内史。非用燕昭事鄒衍、魏文侯事子夏也。封函即路。苑沙宫樹，元和郡縣志：沙苑宜六畜，置沙苑監，在同州馮翊縣。興德宫在馮翊縣。雖吟左輔之風煙；司州，漢左馮翊地。唐人習稱左馮。後漢書光武帝紀註：三輔，謂京兆、左馮翊、右扶風，皆在長安中，分領諸縣。良夜慶霄，顧愷之風賦：惠風飀以送融，慶霄霏以將雨。謝瞻詩：慶霄薄汾陽。文選注曰：慶霄，慶雲也。按：此猶言雲霄。唯望中台之晷度。見爲李詒孫啓，又見賀汝南公啓。感恩撫己，誓志投誠，仰惟輝光，終賜埏埴。老子：埏埴以爲器。河上公曰：埏，和也，埴，土也，和土爲器也。下情無任感激攀倚一作「荷」，非。惶戀之至！

樊南文集詳注卷之四

啓

上兵部相公啓

新書宰相表：大中四年十月，翰林學士承旨、兵部侍郎令狐綯守本官、同中書門下平章事。按：舊書紀在十一月。新書表五年四月，綯爲中書侍郎兼禮部尚書。自後不復兼兵部。此必在赴徐辟之前也。

商隱啓：伏奉指命，令書元和中太清宫春明退朝録：唐制，宰相四人，首相爲太清宫使，次三相皆帶館職，弘文館大學士、監修國史、集賢殿大學士，以此爲序。按：補詳之，兼爲前史館相公之證。寄張相公舊詩上石者，舊書紀：天寶二年，改西京玄元廟爲太清宫，東京爲太微宫，天下諸郡爲紫極宫。按：亳州老子廟同京師稱太清宫。唐之宰相有兼太清宫使者，略見百官志。而宋敏求春明退朝録云：唐制，宰相四人，首相爲太清宫使，次三相皆帶館職也。宣武節度兼亳州太清宫使，如宣宗紀大中十一年鄭涯事，可類推也。張弘靖於元和九年爲相，後至十四年代韓弘鎮汴，而令狐楚是年爲相。則太清宫寄張相詩者，似以兩地皆領太清宫也。張與令狐傳，皆在所略耳。下文宋石檜井，緊切亳州，疑上石於彼處。昨一日書訖。伏以賦曠代之清詞，宣當時之重德。昔以道均契稷，始染江毫；見爲薛從事啓。今幸慶襲韋平，見爲李詒孫啓。仍鐫宋石。後漢書郡國志：梁國碭山縣，出文石。說文：碭，文石也。元和郡縣志：宋州，本周之宋國。碭山縣，以山出文石故名縣。汴宋節度使管汴、宋、亳、潁四州。按：匡謬正俗曰：秦始皇嶧山刻石文云：「刻兹樂石。」蓋嶧山近泗，故用磬石，他刻石文則無此語也。近代文士，遂總用碑碣之事，失之矣。此固自用宋石，或疑訛「樂」爲「宋」者，非也。依於檜井，後漢書志：陳國苦縣有賴鄉。注云：伏滔北征記曰：有老子廟，廟中有九井，水相通。古史考曰：有曲仁里，老子里也。北史王劭傳：陳留老子祠有枯柏。爾雅：柏葉松身曰檜。按：太清記：亳州太清宮有八檜，老子手植，枝幹皆左紐。雲笈七籤言九井三檜，宛然常在。武德中，枯檜再生。舊書紀：高宗乾封元年，封禪泰山，社首，還次亳州，幸老君廟，追號曰太上玄元皇帝，創造祠堂，改谷陽縣爲真源縣。其後自明皇以上六聖御容，列侍於左右。陷彼椒牆，徐曰：謂刻詩於石，陷置壁間也。「椒牆」，猶椒壁。餘見滎陽謝賜冬衣狀。扶持固在於神明，揚雄甘泉賦：神莫莫而扶傾。王屮魯靈光殿賦序：自西京未央、建章之殿，皆見隳壞，而靈光巋然獨存，豈非神明依憑支持，以保漢室者也。校：後漢書王逸傳：逸子延壽，字文考，有儁才。少遊魯國，作靈光殿賦。文選第十一卷宮殿有王文考魯靈光殿賦一首并序。據上，原刊「王屮」應作「王文考」。悠久必同於天地。況惟菲陋，一作「陋質」。早預生徒。仰夫子之文章，曾無具體；辱郎君之謙下，文選應璩與滿公琰書：外嘉郎君謙下之德。銑曰：「滿炳父寵，爲太尉，璩嘗事之，故呼曰郎君。」按：門生故吏，承其先世恩誼，乃有此稱。詳詩集注。尚遺濡翰。劉楨詩：敍意於濡翰。按：淳熙秘閣續法帖第七卷有李商隱書。萬花谷前集琴類冰清琴條下，有云：篆法類李義山。則義山并工篆。空塵寡和之音，見獻鉅鹿公啓。

素乏入神之妙。蔡邕篆勢：體有六篆，妙巧入神。字習見。恩長感集，格鈍慚深。但恐涕洟，易：齎咨涕洟。謂感楚之舊恩。終斑琬琰。按：書顧命：琬琰，在西序。周禮典瑞：琬圭以治德，琰圭以易行。汲冢竹書曰：桀伐岷山，得女二人，曰琬曰琰。斵其名於苕華之玉，苕是琬，華是琰。故後之碑版皆用之。如蔡邕胡公碑：「銘諸琬琰。」唐明皇孝經序：寫之琬琰。而貞琰、翠琰、貞珉、翠珉、豐琰、豐碑，並習用。又按：義山工書，頗有碑碣，今皆湮佚矣。略見詩集箋中。下情無任戰汗之至！

上尚書范陽公啓三首

舊書：盧弘正，范陽人。大中三年檢校户部尚書。出爲徐州刺史、武寧軍節度使。按：弘正三年出鎮，四年十月始奏義山入幕爲判官，詳年譜。

某啓：仰蒙仁恩，俯賜手筆，將虛右席，古稱僚幕中之重者爲右職。義山時爲判官，故曰右席。以召下材。漢書王嘉傳：吏或居官數月而退。中材苟容求全，下材懷危内顧。按：通典選舉敍：漢博士弟子，其不事學若下材及不能通一藝，輒罷之。今史、漢儒林傳皆作「不材」，而通考則承通典作「下材」。承命恐惶，不知所措。

某幸承舊族，蚤預儒林。鄴下詞人，魏志：始，文帝爲五官將，及平原侯植，皆好文學，王粲與徐幹、陳琳、阮瑀、應瑒、劉楨並見友善。餘互見爲柳珪謝啓。詞人非七子可盡，詳魏志。夙蒙推與；一作「奬」。洛陽才子，濫被交遊。潘岳西征賦：賈生洛陽之才子。此亦汎言，如駱賓王啓有云，洛陽才子，潘、左爲先覺。而時亨命屯，道泰身否。成名踰於一紀，旅宦過於十年。按：開成二年，登進士第。四年，爲校書郎，調弘農尉。至是則或踰一紀，或過十年。恩舊彫零，路歧悽愴。薦禰衡之表，空出人間；後漢書文苑禰衡傳：孔融上疏薦之曰：使衡立朝，必有可觀。若衡等輩，不可多得。嘲揚子之書，僅盈天下。漢書揚雄傳：雄方草太玄，泊如也。或嘲雄以玄尚白，而雄解之，號曰解嘲。

去年遠從桂海，謂桂州。江淹雜體詩：文軫薄桂海。來返玉京。靈寶本玄經：自玄都玉京以下，有三十六天。雲笈七籤三洞經曰：玄都上有九曲崚嶒，鳳臺瓊房玉室處於九天之上，玉京之陽。以喻帝京。詩家習用。無文通半頃之田，江淹與交友論隱書：望在五畝之宅，半頃之田。鳥赴簷上，水匝階下，則請從此隱。梁書：淹字文通。乏元亮數間之屋。陶潛歸田園居詩：方宅十餘畝，草屋八九間。晉書：潛字元亮。隘傭蝸舍，古今注：蝸牛，陵螺也。野人結圓舍如其殼，故曰蝸牛之舍。危託燕巢。左傳：吴公子札自衛如晉，將宿于戚，聞鐘聲焉，曰：「異哉！夫子獲罪於君以在此，猶燕之巢于幕上。」春畹將遊，則蕙蘭絶徑；離騷：余既滋蘭之九畹兮，又樹蕙之百畝。秋庭欲掃，則霜露霑衣。漢書伍被傳：今臣亦將見宫中生荆棘，露霑衣也。謝莊月賦：佳期可以還，微霜霑人衣。勉調天官，獲昇甸壤。謂爲京縣尉，京兆奏署掾曹。此京尹非盧弘正，弘正於三年五月出鎮矣。下云「仰望長懷」，即詩中「此時聞有燕昭臺」之意。詳年譜。歸惟卻掃，見爲白從事啓。出則卑趨。仰燕路以長懷，孔融論盛孝章書：嚮使郭隗倒懸，而王不解，則士亦將高翔遠引，莫有北首燕路者矣。望梁園而結慮。西京雜記：梁孝王好宫室苑囿之樂，築兔園，園有雁池，池間有鶴洲、鳧渚。餘詳崔福寄彭城公啓。

尚書道光士範，蔡伯喈陳太丘碑文：謚曰文範先生，文爲德表，範爲士則，存誨没號，不亦宜乎。德冠民宗。任彦昇王文憲集序：既道在廊廟，則理擅民宗。愷悌之化既流，詩：豈弟君子。班固西都賦：流大漢之愷悌。舊書盧弘正傳：大中初，户部侍郎充鹽鐵轉運使，安邑、解縣兩池積弊，課入不充。弘正特立新法，課入加倍，至今賴之。似此句兼指之。鎮靖之功方懋。弘正初至徐，定銀刀都之亂，見史書。此言其定亂後，綏和鎮静。竊思上國投刺，一作「技」，誤。見爲白從事啓。東都及門，惟交抵掌之談，戰國策：蘇秦説趙王於華屋之下，抵掌而談。遂辱知心之契。李陵答蘇武書：人之相知，貴相知心。載惟浮汎，頻一作「頗」。涉一作「陟」。光陰。豈期咫尺之書，戰國策：范座遺信陵君書曰：趙王以咫尺之書來，而魏王輕爲之殺無罪之座。「座」，一本作「痤」。漢書韓信傳：發一乘之使，奉咫尺之書。師古曰：八寸曰咫。言或長咫，或長尺，喻輕率也。終訪蓬蒿之宅！三輔決録：張仲蔚，平陵人，隱身不仕，所居蓬蒿没人，博物好屬詩賦。感義增氣，袁宏三國名臣贊序：懦夫增氣。懷仁識歸。禮記：君子有禮，故物無不懷仁。便當焚遊趙之簦，史記虞卿傳：虞卿躡蹻擔簦，説趙孝成王。毀入秦之屩，戰國策：蘇秦去秦而歸，羸縢履蹻。束書投筆，仰副嘉招。潘岳詩：弱冠忝嘉招。按：爲判官，非書記，故曰「束書投筆」，而上文曰「右席」也。謁謝未間，下情無任感戀之至。謹啓。

二

某啓：某猥以謏聞，禮記：足以謏聞，不足以動衆。謏，思了反。仰承嘉命。後漢書周燮等傳序曰：司徒侯霸辟閔仲叔云云。仲叔恨曰：「始蒙嘉命，且喜且懼。」處囊引喻，未施下客之能；見爲鹽州狀、獻相國京兆公啓。在握稱珍，後漢書孟嘗傳：南海多珍，掌握之内，價盈兼金。劉琨重贈盧諶詩：握中有懸璧，本自荆山璆。璧以喻諶，諶爲琨之故吏。遂忝上卿之列。春秋列國有上卿，故以比己爲判官。判官於幕職中稍高。循揣斯久，兢惶不任。況尚書學總百家，後漢書注：諸子百六十九家，言百家，舉全數也。餘見下爲東川崔從事啓。術窮三略。見爲鹽州舉判官狀。文鋒筆力，「文鋒」，猶詞鋒。論衡：谷子雲、唐子高章奏百上，筆有餘力。字皆屢見。抉揚馬之懸門；左傳：偪陽人啓門，諸侯之士門焉，縣門發，郰人紇抉之以出門者。劍氣弓聲，「劍氣」，用斗牛間紫氣事。任昉宣德皇后令：劍氣凌雲，而屈跡於萬夫之下。隋書長孫晟傳：突厥大畏長孫總管，聞其弓聲，謂爲霹靂。字皆習見，不拘此二事。割韓彭之右地。漢書陳湯傳：郅支以爲呼韓邪破弱降漢，不能自還，即西收右地。老子：君子居則貴左，用兵則貴右。偏將軍居左，上將軍居右。此當與詩集中「尚書文與武」，及「武威將軍使中俠」數句相證。漢書魏相傳：欲因匈奴衰弱，出兵擊其右地，使不敢復擾西域。永言賓畫，宜在民宗。豈意非才，旋蒙過聽！末至居右，既乏相如之譽；謝惠連雪賦：相如末至，居客之右。餘見崔福寄彭城公啓。後來在上，終興汲黯之嗟。漢書汲黯傳：見上言曰：「陛下用羣臣，如積薪耳，後來者居上。」盧已在鎮年餘，今見辟爲判官，故措語云爾。手足分榮，儀禮：昆弟，四體也。漢書武五子傳：昭帝賜燕王璽書：王骨肉至親，敵吾一體。後漢書袁譚傳：王修曰：「兄弟者，左右手也。」按：弟羲叟爲盧氏之婿，故云。里閭交慶。行吟花幕，屢見。卧想金臺。見爲白從事啓。未離紫陌之塵，水經注：漳水北徑祭陌西，田融以爲紫陌。餘見賀破奚寇表。徐曰：紫陌，後人借以泛言長安道路，非泥鄴中。已夢清淮之月。書：海岱及淮惟徐州。梁何遜詩：月映清淮流。依仁佩德，白首知歸。潘岳金谷集作詩：投分寄石友，白首同所歸。伏惟俯賜恩察。謹啓。

三

某啓：絹若干，右特蒙仁恩賜備行李，謹依數捧領訖。嘉命猥臨，厚賚仍及。捉襟見肘，免類於前哲；莊子：曾子居衛，正冠而纓絶，捉襟而肘見，納履而踵決。裂裳裹踵，無取於昔人。吳越春秋：申包胥之秦求救楚，書馳夜趨，足踵蹠劈，裂裳裹膝。墨子：公輸欲以楚攻宋，墨子聞之，自魯往，裂裳裹足，十日至郢。感佩恩私，徐刊本作「私恩」，誤。不知所喻。謹啓。

獻河東公啓二首

舊書傳：柳仲郢，京兆華原人，尚書公綽子。元和十三年進士擢第，大中六年自河南尹爲梓州刺史、東川節度使。仲郢辟商隱爲判官，詳年譜。河東，柳氏郡望也。仲郢後至咸通初封河東男。文苑英華授仲郢東川節度使制云：大宗伯、大司憲，兼而寵之，以表殊獎。則是兼禮部尚書、御史大夫也。

商隱啓：伏奉手筆，猥賜奏署。某少而孱懦，一作「薾」。長則艱屯。有志爲文，無資一作「時」，誤。就學。袁宏漢紀：郭泰年二十，爲縣小吏。乃言於母，欲就師問。母曰：「無資奈何？」林宗曰：「無用資爲。」遂辭母而行，至成皐屈伯彦精廬，三年之後，藝兼游、夏。魏志注：邴原家貧早孤，鄰有書舍，原過其旁而泣。師曰：「欲書可耳。」答曰：「無錢資師。」曰：「不求資也。」於是遂就書。雖雜賦八首，或庶於馬遷；漢書藝文志：司馬遷賦八篇。而讀書五車，遠慚於惠子。見安平公奏充判官狀。契闊湖嶺，淒涼路歧，湖，洞庭；嶺，五嶺也。謂從事桂管。「路歧」，似汎指徐方。罕遇心知，多逢皮相。御覽引吳越春秋：季札去徐，歸道逢男子，五月披裘採薪，道旁有委金一器。季札顧謂薪者曰：「取此金。」薪者曰：「五月披裘採薪，寧是拾金者乎？」札下車禮之，曰：「子姓爲何？」薪者曰：「子皮相之士，何足以告姓字乎！」韓詩外傳所云略同。史記：酈生入，揖沛公曰：「以目皮相，恐失天下之能士。」昔魯人以仲尼爲佞，淮陰以韓信爲怯。史記淮陰侯傳：淮陰屠中少年有侮信者，曰：「若雖長大，帶刀劍，中情怯耳。能死，刺我；不能死，出我袴下。」信孰視之，俛出袴下，蒲伏。一市人皆笑信，以爲怯。徐廣曰：「袴」，一作「胯」，股也。漢書作「跨」，同。聖哲且猶如此，尋常安能免乎？一作「矣」。是以艮背卻行，易：艮其背，不獲其身，行其庭，不見其人。求徐刊本作「冰」，非，今從英華。心自處。承上文，謂自求其心無外慕，不尤人也。羅含蘭菊，晉書羅含傳：含致仕還家，堦庭忽蘭菊叢生，以爲德行之感。仲蔚蓬蒿。見上范陽公啓。見芳草則怨王孫之不遊，一作「歸」。淮南王招隱士：王孫遊兮不歸，春草生兮萋萋。孔稚圭北山移文：或歎幽人長往，或怨王孫不游。文意則謂不出仕。撫高松則歎大夫之虛位。漢官儀：秦始皇上封泰山，逢疾風暴雨，賴得松樹，因復其下，封爲五大夫。不可終否，易：物不可以終否。屬於高明。按：此高明，暗謂所天也。宋孔平仲雜說，謂明公閤下之類，亦可謂之高明，而引李膺稱孔融高明。夫融之謁膺，時年十歲，高明之稱，以後進待之也。絶非此義，何其疎誤哉！

伏惟尚書春日同和，秋霜共洌。一作「烈」。叔子則九代清德，晉書羊祜傳：祜字叔子，泰山南城人，世吏二千石。至祜九世，並以清德聞。稚春則七葉素儒。晉書儒林氾毓傳：毓字稚春，濟北盧人也。奕世儒素，敦睦九族，客居青州，逮毓七世。時人號其家「兒無常父，衣無常主」。舊書：柳公綽性謹重，動循禮法。理家甚嚴，子弟克稟誡訓，言家法者，世稱柳氏。仲郢有父風，動修禮法，牛僧孺歎曰：「非積習名教，安能及此！」按：玭有誡子弟書，蓋家法相承也。君子立言，永爲周禮；左傳：韓宣子觀書于太史氏，見易象與魯春秋，曰：「周禮盡在魯矣。」新書志：柳仲郢柳氏自備三十卷，集二十卷。正人得位，長作歲星。漢書天文志：歲星曰東方春木，於人五常仁也。歲星所在，國不可伐。晉書天文志：歲星所居久，其國有德厚，五穀豐昌。又曰：進退有度，奸邪息。又曰：歲星精降於地爲貴臣。按：立言則爲周禮，在位則如歲星，非用東方朔爲歲星事。今者初陟將壇，始敷賓席，射江一作「洪」。奥壤，潼水名都，舊書志：東川節度治梓州。又：梓州梓潼郡，以梓潼水爲名，郡治郪縣。又：魏分置射洪縣。婁縷灘東六里，有射江，語訛爲「洪」。元和郡縣志：射洪縣梓潼水，其急如箭，奔射涪江。餘詳詩集注。俗擅繁華，蜀地最爲繁麗。華陽國志曰：漢家食貨，以爲稱首。地多材雋。左思蜀都賦：江漢炳靈，世載其英。考四海而爲雋，當中葉而擅名。謂相如、君平、王褒、揚雄之流。指巴西則民皆譙秀，文選桓温薦譙元彦表：巴西譙秀，植操貞固，抱德肥遯，杜門絶迹，不面僞庭。善曰：孫盛晉陽秋云：「譙秀字元彦，巴西人。譙周孫，性清静，不交於俗。李雄盜蜀，安車徵秀，秀不應，躬耕山藪。」訪臨邛則客有相如。史記司馬相如傳：素與臨邛令王吉相善，吉曰：「長卿久宦游不遂，而來過我。」於是相如往，舍都亭。臨邛令繆爲恭敬。富人卓王孫、程鄭乃相謂曰：「令有貴客，爲具召之。并召令。」舉纖繳以下冥鴻，列子：蒲且子之弋也，弱弓纖繳，乘風振之，連雙鶬於青雲之際。史記楚世家：楚人有好以弱弓微繳加歸鴈之上者。餘見汝南公賀德音表。抱朴子：飛高繳以下輕鴻。執定鏡而求西子。韓非子：搖鏡則不得爲明。劉晝新論：鏡形如杯，以照西施，鏡縱則面長，鏡橫則面廣，非西施貌易，所照變也。按：舊刻別解及馬氏繹史微言註中有劉晝新論。晝字孔昭，北齊時人。隋、唐史志，皆無此書名。惟所指命，便爲丹青。

若某者又安可炫露短材，叨塵記室？鹽車款段，徒逢伯樂而鳴；後漢書馬援傳：乘下澤車，御款段馬。注曰：款，猶緩也，言形段遲緩也。餘詳爲張周封啓。土鼓迂疏，恐致文侯之卧。禮記禮運曰：夫禮之初，蕢桴而土鼓。樂記曰：魏文侯曰：「吾端冕而聽古樂，則惟恐卧。」承命知忝，撫懷自驚。終無喻蜀之能，集作「心」，非。史記司馬相如傳：唐蒙使略通夜郎西僰中，發巴蜀吏卒千人。郡又多爲發轉漕萬餘人，用興法誅其渠帥，蜀民大驚恐。上聞之，乃使相如責唐蒙，因諭告巴蜀民以非上意。按：兼寓不屑爲書記之意。詩集「曾逐東風」之柳詩可證。但誓依劉之願。見爲鹽州狀。未獲謁謝，下情無任感激攀戀之至。謹啓。

二

某啓：伏蒙示及賜錢三十五萬以備行李，謹依榮示捧領訖。伏以古求良材，必有禮幣。一束芻皆堪貺美，詩：生芻一束，其人如玉。箋曰：女行所舍，主人之餼雖薄，要就賢人，其德如玉然。按：謂主人賢，則薄餼亦當就。五羖皮未曰輕齎。見滎陽公謝除副使狀。況某跡忝諸生，名非前哲，左傳：賴前哲以免也。尚遥玉帳，抱朴子：兵在太乙玉帳之中，不可攻也。已賚金錢。史記平準書：農工商交易之路通，而龜貝金錢刀布之幣興焉。訪蜀郡之卜人，懸之莫竭；漢書王貢兩龔傳：蜀有嚴君平，卜筮於成都市，裁日閲數人，得百錢，足自養，則閉肆下簾而授老子。遇河間之姹女，數且難窮。見安平公謝端午賜物狀。未草檄以愈風，見濮陽公陳情表。不執鞭而獲富。敢將潤屋，且以騰裝。戴荷之誠，寄喻無地。按：上篇云「叨塵記室」，蓋初辟爲書記，尋改判官。辨詳年譜矣。義山文字，雖多遺逸，然在徐在梓，竟無一首表狀，亦可悟非書記也。在梓仍多代草者，蓋資其才藻，以應辟應舉，非書記之例。詩所以有柳下暗記之作也。在徐之移檄牒刺，竟全闕矣。

爲東川崔從事福謝辟并聘錢啓二首

按：舊書崔戎傳不及其子，新書止雍一人。而舊紀懿宗咸通十年，賜和州刺史崔雍死。雍之親黨原、福、朗、庚、序皆貶，時福以比部員外郎貶昭州司户。通鑑書曰「兄弟五人」。今合之宰相世系表，庚，表作「庾」，與序皆爲戣子。原，表作「厚」，與雍、福、裕皆爲戎子，朗爲戢子。但未知表皆可據否？福於乾符二年由主客郎中爲汾州刺史。見舊書紀。程午橋箋詩，以福爲崔八，其何據哉？又按：東川，即柳幕也。詳下寄彭城公啓。

福啓：伏奉公牒，伏蒙辟署觀察巡官。某早辱梯媒，獲沾科第。福當因其挈維得第。吴公之薦賈誼，未塞前叨；漢書賈誼傳：河南守吴公聞其秀材，召置門下。文帝聞吴公治平天下第一，徵爲廷尉。廷尉言誼年少，頗通諸家之書，文帝召以爲博士。竇融之舉班彪，仍當後忝。後漢書班彪傳：彪避地河西，大將軍竇融以爲從事，深敬待之，接以師友之道。及融徵還京師，光武問曰：「所上章奏，誰與參之？」融對曰：「皆從事班彪所爲。」帝雅聞彪材，因召入見，舉司隸茂才，拜徐令。仰觀蓮幕，見爲白從事啓。俯度桂科。唐人以得第爲折桂。習用語。卵翼不自於一無「於」字及下「其」字。他門，頂踵實非其己物。言願舍身以報。但賫灰粉，不惜灰粉此身。遠逐旌幢。雖有命以酬，實無言可謝。伏惟俯賜鑒諒。

二

福啓：錢若干，伏蒙賜備行李。竊以白馬從軍，後漢書李憲傳：陳衆爲揚州牧歐陽歙從事，乘單車，駕白馬，說憲餘黨而降之。號「白馬陳從事」云。英雄記：公孫瓚常乘白馬。又：白馬數十疋，選騎射之士，號爲「白馬義從」，以爲左右翼。胡甚畏之，相告曰：「當避白馬長史。」亦見後漢書。青鳧受聘。搜神記：南方有蟲，其形若蠶而大，其子著草葉如蠶種。殺其母以塗錢，以其子塗貫，用錢貨市，旋則自還，名曰「青鳧」。後世如酉陽雜俎則作「青蚨」。磨文難滅，魏志周宣傳：文帝曰：「吾夢摩錢文，欲令滅而更愈明。」校一作「枝」，誤。貫知多。史記平準書：京師之錢累巨萬，貫朽而不可校。陸賈方驗於火花，西京雜記：陸賈曰：「目瞤得酒食，燈火華得錢財。故目瞤則呪之，火華則拜之。」郭況莫矜於金穴。後漢書郭皇后紀：后弟陽安侯況，遷大鴻臚。帝數幸其第，賞賜金錢縑帛，豐盛莫比，京師號況家爲「金穴」。感戴之至，不任下情。謹啓。

爲河東公謝相國京兆公啓二首

舊書杜悰傳：大中初，出鎮西川。按：白敏中傳，大中七年，爲西川節度，蓋代杜悰也。悰於大中二年二月節度西川，七年移淮南，仲郢於六年鎮東川，故珪得被其辟。舊書宣宗紀書六年四月白敏中調鎮西川。悰本傳云「俄復入相」，皆誤。備詳年譜及詩集註。徐氏疑爲悰再鎮西川，而以仲郢鎮興元合之，尤謬。又按：袁説友成都文類失載此數篇，豈以題無「西川」字不細檢點歟？他詩文亦有失載者。

某啓：今月某日，得當道萬安驛狀報，伏承遣兵馬使陳朗賫幣帛鞍馬辟召小男者。未敢尋盟，左傳：晉人將尋盟。字屢見。又：成三年：晉荀庚來聘，且尋盟。衛孫良夫來聘，且尋盟。遽茲聞喜，漢書武帝紀：元鼎六年冬，將幸緱氏，至左邑桐鄉，聞南越破，以爲聞喜縣。遐瞻闤一作「闇」，今從英華。闉，恨乏羽毛。伏以自有搢紳，史記：薦紳先生難言之。徐廣曰：薦紳，即縉紳也。古字假借。誰無交結？朋友不全素諾，在古殊多；父子同受深知，當今罕一作「未」。見。豈期令德，圖於所難。男珪曾未成人，纔沾下第。舊書傳：仲郢子珪，大中五年登進士第，累辟使府，早卒。辨仲謀之菽麥，雖則有餘；吴志：孫權字仲謀。陳琳檄吴文：孫權小子，未辨菽麥。左傳：周子有兄而無慧，不能辨菽麥。況安石之芝蘭，竊將不可。晉書謝玄傳：叔父安曰：「子弟亦何預人事，而正欲使其佳。」玄答曰：「譬如芝蘭玉樹，欲使其生於庭階耳。」安悦。忽依大府，漢書郅都傳：旁十餘郡守，畏都如大府。便厠英僚。東吴之咍，恐自此始；左思吴都賦：東吴王孫，囅然而咍。西園之讌，未知如何。曹植公讌詩：公子敬愛客，終宴不知疲。清夜遊西園，飛蓋相追隨。此聯用蜀都賦，又以西園寓西川。此皆相公以某謬接藩維，久依繩墨，克降由中一作「衷」。之信，左傳：信不由中，質無益也。將酬事大之心。不然，則安得拔一作「按」，又作「收」，誤。童子於舞雩，禮諸生於白社！晉書隱逸傳：董京與隴西計吏俱至洛陽，被髮而行，逍遥吟詠，常宿白社中，孫楚數就社中與語。身枝獲慶，禮記：身也者，親之枝也。城府知歸。按：國語，衆心成城。又，心爲丹府。故城府以喻心。如晉書愍帝紀論，干寶有言曰「昔高祖宣皇帝性深阻，有若城府，而能寬裕以容納」之類。感激恩光，丁寧教誡。永言銘鏤，尚昧端倪。莊子：反覆終始，不知端倪。伏候一作「俟」。簡書來至敝邑，則專請張覿評事奉啓狀中陳。慕義無窮，見爲李詒孫啓。措辭莫盡。攀附惶戰，一作「戢」。不能究陳。謹啓。

二

某啓：伏奉榮示，伏蒙辟署某第二子前鄉貢進士珪按：舊書仲郢傳：子珪、璧、玭。新書傳：子璞、珪、璧、玭。據此云第二子，則璞果爲兄也。唐摭言，投刺謂之鄉貢，得第謂之前進士。此謂由鄉貢而得第者。充攝劍南西川安撫巡官，册府元龜幕府部：其辟署未有官者，皆謂之攝。并賜公牒舉者。某去月得楊侍御一作「郎」，誤。書題，楊侍御，楊收也。時爲西川幕官。見舊書傳。微傳風旨。漢書嚴助傳：乃令嚴助諭意風指於南越。初如吉夢，周禮春官：占夢以日月星辰占六夢之吉凶。季冬，聘王夢，獻吉夢于王，王拜而受之。終謂戲談。詩：不敢戲談。非不尋思，莫得端緒。漢書宣元六王傳：既開端緒，願卒成之。今乃竟詢仲胤，果降嘉招。伸紙發緘，吳季重答東阿王書：發函伸紙，是何文采之巨麗，而慰諭之綢繆乎！悸魂流汗。漢書田延年傳：大將軍曰：「當發大議時，震動朝廷。」光因舉手自撫心曰：『使我至今病悸。』」悸音揆，餘見安平公謝上表。何者？某頃居班列，潘岳夏侯常侍誄：從班列也。任昉求立太宰碑表：亦從班列。已奉陶甄。口裏雌黃，晉書王衍傳：妙善玄言，義理有所不安，隨即改更，世號「口中雌黃」。屢加雕煥；謝惠連秋懷詩：丹青暫雕煥。胸中雲夢，司馬相如子虛賦：秋田乎青丘，傍偟乎海外，吞若雲夢者八九，其於胸中，曾不蔕芥。過沐涵濡。掀之以順風，見爲任侍御啓。暖之以愛日。左傳：趙衰，冬日之日也；趙盾，夏日之日也。註：冬日可愛，夏日可畏。禮記：煖之以日月。玆辰議報，不在他門。一一無「一」字。昨叨裂一作「列」。土田，見論皇太子表。又漢書諸侯王表：剖裂疆土。陳湯傳：裂土受爵。按：「一昨」字，及「頃居班列」，當是仲郢初鎮東川，珪即被辟。謬分旗蓋，適當東道，屢見。獲事西鄰。東鄰、西鄰，見易既濟卦。左傳：西鄰責言，不可償也。豈望信在言前，後漢書王良傳：同言而信，則信在言前。榮流意外！坤維接畛，淮南子：坤維在西南。揚雄蜀都賦：下按地紀，則坤宮奠位。何酬上相之知；周禮大宗伯：朝覲會同，則爲上相。史記：陸賈謂陳平曰：「足下位爲上相。」坎卦成占，徐刊本誤作「名」。遂報中男之喜。易：坎再索而得男，故謂之中男。

且渠譬乖郄桂，見謝宗卿啓。名愧謝蘭。見上篇。未學周南召南，纔得一科一第。縱解問絹，晉陽秋：胡威父質爲荆州，威自京都省之。告歸臨辭，質賜絹一疋。威跪曰：「大人清高，不審於何得此？」質曰：

「是吾俸禄之餘，故以爲汝糧耳。」威受而去。不能負薪。禮記：問庶人之子幼，曰未能負薪也。將何以與先生並行，從大夫之後，仰塵帷幄，佇雜簪纓？況襟帶禺同，李尤函谷山銘：函谷險要，襟帶咽喉。漢書地理志：越巂郡青蛉縣禺同山有金馬、碧雞。咽喉巴濮，左傳：巴、濮、楚、鄧，吾南土也。尚書牧誓傳：叟、髳、微在巴蜀，庸、濮在江漢之南。互詳爲柳珪啓。求於安撫，必也機謀。深慮異時，莫副虛佇。然竊尋史傳所載，語父子之間，雖石苞獨異石崇，晉書石崇傳：父苞臨終，分財物與諸子，獨不及崇。其母以爲言，苞曰：「此兒雖小，後自能得。」而山濤不知山簡。晉書山簡傳：簡性温雅有父風，年二十餘，濤不之知也。簡嘆曰：「吾年近三十，而不爲家公所知。」亦豈一作「安」。敢保其孱陋，遽遣退藏；但當授以一經，漢書韋賢傳：鄒、魯諺曰：「遺子黄金滿籯，不如一經。」餘見爲李詒孫啓。訓之大杖。家語：曾子耘瓜，誤斬其根。曾皙怒，建大杖擊其背。孔子曰：「舜事瞽瞍，小棰則待過，大杖則逃走。」庶將寡過，以謝明恩。

染翰銜情，謝惠連詩：朋來當染翰。封箋寫抱。小人多事，拜台席以猶賒；童子何知，左傳：范文子曰：「國之存亡，天也。童子何知焉！」上賓階而在即。瞻望閶闔，左思吳都賦：閶闔譎詭。死生以之。伏惟深賜鑒信。謹啓。

爲柳珪東觀奏記有云：珪居家不稟於義方，奉國豈盡於忠節？刑部尚書柳仲郢上表稱屈，太子少師柳公權又訟侵毀之枉，上令免珪官，在家修省。按：此新書所采，疑未足憑。**謝**

京兆公啓三首

某啓：散兵馬使陳朗至，伏奉榮示，兼奉公牒，伏蒙召署攝成都府參軍充安撫巡官者。師襄鼓缶，家語：孔子學琴於師襄子。易：不鼓缶而歌。史記李斯傳：擊甕叩缻。淮南子：窮鄉之社，扣瓮鼓缶，相和而歌。或近玩人；書：玩人喪德。和氏搜珉，禮記：君子貴玉而賤珉。餘見爲勃海公舉人狀。能無驚物？徐曰：師襄、和氏比杜悰，乃降而鼓缶，搜珉，喻辟己非其人也。跪受高命，莫知所裁。某藏豹不堅，劉向列女傳：陶荅子妻曰：「妾聞南山有玄豹，霧雨七日，不下食者，何也？欲以澤其衣毛，而成其文章，故藏以遠害。」雕龍未巧。史記：談天衍，雕龍奭。後漢書崔駰傳贊曰：崔爲文宗，世擅雕龍。北史：魏劉勰撰文心雕龍。徒承庭訓，遂厠人曹。比衛家之一兒，晉書衛玠傳：琅邪王澄及王玄、王濟並有盛名，皆出玠下，世云「王家三子，不如衛家一兒。」天懸鵬鷃；莊子：鵬背若泰山，翼若垂天之雲，摶扶摇羊角而上者九萬里。斥鴳笑之曰：「我騰躍而上，不過數仞而下，翱翔蓬蒿之間，此亦飛之至也。而彼且奚適也？」此小大之辨也。「鴳」，亦作「鷃」。望鄴中之七子，魏志注：文帝典論：「今之文人魯國孔融、廣陵陳琳、山陽王粲、北海徐幹、陳留阮瑀、汝南應瑒、東平劉楨。斯七子者，於學無所遺，於辭無所假。」按：魏志王粲傳曰：始文帝爲五官將，及平原侯植皆好文學。而王粲敍至劉楨六人。下文云：「自邯鄲淳等亦有文采，而不在此七人之例。」玩其文義，以文帝爲帝，不入此數，而陳思王與王粲等合爲七人，與注中引典論兼孔文舉言之者異也。謝靈運擬鄴中集詩八首，冠以魏太子，其序云：建安末，余時在鄴宮，朝遊夕讌，究歡愉之極。今昆弟友朋，二三諸彦，共盡之矣。餘則王粲、陳琳、徐幹、劉楨、應瑒、阮瑀、平原侯植七人。此爲七子之定目也。若核文舉之被禍，與鄴中不可細合。小學紺珠標建安七子，首以孔融，而不及陳思王，似非也。乾隆戊寅四明陳朝輔新刻建安七子序曰：「陳壽志敍陳思王至劉公幹爲建安七子。謝康樂因之作鄴中集詩。」按：此説是也。凡去陳思而登孔文舉者，皆承文帝猜嫌之誤耳。風逸馬牛。書費誓：馬牛其風。傳曰：馬牛其有風佚。左傳：齊侯伐楚，楚子使與師言曰：「君處北海，寡人處南海，惟是風馬牛不相及也。」正義曰：風，放也。牝牡相誘謂之風，不相及，取喻不相干也。已忝決科，揚雄法言：或人啞爾笑曰：「須以發策決科。」敢思筮仕。

伏惟相公，以仁義禮智信爲基構，用温良恭儉讓爲藩籬。堯時則業貫夔龍，殷代則道符尹説。入秉文教，書：三百里揆文教，二百里奮武衛。出曜兵權。「兵權」，見太史公自敍，此謂掌兵之權。述雅誥而筆開揮神鋒而劍合陰陽，吴越春秋：干將鑄劍二枚，陽曰干將，陰曰莫耶，陽作龜文，陰作漫理。造化。況天有井絡，河圖括地象：岷山之精，上爲井絡。帝以建昌，神以會福。地稱坤維。控三巴百濮之雄，常璩華陽國志：獻帝初平元年，征東中郎將安漢趙潁建議，分巴爲三郡。潁欲得巴舊名，故白益州牧劉璋，以墊江以上爲巴郡，江南龐羲爲太守，治安漢；以江州至臨江爲永寧郡，朐忍至魚復爲固陵郡。巴遂分矣。建安六年，魚復蹇胤白璋争巴名。璋乃改永寧爲巴郡，以固陵爲巴東郡，徙羲爲巴西太守，是爲三巴。左思蜀都賦：於東則左綿、巴中，百濮所充。劉逵曰：濮，夷也。傳云：麇人率百濮。今巴中七姓有濮也。帶南詔西山之險。新書南蠻傳：夷語王爲「詔」。其先渠帥有六，自號「六詔」，曰蒙嶲詔、越析詔、浪穹詔、邆睒詔、施浪詔、蒙舍詔。不能相君，蜀諸葛亮討定之。蒙舍在諸部南，故稱南詔。五詔微，乃合六詔爲一。舊書吐蕃傳：劍南西山與吐蕃、氐、羌鄰接。按：岷山連嶺而西，不知紀極，皆曰「西山」。備詳詩集註。人稱奧府，焦氏易林：江、河、淮、海，天之奧府。北史魏宗室安定王休傳：竊以馮翊古城，寔惟西藩奧府。後漢書崔駰傳：崔篆慰志賦：騁六經之奥府。帝謂殊藩。唐時西川使府，重於列鎮。固已一作「以」。廣集豪英，用資參佐。玳簪珠履，史記春申君傳：趙使欲夸楚，爲瑇瑁簪，刀劍室以珠玉飾之。春申君客三千餘人，其上客皆躡珠履，趙使大慚。綠水紅蓮。屢見。成籍籍於淮山，漢書燕剌王旦傳：骨藉藉兮亡居。注曰：藉藉，縱横貌。司馬相如傳：它它藉藉，填阬滿谷。按：此言來遊者交錯也。本作「籍籍」，亦作「藉藉」。漢書淮南王安傳：招致賓客方術之士數千人。王逸楚辭招隱序：招隱士者，淮南小山之所作也。按：淮山用典耳，非悰已移淮南也。致憧憧於燕路。易：憧憧往來，朋從爾思。餘見賀破奚寇表。

若某者徒將慕藺，史記司馬相如傳：其親名之曰犬子。既學，慕藺相如之爲人，更名相如。何足望回？又安敢一作「可」。拂其塵埃，取彈冠之意。加以冠履？伏思相公，直以大人頃居班列，獲奉恩私。後漢書馮異傳：上書曰：充備行伍，過蒙恩私。羅照乘於驪淵，史記田敬仲世家：梁惠王謂齊宣王曰：「寡人有徑寸之珠，照車前後各十二乘者十枚。」餘見爲任侍御啓。覬歸昌於鳳穴。按初學記引論語摘衰聖：鳳行鳴曰歸嬉，止鳴曰提扶，夜鳴曰善哉，晨鳴曰賀世，飛鳴曰郎都。太平御覽引韓詩外傳：其鳴也，雄曰節節，雌曰足足，昏鳴曰固常，晨鳴曰發明，晝鳴曰保章，舉鳴曰上翔，集鳴曰歸昌。他本轉引，每多脱誤。山海經：丹穴之山，有鳥名曰鳳凰。未見其可，處之不疑。曾不念木朽石頑，雕鐫莫就；榆瞑豆重，嵇康養生論：豆令人重，榆令人瞑。性分難移。古人所以有以榮爲憂，晉書羊祜傳：讓表曰：夙夜戰慄，以榮爲憂。受恩如敵，説苑：受恩者尚必報。徐曰：左傳：臾駢曰：「敵惠敵怨，不在後嗣。」註曰：敵猶對也。語蓋本此。按：受恩如敵，必圖報也。俟再檢所本。斯言之作，珪也有焉。

今月六日辰時，輒奉辟書，具聞晨省。禮記：凡爲人子之禮，冬温而夏清，昏定而晨省。仰承嚴旨，便定行期。而又内奮弟兄，外誘交友。傅翼類虎，韓詩外傳：無爲虎傅翼，將飛入宫，擇人而食。此取義不同。生角如麟。詩：麟之角。漢書郊祀志：郊雍，獲一角獸，若麃然。有司曰：「上帝報享，錫一角獸，蓋麟云。」事誠實於顯榮，勢莫知其報效。尚須旬日，方拜旌旄。新書珪傳：杜悰表在幕府，久乃至。會悰徙淮南，歸其積俸，珪不納。悰舉故事爲言，卒辭之。惟當洗心爲齋，易：君子以此洗心。莊子：仲尼語顔回曰：「氣也者，虚而待物者也。唯道集虚，虚者，心齋也。」延頸以望。見賀相國汝南公啓。持千尋之建木，海内南經：有木，其狀如牛，引之有皮，若纓黄蛇，其名曰建木，在窫窳西，弱水上。又海内經：有鹽長之國，有木名曰建木，百仞無枝，有九欘，下有九枸，大皞爰過，黄帝所爲。淮南子：建木在都廣，衆帝所自上下，日中無景，呼而無響，蓋天地之中也。想像瓌姿；宋玉神女賦：瓌姿瑋態。周萬頃之澄波，後漢書黄憲傳：憲字叔度。郭林宗曰：「叔度汪汪若千頃陂，澄之不清，淆之不濁，不可量也。」南史王惠傳：荀伯子曰：「靈運固自蕭散直上，王郎有如萬頃陂焉。」比量曠度。夏侯湛東方朔畫贊：遠心曠度。戴恩揣己，投一作「授」。命依仁。後漢書臧洪傳：臧洪投命於君親。論語：依於仁。集解曰：依，倚也。仁者功施於人，故可倚。神之聽之，語見詩。百生如一。

謹啓。

二

某啓：伏蒙榮示，賜及前件衣服段及束絹等，謹依處分捧受訖。伏以大人自處通班，徐陵讓表：洪私過誤，寘以通班。彌修儉德。田園惟恐蕪没，見絳郡上崔相啓。子弟不免饑寒。魏志鄭渾傳：渾清素在公，妻子不免饑寒。此類事頗多。去春一作「歲」。成名，首秋一作「春」。歸覲。珪於五年登第，仲郢於六年七月拜東川之命，此云去春，是五年春，首秋，似六年初秋也。故從英華本，其被辟約在七年春矣。雖才非張載，未刊劍閣之銘；晉書：張載字孟陽。父收，蜀郡太守。載博學有文章。太康初，至蜀省父，經劍閣。載以蜀人恃險好亂，因著銘以作誡。益州刺史張敏見而奇之，乃表上其文。武帝遣使鐫之於劍閣山焉。舊書志：劍州劍門，縣界大劍山，即梁山也。北三十里有小劍山。大劍山有劍閣道，三十里至劍處，張載刻銘。而志慕胡威，敢問荆州之絹。見爲河東公啓。豈意一作「謂」。相公，復以簡書召署，筐篚加恩。古者贖百里奚，纔持五羖；見謝除副使狀。誚程不識，猶惜一錢。漢書灌夫傳：灌夫駡灌賢曰：「平生毁程不識不直一錢，今乃效女曹兒呫囁耳語。」況某碌碌無奇，史記平原君傳：毛遂奉銅盤而跪進之楚王曰：「王當歃血而定從，次者吾君，次者遂。」遂定從於殿上。毛遂左手持盤血，而右手招十九人曰：「公相與歃此血於堂下。公等碌碌，所謂因人成事者也。」庸庸作「容容」，非。自守，後漢書馮衍顯志賦曰：「獨慷慨而遠覽兮，非庸庸之所識。」敢邀厚幣，來自雄藩？品目難名，珍纖可玩。魏志陳留王紀：方寶纖珍，歡以效意。仰李膺之德，尚未登門；見濮陽公舉人自代狀。讀戴聖之書，一作「經」。已驚潤屋。漢書儒林傳：后蒼説禮，授梁戴德、戴聖、沛慶普。

德號大戴，聖號小戴。隋書經籍志：初，禮記凡五種，合二百十四篇，戴德删其煩重，合爲八十五篇，戴聖又删爲四十六篇。漢末馬融遂傳小戴之學，又足月令、明堂位、樂記，合四十九篇。無任戴荷悚懼之至。謹啓。

三

某啓：伏奉榮示，令將前件馬及行官延接者。某將仕大藩，苦無遠道。管子：造父有以感轡策，故遬獸可及，遠道可致。特蒙恩禮，曲賜優崇。扶以武夫，濟之良馬。經過燕館，謂碣石宫，見濮陽公奏充判官狀。將耀於鳴騶；孔稚圭北山移文：鳴騶入谷。夢寐梁園，屢見。只思於飛鞚。鮑照擬古詩：飛鞚越平陸。感佩之至，不任下情。謹啓。

上河東公啓

商隱啓：兩日前於張評事處伏覩手筆，兼評事傳指意，於樂籍中賜一人，徐曰：樂籍，妓女之隸教坊者也。諸州皆有樂籍。以備紉補。禮記內則：衣裳綻裂，紉箴請補綴。某悼傷已來，義山於大中五年喪妻王氏，詳詩集年譜。光陰未幾。梧桐半死，枚乘七發：龍門之桐，高百尺而無枝，其根半死半生。才一作「方」，非。有述哀；文選江淹雜體詩有潘黄門岳述哀，謂悼婦詩。靈光獨一作「猶」。存，見上兵部相公啓。且兼多病。眷言息胤，不暇提攜。或小於叔夜之男，晉書嵇康傳：康字叔夜。又：男年八歲，未及成人。或幼於伯喈之女。後漢書：蔡邕字伯喈。蔡琰别傳：琰字文姬，邕之女，少聰慧秀異，年六歲，邕鼓琴絃絶，琰曰：「第二絃。」邕故斷一絃，琰曰：「第四絃。」檢庾信荀娘之啓，庾信集謝趙王賚息荀娘絲布啓。常有酸辛；詠陶潛通子之詩，陶潛責子詩：通子年九齡，但覓梨與栗。每嗟漂泊。所賴因依德宇，國語：寺人勃鞮曰：「今君之德宇，何不寬裕也？」晉書陸玩傳：搢紳之徒，廕其德宇。馳驟府庭。南史謝朓傳：榮立府庭，恩加顏色。方思效命旌旄，不敢載懷鄉土。錦茵象榻，潘岳寡婦賦：易錦茵以苫席。戰國策：孟嘗君至楚，楚獻象牙牀，其直千金。石館金臺，屢見。入則陪奉光塵，出則揣摩鉛鈍。戰國策：蘇秦得陰符之謀，伏而讀之，簡練以爲揣摩。餘見安平公謝除表。兼之早歲志在玄門，老子：玄之又玄，衆妙之門。及到此都，更敦夙契。自安衰薄，禰衡鸚鵡賦：嗟祿命之衰薄。微得端倪。至於南國妖姬，陳思王雜詩：南國有佳人，容華若桃李。又名都篇：名都多妖女，京洛出少年。叢臺妙妓，張平子東京賦：趙建叢臺於後。薛綜曰：史記：趙武靈王起叢臺，太子圍之三月。按：太平御覽引史記亦云。而今所刊史記趙世家云「沙丘異宮」，不云「叢臺」。後漢書志：趙國邯鄲縣有叢臺。漢書志：趙地倡優，女子彈絃跕躧，游媚富貴，偏諸侯之後宮。曹植七啓：才人妙妓，遺世絕俗。後漢書梁冀傳：發取妓女御者。明北監刊本附劉攽曰：案古無妙女，當作「妓」。按：此則舊本作「妙女御者」刊時改之耳，似可爲此「妙」字之據。雖有涉於篇什，實不接於風流。

況張懿仙本自無雙，古詩爲焦仲卿妻作：精妙世無雙。曾來獨立，漢書外戚傳：李延年歌曰：北方有佳人，絕世而獨立。一顧傾人城，再顧傾人國。既從上將，又託英僚。汲縣勒銘，後漢書崔瑗傳：遷汲令，開稻田數百頃，百姓歌之，遷濟北相。崔氏家傳：瑗爲汲令，開渠造稻田，長老歌之曰：天降神明君，錫我慈仁父。臨民布德澤，恩惠施以序。穿溝廣灌溉，決渠作甘雨。遷濟北率，官吏男女號泣，共壘石作壇，立碑頌德而祠之。文用斯事，非謂瑗自善銘頌。方依崔瑗；漢庭曳履，猶憶鄭崇。漢書鄭崇傳：哀帝擢爲尚書僕射，數諫諍，每見，曳革履。上笑曰：「我識鄭尚書履聲。」「汲縣」頂「英僚」，「漢庭」頂「上將」。皆以喻其所歡。寧復河裏飛星，用織女渡河，非用女人星浴於渭，乳長七尺之事。雲間墮一作「墜」。月，謝靈運詩：可憐誰家郎，緣流乘素舸。但問情若爲，月就雲中墮。窺西家之宋玉，宋玉登徒子好色賦：臣東家之子，嫣然一笑，惑陽城，迷下蔡。然此女登牆，窺臣三年，至今未許也。恨東舍之王昌！襄陽耆舊傳：王昌爲東平相散騎常侍，早卒，婦任城王子文之女也。梁武帝河中之水歌：人生富貴何所望，恨不早嫁東家王。辨詳詩集代應、水天閑話舊事。誠出恩私，非所宜稱。伏惟克從至願，賜寢前言。使國人盡保展禽，家語：魯人有獨處室者，鄰之嫠婦室壞，趨而託焉。魯人閉户不納。嫠婦自牖與之言曰：「子何不如柳下惠然，嫗不逮門之女，國人不稱其亂。」酒肆不疑阮籍。世說：阮公鄰家婦有美色，當壚沽酒。阮與王安豐常從婦飲酒，阮醉，便眠其婦側。夫始殊疑之，伺察終無他意。則恩優之理，何以加焉？干冒尊嚴，伏用惶灼。謹啓。

謝河東公和詩啓

商隱啓：某前因暇一作「假」。日，離騷：聊假日以媮樂。此謂休假也。見爲絳郡公啓。出次西溪，西溪在梓州。詳詩集。既惜斜陽，聊裁短什。即詩集悵望西溪水之篇。蓋以徘徊勝境，顧慕佳辰，爲芳草以怨王孫，見獻啓。借美人以喻君子。離騷：恐美人之遲暮。文選張平子四愁詩序：依屈原以美人爲君子，以珍寶爲仁義。思將玳瑁，南州異物志：瑇瑁如龜，生南方海中，大者如蘧蒢。背上有鱗，發取其鱗，因見其文。嶺表録異：玳瑁惟腹背甲有斑點。爲逸少裝書；晉書：王羲之字逸少，善隸書，爲古今之冠。法書要録：梁虞龢論書表曰：二王縑素書珊瑚軸二帙，紙書金軸二帙，又紙書玳瑁軸五帙。願把珊瑚，本草：珊瑚似玉紅潤，生海底磐石上，一歲黄，三歲赤。與徐陵架一作「駕」。筆。陳書徐陵傳：陵字孝穆，世祖、高宗之世，國家有大手筆，皆陵草之，爲一代文宗。按：「徐陵架筆」未詳。羅隱詩亦云：「徐陵筆硯珊瑚架。」歐陽公集：錢思公有珊瑚筆格，平生尤所珍惜。餘再考。斐然而作，魏文帝與吴質書：德璉常斐然有述作之意。曾無足觀。不知誰何，仰達尊重？文儷作「覽」。果煩屬和，彌復兢一作「驚」。惶。

某曾讀隋書，見楊越公隋書楊素傳：素字處道，弘農華陰人，平陳，封越國公。按：素後爲煬帝猜忌，改封楚國，而越國封名久著，故仍稱之。地處親賢，才兼文武，隋書楊素傳：詔曰：上柱國、尚書左僕射、越國公素，懷佐時之略，包經國之才。論文則辭藻縱横，語武則權奇間出。每舒錦繡，必播管絃。當時與之握手言情，披襟得侶者，惟薛道衡一人而已。隋書楊素傳：素善屬文，工草隸。性疎而辯，高下在心，朝臣之内，頗推高熲，敬牛弘，厚接薛道衡，視蘇威蔑如也。嘗以五言詩七百字贈番州刺史薛道衡，詞氣宏拔，風韻秀上，爲一時盛作。有集十卷。薛道衡傳：道衡河東汾陰人，每至構文，必隱坐空齋，蹋壁而卧，聞户外有人便怒，其沈思如此。道衡久當樞要，才名益顯，高熲、楊素雅相推重，聲名籍甚，無競一時。有集七十卷。及觀其唱和，乃數百篇。力鈞聲同，德鄰義比。彼若陳葛天氏之舞，呂氏春秋：昔葛天氏之樂，三人摻牛尾，投足以歌八闋，一曰載民，二曰玄鳥，三曰遂草木，四曰奮五穀，五曰敬天常，六曰達帝功，七曰依地德，八曰總萬物之極。司馬相如上林賦：聽葛天氏之歌。此必引穆天子之歌。穆天子傳：有西王母爲天子謠，天子答謠。又有黄澤謠、黄竹詩三章諸篇。彼若言太華三峯，初學記：華山記云：山頂上方七里，其上有三峯直上，晴霽可覩。此必曰潯陽九派。漢書地理志：廬江郡尋陽縣。禹貢：九江在南，皆東合爲大江。又：九江郡。應劭曰：江自尋陽分爲九。郭璞江賦：流九派乎潯陽。神功古迹，皆應物無疲；地理人名，亦争承不闕。左傳：子産争承。後來酬唱，罕繼聲塵。常以斯風，望於哲匠。殷浩詩：哲匠感蕭晨。豈知今日，屬在所天。左傳：箴尹克黄曰：君，天也。蜀志：郤正釋譏曰：託身所天。吴志孫皎傳：甘寧曰：「輸効力命，以報所天。」坐席行衣，史記滑稽東方朔傳：時坐席中，酒酣。徐陵春日詩：落花承步履，流澗寫行衣。分爲七覆；左傳：晉士季使鞏朔、韓穿帥七覆于敖前，故上軍不敗。煙花魚鳥，置作五衡。集作「衝」。徐曰：當作「衝」。通典：太公對武王曰：「可爲四衝陣。」左傳：昭元年，晉中行穆子敗無終及羣狄于太原，崇卒也。將戰，乃毁車以爲行，爲五陳以相離。兩於前，伍於後，專爲右角，參爲左角，偏爲前拒。此蓋與「七覆」同用左傳事。改「陣」爲「衝」，諧聲病耳。有四衝，亦可言五衝也。按：「五陳」，杜註云：皆臨時處置之名。正義曰：布置使相遠也。似此作「置」字亦合。然唐石經作「伍陳」，不作「五」。又左傳：僖三十一年，晉作五軍以禦狄。謂三軍、上下新軍也。文豈以河東公晉地人，故皆用晉事乎？然未可定指也。風后握奇經曰：天有衡，地有軸，前後有衝。則衡、衝皆陣名，與五時之陣、五行之陣，皆屢見兵家書，而究無五衡明文。「衡」、「衝」二字，義每互用，不必改。其用典宜再考。詎能狎晉之盟？左傳：楚人曰：「晉、楚狎主諸侯之盟也久矣，豈專在晉？」實見取鄫之易。左傳：取鄫，言易也。莒不撫鄫，鄫叛而來。凡克邑不用師徒曰取。不以釁鼓，左傳：君以軍行，祓社釁鼓。又：孟明稽首曰：「君之惠，不以纍臣釁鼓。」惠莫大焉。恐懼欣榮，既恐懼，又欣榮也。徐刊本作「交縈」，失其義矣。投錯無地，易：苟錯諸地而可矣。來日專冀謁謝，伏惟鑒察。謹啓。

爲舉人上翰林蕭侍郎啓

新書蕭鄴傳：鄴及進士第，累遷監察御史、翰林學士。出爲衡州刺史。大中中召還翰林，拜中書舍人，遷户部侍郎，以工部尚書、同中書門下平章事。按：必即此人。新書言在官無足稱道，舊書無傳。新書表：大中十一年七月，以兵部侍郎同平章事。此亦爲柳璧作，而以兄珪得第考之，則當在大中七、八年矣。

某啓：某聞師曠之琴，不鼓之則無以召玄鶴；韓子：平公問師曠：「清商固宜悲乎？」師曠曰：「不如清徵。」師曠援琴一奏，有玄鳥二八，道南方來集於廊門之垝。再奏之，成行而列。三奏，延頸而鳴，舒翼而舞，音中宫商。公大悦，提觴而起，爲師曠壽。按：「二八」或作「二雙」，「廊門之垝」或作「廟門之外」，又或作「郭門」，當誤。初學記引韓子：師曠鼓琴，有玄鶴啣珠於中庭舞。楊羲之石，不用之即無以聘應龍。梁四公記：震澤中洞庭山南，有洞穴。梁武帝問杰公，公曰：「此東海龍王第七女掌龍王珠藏，若遣使信，可得寶珠。」有合浦郡甌越羅子春兄弟上書自言，帝命杰公問曰：「汝家制龍石尚在否？」答曰：「在。」謹齎至都，試取觀之，公曰：「汝石能制徵風雨、召戎虜之龍，不能制海王珠藏之龍。昔桐柏真人教楊羲、許謐、茅容乘龍，各贈制龍石十觔，今亦應在。」帝敕命求之於茅山華陽隱居陶弘景，得石兩片。公曰：「是矣。」按：諸仙喻授楊羲事具真誥。物既有之，言亦猶是。伏惟侍郎學士，絪緼降秀，翕闢資華。易：天地絪緼，萬物化醇。又：夫坤，其靜也翕，其動也闢。又：闔户謂之坤，闢户謂之乾。天上比方，但有文星粗爾；見爲李詒孫啓。人間擬議，未將太華爲然。太華，華山也。非泰山、華山二嶽。爰自妙齡，遂肩名輩。當時人物，何戢惟效於褚公；南史何戢傳：戢字惠景，美容儀，動止與褚彦回相慕，時人號爲「小褚公」。邇日風流，杜乂難方於衛玠。晉書衛玠傳：玠字叔寶，拜太子洗馬。京師人士，聞其姿容，觀者如堵。玠勞，疾遂甚，卒，時年二十七。時人謂玠被看殺。後劉惔、謝尚共論中朝人士，或問：「杜乂可方衛洗馬不？」尚曰：「安得相比，其間可容數人。」惔又云：「杜乂膚清，叔寶神清。」加以弘成與石，西京雜記：弘成子少時，有人授以文石，大如燕卵，吞之，遂爲天下通儒。後成子病，吐出文石，以授五鹿充宗，又爲碩學也。郭璞傳豪。屢見。渙水儻來，皆逢藻繢；文選：陳琳爲曹洪與魏文帝書：遊睢、渙者，學藻繢之綵。善曰：陳留記：襄邑，渙水出其南，睢水經其北。傳云，睢、渙之間出文章，故其黼黻絺繡，日月華蟲，以奉于宗廟御服焉。荆峯若至，只有璆琳。見爲張周封啓渤海公舉代狀。合沓縑緗，王子淵洞簫賦：薄索合沓。注曰：合沓，重沓也。說文：繒，帛也。縑，并絲繒也。緗，帛淺黄色也。釋名：緗，桑也。如桑葉初生之色也。縹猶漂，淺青色也。

縱横筆硯。三都作序，不勞皇甫士安；晉書皇甫謐傳：謐字士安，自號玄晏先生。文苑傳：左思賦三都成，自以其作不謝班、張，恐以人廢言，安定皇甫謐有高譽，思造而示之。謐稱善，爲其賦序。萬乘爲僚，只有東方曼倩。夏侯湛東方朔畫贊：大夫諱朔，字曼倩。又：戲萬乘若寮友。

況從近歲，且有外虞。傅介子在樓蘭國中，奇功未就；漢書傅介子傳：介子，與樓蘭王坐飲，陳物示之，飲酒皆醉。謂王曰：「天子使我私報王。」王起，隨介子入帳中屏語。壯士二人從後刺之，刃交胸，立死。遂持王首還詣闕，封介子爲義陽侯。班仲升一作「叔」。於玉門關外，報命猶賒。後漢書班超傳：焉耆王廣、尉犂王汎及北鞬支等相率詣超。超吏士收廣、汎等於陳睦故城，斬之，傳首京師。更立元孟爲焉耆王。於是西域五十餘國悉皆納質内屬焉。餘見安平遺表、濮陽陳情表。按：用傅、班二事，求之實事，未見符合者。大約回紇烏介自會昌間敗後，走保黑車子，朝臣銜命而往者，每有阻閡。而大中三年，吐蕃論恐熱與尚婢婢相攻殺，河西鄯、廓等州，赤地五千里。皆見史書。故此聯概言邊功未竟也。雖太平之業已隆，而震耀之威尚作。左傳：爲刑罰威獄，使民畏忌，以類其震曜殺戮。註：雷震電曜，天之威也，聖人作刑戮以象類之。侍郎又綢繆武帳，史記：上嘗坐武帳中。註：織成爲武士象。密勿皇圖。九天九地之兵，寧因舊學；玄女兵法：凡行兵之道，天地大寶，得者全勝，失者必負。九地九天，各有表裏，三奇六壬，主威軍士。玄女三宮戰法：九天之上，六甲子也。九天之下，六癸酉也。子能順之，萬全可保。孫子兵法：善守者，藏於九地之下；善攻者，動於九天之上。後漢書皇甫嵩傳：有餘者動於九天之上，不足者陷於九地之下。按：曰守、曰陷，隨所取義，故不同也。七縱七擒之術，固已玄通。蜀志注：漢晉春秋曰：

諸葛亮在南中，所在戰捷，生得孟獲，使觀於營陣之間，問曰：「此軍何如？」獲對曰：「向者不知虛實，故敗。今蒙賜觀看營陣，若祇如此，即定易勝耳。」亮笑縱使更戰。七縱七擒，而亮猶遣獲，獲止不去，曰：「公，天威也，南人不復反矣。」遂至滇池，南中平。蔡邕郭有道碑：於休先生，明德通玄。老子：微妙玄通，深不可測。用視草之工，見汝南公賀赦表。解按劍之怒。說苑：秦王按劍而坐。鮑照詩：天子按劍怒，使者遥相望。手爲天馬，真誥：手爲天馬，鼻爲仙源。集仙録：楚莊王時，有乞食翁歌曰：清晨案天馬，來請太真家。乞食翁者，西城真人馬延壽，周宣王時人也。天馬，手也。以手按鼻下，杜絶百邪。心繪國圖。梁書裴子野傳：敕使撰方國使圖，廣述懷來之盛，自要服至于海表，凡二十國。九重之中，暫煩前箸；屢見。萬里之外，輒敢衡車。春秋感精符：齊、晉並争，吴、楚更謀，競作天子之事，作衡車勵武將，輪有刃，衡有劍，以相振懼。按：御覽引此本作「衡車」，乃徐氏采之而作「衝」，且曰：文中「衡」字疑作「衝」，想刻本有異耳。然衡與衝義相類，如御覽引東觀漢記，既云「王尋、王邑，兵甲衝輣」，又云「或衡車撞城」。淮南子「所擊無不碎，所衝無不陷」，此類通用極多。位誠在於論思，功已參於鎮撫。左傳：夫固謂君訓衆而好鎮撫之。圖書之府，見爲李詒孫啓。鼎鼐之司。爾雅：鼎絶大謂之鼐。漢書彭宣傳：三公鼎足承君。後漢書明帝紀：易曰：鼎象三公。伊咎懸遺恨一作「爲恨」，誤。之誠，謂不能早薦，故抱遺恨也。暗用史鰌事，見彭陽遺表。夔説貯妨賢之愧。見濮陽陳情表。載惟後命，左傳：齊侯將下拜，宰孔曰：「且有後命。」夫豈踰時。以上數句，頌其將爲相。

抑某又聞之，昔管仲經邦，賓客有二；管子：管仲會國用三分，二在賓客，其一在國。周公待士，吐握皆三。史記魯世家：伯禽代就封於魯，周公戒伯禽曰：「我一沐三捉髮，一飯三吐哺，起以待士，猶恐失天下之賢人，子之魯，慎無以國驕人。」丙丞相之車茵，寧彈醉客；見爲任侍御啓。平津侯之賓館，不礙布衣。已見絳郡公上崔相啓。又西京雜記：平津侯營客館，招天下之士，其一曰欽賢館，次曰翹材館，次曰接士館，而躬身菲薄，所得奉禄，以奉待之。按：「不礙布衣」字，未及檢明。平津食故人高賀以脱粟，覆以布被事，亦詳西京雜記，似可旁證。並脂粉簡編，北堂書鈔：桓範云：學者，人之脂粉也。徐陵王勱碑：網羅圖籍，脂粉藝文。冠纓圖史。後之披卷，皆若升堂。侍郎美譽滂一作「旁」，非。流，高節彌折。戰國策：武安君曰：「主折節以下其臣。」漢書田蚡傳：痛折節以禮屈之。擔簦者成市，躡蹻屩同。者如雲。見上范陽公啓。此乃前賢後賢，不殊軌轍；往哲來哲，非異門牆。縱燕有黄金之臺，見爲白從事啓。齊爲碣石之館，見濮陽公奏充判官狀。按：史記注：碣石宫在幽州西三十里寧臺之東。此豈以鄒衍齊人，不妨言齊，抑別有據耶？料其棟宇，易：上棟下宇，以待風雨。必已荒蕪。魏都賦：崤函荒蕪。

若某者陋若左思，見上篇。醜同王粲，魏志：蔡邕聞王粲在門，倒屣迎之，粲至，年既幼弱，容狀短小，一坐盡驚。邕曰：「此王公孫也，有異才，吾不如也。」又曰：劉表以粲貌寢，而體弱通侻，不甚重也。松之曰：「貌寢，謂貌負其實也。通侻，簡易也。」鬚眉不及於崔琰，腰腹無預於鄭玄。並見爲薛從事啓。若值庭蘭，屢見。固多慚德；書：成湯放桀于南巢，惟有慚德。如逢巖電，晉書王戎傳：戎字濬冲，父渾。戎幼而穎悟，神彩秀徹，視日不眩。裴楷見而目之曰：「戎眼爛爛如巖下電。」戎年十五，少阮籍二十歲，而籍與之交，謂渾曰：「共卿言，不如共阿戎談。」不望齊名。重以惠劣禰生，惠與慧同。後漢書：禰衡少有才辯，嘗讀蔡邕所撰碑文，一覽識之。孔融薦禰衡表：目所一見，輒誦於口；耳所暫聞，不忘於心。性與道合，思若有神。專非董氏。漢書董仲舒傳：下帷講論，弟子傳以久次相授業，或莫見其面。蓋三年不窺園，其精如此。殊顏回之易鑄，楊子：或曰：「人可鑄與？」曰：「孔子鑄顏回矣。」若宰我之難雕。徒欲萬卷咸披，博物志：蔡邕有書萬卷。梁書任昉傳：聚書萬餘卷，率多異本。又張纘傳：纘好學，兄緬有書萬餘卷，晝夜披讀，殆不輟手。按：萬卷事屢見。後漢書：鄭康成博稽六藝，粗覽傳記，時覩祕書緯術之奧，凡所注著百餘萬言。梁昭明十二月啓：萬卷常披，習鄭玄之逸氣。似古以鄭氏爲首稱也。且乏五行俱下。後漢書應奉傳：奉字世叔，讀書五行俱下。叨從歲賦，「歲賦」，歲舉之進士也。漢書鼂錯傳：以臣充賦，甚不稱明詔求賢之意。勉致文編。唐時應試者必以卷軸投諸先達貴人，冀其譽賞成名，此云「文編」是也。户户醬瓿，惟聞見辱；漢書揚雄傳：以爲經莫大於易，故作太玄。劉歆觀之，謂雄曰：「今學者尚不能明易，又如玄何？吾恐後人用覆醬瓿也。」人人虀臼，不肯留題。世説：魏武嘗過曹娥碑下，楊修從，碑背上見題作「黄絹幼婦，外孫虀臼」八字，修曰：「黄絹，色絲也，於字爲『絶』。幼婦，少女也，於字爲『妙』，外孫，女子也，於字爲『好』。虀臼，受辛也，於字爲『辭』。所謂『絶妙好辭』也。」再困於魚登，見爲張周封啓。一慚於雁序。原註：其長兄兩舉及第。禮記：兄之齒雁行。按：此知爲柳璧作，謂慚其兄珪之及第也。璧後至僖宗幸蜀，授翰林學士，累遷諫議大夫。然天付直氣，家傳義方。左傳：教之以義方，弗納于邪。雖在顓蒙，不苟述作。廣絶交之論，抑有旨焉；南史任昉傳：昉好交結，獎進士友，時人慕之，號曰任君，言如漢之三君也。及卒，其子流離，不能自振，生平舊交，莫有收恤。西華冬月著葛帔練裙，道逢平原劉孝標，泫然矜之，乃著廣絶交論以譏其舊交。到溉見其論，抵几於地，終身恨之。移太常之書，非無一作「敢」。爲也。漢書劉歆傳：歆欲建立左氏春秋及毛詩、逸禮、古文尚書皆列於學官。哀帝令歆與五經博士講論其義，諸博士或不肯置對，歆因移書太常博士責讓之。

頃者曾干閽侍，獲拜堂皇。漢書胡建傳：列坐堂皇上。既容納之有加，遂希望之滋甚。爾後以毛傷榮一作「崇」，非。彈，南齊書：垣榮祖，字華先，崇祖從父兄也，除寧朔將軍、東海太守。榮祖善彈，彈鳥毛盡而鳥不死。海鵠羣翔，榮祖登城西樓彈之，無不折翅而下。南史：垣榮祖見翔鵠雲中，謂左右當生取之，于是彈其兩翅，毛脱盡墜地無傷，養毛生後飛去。徐曰：二史所載，則作「榮」爲是，然二名截去「祖」字，而又不著其姓，殊覺不安，不如云垣彈爲無弊也。鱗損任鉤。莊子：任公子爲大鈎巨緇，五十犗以爲餌，蹲乎會稽，投竿東海，期年不得魚。已而大魚食之，任公子得若魚，離而腊之，自制河以東，蒼梧以北，莫不厭若魚者。拔刺不還，易林：一夫兩心，拔刺不深。此句頂「傷彈」，非撥刺之作拔刺也。不還，疑不遑之訛。噞喁無暇。文子：水濁則魚噞喁。吴都賦注：噞喁，魚在水中羣出動口貌。既乖受教，便以經時。今孝秀員一作「爰」。來，周必大跋文苑英華曰：賦多用員字，非讀秦誓正義，安知今日之「云」字，乃「員」之省文。風霜已積。秦人屢出，自欲焚舟；左傳：秦伯伐晉，濟河焚舟，取王官，及郊，晉人不出，遂自茅津濟，封殽尸而還。楚卒數奔，誰教拔旆。左傳：晉人或以廣隊不能進，楚人惎之，脱扃少進。馬還，又惎之，拔旆投衡乃出，顧曰：「吾不如大國之數奔也。」是以更持魚目，當夜肆以沽諸；張協雜詩：魚目笑明月。文選注：雒書曰：秦失金鏡，魚目入珠。韓詩外傳曰：白骨類象，魚目似珠。周禮，司市：夕市，夕時而市，販夫販婦爲主。桓譚新論：扶風邠亭部，言本太王所處，其人有會日，相與夜市。説文亦云。復挈豚蹄，祝天時之未已。史記滑稽傳：淳于髡曰：「臣見道旁有穰田者，操一豚蹄，酒一盂，而祝曰：『甌窶滿篝，汙邪滿車，五穀蕃熟，穰穰滿家。』臣見其所持者狹，而所欲者奢，故笑之。」義誠多愧，志亦可憐。倘蒙猶枉鉛華，洛神賦：鉛華不御。更施丹雘，書：若作梓材，既勤樸斲，惟其塗丹雘。俾其恩地，唐人稱師門爲恩地。不在他門。雖不及采一作「榱」。椽，韓子：堯、舜采椽不刮，茅茨不翦。備枝梧於大廈；史記項羽本紀：莫敢枝梧。註曰：梧音悟，枝梧猶枝捍也。小柱爲枝，邪柱爲梧，今屋梧邪柱是也。餘見爲李詒孫啓。亦庶乎稊米，莊子：計中國之在海内，不似稊米之在太倉乎！增流衍於神倉。禮記：季秋之月，藏帝藉之收于神倉。左思吴都賦：觀海陵之倉，則紅粟流衍。與夫九九之能，一作「推」，非。韓詩外傳：齊桓公設庭燎，爲使人欲造見者，期年，而士不至。東野鄙人有以九九見者，曰：「夫九九薄能耳，而君猶禮之，況賢於九九者乎？」桓公曰：「善。」漢書梅福傳：今臣所言，非特九九也。師古曰：九九算書，若今九章、五曹之輩。猶或萬萬相遠。漢書晁錯傳：今陛下令行禁止之勢，萬萬於五伯。誠深詞切，聲急響煩，仰郭泰之龜龍，蔡邕郭有道碑：望形表而影附，聆嘉聲而響和者，猶百川之歸巨海，鱗介之宗龜龍。望仲尼之日月。濡毫伏紙，晉書劉琨傳：臣俯尋聖旨，伏紙飲淚。億萬常心。庾信表：覩維新之慶，實倍萬恒情。干冒尊嚴，一作「威」。伏用戰灼。晉書王濬傳：上書曰：豈惟老臣，獨懷戰灼。謹啓。

爲某英華無「某」字。先輩獻集賢相公啓

舊書魏謩傳：謩字申之，鉅鹿人。五代祖文貞公徵。謩太和七年登進士第。文宗以謩魏徵之裔，頗奇待之。至宣宗大中二年，爲御史中丞，兼户部侍郎。尋以本官同平章事，兼集賢大學士。十年，以本官平章事成都尹西川節度使。謩儀容魁偉，言論切直，上前論事，他宰相必委曲規諷，惟謩讜言無所畏避。宣宗每曰：「魏謩綽有祖風，名公子孫，我心重之。」然竟以語辭太剛爲令狐綯所忌，罷之。按新書紀、表，謩爲相，大中五年十月，罷相鎮蜀，十一年二月。此啓代柳珪作，求其以京職舉用。詳註中。其先頌文貞，非惟述其世德，亦實事宜然也。

某啓：某竊覩一作「觀」。貞觀朝書，伏見文皇帝因夢吹塵，方求風后，帝王世紀：黄帝夢大風吹天下之塵垢皆去，又夢人執千鈞之弩，驅羊萬羣。帝寤而歎曰：「風爲號令執政者也。垢去土，后在也。千鈞之弩，異力者也。驅羊數萬羣，能牧民爲善者也。天下豈有姓風名后，姓力名牧者也！」依二占而求之。得風后於海隅，登以爲相；得力牧於大澤，進以爲將。于畋問卜，始載磻谿。史記齊太公世家：周西伯將出獵，卜之，曰：所獲非龍非彲，非虎非羆。所獲霸王之輔。果遇太公於渭之陽，載與俱歸，立爲師。水經注：渭水之右，磻谿水注之。水流次平石釣處，即太公垂釣之所。事偉於王圖，一作「塗」，非。道光於帝載。書：咨四岳，有能奮庸熙帝之載。下惟敷衽，離騷：跪敷衽以陳辭兮。上則虚襟。晉書載記：劉元海形貌非常，太原王渾虚襟友之，命子濟拜焉。按：此爲虚受之義。纏綿圖緯之前，後漢書光武帝紀：李通以圖讖説光武云：「劉氏復起，李氏爲輔。」注曰：圖，河圖

也。讖，符命之書。讖，驗也。任彦升王文憲集序：圖緯著王佐之符。按：讖緯之書，始於前漢之末，盛於東漢。窈窕天人之際。漢書董仲舒傳：天人相與之際，甚可畏也。又，儒林傳：明天人分際，通古今之誼。按說文：窈，深遠也。爾雅：窕，閑也。詩周南傳：窈窕，幽閑也。故曹攄詩「窈窕山道深」，皆取深遠之義。謝靈運詩：羅縷豈闕辭，窈窕究天人。崇基立極，四足雖斷於神一作「巨」。鼇；列子：天地亦物也，物有不足，故昔者女媧氏鍊五色石以補其闕，斷鼇之足以立四極。開物成功，易：開物成務。七竅仍沾於混沌。莊子：儵與忽謀報混沌之德，曰：「人皆有七竅，此獨無有。嘗試鑿之。」日鑿一竅，七日而混沌死。禹羞乘檋，舊作「輂」，非。史記夏本紀：禹陸行乘車，水行乘船，泥行乘橇，山行乘檋。「檋」，一作「橋」，音丘遥反，又音紀録反。舜恥彈琴。屢見。白烏已見於將雛，孫柔之瑞應圖：白烏，宗廟肅敬則至。晉書樂志：吴歌雜曲，一曰鳳將雛。朱草仍聞於滯穗。詩：彼有遺秉，此有滯穗。餘見汝南公賀德音表。共工蚩尤之輩，帝王世紀：女媧氏末年，諸侯有共工氏，任智刑以強，霸而不王。歸藏：共工人面蛇身朱髮。楚辭注：共工名康回。列子：共工氏與顓頊争爲帝，怒而觸不周之山，折天柱，絶地維。龍魚河圖：黄帝時，蚩尤兄弟八十一人，並獸身人面，銅頭鐵額，食砂石子，威振天下。天遣玄女下授黄帝兵信神符，制伏蚩尤。與貳負同拘；山海經海内西經：貳負之臣曰危危，與貳負殺窫窳，帝乃梏之疏屬之山，桎其右足，反縛兩手與髮，繫之於山上木，在開題西北。傳曰：漢宣帝使人上郡發盤石，石室中得一人，跣裸被髮反縛，械一足。以問羣臣，莫能知。劉子政按此言對之。豕韋晉耳之徒左傳：晉文公名重耳。餘見賀相國啓。與七騶共御。禮記：季秋之月，天子乃教於田獵，以習五戎，班馬政，命僕及七騶咸駕。疏曰：天子馬有六種，種別有騶，又有總主之人，故爲七騶。按：此聯謂隋季、國初諸僭竊者皆削平臣服也。七騶言歸我駕馭，作七雄者誤。徐曰：自此以上，謂太宗平亂、魏徵佐命之事。是以今上以貽謀負扆，禮記：天子負斧依南向而立。注曰：負之言背也，斧依爲斧，文屏風於户牖之間，於前立焉。「依」，本又作「扆」，同，於豈反。相公以餘慶持衡。易：積善之家，必有餘慶。詩：實維阿衡，實左右商王。箋曰：阿，依；衡，平也。伊尹，湯所依倚而取平，故以爲官名。按：書君奭篇，伊尹於太甲時改曰保衡。阿衡、保衡皆公官。漢書王莽傳：上書者八千餘人，咸曰：伊尹爲阿衡，周公爲太宰，宜采稱號，加公爲宰衡。用十一德之資，國語：晉孫談之子周適周，事單襄公。襄公曰：周將得晉國，其行也文。夫敬，文之恭也；忠，文之實也；信，文之孚也；仁，文之愛也；義，文之制也；知，文之輿也；勇，文之帥也；教，文之施也；孝，文之本也；惠，文之慈也；讓，文之材也。此十一者，夫子皆有焉。被文相德，非國何取？及厲公之亂，召周子而立之，是爲悼公。贊七百年之祚。見論太子表。古猶今也，仁豈遠乎！

伏惟相公日觀同光，見安平公謝上表。天球並價。書：大玉、夷玉、天球、河圖，在東序。揚鋒露鍔，則武庫常開；漢書：高祖七年，蕭何立前殿、武庫、太倉。晉書杜預傳：朝野稱美，號曰「杜武庫」，言其無所不有也。散藻摛華，班固答賓戲：摛藻如春華。則文星鎮見。見爲李貽孫啓。新書藝文志：魏謩有集十卷。又有魏氏手略二十卷。一言悟主，漢書車千秋傳：特以一言寤意，旬月取宰相封侯，世未嘗有也。三接承恩。易：晝日三接。季孟伊縣，伊尹、咎繇。友朋蕭丙。蕭何、丙吉。漢皇發論，十萬常愧於淮陰；史記淮陰侯傳：上問曰：「如我將幾何？」信曰：「陛下不過能將十萬。」上曰：「於君何如？」曰：「臣多多而益善耳。」齊后推誠，一一皆歸於仲父。韓非子：齊桓公時，晉客至，有司請禮。桓公曰「告仲父」者三，而優笑曰：「易哉爲君。一曰仲父，二曰仲父。」桓公曰：「吾聞君人者勞於索人，佚於使人。吾得仲父已難矣，得仲父之後，何爲不易乎？」百度既已貞矣，書：百度惟貞。九流又復清一作「諳」，非。焉。見絳郡公上崔相公啓，謂其官方任才，非謂其博綜流略。牆東竈北，後漢書逸民傳：王君公，儈牛自隱。時人語曰：「避世牆東王君公。」獨行傳：向栩常於竈北坐板牀上，如是積久，板乃有膝踝足指之處。郡禮請辟，公府辟皆不到。後特徵，到，拜趙相，徵拜侍中。隱淪者咸欲呈材；桓譚新論：天下神人五，一曰神仙，二曰隱淪。此則謂隱逸者。猿飲烏言，管子：墜岸三仞，人之所大難也，而猿猱飲焉。漢書西域傳：烏秅國，山居田石間，累石爲室，民接手飲。水經注：烏秅之西有縣渡之國，引繩而度，其民接手而飲，所謂猿飲也。後漢書度尚傳：長沙太守抗徐初試守宣城長，悉移深林遠藪椎髻鳥語之人置於縣下。僻陋者皆思入貢。左傳：莒子曰：「僻陋在夷。」禮記射義：諸侯歲獻貢士於天子。莊生獻臂，莊子：子輿曰：「浸假而化予之左臂以爲雞，予因以求時夜；浸假而化予之右臂以爲彈，予因以求鴞炙。」楊子拔毛。列子：禽子問楊朱曰：「去子體之一毛，以濟一世，汝爲之乎？」楊子曰：「世固非一毛之所濟。」此極言無人不樂爲用也。三百篇之詩，更無諷刺；二百年之史，永絕譏嫌。杜預春秋序：附於二百四十二年行事，王道之正、人倫之紀備矣。後漢書馬嚴傳：閉門自守，猶復慮致譏嫌。斯乃百代可知，一言以一作「可」。蔽。豈立錐側管，莊子：魏牟謂公孫龍曰：「子乃規規然而求之以察，索之以辯，是直用管闚天，用錐指地也，不亦小乎？」呂氏春秋：無立錐之地。庾信哀江南賦：遂側管以窺天。可拆齒尋環。按：齒以錐言，環以管言。立錐則不可拆齒，側管則不可尋環。以喻無能贊美也。如東方朔答客難「以管闚天，豈能通其條貫」之意。「尋環」，猶循環。戰國策：必令其言如循環。「拆齒」，從文苑英華與韻府「錐」字所引。徐刊本作「折」。「折」，英華作「拆」。佩文韻府「錐宇」下引此四句，亦作「折齒」。俟再校。此二句當有出處，未詳。巍乎焕乎，盛矣美矣！

若某者剖一作「刳」。心寡竅，史記殷本紀：比干強諫紂，紂怒曰：「吾聞聖人心有七竅，剖比干，觀其心。」對面多牆。書：不學牆面。小比焦螟，敢矜巢窟；一作「穴」。晏子：景公問曰：「天下有極細乎？」晏子對曰：「有。東海有蟲，巢於蚊睫，再乳再飛，而蚊不爲驚，命曰焦冥。」列子：江浦之間生麽蟲曰焦螟，羣飛而集於蚊睫。微同觸氏，寧務戰爭。莊子：戴晉人曰：「有國於蝸之左角者曰觸氏，國於蝸之右角者曰蠻氏，時相與争地而戰，伏尸數萬，逐北旬有五日而後反。」君曰：「噫！其虛言與？」徒以簪紱承家，階庭受訓。堂中得桂，演繁露：郄詵試東堂得第，東堂者，晉宮之正殿也。餘見謝宗卿啓。按：儀禮大射：皆俟於東堂。故選士之地，稱以東堂。而晉時太極東堂實爲策問之所。唐時尚書省都堂亦謂之東堂，如舊、新書宋璟傳中所書者。故凡言省試，皆曰「射策東堂」也。已有前叨；謂已得第。幕下開蓮，屢見。仍當後忝。謂已曾從事使府。所宜結囊無咎，易：括囊无咎无譽。王弼注：括結否閉，賢人乃隱。綵服爲榮，孝子傳：老萊子年七十，父母俱存，至孝蒸蒸，常著斑斕之衣。絶方朔之上書，漢書東方朔傳：朔初來上書，文辭不遜，高自稱譽，上偉之，令待詔公車。罷禰衡之投刺。屢見。直以措心賢路，漢書董仲舒詣公孫弘記室書：大開蕭相國求賢之路。誓志昌時，既慕義無窮，思有道則見。伏惟相公霧能蔚豹，見柳珪謝京兆公啓。雷一作「燔」，非。可燒龍。北夢瑣言：魚將化龍。雷爲燒尾。談苑：士人初登第，必展歡宴，謂之燒尾。説者云：虎化爲人，惟尾不化，須爲燒去，乃得成人。又云：新羊入羣，抵觸不相親附，燒其尾乃定。又云：魚躍龍門化龍時，必雷電燒其尾乃化。按：唐人詩文，燒尾多言龍矣，而老學菴筆記曰：貞觀中，太宗嘗問朱子奢燒尾事，子奢以羊事對。爲百氏之指南，漢書敍傳：總百氏，贊篇章。餘見李詒孫啓。作九州之木鐸。書：每歲孟春，遒人以木鐸狥于路。任安彦國，已在於廄中；史記田叔傳：褚先生曰：「田仁故與任安相善，俱爲衛將軍舍人，居門下，家貧，無錢用以事將軍家監，家監使養惡齧馬。兩人同牀臥，仁竊言曰：『不知人哉，家監也！』任安曰：『將軍尚不知人，何乃家監也！』」晉書胡毋輔之傳：輔之字彦國，少擅高名，有知人之鑒。王尼傳：初爲護軍府軍士，胡毋輔之與王澄、傅暢、劉輿、荀邃、裴遐等迭欲解之，齎羊酒詣護軍門。門吏疏名呈護軍，護軍歎曰：「諸名士持羊酒來，將有以也。」尼時以給府養馬，輔之等入，遂坐馬廄下，與尼炙羊飲酒，醉飽而去，竟不見護軍。護軍大驚，即與尼長假，因免爲兵。東嬴公騰辟爲車騎府舍人，不就。按：輔之傳云：嘗過河南門下飲，河南騶王子博箕坐其傍，輔之叱使取火。博曰：「我卒也，惟不乏吾事則已，安能爲人使！」輔之因就與語，歎曰：「吾不及也！」薦之河南尹樂廣，擢爲功曹。其甄拔人物若此。既云騶人，則亦與廄中類矣。揚子馬卿，並歸於門下。漢書揚雄傳：雄年四十餘，自蜀來游京師。大司馬王音奇其文雅，召以爲門下史。司馬相如傳：字長卿，事景帝爲武騎常侍，非其好也。時梁孝王來朝，從游説之士鄒陽、枚乘、嚴忌夫子之徒，相如見而説之，因病免，客遊梁。而猶渴飢未副，魏志邴原傳注：太祖聞原至，大驚喜，曰：「君遠自屈，誠副飢渴之心。」影響無寧，請客者不解衾裯，詩：抱衾與裯。餘見爲白從事啓。當關者空存一作「有」。皮骨。東觀漢記：汝郁載病徵詣公車，臺遣兩當關扶入拜郎中。此言其愛才好士請客，當關者皆疲於迎接也。此某所以淮山遠至，漢棧斯來，史記高祖本紀：漢王之國，去輒燒絶棧道。餘互見祭令狐文。按：柳珪當於八九年間由杜悰淮南幕省父東川，乃入都而獻此啓，故云然也。非至十年謩罷相鎮西川時。望姬旦之吐飡，見上蕭侍郎啓。冀張華之倒屣。晉書張華傳：華性好人物，誘進不倦，至於窮賤候門之士有一介之善者，便咨嗟稱詠，爲之延譽。陸機傳：機與弟雲俱入洛，造太常張華。華素重其名，如舊相識，曰：「伐吴之役，利獲二俊。」徐曰：張華倒屣事，未聞。按：蔡邕倒屣，見上蕭侍郎啓。以昇堂客衆，擁篲人多，見爲任侍御啓。苟無譭蔑之言，見獻韓郎中啓。難佐仲宣之陋。見上篇。今輒以嘗所著文若干首上獻。伏惟少迴巖電，見上篇。微駐台星。史記天官書：魁下六星，兩兩相比者名曰三能。三能色齊，君臣和。能音台。晉書天文志：三台六星，三公之位也。在人曰三公，在天曰三台。餘見爲李詒孫啓。固無望於討論，庶或觀於指趣。晉書徐邈傳：開釋文義，標明指趣。

儻蕭稂可刈，詩：冽彼下泉，浸彼苞稂。冽彼下泉，浸彼苞蕭。菅蒯無遺，左傳引詩曰：雖有絲麻，無棄菅蒯。蒙文宣一字之褒，通鑑：開元二十七年，追封孔子爲文宣王。餘見上史館李相啓。得玄晏三都之序，見上篇。便若神巫去厲，莊子：鄭有神巫曰季咸，知人之死生存亡，禍福壽夭，期以歲月旬日若神。按：厲是惡鬼。左傳：鬼有所歸，乃不爲厲。又病也。漢書嚴安傳：民不夭厲。周禮：男巫冬堂贈無方無算，春招弭以除疾病。女巫歲時祓除釁浴。劉向説苑：古者有災者謂之厲，君使有司弔死問疾憂以巫醫。司命添年。周禮：大宗伯，以槱燎祀司中、司命。莊子：吾使司命復生子形。史記天官書：斗魁戴匡六星曰文昌宫，其四曰司命，五曰司中。晉書志：上台，爲司命，主壽。隨巢子：三苗大亂，天命夏殛之，有大神降而輔之：司禄益食而民不饑，司金益富而國家實，司命益年而民不夭。禹乃克三苗而神民不違。禱祝之誠，造次於是。門遥閶闔，離騷：吾令帝閽開關兮，倚閶闔而望予。路隔瀛洲。漢書郊祀志：蓬萊、方丈、瀛洲三神山者，其傳在勃海中，去人不遠。蓋嘗有至者，諸仙人及不死之藥皆在焉。於人世存思，雲笈七籤有老君存思圖。空移氣序；南史沈約傳：約曰：「公自至京邑，已移氣序。」以塵中仰望，未見端倪。希陪上士之流，老子：上士聞道，勤而行之。終預羣仙之末。蓍兼集賢，乃翰林之最尊者，而珪既辭使府，冀入詞垣，故數聯云爾。祈恩望德，乃百斯生。干冒威嚴，下情無任惶懼感激之至。謹啓。按：新書傳：珪以藍田尉直弘文館，遷右拾遺，而給事中蕭倣、鄭裔綽謂珪不能事父，封還其詔。仲郢訴其子「冒處諫職爲不可，謂不孝則誣。請勒就養。」詔可。始，公綽治家埒韓滉，及珪被廢，士人愧悵。終衛尉少卿。據此，則未免躁進致累，蓋在此啓後也。然舊書並無之，新書所采，未必皆實，疑出愛憎之手，柳氏不至被此也，故爲辨之。

上河東公啓二首

商隱啓：某聞周朝貝葉，列妙引於王褒；王褒周經藏願文：盡天竺之音，窮貝多之葉。餘見下篇。梁日枳園，洒芳詞於沈約。梁沈約枳園寺刹下石記：晉故車騎將軍瑯琊王邵，於太祖文獻公清廟之北造枳園精舍，其始則芳枳樹籬，故名因事立。必資乎鴻筆麗藻，郭璞爾雅序：英儒贍聞之士，洪筆麗藻之客。刻乎貞金翠珉，謂刻之金石。然後可以充足人天，隋書經籍志：釋迦在世教化四十九年，乃至天龍人鬼並來聽法，弟子得道，以百千萬億數。因果經：此生利益一切人天。妙法蓮華經：我此土安隱，天人常充滿。按：佛有十號，無上士、調御丈夫、天人師，皆佛之稱號也。習見諸經。菩薩善戒經：如來具足十種名號：如來、應供、正遍知、明行足、善逝、世間解、無上士、調御大夫、天人師、佛世尊。發揮龍象。易：六爻發揮，旁通情也。楞嚴經：云何發揮，證知此心不生滅地。維摩經：菩薩勢力，譬如龍象蹴踏，非驢所堪。大般涅槃經：如來亦名大象王，亦名大龍王。大智度論：那伽或名龍，或名象，是諸羅漢中最大力，以是故言如龍如象。水行中龍力大，陸行中象力大，故負荷大法者，比之龍象。苟其曖昧，何晏景福殿賦：其奥祕則翳蔽曖昧。即匪莊嚴。維摩經：譬如寶莊嚴佛，無量功德，寶莊嚴土一切大衆，散未曾有。按：七寶莊嚴，功德之所。莊嚴，諸經習見。法華經中有妙莊嚴王本事品。爰託亨塗，「爰」字上當脱一「某」字。夙聞妙喻。雖從幕府，史記李牧傳注：崔浩云：出征爲將帥，軍還則罷，理無常處，以幕帟爲府署，故曰幕府。文選註：漢書音義：衛青征匈奴，大克獲，帝就拜大將軍於幕中，因曰幕府。常在道場。法華經：佛出釋氏宫，坐於道場。南史庾詵傳：宅内立道場，環繞禮懺，六時不輟。翻譯名義集：止觀云：道場，清浄境界。猶恨出俗情微，景德傳燈録：太子不如密多求出家曰：「我若出家，不爲俗事，當爲佛事。」破邪工少。大般涅槃經：出家修道，樂於閑寂，爲破邪見。晁氏讀書志：唐釋法琳撰破邪論二卷，辨傅奕所排毁。法苑珠林有破邪篇。二百日斷酒，有謝蕭綱；梁簡文帝集：答湘東王書曰：吾自至都以來，意志忽怳。雖開口而笑，不得真樂，不復飲酒，垂二十旬。十一年長齋，毗羅三昧經：佛説食有四種：旦，天食；午，法食；暮，畜生食；夜，鬼神食。佛斷六趣，故日午時，是法食時也。過此已後，同於下趣，非上食時。多慚王奂。南齊書王奂傳：奂爲左僕射，出爲都督雍梁軍事、鎮北將軍、雍州刺史。上謂王晏曰：「奐於釋氏實自專至，其在鎮，或以此妨務，卿言次及之。」又：上遣人收奐，奐閉門拒守。奐司馬黄瑶起兵攻奐，奐聞兵入，還内禮佛，未及起，軍人斬之。沈約枳園寺刹下石記：尚書僕射奐，食不過中者一十一載。按：四十二章經：沙門受佛法者，日中一食，樹下一宿，慎不再矣。本起經：佛答迦葉，古佛道法，過中不飯。報恩經云：夫八齋法，通過中不食。毗婆沙論云：夫齋者，過中不食。支僧載外國事曰：「奉佛道人及沙門到冬，未中前，飲少酒，過中，不復飯。」法苑珠林：食中有六者，其六中後不飲漿。沈約有述僧中食論，即此長齋之義。仰戀東閤，屢見。未歸西林。蓮社高賢傳：法師慧永至尋陽，築廬山舍宅爲西林。按：傳中劉程之初解褐爲府參軍，性好佛理，乃之廬山，傾心自託遠公，劉裕旌其號曰「遺民」，遂於西林澗北别立禪坊。句當用此，然餘人亦皆不應徵辟。

近者財俸有餘，津梁是念。佛説生經：比丘言，佛道爲最正覺，吾等蒙度，以爲橋梁。世説：庾公嘗入佛圖見卧佛，曰：「此子疲于津梁。」蓮社高賢傳：雷次宗曰：「及今未老，尚可厲志成西歸之津梁。」適依勝絶，微復經營。伏以妙法蓮華經者，諸經中王，最尊最勝。法華經：如諸小王中，轉輪聖王最爲第一。此經亦復於衆經中最爲其尊。又如帝釋於三十三天中王，此經亦復於諸經中王。如佛爲諸法王，此經亦復諸經中王。因果經：我於一切天人之中，最尊最勝。大般涅槃經：最尊最勝，衆經中王。始自童幼，常所護持。法華經：勤加精進，護持誦讀。或公幹漳濱，有時疾疢；一作「疹」。見後賀拔員外啓。或謝安海上，此日風波。世説：謝太傅盤桓東山時，與孫興公諸人汎海戲，風起浪涌，孫、王諸人色並遽，便唱使還。太傅神情方王，吟嘯不言。舟人以公貌閑意説，猶去不止。既風轉急浪猛，諸人皆諠動不坐。公徐云：「如此將無歸。」衆人即承響而回。按：義山多疾，又如桂管歸途，破帆壞槳，頗非汎語。恍惚之間，老子：道之爲物，惟恍惟惚。感驗非少。今年於此州長平山慧義精舍經藏院，明一統志：潼川州北長平山，岡長而平，州本唐梓州。按：唐趙蕤爲梓州郪縣長平山安昌巖人，可取證也。高僧傳：漢攝摩騰，中天竺人。明帝遣中郎蔡愔往天竺尋訪佛法，見摩騰，乃要還漢地。明帝於城西門外立精舍以處之，漢地有沙門之始也，今洛城西雍門外白馬寺是也。按：謝承後漢書，如趙昱、陳寔、周磐之流，皆有立精舍事。范書中亦屢見。謝靈運有石壁精舍，李善曰：今讀書齋是也。又有石壁立招提精舍詩，則皆禪理也。史記大宛列傳注引浮圖經云：佛生處名祇洹精舍，在舍衛國南四里，是長者須達所起。諸經中習見。通鑑注：今儒釋肄業之地，通曰精舍。特創石壁五間，金字勒上件經七卷。金字經，見梁書武帝紀，此義山所手勒者。法華經：此法華經，若自書，若使人書，所得功德，以佛智慧籌量，多少不得其邊。既成勝果，蕭子良淨住子：善則天人勝果。又：人天勝果，堪爲道器。王僧孺集禮佛文：藉妙因於永劫，招勝果於茲地。思託圓英華作「其」，誤。音。圓覺經：諸菩薩承佛圓音，不因修習而得善利。按：徐氏以意改「妙音」，法華經以一妙音演暢斯義。字亦習見。愚意必是「圓音」，兼取圓滿之義。英華缺，誤作「其」耳。

伏惟尚書有夫子之文章，備如來之行願。魏書釋老志：釋迦前有六佛，釋迦繼六佛而成道，處今賢劫。又言將來有彌勒佛，繼釋迦而降世。釋迦即天竺迦維衛國王之子。本起經說之備矣。按：佛皆稱如來，諸經言七佛，身並紫金色。徐陵雙林寺傅大士碑：七佛如來，十方並現。而凡專稱我佛如來者，釋迦牟尼佛也。魏書志云：所謂佛者，本號釋迦文者，譯言能仁，謂德充道備，堪濟萬物也。菩薩本起經云：佛精念天下衆善，悼哀萬民，竟欲教之諸經，每言萬行具足，普度衆生，所謂行願也。不逢惠遠，已飛廬嶽之書；高僧傳：惠遠屆潯陽，見廬峯清淨，足以息心。刺史桓伊復於山東立房殿，即東林是也。三十餘年，影不出山，迹不入俗。每送客，常以虎溪爲界。蓮社高賢傳：司徒王謐、護軍王默並遥致敬禮，王謐有事往反。又曰：宋武討盧循，設帳桑尾，遣使馳書於遠公，遺以錢帛。遠法師廬山記：山海經曰：廬江三天子都。有匡俗先生者，出自殷、周之際，隱遁避世，潛居其下。或云俗受道於仙人，而共遊其嶺，即巖成館，故時人謂爲神仙之廬。未見簡棲，便制頭陀之頌。文選注：姓氏英賢録曰：王巾字簡栖，瑯琊臨沂人也。有學業，爲頭陀寺碑，文詞巧麗，爲世所重。按：困學記聞云，王巾字簡栖，説文通釋以爲王屮。王氏此條未下斷語。文選舊本及藝文類聚諸書所引固皆作「巾」也。近何義門遂校改作「屮」，云古左字，蓋本之説文：「𠂇」，ナ手也，象形。」然不如且從舊。是敢一作「故」。右繞三匝，法華經：右繞三匝，合掌恭敬。按：凡菩薩以下，修敬佛世尊皆如是。仰希一言，庶使鵝殿增輝，按：徐氏引爾雅「舒雁，鵝」之文，因引佛遊天竺本記曰：「達嚫國有迦葉佛迦藍，穿大石作之，有五重，最下爲雁形。又引毗舍離爲佛作堂，形如雁子，而謂鵝殿猶雁堂也。余檢佛國記，石室五重，最下作象形，次師子形，馬形，牛形，最上作鴿形，則未知孰是也。諸經云：世尊行步如鵝王。又菩薩於菩提樹下，有五百青雀、五百白鵝等隨菩薩行。而善時鵝王經云：爾時鵝王以清淨心利益天衆，與諸鵝衆圍遶而住。見彼天衆，遊戲山林，或遊華園，或遊枝葉，蔭覆宫室，或於虚空坐寶宫殿云云。爾時鵝王昇七寶山，以美妙音説此偈頌，天衆心得清淨，白鵝王言於此天中，汝是天主。似可爲此句取證，而「鵝殿」二字，究無明據。徐説皆非也。萬花谷引要覽：毗舍離於大林爲佛作堂，形如雁子，一切具足。按：徐氏誤作「雁」字。雜寶藏經有白鵝不親善鸛雀事，爾時鵝者，即我身是也，謂即是佛身。龍宫發色。别行疏：龍有四種，其四伏藏，守轉輪王大福人藏。華嚴論贊：龍樹菩薩發心入龍宫看藏。見華嚴三本。流傳沙界，法華經：佛以恆河沙等三千大千世界爲一佛土。又：佛言我娑婆世界，自有六萬恆河沙菩薩，一一菩薩，多有六萬恆河沙屬眷，能於我滅後，護持誦讀，廣説此經。震動風輪。立世阿毗曇論：有大神通威德諸天，若欲震動大地，即能令動。若諸比丘有大神通及大威德，令地亦能震動。樓炭經：地深九億萬里，第四是地輪，第五水輪，第六風輪。華嚴經：金輪水際外有風輪。翻譯名義引俱舍云：世間風輪最居下，則知世界依風而住。報恩於蓮目果脣，法華經：妙音菩薩，目如廣大青蓮華葉。又曰：如來甚希有，以功德智慧故，其眼長廣而紺青色，脣色赤好如頻婆果。楞嚴經：縱觀如來青蓮花眼。奪美於江毫蔡絹。「蔡絹」，當用蔡邕題曹娥碑後「黄絹」之字。詳上蕭翰林啓，非用後漢書宦者蔡倫爲紙也。餘見上兵部相公啓。伏希道念，得降神鋒。謂筆鋒也。餘詳後。瞻望旌幢，漢書韓延壽傳：建幢棨，植羽葆。唐職林：方鎮降拜，必遣内使持幢節就第宣命。攜持碪斧，見盧尹賀表。曝身布一作「晞」，誤。髮，後趙録：天大旱，石虎詣佛圖澄祠稽顙曝露，二白龍降祠下，雨沛千里。法苑珠林：那伽羅曷國城東石塔，昔世尊值燃燈佛授記，敷鹿皮衣，布髮掩泥之地。按：修行本起經：儒童菩薩布髮著地，定光佛蹈之。因果經：善慧仙人脱鹿皮衣布地，不足掩泥，又解髮以覆之。普光如來即便踐之而坐，皆爲釋迦牟尼佛之前世。佛祖統紀：北齊文宣帝以沙門法上爲國師，帝布髮於地，令上踐之升座。洪容齋續筆：南唐後主淫於浮圖氏，歙人汪焕諫言：「梁武帝刺血寫佛經，散髮與僧踐，終餓死於臺城。」梁武布髮，習見。以俟還辭。無任懇迫之至。謹啓。按：舊書傳：仲郢精釋典，瑜伽、智度大論皆再鈔，自餘佛書，多手記要義。故義山啓求撰記。

二

商隱啓：伏奉榮示，伏蒙仁恩賜英華無「賜」字。撰金字法華經記一首。正冠薦笏，跪捧伏讀。聽儀鳳之簫管，祇恐曲終；書：簫韶九成，鳳凰來儀。對仙客之棋枰，仍憂路盡。虞喜志林：信安山石室，王質入其室，見二童子方對棋，看之。局未終，視其所執伐薪柯，已爛朽。遽歸鄉里，已非矣。按：又見述異記晉時王質以伐木入山。而太平御覽引之作晉書。搜神後記：嵩高山北有大穴，晉初，嘗有一人誤墮穴中。循穴而行，計可十餘日，忽曠然見明。又有草屋中有二人對坐圍棋，局下有一杯白飲，墜者飲之。歸洛下，問張華，華曰：「此仙館大夫，所飲者玉漿也。」吴志韋曜傳：所志不出一枰之上，所務不過方罫之間。又曰：一木之枰，枯棋三百。欣榮羨慕，造次失常。

昨者爰託翠珉，將翻貝莢，酉陽雜俎：貝多樹葉，出摩伽陀國，西土用以寫經。長六七丈，經冬不凋。方資護念，妙法蓮華經：此法華經，現在諸佛之所護念。又：教菩薩法，佛所護念。麤冀標題。南史宋宗室傳：義康稠人廣坐，每標題所憶，以示聰明。換骨惟望於一丸，換骨，即易骨。漢武内傳：王母謂帝曰：「子愛精握固，閉氣吞液，五年易髓，六年易骨。」此則謂換骨神丹也。一丸，已見滎陽公進賀冬銀狀。詩云「服藥四五日，身輕生羽翼」，斯換骨之類也。剜身止求於半偈。報恩經：轉輪聖王向一婆羅門白言：「大師解佛法耶？爲我解說。」婆羅門言：「若能就王身上剜作千瘡，灌滿膏油，安施燈炷，然以供養者，吾當爲汝解說。」爾時大王作是事已，婆羅門即便爲王而說半偈，王聞法已，心生歡喜。又：大轉輪王見一切衆生，起大悲心，剜身千燈，求此半偈。豈謂尚書，載持夢筆，仰拂文星，並屢見。入不二法門，維摩經：維摩詰謂衆菩薩言：諸仁者，云何菩薩入不二法門？各隨所樂說之。又：諸菩薩各各說已，於是文殊師利問維摩詰，何等是菩薩入不二法門？時維摩詰默然無言。文殊師利歎曰：

「善哉，善哉！乃至無有文字語言，是真入不二法門。」住第一義諦。楞伽經：第一義者，聖智自覺所得，非言説妄想覺境界。梁昭明解二諦義：真諦，亦名第一義諦，俗諦，亦名世諦。涅槃經言，出世人所知，名第一義諦；世人所知，名爲世諦。法苑珠林：梁武帝問達摩，如何是聖諦第一義？答曰：「廓然無聖。」翻譯名義集：中觀論云：諸佛依二諦爲衆生説法，一以世俗諦，二第一義諦。儒童菩薩，始作仲尼；徐氏引造天地經：寶曆菩薩下生世間，號曰伏義；吉祥菩薩下生世間，號曰女媧；摩訶迦葉號曰老子；儒童菩薩號曰孔尼。按：造天地經，乃武后僞周時經目末卷斥爲僞經者，此豈斥削所遺者乎？宋羅璧識餘三教一條，引而辯之。陳善捫蝨新語學佛者不知孔子一條，引永明壽禪師萬善同歸論曰：起世界經云：佛言我遣二聖者往震旦行化，即下生老子、孔子是也。其怪誕何足辯哉！子史精華引辯正論：太昊本應聲大士，仲尼即儒童菩薩。金粟如來，方爲摩詰。發迹經：淨名大士是往古金粟如來。維摩經：毗邪離大城中有長老，名維摩詰。淨名經妙義鈔：梵言「維摩詰」，此云「淨名」。鋪舒於無上，文殊師利般涅槃經：爲説實義於無上道，得不退轉。金剛般若經：無上甚深微妙法。藻輝於至真。千佛因緣經：有發無上正真之道。月明菩薩經：願無上如來至真等正覺。字皆至多，偶引此耳。翻譯名義集：無著曰：「大乘教者，至真之理也。」而又以七喻之微，法華經七喻：火宅、窮子、藥草、化城、繫珠、頂珠、醫子。載教乘法數。較五常之要。一作「典」。魏書釋老志：佛有五戒，去殺、盜、淫、妄言、飲酒，大意與仁、義、禮、智、信同，名爲異耳。吻然合契，莊子：爲其吻合。永矣同塗。既令弟子言詩，此用論語，言既是儒宗，又通釋典也。舊引隋書經籍志「釋迦謝世，弟子大迦葉與阿難等，追共撰述，爲十二部」者誤矣。又與聲聞授一作「受」。記。法華經：爾時慧命須菩提、摩訶迦葉等白佛言：「我等今於佛前聞授聲聞阿耨多羅三藐三菩提記，心甚歡喜。不謂於今忽然得聞希有之法，深自慶幸。」按：聲聞小果，非大乘希有之法，弟子聲聞，皆以自比。 一佛出世，隋書經籍志佛經云：末法已後，衆生業行轉惡，年壽漸短，經數百千載間，乃至朝生夕死。然後有大水火、大風之災，一切除去之，而更立生人，又歸淳樸，謂之小劫。每一小劫，則一佛出世。李燾長編：太宗尤重内外制之任，嘗謂近臣曰：「聞朝廷選一舍人，六親相賀，諺以爲一佛出世，豈容易哉！」按：雖宋事，必唐時傳斯語也。 萬人所望。書：行歸于周，萬民所望。 不知孱微，何以負荷！

便當刻之鳥篆，晉書：衛恆四體書勢：黄帝之史沮誦、倉頡，眺彼鳥跡，始作書契。 置彼龍宮。見上篇。 此則吹之以宋玉之風，宋玉風賦。 照之以謝莊之月；謝莊月賦。 彼則傳之於赤髭疏主，洛陽伽藍記：佛耶舍，比名覺明，日誦三萬言，洞明三藏，於羅什法師共出毗婆沙論及四分律。爲人髭赤，時號爲「赤髭三藏」。按：蓮社高賢傳作佛馱邪舍，罽賓國婆羅門種也，善解毗婆沙論，時人號「赤髭論主」。 示之於白足禪師。法苑珠林：魏太武時，沙門曇始甚有神異，足不躡履，跣行泥穢中，奮足便浄，色白如面，俗號「白足阿練」也。 然後負箒趨門，屢見。 前芻入廄，以鈴奴爲歡友，「鈴奴」，鈴下也，蓋給使於鈴閣者。「鈴奴」、「車御」，分承門廄。徐刊本作「鉗奴」，誤也。 與車御爲良朋。甘爲執鞭，不必拘定何事。 冀必從公，詩：無小無大，從公于邁。 以謝嘉命。 過此而往，不知所圖。 下情無任距躍感激歡喜信受之至！左傳：距躍三百，曲踊三百。 佛説賢首經：踊躍歡喜。金剛般若經：衆生得聞是經，信解受持。 凡踊躍歡喜信受之字，習見諸經。 謹啓。

爲崔從事福寄尚書彭城公啓

按：崔福於咸通十年尚爲比部員外郎，則其從事東川之時，必非甚遠。以時考之，此彭城公者，蓋大中時劉瑑也。舊書傳：瑑，彭城人，開成初進士擢第。會昌末，累遷尚書郎知制誥，正拜中書舍人。大中初，轉刑部侍郎，出爲河南尹，遷檢校工部尚書、汴州刺史、宣武軍節度使。十一年五月，移鎮河東。十二月，拜户部侍郎，尋同平章事。新書傳：瑑，大中初擢翰林學士。時始復關隴，書詔夜數十，捉筆遽成，辭皆允切。餘與舊傳略同。證之舊紀，則大中五年，瑑爲刑部侍郎。九年十一月，以河南尹充宣武軍節度。而十一年八月，又以鄭涯充宣武節度，則瑑當於是時移太原矣。十二月即入爲户侍，十二年三月以本官同平章事。玩啓中「擁節」以下數聯，當爲瑑在宣武未移太原之時所寄。其云「潼水」、「巴山」者，謂已在東川幕也；其云「去歲洛陽」者，謂瑑尹河南時，約在大中六年。則東川必即柳仲郢幕。或意有不合，故寄書宣武，求踐昔約，所謂「割任安之席」也，情事朗然矣。文爲十年所作，余初因詩集中題有訛「彭陽」爲「彭城」者，遂定此爲寄令狐文公，真疎謬矣。

福啓：福聞雀辭楊館，常懷寶篋之恩；見謝座主啓。燕別張巢，永結雕梁之戀。用事未詳。

張氏家傳，禧字彦祥，除敦煌令。嘗有鶴負矢集禧庭，以甘草湯洗之，傅藥留養十餘日，瘡愈飛去。月餘，啣赤玉珠二枚，置禧廳前。此與楊雀同見太平御覽報恩類，意相近，而事不符也。若博物志常山張顥爲梁相，有山鵲飛翔近地，令人擿之，化爲圓石，椎破之，得一金印，文曰「忠孝侯印」。顥上之，藏之祕府。搜神記：長安有張氏者，鳩自外入，止氏床。氏披懷祝之，曰：「爲我福也，來入我懷。」鳩遂入懷，以手探之，得一金帶鈎，遂寶之。子孫昌盛，貲財萬倍。皆非此所用。若徐刊本引南史孝義傳張景仁下附載衛敬瑜妻繫縷燕腳之事，尤謬。推誠況物，某有類焉。

始者尚書晞髮丹山，屈原九歌：與女沐兮咸池，晞女髮兮陽之阿。按：兼用楚辭「新沐者必彈冠」，以喻登仕。如陸雲九愍云：「朝彈冠以晞髮。」餘見爲柳珪啓。騰身紫府。雲笈七籤軒轅本紀：東到青丘，見紫府先生，受三皇内文大字，以劾召萬神。曉趨清禁，則瓊樹一枝；楚辭：折瓊枝以繼佩。淮南子：崑崙上有玉樹、珠樹、璇樹、瑶樹。亦即瓊樹之義。夜直皇一作「黄」。闈，曹嘉贈石崇詩：入侍於皇闈。則金釭二等。何晏景福殿賦：落帶金釭，此焉二等。漢書外戚傳：趙昭儀居昭陽舍，壁帶往往爲黄金釭。以上敍其居内職之時。人寰莫見，塵路難逢。而某志在諱窮，莊子：孔子曰：「我諱窮久矣，而不免，命也。」勇於求益，輒干皂隸，左傳：皂隸之事，官司之守。自露菲葑。詩：采葑采菲，無以下體。寶肆迴腸，司馬遷報任少卿書：是以腸一日而九回。只期和氏；宋書隱逸傳：劉柳薦周續之曰：恢燿和肆，必在連城之寶。餘屢見。醫門投足，莊子：醫門多疾。永念倉公。史記倉公傳：太倉公者，齊太倉長，姓淳于氏，名意。同郡元里公乘陽慶，悉以禁方予之，傳黄帝、扁鵲之脈書，五色診病，知人死生，及藥論甚精。爲人治病多驗。果蒙愍彼顓愚，溢爲品目。勾萌始達，依周囿以揚一作「陽」，非。翹；禮月令：句者畢出，萌者盡達。鄭曼季詩：春草揚翹。滴瀝纔分，託靈光而振響。王延壽魯靈光殿賦：動滴瀝以成響，殷雷應其若驚。輕軒一作「遥輕」，今從集。短羽，謂使其輕舉而軒翥也。驟化窮鱗。以上數聯，謂藉其力以筮仕。每欲陶冶肺肝，耕耘筆硯，後漢書班超傳，已見爲兗州謝上表。又傳注曰：續漢書作「久弄筆硯乎」。華嶠書作「久事筆耕乎」。麤調宮徵，以謝陽秋。「陽秋」，即春秋也。孫盛著晉陽秋，避鄭太后諱，故以「春」爲「陽」。而義有多塗，情非一概，辭煩轉野，意密彌賒。雖塗逭如韓遂之書，魏志武帝紀：馬超與韓遂等叛，公西征，超等請和，僞許之。公與遂書，多所點竄，如遂改定者，超等愈疑遂。反覆若一作「類」。葛洪之紙，晉書葛洪傳：洪躬自伐薪，以貿紙筆，夜輒寫書誦習，以儒學知名。抱朴子：洪家貧，常乏紙，每所寫，皆反覆有字，人少能讀。終無仿佛，可得端倪。

去歲洛陽，獲陪良宴，頻趨絳帳，見舉人獻鄭郎中狀。累坐青氈。見爲滎陽公謝上表。況聞懇拒台階，請從藩屏，舉郄超之幕畫，見爲張周封啓。又世説：桓宣武與郄超議芟夷朝臣，條牒既定，其夜同宿。明晨起，呼謝安、王坦之入，擲疏示之。郄猶在帳内不覺，竊與宣武言，謝含笑曰：「郄生可謂入幕賓也。」數阮瑀之軍書，漢書息夫躬傳：軍書交馳而輻輳。餘詳見爲薛從事啓。懸以嘉招，形於善謔。詩：善戲謔兮。梁書任昉傳：始，高祖與昉過竟陵王西邸，從容謂昉曰：「我登三府，當以卿爲記室。」昉亦戲曰：「我若登三事，當以卿爲騎兵。」至是引昉，符昔言焉。昉奉箋曰：「昔承清宴，屬有緒言，提挈之旨，形乎善謔。豈謂多幸，斯言不渝。」以上敍曾於洛陽與劉宴飲戲談。何言違阻，復積光陰。潼水千波，屢見。巴山萬嶂，元和郡縣志：巴嶺在南鄭縣南一百九里，東傍臨漢江，與三峽相接，山南即古巴國。接漏天之霧雨，漢書志：犍爲郡僰道縣，故僰侯國。元和郡縣志：戎州管僰道、義賓、開邊、南溪、歸順五縣。開邊縣南大梨山、小梨山。太平寰宇記：大黎山、小黎山四時霖霪不絶，俗人呼爲「大漏天」、「小漏天」。其諸山自嘉州以來，每峯相接，高低隱伏，奔走三峽。按：凡山水毒瘴蒸爲霧雨，皆可曰「漏天」也。開邊縣宋時廢。唐義賓、歸順縣，本漢郁鄢縣地，唐初尚有郁鄢縣，後乃改析，而舊書志或作「郁鄢」，誤矣。隔嶓冢之煙霜。書：嶓冢導漾，東流爲漢。唐六典：山南道，名山曰嶓冢。通典：梁州金牛縣嶓冢山。按：俗以嶓冢爲分水嶺。詳詩集注。皓月圓時，樹有何依之鵲；魏武帝短歌行：月明星稀，烏鵲南飛，繞樹三匝，何枝可依！悲風起處，巖無不斷之猿。搜神記：人得猿子殺之，猿母自擲而死，破腸視之，寸寸斷裂。煎向義之孤一作「初」。心，軫懷仁之勁氣。見上范陽公啓。竊惟秦鏡，西京雜記：高祖初入咸陽宮，有方鏡，表裏有明。人直來照之，影則倒見，以手捫心而來，則見腸胃五臟。當察衛桃。衛風：投我以木桃，報之以瓊瑶。此取「永以爲好」之義。以上皆謂己在東川相念之忱，公當知之也。

一昨伏承擁節浚郊，詩：孑孑干旄，在浚之郊。通鑑注：浚郊，謂大梁之郊，大梁有浚水。按：唐人稱汴州節度皆曰浚郊。建牙隋岸。按：地理志，汴州有浚儀縣，本春秋衛地。汴河，隋所增濬，故云隋岸。將求捧幣中好，裂裳就塗，見上范陽公啓。接枚叟之餘光，奉鄒生之末座。枚乘、鄒陽，皆梁孝王客。詳漢書。又謝惠連雪賦：梁王不悦，遊於兔園，乃置旨酒，命賓友，召鄒生，延枚叟。又伏慮旋登殷夢，書説命篇：夢帝賚予良弼，其代予言。説作傅巖之野，惟肖，爰立作相。俄奉周畋。見獻集賢相公啓。徵詔已行，拜塵無及。後漢書趙咨傳：徵拜議郎，復拜東海相。之官，道經滎陽。令燉煌曹暠，咨之故孝廉也，迎路謁候，咨不爲留。暠送至亭次，望塵不及。晉書潘岳傳：岳與石崇等諂事賈謐，每候其出，輒望塵而拜。此用趙咨事。徘徊失措，抑鬱誰聊。必也華榻長懸，後漢書徐穉傳：穉，豫章南昌人，陳蕃爲太守，不接賓客，穉來，特設一榻，去則縣之。簡書無廢。即割任安之席，堪哂無圖；史記田叔傳：任安與田仁會，俱爲衛將軍舍人。衛將軍從此兩人過平陽主，主家令兩人與奴同席而食，此二子拔刀列斷席別坐。按：謂便當舍他人而來就。負田叔之鈐，可嗟非據。史記田叔傳：叔爲趙王張敖郎中。漢下詔捕趙王，惟孟舒、田叔等十餘人赭衣自髡鉗，稱王家奴，隨至長安。徐曰：「鈐」當作「鉗」。按史記平準書：鈦左趾。索隱曰：鈦，腳踏鉗也。音大計反。説文：鈦，鐵鉗也。从金，大聲。特計切。爾雅序六藝之鈐鍵疏云：説文：鈐，鏁也。又考集韻：鈐，鈦也。則知鈦與鉗與鈐，皆義相通矣。爾雅疏所引，今説文無之，當是流傳遺脱耳。

伏惟慎安寢膳，勉護興居，早秉信圭，見濮陽陳情表。速調大鼎。見爲舉人上蕭侍郎啓。至於禱祝，實倍等倫。半菽思貯於神倉，按史記項羽本紀：歲饑民貧，士卒食芋菽。漢書作「半菽」。徐廣曰：半，五升器也。臣瓚曰：士卒食蔬菜，以菽雜半之。索隱曰：芋，蹲鴟也。菽，豆也。王劭曰：半，量器名，容半升也。若劉孝標廣絶交論：莫肯廢其半菽，罕有落其一毛。則直謂「半豆」耳。此句意作量器，尤與「一勺」對。餘見爲舉人上蕭侍郎啓。一勺願投於靈海。木華海賦：於廓靈海，長爲委輸。道之云遠，更開殷浩之函；見爲張周封啓。書不盡言，重洒楊朱之淚。列子：楊朱見歧路而泣之，爲其可以南，可以北。攀戀感激，不知所裁。伏惟俯賜鑒照。謹啓。

爲同州張評事潛謝辟并聘錢啓二首

按：太平廣記引野史：會昌二年，鄭顥狀元及第，第二人張潛。通鑑：大中十二年，右補闕内供奉張潛疏論藩府羨餘，上嘉納之。時頗相合，不知即此人否。又按：初疑即祭文之張書記，亦王茂元婿，今細核必非也。未知何年所作，餘詳爲任侍御啓。亦見闕史，此啓似在其未第時。

潛啓：伏奉榮示，伏蒙猥賜奏署今月某日敕旨授官。承命恐惶，一作「懼」。不知所措。某文乖綺繡，學乏縑緗。見上蕭侍郎啓。負米東郊，家語：子路曰：「昔者由也爲親百里負米。」止勤色養；獻書北闕，漢書高帝紀註：師古曰：未央殿雖南嚮，而上書奏事謁見之徒，皆詣北厥，公車司馬亦在北焉。則是以北闕爲正門。未奉明恩。撫京洛之塵，素衣穿穴；陸機詩：京洛多風塵，素衣化爲緇。此謂遊京而久無知己。訪江湖之路，白髮徘徊。潘岳秋興賦序：余春秋三十有二，始見二毛，以太尉掾兼虎賁中郎將，寓直于散騎之省，高閣連雲，陽景罕曜。僕野人也，譬猶池魚籠鳥，有江湖山藪之思。此謂無所之適，而抱遲暮之感，不必用此序也。大夫榮自山陽，通典：淮陰郡。晉安帝時立山陽郡，隋初廢。大唐爲楚州，或爲淮陰郡，理山陽縣。來臨沙苑。見爲任侍御啓。固以室盈東箭，見滎陽舉人自代狀。門咽南金。詩：大賂南金。晉書薛兼傳：兼，丹陽人，清素有器宇，與同郡紀瞻、廣陵閔鴻、吴郡顧榮、會稽賀循號爲「五儁」。初入洛，司空張華見而奇之，曰：「皆南金也。」史臣曰：顧、紀、賀、薛等，並南金東箭，世胄高門。顧衆、虞潭傳：衆，吴郡吴人；潭，會稽餘姚人。贊曰：顧實南金，虞惟東箭。豈謂搜揚，乃加孱眇。府稱蓮沼，屢見。慚無倚馬之能；見彭陽公遺表。地號雲門，寰宇記：同州澄城縣雲門谷。水經注云：雲門谷水源出澄城縣界。按：此爲今本水經注之缺文，詳具禹貢錐指「漆沮既從」句下。竊有化龍之勢。通典：同州韓城縣有龍門山，即禹導河至于龍門是也。魚集龍門，上即爲龍，皆在此。餘互見爲張周封啓。便居帷幄，見爲李詒孫啓。遽別蓬蒿，見上范陽公啓。袁生有望於樵蘇，應璩與曹長思書：幸有袁生，時步玉趾。樵蘇不爨，清談而已。楚子永辭於藍縷。左傳：若敖蚡冒，篳路藍縷，以啓山林。注曰：藍縷，敝衣。疏曰：服虔云：言其縷破藍藍然。按史記作「藍蔞」，後人承用，又作「繿縷」。左傳：楚子曰：先王熊繹，辟在荆山，篳路藍縷，以處草莽。刻諸肌骨，知所依歸。書：我先王亦永有依歸。伏惟特賜鑒察。謹啓。

二

潛啓：錢若干，伏蒙仁恩賜備行李。重非半兩，漢書食貨志：秦并天下，銅錢質如周錢，文曰「半兩」，重如其文。武帝紀：建元五年，罷三銖錢，行半兩錢。輕異五銖。漢書食貨志：武帝時，有司言三銖錢輕，易作姦詐，乃更請鑄五銖錢，周郭其質，令不可得摩取鋊。子母相權，周語：景王將鑄大錢，單穆公曰：「古者天災降戾，于是乎量資幣、權輕重，以振救民。民患輕，則爲之作重幣以行之，于是乎有母權子而行；若不堪重，則多作輕而行之，亦不廢重，于是乎有子權母而行，小大利之。」饑寒頓解。後漢書馮異傳：光武謂諸將曰：「昨得公孫豆粥，饑寒俱解。」細看銅郭，漢書志註：孟康曰：周匝爲郭，文漫皆有。徐憶牙籌，王隱晉書：王戎好治生，園田周徧天下。翁嫗二人，常以象牙籌晝夜算計家資。雖虞一作「云」，非。神有魯褒，晉書隱逸魯褒傳：錢神論曰：錢之爲體，爲世神寶。親之如兄，字曰「孔方」。失之則貧弱，得之則富昌。便恐癖如和嶠。語林：杜預道王武子有馬癖，和長輿有錢癖，己有左傳癖。辦裝無闕，漢書兩龔傳：王莽遣使迎龔勝，先賜六月禄直以辦裝。後漢書劉平傳：詔徵平等，特賜辦裝錢。通刺有期。見爲白從事啓。感戴之誠，不知所喻。謹啓。

爲賀拔員外上李相公啓

按：篇中「版圖」、「花幕」之語，頗易歧混，細審乃可定之也。李相公者，蓋以宰臣而兼户部度支使者也。度支，即户部之職，而更有使，或即以户部領，或以他官判。與鹽鐵轉運使或合領，或分掌。其判户部者，或以户部之官判，或以他官判。唐時户部、度支、鹽鐵稱三司，皆有僚屬，既皆在司下佐理，亦每帶憲銜、郎官銜出赴諸道檢察。詳閲前後紀傳，可以互證，特職官志未細詳耳。文云「版圖被召」、「花幕分榮」者，乃辟爲屬下判官，非外鎮也。題曰「員外」，是以户部員外兼判官矣。其以外地爲請者，明是愬在京之宰執也。文義已明。但太和九年十一月李石判度支，開成元年四五月李固言判户部，三年正月李珏判户部，會昌二年二三月李紳權判度支，五年五月李回判户部，詳諸傳與宰相表，斯李相公未考定何人矣。韓昌黎科斗書後記有元和末進士賀拔恕。唐詩紀事，長慶中，王起再主文柄，有不肯負故交白敏中之賀拔惎。惎爲白居易書重修香山寺詩，見金石略。此賀拔者，當在其後，亦未知何人也。一無徵實，不可臆斷。又按：細玩是判户部，非判度支。李回固言於開成二年十月出鎮西川，回於大中元年八月出鎮西川，此二相中，似李回較是。按：盧攜臨池妙訣曰：近代賀拔員外惎、寇司馬章皆得名者。又見米氏書史，謂與祭酒崔紓皆以鑒賞相尋。味其語，似當會昌時，而此啓中多言衰老之態，疑即長慶中與白敏中同進士第之人乎。相去約三十年。

某啓：某聞被彩飾於無用之姿，斯須或可；垂休光於不報之地，始卒攸難。至有馬疲而尚服輕軒，席敝而猶存華幄，戰國策：變色不敝席，寵臣不敝軒。鮑照詩：棄席思君幄，疲馬戀君軒。推仁則極，備用無聞。雖有切於戀思，宜自量其涯分。嗚呼！某者今甚類焉。翰柔莫申，左思詩：弱冠弄柔翰。語苦難聽，聊憑箋素，用寫肺腸。伏惟少霽尊嚴，猥賜披省。

某伏思早歲，仰累深知。龍尾貽譏，敢通交契；魏略：華歆、邴原、管寧俱游學相善，時人號三人爲一龍，歆爲龍頭，原爲龍腹，寧爲龍尾。牛心前啗，實愧時才。見賀汝南公啓。世故推遷，年華荏苒。葭灰檀火，屢變於寒暄；周禮司爟：掌行火之政令，四時變國火以救時疾。註曰：冬取槐檀之火。餘見上史館李相啓。靈濟泥涇，遂分於清濁。初學記：後魏文帝祭濟文：惟瀆暢靈，協輝陰辟。餘見濮陽奏充判官狀。漢書溝洫志：涇水一石，其泥數斗。且溉且糞，長我禾黍。羈離管札，謂書記。僶俛絃歌，謂宰縣。名污柳營，漢書周亞夫傳：文帝後六年，匈奴大入邊，以河内太守亞夫爲將軍，次細柳。顔慚花縣。白帖：晉潘岳爲河陽令，樹桃李花，人號河陽一縣花。竟以千金之産，史記貨殖傳：范蠡乘扁舟，浮於江湖，變名易姓，之陶爲朱公。以爲陶天下之中，諸侯四通，貨物所交易也。乃治産積居，與時逐，十九年之中，三致千金，再分散與貧交疏昆弟。後子孫修業，遂至巨萬。故言富者皆稱陶朱公。三徑無歸，三輔決録：蔣詡字元卿，隱於杜陵，舍中三徑，惟羊仲、求仲從之遊，二仲皆挫廉逃名之士。晉書陶潛傳：謂親朋曰：「聊欲弦歌，以爲三徑之資可乎？」又：歸去來辭：三徑就荒，松菊猶存。初服莫從，見爲柳州表。迷津亟問。以上自叙其人已漸老矣。

屬者伏幸相公羹梅調味，川楫濟時，起塌翼於衝風，楚辭九歌河伯：與女遊兮九河，衝風起兮横波。漢書韓安國傳：衝風之衰，不能起毛羽。活枯鱗於涸轍，見爲張周封啓。登諸蘭署，轄彼芸籤。並見表，謂爲祕書省官。臺閣移文，語薛夏而無取；魏志注：薛夏，太和中以公事移蘭臺。蘭臺自以臺也，而祕書署耳，謂夏爲不得儀，夏報之曰：「蘭臺爲外臺，祕書爲内閣，臺閣一也，何不相移之有？」東南才子，並張率以何能。南史張率傳：率梁天監中直文德待詔省。率侍宴賦詩，武帝别賜率詩曰：東南有才子，故能服官政，余雖慚古昔，得人今爲盛。後又謂曰：祕書丞天下清官，東南望冑，未有爲之者。今以相處，爲卿定名譽。尋以爲祕書丞。未報前叨，旋承後顧，版圖被召，周禮天官：小宰，聽閭里以版圖。司會，掌國之官府、郊野、縣都之百物財用，凡在書契版圖者之貳，以逆羣吏之治，而聽其會計。司書，掌邦中之版，土地之圖。按：地官大司徒事，已見爲濮陽陳許舉代狀。唐人拜户部者每曰「版圖之拜」，頻見史傳，而幕職之支使，本名支度使，亦其類也。此則定謂京職。唐闕史：近世縫掖，恥呼本字，南省官局，則曰版圖小績，春闈秋曹。萬花谷：板曹，謂户曹。花幕分榮。屢見。收駑駘於皂棧之中，孫卿子：騏驥一日千里，駑馬十駕，則亦及之矣。後漢書蔡邕傳：騁駑駘於修路，慕騏驥而增驅。莊子：伯樂曰：「我善治馬，連之以羈馽，編之以皂棧。」刻蚣蝑於樂懸之上。按：考工記：梓人爲筍虡，臝者、羽者、鱗者以爲筍虡。小蟲之屬，以爲雕琢。小蟲中有以股鳴者。註曰：股鳴，蚣蝑動股屬。疏曰：七月詩云：五月斯螽動股。陸璣毛詩疏義曰：爾雅云：螽斯，蚣蝑也。揚雄云：舂黍也，股似瑇瑁文，五月中兩股相搓作聲。蚣，宣龍切，蝑，相魚切。爾雅釋蟲：蜙蝑。勢高足跌，道泰身屯，未竭私誠，已嬰沈痼。

況某素無靈氣，郭璞詩：燕昭無靈氣，漢武非仙才。夙昧攝生，乏單豹養内之功，莊子：魯有單豹者，巖居而水飲，不與民共利，行年七十，而猶有嬰兒之色，餓虎殺而食之。有張毅者，高門縣薄，無不走也，行年四十，而有内熱之病以死。豹養其内而虎食其外，毅養其外而病攻其内。闕王吉實下之效，漢書王吉傳：疏曰：休則俛仰詘信以利形，進退步趨以實下，吸新吐故以練臧，專意積精以適神，於以養生，豈不長哉！湫底莫適，節宣失中。左傳：子産曰：「節宣其氣，勿使有所壅閉湫底以露其體。」注曰：湫，集也。底，滯也。露，羸也。血氣集滯而體羸露。然猶深願待年，少酬厚德，三醫畢訪，列子：楊朱之友季梁得疾，七日大漸。其子謁三醫，一曰矯氏，二曰俞氏，三曰盧氏。診其所疾，俄而季梁之疾自瘳。百藥皆投。司馬貞三皇本紀：神農氏以赭鞭鞭草木，始嘗百草，始有醫藥。竟非无妄之災，易：无妄之疾，勿藥有喜。莫見有瘳之候，書金縢：王翼日乃瘳。史記周本紀：武王有瘳。濱於九死，齊語：桓公曰：「管夷吾射寡人中鈎，是以濱於死。」楚辭：雖九死其猶未悔。夐彼十旬。文選謝朓詩：故鄉邈以夐。濟曰：夐，遠也。書：十旬弗反。劉楨詩：余嬰沈痼疾，竄身清漳濱。自夏涉玄冬，彌曠十餘旬。取暖則煩，加寒必利，漢書：韋玄成當爲嗣，陽爲病狂，卧便利，妄笑語昏亂。按：師古曰：便利，大小便。則非痢疾之謂。然義本同也。「痢」，古作「利」。二句全用沈約與徐勉書。鬢寧支弁，帶不成圍。並見絳郡公上李相第一啓。謝述心虚，方茲未逮；南史：謝述有心虚疾，性理時或乖謬。田光精竭，比此猶強。史記刺客傳：田光曰：「今太子聞光盛壯之時，不知臣精已消亡矣。」豈可尚占職員，但尸俸入，久塵物議，且速殘骸。

況相公職統薄違，尚書酒誥：若疇圻父，薄違農父，若保宏父。傳曰：圻父，司馬；農父，司徒；宏父，司空。所順疇咨之司馬，能迫迴萬民之司徒，當順安之司空。按：薄違謂司徒。唐人固據傳疏引用。困學紀聞：荆公以違保辟絶句，朱文公以爲夐出諸儒之表。按：是則蔡氏因師言而從荆公。時登衆寡，周禮地官：鄉大夫以歲時登其夫家之衆寡，辨其可任者。任崇按比，務繫孤終，皆見陳許擧人自代狀。職是賓僚，豈宜虚曠。固不可下私微物，曲降深慈，憫將盡於桑榆，淮南子：日西垂，景在樹端，謂之桑榆。妨得材於杞梓。見爲任侍御啓。是以推枕興感，攝衾占辭，願申斂跡之期，以贖曠官之咎。祇聽裁旨，用息兢惶。必也舊履流恩，賈誼新書：楚昭王與吴人戰，楚軍敗，昭王走，屨決背而行失之，行三十步，復旋取屨。左右問曰：「何惜一踦屨乎？」王曰：「楚國雖貧，豈愛一踦屨哉？惡與偕出弗與俱反也。」自是之後，楚國之俗，皆無相棄者。道德指歸論：聖人流其恩。遺簪結念。一作「欷」。韓詩外傳：孔子遊少原之野，有婦人中澤而哭。夫子使弟子問焉，對曰：「鄉者刈蓍薪，亡吾蓍簪，是以哀也。」弟子曰：「刈蓍薪而亡蓍簪，有何悲焉？」曰：「非傷亡簪也，蓋不忘故也。」恤以孀孤非少，婚嫁未終。屢見。不使衰羸，便辭禄仕。致乎外地，晞以末光。漢書蕭曹傳贊：依日月之末光。未乖念録之仕，稍減憂慚之累。亞尹諸府，別乘近郊。舊書志：京兆、河南、太原等府少尹，各二員，從四品下。永徽中，名爲司馬。開元初，改爲少尹。上州，別駕一人，從四品下。中州，正五品下。下州，從五品上。按：云近郊，則指畿輔上州言之，少尹之職，與別駕、長史等耳。故希其於二者援引改授也。後祭呂商州文「渚宫貳尹，相府中郎」可互證。負荷無羞，饘餬有繼。左傳：正考父鼎銘：饘于是，粥于是，以餬余口。則猶冀逢十全之藝，周禮：醫師，歲終稽其醫事，以制其食。十全爲上，十失一次之，十失四爲下。延一日之生，重登一作「發」，誤。門牆，再就埏埴。見爲任侍御啓。是所願也，非敢望也。

詞多力殆，感極集作「深」。涕一作「誠」，非。繁。避席承言，未卜曾參之侍；孝經：仲尼居，曾子侍。子曰云云。曾子避席曰：「參不敏，何足以知之。」封函抒款，畏遺殷浩之誠。一作「書」。屢見。瞻望清光，實動魂守。左傳：無守氣矣。管輅別傳：何晏之視候，魂不守宅，血不華色。伏惟特賜優一作「鑒」。察。

上時相啓

「時相」，未詳何人，玩「獲依恩養」句，或令狐子直乎？

商隱啓：暮春之初，甘澤仍降，既聞霑足，詩：既霑既足，生我百穀。又欲開晴。實關燮和，克致豐阜。繁陰初合，則傅説爲霖；書説命：若歲大旱，用汝作霖雨。媚景將開，則趙衰呈日。見河東公謝京兆公啓。獲依恩養，定見昇平。絶路左之喘牛，用驚丙吉；漢書丙吉傳：行逢人逐牛，牛喘吐舌。吉止駐，使騎吏問逐牛行幾里矣。掾史或以譏吉。吉曰：「方春少陽用事，未可太熱，恐牛近行用暑故喘。此時氣失節，三公典調和陰陽，職所當憂，是以問之。」無廄中之惡馬，以役任安。見爲某先輩啓。偃仰興居，詩：或棲遲偃仰。惟有歌詠。瞻望一作「仰」。闈闥，不勝肺肝。謹啓。

端午日上所知劍啓

所知指府主，唐人常語也。時在何幕則莫辨。

商隱啓：五金鑄衛形威邪神劍一口，銀裝漆鞘，紫錦囊盛，傳自道流，孔稚圭北山移文：覈元元於道流。頗全一作「同」，非。古製。未遇良工之鑒，吳越春秋：越王允常聘區冶子作名劍五枚，三大二小。一曰純鈎，二曰湛盧，三曰豪曹，或曰盤郢，四曰魚腸，五曰巨闕。秦客薛燭善相劍，越王取示之。按：藝文類聚諸書所引皆同，而越絕書「昔者越王勾踐有寶劍五，聞於天下，客有能相劍者名薛燭，王召而示之」，與此略有同異。允常即勾踐父也。常爲下客所彈，戰國策：齊人有馮煖者，貧乏不能自存，使人屬孟嘗君，願寄食門下。孟嘗君曰：「客何能？」曰：「客無能也。」居有頃，倚柱彈其劍，歌曰：「長鋏歸來乎！」龍藻雖繁，曹毗魏都賦：劍則流彩之珍，素質之寶，乍虹蔚波映，或龜文龍藻。鵜膏稍薄。爾雅：鷉，須鸁。註曰：鷉，鷿鷉，似鳧而小，膏中瑩刀。鷉音梯，鸁音螺。按：馬融廣成頌「水禽鷿鷉」註引揚雄方言：野鳧也，好沒水中，膏可以瑩刀劍。爾雅注正同矣。又爾雅：鵜，鴮鸅。註曰：今之鵜鶘也，俗呼之爲淘河。此與鷉異。說文亦分兩種，而後人每作「鷉鵜」，乃俗通耳。敢因五日，仰續千齡。厠玉玦於君侯，見濮陽公論太子表。擬象環於夫子。禮記：孔子珮象環五寸。所冀更蒙千灌，文選張協七命：乃鍊乃鑠，萬辟千灌。重許三鄉，一作「卿」，非。七命：價兼三鄉，聲貴二都。注曰：越絕書：勾踐示薛燭純鈎，曰：「客有買之者，有市之鄉二，駿馬千匹，千户之都二，可乎？」薛燭曰：「雖傾城量金，珠玉滿河，猶不得此一物，何足言焉！」然實二鄉，而云三者，避下文也。按：吴越春秋則作「有市之鄉三十」，蜀志郤正傳注引越絶書作「有市之鄉三」。是「三」字有據，非避下句也。「滿河」，越絶刊本作「竭河」。或謂用後漢賜三名臣劍事，當作「三卿」，文義必不然也。使武士讓鋒，韓詩外傳：君子避三端，文士筆端，武士鋒端，辯士舌端。佞臣喪魄。見論皇太子表。無荆王之遇敵，手以麾城；越絶書：楚王召風胡子而問之曰：「聞吴有干將，越有區冶子，寡人願齎邦之重寶奉子，因吴王請此二人作劍。」乃令風胡子之吴，見區冶子、干將，作鐵劍三枚：一曰龍淵，二曰太阿，三曰工市。晉、鄭聞而求之，不得，興師圍楚，三年不解。王引太阿之劍，登城而麾之，三軍破敗，士卒迷惑，流血千里，晉、鄭之頭畢白。按：「工市」，一作「工布」，越絶書已然。有漢相之策勳，腰而上殿。漢書蕭何傳：論功行封，上以何功最盛，先封爲酇侯。列侯畢已受封，奏位次，令何第一，賜帶劍履上殿，入朝不趨。嘉辰祝願，平日禱祠。伏惟恩憐，特賜容納。謹啓。

端午日上所知衣服啓

商隱啓：右件衣服等，弄杼多疎，古詩：纖纖出素手，札札弄機杼。紉鍼未至。見上河東公辭張懿仙啓。浼李固之奇表，後漢書李固傳：固貌狀有奇表，鼎角匿犀，足履龜文。累王衍之神峯。晉書王澄傳：澄嘗謂衍曰：「兄形似道，而神峯太儁。」按：世説作「神鋒」，而如梁簡文帝論王規曰：「風韻遒上，神峯標映。」似「峯」字爲是。然作「鋒」亦多，疑通用。敢恃深恩，竊陳善祝。左傳：晏子曰「雖其善祝，豈能勝億兆人之詛！」伏願永延松壽，「松壽」，只取如松柏之壽。舊引漢書王吉傳「體有喬松之壽」，乃指仙人伯喬及赤松子，非此所用。常慶莚賓。見滎陽公端午謝狀。遠比趙公，三十四一作「六」。年一作「歲」，非。當國；按：舊書長孫無忌傳，貞觀元年，封齊國公，十一年，改封趙國公。而太宗昇春宮，已授太子左庶子，貞觀元年，拜尚書右僕射，後至高宗顯慶四年，許敬宗誣構之，去官爵，流黔州。蓋無忌於太宗即位之初，已當國矣，貞觀共二十三年，高宗永徽六年，加顯慶四年，則三十四年。作「六」字者，誤也。許敬宗奏言「爲宰相三十年」者，新書宰相表書「貞觀二年正月罷，七年十一月又爲司空」，核其爲相，實共二十九年。一聯中兩「四」字，無礙。近同郭令，二十四考中書。舊書郭子儀傳：史臣裴垍曰：「汾陽王天下以其身爲安危者，殆二十年。校中書令考，二十有四。」北夢瑣言：温、李齊名，李義山謂曰：「近得一聯句云『遠比召公，三十六年宰輔』，未得偶句。」温曰：「何不云『近同郭令，二十四考中書。』」按：「召」字當誤刊也。全唐詩話引此，固作「趙公」，要皆不足信。肝膈所藏，吴志周魴傳：拳拳輸情，陳露肝膈。神明是聽。仰塵尊重，實用兢惶。謹啓。

樊南文集詳注卷之五

祝文

爲安平公兗州祭城隍神文

李陽冰縉雲縣城隍神記：城隍神，祀典無之，吴、越有之，風俗水旱疾疫必禱焉。困學紀聞：考北齊慕容儼鎮郢城，城中先有神祠，俗號城隍神，則唐前已有之。餘冬序録張説有祭荆州城隍文。而太和中，李德裕建成都城隍祠，則不獨吴、越矣。又蕪湖城隍，建於吴赤烏二年。高齊慕容儼，梁武陵王祀城隍神，皆書於史。又不獨唐而已。陸游云：「唐以來，郡縣皆祭城隍，今世尤謹。守令謁見，儀在他神祠上。社稷雖尊，特以令式從事，至祈禳報賽，獨城隍而已。」

年月日，致祭於城隍之神。四民攸居，是分都邑；五兵未息，周禮：司兵掌五兵、五盾。註曰：五盾，干櫓之屬，其名未盡聞也。五兵，戈、殳、戟、酋矛、夷矛，車之五兵也；步卒之五兵，則無夷矛而有弓矢。漢書吾丘壽王傳：古者作五兵。注曰：矛、戟、弓、劍、戈。月令：季秋習五戎。註曰：五戎謂五兵，弓矢、殳、矛、戈、戟也。國語：偃五刃。韋昭注曰：五刃，刀、劍、矛、戟、矢。爰假金湯。墨子：金城湯池。漢書蒯通傳：皆爲金城湯池，不可攻也。惟神受命上玄，守職茲土。擁長雲之壘，鮑照蕪城賦：板築雉堞之殷，井幹烽櫓之勤。崪若斷岸，矗似長雲。按：漢書表：左馮翊屬官有雲壘長、丞。雲壘字似始此。提卻月之營。一作「宮」，誤。太白陰經：偃月營，形象偃月，背山岡，面陂澤，輪逐山勢，弦隨面直，地窄山狹之所營。按：「偃月」亦作「卻月」。水經注：魯山左即沔水口，沔左有卻月城，然亦曰偃月壘。魏志：楊阜之弟岳，於冀城上作偃月營。南史朱超石傳：帝遣丁旿於河岸爲卻月陣。主張威靈，莊子：孰主張是。彈壓氛祲。見爲鹽州狀。某方宣朝旨，來總藩條。帳一作「帷」。中之位一作「列」，誤。既安，幕内之籌敢失？神其守同石堡，新書地理志：鄯州鄯城縣有天威軍，軍故石堡城。護等玉關，見安平公遺表。長令崒若岸焉，無使復于隍也。易：城復于隍。疏曰：子夏傳曰：隍是城下池也，城損壞崩倒，反復於隍。

爲舍人絳郡公鄭州禱雨文

年月日，鄭州刺史李某，謹請茅山道士馮角，禱請於水府真官。木華海賦：水府之内，極深之庭。按：高真、仙官、真人、真官之稱，道書習見。餘見下賽北源神文。伏以旱魃爲虐，詩：旱魃爲虐，如惔如焚。傳曰：魃，旱神也。箋曰：旱氣生魃。按：山海經大荒北經：有山名曰不句，海水入焉。有係昆之山者，有人衣青衣，名曰「黄帝女魃」。黄帝令應龍攻蚩尤，應龍畜水。蚩尤請風伯、雨師縱大風雨。黄帝乃下天女曰「魃」。雨止，遂殺蚩尤。魃不得復上。所居不雨，叔均言之帝，後置之赤水之北。詩疏則專引神異經：南方有人，長二三尺，袒身而目在頂上，走行如風，名曰「魃」。所見之國大旱，赤地千里，一名旱母。遇者得之，投溷中即死，旱災消。而又曰：此言旱神，蓋是鬼魅之物，不必生於南方，可以爲人所執獲也。蓋因箋意謂旱氣生魃，不必本有之者。浩又聞之家祖少司寇公曰：「北方之屍，入土不腐敗者，或能致旱。他處土皆焦坼，此反微潤，則鄉人疑其中成魃致旱。必共掘毁之，謂之打旱魃。而其子孫以發墓具訟，甚爲案牘之累。」家祖官山東時，力戒勸之。前明韓忠定公參政山東，有禁打魃事。此言正與之合，蓋其事不一而爲旱同也。神異經本文曰：名曰「魃」，俗曰「旱魃」。應龍不興。山海經：大荒東北隅，有山名曰凶犂土丘。應龍處南極，殺蚩尤與夸父，不得復上，故下數旱。旱而爲應龍之狀，乃得大雨。注曰：應龍，龍有翼者，今之土龍本此。困杲日於詩人，詩：其雨其雨，杲杲出日。苦密雲於易象。易：密雲不雨。生物斯瘁，民食攸艱。某叨此分憂，俯慚無政。爰求真侣，虔禱陰靈。減哺表勤，減哺猶減膳，不敢云減膳也。褰帷引咎。屢見。伏乞下通滎播，水經：濟水又東合滎、瀆。注曰：瀆水受河水，有石門，謂之滎口石門也。地形殊卑，蓋故滎播所道，自此始也。又曰：濟水又東逕滎澤北，故滎水所都也。濟水、滎澤中北流，至衡雍西，與出河之濟會，斯蓋滎、播、河、濟，往復逕通矣。上導一作「達」，誤。天潢，見京兆公賀郊赦表。合爲膏澤之原，用息蘊隆之患。詩：旱既大甚，蘊隆蟲蟲。其於効信，敢或逡巡？史記秦始皇本紀：賈生曰：「九國之師，逡巡遁逃。」暴露託詞，後漢書獨行傳：諒輔，廣漢新都人。仕郡爲五官掾。時夏大旱，輔乃自暴庭中，慷慨咒曰：「若至日中不雨，乞以身塞無狀。」積薪柴，聚茭茅，將自焚焉。未及日中，天雲晦合，須臾澍雨，一郡沾潤。世稱其至誠。焦勞結慮。泉間候氣，見下賽堯山文。樹杪占風。魏志管輅傳：過清河倪太守，時天旱，倪問輅雨期，輅曰：「今夕當雨。」到鼓一中，竟成快雨。注曰：輅既刻雨期，倪猶未信。至日向暮，輅言：「樹上已有少女微風，又有陰鳥和鳴。又少男風起，衆鳥和翔，其應至矣。」須臾，果有艮風鳴鳥，東南有山雲樓起，大雨河傾。惟望玉女之披衣，見濮陽公謝冬衣狀。敢駭商羊之鼓舞？家語：齊有一足之鳥，飛集殿前，舒翅而跳。齊侯使使聘魯問孔子。孔子曰：「此鳥名曰商羊，水祥也。昔童兒有屈其一脚跳且謡曰：『天將大雨，商羊鼓儛。』今其應至矣，急治溝渠，修隄防。」頃之，大霖雨。竊希玄感，聽察丹誠。

爲懷州李使君祭城隍神文

年月日，致祭於城隍之神。所校英華無以上字。某謬蒙朝奬，叨領藩條。熊軾初臨，虎符適至。屢見。敢資靈於水土，冀同固於金湯。況彼潞人，實逆天理。因一作「固」。承平一作「明」，誤。之地，以作巢窠；毆康一作「庶」。樂之民，周禮：小行人，其康樂和親安平爲一書。以爲蟊賊。左傳：晉侯使吕相絶秦曰：「帥我蝥賊，以來蕩摇邊疆。」蝥、蟊同。一至於此，其能久乎！惟神廣扇威靈，劃開聲勢。俾犯境者，望飛鳥而自遁；見賀破奚寇表。非用左傳平陰之戰事。此滔天者，書：象恭滔天。聽唳鶴以虚聲。見賀破奚寇表。崇墉載嚴，巨塹無壍。今來古往，淮南子：往古來今謂之宙，四方上下謂之宇。永無川竭之因；周語：伯陽父曰：「山崩川竭，亡之徵也。」萬歲千秋，戰國策：楚王曰：「寡人萬歲千秋之後。」莫有土崩之事。一作「勢」。史記張釋之傳：秦陵遲至於二世，天下土崩。神其聽之，無易我言。

賽城隍神文

題不著地，而語切晉疆。懷州，春秋時屬晉，宜非他境也。玩「炎焚」字，豈在會昌四年夏乎？或謂鄭介晉、楚之間。水經注：滎陽縣有鴻溝水。寰宇記：管城縣管水，分流入黃雀溝，即今之黃池。起聯亦隱切鄭，即鄭州禱雨後事，似亦可通。

年月日，賽於城隍之神。惟神據一作「踞」。雉堞以爲雄，左傳：鄭祭仲曰：「都城過百雉。」註曰：方丈曰堵，三堵曰雉。餘見前。導溝池禮記：城郭溝池以爲固。而作潤。果成飄注，以救炎一作「惔」。焚。見鄭州禱雨文。毛詩作「惔」，而後漢書章帝紀：今時復旱，如炎如焚。註引韓詩作「炎」。敢吝斯牲，詩：靡愛斯牲。用報嘉種。詩：誕降嘉種。神其永通靈感，長懋玄功。導一作「道」。楚子之餘波，左傳：晉公子對楚子曰：「其波及晉國者，君之餘也。」霈一作「霑」，誤。晉國之膏雨。左傳：季武子如晉，晉侯享之。范宣子賦黍苗，季武子再拜稽首曰：「小國之仰大國也，如百穀之仰膏雨焉。」苟能不昧，報亦隨之。

爲中丞滎陽公桂州賽城隍神文

維大中元年，歲次丁卯，六月甲午朔，十四日丁未，都防禦觀察處置等使、桂州刺史兼御史中丞鄭某，謹遣登仕郎、守功曹、參軍陸秩以庶羞之奠，祭於城隍之神。夫大邑聚人，「人」作「民」字用，非用易經「何以聚人曰財」。通都設屏。將「將」字下舊有「英」字。又集作「比」。徐曰：字當衍。

雄走集，左傳：險其走集。注曰：「走集」，邊竟之壘辟。必假高深。高深謂城池。不惟倚仗一作「拔」。風雲，北史魏收傳：高元海虚心倚仗。木華海賦：掎拔五嶽。此風雲兼用陣勢，當作「倚仗」。兼用翕張神鬼。某初蒙朝奬，來佩藩符。既禦寇於西原，易：不利爲寇，利禦寇。餘見桂州謝上表。亦觀風於南國。禮記：太史陳詩以觀民風。始維畫鷁，史記司馬相如傳：浮文鷁。注曰：鷁，水鳥也。畫其象於船首。將下伏熊。屬楚雨蔽空，湘雲塞望。晦我中軍之鼓，左傳：殖綽、郭最皆矜甲面縛，坐於中軍之鼓下。涇予下瀨之師。漢書武帝紀：元鼎五年，甲爲下瀨將軍，下蒼梧。臣瓚曰：瀨，湍也，吴、越謂之瀨，中國謂之磧。伍子胥書有下瀨船。遂以誠祈，果蒙神應。速如激矢，勢等卻河。見賀破奚寇表。及兹薦報一作「報薦」。之時，一作「期」。敢怠馨香之禮？神其干霄作峻，左思蜀都賦：干青霄而秀出。習坎爲防。易：習坎，王公設險以守其國。合烽櫓以一作「之」，誤。保民，漢書賈誼傳：斥候望烽燧不得卧。文穎曰：邊方備胡寇，作高土櫓，櫓上作桔皐，桔皐頭兜零，以薪草置其中，常低之，有寇即火燃舉之以相告，曰烽。又多積薪，寇至即燃之，以望其煙，曰燧。陸機洛陽記：洛陽城，周公所制。城上百步有一樓櫓，外有溝渠。按：每諱「民」作「人」，而仍有作「民」者，傳寫參錯耳。導川塗而流惡。周禮：遂人，洫上有塗，澮上有道，川上有路，以達于畿。左傳：韓獻子曰：「有汾、澮以流其惡。」使言言堅壘，一作「壁」。詩：崇墉言言。俾地道以無疆；易：安貞之吉，應地無疆。活活深溝，詩：河水洋洋，北流活活。如井德之不改。易：改邑不改井。勿違丘禱，以作神羞。書：無作神羞。尚饗！

祭桂州城隍神祝文

維大中元年，歲次丁卯，八月甲午朔，二十七日庚申，桂州管内都防禦觀察處置等使、正議大夫、使持節新書百官志：武德初，邊要之地，置總管以統軍，加號使持節。通典：加號爲使持節，而實無節，但頒銅魚符而已。桂州諸軍事、守桂州刺史兼御史中丞、上柱國、按：職官志：正議大夫正四品上，上柱國正第二品，御史中丞正四品下。桂州爲中州刺史，正四品上。階職之不齊如此。至觀察、防禦與節度使相等。外官之最尊者，各帶本官以出也。賜紫金魚袋鄭某，舊書輿服志：高祖改銀菟符爲銀魚符。高宗時，京官文武職事四品、五品，並給隨身魚。賜新魚袋，飾以銀。垂拱二年，諸州都督刺史，並准京官帶魚袋。天授元年，改内外所佩魚並作龜。久視元年，三品以上袋用金飾，四品用銀，五品用銅。神龍初，依舊佩魚袋。又曰：開元以後，恩制賜賞緋紫，例兼魚袋章服，因之佩者衆矣。謹遣直官攝功曹、參軍、文林郎、守陽朔縣令莊敬質，謹以旨酒庶羞之奠，祭於城隍之神：濬洫崇墉，左思魏都賦：崇墉濬洫，嬰堞帶涘。所以固吾圉；左傳：鄭莊公曰：「寡人之使吾子處此，不惟許國之爲，亦聊以固吾圉也。」春祈秋報，詩序：噫嘻！春夏祈穀於上帝也；豐年，秋冬報也。所以輔農功。周語：無有求利於其官，以干農功。今露白雷收，蟲坏水涸。禮記：孟秋之月，涼風至，白露降。仲秋之月，雷始收聲，蟄蟲坏户，殺氣浸盛，陽氣日衰，水始涸。念時暘而時雨，書：曰肅，時雨若。曰乂，時暘若。將乃積而乃倉。敢以吉辰，式陳常典。神其保兹正直，左傳：内史過曰：「神聰明正直而壹者也。」歆彼馨香。聿念前修，勿虧明鑒。昔房豹變樂陵之井味，北史：房豹字仲幹。河清中，遷樂陵太守。郡瀕海，水味多鹹苦。豹命鑿一井，遂得甘泉，遐邇以爲政化所致。豹罷歸，井味復鹹。任延易九真之土風。後漢書循吏傳：任延字長孫，南陽宛人。詔徵爲九真太守。九真不知牛耕，延乃令鑄田器，教之墾闢。又駱越之民無嫁娶禮法，各因淫好，不識父子之性，夫婦之道。延乃使男女皆以年齒相配。同時相娶者二千餘人。是歲風雨順節，穀稼豐衍。豈獨人謀，抑一作「仰」，非。由冥助！今猶古也，神實聽之。

賽舜廟文

莫休符桂林風土記：臨桂縣舜祠，在虞山之下。有澄潭，號黃潭，古老相承，言舜南巡，曾遊此潭。今每遇歲旱，張旗震鼓，請雨多應。太平寰宇記作「皇潭」。

年月日，昭賽虞舜之祠。伏以帝狩南方，一作「荒」。禮記：舜崩於蒼梧之野，蓋三妃未之從也。注曰：舜征有苗而死。帝嚳立四妃，象后妃四星。舜不告而取，不立正妃，但三妃，謂之三夫人。疏曰：帝王世紀云：長妃娥皇，無子。次妃女英，生商均。次妃癸比，生二女，霄明、燭光是也。山海經以爲二女。此云三者，當以記爲正，山海經不可用。後漢書趙咨傳：舜葬蒼梧，二妃不從。亦屢見。按：郭璞注山海經，力辨洞庭二女爲天帝之二女，處江爲神，即列仙傳江妃二女。離騷所謂湘夫人稱帝子者，實非舜妃，舜妃固生不從征，死不從葬。其說甚精，今且資詩賦家之引用可耳。又按：禮記三妃，他書徵引多作二妃，疑自古有訛字。史記：舜踐帝位三十九年，南巡狩，崩於蒼梧之野。葬於江南九疑，是爲零陵。神留下土。翠華莫返，司馬相如上林賦：建翠華之旗。積怨望於他年；大麓不迷，書：納于大麓，烈風雷雨弗迷。烜威靈於終古。九歌：長無絕兮終古。比憂嘉種，見前。少冒愆陽。左傳：冬無愆陽，夏無伏陰。抗簡陳詞，潔樽引咎。左傳：臧孫命北面重席，新樽絜之。果蒙憑離掣電，跨巽揚風。易：離爲電，巽爲風。布霑渥於九皋，詩：既優既渥，既霑既足。又：鶴鳴于九皋。起焦枯於一瞬。淮南子：堯時，十日並出，草木焦枯。敢布瑶席，屈原九歌：瑶席兮玉瑱。按：「布」字複，且音不諧，當作「敷」或作「陳」。輒事蘭羞。九歌：蕙肴蒸兮蘭藉。帝其罷奏南琴，見濮陽遺表。停吹西琯。琯爲西王母所獻，故曰「西琯」。見滎陽進賀冬銀狀。使東皇太乙，九歌東皇太乙，注曰：太乙，神名，天之尊神。祠在楚東，以配東帝，故云東皇。兼預於靈遊；俾山鬼江斐，九歌：湘君、湘夫人、山鬼。吴都賦，江斐于是往來。「斐」、「妃」同。按：江斐即湘君湘夫人也，然雜列舜妃，似於義欠合。文選吴都賦注，良曰「江妃解珮與鄭交甫」者，則可與郭璞之説相證合也。文意總用九歌，聊贅辨之。無藏於沴氣。後漢書五行志：説云氣之相傷謂之沴。庶將善政，以奉明輝。

賽越王神文

史記南越尉佗傳：尉佗姓趙氏。秦二世時，南海尉任囂病且死，召龍川令趙佗行南海尉事。囂死，佗即聚兵自守。秦已破滅，佗即擊并桂林、象郡，自立爲南越武王。

年月日，賽於越王之神。惟神輝一作「燿」。焯殊姿，抑揚奇表。秦魚既爛，公羊傳：梁亡，自亡也，魚爛而亡。史記秦始皇本紀：河決不可復壅，魚爛不可復全。則聊帝南荒；史記尉佗傳：高后時，佗乃自尊號爲南越武帝。又：文帝時，佗爲書謝曰：老夫妄竊帝號，聊以自娱。自今以後，去帝制。漢鹿有歸，史記淮陰侯傳：蒯通對高祖曰：「秦失其鹿，天下共逐之，高材疾足者先得焉。」則稱臣北闕。漢書高帝紀：十一年，立佗爲南粵王。使陸賈即授璽綬，佗稽首稱臣。覽英雄之載籍，史記伯夷傳：夫學者，載籍極博。信王霸之朋遊。按：隋書經籍志：南越志八卷，沈氏撰。漢末英雄記八卷，王粲撰。王霸記三卷，潘傑撰。可與此二句旁證，然不必泥也。言念遺祠，猶存屬一作「鹿」，誤。邑。太平寰宇記：臨桂縣越王廟，鄉黨祈禱之所。又荔浦縣亦有廟。尚興甘雨，以救公田。敢陳沼沚一作「澗」。之毛，左傳：澗谿沼沚之毛，潢汙行潦之水，可薦于鬼神，可羞于王公。用報京坻之積。詩：曾孫之庾，如坻如京。神其永司此一作「兹」。土，長庇吾人。福佑柔良，揚雄長楊賦：受神人之福佑。驅除疾一作「疫」。癘。史記：鄉秦之禁，適足以資賢者爲驅除難耳！魏志賈逵傳注：魏略曰：士民頗苦勞役，又有疾癘。周禮春官：大宗伯，以荒禮哀凶札。註曰：札，謂疫癘。又：大祝：天災彌祀。註曰：天災，疫癘水旱也。又，夏官：方相氏，毆疫。註曰：驚毆疫癘之鬼。今來古往，常教威著越城；元和郡縣志：故越城，在桂州全義縣西南五十里。漢高后時，遣周竈擊南越，趙佗踞險爲城，竈不能踰嶺，即此。餘見爲滎陽舉代狀，亦可統指越地。萬歲千秋，勿使魂歸真定。史記傳：尉佗者，真定人也。又：文帝爲佗親冢在真定，置守邑，歲時奉祀。按：兼用漢高帝幸沛時語意，見獻鉅鹿公啓。神乎不昧，來鑒斯言。

賽北源神文

按：北源者，專謂湘水之源也。漢書地理志：零陵縣陽海山，湘水所出，北至酃入江，過郡二。又有離水，南至廣信入鬱林。水經：湘水出零陵始安縣陽海山。注曰：

湘、灕同源，分爲二水，南爲灕水，北則湘川。宋柳開湘灕二水説曰：二水始一水也，出於海陽山，西北至興安縣東五里嶺上始分二水，嶺即名分水嶺也。

年月日，賽於北源之神。惟神雖臨南服，實號北源。湘浦降神，近驚於騷客；九歌湘夫人：帝子降兮北渚。滮池浸稻，遠協一作「叶」。於詩人。詩：滮池北流，浸彼稻田。果能橐籥風頭，老子：天地之間，其猶橐籥乎？索綯雨脚，詩：宵爾索綯。杜工部詩：雨脚但如舊。下一作「不」，非。資畎一作「溝」。澮。書：禹曰：「濬畎澮距川。」周禮地官：遂人，十夫有溝，千夫有澮。將致倉箱。聊申信於澗毛，庶通靈於水府。按晉書天文志：「井西南四星曰水府，主水之官也。」而凡河海江湖皆曰水府，互詳鄭州禱雨文。神其揖一作「抑」。揚蘭佩，離騷：紉秋蘭以爲佩。麾掉桂旗。九歌：辛夷車兮結桂旗。拍川后之肩，郭璞遊仙詩：左挹浮丘袖，右拍洪崖肩。洛神賦：川后静波。攬波神之袂。莊子：予東海之波臣也。共來於此，饗報留恩。粤西文載作「共來此饗，以報留恩」，皆尚有誤。

賽曾山蘇山神文

新書地理志：昭州平樂郡、賀州臨賀郡，皆桂管所領。廣西通志：蘇山，在平樂府修仁縣北。宋皇祐間，知縣狄遵誨討寇，於縣北十里山下，夢蘇武神，因禱焉。師捷，請於朝，即建廟祀武，因名。前有一石壁，水從上滴下，遇旱則禱雨於此。又曰：甑山在平樂府賀縣西十里。唐刺史李郃見有彩烟不散，更名曰瑞雲。上有泉注於池，名曰仙池。

又曰：太和四年，慶雲見丹甄山，是年李郃來任。徐曰：據此文則蘇山豈因皇祐建廟而得名？曾山疑即甑山，以「甑」爲「曾」，蓋傳寫之誤。按：舊、新書劉蕡傳：太和二年，李郃謂人曰：「劉蕡不第，我輩登科，實厚顔矣！」請以所授官讓蕡，事雖不行，人士多之。新傳云：郃時爲河南府參軍事，後歷賀州刺史。唐摭言作「郃」，而新書藝文志亦作「郃」。則「郃」字是也，然豈四年即守賀哉？名勝志曰：甑山，舊名幽山，李郃來遊，名瑞雲。今檢太平寰宇記，幽山在臨賀西四十里，南接蒼梧，北通道州。則宋時尚名幽山也。志書多流傳失實，皆不足據。

年月日，賽於曾山、蘇山之神。惟神守在出雲，禮記：天降時雨，山川出雲。職惟通氣。易：山澤通氣。果從望歲，左傳：國人望君，如望歲焉。載潤嘉生。漢書郊祀志：故神降之，嘉生。應劭曰：嘉，穀也。將申昭報之儀，敢闕馨香之獻！神其遐瞻惟岳，廣納遊塵。勉揚少女之風，見鄭州禱雨文。勤詠曾孫之稼。無令渥澤，盡歸涇一作「濕」。水之湫泉；漢書郊祀志：湫淵，祠朝那。蘇林曰：湫淵在安定朝那縣。方四十里，停水不流，冬夏不增不減，不生草木。師古曰：此水今在涇州界。清澈可愛，不容穢濁，或諠污，輒興雲雨。土俗亢旱，每於此求之。相傳云，龍之所居也。太平廣紀：靈應傳云：涇州之東二十里，有故薛舉城。城之陽有美女湫，廣袤數里，其水湛然碧，莫有測其深淺者。鄉人立祠於旁，曰九娘子神。歲之水旱，祓禱皆得啓請。按：英華作「濕」，而注曰：集作「涇」。考水經注濕水條下云：燕京山之大池，在山原之上，世謂之天池。澂渟鏡淨，若安定朝那之湫淵也。又云：陽門水與神泉水出蕫壁北。水有靈，陽旱愆期，多禱請焉。則作「濕」亦實可，溼水特尤顯耳。勿使威靈，不一作「下」，誤。及歷山當作「陽」。之仙室。按：列仙傳：歷陽有彭祖仙室，前世禱請風雨，莫不輒應。常有兩虎在祠左右，今日祠訖，即有虎跡。此句所用也，「山」當作「陽」。而輿地記歷陽山在和州。則節「陽」字而稱歷山，亦無礙。徐氏引水經注濟水、河水條下，皆有歷山，皆有舜廟、舜井者，非也。或云蒲阪西之歷山。其水經上文又有云：河水南逕子夏石室，蓋即謁泉山。而水經注云：暘雨愆時，謁禱是應，故錫其名。文用此亦可，然合兩地爲一事，必非也。亦見法苑珠林所引，出搜神記。我辭有激，神儻聽焉。

賽白石神文

寰宇記：靈川縣銀江水出西山下，東流合灕水。靈川縣志：白石湫，在縣南三十五里，亦曰白石潭、白石潦。灕江自白石而下，深潭廣浸，與湘江埒。按：名勝志：白石潭與銀江接。白石神事蹟，詳詩集桂林五律「龍移白石湫」句。

年月日，賽於白石之神。惟神載烜明靈，克標懿號。軒珠耀彩，莊子有黄帝玄珠事。詳後一品集改本。儻非瑤一作「璿」，非。水之源；儻，猶豈也。或作「尚」，因「倘」字而訛。荆璞流輝，屢見。即是玉山之路。山海經：玉山是西王母所居。按：白石神是女子，故用瑤池玉山比之。一昨一作「昨者」。俯憂旱歲，俾禱遺祠。果能愛我大田，貺一作「饒」。余膏澤。不俟于公之雪一作「祈」，一作「折」，皆誤。獄，漢書于定國傳：定國，東海郯人也。父于公，爲縣獄史，郡決曹，決獄平。郡中爲之生立祠。東海有孝婦，少寡，亡子，養姑甚謹，姑欲嫁之，終不肯。姑曰：「我老，久累丁壯，奈何？」其後，姑自經死，姑女告吏：「婦殺我母。」孝婦自誣服。于公以爲此婦以孝聞，必不殺也。太守竟論殺孝婦。郡中枯旱三年。後太守至，于公曰：「孝婦不當死，前太守強斷之，咎儻在是乎？」太守祭孝婦冢，因表其墓，天立大雨。無煩洛令之曝身。長沙耆舊傳：祝良，字召卿，爲洛陽令。時亢旱，天子祈雨不得。良乃曝身階庭，告誠引罪，自晨至午，紫雲沓起，甘雨大降。民歌之曰：天久不雨，烝民失所。天王自出，祝令特苦。精符感應，滂沱下雨。按：水經注一作「石卿」，北堂書鈔作「名卿」，太平御覽作「邵卿」。「召」、「邵」同也。「至午」，書鈔作「至申」；「沓起」，水經注作「水起」。敢命子男，爰修蘋藻。神其仰流一作「濟」。天澤，俯祐歲功。無萌可轉之心，詩：我心匪石，不可轉也。以負惟馨之禮。周禮：黍稷非馨，明德惟馨。徐刊本有「尚饗」字。

賽龍蟠山神文

太平御覽：乳穴魚一條引嶺表録異曰：全義嶺之西南有盤龍山，山有乳洞。又有一溪，號爲靈水溪，溪内有魚。皆修尾四足，丹其腹，游泳自若，魚人不敢捕之。原注云：今桂州靈川縣也。寰宇記：龍蟠山，在桂州東北，屬興安縣。本名盤龍山，天寶六載敕改。山有石洞，洞門數重，人秉燭遊，常見龍跡，其大如盌。洞中之水有魚，四足有角，人不敢傷，恐致風雨。

年月日，賽於龍蟠山英華皆作「幡」，或誤。至下文則必當作「幡」矣。文載無「山」字。之神。惟神降治山川，流恩一作「濟思」，非。縣道。龍幡一作「蟠」，誤。鳳蓋，克懋於靈司；蟻穴鸛一作「鵲」，誤。

巢，詩：鸛鳴于垤。傳曰：垤，螘塚也。將陰雨則穴處先知之。鸛好水，長鳴而喜也。箋曰：鸛，水鳥。將陰雨則鳴。毛詩義疏：鸛泥其巢，一旁爲池，含水滿之，取魚置池中食。式揚於利澤。至誠有達，昭報無虧。神其一作「威」，非。叱咤飛廉，史記淮陰侯傳：項王喑噁叱咤，千人皆廢。呂氏春秋：風師曰飛廉。鞭驅屏翳，廣雅：雨師謂之屏翳。按：文選洛神賦：屏翳收風。注曰：王逸云：雨師。韋昭云：雷師。然説屏翳者雖多，並無明據。曹植詰咎文：河伯典澤，屏翳司風。植既皆爲風師，不可引他説以非之。選註詳慎如此，而此作雨師也。尚一作「向」，非。令吾土，屢有豐年。不無行潦之羞，見賽越王神文。以謝一作「請」。油雲之惠。史記司馬相如傳：封禪書頌曰：自我天覆，雲之油油。甘露時雨，厥壤可游。滋液滲漉，何生不育。西京雜記：雨雲曰「油雲」。

賽陽朔縣名山文

水經注：陽海山即陽朔山也。應劭曰：湘出零陵山，蓋山之殊名也。山在始安縣北。元和郡縣志：桂州陽朔縣，本漢始安縣地。開皇十年分置，取山爲名。吳武陵陽朔縣廳壁題名：羣山發海嶠而北，又發衡、巫而南，咸會於陽朔。孤崖絶巘，森聳駢植，凡數百里，灕江、荔水羅織其下。縣界山間，東制邕、容、交、廣之衝，南扼賓、巒、巖、象之隘。寰宇記：陽朔山自永州零陵縣西南，迤邐岡巒，連亘不絶。

年月日，賽於陽朔縣名山之神。惟神受命上玄，奠茲南服。雲臺日觀，華山記：嶽東北有雲臺峯，其山兩峯峥嶸，四面懸絶，上冠景雲，下通地脈，嶷然獨秀，有若雲臺。餘見安平謝上表。遠讓於高標；左思蜀都賦：陽烏迴翼乎高標。蓬島崐丘，山海經：崐崙之丘，是實惟帝之下都。爾雅疏：崐崙山記云：一名崐丘。詳祭薛袞文，餘見爲某先輩啓。遐通於爽氣。世説：王子猷云：西山朝來，致有爽氣。峻若藏刀之嶺，崇如一作「於」。倚劍之門。水經注：巨馬河即淶水也。淶水又南逕藏刀山下，層巖壁立，直長干霄。遠望崖側，有若積刀，鐶鐶相比，咸悉西首。餘見爲柳珪啓。桂林山皆峻峭，所謂「山如碧玉篸」也，故云。又宋玉大言賦：長劍耿介倚天外。是宜銓管陰司，拘囚異物。爲神仙之下府，開龍虎之殊一作「神」，非。庭。漢書郊祀志：將以望祀蓬萊之屬，幾至殊庭焉。屬歲之一本無「之」字。不寧，書：山川鬼神，亦莫不寧。旱既太甚。馳誠疊嶂，託意通波。曹植洛神賦：託微波而通辭。果聞雷出地中，易：雷出地奮，豫。電流一作「濟」，非。巖下。見爲某先輩啓。既茲霑足，敢薦馨一作「香」。芬。願終如響之靈，易：其受命也如響。無怠一作「大」，誤。孔明之鑒。詩：祀事孔明。尚饗！

賽海陽神文

海陽山，即陽海山，詳上諸篇。

年月日，賽於海陽之神。頃傷多稼，將困驕陽。未逢一作「聞」，非。玉女之披衣，見涇原謝冬衣狀。空見土龍之矯首。淮南子：土龍致雨。許慎注曰：湯遭旱，作土龍以象雲從龍也。魏應璩與廣川長岑文瑜書：土龍矯首於元寺。式祈嘉霔，果降明輝。神其享彼蘭羞，挹茲桂酒。九歌：奠桂酒兮椒漿。輔成於多黍多稌，詩：豐年多黍多稌。助施一作「調」，一作「施助」。於好雨好風。一作「好風好雨」。書：

星有好風，星有好雨。傳曰：箕星好風，畢星好雨。按：「稌」有平、上二音，而詩注疏則音「杜」，故從英華本。庶厲業文載作「漢」，誤。官，以酬玄澤。

賽堯山廟文

莫休符桂林風土記：堯山在府東北，隔大江，與舜祠相望。遂名堯山。山有廟絶靈，公私饗奠不絶，相傳爲秦時建。北接湖山，連亘千餘里。寰宇記：桂州靈川縣堯山，在州城北四十四里。按：山海經中山經：堯山在洞庭之山東南，又共三百三十九里。似與桂州地勢不符，豈亦連亘耶？水經：灕水過含洭縣南，出洭浦關爲桂水。注曰：洭水又東南，左合陶水，東出堯山。山盤紆數百里，山下有平陵，有大堂基。耆舊云堯行宮所。王韶之始興記云：堯山長嶺，望如陣雲，陵上有大堂基十餘處，謂曰堯故亭，即其行宮。郡國志云：廣州堯山，高四千丈，自番禺、交阯見之。含洭縣，漢、晉時屬桂州，唐貞觀初始屬廣州，皆此堯山之盤亘也。明人張羽王桂勝云：高亦爲桂諸山之冠。上有平田，曰天子田。

年月日，昭賽一無「昭」字。於堯山之廟。伏以帝巡遐徼，淮南子：堯巡狩行教，動勞天下，周流五嶽。「動」，一作「勤」。賈誼新書：堯教化及雕題、蜀、越，撫交阯，身涉流沙，西見王母，北中幽都。按：堯巡於此可考。寰宇記云：堯封履不到蒼梧，以其西與舜祠相對，遂名堯山。此論拘矣。竹書紀年：帝堯五年，初巡狩四岳。後漢書朱穆傳：唐帝崇山。注曰：尚書：放驩兜于崇山。孔安國注曰：崇山，南裔也。山海經曰：有驩頭之國，帝堯葬焉。郭璞注曰：驩頭，驩兜也。按：山海經諸篇中云：帝堯、帝嚳、帝舜葬于岳山。又曰：狄山，帝堯葬于陽，帝嚳葬于陰。又曰：蒼梧之山，帝舜葬於陽，帝丹朱葬于陰。又曰：蒼梧之野，舜與叔均之所葬也。注曰：岳山即狄山，蒼梧之山即九疑山。皆祇可依文引用耳。天作高山。詩：天作高山，大王荒之。既比敬一作「敞」，誤。於軒臺，見渤海公舉人狀。亦分功一作「光」，誤。於農井。荆州記：隨郡北界有厲鄉村，村南有重山，山下一穴，相傳云神農所生。周圍一頃二十畝，有九井。神農既育，九井自穿。水經注：汲一井則衆水自動。漢書注：厲鄉，故厲國也。厲讀曰賴。是留遺廟，以慰斯民。昨者時雨忽愆，秋陽稍亢。永言嘉霔，實自玄恩。大驅蟠澤之龍，文選蜀都賦：潛龍蟠於沮澤，應鳴鼓而興雨。注曰：巴東有澤水，謂有神龍，不可鳴鼓，鼓鳴其旁即雨。盡發潛泉之蜧。一作「介」。淮南子：黑蜧致雨。注曰：神蛇也，潛於神淵，能興雲雨。又：黑蜧神虬，潛泉而居，將雨則躍。按：行雨皆鱗介之屬，作「介」亦通。莫休符風土記：天將降雨，則雲霧四起，風雨立至。每歲農耕候雨，輒以堯山雲卜期。一統志。堯山有龍池。倉箱興詠，將慶於農夫；詩：農夫之慶。灌浸呈功，不愆於豎集作「壯」，文載作「監」，皆誤。子。按：灌浸呈功，似言井利，故上曰分功農井也。豎子，似爲井事，檢之未得。御覽引白澤圖：曰井神，曰吹簫女子。亦無豎子事。今俗稱井泉童子，不知何所據始。或謂尊帝堯，故自稱豎子，亦未然，俟再考。敢玆昭報，冀一作「奠」，誤。降明靈。

賽古欖神文

舊書志：桂州理定縣，本漢始安縣。寰宇記：橄欖山在理定邑界。嶺表録異：橄欖樹身聳拔，皆高數丈，其子深秋方熟。有野生者，子繁樹峻，不可梯緣，但刻其根下方寸許，納鹽於其中，一夕，子皆自落。徐曰：趙璘因話録，南人長林中大樹，謂之有神。豈以古欖歷年既久，神所憑依，故賽之耶？

年月日，賽於古欖之神。惟神爰因碩果，易：碩果不食。遂啓靈祠。瓜美邵平，且傳舊志；漢書蕭何傳：召平者，秦故東陵侯。秦破，爲布衣，種瓜長安城東，瓜美，故世謂「東陵瓜」。李標朱仲，亦茂前經。文選潘岳閒居賦：房陵朱仲之李。善曰：王逸荔枝賦云：房陵縹李。荆州記：房陵縣有朱仲者，家有縹李，代所希有。任昉述異記：房陵定山，有朱仲李園三十六所，李尤果賦「三十六園朱李」是也。昨者一作「日」。癉一作「瘴」，非。暑爲災，漢書嚴助傳：南方暑溼，近夏癉熱。油雲不起。式存心禱，慮作神羞。神能感氣蜈泉，見上篇與鄭州禱雨文。傳祥鸛垤。使宋生抒賦，始悦於雄風；見上河東公啓。高氏讀書，忽驚於暴雨。後漢書逸民傳：高鳳字文通。妻常之田，曝麥於庭，令鳳護雞。時天暴雨，而鳳持竿誦經，不覺潦水流麥。妻還怪問，鳳方悟之。化太甚旱，爲大有年。春秋：宣公十有六年冬，大有年。將見助於歡康，敢忘懷於昭賽！

賽蘭麻神文

寰宇記：蘭麻山屬理定縣界，在府城西南。從府至柳州，路經此山。過溪山中，有毒峭絶險隘，更無別路。其山自衡嶽南亘到此，入柳州、象州。按：柳子厚詩：桂州西南又千里，灕水鬭石麻蘭高。麻蘭即蘭麻。舊書志：柳州在桂州西四百七里。千里之言，不必泥也。

年月日，賽於蘭麻之神。頃者杲日揚威，融風扇暴。左傳：梓愼曰：是謂融風，火之始也。注曰：東北曰融風。禾乃盡偃，書：天大雷電以風，禾盡偃。人何以堪！左傳：民不堪命矣。晉書桓溫傳：樹猶如此，人何以堪！神能倏忽應時，九歌：儵而來兮忽而逝。逡巡布潤。雲旗直集，九歌：乘迴風兮載雲旗。不資秦地之一無兩「之」字。決渠；漢書溝洫志：趙中大夫白公奏穿渠。引涇水，首起谷口，尾入櫟陽，注渭中，袤二百里，溉田四千五百餘頃，名曰白渠，民歌曰：田於何所？池陽、谷口。鄭國在前，白渠起後。舉臿爲雲，決渠爲雨。雨陣斜飛，更甚成都之救火。後漢書方術傳：樊英隱壺山之陽，暴風從西方起，英曰：「成都市火甚盛。」因含水西向漱之，乃記其日時。客後有從蜀來，云：「是日大火，黑雲卒從東起，大雨，火滅。」餘又見下祭荔浦城隍文。永懷靈祐，敢薦嘉肴。神其與蕙同芳，見上范陽公啓。爲蓬扶直。大戴禮記：孔子曰：「蓬生麻中，不扶自直。」勿一作「苟」，誤。虛嘉號，以累豐年。

祭全義縣伏波廟一作「神」。文

元和郡縣志：全義縣本漢始安縣地。武德四年，分置臨源縣，大曆三年改全義。後漢書馬援傳：援字文淵，扶風茂陵人。建武十七年，交阯女子徵側、徵貳反，攻没其郡，九真、日南、合浦蠻夷皆應之，寇略嶺外六十餘城。璽書拜援伏波將軍，南擊交趾。援緣海而進，隨山刊道千餘里。十八年春，軍至浪泊上，與賊戰，破之，追徵側等，數敗之。明年正月，斬徵側、徵貳。封援爲新息侯。擊九真賊餘黨，嶠南悉平。援所過輒爲郡縣治城郭，穿渠灌溉，以利其民。與越人申明舊制以約束之，自後駱越奉行馬將軍故事。按：郡國志：南海、蒼梧、鬱林、合浦、交阯、九真、日南郡七，屬交州刺史部。朱勃訟其「斬滅徵側，克平一州」是也。環濟要略：伏波，船涉江海，欲波浪伏息也。

年月日，觀察處置使、兼御史中丞鄭某，謹遣全義縣令韋必復以酒牢之奠，昭賽於漢伏波將軍新息侯馬公。越城舊疆，見賽越王文。漢將遺廟。一派湘水，萬重楚山。比潁川袁氏之臺，悲同異日；水經注：潁水東側，有公路城，袁術所作也。又：潁水又東南，汝水枝津注之。水上承汝水別瀆，東南逕召陵縣故城南。又東逕公路臺，臨水方百步，袁術所築也。枝汝歷汝陰縣故城西北，東入潁水。方汝水周公之渡，感極當時。水經注：汝水逕成安縣故城北。又東爲周公渡，藉承休之徽號，而有周公之嘉稱也。漢書恩澤侯表：武帝元鼎四年，封周子南君姬嘉，傳至初元五年，更封君延年爲周承休侯。

嗚呼！昔也投隙建功，後漢書公孫述傳論曰：不能因隙立功，以會時變。竇融傳論：拔起風塵之中，以投天隙。此徵功趣勢之士也。因時立志。馬援傳：援嘗謂賓客曰：「丈夫爲志，窮當益堅，老當益壯。」隗將軍坐談西伯，棄去無歸；隗囂傳：隗囂，天水成紀人也。季父崔，聞更始立而莽兵連敗，謀起兵應漢。咸謂囂素有名，好經書，遂共推爲上將軍。論曰：若囂命會符運，敵非天力，雖坐論西伯，豈多嗤乎？注曰：言不遇光武爲敵，則不讓西伯也。按：坐談猶坐論。非郭嘉謂「劉表坐談客耳」之義。馬援傳：援避地涼州。因留西州，隗囂甚敬重之。建武四年，囂遣援奉書洛陽，援歸隴右，囂雅信援，故遣長子恂入質。援因將家屬隨恂歸洛陽。梁伯孫自降王姬，雖來不起。馬援傳：援嘗有疾，梁松來候之，獨拜牀下，援不答。諸子問曰：「梁伯孫帝婿，大人奈何獨不爲禮？」援曰：「我乃松父友也。雖貴，何得失其序乎？」松由是恨之。以若畫之眉宇，馬援傳：援爲人明須髮，眉目如畫。開聚米之山川。馬援傳：建武八年，帝西征囂。援於帝前聚米爲山谷，指畫形勢，開示衆軍所從道徑往來，分析曲折，昭然可曉。帝曰：「虜在吾目中矣。」扶風里中，詎守錢而爲虜；馬援傳：亡命北地。轉游隴、漢間，因處田牧，至有牛馬羊數千頭，穀數萬斛。既而歎曰：「凡殖貨財産，貴其能施賑也，否則守錢虜耳。」乃盡散以班昆弟故舊。德陽殿下，漢宮殿名，北宮中有德陽殿。漢官典職：德陽殿周旋容萬人，激洛水於殿下。寧相馬以推工。馬援傳：援好騎，善別名馬，於交阯得駱越銅鼓，乃鑄爲馬式，還上之。馬高三尺五寸，圍四尺四寸。有詔置於宣德殿下。按：文以宣德爲德陽，英華辨證已疑之，而徐曰：藝文類聚引東觀漢記云「詔置馬德陽殿下」，義山本此，不可謂誤也。愚考援於二十四年征五溪蠻，明年病卒。而鍾離意傳：永平三年，大起北宮，意上疏諫，後出爲魯相。德陽殿成，百官大會。帝思意言，謂公卿曰：「鍾離尚書若在，此殿不立。」然則置馬德陽，誠已有誤，義山又踵其誤耳。悵望關西，超一作「趨」。馳隴右。一作「首」，誤。援家本關西，久留隴右，二句遡其來歸光武之先，非指建武十一年拜援隴西太守。事嫂冠戴，一作「帶」，誤。馬援傳：敬事寡嫂，不冠不入廬。東觀漢記：雖在閫內，必幘然後見。誡姪書成。馬援傳：兄子嚴、敦並喜譏議，而通輕俠客，援在交阯，還書誡之。龍伯高之故人，其一作「出」。言有所；馬援傳：誡兄子書曰：龍伯高敦厚周慎，口無擇言，謙約節儉，廉公有威，吾愛之重之，願汝曹效之。公孫述之刺客，相待何輕？馬援傳：建武四年冬，囂使援奉書洛陽。引見於宣德殿。援曰：「臣與公孫述同縣，少相善。臣前至蜀，述陛戟而後進臣。臣今遠來，陛下何知非刺客奸人，而簡易若是？」按：「述」字舊作「淵」，集作「弘」，俱誤，英華辨證已改定矣。鳶泊一作「跕」。啓行，馬援傳：援勞饗軍士，從容謂官屬曰：「當吾在浪泊、西里間，下潦上霧，毒氣重蒸，仰視飛鳶，跕跕墮水中。」蠻溪請往。馬援傳：武威將軍劉尚擊武陵五溪蠻夷，深入軍没，援因復請行。遂征五溪。南史蠻傳：居武陵者有雄溪、樠溪、辰溪、酉溪、武溪，謂之五溪蠻。十道志：楚文王滅巴，巴子兄弟五人，流入黔中，各爲一溪之長，故號五溪。銅留鑄柱，水經注：俞益期箋曰：馬文淵立兩銅柱於林邑，岸北有遺兵十餘家，不返，居壽泠岸南而對銅柱。悉姓馬，自婚姻，交州以其流寓，號曰馬流。林邑記曰：馬援樹兩銅柱於象林南界，與西屠國分漢之南疆也。革誓裹尸。男兒已立邊功，壯士猶羞病死。馬援傳：進營壺頭。賊乘高守隘，船不得上。會暑甚，士卒多疫死，援亦中病，遂困。賊每升險鼓譟，援輒曳履以觀之，左右哀其壯志，莫不爲之流涕。武陵記：壺頭山邊有石窟，即援所穿室也。室内有蛇如百斛船大，云是援之餘靈也。餘已見濮陽陳情表。

灘、湘之滸，祠宇依然。豈獨文宣之陵，不生刺一作「棘」。草；舊書禮儀志：開元二十七年制，夫子既稱先聖，可追謚爲文宣王。孔叢子：夫子墓在魯城北泗水上。皇覽：弟子各以四方奇木來植，故多諸異樹，不生棘木刺草。更若武侯之壠，仍有深松。蜀志諸葛亮傳：亮遺命葬漢中定軍山，因山爲墳，冢足容棺。景耀六年，魏鎮西將軍鍾會征蜀，至漢川，令軍士不得於亮墓所左右芻牧樵採。水經注：沔陽故城，南臨漢水，對定軍山，諸葛亮葬於其山。因即地勢，不起墳壠，唯深松茂柏，攢蔚川阜，莫知墓塋所在。向我來思，停車展敬。一樽有奠，一作「典」，誤。五馬忘歸。詳見懷州謝上表。及申望歲之祈，又辱有秋之澤。雲興柱礎，淮南子：山雲蒸，柱礎潤。電繞牆藩。見爲李貽孫啓。何煩玉女之投壺，方聞一作「乍開」，非。天笑；神異記：東王公與玉女投壺，梟而脱誤不接者，天爲之笑。開口流光，今電是也。不待樵人之取箭，已見風迴。孔靈符會稽記：會稽山有石室，云是仙人射堂，東高巖有射的石如射侯。南有白鶴山，此鶴爲仙人取箭。漢太尉鄭弘，嘗采薪，得一遺箭。頃有人覓弘還之，問何所欲？弘識其神人也，曰：「常患若耶溪載薪爲難，願旦南風，暮北風。」後果然。故若耶溪風，至今猶然，呼爲鄭公風也。按：「風迴」，兼用書金縢：天乃雨，返風，禾則盡起。敢忘黍稷之馨，用報京坻之賜。

屬以時非行縣，「行縣」，刺史巡行屬縣，如漢書雋不疑傳：爲京兆尹，行縣録囚。亦曰行部，如後漢書光武帝紀：考察黜陟，如州牧行部事。不獲躬詣靈壇。應璩與岑文瑜書：躬自暴露，拜起靈壇。詞託烟波，意傳天壤。既謝三時之澤，兼論千載之交。勿負至誠，以孤玄契。

賽靈川縣城隍神文

元和郡縣志：桂州靈川縣，龍朔二年分始安縣置。

年月日，賽於靈川縣城隍之神。高壘深溝，用資固護；鮑明遠蕪城賦：觀基扃之固護。興雲渫集作「泄」。雨，按：詩：有渰萋萋，興雨祈祈。「興雨」本作「興雲」，毛傳以「祈祈爲雲」，而吕氏春秋務本篇引詩「有晻淒淒，興雲祁祁」可爲確證也。乃顔氏家訓、陸氏釋文、孔氏正義皆曰：定本作「興雨」。趙氏金石録曰：無極山碑銘文有曰：興雲祁祁。乃知漢以前本皆作「興雲」，顔説初無所據。魏都賦：蓄爲屯雲，泄爲行雨。顔氏家訓云：渰已是陰雲，何勞復云興雲耶？俗寫誤耳。班固靈臺詩：祁祁甘雨。此其證也。按：前漢書食貨志：興雲祁祁。後漢書左雄傳：興雨祁祁。則似始誤耳，然唐人仍習用「祁雲」字也。諒侯威靈。惟神能感至誠，將成大稔。左傳：不可以五稔。注曰：稔，熟也。逐清泠之耕父，不使揚光；山海經中山經：豐山，神耕父處之，常遊清泠之淵，出入有光，見則其國爲敗。張衡東京賦：囚耕父於清泠。南都賦：耕父揚光於清泠之淵。後漢書志：南陽郡西鄂。注曰：郭璞曰：清泠水在西鄂縣山上，神來時水赤光耀。南都賦注：耕父，旱鬼也。按：文選賦注不采此語。迴沮澤之蟠龍，皆令灑潤。見賽堯山文。方言：龍未升天曰蟠龍。式陳微報，願鑒惟馨。

賽荔浦縣城隍神文

水經：灕水南過蒼梧荔浦縣。元和郡縣志：桂州荔浦縣，漢舊縣，因荔水爲名。

年月日，英華無此三字。賽於荔浦縣城隍之神。嗟我疲一作「貧」。民，每虞艱食。寒耕熱耨，始望於秋成；爾雅：秋爲收成。鑠石流金，招魂：十日代出，流金鑠石。幾傷於歲事。詩：歲事來辟，稼穡匪解。禮記王制曰：休老勞農成歲事。遠資靈顧，式布層陰。無煩管輅之占，見鄭州禱雨文。不待欒巴之噀。神仙傳：欒巴，蜀郡人。爲尚書郎，正旦大會，巴後到。賜百官酒，又不飲，而西南向噀之。有司奏巴不敬。巴曰：「臣適見成都市上火，臣故漱酒爲雨以救之，非敢不敬。」詔發驛書問，成都已奏言：「正旦失火，有大雨從東北來，火乃止，著人皆作酒氣。」竊陳薄奠，一作「具」。用答豐年。神其據有高深，主張生植。同功田祖，詩：田祖有神，秉畀炎火。比義一作「議」，非。雨師。詳賽龍蟠山文。無假怒於潛龍，一作「龍潛」。勿縱威於虐魃。一作「魃厲」。守茲縣邑，富我京坻。

賽永福縣城隍神文

元和郡縣志：桂州永福縣，武德四年，析始安縣之永福鄉置。

年月日，賽於永福縣城隍之神。夫考室立家，詩序：斯干，宣王考室也。左傳：師服曰：天子建國，諸侯立家。先存一作「在」，一作「立」，誤，今從文載。户竈；禮記：王爲羣姓立七祀，曰司命、曰中霤、曰國門、曰國行、曰泰厲、曰户、曰竈。又：庶士、庶人立一祀，或立户，或立竈。聚人開邑，首起城池。固有明靈，降而鑒治。惟神克揚嘉霆，廣育黎民。聊爲茨粱，一作「薦粢盛」。詩：曾孫之稼，如茨如粱。一作「粢粱」。論衡：粢粱之粟，莖穗怪奇。少申肴醞。神其節宣四氣，扶佑三時。勿使畢星，但稱於好雨；無令田祖，獨擅於有神。永歆蘋藻之誠，長挾金湯之勢。並見前。

樊南文集詳注卷之六

祭文

本傳：商隱尤善爲誄奠之辭。

代李玄爲崔京兆祭蕭侍郎文

舊書文宗紀：太和九年六月，京兆尹楊虞卿坐妖言人歸第，人皆以爲寃誣。李宗閔極言論列，上怒，貶明州刺史。七月，貶虞卿爲虔州司馬，再貶宗閔處州長史、吏部侍郎李漢汾州刺史、刑部侍郎蕭澣遂州刺史。八月，又貶宗閔潮州司户，楊虞卿、李漢、蕭澣皆再貶。按：蕭之卒在開成元年，其歸葬固不妨稍遲。舊書崔珙傳，開成二年六月，遷京兆尹，似即此崔京兆。但蕭爲宗閔之黨，珙傳云，李德裕與珙親厚，而文有「分結死生，地兼族類」之語，似未盡符，豈公祭之作，非專爲珙言歟？

年月日，集有「伏」字。惟靈傳芳華胄，稟慶靈源。漢朝輔相之流輝，謂蕭何。梁室帝王之遺懿。謂蕭梁。本集哭詩亦云：公先真帝子。克生儁一作「俊」。德，彰我休期。高表百尋，澄波萬頃。庾信豆盧公神道碑：直幹百尋，澄波千頃。皆見爲柳珪啓。及春闈獻藝，會府試才。周禮天官，司會之職。注曰：會，大計也。司會，主天下之大計，計官之長，若今之尚書矣。後漢書律曆志：羣臣會司徒府議。注曰：蔡邕集載：三月九日，百官會府公殿下，讀詔書，公議。此會府之義所昉也。舊書代宗紀：領録天下之綱，綜覈萬事之要，莫不處正於會府也。按唐書天文志：斗魁謂之會府，而周之會府，漢之尚書也。此謂尚書省試，今之會試，猶其義耳。騏驥出塵，孫卿子：驊騮、騏驥、纖離、騄耳，古之良馬。西京雜記：文帝良馬九匹，一名絶塵。蛟龍得水。吴志：周瑜曰：「劉備非久屈爲人用者，恐蛟龍得雲雨，終非池中物也。」頓纓而駑駘盡喪，乘氣一作「風」。而鼈蜃周禮：春獻鼈蜃。皆空。蕭登進士第一，見後白公墓碑。憑陵遠天，左傳：鄭王子伯駢告於晉曰：「憑陵我城郭。」躞蹀長道。卓文君白頭吟：今日斗酒會，明旦溝水頭。躞蹀御溝上，溝水東西流。是將筮仕，光一作「先」，誤。乎搢紳。侯國從知，大朝就選。先仕使府，入爲朝官。祕寶宜陳於東序，班固典引：御東序之秘寶。餘見獻集賢相公啓。朱紱必降於上玄。易：朱紱方來。錦帳而居，青縑以覆。見絳郡公上崔相啓。又三輔決録：馮豹爲尚書郎，每奏事未報，常伏省闥下。或自昏至明，天子默使人持被覆之。建禮推盡瘁之績，漢官儀：宮北朱雀門至止車門，内崇賢門，内建禮門。明光多伏奏之勤。漢官儀：尚書郎五日更直建禮門内，趣走丹墀，伏其下，奏事明光殿。亦既遷榮，乃司論駁。以上謂從郎官遷給事。

高居青瑣，封還集作「拆」。紫泥。並見表。使明時無失政之譏，徐刊本誤作「機」。大邦無不便之詔。史記商君傳：秦民言令不便者。暫辭朝籍，往分郡符。舊書紀：太和七年三月，以給事中蕭澣爲鄭州刺史。借寇莫從，後漢書寇恂傳：建武二年，拜潁川太守。三年，拜汝南太守。七年，爲執金吾。車駕南征，恂從至潁川，百姓遮道曰：「願從陛下復借寇君一年。」乃留恂長社，鎮撫吏人。徵黄甚急。見濮陽謝上表。謂從鄭州内召，詳年譜。方將啓乎良友，「良友」，似指李宗閔輩。進彼令人。詩：吾無令人。志豈愛身，誓將匡一作「許」。國。不謂疎網猶漏，見滎陽公謝上表。斯民一作「文」，誤，蓋以「人」代「民」，訛作「文」也。未康。作礪爲鹽，書：若金用汝作礪。餘見絳郡公啓。正俟理作「治」字用。平之運；依城憑社，應璩詩：城狐不可掘，社鼠不可熏。深懷翦滅之虞。左傳：齊侯曰：「余姑翦滅此而朝食。」上蔽聰明，内求媟近。南史張弘策傳：嗣王在宫，本無令譽，媟近左右。按：宗閔當太和二年，因駙馬都尉沈𧫴結託女學士宋若憲及知樞密楊承和、韋元素二人，數稱之於上，故獲徵爲吏部侍郎。九年七月，鄭注發沈𧫴、宋若憲事，沈、宋、楊、韋姻黨坐貶者十餘人，又貶宗閔司户。時訓、注竊弄威權，凡不附己者目爲宗閔、德裕之黨，貶逐無虚日，事皆在舊書宗閔傳。蕭因宗閔再貶，當亦兼此事，故曰「内求媟近」，可補史文之略也。狐鼠指訓、注。尋有甘露之變，故於訓、注敢顯斥之。宗閔雖於德裕爲仇，然此段非指德裕。故鴻猷不得而協贊，異苑：劉穆之素居京口。晉隆安中，鳳凰集其廷，相人韋藪謂之曰：「子必協贊大猷。」睿化莫可以輔成。藐是流離，有窘陰雨。詩：終其永懷，又窘陰雨。嗚呼！令惟逐客，誰復上書？史記李斯傳：秦王拜斯爲客卿。秦宗室大臣請一切逐客，李斯議亦在逐中。斯乃上書。獄以黨人，但求俱死。後漢書黨錮傳：凡黨事始自甘陵、汝南，成於李膺、張儉，海内塗炭二十餘年，諸所蔓衍，皆天下善士。銜寃遽往，吞恨孤居。鮑照蕪城賦：天道如何，吞恨者多。目斷而不見長安，見賀德音表。形留而遠託異國。李陵答蘇武書：遠託異國，昔人所悲。屈平忠而獲罪，史記：屈原信而見疑，忠而被謗。賈誼壽之不長。史記賈生傳：賈生爲長沙王太傅三年，有鵩飛入賈生舍，止於坐隅。楚人命鵩曰「服」。賈生既以適居長沙，長沙卑溼。自以爲壽不得長，傷悼之，乃爲賦以自廣。纔易炎涼，遂分今昔。粤自東蜀，遂州屬東川。言旋上京。謂其喪之歸。郭泰墓邊，空多會葬；後漢書：郭泰卒，四方之士千餘人，皆來會葬，同志者乃共刻石立碑。鄧攸身後，不見遺孤。晉書鄧攸傳：石勒過泗水，攸以妻子逃。步走，擔其兒及其弟子綏。度不能兩全，謂其妻曰：「吾弟早亡，理不可絶，止應自棄吾兒。」乃棄之而去，卒以無嗣。時人爲之語曰：「天道無知，使鄧伯道無兒。」弟子綏服攸喪三年。信陰隲之莫知，書：惟天陰隲下民。亦生人之極痛！某等頃同班列，見河東公謝京兆公啓。獲奉周旋。左傳：季文子使太史克對曰：「行父奉以周旋。」分結死生，地兼族類。左傳：史佚之志曰：非我族類，其心必異。依仁既切，慕德方深。始驚南浦之悲，江淹別賦：送君南浦，傷如之何！俄軫下泉之訃。詩：冽彼下泉。王粲七哀詩：悟彼下泉人，喟然傷心肝。今則年良月吉，論衡：葬曆曰：葬避九空地臽，及日之剛柔，月之奇耦。日吉無害，剛柔相得，奇耦相應，乃爲吉良。筮協龜從。書：龜筮協從。顧埋玉之難追，晉書庾亮傳：亮將葬，何充歎曰：「埋玉樹於土中，使人情何能已！」歎焚芝之集作「而」。何及？陸機歎逝賦：信松茂而柏悦，嗟芝焚而蕙歎。牲牢豐潔，酒醴非多。聊寫丹忱，一作「誠」。以伸永訣。

奠相國令狐公文

詳代草遺表。按：楚爵高望重，義山受知最深。鋪敘恐難見工，故抛棄一切，出以短章，情味乃無涯矣。是極慘澹經營之作。

戊午歲，開成三年。丁未朔，乙亥晦，舉朔晦則某月可知。考舊書紀，是年六月丁未朔，二十九日乙亥，與此合。而以紀文每月朔推之，又不盡合，蓋舊、新書所書日辰多舛也。弟子玉谿李商隱，叩頭哭奠故相國、贈司空彭陽公。嗚呼！昔夢飛塵，從公車輪；今夢山阿，送公哀歌。兩「夢」字皆商隱自謂，與黃帝夢大風吹塵無涉。竊意未必有典，不過如莊子夢爲鳥夢爲魚之類，以寓升沉，言今昔皆在一夢中也。古有從死，今無奈何！詩序：黃鳥者，哀三良也。國人刺穆公以人從死，而作是詩也。天平之年，舊書地理志：天平軍節度使，治鄆州。餘詳年譜。大刀長戟。漢書楊惲傳：惲怒持大刀。史記樗里子傳：長戟居前，彊弩居後。將軍樽旁，一人衣白。未有命服者則衣白。詳謝除盧副使狀。十年忽然，蜩宣甲化。見後祭王尚書文。人譽公憐，人譖公罵。公高如天，愚卑一作「庳」，同。如地。脱蟺如蛇，如氣之易。史記：賈誼鵩賦：形氣轉續兮，化變而嬗。漢書作「變化而嬗」，文選作「蟺」。服虔曰：嬗，變蜕也。或曰蟬蔓相連也。韋昭曰：而，如也。如蟬之蜕化也。蘇林曰：轉續，相傳與也。師古曰：此即「禪」代字，合韻故音嬋耳。蘇説是也。此故取傳與之義，以謂蛇蜕，故曰「蜕蟺如蛇」，非以「蟺」爲「蟬」也。上文已用「蜩」矣，其義則比令狐授己章奏之學，如氣之相轉續，非謂其卒也。上「蜩宣」句已然，取義與莊子稍别，不可誤會。愚調京下，公病梁山。謂卒於興元鎮。通典：梁州南鄭縣有梁山、漢水。絶崖飛梁，甘泉賦：歷側景而絶飛梁。史記高祖本紀註：棧道，閣道也。險絶之處，傍鑿山巖，而施版梁爲閣。山行一千。通典：梁州漢中郡，去西京取駱谷路，六百五十二里，斜谷路九百三十里，驛路一千二百二十三里。草奏天子，鐫辭墓門。臨絶丁寧，託爾而存。見代草遺表，所謂「秉筆者無擇高位」，必遺命以屬商隱也。誌文失傳，惜哉！公此去邪，禁文粹：其禁反。不時歸。鳳棲原上，新舊衮衣。原註：公先人亦贈司空。按：文苑英華，劉禹錫有撰令狐楚家廟碑。蓋太和元年，楚鎮宣武，奏立家廟於京師通濟里。唐制，貴臣得立廟京師，必奏請而後立。英華、文粹諸廟碑可證。廟中第三室曰「太原府功曹參軍贈司空諱承簡」，是爲楚之父，故曰先人。亦贈司空，抄本劉集作「贈太子太保」，小異。其時楚爵方自彭陽縣開國伯進爲侯，至五年，在天平鎮進彭陽縣公，見楚所作刻蘇公太守二文記。至九年，乃進爲郡公，見紀傳也。京兆府萬年縣鳳棲原，爲京郊葬地，見唐書及諸文集。碑志中鳳棲原、少陵原，因地異名，漢總謂之鴻固原，令狐實葬此也。乃明統志、河南通志、濟源縣劉紹谷有令狐墓，而統志又於西安府耀州載有楚與子綯墓，皆絶不足信。有泉者路，有夜者臺。阮瑀七哀詩：冥冥九泉室，漫漫長夜臺。昔之去者，宜其在哉！聖有夫子，廉有伯夷。浮魂沉魄，公其與之。故山峨峨，一作「巍巍」。玉谿在中。送公而歸，一世蒿蓬。嗚呼哀哉！

爲濮陽公祭太常崔丞文

年月日，惟靈泰岳一作「社」，誤。繁祉，周語：胙四岳國，命爲侯伯，賜姓曰姜，氏曰有吕。又：齊、許、申、吕，由大姜。左傳：夫許，太岳之胤也。注曰：太岳，神農之後，堯四岳也。又：齊東郭偃臣崔武子，曰：「今君出自丁，臣出自桓。」新書表：齊丁公伋嫡子季子讓國叔乙，食采於崔，遂爲崔氏。元和郡縣志：恒州獲鹿縣井陘口，今名土門口。南山下有土門崔家，爲天下甲族，源出博陵安平矣。安平望族。後漢書崔駰傳：涿郡安平人也。按：新書表崔氏定著十房，其七曰博陵安平房，八、九、十曰博陵大、二、三房。潤地勢於長源，構堂基於修麓。謂源遠地高。藍田之産，宜有良玉；吴志諸葛恪傳：瑾長子也，少知名。江表傳曰：恪少有才名，權見而奇之。謂瑾曰：「藍田生玉，真不虚也。」宋書文帝美謝莊，同此語。徂來之林，宜無凡木。詩：徂來之松。水經注：汶水逕徂徠山西，山多松柏。鄒山記曰：徂徠山猶有美松，亦曰尤崍之山。按：唐以前最重門地，故先敍家世。

昔我待子，松玉之間，冀十城之得價，按：潘岳西征賦：辱十城之虚壽，奄咸陽以取進。謂澠池之會，秦羣臣請以趙十五城爲秦王壽，藺相如亦請以秦咸陽爲趙王壽。而王僧孺詩：十城屢請易，千金幾争聘。庾信文：價重十城，名高千馬。則皆舉成數言也。望千尋而可攀。世説：庾子嵩目和嶠，森森如千丈松，施之大廈，有棟梁之用。大年不登，見安平公遺表。逸足方駛，傅毅舞賦：獲駿逸足。説文：駛，疾也。正韻：「駛」、「駚」同。蜀志楊洪傳：洪領蜀郡太守，書佐何祗有才策功幹，舉郡吏。數年爲廣漢太守，洪尚在蜀郡。益部耆舊傳曰：每朝會，祗次洪坐。嘲祗曰：「君馬何駛？」祗曰：「故吏馬不敢駛，但明府未著鞭耳。」衆傳之以爲笑。松欲秀而先蠹，玉將攻而遽毁。聞問之時，漢書嚴助傳：數年不聞問。歎悼何已！

惟我承乏，受命南征。吴志薛綜傳：子珝，珝弟瑩。孫皓時，瑩獻詩曰：珝忝千里，受命南征。太和七年正月，王茂元爲嶺南節度使，詳年譜。一言相許，漢書伍被傳：淮南王安曰：「男子之所死者一言耳。」師古曰：言男子感氣，相許一言，不顧其死。攜手同行。敻絶萬里，飄泊雙旌。屢見。念兩婢之價倍，愧五羖之酬輕。晉書祖納傳：納少孤貧，自炊爨以養母。平北將軍王敦聞之，遺其二婢，辟爲從事中郎。有戲之曰：「奴價倍婢。」納曰：「百里奚何必輕於五羖皮耶！」按：世説注作「王平北乂」。餘見滎陽公謝除狀。地接殊鄰，揚雄長楊賦：遐方疏俗，殊鄰絶黨之域。風移中土。五嶺三江，初學記：沈懷遠南越志曰：廣信江、始安江、鬱林江亦爲三江，在越也。餘見濮陽陳情表。炎飈瘴雨。釣犀之潭，藝文類聚：竺法真登羅山疏曰：增城縣南有列渚洲，洲南又有午潭。北岸有石，周員三丈。漁人見金鎖牛常出水，盤鎖此石上。縣民張安釣於石上，躡得金鎖數十尋，俄有物從水中引之，力不能禁，以刃斷之，唯得數尺，遂致大富。太平御覽、寰宇記皆載此，晉義熙中事也。又寰宇記：清遠縣金鎖潭，秦時崐崙貢犀牛，帶金鎖走入潭中。晉時有漁人周重宲者，釣得金鎖，牽之，見犀牛，掣之不得，忽斷，得金鏁一尺。御覽又引南康記云：贛潭有犀牛，角帶金鏁，釣客引鏁出水，鏁斷，餘數尺，是珍寶。蓋一事而屢見。跕鳶之渚。見祭伏波文。席上從容，幕中宴語。先防載薏之謗，後漢書馬援傳：在交阯，常餌薏苡實，用能輕身省慾，以勝瘴氣。南方薏苡實大，軍還，載之一車。及卒後，有上書譖之者，以爲前所載還，皆明珠文犀。更示投香之所。見渤海舉代狀。因使庸虚，徐陵與王僧智書：還顧庸虚，未應偕此。不罹罪罟。詩：罪罟不收，靡有夷瘳。越井之首，見陳情表。首爲首領，如王方慶傳，有「都督廣州管内諸州首領」之語。徐氏謂當改「酋」，不必也。甘綏之女，未詳。徐曰：「甘」，疑作「南」。舊書地理志：廣州南海郡四會縣，武德五年於縣治北置南浽州。貞觀八年改湞州，十三年省。「浽」新書志作「綏」。按：徐説未是，甘綏當是地名。甘或是姓，謂蠻中之女也，俟再考。下二句分頂。時清則銅一作「筒」，非。鏑納廚，博物志：交州山夷，名曰俚子。弓長數尺，箭長尺餘，以燋銅爲鏑，塗毒藥於鏑鋒，中人即死。燋銅者，故燒器。其長老能別燋銅聲，以物杵之，其聲得燋毒者，偏鑿取以爲箭鏑。南州異物志：交、廣之界，民曰烏滸，有棘厚十餘寸，破以作弓，削竹爲矢，以銅爲鏃，長八寸，毒藥傅矢。按：廚爲庖屋，又櫝也。此謂納箭於櫝，猶左傳「知莊子抽矢菆，納諸廚子之房」。註曰：房，箭舍也。義固相通。或疑即誤「房」爲「廚」，則未然。歲稔則銀簪叩鼓。裴淵廣州記：俚、僚鑄銅爲鼓，唯高大爲貴，面闊丈餘，方以爲奇。初成，懸於庭，尅晨置酒，招致同類。來者盈門，豪富子女，以金銀爲大釵，執以叩鼓。叩竟，留遺主人，名爲銅鼓釵。豈我之自，惟子是與。相從來覲，又往於涇。詳論皇太子表題下。風埃古戍，霜雪孤亭。偏裻集作「喪」，非。之服，晉語：公使申生伐東山，衣之偏裻之衣。縵胡之纓。莊子：劍士皆縵胡之纓。塞迴而晨嚴刁斗，漢書李廣傳：不擊刁斗自衛。沙平而夜警一作「驚」。兜零。見桂州賽城隍文。按：兜零施於高物。似「驚」字亦通。指吾以虜隙，勉吾以武經。左傳：隨武子曰：「兼弱攻昧，武之善經也。」正慰窮邊，俄集作「忽」。還京邑。北庭減價，涇原在北方，故云。南轅一作「園」。屑一作「雪」。泣。左傳：令尹南轅返旆。章臺辟掾，方喜趙嘉之來；後漢書：趙岐，京兆長陵人，初名嘉。辟司空掾，其後爲皮氏長。西歸，京兆尹延篤復以爲功曹。棘署李涪刊誤：凡言九寺，皆曰棘卿。周禮：三槐九棘，三公九卿之任也。近代惟大理得言棘卿，下寺則否。九卿皆樹棘木，大理則於棘下訊鞫其罪，所謂司寇聽刑于棘木之下。按：棘署，無妨統稱。萬花谷：楊收曰：漢制，總羣官而合聽曰省，分務而專治曰寺。選丞，按：此棘署，明謂太常也。周禮秋官：朝士，掌外朝之法，左九棘，孤卿大夫位焉；右九棘，公、侯、伯、子、男位焉。漢書表：太常，博士屬焉。後漢書志：太常卿，每選試博士，奏其能否。北史：邢邵請置學，奏云：「槐官棘寺，顯麗於中。」白帖：大常卿居九寺之先，冠九列之首。其稱太常爲棘署者以此。若大理卿之稱棘署，則專以聽訟棘木之下爲義也。崔由涇原入爲京尹掾，茂元亦入朝爲太常，故仍選爲丞。仍見譙玄之入。後漢書獨行傳：譙玄巴郡閬中人。成帝永始二年，詔公車，對策高第，拜議郎。後遷太常丞，以弟服去職。是焉踐歷，更徯一作「俟」。飛翻。王粲贈蔡子篤詩：苟非鴻雕，孰能飛翻？「徯」有平上二聲。況乎鳳沼，又接鴒原。晉書：荀勖守中書監。久之，守尚書令。勖久在中書，專管機事。及失之，甚惘悵。或有賀之者，勖曰：「奪我鳳皇池，諸君賀我耶！」謝莊讓中書令表：璧門天邃，鳳沼神深。詩：脊令在原，兄弟急難。按：必其昆弟爲中書舍人，諸崔中未及細考。何釁成乎燥溼，而厲結於寒暄。左傳：子罕曰：「吾儕小人，皆有闔廬，以辟燥溼寒暑。」未及西山之藥，見滎陽公進賀冬銀狀。旋爲東嶽之魂。見安平公遺表。憶昔舊許員歸，「員」與「云」同，已詳啓中。左傳：諸侯伐鄭，晉荀罃至於西郊，東侵舊許。注曰：許之舊國，鄭新邑。青門出餞。三輔黃圖：長安城東出，南頭第一門曰霸城門，民間或曰青門。漢書疏廣傳：公卿大夫故人邑子設祖道，供帳東都門外。按：此非茂元鎮陳許時也。細玩通篇，蓋崔丞家在舊許。此因病急歸，而茂元在京出餞之也。樂作而歎起，左傳：享曹太子，初獻，樂奏而歎，施父曰：「曹太子其有憂乎，非歎所也。」杯行而淚泫。但一作「俱」。容與集作「晦吝」，非。於風波，九章：船容與而不進兮，淹回水而疑滯。又：順風波而流從兮，焉洋洋而爲客。共沈吟於鐘一作「羽」，誤。箭。後漢書志：孔壺爲漏，浮箭爲刻。時崔以病歸，必由水程，而其算將盡也。餘見爲李詒孫啓。揮袂如昨，郵書甚頻。後漢書張衡傳：使人未返，復獲郵書。雖遥道里，未闊聲塵。孰謂念歸之日，翻爲有慟之晨。嗚呼哀哉！

仿佛荒阡，依稀古陌。沈約詩：荒阡亦交互。風俗通：南北曰阡，東西曰陌。徐動丹旐，永歸玄宅。魏志文帝紀注：鄄城侯植爲誄曰：背三光之昭晰兮，歸玄宅之冥冥。願執紼而身遠，檀弓：弔於葬者必執引，若從柩及壙，皆執紼。想移舟而目極。莊子：藏舟於壑，藏山於澤，謂之固矣，然而夜半有力者負之而走，昧者不知也。郭註曰：方言生死變化之不可逃，故先舉固逃之極然，然後明之以必變之符。迥野一作「夜」。秋思，羣山暮色。悵白髮之衰翁，哭青雲之舊客。史記伯夷傳：非附青雲之士，惡能施於後世？聊茲寄奠，莫寫西悲。詩：我東曰歸，我心西悲。茂元尚在京，故曰西悲。已乎崔子，爲吾歆之！

祭張書記文

維會昌元年，歲次辛酉，四月辛丑朔，辨詳爲華州賀赦表。二十日庚申，隴西公、滎陽鄭某、隴西李某、安定張某、昌黎韓某、樊南李某六人似皆王茂元婿也。隴西公似以爵尊，故稱公，未考其何人也。其人與詩集之李千牛，疑是兩人，詩之千牛，似少年也。此亦更有李某矣。韓某是畏之，以序而論，畏之、義山所娶，皆茂元之季女矣。謹以清酌之奠，致祭於故朔方書記元和郡縣志：靈州常爲朔方節度使理所。張五審禮之靈。嗚呼！古有不重千金，用季布事，見張周封啓。殊輕尺璧。謂得人勝於得寶也。如楚書「惟善爲寶」之類。徐氏引帝王世紀「禹不重徑尺之璧，而愛日之寸陰」，誤矣。或號百夫之防，詩：維此仲行，百夫之防。或作萬人之敵。蜀志張飛傳：魏謀臣程昱等，咸稱羽、飛萬人之敵也。爭一本上有「雖」字。雄角秀，殊塗異跡。念閱水於千齡，陸機歎逝賦：川閱水以成川，水滔滔而日度。世閱人而爲世，人冉冉而行暮。若衝飇之一息。吁嗟審禮，寧或免之。瞭眸巨鼻，論衡：孟子：相人以眸子焉，心清而眸子瞭，心濁而眸子眊。人生目輒眊瞭，眊瞭稟之於天，不同氣也。按：論衡有刺孟篇，此亦駁孟之語。漢書陳遵傳：長頭大鼻，容貌甚偉。方口踈髭。瀨鄉記：老子方口。吴録：孫權方頟大口。説文：頿，口上鬚也。徐鉉曰：俗作「髭」，非。始自渚宫，左傳：王在渚宫。通典：在今荆州江陵縣。來游帝里。論極一作「邀」。懸河，晉書郭象傳：好老、莊，能清言。太尉王衍每云：「聽象言，如懸河瀉水，注而不竭。」文酬散一作「段」。綺。陸機文賦：藻思綺合。謝朓詩：餘霞散成綺。體物稱最，登高擅美。並見爲李貽孫啓。良時不來，躁進爲一作「何」，非。恥。門巷蓬蒿，屢見。荒涼如此。藩溷筆硯，晉書左思傳：思欲賦三都，構思十年，門庭藩溷皆著筆紙，遇得一句，即便疏之。寂寥而已。

梁多文士，漢有賢王。屢見。猶市駿骨，戰國策：郭隗先生曰：「古之君人，有以千金求千里馬者，三年不能得。涓人請求之，得千里馬。馬已死，買其骨五百金，於是不期年，千里馬之至者三。」首一作「肯」。驚夜光。漢書鄒陽傳：明月之珠，夜光之璧，以闇投人於道，衆莫不按劍相眄者。此乃反用。長裾既曳，屢見。健筆誰當？見爲張周封啓。職高蓮幕，官帶芸香。謂帶祕省郎之銜。下二句似謂更帶侍御史銜，或亦通用耳。青袍若一作「如」。草，白簡如霜。東閣朝暖，西園夜涼。并屢見。震豈殺公，晉書魏舒傳：舒爲司徒。陳留周震累爲諸府所辟，辟書下，公輒喪，號震爲殺公掾，莫有辟者。舒乃命之，而竟無患。諶惟故吏。盧諶贈劉琨詩序：故吏從事中郎盧諶。渭濱迴流馬之運，蜀志諸葛亮傳：亮悉大衆由斜谷出，以流馬運，據武功五丈原，與司馬宣王對於渭南。分兵屯田，耕者雜於渭濱居民之間，而百姓安堵，相持百餘日。亮病，卒於軍。峴首奉辭曹之諱。晉書羊祜傳：祜卒，荆州人爲祜諱名，屋室皆以門爲稱，改户曹爲辭曹。祜開府累年，不辟士，始有所命，會卒，不得除署。以上敍入幕而府主卒也，豈即指鎮朔方者歟？曰梁、曰漢，不必拘看。松筠不改，琴尊有寄。三徑方營，見爲賀拔員外啓。一畝之一作「乏」。地。禮記：儒有一畝之宫，環堵之室。多文爲富，禮記：多文以爲富。無事當貴。戰國策：顔斶辭去，曰：「無罪以當貴。」亦解客嘲，見上范陽公啓。還答賓戲。後漢書班固傳：固自以二世才術，位不過郎，感東方朔、揚雄，自論以不遭蘇、張、范、蔡之時，作賓戲以自通焉。迴翔逸軌，晉書王沈等傳論：齊逸軌而長騖。傲睨重霄。江淹擬郭璞詩：傲睨摘木芝。將期晚節，更峻清標。懸蛇結釁，後漢書華佗傳：嘗行道，見有病咽塞者，因語之曰：「道隅賣餠人，萍虀甚酸，可取三升飲之，病自當去。」即如佗言，立吐一蛇，乃懸於車而候佗。顧視壁北，懸蛇以十數，乃知其奇。按：書記以不得志而病，故用此以寓抑塞之意。舊注引風俗通：應彬爲汲令，賜主簿杜宣酒，壁上懸弩照於杯影如蛇。又晉書樂廣傳：廣爲河南尹，有親客見杯中有蛇，既飲而疾。於時河南聽事壁上有角，漆畫作蛇，廣意杯中蛇即角影也。二事是影如蛇，非懸蛇，似是而非也。鬬蟻成妖。晉書殷仲堪傳：父師，嘗患耳聰，聞牀下蟻動，謂之牛鬬。按：世説云：病虚悸。續晉陽秋云：有失心病。迴生乏祖洲之草，十洲記：祖洲，在東海中。上有不死草，人已死三日者，以草覆之皆活。草生瓊田中，或名養神芝。續斷無弱水之膠。十洲記：鳳麟洲在西海中。洲四面有弱水繞之，鴻毛不浮，不可越也。洲上多仙家，煮鳳喙麟角作膠，名爲續弦膠，能續弓弩斷弦。陳尸重來而何望？裴啓語林：張湛好於齋前種松樹，養鴝鵒，時人謂張「屋下陳尸」。楚魂一散而難招。宋玉招魂序：招魂者，宋玉之所作也。宋玉憐哀屈原忠而斥棄，愁懣山澤，魂魄放佚，厥命將落，故作招魂。按：前千金尺璧，似切楚人。此二句一切張姓，一切楚人。嗚呼！神道甚微，天理難究。桂蠹蘭敗，漢書南越王傳：獻桂蠹一器。師古曰：此蟲食桂，故味辛，而漬之以蜜食之也。文子：叢蘭欲發，秋風敗之。龜年鶴壽。文選郭璞遊仙詩：借問蜉蝣輩，寧知龜鶴年。善曰：養生要論曰：龜鶴壽有千百之數，鶴曲頸而息，龜潛匿而噎，此其所以爲壽也，服氣養性者法焉。在長短而且然，左傳：邾子曰：「命在養民，死之短長，時也。」於妍醜而何有？言命之修短，不論才不才也。

某等早承餘眷，晚獲聯姻。或感極外家，外家，母氏之家也。如後漢書王符傳：安定俗鄙庶孽，而符無外家，爲鄉人所賤。延自出之念；見爲韓同年啓。或恩深猶子，多引進之仁；檀弓喪服：兄弟之子，猶子也。蓋引而進之也。按：後人多汎用矣。或敬屬丈人之行；漢書匈奴傳：鞮侯單于自言：「漢天子，我丈人行。」師古曰：丈人，尊老之稱。行音胡浪反。或情兼内妹之親。魏志夏侯淵傳：淵妻，太祖内妹。晉書宣五王傳：武陵王澹妻郭氏，賈后内妹也。按：賈后母，廣成君郭槐也。舅之女，故稱内妹。以上敍戚誼，似可分屬，然難臆斷。有美吾姨，左傳：息嬀將歸，過蔡，蔡侯曰：「吾姨也。」止而見之。靈慶攸屬。後漢書光武紀：贊曰：靈慶既啓。按：此謂其妻。尊公則師長庶僚，謂茂元。舊書志：僕射統理六官，綱紀庶務。夫人則儀刑六族。禮記：天子之妃曰后，諸侯曰夫人。謂隴西郡君。門高再世之侯，家享萬鍾之祿。經過款狎，出入遊陪。映人玉潤，晉書衛玠傳：玠妻父樂廣，有海内重名，議者以爲「婦公冰清，女婿玉潤」。覆水蓮開。張平子東京賦：芙蓉覆水。梁簡文帝採蓮賦：臥蓮華而覆水。此用蓮幕事。春歸別墅，月滿高臺。嵇山傾倒，世説：嵇康風姿特秀，山公曰：「嵇叔夜之醉也，傀俄若玉山之將崩。」謝雪徘徊。謝惠連雪賦：徘徊委積。賦以梁王、鄒生、枚叔託興，故引以言同幕。惜景而持繩欲繫，傅休奕詩：安得長繩繫白日。邀歡而秉燭相催。古詩：晝短苦夜長，何不秉燭遊？

中歎乖離，今多一作「冬」。至此。文義當作「多」字，不可作「冬」。仲叔辭辟而方返，後漢書：太原閔仲叔，建武中，應司徒侯霸之辟。既至，霸不及政事，徒勞苦而已。仲叔恨曰：「以爲不足問耶？不當辟也。辟而不問，是失人也。」遂辭出，投劾而去。梅福罷官而未幾。見濮陽奏充判官狀。一則歸從回鴈之峯，按：禹貢：揚州，彭蠡既豬，陽鳥攸居。已有不更南之意也。盛宏之荆州記曰：衡山三峯，紫蓋、石囷、芙蓉，芙蓉最爲竦桀。後人又云：祝融、紫蓋、雲密、石廩、天柱五峯爲最大。而迴雁之峯，承用亦已久矣。埤雅：鴻雁南翔，不過衡山。今衡山之旁，有峯曰迴雁峯。蓋南地極燠，人罕識雪者，故雁望衡山則止。一則至自跕鳶之水。見祭伏波文。「跕鳶」，伏波征交阯、九真時也。後征武陵五溪，則朗州、辰州之地。後人或有混引者，誤也。以上四句，敍諸人之蹤跡，未必一一依次分屬。而「迴鴈」句，似與義山詩句可合。方將爲笛裁竹，張隲文士傳：蔡邕告吴人曰：「吾昔嘗經會稽高遷亭，見屋椽竹，東間第十六，可以爲笛。」取用，果有異聲。緣箏斬梓。曹植與吴質書：伐雲夢之竹以爲笛，斬泗濱之梓以爲箏。驅羿射鴻，淮南子：堯命羿仰射十日，中其九，烏皆死，墮羽翼。招何一作「任」。釣鯉。列子：詹何以獨繭爲綸，芒針爲鉤，荆蓧爲竿，剖粒爲餌，引盈車之魚於百仞之淵。徐曰：羿無射鴻事，蓋此只取其善射，如任公子之釣，亦未嘗有釣鯉事也。按：招何、招任皆可。任公子見上蕭侍郎啓。谿契闊於屯夷，傅亮表：臣契闊屯夷，旋觀終始。極平生之宴喜。詩：吉甫燕喜。潘岳西征賦：陸賈之優游宴喜。

良覿雖屢，深懷未從。三靈莫效，一夢俄終。露先寒而隕葉，漏未盡而聞鐘。見彭陽、濮陽遺表。今則列樹開封，易：葬之中野，不封不樹。揲蓍得吉。絳旐前引，檀弓：設旐，夏也。謂夏禮葬車設旐。又曰：銘，明旌也。以死者爲不可別已，故以其旗識之。按：凡言丹旐、丹旛，皆此物。桐棺後出。墨子：禹葬會稽，衣衾三領，桐棺三寸。隱軫一作「轔」。原野，按：英華作「軫」，他本作「轔」。揚雄甘泉賦：振殷轔而軍裝。師古曰：殷轔，盛貌。文選注曰：言盛多也。羽獵賦：殷殷軫軫。注曰：殷軫，盛貌。殷音隱。崔駰東巡頌、張衡東京賦皆云隱隱轔轔。薛綜曰：隱隱，衆多貌；轔轔，車聲也。此爲「殷轔」、「隱轔」、「隱軫」之通用矣，但本義是言衆盛，而後人之用「隱軫」，意則少殊。互詳會昌一品集序。凄涼雲月。一作「日」。將歸宿莽之庭，離騷：夕攬中洲之宿莽。「攬」一作「擥」。欲閉青松之室。殷勤賢一作「舊」。偶，冀望諸孤。左傳：公曰：「以是藐諸孤，辱在大夫。」未歸下國，且寓皇都。謂寓殯也。江遠惟哭，天高但一作「大」。呼。必有餘慶，見爲某先輩啓。非無後圖。左傳：鬬伯比曰：「以爲後圖。」俟圖還歸故鄉。嗚呼哀哉！壺有芳醪，俎多肥羜。見爲奏改名狀。叫噪不聞，精靈何處？按：前「瞭眸」二句，「客嘲」二句，與此「芳醪」、「肥羜」、「叫噪」、「酣飫」，明寫張是粗濁飲食之人，亦傷輕薄矣。鬱憤徒極，含辭莫敘。冀有鑒於酸嘶，庶無乖於酣飫。詩：飲酒之飫。按：張書記，王茂元婿也，當與外姑祭張氏女合證，而同中不能無異。祭女文云「七女五男」，此列六人僚婿，其數合也。彼云「先丘江渚」，此云「始自渚宮」，張當爲江陵人，其地合也。彼云「久而不第」，此亦云「良時不來」，皆言其未遇也。彼敍孀殘於鎮陳許前，又云「權厝三趙」，此會昌元年而曰「未歸下國，且寓皇都」，時、事亦符也。書記之卒未久，似以將出鎮陳許，故急爲權厝矣。惟此書「朔方書記」與彼之「來岐下，罷浦津」迥異。此所敍幕事是實，在幕而府公乃卒，非乍辟而遽卒，似不可謂罷蒲津後曾暫有朔方之辟也，是爲大不同者。然同者多，而不同者一，且合證焉可也。

爲李郎中祭舅竇端州文

舊書志：嶺南道端州高要郡。按：竇端州未知何人。舊書李愿傳：愿於長慶二年，節度宣武。不恤軍政，威刑馭下。令妻弟竇緩將親兵，緩亦驕傲黷貨，牙將三人入緩帳中，斬緩首。愿出走鄭州，愿妻竇氏死於亂兵，子三人匿而獲免。余初疑端州爲緩兄弟，今細玩文義，李郎中無異常之痛，而竇自罹禍謫死，端州與李無涉，則必非宣武事也。郎中與玕、璟三人，爲西平之孫無疑。第世系表於西平之孫，止列聽子六，甚子一，其餘失載，故無從核定。

始虞命集作「燕」，非。夏，暴於玄穹。功垂刊木，書：禹敷土，隨山刊木。德協一作「叶」。堙洪。書：鯀陻洪水。漢書溝洫志：夏書，禹堙洪水十三年。洎帝相之難作，誕少康於竇中。由屯獲吉，因生受封。左傳：伍員曰：「昔有過澆，滅夏后相，后緡方娠，逃出自竇，歸于有仍，生少康焉。」新書宰相世系表：竇氏出姒姓。少康二子，曰杼、曰龍，留居有仍，遂爲竇氏。降及後代，傳勳繼庸。周禮夏官：司勳，掌六鄉賞地之法，以等其功，王功曰勳、國功曰功、民功曰庸、事功曰勞、治功曰力、戰功曰多。西京則嬰爲外戚，漢書外戚傳：景帝立，孝文竇皇后爲皇太后。太后從昆弟子嬰爲大將軍，封魏其侯。東漢則融居上公。後漢書竇融傳：融字周公，扶風平陵人也。封安豐侯。詣洛陽，引見。數月，拜爲冀州牧，十餘日，又遷大司空。又：竇氏一公兩侯。注曰：一公，大司空也。愍陽城之不享，始移籍於扶風。按：考兩漢書諸傳及新書表：孝文竇皇后親早卒，葬觀津。追封后父爲安成君，封后弟廣國章武侯。廣國之孫賞，宣帝時，以二千石自常山徙扶風平陵，融之高祖也。融玄孫武，靈帝時大將軍，謀誅宦官，自殺，宗親悉誅，家屬徙日南。武孫輔，逃竄得全，後與宗人徙居於鄴。表又云：有亡人鮮卑者，世襲部落，爲北魏臣。從孝武徙洛陽，遂爲河南洛陽人，復爲竇氏，有興、善、熾，三人之子孫號三祖房；又竇武之後有敬遠，封西河公，居扶風平陵，子孫曰平陵房。皆無陽城，此云移籍，未知指何時？徐氏疑其訛「安成」爲「陽城」，移籍扶風，即指賞事，當非也。漢書地理志：潁川、汝南二郡屬縣，皆有陽城。先敍華胄，唐時沿六朝貴重氏族之習。源遠更清，基高自集作「足」。峻。有焯明靈，藹然休問。陋巷不憂，坦途方進。月遠標儀，王儉褚淵碑文：風儀與秋月齊明，音徽與春雲等潤。霞高映論。北山移文：使我高霞孤映。按：南史劉訏傳，族祖與書稱之曰「訏超超越俗，如天半朱霞」句，似本此。玉寧韞匵，錐要處囊。見爲鹽州狀。宜伸尚屈，將集猶翔。潛師大易，謙尊以光。易：謙尊而光，卑而不可踰。誓安老氏，債少易償。文子下德篇：老子曰：「夫責少易償也，職寡易守也，任輕易勸也。」按：皆取易簡之義。

爰紆銅墨，見滎陽舉充縣令狀。是宰濠梁。莊子：莊子與惠子游於濠梁之上。唐書志：河南道濠州屬縣三，鍾離、定遠、招義。宓琴時奏，見滎陽舉充縣令狀。潘樹逾芳。見賀拔員外啓。入贊朝儀，漢書叔孫通傳：臣願徵魯諸生與臣弟子共起朝儀。此由邑令入爲鴻臚屬官。言揚事舉。禮記：或以事舉，或以言揚。圭璧蠻夷，「圭璧」，取方圓之義，謂蠻夷皆秉其裁制也。弁冕文武。左傳：劉定公謂趙孟曰：「吾與子弁冕端委，以治民臨諸侯。」吐辭含韻，知今博古。進揖退揚，從規合矩。禮記：古之君子必佩玉，右徵角，左宫羽。趨以采齊，行以肆夏，周還中規，折還中矩，進則揖之，退則揚之，然後玉鏘鳴也。復陶啓位，左傳：晉趙孟與絳縣老人田，使爲君復陶。註曰：主衣服之官。疏曰：其義未聞。白帖：尚衣監曰復陶，又曰陶正。傳曰：昔虞閼父爲周陶正。注：陶正，復陶也，主君上之衣服。按：「陶正」，左傳、史記皆無注。愚謂舜陶河濱，有虞氏上陶，故傳云：賴其利器用也，與神明之後也。則當爲陶冶。魏略曰：王修爲司金中郎將，太祖與之教，引「遏父陶正，民賴器用」後云：「此君沉滯冶官。」可確證矣。晉之復陶，亦必冶官，故絳老可爲也，與秦復陶義自迥別，今用舊説而附辨之。舊書志：殿中省監，掌天子服御，領尚食、尚藥、尚衣、尚舍、尚乘、尚輦六局之官屬。少監二員，丞二人。局各有奉御二人。按：「復陶啓位，殿省承榮」，謂此也。徐氏據楚子雨雪，皮冠、秦復陶，註以爲「羽衣」者，而謂竇端州必始爲老莊之學，著道士服，後乃入仕，故以「復陶」爲隱語，謬哉！舊、新書志：鴻臚有卿、少卿、丞，掌賓客及凶儀之事。領典客、司儀二署。典客署有令、丞，掌客，四夷歸化，酋渠朝見，皆掌之。還蕃則佐其辭謝之節。今玩「入贊」以下十二句，蓋入朝爲典客署令，或鴻臚丞，升爲殿中省官，或尚衣奉御，或少監，故曰「啓位」、「承榮」也。又升爲鴻臚卿或少卿，小有失意，乃出爲刺史，故下曰「卑飛」，文義顯然，官秩亦相合也。復陶又按：細讀左傳「與之田，使爲君復陶，以爲絳縣師」，注曰：縣師，掌地域，辨其夫家人民。是文義與陶冶之事相近，於衣服何涉焉？注乃泥於秦復陶，而偶誤會耳。至若揚子，裪𧝟謂之袖，廣韻曰：

襦袧，衣袖。韻會「袧」通作「陶」，引傳文爲證。説文繫傳引左傳作「複陶」，皆可爲秦復陶之註釋，與絳縣老人之復陶，必不可混。愚更以詩「陶復陶穴」箋云：復於土上鑿地曰穴，皆如陶然。此雖專言土室而義可類證。復陶之解，宜從陶冶。絳老一老農，故來築城，其能主君衣服乎？本文所用，則固謂掌服御，相沿之誤耳。舊書志：奉御掌衣服，詳其制度，辨其名數，凡大朝會則設案，服畢而徹之。**殿省承榮。**詳上句。**孔門之束帶無忝，漢宮**一作「叔孫」，今從英華。**之綿蕝難更。**漢書：叔孫通與所徵三十人，及上左右爲學者與其弟子百餘人爲綿蕞野外，習之月餘。如淳曰：謂以茅翦樹地，爲纂位尊卑之次也。春秋傳曰「置茅蕝」。師古曰：蕞與蕝同，並音子悅反。史記索隱：韋昭云：引繩爲綿，立表爲蕞。二句又以賓客朝儀言之。**君子信讒，**詩：君子信讒，如或醻之。**小人**集有兩「之」字。**道長。**易：小人道長，君子道消也。**未暇閉關，難期税鞅。**「閉關」，見易經。此同顏延之詩「劉伶善閉關」之意。謂既不得志，又未可歸休。**暫持符竹，遠出羅網。誰識卑飛，**吴越春秋：扶同曰：鷙鳥將搏，必卑飛戢翼。**因成利往。**易：利有攸往。**銅梁改秩，**蜀都賦：外負銅梁於宕渠。通典：合州巴川郡，領縣六，理石鏡縣。又銅梁縣因山爲名。新書志：合州石鏡縣有銅梁山。**錦里經時。**華陽國志：錦江織錦，濯其中則鮮明，故命曰錦里。**人去而琴臺壞棟，**寰宇記：益部耆舊傳云：相如宅在少城中笮橋下百步許，有琴臺在焉。**文移而石室摧基。**華陽國志：文翁立文學精舍，講堂作石室，一作玉室。永初後，堂遇火，太守陳留高眣更修立，又增造二石室。寰宇記：學堂一名周公禮殿。按：集古録所引玉室，一名玉堂。高眹於玉堂東復造一石室，爲周公禮殿。「眹」、「眣」字小異。**劉弘之重銘葛廟，**蜀志諸葛亮傳注：蜀記曰：晉永興中，鎮南將軍劉弘至隆中，觀亮故宅，立碣表閭。按：劉弘立碣隆中，而此則借指成都武侯廟。王商之更立嚴祠。益部耆舊傳：王商，廣漢人，劉璋以爲蜀郡太守。與嚴君平、李弘立祠作銘，以旌先賢。蜀志秦宓傳：宓與商書曰：「足下爲嚴、李立祠，可謂厚黨勤類者也。」寰宇記：嚴君平宅在益州西一里。耆舊傳云：卜肆之井猶存。鶉首云歸，舊作「隴首」，與下文複，且合州、成都非隴首境也。新書志：劍南道，漢蜀郡、廣漢、犍爲、越巂、益州、牂柯、巴郡之地，總爲鶉首分。按：漢書志：東井、輿鬼，雍州秦地之分野也。南有巴、蜀、廣漢、犍爲、武都，西南有牂柯、越巂、益州，皆屬焉。張衡西京賦：錫用此土而翦諸鶉首。晉書志：東井十八度至柳八度爲鶉首，於辰在未，秦之分野。蓋蜀亦屬秦分。鶉首之分極多，此言自蜀歸秦，必訛「鶉首」爲「隴首」，故竟改定。端溪遽逐。舊書志：端州領縣二，高要、平興。又康州端溪縣，縣界有端山，山下有溪也。按：此仍謂端州，實當謫端州之卑秩也。角豈觸藩，易：羝羊觸藩，羸其角。臀終困木。易：臀困于株木。海闊天盡，山深霧毒。許靖他鄉，有名無祿；蜀志許靖傳：靖字文休，汝南平輿人。漢末除尚書郎，典選舉。補御史中丞，懼董卓誅之，奔豫州刺史孔伷。又依揚州刺史陳禕，又吴郡都尉許貢、會稽太守王朗，素與靖有舊，故往保焉。靖收恤親里。孫策東渡江，皆走交州以避其難。靖身坐岸邊，先載附從，疎親，乃從後去。既到交阯，靖與曹公書曰：「行經萬里，漂薄風波，饑殍荐臻，復遇疾癘，計爲兵害及病亡者，十遺一二。」按：他鄉無祿，當指奔依時。其後劉璋招靖入蜀爲太守，先主時爲太傅，非所用也。馬超正色，宜歌反哭。蜀志：馬超字孟起，右扶風茂陵人。靈帝末，父騰與邊章、韓遂等俱起事於西川。超領父騰部曲。軍敗，走保諸戎，曹公追至安定。復奔漢中，依張魯。聞先主圍劉璋於成都，密疏請降。注引典略曰：超敗，其小婦弟种先入漢中。正旦，种上壽於超，超搥胸吐血曰：「闔門百口，一旦同命，今二人相賀耶？」華陽國志：馬超臨没，上疏先主曰：臣宗門二百餘口，爲孟德所誅。何爲善之無憑，而降災之甚速！

某欽惟教義，夙所依因。在昔家世，勤王實殷。左傳：狐偃言於晉侯曰：「求諸侯莫如勤王。」高旌大旆，結駟飛輪。戰國策：楚王結駟千乘。述異記：青童飛輪之車。慶豈遺一作「惟」，誤。於自出，見爲韓同年啓。榮實垂集作「萃」。於外姻。左傳：士踰月，外姻至。儀禮士昏禮：某以得爲外昏姻，請覿。一紀以來，艱凶湍及。按：璟之出使，當會昌三年。考西平諸子卒年，惟憲太和三年卒，與一紀爲近也。所叙絶無奇痛，必非愿子，娶竇者何必獨愿耶？以上郎中自敍家世，自出外姻，皆從竇氏指己，言祖宗之餘慶，自當見及也，李氏固當自矜矣。初疑竇與李前後交有婚姻者，非也。嗟宅相以無取，晉書：魏舒字陽元，任城樊人。幼孤，爲外家甯氏所養。甯氏起宅，相宅者曰：「當出貴甥。」舒曰：「當爲外氏成此宅相。」舒累官司徒，封劇陽子。懼堂構之不集。見懷州謝上表。詎言渭水之乖離，詩：我送舅氏，曰至渭陽。竟絶西州之出入。見舍人上李相公啓。嗚呼哀哉！

違京背闕，古陌荒阡。松門積靄，謝靈運詩：牽葉入松門。隴首停集作「行」。煙。柳惲詩：隴首秋雲飛。此謂松楸丘隴。祖庭是日，禮記：子游曰：「殯於客位，祖於庭，葬於墓，所以即遠也。」乞墅何年？晉書謝安傳：苻堅率衆，號百萬，次淮肥。加安征討大都督。兄子玄入問計，安夷然無懼色，答曰：「已别有旨。」既而命駕出山墅，親朋畢集，方與玄圍棋賭别墅。玄不勝，安顧謂其甥羊曇曰：「以墅乞汝。」廣韻：乞，與人物也，去既切。淚有血而皆墮，徐刊本作「眥裂」，誤。憤無膺而可填。江淹恨賦：置酒欲飲，悲來填膺。況玗剖郡符，「玗」、「玕」，皆玉名，字易相誤，英華刊本作「玗」也。璟持使節。塞遠城迴，新書志：鹽州有保塞軍。餘詳爲鹽州刺史狀。河窮路絶。舊書吐蕃傳：其初，濟黄河，逾積石，於羌中建國。長慶中，劉元鼎奉使往來，渡黄河上流。其南三百餘里有三山，山形如鏊，河源在其間。顧後瞻前，班固典引：瞻前顧後。形孤影孑。按：玗、璟乃李郎中兄弟也。玗之守郡在邊塞，疑即鹽州矣。璟即前所定爲懷州中丞者，持使節，當使吐蕃時也，詳前表下，與郎中皆爲端州甥，而弔祭惟郎中，故云。長號出次，重拜臨穴。詩：臨其穴，惴惴其慄。酒醴清濃，一作「酒濃清醴」，誤。肴羞羅列。庶有鑒於斯文，冀不同於虚設。漢書賈捐之傳：遥設虚祭，想魂乎萬里之外。嗚呼尚饗！

爲絳郡公祭宣武王尚書文

按：以「出守親鄰」之語，合之上諸相公啓，當在會昌間，乃王彦威也。舊、新書傳：彦威，太原人。世儒家，少孤貧，苦學，尤通三禮。舉明經甲科，未得調，求爲太常散吏，補檢討官。采隋已來吉凶五禮，條次彙分，號曰元和新禮，上之。拜博士。憲宗於元和十五年正月崩，有司議葬，用十二月。彦威言：「春秋之義，過期不葬則譏之。」有詔更用五月。淮南節度李夷簡以憲宗功高，宜特稱祖。彦威議謂非典訓，宜稱宗。從之。故事，祔廟之禮，先告太極殿，然後奉主入太廟。祔畢，不再告於太極殿。時執政令有司再告，彦威執議不可，執政怒。乃以祝版誤，削一階。彦威終不回屈。累遷司封郎中、弘文館學士、諫議大夫。以本官兼史館修撰，奏論僕射上事儀注。雖不從其議，論者稱之。興平縣民上官興殺人亡命，吏囚其父。興聞，自首請罪。時議減死。彦威以「原而不殺，是教殺人」。詣中書投宰相面論，語訐氣盛，執政怒，左遷河南少尹。未幾，改司農卿。進拜平盧節度。開成元年，召拜户部侍郎，判度支。性剛訐自恃，嘗奏曰：「臣自計司按見管錢穀文簿，量入爲出，使經費必足，無所刻削。」因上占額圖。既而又進外鎮之仰度支者爲供軍圖。彦威既掌利權，心希大用，大結神策軍私恩。會邊軍上訴衣賜不時，兼之朽故。宰臣惡其所爲，令攝度支人吏付臺推訊。左授衛尉卿。三年七月，檢校禮部尚書，充忠武軍節度。會昌中，徙爲宣武節度使。卒，贈僕射，謚曰靖。文中所敍語皆符合，故詳引之。

伏惟曾構高基，往修峻址。俯爲明時，載生奇士。漢書江充傳：充爲人魁岸，容貌甚壯。帝望見而異之，曰：「燕趙固多奇士。」杜林舅族，本富文理；見爲白從事啓。楊惲外門，一作「甥」，誤。素多圖史。漢書司馬遷傳：遷既死，後其書稍出。宣帝時，遷外孫楊惲祖述其書，遂宣布焉。朱檻有裕，按：「朱檻」，謂朱其檻，猶曰丹雘。尚書梓材傳：塗以漆，丹以朱。此謂藻飾之施，綽有餘裕也。但未考所本。徐氏引論衡：譬猶練絲，染之藍則青，染之朱則赤。疑爲「朱藍」之誤。余檢袁宏漢紀：郭泰嘗止陳國，童子魏昭求入其房，供給灑掃，曰：「經師易遇，人師難遭。欲以素絲之質，附近朱藍。」朱藍、丹彩，皆可喻學術，此似取丹彩。括羽成美。家語：孔子曰：「君子不可不學。」子路曰：「南山有竹，不揉自直，斬而用之，達于犀革。以此言之，何學之有？」孔子曰：「括而羽之，鏃而礪之，其入之不亦深乎？」子路敬受教。王僧孺爲蕭監利求入學啓：樸斲成於丹雘，篠簜資於括羽。逸足輕從東之道，見謝飛龍馬狀。巨背狹圖南之水。莊子：背負青天而莫之夭閼者，而後乃今將圖南。餘見安平公謝除表。匡生明習，漢書匡衡傳：學者多上書薦衡經明，當世少雙。蕭望之奏衡經學精習。董氏精專。見爲舉人啓。魯璧墜簡，汲冢遺編。見安平公奏充判官狀。坐忘流麥，見賽古欖文。出記懷鉛。西京雜記：揚雄懷鉛提槧，從計吏訪四方語，作方言。淹中莫敵，漢書藝文志：禮古經者，出於魯淹中。蘇林曰：里名也。史記正義：七録云：古經出魯淹中，其書周宗伯所掌五禮威儀之事，有六十六篇。無敢傳者，後博士侍其生得十七篇。鄭氏注：今之儀禮是也。餘篇皆亡。儀禮疏：古文十七篇，與高堂生所傳相似。按：以下皆敍其議禮。稷下誰先？史記田完世家：宣王喜文學游說之士，自如騶衍、淳于髡、田駢、接予、慎到、環淵之徒皆賜列第，爲上大夫，不治而議論。是以齊稷下學士復盛。索隱曰：齊地記：齊城西門側系水左右有講室趾。朝有曲臺，見彭陽公遺表。時推奧學。後漢書法真傳：學窮典奧。明博士之高選，魏志劉馥傳：疏曰：宜高選博士，取行爲人表，經任人師者，掌教國子。資衆儒之先覺。殷周損益，夔夷禮樂。書：帝曰：「有能典朕三禮？」僉曰：「伯夷。」帝曰：「咨伯，汝作秩宗。」帝曰：「夔，命汝典樂。」既得根源，盡除踳駁。新書藝文志：王彥威元和曲臺禮三十卷，又續曲臺禮三十卷、唐典七十卷。文選魏都賦：謀踳駁於王義。注引莊子曰：惠施，其道踳駁言惡也。「踳」讀曰「舛」。舛，乖也；駁，色雜不同也。按：今莊子直作「舛駁」。

粉闈假道，一作「途」。餘見滎陽謝賜冬衣狀，謂遷司封。諫署揚輝。謂遷諫議大夫。吾寧訐訕，時好依違。「依違」，本詩小旻篇，後人合用。後漢書：第五倫奉公盡節，言事無所依違。周舉上章，惟求主悟；後漢書周舉傳：舉上書言當世得失，辭甚切正。尚書郭虔、應賀等見之歎息，共上疏稱舉忠直，欲帝置章御坐，以爲規誡。按：舉議北鄉侯無它功德，不宜稱謚；又拜舉諫議大夫。皆此所取義。賈生草疏，一作「諫」。豈畏人非。史記賈生傳：超遷至大中大夫。生以爲當改正朔，易服色，法制度，定官名，興禮樂，乃悉草具其事。孝文帝謙讓未遑也。天子議以爲任公卿之位。絳、灌、東陽侯、馮敬之屬盡害之，乃短賈生曰：「雒陽之人，年少初學，專欲擅權，紛亂諸事。」於是天子後亦疏之，不用其議，以爲長沙王太傅。此敍奏論諸事。用之則至，捨之則歸。暗謂左遷河南少尹，改司農卿。旋領藩符，謂爲平盧節度。俄司國計。爲户部判度支。鋤革煩冗，修明課第。鄙晉室之鬻綀，晉書王導傳：時帑藏空竭，庫中惟有綀數千端，鬻之不售。導乃與朝賢俱制綀布單衣，於是士人競服之，綀遂踊貴。説文：綀，布屬，所菹切。廣韻：綀，葛。隋書姚察傳：門生送南布花綀。按：舊誤作「鬻綀」，英華辨證所改定也，而今刊晉書作「練」，誤矣。廣韻：所葅切。集韻：山於切，並音蔬。説文新附字。小漢朝之造幣。漢書武帝紀：元狩四年，有司言縣官用度不足，請收銀錫，造白金及皮幣以足用。新書藝文志：王彦威占額圖一卷。前籌未借，屢見。斂笏還家。再北非罪，謂又左遷，紀云「爲衛尉卿，分司東都」，此用孟明敗于殽，敗于彭衙。秦伯云：「大夫何罪？」又云：「夫子何罪？」詳左傳。徐氏引曹沫、管仲，皆三戰三北，而云避下「三」字，故作「再」。必不然矣。三黜何嗟！淮陽勁兵，漢書灌夫傳：武帝即位，以爲淮陽天下郊，勁兵處，故徙夫爲淮陽太守。潁水豪族。見濮陽公謝上表，謂節度忠武。既佩新印，仍推舊轂。漢書馮唐傳：唐對曰：「臣聞上古王者遣將也，跪而推轂，曰：『閫以外將軍制之。』」杜當陽何嘗跨馬，雄士集作「武」。争推；晉書杜預傳：孫皓既平，振旅凱入，以功進爵當陽縣侯。預身不跨馬，射不穿札，而每任大事，輒居將率之列。祭征虜不廢投壺，師人自睦。後漢書祭遵傳：建武二年，拜征虜將軍，封潁陽侯。取士皆用儒術，對酒設樂，必雅歌投壺。夷門地古，梁苑藩雄。屢見。謂改鎮宣武、汴州。雙旌大旆，屢見。二矛重弓。詩：二矛重弓。無忌御車，惟求隱者；史記信陵君傳：魏公子無忌，封信陵君。爲人仁而下士，致食客三千人。魏有隱士曰侯嬴，年七十，家貧，爲大梁夷門監者。公子乃置酒大會賓客。坐定，公子從車騎，虛左，自迎侯生。侯生攝弊衣冠，直上載公子上坐，不讓。公子執轡愈恭。相如謝病，乃慕高風。見爲某先輩啓，言其愛士，人皆傾慕。方將副帝注心，晉書庾冰傳：由是朝野注心，咸曰「賢相」。從時大願。率周廟之奔走，見汝南公賀赦表。總漢庭之議論。仍引到議禮，以其所專長也。人之不幸，今也則亡。莊子孰分其魍魎？莊子：衆罔兩問於景曰：「若向也俯今也仰，向也括今也披髮，向也坐今也起，向也行今也止，何也？」景曰：「予有而不知其所以。予，蜩甲也，蛇蜕也，似之而非也。」秦醫莫救其膏肓。見安平公遺表。雁沼波瀾，空聞怨一作「悲」。咽；兔園臺榭，祇見荒涼。皆切梁苑。見上范陽公啓。

某獲顧尤深，蒙知甚早。公昔分茅，孔安國書禹貢傳：王者封五色土爲社，建諸侯，則各割其方色土與之。使立社，燾以黃土，苴以白茅，茅取其潔，黃取王者覆四方。愚當一作「嘗」，誤。視草。於劉向論思之時，並見汝南公賀赦表。贊孟舒長者之號。史記田叔傳：孝文問之曰：「公知天下長者乎？公，長者也，宜知之。」叔頓首曰：「故雲中守孟舒，長者也。」及茲出守，實介親鄰。音徽繼好，寤寐依仁。一作「然」，非。常期異日，克奉清塵。何言永慟，屬此嘉一作「佳」。辰。訃哀如昨，歸轍攸遵。林薄莽蒼，莊子：適莽蒼之野者，三日聚糧。蒼，上聲。川原隱轔。一作「磷」，誤。見祭張書記文。想諸葛之旗鼓，空還舊壘；蜀志諸葛亮傳：亮卒。及軍退，宣王案行其營壘處所，曰：「天下奇才也！」注引漢晉春秋曰：楊儀等整軍而出，宣王追焉。姜維令儀反旗鳴鼓，若將向宣王者，宣王不敢逼。儀結陣而去。念伯喈之書集作「經」。籍，已付何人？後漢書董祀妻傳：文姬爲胡騎所獲，曹操痛邕無嗣，以金璧贖之。操問曰：「夫人家先多墳籍，猶憶識之不？」文姬曰：「昔亡父賜書四千許卷，流離塗炭，罔有存者。今所誦憶，裁四百餘篇耳。」魏志王粲傳：左中郎將蔡邕見而奇之，曰：「吾家書籍文章，盡當與之。」博物志：邕有書近萬卷，末年，載數車與王粲。粲亡後，粲子預魏諷反被誅。邕所與粲書，悉入粲從子業。按：彦威是無子也。候館攸開，見舍人上李相啓。丹旛遽至。「丹旛」，丹旐也。瞻望衛幕，詩：瞻望弗及，佇立以泣。禮記：布幕衛也，繆幕魯也。註：幕所以覆棺上縿縑也。讀如綃，衛諸侯禮，魯天子禮。連繇秦一作「泰」，非。時。史記封禪書：秦襄公始爲諸侯，居西垂，作西畤，祀白帝。文公作鄜畤。宣公作密畤於渭南，祭青帝。靈公作吴陽上畤，祭黄帝；作下畤，祭炎帝。獻公得金瑞，作畦畤、櫟陽祀白帝。按：秦畤不一地，此似泛言葬地近西京。寄奠申訣，緘詞寫意。終阻願於躬親，徒加哀於殄瘁。詩：人之云亡，邦國殄瘁。嗚呼哀哉，尚饗！

祭徐姊夫文

嗚呼！以君之文學，以君之政術，一作「治政」，誤。幼以自立，老而不倦，亦可以爲君子人矣。君子人歟？而不即清途，古以清資爲清途，屢見史書。不階貴仕，此其命也，夫何慊焉？始者仲姊有行，詩：女子有行，遠父母兄弟。獲託貴族。半産以資於外姓，左傳：內姓選於親，外姓選於舊。閫門冀一作「寄」。託於仁人。將以衰微，倚爲藩援。陸機辨亡論：夫蜀，蓋藩援之與國也。不圖薄佑，天奪初心。仲姊凋殂，諸甥一作「生」。不育。以親以懿，左傳：富辰曰：「兄弟雖有小忿，不廢懿親。」翻爲路人。再號再呼，莫訴蒼昊。尚以君子，存伉儷之重，左傳：己不能庇其伉儷。世説：孫子荆除婦服，作詩示王武子。王曰：「覽之淒然，增伉儷之重。」敦行李之私。見彭陽遺表，謂時使人賙之也。舊本皆作「行李」，余初妄改「行葦」，謬甚。二十年已來，雖事睽一作「暌」。而意通，跡遥而誠密。神當自一作「賜」。鑒，愚豈敢忘！逮愚不天，左傳：楚子圍鄭，鄭伯肉袒牽羊以迎曰：「孤不天，不能事君。」再丁凶釁。泣血偷息，晉書庾亮傳：疏曰：偷存視息。字亦屢見。餘生幾何！君方一作「亦」，誤。赤紱銀章，浙東從務。舊書志：浙江東道節度使，或爲觀察使，治越州，管越、衢、婺、温、台、明等州，中都督府。按：通典、舊、新書志：五品服緋。中都督府長史、司馬，正五品上，州長史、司馬，從五品。徐之官階，似此類也。道途悠邈，時序徂遷。訝弔緘之不來，忽訃書之一作「而」。俱至。感舊懷分，情如之何！埋玉焚芝，固未可喻。見代李玄祭文。

嗚呼！今來古往，人誰不亡？於君之亡，其酷斯甚！藐然一女，纔已數齡。乞後旁宗，又未曾一作「能」。立。賢弟扶服東路，詩：凡民有喪，匍匐救之。按：檀弓引之作「扶服」，漢書亦多作「扶服」。遇疾洛師。書：朝至于洛師。徘徊十旬，淹不得進。浮汎水陸，厥途四千。建旐云歸，曠然無主。尼姑居宗老之地，國語：公父文伯之母饗其宗老。又：屈到有疾，召其宗老而屬之，祭我必以芰。注曰：家臣曰老。宗老，宗人主禮樂者。騶一作「黠」，誤。奴總家相之權。漢書龔遂傳：王嘗久與騶奴宰人游戲。禮記：士不名家相長妾。獲及故阡，信爲餘慶。其所以爲附身附棺之具，禮記：子思曰：「喪三日而殯，凡附於身者，必誠必信；三月而葬，凡附於棺者，必誠必信。」又豈礙平生之曠達邪？日月次遷，卜筮斯協。幽明之異，始於今辰。愚方纏哀憂，瘵恙縻寢。謝靈運詩：寢瘵謝人徒。不及一攀宰一作「冢」。樹，一慟荒阡。謝澮成之交，禮記：君子之接如水，小人之接如醴，君子澹以成，小人甘以壞。中永訣之禮。矧余仲姊，君其與歸。撫心骨以皆驚，拉血淚而何算？嗚呼已哉，其何言耶！襚衣非華，儀禮：襚者委衣于牀。餘見爲王侍御謝表。奠物殊薄。靈其鑒此，慰我哀心。嗚呼哀哉，尚饗！

祭徐氏姊文

今所校文苑英華，徐、裴「姊」皆誤作「姨」。按：玩上篇所敍，及此云「祥忌云近」，則徐姊夫之亡，在義山喪母後數月。其將合葬時，義山母喪將期也，在祭裴氏姊及潞寇未熾之前可知矣。祭裴氏姊文云「朝夕二奠，不敢久離」者，不必拘看也，以今追考，止能得其略。

嗚呼！追訣慈念，一十八年。「慈念」，謂姊也。姊當歿於敬宗、文宗之際，玩下文可見。上篇云「二十年已來」，此則謂姊亡一十八年矣。兄與姊皆得言慈，唐文中頻見。罪積行違，上下無禱。天怒猥集，不誅其身。再丁憫凶，藐無怙恃。詩：無父何怙，無母何恃。號潰荼裂，心摧骨崩。獲見諸甥，來奉遷合。徐氏姊初權厝於此，今來遷去合葬也。舊物半同於泥滓，新阡方列於松楸。斷手折足，厥痛非擬。終天殁地，此誠莫伸！寃痛蒼天，孤苦蒼天！始某兄弟，初遭家難。内無強近，李密陳情表：外無期功強近之親。外乏因依。祇奉慈顔，潘岳閑居賦：壽觴舉，慈顔和。被蒙訓勉。及除常制，方志人曹。以頑陋之姿，辱師友之義。獲因文筆，實忝科名。三干集作「遷」，誤。有司，兩被公選。按：科名謂登第也。又云「兩被公選」，謂試判與拔萃，詳年譜。再命芸閣，叨跡時賢。以上皆詳年譜。仲季二人，亦志儒墨。於顯揚而雖未，在進修集作「修進」。而不隳。易：君子進德修業，欲及時也。永惟幽靈，盍亦垂鑒。

今者苴麻假息，儀禮喪服：斬衰裳，苴絰。疏：衰裳，齊牡麻絰。註曰：麻在首在要皆曰絰。按：别父喪母喪也，文固不必拘。喪服小記：爲母括髮以麻。後漢書謝夷吾傳：遊魂假息。糞土偷存。不即殞傷，蓋亦有以。伏以奉承大族，載屬衰門。三弟未婚，一妹處室。劉餗隋唐嘉話：高宗朝，以太原王、范陽盧、滎陽鄭、清河博陵二崔、隴西趙郡二李等七姓，恃其族望，恥與他姓爲婚，乃禁其姻娶。於是不敢復行婚禮，飾其女以送夫家。按：擇對之不易可見。而義山婚於武帥之家，時論薄之矣。息胤猶闕，家徒索然。將恐烝嘗有曠闕之憂，丘隴絶芟除之主。延駐晷刻，不敢自私。又以祖曾之前，未一完兆；骨肉之内，猶有旅魂。將自一作「有」，誤。來兹，克用通便。「通便」，謂通年利月。以顯之義，雖不敢望；無忝之訓，庶幾或存。靈其聞之，必將加憫！

然有以没齒懷恨，後漢書清河孝王慶傳：常泣向左右，以爲没齒之恨。粉身難忘者，以靈之懿茂，而不登遐壽，不生賢人，使別女致哀，即上篇「藐然一女」也，非其姊所出，故曰別女。猶子爲後，即所立嵩、奐二子。哀哀天地，云胡不仁！默默神祇，其何可訴！今嵩奐二子，既爲我甥，誓當撫之，以慰幽抱。男勸其學，使得禄仕；女求其偶，必擇賢良。縱乖宅相之徵，見祭竇端州文。庶泯忽諸之歎。見祭叔父文。壽堂宿啓，潛舟既移，見祭崔丞文。那期永訣之悲，復見重關一作「開」，誤。之兆。周禮春官：巾車，及墓，嘑啓關，陳車。注：關，墓門也。此謂重葬也，若作「開」，則上已云「宿啓」矣。以祥忌云近，哀憂載迷。禮記：父母之喪，疏食飲水，不食菜果。期而小祥，食菜果。再期而大祥，有醯醬，中月而禫，禫而飲醴酒。以二篇所敍度之，當爲小祥。不獲臨壙達誠，爾雅：藏葬謂之壙。撫柩致奠。禮記：在棺曰柩。東望景亳，左傳：商湯有景亳之命。史記殷本紀注：宋州北五十里大蒙城爲景亳，湯所盟地，因景山爲名。宋亳在東，距懷州遠矣，且似未有潞州兵事。椎心仆身。見爲李詒孫啓。具襚擇蔬，灑以淚血。日慘風遠，叫號無聲。伏惟明靈，一賜臨鑒。孤苦蒼天，不孝蒼天！

祭處士房叔父文

「處士房」，即祭裴氏姊所云十二房。

某爰在童蒙，易：童蒙求我。最承教誘。違訣雖久，音旨長存。晉書王湛子承傳：東海王越，以承爲記室參軍，敕其子昆曰：「諷味遺言，不若親承音旨。王參軍人倫之表，汝其師之。」近者以壇徐刊本作「檀」，今從英華。山舊塋，忽罹風水，水經注：濟水條下，索水流逕京縣故城西，城故鄭邑也。城北有壇山罡。趙世家：成侯二十年，魏獻榮椽，因以爲壇臺罡也。元和郡縣志：京縣故城，在鄭州滎陽縣東南二十里。徐曰：壇山即檀山。新書劉禹錫傳：葬滎陽檀山原。按：徐氏此解是也。「壇」一作「檀」耳。史記：魏獻榮椽，因以爲檀臺。註家或以爲地名，或謂因獻良材，因用以爲臺也。徐氏又引水經注：檀山四絶孤峙山上有塢聚，俗謂之檀山塢。此在洛水條下，即史記注引括地志云「檀臺在臨洛縣北二里」者。雖與滎陽壇山相近，不可合一也。郭璞葬經内篇：氣乘風則散，界水則止。古人聚之使不散，行之使有止，故謂之風水。壽堂圮壞，文選陸機挽歌：壽堂延鬼魅。注曰：壽堂，祭祀處。宰樹凋傾。公羊傳：宰上之木拱矣。註曰：宰，冢也。雖崩則不修，按：魏志陳羣傳：防墓有不修之儉。别是取義耳。聞諸前哲；集作「聖」。禮記：孔子既得合葬於防，孔子先反，門人後。雨甚，至曰：「防墓崩。」孔子泫然流涕曰：「吾聞之，古不修墓。」按：疏云：新始積土，遇甚雨而崩。孔子自傷違古，致令今崩，弟子重修，故流涕也。玩上文言「古者墓而不墳，今丘也東西南北之人也，不可以弗識也，於是封之，崇四尺」，是則不墳固不崩，不崩則不修，今因崇四尺，而遇雨而崩，則勢在必修，其故由於己之爲東西南北之人也。疏故言「自傷違古」，意甚深摯矣。至後陳澔集説「古所以不修墓者，謹之封築之時，無事於修也」。雖似直捷，而意實相左。此割用崩則不修，於文無害，於義未安。但英華作「且」，誤。隳一作「墜」。而罔治，那俟他人。況真隱一作「德」，非。昭集作「貽」。芳，南史：袁淑爲真隱傳。鴻儒著美。文心雕龍：馬融鴻儒。豈可令趙岐之表，埶彼玄扃；後漢書趙岐傳：先自爲壽藏，圖季札、子產、晏嬰、叔向四像居賓位，又自畫其像居主位，皆爲讚頌。注曰：冢在荆州古郢城中。按：表字當更有本，候考。郭泰之碑，淪於夜壑。見代李玄文。載惟瑊瑱，二子名。藐爾孤沖。誠叫號之不停，顧營辦之無素。南史劉歊傳：歊已先知，手自營辦。

某等輒考諸蓍筮，別卜丘封，使羲叟以令日吉時，奉移神寢。奢無僭縟，儉免虧疎。是期永閟尊靈，陳思王武帝誄：幽闥一扃，尊靈永蟄。長安幽穸。眠牛有慶，自及於諸孤；志怪集：陶侃微時，遭大喪，親自營塼，有斑特牛，專以載致。忽然失去，便自尋覓，道逢一老公云：「向於崗上，見一牛眠山洿中，必是君牛，眠處便好作墓，位極人臣。」晉書周訪傳載之。白馬垂祥，豈祈一作「均」。於猶子。南史吳明徹傳：父樹葬時，有伊氏者，善占墓，謂其兄曰：「君葬日，必有乘白馬逐鹿者經此墳，此是最小孝子大貴之徵。」至時果有應。明徹即樹之小子也。追懷莫及，感切徒深。更一作「又」。思平昔之時，兼預生徒之列。陸公賜杖，念榮益以何成；晉中興書：謝安嘗欲詣陸納，納兄子俶，怪納無供辦，乃密作數十人供。安至，納設茶果，俶下精飲食。客罷，納杖俶四十，云：「不能光益父叔，乃復穢我素業。」按：當改引晉書陸納傳。殷氏著文，愧獻酬而早屈。晉書殷浩傳：浩與叔父融俱好老、易。融與浩口談則辭屈，著篇則融勝浩。引進之恩方極，見祭張書記文。禍凶之感俄一作「徒」，誤。鍾。誰言一紀之餘，又奉再遷之兆。孝經：卜其宅兆而安厝之。哀深永往，情極初聞。矧宗緒衰微，簪纓殆歇。五服之內，喪服小記：親親以三爲五，以五爲九，上殺、下殺、旁殺而親畢矣。疏曰：此廣明五服之輕重。一身有官。將使澤底名家，翻同單系；李肇國史補：

四姓，滎陽鄭、岡頭盧、澤底李、土門崔，皆爲鼎甲，唯鄭氏不離滎陽。山東舊族，不及寒門。新書柳沖傳：過江則爲「僑姓」，王、謝、袁、蕭爲大；東南則爲「吴姓」，朱、張、顧、陸爲大；山東則爲「郡姓」，王、崔、盧、李、鄭爲大；關中亦號「郡姓」，韋、裴、柳、薛、楊、杜首之；代北則爲「虜姓」，元、長孫、宇文、于、陸、源、竇首之。晉書劉毅傳：疏曰：立九品，定中正，高下逐強弱，是非由愛憎。是以上品無寒門，下品無勢族。靜思肯構之文，敢怠成書之託？成書見爲白從事啓。「肯構」、「成書」皆父子事，此引起下文。

珹等既幽明無累，年志漸成，則當授以詩書，諭其一作「以」。婚宦。列子：語有之曰：「人不婚宦，情欲失半。」使烝嘗有奉，名教無虧。靈其鑒此微誠，助夫至願。敢有求於必大，屢見。庶免歎於忽諸。左傳：臧文仲聞六與蓼滅，曰：「皋陶、庭堅不祀，忽諸。」迫以英華作「其」，誤。哀憂，兼之瘵恙。謂居母喪，又多疾。曾非遐遠，不獲躬親。瀝血裁詞，南史袁昂傳：啓曰：「披心瀝血，敢乞言之。」叩心寫懇。見濮陽公遺表。長風破浪，敢忘昔日之規；南史：宗慤年少，叔父少文問其所志，答曰：「願乘長風破萬里浪。」南巷齊名，永絶今生之望。世説：阮仲容、步兵居道南，諸阮居道北。此用竹林事。冀因薄奠，少降明輝。延慕酸傷，不能堪處，苦痛至深，永痛至深！

祭一作「奠」。小姪女寄寄文

正月二十五日，時爲會昌四年正月。伯伯以果子弄物，招送寄寄體魄，歸大塋之旁。

哀哉！爾生四年，方復本族。既復數月，奄然歸無。於鞠育而未申，一作「深」。結悲傷而何集作「則」。極！來也何故，去也何緣？念當稚戲之辰，孰測死生之位？時吾赴調京下，移家關中。事故紛綸，光陰遷貿。寄瘞爾骨，五年於兹。白草枯荄，荒塗古陌。左思詩：荒塗橫古今。朝飢誰抱，一作「飽」，非。夜渴誰憐？爾之栖栖，吾有罪矣！

今吾仲姊，反葬有期。遂遷爾靈，來復先域。按：裴氏姊遷自獲嘉，寄寄遷自濟邑，同復先域。下文伯姑，即祭裴姊文之伯姊，而返葬之裴氏與徐氏皆稱仲姊，何歟？平原卜穴，刊石書銘。喪服小記：復與書銘，自天子達於士，其辭一也。明知過禮之文，何忍深情所屬！

自爾殁後，姪輩數人。竹馬玉環，後漢書郭伋傳：兒童騎竹馬迎拜。杜祭酒別傳：六七歲與小兒輩爲竹馬戲，有老公停車視之，歎曰：「此有奇相。」左傳：范宣子有玉環。按：此玉環，兒童弄物也。御覽引傅暢自敍曰：「年四歲，曹叔虎戲脱余金鐶與侍者，余經數日不索，遂於此見名。」晉書：羊祜五歲，詣鄰人李氏東垣桑樹中，探得金環。而御覽於指環類中引之，則作取所弄玉環，蓋「金環」、「玉環」一也。繡襜文褓。襜，襦也，此非蔽膝之襜。史記注：小兒被曰葆。説文：緥，小兒衣也。臣鉉等曰：俗作「褓」。按：「葆」、「褓」同。餘見爲張周封啓。堂前堦下，日裏風中，弄藥争花，紛吾左右。獨爾精誠，不知所之。況吾別娶已來，胤一作「嗣」，誤。父諱當避。緒未立。猶子之義，倍切他人。念往撫存，五情空熱。文子：昔中黃子曰：「色有五章，人有五情。」

嗚呼！滎水之上，滎水在鄭州境。屢見。壇山之側。汝乃曾乃祖，松檟森行。任昉求立太宰碑表：松檟成行。伯姑仲姑，冢集作「壙」。墳相接。汝來往於此，勿怖勿驚。華綵衣裳，甘香飲食。汝來受此，無少無多。汝伯祭汝，汝父哭汝，哀哀寄寄，汝知之邪！

祭裴氏姊文

嗚呼哀哉！靈有行於元和之年，返葬於會昌之歲？禮記：太公封於營丘，比及五世，皆反葬於周。光陰迭代，三十餘秋。得不以既笄闕廟見之儀，禮記曾子問：孔子曰：「三月而廟見，稱來婦也。」曾子問曰：「女未廟見而死，則如之何？」孔子曰：「不祔於皇姑，歸葬於女氏之黨，示未成婦也。」按：雜記：女雖未許嫁，年二十而笄，燕則鬈首。註曰：既笄之後，去之，猶若女有鬌紒也。蓋未許嫁，先行成人之禮，然必待既許嫁，乃常笄也。後世則將嫁而笄矣。此以既笄言既嫁。英華作「既葬」，殊無理矣，故從集。故卜吉舉歸宗之禮。南史謝弘微傳：弘微舉止必修禮度，伯叔二母，歸宗兩姑，晨夕瞻奉，盡其誠敬。按：「故卜吉」三字，徐刊本作「杖卜」二字，今所校英華作「杖卜」，而注云：集作「故卜言」。今思言字，乃「吉」字之訛，故爲酌定。此因所適非人而死，還父母家，故云然也。不幸不祐，天實爲之。易：天命不祐。詩：天實爲之，謂之何哉？椎心泣血，孰知所訴！

恭惟先德，實紹玄風。晉書向秀傳：爲莊子隱解，發明奇趣，振起玄風。唐祖老子，義山亦宗室遠屬，故云。良時不來，百里爲政。愛女二九，古詩：芳年踐二九。思託賢豪。誰爲行媒？禮記：男女非有行媒，不相知名。來薦之子。雖琴瑟而著詠，終天壤以興悲。世說：王凝之謝夫人，大薄凝之，還謝家，大不說。太傅慰釋之曰：「王郎，逸少子，人身亦不惡，汝何以恨乃爾？」答曰：「一門叔父則有阿大、中郎，羣從兄弟則有封、胡、遏、末，不意天壤之中，乃有王郎！」謂之何哉？繼以沉恙，禱祠無冀，奄忽凋違。時先君子以交辟員來，南轅已轄。接舊陰於桃李，韓詩外傳：春樹桃李，夏得陰其下，秋食其實。寄暫殯之松楸。此際兄弟，尚皆乳抱。空驚啼於不見，未識會於沉冤。浙水東西，半紀漂泊。某年方就傅，禮記：十年出就外傅。家難旋臻。躬奉板輿，潘岳閑居賦：太夫人乃御版輿，升輕軒。以引丹旐。四海無可歸之地，九族無可倚之親。既祔故丘，便同逋駭。生人窮困，集作「異」。聞見所無。及衣裳外除，旨甘是急。任昉行狀：衣裳外除，心哀内疚。禮記：親喪外除。又：旨甘柔滑。乃占數東甸，「占數」見爲陳許謝上表。餘詳年譜。漢書敍傳：昌陵後罷，大臣名家皆占數於長安。傭書販舂。班超傭書，見爲兖州謝上表。吴志：闞澤字德潤，會稽山陰人。好學，居貧無資，常爲人傭書，以供紙筆，所寫既畢，誦讀亦遍。汝南先賢傳：李篤字君淵。家貧，夜賃寫書，爲母買肉一斤，粱米一升。後漢書吴祐傳：公沙穆來遊太學，無資糧，乃變服客傭，爲祐賃舂。梁鴻傳：至吴，居皋伯通廡下，爲人賃舂。按：英華作「販舂」，徐氏改從「畚」，而曰：一作「舂」，非。引晉書載記：王猛少貧賤，以鬻畚爲業。嘗貨畚於洛陽。其意以「舂」不可云「販」也，然韋蘇州詩「昔人鬻舂地」，既可云「鬻」，亦可云「販」。此以爲人所用，言販畚非其義矣，故仍爲改正。南史孝義郭原平傳：養親必以己力，傭賃以給供養。句意用此類。日就月將，詩：日就月將。漸立門構，清白之訓，後漢書楊震傳：故舊長者或欲令爲開産業，震不肯，曰：「使後世稱爲清白吏子孫，以此遺之，不亦厚乎！」幸無辱焉，既登太常之第，漢書儒林傳：置博士弟子。太常選民年十八以上者，補之。郡國謹察可者，常與計偕，詣太常，得受業如弟子。一歲皆輒課，通一藝以上，補文學掌故；其高第可以爲郎中，太常籍奏。即有秀才異等，輒以名聞。揚雄太常箴：翼翼太常，實爲宗伯。通典：唐龍朔二年，改禮部尚書爲司禮太常伯。咸亨元年復舊，侍郎一人，掌策試貢舉及齋郎宏崇國子生等事。復忝天官之選。謂試判入等授官。免跡縣正，一作「政」，誤。通典：隋煬帝改縣尉爲縣正，後置尉。唐武德中復改爲正，七年復爲尉。刊書祕丘。晉書束皙傳：學既積而身困，夫何爲乎祕丘。榮養之志纔通，啓動之期有漸。而天神降罰，艱棘再丁。詩：棘人欒欒兮。弱弟幼妹，未笄未冠。禮記：男子二十冠而字，女子許嫁笄而字。世一作「胤」。緒猶闕，家徒屢空。載惟家長之寄，偷存晷刻之命。號天叫地，五內崩摧。文選注引李陵詩：行行且自割，無令五內傷。然亦以靈寓殯獲嘉，向經三紀。漢書地理志：河內郡獲嘉縣。武帝紀：元鼎六年春，至汲新中鄉，得吕嘉首，以爲獲嘉縣。歸祔之禮，祔，爲葬後之吉祭，禮記所謂明日祔於祖父也。又爲合葬之名，所謂周公蓋祔也。又曰：魯人之祔也，合之也。此則謂歸祔於父母家之墓。闕然未修。是冀苟全，諸葛亮表：苟全性命於亂世。得終前限。謂前所私限改葬之期。屬劉孽叛換，逼近懷城。李衛公文集：三年八月二十四、二十八日狀，論河陽兵力已竭，茂元危窘。若賊勢更甚，便要退守懷州。通鑑：王茂元軍萬善，賊將劉公直等潛師過萬善南五里，焚雍店。此三年八月事，九月茂元卒。懼罹焚發之災，魏文帝典論：喪亂以來，漢氏諸陵，無不發掘，乃至燒取玉柙金鏤，體骨并盡。御覽孝感類引史系：趙雋字子奇，平陽岳陽人。劉稹反，家近潞，雋母年八十餘。雋平其父墓，别以物識之，輦母入文城西山，終歲。逮稹滅，復輦其母東歸岳陽。時丘隴悉爲軍士所發，惟雋家墓得完。復起冢焉。事可相證，故附采之。永抱幽明之累。遂以前月初吉，詩：二月初吉。按：祭小姪女文「正月二十五日」，此文云「小姪寄兒，亦來自濟邑」，又有「昨本卜孟春」及「首夏已來」之句，合而訂之，必會昌四年二三月也。攝襚告靈。號步東郊，訪諸耆舊。孤魂何託，旅櫬奚依？杜預左傳注：櫬，棺也。垂興欲墮之悲，鄭緝之東陽記：獨公山有古墓臨溪，磚文曰：筮言吉，龜言凶。三百年，墮水中。輿地志、琵琶圻有古墓，半在水中，甓有隱起字云：琵琶，筮云吉，龜云凶。八百年，墮水中。幾有將平之恨。江淹恨賦：琴瑟滅兮丘隴平。斷手解體，何痛如之！灑血荒墟，飛走同感。拾遺記：田疇往劉虞墓，設雞酒之禮，慟哭之音，動於林野，翔鳥爲之悽鳴，走獸爲之吟伏。伏惟一作「深」，誤。朝夕二奠，不敢久離，檀弓：朝奠日出，夕奠逮日。按：儀禮，死三日而殯，三月而葬。乃反哭，人，遂適殯宮，猶朝夕哭，不奠，三虞，卒哭。此以言朝夕奉靈，不敢久離耳，不必拘看。遂遣義叟一人，主張啓奉。曾子問：自啓至於反哭。抱頭拊背，戒以信誠。附身附棺，庶無遺闕。謂易棺而葬。壇一作「檀」，同。山縈水，實惟我家。靈其永歸，無或栖寓。嗚呼哀哉！

靈沈綿之際，殂背之時，某初解扶牀，古詩爲焦仲卿妻作：新婦初來時，小姑始扶牀。猶能記面，長成之後，豈志遷移？頃者以先妣年高，兼之多恙，每欲諮畫，即動作咸。「作咸」，未詳。喪服大記曰：凡封，君封以衡，大夫、士以咸。註曰：封，周禮作「窆」，下棺也。咸讀爲緘，或爲棫，謂棺束爲緘繩也。或謂古人以不下涙，謂之密雲不雨。此疑借潤下作鹹，以比下涙，省鹹爲咸耳。然無可證據，似本用封咸爲葬事，而訛「封」爲「作」也。羣經音辨：咸，緘也。禮：窆大夫以咸。按：咸者，旁緘而已。謂棺傍以紼繫之而下棺也。此「作咸」二字，未可定解。玩上下文意在遷移，似以「即動封咸」，訛「封」爲「作」近之。謂每欲商請遷移，妣即傷痛涕泣，故未敢耳。涕泣既繁，寢膳稍減。雖云通禮，亦所難言。荏苒於斯，非敢怠忽。

今則南望顯考，禮記祭法：王立七廟，諸侯五廟，皆有顯考廟。疏曰：高祖也，顯明高祖，居四廟最上。東望嚴君。易：家人有嚴君焉。父母之謂也。伯姊在前，即祭姪女文之伯姑。猶女在後。克當寓殞，按：英華作「殞」，注曰：疑作「殯」。徐刊本作「鄖」。今玩文義，似作「寓殯」，婦人内夫家外父母家，故言猶寓殯也，但上文已言「寓殯獲嘉」，則複矣，故當存疑。歸養幽都。雖歿者之宅兆永安，而存者之追攀莫及。又以十二房舊域，一作「城」。風水爲災。胡子彭兒，當即瑊、瑱二子。藐然孤小。雖古無修墓，著在典經，而忘禮約情，亦許通變。今則已於左次，一作「坎」。易：師六四，師左次，无咎。此用位次字，習見。別卜鮮英華作「鄰」。原。詩：度其鮮原。傳曰：小山別大山曰鮮。箋曰：鮮，善也。按：坎即穴也，如禮記所云「掩坎」是已。此改葬叔父，言在其舊域之左，從集作「坎」，較是。重具棺衾，再立封樹。通年難遇，同一作「周」，非。月異辰。兼小姪寄兒，亦來自濟邑。當是濟源縣。馺魂稚魄，依託尊靈。遠想先域之旁，纍纍相望。重溝疊陌，萬古千秋。臨穴既乖，飲痛何極！

唯安陽祖妣未祔，史記項羽本紀注：安陽城，今相州外城。舊書志：相州鄴郡治安陽縣。按：義山曾祖爲安陽令，此似曾祖妣也。仍世遺憂。昨本卜孟春，便謀啓合。會雍店東下，逼近行營。已見上文，此則四年春也。謂本欲同時舉行，而爲軍事所阻。烽火朝然，鼓鼙夜動。雖徒步舉櫬，古有其人，後漢書廉范傳：范父遭喪亂，客死蜀漢。范西迎喪，與客步負喪歸葭萌。北史李德林傳：遭父艱，自駕靈輿，反葬故里。嚴寒，單縗跣足，州里敬慕之。魏志曹休傳：休十餘歲喪父，獨與一客擔喪假葬。按：俟再考。用之於今，或爲簡率。潞寇朝弭，則此禮夕行。首夏已來，魏文帝賦：伊暮春之既替，即首夏之初期。謝靈運詩：首夏猶清和。亦有通吉。玄女經：天地開通，造葬大吉。儻天鑒孤藐，神聽至誠，獲以全一作「今」。茲，免負遺託。即五服之内，更無流寓之魂；一門之中，悉共歸全之地。今交親饋遺，朝暮饘餬。說文：饘，糜也。周謂之饘，宋謂之餬。收合左傳：收合餘燼。盈餘，節省費耗。所望克終遠事，豈敢温飽微生？苟言斯不誠，亦神明誅責。老舊僕使，纔餘兩人。靈之組繡餘工，翰墨遺跡，潘岳悼亡詩：翰墨有餘跡。並收藏篋笥，用寄哀傷。嗚呼哀哉！

蕣說文引詩，作「顏如蕣華」。夭當年，詩：有女同車，顏如舜華。傳曰：舜，木槿也。疏曰：木槿華朝生暮落。骨還舊土。禮記：死必歸土骨肉，斃于下陰爲野土。此葬於父母家，故曰還舊土。箕帚尋移於繼室，吴語：勾踐請盟，一介嫡女，執箕帚以晐姓於王宮。左傳：惠公元妃孟子。孟子卒，繼室以聲子。注曰：元妃死，則次妃攝治内事，猶不得稱夫人，故謂之繼室。兄弟空哭於歸魂。楚辭招魂：魂兮歸來。終天銜寃，心骨分裂。胞胎氣類，寧有舊新？叫號不聞，精靈何去？寓詞寄奠，血滴緘封。靈其歸來，省此哀殞。傷痛蒼天，孤苦蒼天。伏惟尚饗！

重祭外舅司徒公文

王茂元卒於會昌三年九月，見代草遺表，詳年譜。此重祭，大率在四年也。

嗚呼哀哉！人之生也，變而往邪？人之逝也，變而來邪？冥寞之間，杳忽一作「惚」。之内，虚變而有氣，氣變而有形，形變而有生。莊子：察其始而本無生，而本無形，而本無氣。雜乎芒芴之間，變而有氣，氣變而有形，形變而有生，今又變而之死，是相與爲春秋冬夏，四時行也。今將歸一作「還」。生於形，歸形於氣，漠然其不識，浩然其無端，一作「歸」。則雖有憂喜悲歡，而亦勿用「用」字，一作「能措」二字。於其間矣！苟或以變而之有，變而之無，若朝昏之相交，若春夏之相易。則四時見代，尚動於情，豈百生莫追，遂可無恨！儻或去此，亦孰貴於最靈哉？書：惟人萬物之靈。以上皆本莊子而翻論之。

嗚呼！公之世胄勳華，職官揚歷，並已託於寄奠，備在前文。惜已失傳矣。按：茂元初喪，義山必有事，故未躬爲往弔，此則方至王氏，故重祭之。大可與年譜互證。今所以重具酒牢，載形翰墨，蓋意有所未盡，痛有所難忘。以公之平生恩知，一作「之恩」，誤。曩昔顧盼，屬纊之夕，不得聞啓手之言；祖庭之時，不得在執紼之列，皆見前。終哀且痛，其可集作「何」，非。道耶？嗚呼！七十之年，人誰不及？三公之位，人誰不登？何數月之間，不及從心之歲；茂元筮仕德宗之末，至會昌三年，已四十餘年，約六十九歲而卒。聞天有慟，方登論道之司。謂贈司徒，見王瓘謝表。時泰命屯，才長運否。爲善何益，彼蒼難知！昔澤怪既明，告一作「吉」，非。敖釋桓公之病；莊子：桓公田於澤，管仲御，見鬼焉。公撫管仲之手曰：「仲父何見？」對曰：「臣無所見。」公反，誒詒爲病，數日不出。齊士有皇子告敖者曰：「澤有委蛇。見之者殆乎霸。」桓公囅然而笑曰：「此寡人之所見者也。」於是正衣冠而坐，不終日而不知病之去也。陰德未報，夏侯知丙吉不亡。漢書丙吉傳：封吉爲博陽侯。臨當封，吉疾病。上憂吉疾不起，夏侯勝曰：「此未死也。臣聞有陰德者，必饗其樂以及子孫。」後病果愈。文子：老子曰：「夫有陰德者，必有陽報。」何昔有其傳，今無其證？豈人言之不當，將天道之或欺！雖北海懸定薨期，後漢書：鄭玄，北海高密人也。餘見爲裴無私祭文。長沙前覺災至。見祭蕭侍郎文。偃如巨室，莊子：莊子妻死，方箕踞鼓盆而歌曰：「人且偃然寢於巨室，而我噭噭然隨而哭之，自以爲不通乎命，故止也。」注曰：以天地爲室也。去若歸人。見彭陽公遺表。處順不憂，莊子：適來，夫子時也；適去，夫子順也。安時而處順，哀樂不能入也。得正之喜。詳後祭韓氏姑文。此謂死於王事，得其正也。在公之德斯盛，在物之痛何言！矧乎再軫慮居，檀弓：喪不慮居，爲無廟也。注曰：慮居，謂賣舍宅以奉喪。餘見彭陽遺表。屢垂理命。見彭陽遺表。簡子將戰之誓，惟止桐棺；左傳：趙簡子誓曰：「若其有罪，絞縊以戮。桐棺三寸，不設屬辟；素車樸馬，無入於兆。下卿之罰也。」晏嬰送死之文，寧思石槨。禮記：有若曰：「晏子遺車一乘，及墓而反，大夫五个，遣車五乘，晏子焉知禮？」曾子曰：「國奢則示之以儉。」疏曰：葬父晏桓子，惟用一乘。又：昔者夫子居於宋，見桓司馬自爲石槨，三年而不成，夫子曰：「若是其靡也，死不如速朽之愈也。」素車樸馬，左傳疏：素車，不以翣柳飾車。樸馬，馬不鬄落。此以載柩也。疎巾魏志徐宣傳：遺令布衣疏巾，斂以時服。弊帷。吴志吕岱傳：遺令殯以素棺，疏巾布褠。周禮天官幕人註曰：帷幕皆以布爲之。儀禮士喪禮：奠于尸東帷堂。又：布巾環幅。檀弓：曾子曰：「尸未設飾，故帷堂，小斂而徹帷。」又：敝帷不棄。成一代之清規，揚百古一作「年」。之休問。所謂有始有卒，高朗一作「明」。令終。詩：高朗令終。

嗚呼！往在涇川，鎮涇原時。始受殊遇。綢繆之迹，詩：綢繆束薪，三星在天。言婚姻之事。蜀志先主傳：孫權進妹固好，先主見權綢繆恩紀。豈無他人？詩：豈無他人，不如我同父。樽空花朝，燈盡夜室。忘名器集作「品」。於貴賤，去形迹於尊卑。語皇王致理之文，集作「源」。考聖哲行藏之旨。每有論次，必蒙褒稱。及移秩農卿，分憂舊許，見祭崔丞文。羈牽少暇，後漢書申屠蟠傳：彼豈樂羈牽哉。陪奉多違。跡疏意通，期奢道密。紵衣縞帶，雅況或比於僑吴；見滎陽公端午謝賜狀。荆釵布裙，高義每符於梁孟。後漢書梁鴻傳：鴻字伯鸞，扶風平陵人也。聘同縣孟氏。及嫁，始以裝飾入門。七日而鴻不答。妻乃跪牀下請罪，鴻曰：「吾欲裘褐之人，可與俱隱深山者爾。」乃更爲椎髻，著布衣，操作而前。鴻大喜曰：「能奉我矣！」字之曰德耀，名孟光。御覽引列女傳：孟光荆釵布裙。今則已矣，安可贖乎？集作「兮」。詩：如可贖兮，人百其身。嗚呼哀哉！千里歸塗，東門故第。後漢書志：洛陽，周公所城洛邑也。東城門名鼎門。以下十句，是在東都崇讓里。數尺素帛，一爐香煙。耿賓從之云歸，左傳：車馬有所，賓從有代。儼盤筵而不御。小君多恙，一作「患」。諸孤善喪。檀弓：顔丁善居喪。昇一作「登」。堂輒啼，下馬先哭。含懷舊極，撫事新傷。植玉求歸，已輕於舊日；搜神記：羊公雍伯，洛陽人。性篤孝，父母亡，葬無終山，遂家焉。山高無水，公汲作義漿於阪頭，行者皆飲之。三年，有一人就飲，以一斗石子與之，云：「玉當生其中。」又語云：「後當以得婦。」言畢不見。乃種其石。數歲，時時往，見玉子生石中。北平徐氏女，甚有行，人多求，不許。公乃試求焉，徐氏笑以爲狂。乃戲云：「得白璧一雙來，當爲婚。」公至所種石中，得五雙。聘徐氏，遂以女妻公。天子異之，拜爲大夫。於種玉處四角，作大石柱各一丈，中央一頃地，名曰玉田。按：水經注引此，「羊」作「陽」，「雍伯」一作「翁伯」，而藝文類聚、太平御覽引之皆作「羊」，故從之。洪氏隸釋漢碑武梁祠堂畫像中有義滌羊公。「滌」即漿也。今搜神記傳本作「陽」，或作「楊」，尤謬。又按：集古録、隸釋漢碑中「歐陽」亦作「歐羊」，則此「陽」、「羊」亦可通借。泣一作「立」，非。珠報惠，寧盡於兹辰。左思吴都賦：淵客慷慨而泣珠。泣曰：俗傳鮫人從水中出，寄寓人家，積日賣綃。臨去，從主人索器，泣而出珠滿盤，以與主人。況邢氏吾姨，詩：邢侯之姨。蕭門仲妹，未詳。按：南史蕭惠開傳：妹適桂陽王休範。又惠基傳：劉彦節是惠基妹夫。核其事跡，非所引用，俟別考。愛深猶女，思切仁兄。晉書長沙王乂傳：成都王穎復乂書曰：「本謂仁兄，同其所懷。」按：後漢書趙壹傳，書稱皇甫規爲仁兄。後人謂二漢未嘗相呼爲「仁兄」。疑當作「仁君」，然其後已習用。撫嫠緯以增摧，左傳：嫠不恤其緯，而憂宗周之隕，爲將及焉。闔孀閨而永慟。按：何以忽及孀婦哉？承上敘來，似有茂元之繼女，義山稱爲姨者。但仁兄何指？豈謂茂元平日撫愛此女，追思其父乎！或疑茂元之姨，隴西郡君之妹，以義山之妻爲猶女，則以思切仁兄指茂元，未可妥合，且與上文不接也。草荄土梗，説文：荄，草根也。莊子：魏文侯曰：「吾所學者真土梗耳。」旁助酸辛。

高鳥深魚，遥添怨咽。

嗚呼！精神何往，形氣安歸？苟才能有所未伸，勳庸有所未極，則其強氣，莊子：身非汝有也，是天地之委形也。天地之彊陽氣也，又胡可得而有邪！宜有異聞。玉骨化於鍾一作「終」，誤。山，搜神記：蔣子文，廣陵人也。常自謂青骨，死當爲神，漢末爲秣陵尉。逐賊至鍾山下，賊擊傷額縛之，遂死。及吴先主之初，其故吏見文乘白馬，執白羽，侍從如平生。謂曰：「我當爲此土地神，爾可宣告百姓，爲我立祠，將大啓佑孫氏。」孫主使使者封子文爲中都侯，爲立廟堂。轉號鍾山爲蔣山。按：定用此事以没而爲神祝之也，修道成神，身有玉骨，道書屢見。「鍾」或作「終」，則與上植玉事複，誤矣。秋柏實於裘氏。莊子：鄭人緩也，呻吟裘氏之地。三年而爲儒，使其弟墨。儒、墨相與辯，其父助翟。十年而緩自殺。其父夢之曰：「使而子爲墨者予也。闔胡嘗視其良，既爲秋柏之實矣？」郭注曰：翟，緩弟名。緩怨其父助弟，故感激自殺，死而見夢，謂己既自化爲儒，又化弟令墨，弟由己化而不能順己，已以良師而使怨死，精誠之至，故爲秋柏之實。陸德明曰：呻吟，學問之聲。「良」或作「垠」，音浪，冢也。言何不試視緩墓上，已化爲秋柏之實，文所用乃此也。徐氏引檀弓：柳莊死，衛公與之邑裘氏。余初采水經注澮水條下：陳留縣裘氏鄉，有澹臺子羽冢，皆非也。「秋」誤作「楸」，今正之。統玩語氣，頗有不平，豈茂元家饒於財，時小有言語之傷乎？末云「呂範久貧，冶長無罪」，亦可想見。驚愚駭俗，佇有聞焉。嗚呼！姜氏懷安之規，既聞之矣；左傳：晉公子重耳及齊，齊桓公妻之，公子安之。從者以爲不可，將行，姜曰：「行也，懷與安實敗名。」畢萬名數之慶，可稱也哉！集作「夫」。見祭薛郎中文。篋有遺經，匣藏傳劍，皆屢見。積玆餘慶，必有揚名。愚方遁跡丘園，易：賁于丘園。游心墳素。潘岳閑居賦：傲墳素之場圃。前耕後餉，左傳冀缺事。見後祭老姑文。魏志常林傳：常林，河内温人也。注引魏略曰：林少單貧，自非手力，不取之於人。性好學，漢末爲諸生，帶經耕鉏。其妻常自餽餉之，林雖在田野，相敬如賓。并食易衣。禮記：儒有易衣而出，並日而食。不忮不求，道誠有在；自媒自衒，見爲張周封啓。病或未能。枚乘七發：太子曰：「僕病未能也。」雖呂範以久貧，吳志：呂範字子衡，汝南細陽人。有容觀姿貌。邑人劉氏，家富女美，範求之。女母嫌，欲勿與，劉氏曰：「觀呂子衡寧當久貧者邪？」遂與之婚。幸冶長之無罪。昔公愛女，今愚病妻。內動肝肺，外揮血淚。得仲尼三尺之喙，論意無窮；莊子：仲尼之楚，楚王觴之。仲尼曰：「丘也聞不言之言矣，未之嘗言，於此乎言之。丘願有喙三尺。」盡文通五色之毫。書情莫既。見上兵部相公啓。又暗用恨賦、別賦。嗚呼哀哉，公其監一作「鑒」。之！

爲鄭一作「馮」，今從英華。從事妻李氏祭從父文

按：文中所敘，其人爲浙東幕官，職貢入都，而中途墜馬以死，乃權厝於東都之境。

有美吾門，實系一作「繫」。公族。李爲宗室。絳霄結蔭，皇極流輝。梁庾肩吾爲武陵王拜儀同表：臣宅慶紫霄，聯休皇極。自嚴君以交辟延榮，仲父以立朝衍慶，叔父雖禮疎五服，而義叶一作

「協」。一家。玉篇：叶，古文「協」。馬援於兒姪之間，一情無異；後漢書馬援傳：兄子嚴、敦。嚴字威卿，少孤，專心墳典，交結英賢。仕郡督郵，援常與計議，委以家事。弟敦，字儒卿，亦知名。南史：王僧虔曰：「昔馬援子姪之間，一情不異。」王華在弟兄之列，數從猶親。南史王華傳：父廞，晉時起兵敗走，不知所在。華，宋時爲侍中、護軍將軍。王琨傳：琨，華從父弟也。琨伯父廞得罪晉世，諸子並從誅，唯華得免。華，宋世貴盛，以門衰，提攜琨，恩若同生，爲之延譽。此云數從，更有事在，俟細檢。吉人寡辭，易：吉人之辭寡。君子無諍。按：英華本若此，徐刊本作「辭寡」、「無爭」。無爭固本論語，然忿諍、訟諍，屢見古書，如維摩經「化彼諸化生，令住無諍地。」世說補有孔穎達謂釋慧淨曰「佛家無諍，法師何以屢搆斯難」之類。「君子無諍」，必別有典。此謂其人素簡訥也。親、争二韻嫌疑義山必不爾。翻譯名義集：須菩提得無諍三昧。

屬者以獻賦不遇，投筆從戎。鏡水稽山，聊屈觀書之望；述異記：鏡湖，俗傳軒轅鑄鏡於湖邊，今有軒轅磨鏡石。輿地志：山陰南湖縈帶郊郭，白水碧巖，互相映發，有若圖畫，即鏡湖也。會稽記：漢順帝永和五年：會稽太守馬臻創立鏡湖，在會稽、山陰兩縣界，築塘蓄水。史記夏本紀：禹東巡狩，至于會稽而崩。左傳：晉侯使韓宣子來聘，觀書于太史氏。揚雄遺劉歆書：得觀書於石室。甬東浙右，始開傳集作「侍」，非。劍之名。吳語：越王使人告吳王曰：「寡人其達王於甬句東。」注曰：句音鉤，今句章，東海口外洲也。史記集解：賈逵曰：甬東，越東鄙；甬江東也。孔稚圭北山移文：馳妙譽於浙右。餘詳濮陽陳情表。經途幾千，去國數載，一作「歲」。爰因職貢，來奉闕庭。傳車方馳，朝露溘至。文選恨賦：朝露溘至，握手何言。禍生朽索，書：凜乎若朽索之馭六馬。釁起揚鞭。始驚香而不禁，俄折臂而無望。原註：因墜馬死，故云。魏志朱建平傳：建平善相術，又善相馬。文帝將出，取馬外入，建平遇之，曰：「此馬今日死矣。」帝將乘馬，馬惡衣香，驚齧帝膝，帝怒殺之。晉書羊祜傳：有善相墓者，言祜祖墓所有帝王氣，若鑿之，則無後。祜遂鑿之。相者見曰：「猶出折臂三公。」而祜竟墜馬折臂，位至公而無子。嗚呼！存亡恆集作「定」。理，修一作「壽」。夭常期。所悲者方次中塗，所痛者非因美疢。稅鞅英華作「稅鞍」。告痛，謝朓詩：無出稅歸鞅。肩輿一作「轝」。英華作「轝」。「輿」、「轝」同。數晨。既鍼艾之莫徵，南史袁粲傳：火艾鍼藥，莫不畢具。果含去聲。襚而斯及！已皆見前。又穀梁傳：衣衾曰襚，貝玉曰含。況乎合室，遠在海涯。一女方羈，禮內則：三月之末，剪髮爲鬌，男角女羈。註曰：夾囟曰角，午達曰羈。二子未丱。見同州任侍御啓。人生甚痛，天道奚言！恨賦：人生至此，天道寧論。

今以家國載遥，干戈未息。當在會昌三、四年間矣。尚稽歸祔，乃議從權。定鼎城東，左傳：武王克商，遷九鼎于洛邑。又：成王定鼎於郟鄏。註曰：郟鄏今河南也，武王遷之，成王定之。餘見重祭外舅文。唐六典：東都城，左成皋，右函谷，前伊闕，後邙山。南面三門，中曰定鼎，東面三門，南曰永通。永通門外，隋書地理志：河南郡舊置洛州，大業元年移都，改曰豫州。東面三門，南曰永通。南瞻嵩嶺，爾雅：山大而高崧。註曰：今中嶽嵩高山依此名。戴延之西征記：東謂太室，西謂少室，嵩其總名也。潘岳懷舊賦：前瞻太室，旁眺嵩丘。北望邙山。楊龍驤洛陽記：北邙山，古今東洛九原之地。張載七哀詩：北邙何壘壘，高陵有四五。式崇寓殯之封，且作藏神之室。必也慶延異日，時屬通年，先英華作「光」，誤。溫序之思歸，見代濮射遺表。「先」，英華作

「光」，「思」作「恩」，似非。俟臧孫之有後。見裴無私祭文。二十一姪女，早蒙慈撫，久歎違離，今又從夫山東，食貧洛水，詩：三歲食貧。將療無及，驚悲有加。敢因酒醱一作「祭酹」。之馨，聊冀精靈之降。嗚呼叔父！永鑒卑誠。

爲裴懿無私 按：唐人有姻懿之稱，如北夢瑣言，薛澤與楊鑣姻懿是也。此「懿」字，似以戚誼言。無私即裴衡乎？

祭薛郎中哀文

按：徐氏採宰相世系表「太子舍人裴懿」，而疑「無」字爲衍文，不悟世次之大遠也。今檢表有裴衡，字無私，憲宗相垍之弟輩，而思謙之兄輩也。思謙當即見唐摭言開成時科第事者，時次似可合。而本集有寄裴衡詩，疑即此無私也。史傳劉從諫之妻裴氏，爲代宗相冕之裔，其父敞。則裴與昭義爲親戚矣。題中「懿」字亦非衍文，蓋裴與薛是戚懿，或與義山亦有戚懿，且書題故爲贅字，以稍晦之耳。新書傳、通鑑：劉稹叛時，賊將薛茂卿破科斗寨，擒河陽馬繼等四大將，火十七柵，距懷州纔十餘里。以無劉稹之命，故不敢入。後以冀厚賞失望，乃密與王宰通謀。茂卿入澤州，密召宰進攻，當爲內應；宰疑，不敢進。稹知之，誘茂卿至潞州，殺之，并其族。朝廷贈茂卿博州刺史。事在會昌三年秋冬也。此薛郎中者，必茂卿兄弟，因聞茂卿爲賊用，故憂懼而死。文曰「翟虜氛興，殷楹夢起」是也。其族爲劉稹所害，故曰「殄灌宗」、「傾王氏」也，用典精妙絶倫，得據一二以參悟其全，可謂文猶史矣。裴之遠謫，當亦有所牽累。新書傳、通鑑：裴氏弟問爲積守邢州，密謀歸國，閉城斬城中大將四人，請降於王元逵。亦見舊書紀文。玩「稍脱疑網，猶罹罪罟」二語，似可推見也。所箋雖無明證，而大要必然矣。

伏惟靈佐商宣業，左傳：薛之皇祖奚仲，居薛以爲夏車正。奚仲遷于邳，仲虺居薛，以爲湯左相。朝薛傳規。左傳：滕侯、薛侯來朝，争長。公使羽父辭于薛侯曰：「寡人若朝于薛，不敢與諸任齒。」門峥層構，堂嶫崇基。玉生藍岫，見祭崔丞文。芝産銅池，漢書宣帝紀：金芝九莖，産於函德殿銅池中。梧高佇一作「駐」。鳳。用詩卷阿篇。又韓詩外傳：鳳止黄帝東園，集梧樹，食竹實，没身不去。蓮馥停龜。史記龜策傳：龜千歲乃遊蓮葉之上。有美令人，載稱清劭。見論皇太子表。訓在詩禮，見論語。又漢書韋賢敍傳：扶陽濟濟，聞詩聞禮。樂惟名教。世説：王平子、胡母彦國諸人皆以任放爲達，或有裸體者。樂廣笑曰：「名教中自有樂地，何爲乃爾也！」王謝標格，見爲張周封啓。曹劉才調。曹植、劉楨也。劉勰文心雕龍：揚、班之倫，曹、劉以下。清如濯熱之風，詩：誰能執熱，逝不以濯。明若觀朝之燎。詩：庭燎之光。傳曰：庭燎，大燭。箋曰：使諸侯早來朝。靈臺委鑒，莊子：靈臺者有持，而不知其所持。注曰：靈臺者，心也。又：聖人之心，静乎天地之鑒也。虚室融和。莊子：瞻彼闋者，虚室生白。注曰：闋，空也。白，日光所照也。喻心能空虚，則純白獨生。秋水望闊，莊子：秋水時至，百川灌河，兩涘渚崖之間，不辨牛馬。「崖」又作「涯」。春臺上多。老子：衆人熙熙，如登春臺。鄉塾掉鞅，禮記：古之教者，家有塾。左傳：樂伯曰：「掉鞅而還。」注曰：掉，正也。文林勵戈。見爲李貽孫啓，此謂文場。硯横河漢，以河、漢比硯池，謂文章奇麗。又論衡：漢作書者多，司馬子長、揚子雲，河、漢也，其餘涇、渭也。紙落煙波。潘岳楊荆州誄：翰動若飛，紙落如雲。澤宮貍首，禮記：諸侯歲貢士於天子，天子試之於射宮。又：天子將祭，必先習射於澤。澤者，所以擇士也。已射於澤，而後射於射宮，射中者得與於祭。注曰：澤，宮名也。又：諸侯以貍首爲節。棘場楊葉。棘場，棘闈也。如新書舒元輿傳：元和中，舉進士，入列棘闈，席坐廡下。戰國策：養由基去楊葉百步，射之，百發百中。箭去星慚，周禮：司弓矢，掌八矢之法，枉矢。註曰：枉矢者，取名變星，飛行有光。弓迴一作「懸」。月怯。庾信馬射賦：弓如明月對堋。

兩書上第，五辟名公。謂屢爲藩鎮從事也。名公，名德而爲公者。晉書劉兆、徐苗皆五辟公府。然此不必拘。馬卿賦雪，謝惠連雪賦：梁王授簡於司馬大夫曰：「抽子祕思，騁子妍辭，侔色揣稱，爲寡人賦之。」陳琳愈風。見濮陽公陳情表。平臺竹苑，漢書：梁孝王大治宫室，爲複道，自宫連屬於平臺三十餘里。枚乘兔園賦：修竹檀欒夾池水。水經注：睢陽城東二十里，有平臺，梁王與鄒、枚、相如之徒，極遊於其上。又曰：睢水又東南流，歷於竹圃，水次緑竹蔭渚，菁菁實望，世人言梁王竹園也。淮山桂叢。見爲張周封啓。按：曾在汴州、楚州使府。營分細柳，見賀拔員外啓。幕染芙蓉。屢見。顯備臺僚，榮從一作「徙」，非。憲秩。冠峨鐵勁，見爲同州任侍御啓。衣明繡密。漢書百官公卿表，侍御史有繡衣直指，出討姦猾，治大獄，武帝所置，不常置。雋不疑傳：武帝末，暴勝之爲直指使者，衣繡衣，持斧，逐捕盜賊。霜下端簡，風生落筆。見濮陽陳情表。庭夜烏迴，見兖州謝上表。天秋隼疾。漢書孫寶傳：立秋日，敕曰：「今鷹隼始擊，當取姦惡，以成嚴霜之誅。」帝念允一作「充」，誤。職，任於諫垣。薛蓋以幕官入爲御史，補拾遺、尚書郎中，出而守郡。以下歷敘之。依違絶想，從容敢言。攀檻而空留跡在，見論皇太子表。削藁而不見書存。漢書孔光傳：光典樞機十餘年，時有所言，輒削草藁。女史護衣，漢官儀：尚書郎入直臺廨中，給女侍史二人，皆選端正妖麗，執香爐、香囊燒熏，以從入臺，護衣服。太官供食。漢官儀：尚書郎，太官供食，湯官供餅餌五熟果實，下天子一等。伏奏多可，見祭蕭侍郎文。史記始皇本紀：制曰：可。注曰：羣臣有所奏請，天子荅之曰「可」。分曹著績。後漢書志：成帝初置尚書四人，分爲四曹。世祖分爲六曹，侍郎三十六人，一曹有六人。蔡質漢儀：尚書郎初從三署詣臺試，初上臺稱守尚書郎，中歲滿稱尚書郎，三年稱侍郎。帳暖錦麗，見絳郡公上崔相啓。闈明粉白。見絳郡公祭文。既題柱以如田，三輔決録：田鳳爲尚書郎，儀容端正，每入奏事，靈帝目送之，因題柱曰：堂堂乎張，京兆田郎。亦償金而類直。漢書直不疑傳：不疑爲郎，其同舍有告歸，誤將持其同舍郎金去。已而同舍郎覺亡，意不疑，不疑謝有之，買金償。後告歸者至而歸金，亡金郎大慚，以此稱爲長者。漢榮出牧，晉議州兵。左傳：晉於是乎作州兵。廉袴歌送，見榮陽公謝冬衣狀。劉錢贈行。後漢書循吏傳：劉寵拜會稽太守，徵爲將作大匠。有五、六老叟，自若邪山谷間出，人齎百錢以送寵曰：「自明府下車以來，狗不夜吠，民不見吏。今聞當見棄去，故自扶奉送。」寵爲人選一大錢受之。濟南之誅巨猾，漢書郅都傳：濟南瞷氏宗人三百餘家，豪猾，二千石莫能制，於是景帝拜都爲濟南守。至則誅瞷氏首惡，餘皆股栗。揚州之試諸生。漢書何武傳：武遷揚州刺史。行部必先即學官見諸生，試其誦論，問以得失。虎去江静，後漢書宋均傳：均遷九江太守。郡多虎暴，數爲民患。均到，下記屬縣。退姦貪，進忠善，一去檻穽。其後傳言虎相與東游渡江。**珠來岸明。**後漢書循吏傳：孟嘗遷合浦太守。海出珠寶，常通商販，貿糴糧食。先時守宰貪穢，珠遂漸徙於交趾郡界。人物無資，貧者餓死於道。嘗到官，革易前敝，去珠復還。高誘注淮南子「淵生珠而岸不枯」，曰：有光明，故岸不枯。互見爲李貽孫啓。**神豈好謙，**易：鬼神害盈而福謙，人道惡盈而好謙。**天寧秩禮。**書：天秩有禮，自我五禮有庸哉？傳曰：天次秩有禮，當用我公、侯、伯、子、男五等之禮以接之，使有常。**蠹華國之名品，喪士林之模楷。**後漢書黨錮傳：天下模楷李元禮。**使爲善者奪氣，求仁者解體。**左傳：諸侯聞之，其誰不解體？**已不駐乎卿雲，**見賀上尊號表。**竟何窺於洑濟。**見濮陽公奏充判官狀。以上敍其凋喪停頓之事，未可詳定。

長洲樹古，茂苑山春。漢書枚乘傳：修治上林，不如長洲之苑。服虔曰：吳苑。孟康曰：以江水洲爲苑也。韋昭曰：長洲在吳東。按：此謂蘇州，與詩集陳後宮所用不同。蓋吳都賦云：造姑蘇之高臺，臨四遠而特建。帶朝夕之濬池，佩長洲之茂苑。窺東山之府，則瓌貨溢目；覿海陵之倉，則紅粟流衍。李善注皆引枚乘上書語。曰帶、曰佩、曰窺、曰覿，正四遠之境。漢書注所云吳苑者，乃指吳王移都廣陵也。後人誤承上句，而以長洲茂苑轉屬姑蘇矣。互詳詩集陳後宮。按：茂苑，揚州、蘇州皆可用，此則定謂蘇州。**橘税既集，**任昉述異記：越多橘柚園，越人歲出橘税。宋葉夢得書傳：吳中橘，惟洞庭東西兩山最盛。**茶征是親。**元和郡縣志：湖州長城縣西北顧山，貞元以後，每歲以進奉顧山紫笋茶，役工三萬人，累月方畢。新書志：蘇州土貢柑、橘。常州、湖州土貢紫筍茶。按：茶之有税，自德宗貞元九年，鹽鐵使張滂奏請始。詳唐書。**鷁度霅而去**一作「未」，誤。**遠，**元和郡縣志：烏程縣霅溪水一名大溪水，一名苕水。自長城、安吉流至湖州城南，與餘不溪、苧溪水合，流入太湖。寰宇記：凡四水合爲一溪，曰苕溪、前溪、餘不溪、霅溪。東北流合太湖。字書云「霅」者，四水激射之聲。**鵠下亭而唳頻**。晉書陸機傳：華亭鶴唳，豈可復聞乎！元和郡縣志：華亭縣西華亭谷，陸遜、陸抗宅在其側。按：薛守吴郡，移吴興郡也。白香山集：守蘇州時，有揀貢橘書情詩，即事寄崔湖州詩，又有夜聞賈常州崔湖州茶山境會想羨歡宴詩。蓋洞庭兩山貢橘，太守親往揀之；湖州、常州貢茶，兩太守合至茶山征收。湖州府志：唐時分山造茶，宴會於啗山之懸脚嶺，有會景亭，以嶺中爲分界也。華亭屬蘇州，言移吴興，而聲息尚聞耳。徐氏疑「霅」與吴郡無涉，當改「雲」。誤矣。**翟虜氛興**，國語：晉獻公田，見翟柤之氛。餘見濮陽遺表。**殷楹夢起**。禮記：夫子曰：「殷人殯於兩楹之間。丘也，殷人也，予疇昔之夜，夢坐奠於兩楹之間。予殆將死也。」**帳入飛鵩**，見祭蕭侍郎文。又御覽引書儀曰：誼在湘南，六月三庚日，鵩鳥來。時以南方毒惡，以助太陽銷鑠萬物。是又一解也。**牀驚鬬蟻**。見祭張書記文。**鄭玄知數**。後漢書鄭玄傳：建安五年春，夢孔子告之曰：「起，起，今年歲在辰，來年歲在巳。」既寤，以讖合之，知命當終，有頃寢疾，其年卒。**阮瞻無鬼**。晉書傳：阮瞻素執無鬼論，物莫能難。忽有一客通名，談名理甚有才辨，及鬼神之事，反覆甚苦。客遂屈，乃作色曰：「鬼神，古今聖賢所共傳，君何得獨言無！即僕便是鬼。」於是變爲異形，須臾消滅。瞻默然，意色大惡。後歲餘，病卒。**終自膏肓**，見安平公遺表。**傳於骨髓**。史記扁鵲傳：扁鵲過齊，齊桓侯客之。入朝見，曰：「君有疾在腠理，不治將深。」桓侯曰：「寡人無疾。」後五日，曰：「君有疾在血脈。」後五日，曰：「君有疾在腸胃間。」後五日，扁鵲望見桓侯而退走。曰：「疾之居腠理也，湯熨之所及也；在血脈，鍼石之所及也；在腸胃，酒醪之所及也；其在骨髓，雖司命無奈之何。今臣是以無請也。」桓侯遂死。嗚呼哀哉！

丹霄萬里，建木千尋。見爲柳珪啓。坦坦清路，幢幢一作「曈曈」。翠陰。三襲臺迴，一作「迴」，誤。爾雅釋丘云：三成爲崐崘丘。注曰：崐崘丘三重。又釋山云：三襲，陟。註曰：襲亦重。水經注：崐崘説曰：崐崘之山三級：下曰樊桐，一名板松，二曰玄圃，一名閬風，上曰增城，一名天庭。是謂太帝之居。九重禁深。屢見。中懸旒扆，謂冕旒黼扆。下集華簪。無非東箭，盡是南金。見同州謝辟啓。或扶傾作棟，或望旱爲霖。見上時相啓。顯允明公，詩：顯允方叔。宜膺百福。夜暗神昧，天長景促。青女變霜，淮南子：秋三月，青女乃出，以降霜雪。羲和納旭。悄隨掌以銷璣，劉琨答盧諶詩序：夜光之珠，何得專玩於隨掌？詳見下祭呂商州文。慨周閑之喪騄。穆天子傳：天子命駕八駿之乘，右服華留，而左騄耳。餘見謝飛龍馬狀。永惟清族，本富才人。有弟則陸，見獻韓郎中啓。無兄不荀。後漢書荀淑傳：淑有子八人：儉、緄、靖、燾、汪、爽、肅、專，並有名稱，時人謂「八龍」。初，荀氏里名西豪，潁陰令苑康以昔高陽氏才子八人，改其里曰高陽里。原鴒奕奕，見祭崔丞文。沼雁馴馴。「沼雁」，借用梁園雁池。餘見上蕭侍郎啓。珩奇動楚，晉語：楚王孫圉聘于晉，趙簡子問曰：「楚之白珩猶在乎，其爲寶也幾何矣？」璧貴傾秦。見祭崔丞文。永矣彼蒼，胡然人事！但續椿壽，已見滎陽公進冬銀狀。又按：莊子本文，大椿之上，有曰：「楚之南有冥靈者，以五百歲爲春，五百歲爲秋。」此句是假借取義，言冥然者反多壽也。徒高鶴位。左傳，狄人伐衛。衛懿公好鶴，鶴有乘軒者。將戰，國人受甲者皆曰：「使鶴，鶴實有禄位，余焉能戰！」摧壓光價，淹舊作「掩」，誤。淪聲味。毗尼藏經：聲、色、香、味、觸、法，能坌污人之淨心，故云六塵。此言俱歸淪滅。潁不濁而殄灌宗，見陳許謝上表。淮未絶而傾王氏。晉書王導傳：初，導渡淮，使郭璞筮之，曰：吉，無不利。淮水絶，王氏滅。其後子孫繁衍，竟如璞言。某集有「甲」字。按：一有甲字者，當時諱之，故曰某甲也。因承中外，後漢書列女傳，文姬詩曰：又復無中外。南史謝弘微傳：中外姻親。獲奉恩知。通孔李道德之舊，見爲任侍御啓。兼盧劉姻戚之私。文選劉琨答盧諶詩：郁穆舊姻，嬿婉新婚。善曰：臧榮緒晉書，琨妻即諶之從母。諶贈琨詩：申以婚姻，著以累世，義等休戚，好同興廢。向曰：婚姻謂諶妹嫁琨弟。鑄顔有契，見爲舉人啓。全趙爲期。見爲張周封啓。静龍門之風水，見爲張評事啓。剸羊腸之嶮巇。見爲河南盧尹表。皆暗指晉地。空欲銘恩，何酬樹德？書泰誓：樹德務滋。庇孤根於高援，國語：董叔將取於范氏曰：「欲爲繫援焉。」此言結姻也。許嘉姻於弱植。左傳：子産曰：「陳，亡國也，其君弱植。」將歡宋子，詩：豈其取妻，必宋之子。俄放湘南。湘南，長沙衡陽之境。綬黄楚徼，後漢書輿服志：四百石、三百石、二百石黄綬，淳黄。鬒一作「鬢」。白昭潭。水經注：湘水北過臨湘縣，逕石潭山西。又北逕昭山西，山下有旋泉，深不可測，故言昭潭無底也，亦謂之湘州潭。歸止未卜，詩：既曰歸止，曷又懷止？棄予是甘。詩：將安將樂，棄予如遺。許靖之悲方極，見祭竇端州文。王粲之憂不堪。王粲登樓賦，登茲樓以四望兮，聊暇日以銷憂。許靖謂薛。王粲，裴自謂。猶辱一作「如」。重言，將敦故約。玉無改行，周語：改玉改行。注曰：佩玉所以節行步也。尊卑遲速有節，服其服器，行其禮。此以珮玉不改，行亦不改取意。金不如諾。見爲張周封啓。勗大義於幽沉，軫遐心於漂泊。使者尚在，凶書已來。雁足空遠，魚腸庾信謝滕王集序啓：魚腸尺素，鳳足數行。不回。漢書蘇武傳：天子射上林中，得雁，足有繫帛書。古詩：客從遠方來，遺我雙鯉魚。呼兒烹鯉魚，中有尺素書。王僧孺詩：尺素在魚腸，寸心憑雁足。言空煩使者遠來，而竟不及作報書矣。淚和峽雨，詩：泣涕如雨。哭振巴雷。世説：顧長康拜桓宣武墓，哭之，聲如震雷破山，淚如傾河注海。按：上文楚徼、昭潭，指郴州也。郴在衡山之南，與嶺、廣接；澧州在郴州西北千餘里，較近巴陵、巫峽也。下文方云去郴移澧，而此乃云「峽雨」、「巴雷」。其凶書之來，及一切蹤跡，不可妄爲之解也。孰澆枯鮒，見爲張周封啓。誰熱寒灰？見濮陽遺表。今則言去郴江，漢書志：桂陽郡郴縣耒山，耒水所出，西至湘南入湖。十三州志：日華水出郴縣華山，西至湘南縣入湘。舊書志：郴州，桂陽郡理郴縣。當移澧浦。九歌：遺余珮兮澧浦。水經：澧水出武陵充縣西，歷山東，過零陽縣，作唐縣，至長沙下雋縣入江。注曰：澧水注于洞庭湖，謂之澧江口也。舊書志：澧陽郡治澧陽縣。按：舊書，郴州、澧州，皆江南西道。新書，郴州江南西道，澧州山南東道。稍脱疑網，大般涅槃經，汝今所有疑網毒箭，我善拔出。猶罹罪罟。念申一作「深」，誤。慟以無期，豈沈寃之可吐！嗚呼哀哉！

執紼路阻，見祭崔丞文。佳城望睠。史記夏侯嬰傳，索隱引博物志曰：公卿送嬰葬，至東都門外，馬不行，跼地悲鳴，得石槨，有銘曰：「佳城鬱鬱，三千年見白日，吁嗟滕公居此室。」乃葬之。三輔故事曰：俗謂之馬冢。按：西京雜記作滕公生時事，滕公曰：「嗟乎天也，吾死其即安此乎！」死遂葬焉。今以索隱、藝文類聚較可信，故據之。凌空乏翼，上漢無槎。見陳許謝上表。或期他日，式返中華。認楊一作「羊」。公之石馬，西京雜記：

陳縞入終南山採薪，見張丞相墓前石馬。水經注：譙城南有曹嵩冢，東西列對兩石馬。徐曰：後漢書楊震傳：先葬十餘日，有大鳥高丈餘，集震喪前悲鳴，淚下霑地。葬畢，乃飛去，於是時人立石鳥象於其墓所。注引謝承書曰：其鳥五色，高丈餘，翼長二丈三尺，人莫知其名也。此文「石馬」當作「石鳥」，蓋冢前石馬，所在多有，何必楊公？故知「馬」爲「鳥」字之誤。「楊」一作「羊」，亦謬。按：徐説似是，然俟再考。「楊」、「羊」，漢時可通用，非謬也，見重祭外舅文。撫周當作「州」。苞之辟邪。漢書西域傳：烏弋山離國有桃拔。孟康曰：桃拔一名符拔，似鹿，長尾，一角者或爲天鹿，兩角者或爲辟邪。後漢書靈帝紀注：今鄧州南陽縣北有宗資碑，旁有兩石獸，鐫其膊，一曰天禄，一曰辟邪。水經注：滍水東逕犨縣故城北，出於魚齒山下，水南有漢中常侍長樂太僕吉侯苞冢。冢前有碑基，西枕岡城，開四門，門有兩石獸，墳傾墓毀，碑獸淪移。人有掘出一獸，猶全不破，甚高壯，作制甚工，左膊上刻作「辟邪」字。其碑云：六帝四后，是諮是諏。蓋仕自安帝，没于桓后。謹按：今武英殿聚珍版，取永樂大典校正水經注，作吉成侯州苞冢，則「周」當作「州」也。後漢書宦者曹騰傳：桓帝得位，騰與長樂太僕州輔等七人，以定策功，皆封亭侯，騰爲費亭侯。宋趙明誠金石録：吉成侯州輔碑，名字已殘闕，其額題曰：「漢故中常侍長樂太僕吉成侯州君之銘。」輔名姓見范氏後漢書。此碑載當時詔書云「其封輔爲葉吉成侯」，以此知其名輔。而注水經云吉成侯州苞冢，其詞云「六帝四后，是諮是諏」。今驗銘文，實有此語，獨以輔爲苞，蓋誤，當取漢史及此碑爲正。余得州君墓碑，意墓石左膊「辟邪」字猶存。託人訪求之，踰年持以見寄。其一「辟邪」，道元所見也；其一乃「天禄」，字差大，皆完好可喜。按：洪氏隸釋亦載之。蓋封輔爲葉之吉成亭侯，輔即苞也，或輔名而苞字，碑闕弗可考矣。隸釋詳載碑陰州姓者乃十有三人。廣韻：州，姓。左傳晉州綽。集古録、金石録、隸釋皆云「漢人假用，雖姓氏亦假用之」，則「州」、「周」亦可假用。按：漢書古今人表：華州即華周。亦爲切證。

況良治規存，遺經業在。見爲河東公啓。臧孫有後，左傳：桓公二年，取郜大鼎于宋。臧哀伯諫。周内史聞之曰：「臧孫達其有後于魯乎？君違不忘諫之以德。」魏萬必大。左傳：賜畢萬魏。卜偃曰：「畢萬之後必大。萬，盈數也；魏，大名也。以是始賞，天啓之矣。」敢期陋質，終託餘光。漢書王莽傳：誠上沐陛下餘光。韋平之紹續無望，見爲李貽孫啓。按宰相世系表，裴氏宰相甚多。此取相門出相之意。秦晉之婚姻豈忘？按：左傳，晉、秦屢爲婚姻，吕相絶秦曰：「我獻公及穆公相好，申之以盟誓，重之以婚姻也。」薛郎中自圖速死，其女昔許字裴，恐有變計，特遣使以敦夙約。使來之後，薛尋卒矣。故詳述其事，以報死者。絮酒無幾，謝承後漢書：徐穉諸公所辟，雖不就，有死喪負笈赴弔。嘗於家豫炙雞一隻，以一兩綿絮漬酒中，暴乾以裹雞，徑到所起冢墜外，以水漬綿使有酒氣。斗米飯，白茅爲藉，以雞置前，醊酒畢，留謁則去，不見喪主。生芻是將。後漢書徐穉傳：郭林宗有母憂，穉往弔之，置生芻一束於廬前而去。辭多失次，淚一作「涕」。數無行。冀桂旌之不遠，降蘭佩之餘芳。並見祭北源神文。嗚呼哀哉，尚饗！

爲外姑隴西郡君祭張氏女文

爾雅：妻之母爲外姑。隴西郡君，王茂元妻李氏封號。餘辨詳祭張書記文。

吾配汝先世，二十餘年。按：茂元卒於會昌癸亥年，當六十九歲。逆數二十餘年，則爲元和之季，時茂元四十餘矣，郡君必爲繼室也。七女五男，此必有原配所遺、側室所出者。撫之如一。往在南海，舊書志：秦置郡，一曰南海。唐置廣州都督府，治南海縣，即漢番禺縣。令子云亡。藐爾兩孤，徐刊本作「姑」，非。未勝多難。提挈而至，禮記王制：斑白者不提挈。踰涇涉河。十年之間，母子俱盡。按：太和七年，茂元鎮廣州，其先元和十五年，牧歸州。通玩上下文，則「令子」者，似茂元長子，子死而遺兩孫，十年間，兩孫與其母，又俱死矣。似與張氏女同爲元配所産，故承上七女五男而先敍之也。下文云介婦而不及冢婦，可以參悟。自太和七八年至會昌時，正十餘年。念汝差長，慰吾最深。女德婦容，禮記昏義：教以婦德、婦言、婦容、婦功。光映姻表。北史楊津傳：宗族姻表，罕相參候。秭歸爲牧，詳漢陽陳情表及祭楊郎中文。官閑俸優。實獲我心，用一作「因」。選良對。女之許字張氏，在茂元牧歸州時。笄旒纚纚，離騷：索胡繩之纚纚。環珮鏘鏘。螽斯鳳皇，詩序：螽斯，后妃子孫衆多也，言若螽斯不妬忌，則子孫衆多也。左傳：懿氏卜妻敬仲，其妻占之，曰：吉。是謂鳳皇于飛，和鳴鏘鏘。兩有深慶。

汝夫一作「天」。文章，播於友朋。身否命屯，久而不第。郎寧合浦，詩：歸寧父母。漢書地理志：合浦郡，武帝元鼎六年開。通典：廉州合浦郡，理合浦縣。萬里乖離。汝寄京師，當謂東京，非西京也，故下云來岐下。食貧終歲。頃吾南返，又往朝那。見濮陽陳情表。汝實從夫，適來岐下。舊書志：鳳翔府，武德時爲岐州。所屬縣有岐陽、岐山。茂元鎮涇原，在太和九年十月，則張赴鳳翔，必開成元年事。道途雖邇，面集猶妨。金馬碧雞，華陽國志：蜻蛉縣碧雞、金馬，光影倏忽，民多見之。有山神，漢宣帝遣蜀郡王褒祭之。欲致雞馬。按：事見漢書郊祀志，此則誤以爲陳倉寶雞也，陳倉屬鳳翔府。餘詳詩集寄令狐學士。長懸魂夢。及登農揆，農，司農卿也。揆，端揆，僕射也。據此則加僕射，亦在武宗初立時。去赴天朝。汝罷蒲津，通典：蒲州河東郡，唐虞所都蒲坂也。河東縣有蒲津關。元和郡縣志：河東郡改爲河中府。蒲坂關一名蒲津關，在河東縣西四里，造舟爲梁，其制甚盛。聿來胥會。朝堂夜閤，曲榻温爐。稚子雛孫，滿吾懷抱。汝時不佑，忽爾孀殘。撫視冤傷，載慟心骨。

旋移許下，念汝支離。卜室築居，言遷潁上。左傳：諸侯遷於制田，知武子佐下軍，以諸侯之師侵鄭，至于鳴鹿。遂侵蔡，未反，諸侯遷于潁上。鄭子罕宵軍之。按：諸侯伐鄭也。杜注：熒陽宛陵縣東有制澤，陳國武平縣西南有鹿邑。而潁上無註。子罕夜襲諸侯之軍，則潁上在陳、鄭之間，春秋時鄭境也，文是用此。元和郡縣志：潁州汝陰郡，許州潁川郡、陳州淮陽郡所屬諸縣，多有潁水經流者，此則爲陳州所屬之境，故下云「言自淮陽也」。徐氏專引「汝陰郡屬之潁上縣」，非矣。潞童作孽，使節啓行。崎嶇關山，漢書陸賈傳：崎嶇山海間。暴露戎旅。漢書宣帝記：詔曰：軍旅暴露。汝失所怙，謂茂元卒於軍。吾猶未亡。左傳：而置于未亡人之側。念汝弟昆，莫任堂構。屢見。牽哀挽痛，媮此殘生。日往月來，旋更歲序。「旋更歲序」，則張氏女於會昌四五年卒也。吾哀汝少，吾病汝強。誰謂一朝，汝先吾逝，五男未冠，二女未笄。哀憤之深，難全一作「念」，非。禮道。章兒盧七，徐曰：謂張氏女二子。取以依吾。汝夫先丘，遠在江渚。羣從之内，晉書王凌傳：羣從一門，並相與服事。字屢見。官名且稀。劉四頃年，四字未詳，當亦張氏女之子，以幼稚不能返葬。固難返葬。始議權厝，遂得嘉占。白馬呈祥，眠牛薦吉。見祭叔父文。里名三趙，地爾九城。太平寰宇記：丙吉墓在雍州萬年縣南二十里三趙村。長安志：三趙城在高原之上，即所謂鴻固原。按：京師九門，故曰九城。見太倉箴。「爾」與「邇」通。明人趙崡石墨鐫華云：漢宣帝杜陵下爲三趙村，猶存古名矣。風水無虞，巒岡信美。葬於所始，郭璞葬經，故葬者，葬其所始。古爲達生。將命來雲，自我爲祖。爾雅：玄孫之子爲來孫，來孫之子爲晜孫，晜孫之子爲仍孫，仍孫之子爲雲孫。今汝之柩，斯焉是歸。

嗚呼！言自淮陽，陳州，已見上。已臨洛宅。遷柩已至洛，將往長安。素棺丹旐，蔡邕陳太丘碑：時服素棺，椁財周櫬。託宿城隅。盤具杯醪，儼然已備。吾將臨汝，用雪沈冤。介婦諸孫，禮記：介婦請於冢婦。憂吾衰齒。俯令推測，云有相妨。俗忌巫言，吾非甚信。牽衣擁路，漢樂府：兒女牽衣啼。固不可違。一作「遲」，誤。女使僕奴，寄辭而往。肝腸兼潰，血淚無行。

嗚呼！曩昔容華，生平淑婉，漠然不見，永矣何歸？將籍掛諸天，「諸天」，釋、道家語。遥歸真路？將福興靜域，須赴上生？南史庾詵傳：晚年尤遵釋教，夜中忽見一道人，呼詵爲上行先生，授香而去。亡年七十八。舉室咸聞空中唱「上行先生已生彌陀靜域矣」。將爲釁累所招，遂淪幽界？將是療治不至，枉喪韶年？千惑一作「感」。裝懷，萬疑疊慮。觸途氣結，曹植詩：念我平生居，氣結不能言。舉目心摧。天實爲之，復將何訴？嗚呼汝弟！言護靈轜，說文：轜，喪車。轜、輀同。自始及今，必誠必信。棺衾華好，封隧幽深。永從汝夫，以安玄路。寃摧債結，殆集作「文」。不勝書。嗚呼有靈，領吾此意！

祭呂商州文

舊書志：山南西道商州上洛郡。新書志：屬關内道。徐曰：似代鄭亞，故有三湘、五嶺之語。按：新書藝文志：呂述黠戛斯朝貢圖傳一卷。注曰：字修業，會昌秘書少監，商州刺史。必即此人也。玩隋岸、伊川數聯，是呂與鄭少年同在汴州洛陽，以文章相切劘，似未第而已在人幕也。鄭亞，元和十五年擢進士第，呂與之同年。後又同在幕中，鄭爲文饒賞識，而文中所敍，詞意深摯。則呂必亦爲文饒所賞。中間參差萋菲，紛綸推斥，謂黨局之翻覆。亞爲文饒浙西從事，而文中不之及，其所敍者似荊南、西蜀。未知其中果有爲文饒出鎮時否，無可追尋核實矣。

惟靈族光鈞渭，見賀相國啓。慶顯歌齊。左傳：吳公子札請觀于周樂，爲之歌齊，曰：「美哉泱泱乎，大風也哉，表東海者，其太公乎？」竹分東箭，屢見。玉奪南珪。按：開山圖：禹開宛委山，得赤珪如日，碧珪如月，長尺二寸。南珪似用此，猶云東箭、南金也，非僅周禮六玉、南方日璋之義。委蛇霄路，詩：退食自公，委蛇委蛇。睥睨雲梯。漢書竇田灌夫傳：辟睨兩宮閒。師古曰：辟睨，傍視也，辟本作「睥」。玉篇：睨，魚計切。説文云：衺視也。睥，普計切，左睥右睨。謝靈運詩：共登青雲梯。淺牙洞鼠，釋名：弩柄曰臂，鈎弦者曰牙。魏志杜襲傳：臣聞千鈞之弩，不爲鼷鼠發機。短刃分犀。王褒聖主得賢臣頌：干將，水斷蛟龍，陸剸犀革。古聖堂奥，後漢書班固傳：窮先聖之壼奥。前賢町畦。莊子：彼且爲無町畦，亦與之爲無町畦。湔腸效藥，史記扁鵲傳：虢中庶子曰：「上古時，醫有俞跗，湔浣腸胃，漱滌五藏。」刮膜留篦。涅槃經：有盲人請良醫，醫即以金篦刮其眼膜。彈琴而放臣見釋，左傳：晉侯觀于軍府，見鍾儀問曰：「南冠而縶者誰也？」有司對曰：「鄭人所獻楚囚也。」使稅之。問其族，對曰：「伶人也。」使與之琴，操南音。公使歸求成。買賦而妬后還闈。長門賦序：孝武皇帝陳皇后得幸，頗妬。別在長門宮，愁悶悲思，聞司馬相如天下工爲文，奉黄金百斤爲相如、文君取酒。相如爲文以悟主上，皇后復得幸。按：前輩謂此文爲後人擬作。

既步京國，亦薦鄉里。與田蘇游，左傳：晉韓獻子告老，公族穆子有廢疾，將立之。辭曰：「無忌不才，請立起也。與田蘇游，而曰好仁，立之可乎？」有太叔美。左傳：北宮文子言于衛侯曰：「子太叔美秀而文。」鄴都才運，見爲柳珪啓。洛陽年齒。見祭宣武王尚書文。何晏神仙，魏志：何晏少以才秀知名。初學記何晏別傳曰：晏年七八歲，慧心天悟，形貌絶美，出遊行，觀者盈路，咸謂神仙之類。張良女子。史記留侯贊：余以爲其人計魁梧奇偉，至見其圖，狀貌如婦人好女。禮闈之擅譽也如彼，册府之傳名兮若此！按：册府元龜：長慶元年，賢良制科吕述及第。文中册府傳名，指此。囊成内殿之帷，漢書東方朔傳：孝文皇帝集上書囊，以爲殿帷。書貴皇都之紙。晉書文苑傳：左思三都賦成，豪貴之家競相傳寫，洛陽爲之紙貴。中臺南省，屢見。諫署戎藩。才難價重，政舉人存。

蓮池易曉，屢見。蘭圃多暄。嵇康琴賦：三春之初，乃攜友生，涉蘭圃，登重基。以蘭比朋友，謂同在幕僚。涵波獨躍，弄影孤翻。王粲樓中，嘗經暇日；見祭薛郎中文。揚雄宅裏，幾弔遺魂。成都記：縣有嚴君平、司馬相如、揚雄宅，草玄亭遺跡尚存。按：遺魂即指揚雄。徐氏引雄作反離騷以弔屈原爲證，與文意左矣。以上歷言其成進士，官秘省，洊爲御史、郎官，出居使府也。似在荆南、西蜀。參差覯閔，詩：覯閔既多，受侮不少。萋斐成寃。詩：萋兮斐兮，成是貝錦。漢庭毁誼，漢書賈誼傳：乃毁誼曰。餘已見祭宣武王尚書文。又按王氏困學紀聞曰：宋景文云：「賈生思周鬼神，不能救鄧通之譖。」攷之漢史無之，蓋誤，乃近人閻百詩引風俗通義：誼與鄧通俱侍中同位，惡通爲人，數廷譏之，由是遷長沙王太傅。渡湘水，弔屈原，亦自傷爲鄧通所愬也。今愚檢史、漢，孝文帝在位先後共二十三年，賈誼死於文帝十二年，年三十三。其先被召爲博士，年二十餘也。誼至長沙三年，乃爲鵩賦，首云「單閼之歲」，係文帝六年。則其由京出傅長沙，乃文帝三四年也。鄧通雖未詳其年，然文帝初數年，斷無遽幸鄧通之理。閻所引者誣僞，不可信也，因附辨之。楚國讒原。史記屈原列傳：上官大夫心害其能，讒之。王怒而疏屈平。又曰：令尹子蘭聞之大怒，卒使上官大夫短屈原於頃襄王。遷之江濱。建禮門内，明光殿外，屢見。直金既肆於猜疑，見裴無私祭文。魏被竟從於沙汰。見安平公謝除表。蒙犯霜露，左傳：子太叔曰：「跋涉山川，蒙犯霜露。」支離埃壒。莊子：支離其形者，猶足以養其身，終其天年，又況支離其德者乎！班固西都賦：軼埃壒之混濁。厲山遥鬱於朝嵐，三皇本紀：神農本起烈山，故左傳稱烈山氏。亦曰厲山氏。禮曰：厲山氏之有天下。注曰：厲山，今隨之厲鄉也。廣韻：嵐，山氣也。溠水旁奔其素瀨。左傳：除道梁溠，營軍臨隨。注曰：溠水在義陽厥縣西。嵇康酒會詩：朝翔素瀨，夕棲靈洲。説文：瀨，水流沙上也。猶懷毒草，過農井以低窺；淮南子：神農嘗百草之滋味，一日而七十毒。荆州圖記：厲鄉東有石穴，高三十丈，長二百丈，謂之神農穴。餘互詳賽堯山文。尚憶神珠，向隨臺而獨爵。淮南子：隨侯之珠。高誘曰：隨侯見大蛇傷斷，以藥傅而塗之。後蛇於江中銜大珠以報之，蓋明月珠也。後漢書志：南陽郡隨縣西，有斷蛇丘。搜神記，蛇銜珠徑盈寸，純白而夜光，可以燭堂。寰宇記：隨縣有隨侯堂。按：「堂」與「臺」同。徐曰：厲山至此，謂吕自省郎謫官隨州。按：即切其地，兼寓排擯愛護之意，蓋指黨局。渚宮貳尹，見祭張書記文。新書志：江陵府尹一人，少尹二人，掌貳府州之事。徐曰：謂自隨遷江陵府少尹也。相府中郎。南史朱修之傳：宋元嘉中，累遷司徒從事中郎。文帝謂曰：「卿曾祖昔爲王導丞相中郎，卿今又爲王弘中郎，可謂不忝爾祖矣。」按：少尹詳爲賀拔啓矣。此以故相鎮江陵，而吕爲之貳，兼幕職，故曰相府中郎也。舊書李程傳，元和中爲西川節度行軍司馬。新書傳：李夷簡鎮西川，辟成都少尹。則少尹以行軍司馬爲之，可以類證。將申蠖屈，易，尺蠖之屈，以求信也。欲復鴛行。朱轓意氣，皂蓋輝光。並見爲懷州表。訓説則馬季長之居南郡，後漢書馬融傳：融字季長，桓帝時爲南郡太守。又：著春秋三傳異同説。注孝經、論語、詩、易、三禮、尚書。風流則殷仲文之守東陽。晉書殷仲文傳：仲文素有名望，自謂必當朝政。怏怏不得志。忽遷爲東陽太守。庾信枯樹賦：殷仲文風流儒雅，海内知名。代異時移，出爲東陽太守。

劉寵一錢，見爲裴祭薛文。鄧攸五鼓。晉書良吏傳：鄧攸守吴郡，爲中興良守。後去職，吴人歌之曰：紞如打五鼓，鷄鳴天欲曙。鄧侯挽不留，謝令推不去。遂解郡符，來登書府。孔安國尚書序：藏之書府，以待能者。按：當入爲秘書省監或少監。儒林文囿，漢書成帝紀：詔曰：儒林之官，四海淵源。餘見兗州奏充判官狀。瑶山瓊圃。鉛槧朝閲，見祭宣武王尚書文。芸籤夜數。見安平公謝除表。瓜當鄭灼之心，南史：鄭灼字茂昭，勵志儒學。少時，嘗夢與皇侃遇，侃謂曰：「鄭郎開口。」侃因唾灼口中，自後義理益進。常蔬食，講授多苦心熱，若瓜時，輒偃臥以瓜鎮心，起便讀誦。**錐在蘇秦之股。**戰國策：蘇秦讀書欲睡，引錐自刺其股，血流至足。**是從佐理，於彼東周。**當遷東都少尹。**雷喧洛派，雲納**一作「電掣」。**嵩丘**皆見前。**玉泉嘉月，**徐曰：「玉泉」，未詳。新書王綝傳：武后幸玉泉祠。疑即其地。按：王綝即王方慶。舊傳云則天嘗幸萬安山玉泉寺，方慶以山徑危懸，諫止之。新書志：河南府壽安縣西南四十里萬安山。則玉泉即在其地，蓋即噴玉泉也，徐氏未細考，而又疑非噴玉，疎矣。**金谷清秋。**石崇金谷詩序：余有別廬在河南縣界金谷澗中，或高或下，有清泉、茂林，衆果、竹柏、藥草之屬，莫不畢備。水經注：穀水又東，左會金谷水。水出大白原，東南流歷金谷，又東南逕晉衛尉石崇之故居也。**陳思王之羅韈，**洛神賦：凌波微步，羅韈生塵。**郭有道之仙舟，**見爲薛從事啓。**不無賦詠，聊以優游。**

漢入嶢關，漢書高祖紀：沛公攻武關入秦。秦子嬰遣將將兵拒嶢關。沛公引兵繞嶢關，踰蕢山，大破之。遂至藍田。太康地理志：嶢關在武關之西。**晉分陰地。**左傳：晉趙盾自陰地侵鄭。又：蠻子赤奔晉陰地，楚司馬販起豐析與狄戎，以臨上洛。使謂陰地之命大夫士蔑曰：「將通于少習以聽命。」注曰：陰地，河南、山北，自上洛以東至陸渾。又曰：少習，商縣武關也。將大開武關道以伐晉。水經注：丹水自商縣東南流，歷少習出武關。京相璠曰：楚通上洛，阸道也。按：嶢關、陰地皆商州境。嶢山之關在上洛北，藍田南也。三晉時，陰地屬韓。蘇秦説韓宣惠王曰：「西有宜陽、商阪之塞。」**藉賢太守之政，有古諸侯之貴。**謂遷商州刺史。**載揚筆陣，**王右軍題衛夫人筆陣圖後：夫紙者，陣也，筆者，刀矟也；墨者，鍪甲也；硯者，城池也；本領者，將軍也；心意者，將副也。**復清劍氣。**

見上范陽公啓。長卿消渴，見爲李詒孫啓。士安風痺。晉書皇甫謐傳：年二十，始就鄉人席坦受書。帶經而農，博綜百家，以著述爲務。後得風痺疾，猶手不輟卷。逝川幾歎於不迴，朝露俄聞於溘至。

嗚呼！昔也風塵投分，平生少年。雕龍競巧，見爲柳珪啓。倚馬争妍。見彭陽公遺表。開襟隨岸，見崔從事寄彭陽公啓。謂汴州也。促膝伊川。南史王瞻傳：嘗詣劉彦節，直登榻曰：「君侯是公孫，僕是公子，引滿促膝，惟余二人。」左傳：辛有適伊川。月中乃共誇科桂，虞喜安天論：俗傳月中有仙人桂樹。餘詳謝宗卿啓。池裏亦相矜幕蓮。屢見。謂同登第，同在幕。劉樗屢擲，晉書劉毅傳：後於東府聚樗蒲大擲，一判應至數百萬。又何無忌傳：劉毅家無儋石之儲，樗蒲一擲百萬。畢甕多眠。晉書：畢卓爲吏部郎，比舍郎釀熱，卓因醉，夜至其甕間盗飲之。醉卧其下，爲掌酒者所縛。終以世務一作「路」。紛綸，物情推斥。撫事傷年，減歡加戚。按：鄭亞爲李相從事之後，人多嫉忌，久之不調，會昌初始入朝。吕商州當亦被黨局之累，可以互會。路泣楊朱，見崔福寄彭城公啓。絲悲墨翟。淮南子：墨子見練絲而泣之，爲其可以黄，可以黑也。縱風至而音來，竟月同而地隔。見爲山南啓。

逮予廉部，及子頒條。吕君當亦於大中元年至商州。華樽旨酒，綺席嘉肴。文選陸倕石闕銘：棼其綺席。善曰：六韜曰：「紂時，婦人以文綺爲席，衣以綾紈者三千人。」各懸章綬，俱失簞瓢。雖論金而契在，易：二人同心，其利斷金。終照玉而顔凋。玉貌、玉顔，習用語。子牟之思魏闕，見懷州謝上表。望之之憶漢朝。見汝南賀赦表。誠知舌在，史記張儀傳：嘗從楚相飲，已而楚相亡璧，門下意張儀。掠笞數百，不服，釋之。其妻曰：「嘻！子毋讀書游説，安得此辱乎？」張儀謂其妻曰：「視吾舌尚在不？」妻笑曰：「舌在也。」儀曰：「足矣。」不覺魂消。江淹別賦：黯然銷魂者，唯別而已矣。書斷三湘，湘中記：湖嶺之間，湘水貫之，無出湘之右者，凡水皆會焉。與瀟水合，則曰瀟湘；與蒸水合，則曰蒸湘，與沅水合，則曰沅湘。哀聞五嶺。見濮陽陳情表。天涯地末，高秋落景。重疊憂端，似寓李相失勢之懼。縱横淚綆。王粲詩：涕下如綆縻。漏虬夜促，孫綽漏刻銘：靈虬吐注，陰蟲承寫。隙駒朝騁。見代僕射遺表。怨藻續之無睢，見爲舉人啓。惜陽春之亂郢。見謝河東公啓。言念令季，託余屬城。陸機吴趨行：屬城咸有士。鴒原鴈序，昔日懽情；鑾圻瘴嶠，今朝哭聲。慜支體遽亡於手足，見上范陽公啓。況兄弟不如其集作「於」。友生。詩：雖有兄弟，不如友生。

嗚呼！厚夜依臺，窮泉訪路。夜臺泉路，哀輓習語。已已金骨，按文選鮑明遠代君子有所思：蟻壤漏山阿，絲淚毁金骨。「山阿」，李善作「山河」，注引傅休奕口銘曰：蟻孔潰河，溜穴傾山。而金骨之堅，喻親之篤者。又引鄒陽上書曰：衆口鑠金，積毁銷骨。今玩本詩，只言貴人身死之事，非指讒言，必當作「山阿」方合。金骨，道家常語，如李白感興詩「西山玉童子，使我鍊金骨」之類，至十洲記「仙人食扶桑之椹，一體皆作金光色」，意亦同，而無「骨」字，徐氏引之，而改「一體」爲「體骨」，謬也。嗟嗟玉樹。見代李玄文。莫和哀挽，空陳薄一作「奠」。具。銜萬里之遐誠，託千辭之寄喻。異時松楸枯朽，羊虎傾頽。水經注潁水條下曰：汝水别瀆又東逕蔡岡北，岡上有平陽侯相蔡昭冢。冢有石闕，闕前有二碑，碑字淪碎，不可復識，羊虎傾低，殆存而已。又睢水條下曰：睢陽縣漢太尉喬公墓，冢東有廟，廟南立二柱，有二石羊、二石虎；廟東北有石駝，有二石馬。又瓠子水條下曰：成陽縣有仲山甫冢。冢西有石廟，羊虎傾低，破碎略盡。草宿苔厚，禮記：朋友之墓，有宿草而不哭焉。門平闕摧。詩：墓門有棘、墓門有梅。山謙之丹陽記：大興中，議者言「漢司徒許或墓闕，可徙施之」，王茂弘弗欲。按：「或」字疑。「墓闕」，漢碑中習見。尚期越禮，顔延之五君詠：越禮自驚衆。用寫餘哀。靈今不昧，儻或來哉。

祭長安楊郎中文

舊書楊虞卿傳：虞卿從兄汝士。汝士弟魯士，字宗尹，本名殷士。長慶元年，進士擢第，詔翰林覆試，落下，因改名魯士。後登制科，位不達而卒。新書宰相世系表：魯士，長安令。舊書職官志：諸司郎中從五品，上階。長安縣令正五品，上階。文苑英華有授兵部郎中楊魯士長安縣令制。按：此亦代鄭亞作。楊漢公移鎮浙東，亞代之鎮桂管，見狀文。此云「繼組餘芳」是也。鄭亞與楊氏，黨不同而交情故不相礙。

年月日，謹以云云之奠，祭於宗尹郎中之靈。昔莊南華之言物故，則曰若巨室之偃人；舊書紀：天寶元年，莊子號爲南華真人，文子通玄真人，列子冲虚真人，庚桑子洞虚真人。四子所著書，改爲真經。釋名：漢已來，謂死爲物故，言其諸物皆就朽故也。餘見重祭外舅文。陶貞白之語玄機，則曰雖頑仙不如才鬼。南史：陶弘景字通明。十歲得葛洪神仙傳，便有養生之志。終身不娶。止於句容之句曲山，自號華陽陶隱居。大同二年卒，謚曰貞白先生。陶隱居與梁武帝啓：每以爲得作才鬼，亦當勝於頑仙。此隱居與梁武帝論王右軍書蹟之啓。邈矣高論，皭然深旨。史記屈原傳：皭然泥而不滓者也。有感斯文，王羲之蘭亭序：亦將有感於斯文。屬在之子。黄河九曲，見安平公遺表。泰華三峯。見謝河東公啓。潼一作「陽」。亭之右，後漢書楊震傳：以禮改葬於華陰潼亭。注曰：墓在今潼關西大道之北，其碑尚存。陰晉之東。漢書地理志：京兆尹華陰縣，故陰晉，秦惠文王五年更名寧秦，高帝八年更名華陰。太華山在南。泱漭佳氣，謝朓詩：晨光復泱漭。肸蠁孤風。司馬相如上林賦：郁郁菲菲，衆香發越。肸蠁布寫，晻薆咇茀。司馬彪曰：肸，過也。芳芬之過，若蠁之布寫也。郭璞曰：香氣盛馝馞也。生民之秀，惟子之宗。李肇國史補：楊氏震自號爲關西孔子，至今七百年子孫猶在閿鄉故宅，天下一家而已。新書表：魯士爲越公房楊氏，漢太尉震之裔。既懼四知，亦畏三惑。後漢書楊震傳：故所舉荆州茂才王密，夜懷金十斤以遺震曰：「暮夜無知者。」震曰：「天知神知我知子知，何謂無知？」密愧而出。震中子秉，性不飲酒，早喪夫人，遂不復娶，所在以淳白稱。嘗從容言曰：「我有三不惑：酒、色、財也。」贊曰：震畏四知，秉去三惑。昔佐赤符，後漢書光武紀：同舍生彊華奉赤伏符至曰：「劉秀發兵捕不道。」實毗皇極。詩：天子是毗。書洪範：五皇極。坦蕩王道，昭宣帝則。丹青不朽，屢見。琬琰是刻。見上兵部相公啓。狀日昇一作「其」。東，侔辰在北。

子之伯仲，不忝前人。粉飾賢路，史記滑稽傳：共粉飾之。吴志周瑜傳：諸葛瑾、步騭連名上疏曰：故將軍周瑜子胤，昔蒙粉飾，受封爲將。按：凡言賞譽恩顧之事，每借云修飾、粉飾。抑揚薦紳。按新書楊虞卿傳：

虞卿善柔，倚權幸爲奸利。歲舉選者，皆走門下，升沉在牙頰間。當時有蘇景胤、張元夫，而虞卿兄弟汝士、漢公爲人所奔向，故語曰：「欲趨舉場，問蘇張；蘇張猶可，三楊殺我。」魯士爲三楊兄弟，必亦參與其事。此敘其操文場進退之柄也。雲間日下，國華席珍。排龍掩陸，突鶴摧荀。晉書：陸雲字士龍。雲與荀隱素未相識，嘗會張華坐，華曰：「今日相遇可勿爲常談。」雲因抗手曰：「雲間陸士龍。」隱曰：「日下荀鳴鶴。」鳴鶴，隱字也。雲又曰：「既開青雲覩白雉，何不張爾弓，挾爾矢？」隱曰：「本謂是雲龍騤騤，乃是山鹿野麋。獸微弩強，是以發遲。」華撫手大笑。卓爾風標，漢書景十三王傳贊：夫惟大雅，卓爾不羣，河間獻王近之矣。沈約安陸昭王碑：風標秀舉，清暉映世。朗然流品。妍若春輝，烈如冬凜。燕石知愧，見爲任侍御啓。齊竽自審。見爲張周封啓。咸指路以光銷，盡登門而聲寢。見爲舉人啓。難售者價重，難知者聲清。披沙揀金，世説：孫興公云：「陸文若披沙揀金，往往見寶。」由是不愧；烏散花落，謝朓詩：烏散餘花落。於今有情。舊書穆宗紀：長慶元年四月，詔：國家本求才實，浮薄之徒，扇爲朋黨，謂之關節，干擾主司，每歲策名，無不先定。昨令重試，意在精覈，不於異常之中，固求深僻題目。孤竹管是祭天之樂，出於周禮正經，呈試之文，都不知其本事。宣示錢徽，宜其懷愧。錢徽傳：段文昌託楊憑之子渾之於徽，李紳亦託舉子周漢賓。及榜發，皆不中選。而李宗閔婿蘇巢及楊汝士季弟殷士俱及第。故文昌、紳大怒，內殿面奏。上令王起、白居易於子亭重試，內出題目孤竹管賦、烏散餘花落詩。孔溫業、趙存約、竇洵直所試粗通，與及第；裴譔特賜及第；鄭朗等十人並落下。貶錢徽爲江州刺史，中書舍人李宗閔劍州刺史，補闕楊汝士開江令。只舉「烏散花落」者，美其詩而諱其賦也。劉儒十行，後漢書劉儒傳：桓帝時，下策博求直言，儒上封事十條，極言得失，辭甚忠切。孫弘三道。漢書公孫弘傳：元光五年，復徵賢良文學。太常奏弘第居下。策奏，天子擢弘對爲第一。按：漢書：弘對曰，弘復上疏曰，弘對曰，合之則爲三道。直路猶弦，後漢書五行志：順帝末，京都童謡曰：直如弦，死道邊。蠹政如掃。史記：韓非作五蠹。索隱曰：五蠹，蠹政之事有五也。禮記：埽而更之。筆海驚波，詞園鞠草。徐曰：新書藝文志，王義方筆海十卷，張仲素詞圃十卷，即此筆海、詞園之義。詩：踧踧周道，鞠爲茂草。文場不寫於中心，册苑空留於秘寶。見代李玄爲崔文。舊書敬宗紀：寶曆元年三月，御試制舉人。考定，敕下後數日，上謂宰臣曰：「韋端符、楊魯士皆涉物議，宜與外官。」乃授端符白水尉，魯士城固尉。此劉儒以下所敘也。文場二句，惜其外授而不得以清選起家。按：寶曆元年，御試賢良方正能直言極諫科也。魯士之名見御覽所列科舉制中。晉千里國，漢第一功。漢書蕭何傳：位爲相國，功第一，爲一代宗臣。按：裴度封晉國公，史稱爲中興宗臣。舊書傳：太和四年爲山南東道節度。八年，留守東都，當時名士，皆從之游。開成二年，復爲北都留守、河東節度。此數年中，宗尹必曾在其幕，故特舉以美之。考開成二年，白居易祓禊洛濱詩序，留守裴令公召一十五人合宴，中有檢校禮部員外郎楊魯士，可參悟也。建幢油碧，晉書輿服志：皂輪車，上加青油幢，朱絲繩絡。諸王三公有勳德者特加之。啓幕蓮紅。屢見。賓高主擇，韻合人同。固不能加減陳掾，徐曰：未詳。考典略：魏太祖嘗使阮瑀作書與韓遂，時太祖適近出，瑀隨從，因於馬上具草，書成呈之。太祖擥筆欲有所定，而竟不能增損。非陳琳事也，琳、瑀並稱，恐是偶誤。亦可以喜怒桓公。見爲張周封啓。衣繡含香，省蘭臺柏。赤管朝操，青縑夜襞。並見絳郡公上崔相啓。佐計相則生聚有經，漢書張蒼傳：遷爲計相。注曰：專主計籍，故號計相。索隱曰：主天下書計及計吏。玉海：漢以計相經國用。左傳：伍員曰：「越十年生聚，十年教訓。」此句蓋謂度支轉運之屬官，故曰生聚。贊地官而集作「則」。孤終協籍。見濮陽舉代狀。

于惟荔浦，見前賽文。言念金昆。南史：王銓、王錫，孝行齊焉，時人以爲玉昆金友。毀冠褫一作「裂」。帶，左傳：裂冠毀冕。後漢書逸民傳：漢室中微，士蘊藉義憤，裂冠毀冕，相攜持而去之。易：或錫之鞶帶，終朝三褫之。雪泣星奔。宗尹之兄死於荔浦，宗尹往奔其喪而歸也，於史無可考。宅裏之荆枝半謝，見濮陽謝上表。嶺頭之梅萼一作「蘂」。空繁。白帖：大庾嶺上梅，南枝落，北枝開。陟岡望兄，詩一作「詞」。客之情何極；詩：陟彼岡兮，瞻望兄兮。歸縣見姊，騷人之恨猶存。水經注：江水東過秭歸縣南。袁崧曰：屈原有賢姊，聞原放逐，亦來歸，喻令自寬全，鄉人冀其見從，因名曰秭歸。即離騷所謂女嬃嬋媛以詈余也。乃擢戎曹，遂荒京令。按：所敍則宗尹自幕府入爲秘書御史，又爲户部度支官屬，然後以兵部郎中出令長安。將換清切，劉楨贈徐幹詩：拘限清切禁。此以中書翰院言之。以扶明聖。不知者壽，史記：蔡澤曰：「富貴，吾所自有，所不知者，壽也。」難言者命。未謁季良集作「梁」。即季梁，「良」、「梁」古通，如王良，荀子作王梁。之醫，見賀拔員外啓。已革曾參之病。檀弓：曾子寢疾病，曾元曰：「夫子之病革矣。」

嗚呼！平生世路，劉峻廣絶交論：世路嶮巇，一至於此。繾綣交期。左傳：繾綣從公。孫金盧米，「孫金」，見汝南公謝加階狀。「盧米」，見獻鉅鹿公啓。百賦千詩。漢書藝文志：枚皋賦百二十篇。桂林崐嶠，一片一枝。見謝宗卿啓。終以浮沉，漢書袁盎傳：盎病免家居，與閭里浮湛相隨行。湛讀曰沉。因兼險夷。

對皐壤之摇落，成老大之傷悲。見爲張周封啓。尚冀他年，或陶良夜。酒筵琴席，燈闇月樹。嵇康絶交書：時與親舊敍闊，陳説平生，濁酒一盃，彈琴一曲，志願畢矣。謝莊月賦：去燭房，即月殿。芳酒登，鳴琴薦。庾信哀江南賦：月榭風臺，池平樹古。俱開怨一作「愁」。别之襟，並息分歧之駕。短願未果「願」一作「景」，「未」集作「來」，皆誤。良辰不借。竟鬱結於深衷，倏淹淪於大化。況南康解榻，見爲崔從事啓。地理志：虔州南康郡。楊虞卿貶虔州司户卒，故云。早降清光。會稽繼組，地理志：越州會稽郡。餘見祭徐姊夫文。楊漢公傳：擢桂管、浙東觀察使。漢公宦跡，舊書甚略，今據新書，正與文合。漢公坐虞卿，下除舒州刺史，徙湖、亳、蘇三州。擢桂管、浙東觀察。後數歷藩鎮。昨辱餘芳。言早被虞卿之知，近繼漢公之政，故尤哀宗尹也。積一作「情」。分逾極，銜哀更長。三十年之間，難追往事；五千里之外，舊書志：桂州至京師，水、陸路四千七百六十里。正恨殊鄉。地闊山深，川寒樹古。杳杳玄夜，荒荒集作「茫茫」。宿莽。生金認石，王隱晉書：永嘉初，陳國項縣賈逵石碑之中生金，人鑿取賣，賣已復生。埋玉恨土。見代李玄文。寄奠緘辭，呼風涕一作「泣」。雨。噫嘻一作「戲」。噫嘻，詩：噫嘻成王。宗尹之魂來否？

爲李兵曹祭兄濠州刺史文

按：英華作「濠」，方與文合。徐刊本作「亳」，誤甚。此李君是以宗正卿出使外夷，歸而貶郡者也。檢舊書紀及吐蕃、迴紇傳，會昌、大中兩朝，李姓奉使者頗多，官職事蹟皆不類。惟大中五年十二月，書盗斫景陵神門戟，京兆尹韋博罰兩月倖，貶宗正卿李文舉睦州刺史，陵令吴閲岳州司馬，奉先令裴讓隋州司馬。册府元龜明罰類所載同。舊、新書志云：諸陵署，令一人，掌山陵守衛。景陵在奉先縣，是則李文舉等被貶由此。而其先文舉曾奉使出塞，紀文失書，舊書宣紀史臣自言簡籍遺落也。文中隱其被貶之實，而敍其奉使歸來，轉遭忌謗。余初疑其與紀文「十一年十月，入回鶻册禮使，衛尉少卿王端章出塞，黑車子路阻而迴，貶賀州司馬」者同例，殊踈誤矣。此所祭者爲李文舉無疑也。蓋先刺睦，繼刺濠。而卒又云「方候徵還」，則刺濠已久，文爲義山東川歸後所作明矣。

年月日，伏惟靈天枝挺秀，帝系傳芳。材高杞梓，見爲任侍御啓。價集作「位」。重珪璋。詩：如圭如璋。蘭芷斯茂，先以馨香。南史王僧孺傳：任昉贈詩曰：「敬之重之，如蘭如芷。」干鏌將用，不挫鋒鋩。干將、莫邪二劒。始備千牛，俄仕諸衛。通典：千牛，刀名。後魏有千牛備身，掌執御刀，因以名職。顯慶五年，置左右千牛府，後改爲衛。舊書職官志：千牛備身左右，正六品下階。諸衛已上，王公已下，高品，子孫起家爲之。按：諸衛如左右衛，左右驍之類，共十六。杜牧集有原十六衛。詳舊、新書志。逸意方超，一作「起」。絶足猶縶。孔融論盛孝章書：燕君市駿馬之骨，非欲以騁道里，乃當以招絶足也。爰佐羣僕，爲太僕寺之屬。書冏命：正于羣僕侍御之臣。亦掾神京。邑惟二宅，見爲懷州表。曹實五兵。舊書職官志：京兆、河南、太原府，有功、倉、户、兵、法、士等六曹參軍事各二人。此蓋爲東都尹兵曹參軍。地峻流急，官閑政清。嵩少曉霽，見爲鄭從事妻文。伊洛秋明。佀能吟之謝客，宋書謝靈運傳：文章之美，江左莫逮。又曰：每一詩至，都邑貴賤，莫不競寫。鍾嶸詩品：謝靈運生於會稽，旬日而幼度亡，其家以子孫難得，送靈運於錢塘杜明師養之，十五方還都，故名客兒。謝客爲元嘉之雄，顔延年爲輔。伴作賦之賈生。漢書藝文志：賈誼賦七篇。遂擢堯廚，帝王世紀：堯時廚中自生肉脯，薄如翣，摇則風生，使食物寒而不臭，名曰翣脯。瑞應圖：萐莆，一名倚扇，一名實閭，一名倚箑，如蓮枝，多葉少根，如絲，轉而風生。主飲食清涼，驅殺蟲蠅。堯時，生於廚，冬死夏生。又舜時，生於廚右階左。仍一作「曾」。調湯膳。見滎陽謝勅設狀。謂遷光禄寺官。位列大朝，名參内殿。朱紱輝華，屢見。銀龜蒨粲。見桂州祭城隍文。漢有宗正，漢書百官公卿表：宗正，秦官，掌親屬。委之親賢。宗正必以宗室爲之。外夷餘見謝啓。貳彼惟月，人寧我先。書：卿士惟月。離騷：恐高辛之先我。陸機文賦：怵他人之我先。求集作「永」，非。騁，天子憂邊。皇華始賦，詩序：皇皇者華，君遣使臣也。紫綬俄懸。舊書輿服志：三品紫綬。職官志：御史大夫，正三品。按：凡出使皆假御史大夫或中丞之號，此則大夫也。雄其出塞之任，假以中臺之權。不拜無慚於蘇武，後漢書鄭衆傳：衆爲越騎司馬，顯宗遣衆持節使匈奴。衆至北庭，虜欲令拜，衆不爲屈。單于大怒，圍守閉之，不與水火。衆拔刀自誓，單于恐而止，乃更發使隨衆還京師。其後帝見匈奴來者，問衆與單于争禮之狀，皆言匈奴中傳衆意氣壯勇，雖蘇武不過。去節寧類集作「疑」。於王焉。漢書匈奴傳：漢使王烏等窺匈奴。匈奴法，漢使不去節、不以墨黥其面不得入穹廬。王烏，北地人，習胡俗，去其節，黥面入廬。單于愛之。徐曰：藝文類聚引漢使王焉等窺匈奴，足證今本漢書之誤。按：藝文類聚實作「焉」，但史記亦作「烏」，太平御覽引之亦作「烏」，未定孰是也，文乃用韻，故當作「焉」。銜鬚誓死，後漢書獨行傳：温序爲隗囂别將苟宇所拘劫。宇曰：「此義士死節，可賜以劍。」序受劍，銜鬚於口，顧左右曰：「既爲賊所迫殺，無令鬚污土。」遂伏劍而死。齧雪獲全。漢書蘇武傳：武使匈奴。單于壯其節，愈益欲降之，迺幽武置大窖中，絶不飲食。天雨雪，武卧齧雪與旃毛并咽之，數日不死，匈奴以爲神。帝仗使者，吾無愧旃。既返一作「還」。中華，止同屬國。李陵答蘇武書：聞子之歸，賜不過二百萬，位不過典屬國。蒼蠅難袪，一作「備」，非。詩：營營青蠅，止于樊。箋曰：蠅之爲蟲，汙白使黑，汙黑使白。喻佞人變亂善惡也。曹植詩：蒼蠅間白黑，讒巧令親疏。貝錦方織。見祭呂商州文。好丹非素，毛傳曰：萋菲，文章相錯也。讒人集作己過以成於罪，猶女工之集采色以成錦文。江淹雜體詩序：至於世之諸賢，各滯所迷，莫不論甘而忌辛，好丹而非素。點白爲集作「成」。黑。遭時不知，非予有感。一作「惑」。詩：自詒伊戚。按：意取西征艽野。既先忌一作「失志」。於絳灌，見祭王尚書文。遂不容於欒郤。左傳：成公八年，晉趙莊姬爲趙嬰之亡故，譖之于晉侯，曰：「原、屏將爲亂，欒、郤爲徵。」六月，晉討趙同、趙括。又：成公十有五年，晉三郤害伯宗，譖而殺之。

嚴陵山水，按：英華作「竟陵」，徐刊本從之，然必嚴陵也。睦州新安郡有新安江、嚴陵山諸勝，清麗奇絶，古所稱富春山水，方與紀文合，故竟改定。鍾離控扼。十道志：濠州，春秋時爲鍾離子國。舊書志：河南道濠州鍾離郡。「濠」初作「豪」，元和三年改從「濠」。按：鍾離要地，故曰控扼。名貴隼旟，時瞻熊軾。人以功遷，吾由謗得。其明若神，漢書黄霸傳：霸爲潁川太守，吏民咸稱神明。其惠如春。曹植七啓：民望如草，我惠如春。先除黠吏，漢書伊翁歸傳：拜東海太守。縣縣各有記籍，收取黠吏豪民，案致其罪。且活疲民。汙萊盡闢，詩：田卒汙萊。邑室重新。草祥木瑞，後漢書何敞傳：京師及四方，果有奇異鳥獸草木，言事者以爲祥瑞。獸去鳥馴。「獸去」即虎去，見裴祭薛文。後漢書魯恭傳：拜中牟令，專以德化。螟傷稼，緣界不入中牟。河南尹袁安使掾肥親往廉之。恭隨行阡陌，俱坐桑下，有雉過，止其旁。旁有童兒，親曰：「何不捕之？」兒言「雉方將雛」。親曰：「蟲不犯境，一異也；化及鳥獸，二異也；豎子有仁心，三異也。」「鳥馴」即用此馴雉。方俟一作「候」。徵還，俄嬰美疢。積微而桓俟竟晚，見裴祭薛文。達命而徐公待盡。按：二句頂美疢。徐公事未詳，其意言安命待終，不求療治也。南史：徐勉以疾解中書令，其戒子書云：庶居常以待終，不宜復勞家間細務。與此尚不細符。舊引南史「宋武帝受禪，恭帝遜位，徐廣哀感涕泗。謝晦謂曰：『徐公將無小過。』廣言：『墳墓在丹徒，又生長京口，乞歸終桑梓。』詔許之」。或用此也，俟再考。怳怳空驚，司馬相如長門賦：神怳怳而外淫。王逸楚辭注：怳，失意也。遲遲未信。誰知泉路之高低，孰測夜臺之遠近？永惟良配，亦實女師。見下篇。庶姜猶效，詩：庶姜孽孽。君子是宜。異室無怨，同穴有期。詩：穀則異室，死則同穴。河魴著詠，皎日裁時。詩：豈其食魚，必河之魴。又：謂予不信，有如皎日。此其晚年繼娶者歟？嗚呼哀哉！

龜筮協從，日時斯卜。將去荒一作「芳」。郊，言辭華屋。曹植詩：生存華屋處，零落歸山丘。草樹縈帶，川原迴複。白髮孤弟，臨棺慟哭。失慈撫於終身，宛聲容之在目。心摧則冰炭交集，郭象莊子注：喜懼交集於胸中，固已結冰炭於五藏矣。血下而綆縻相續。見祭呂商州文。萬古永訣，百身何贖？酒滿未御，肴乾未臨。已矣伯氏，來慰哀心。

祭韓氏老姑文

原注：故易定韓尚書太夫人。按：題首當亦有爲某字也。細檢史書，乃知易定韓尚書太夫人者，韓弘弟韓充之妻，而易定節度韓威之母也。此云「勤王賜國」，疑亦代李氏之人所作。史於傳表，皆不載充之子威，然以史文合之，則確然無疑矣。舊書韓弘、韓充傳：弘於貞元十五年，檢校工部尚書、汴州刺史、宣武軍節度使。訖平吴元濟，誅李師道，弘乃入朝。在鎮二十餘年。充亦依兄主親兵。韓氏必婚於汴州，故潁水以下六句云然也。充以親逼權重，元和六年單騎走洛陽。朝廷亮其節，擢右金吾衛將軍。十五年，代姪公武爲鄜坊節度使、檢校工部尚書。所謂入從述職，出輔專征也。時弘以司徒、中書令兼河中尹、河中晉絳節度等使。長慶二年二月，充换義成軍、鄭滑節度使。兄弟皆秉節鉞，寵冠一時。義成治滑州，故曰「此時同慶，東郡分榮」也。是年七月，汴州軍亂，逐李愿，立都將李岕。朝廷以充久在汴，衆心悦附，命爲宣武節度，兼統義成之師討之。梁魏，即汴州。用信陵事切梁魏，又切兄弟。下文接云「元昆仲氏，惟思其舊績」，故有此新授也。紀云：八月，充發軍入汴，營於千塔。新書傳謂「戰郭橋，破之」，通鑑云「斬首千餘級」，故有「杖節」二語。汴人素懷充，皆踴躍相賀。充密籍部伍間，得構惡者千餘人。一日下令，并父母妻子立出之，敢逡巡境内者斬，軍政大理。四年八月，暴疾卒。時充當多内寵，薄其夫人，得疾或由於好色，故「子元」以下六句云然也。紀書「開成三年十月，易定軍亂，不納新使李仲遷，立張璠

子元益爲留後。十一月，以蔡州刺史韓威爲定州刺史、義武軍節度、北平軍等使」。與「爰從上蔡，去臨易水」合，則必充之子矣。通鑑云「義武節度張璠疾甚，戒其子元益舉族歸朝。及薨，軍中欲立元益，不納李仲遷，宰相欲發兵討之。上以易定地狹人貧，緩之當自生變，乃除元益代州刺史。軍中果有異議，以不便李仲遷爲辭，朝廷爲之罷仲遷。待張元益出定州，乃除韓威爲節度。」至開成五年八月，又有「易定軍亂，逐節度使陳君賞。君賞謀誅亂卒，軍城復安」之事，則君賞赴鎮，必更在前，而韓威之何以去易定，檢閲不得，玩「空報登壇，未聞曳履」諸句，豈威竟有不急承詔命之事，其母乃不得已而自上奏歟？抑有他故，乃即改除君賞歟？史皆疎漏，無可再考。又按：舊紀太和八年十二月，書「以棣州刺史韓威爲安南都護」。九年正月，又書「以前棣州刺史田早爲安南都護」，與易定之既除韓威，而旋改授陳君賞相類。則韓威之不即赴鎮，可參觀矣。

猗歟我家，世奉玄德。讓弟受封，按：李氏源出周柱下史，故曰「世奉玄德」也。北史序傳，涼武昭王之孫寶，魏太武時授沙州牧，燉煌公長子承，太武賜爵姑臧侯。寳卒，承應傳先封，以自有爵，乃以本封讓弟茂。時論多之。讓弟受封，似當指此。新書表，承後爲姑臧房，茂後爲燉煌房。文所序，當爲承、茂之裔。表於武陽、姑臧、燉煌、丹陽四房下，别標李陵之裔，魏賜姓丙氏、唐賜姓李氏一支。又標隴西李氏、後徙京兆一支，此則西平王之祖父也。舊傳云：晟代居隴右。而先世未曾遠溯，不知亦出自姑臧、燉煌否？勤王賜國，似指西平。然序汴州之亂，語無回護，季孟國、高二語，亦與西平家世尊貴不合。勤王立功，李族不乏其人。其屬何房，無可確定，觀起句所云，必本是李氏，非以功賜姓者也。勤王賜國。見李郎中祭舅文。名芳彝鼎，見彭陽公遺表。勳盈史册，季孟國高，秦晉欒郤。「季孟國高」，謂在國、高之間。「秦晉欒郤」，謂與欒、郤爲匹。恭惟柔範，載稟淵塞。詩：仲氏任只，其心塞淵。既作女師，詩：言告師氏。傳曰：師，女師也。文選宋玉神女賦：顧女師。漢書外戚傳：孝成班倢伃誦詩及窈窕、德象、女師之篇。乃爲嬪則。謝朓哀策：思媚諸姑，貽我嬪則。潁水波清，見陳許謝上表。梁園月明。西京雜記：梁孝王使公孫乘爲月賦。餘屢見。言旋百兩，且拜雙旌。託一作「計」，非。侯令弟，配國名卿。入從述職，出輔專征。禮記王制：諸侯賜弓矢，然後征。螽斯不妬，鳳凰和鳴。並見祭張氏女文。此時同慶，東郡一作「都」，誤。分榮。舊書志：滑州，隋東郡，武德元年改，以有古滑臺也。使者責梁，漢書文三王傳：梁王使人刺殺爰盎及他議臣十餘人。賊未得也。天子遣使冠蓋相望於道，覆按梁事。使者責二千石急，梁相軒丘豹及内史安國皆泣諫王，王乃令羊勝、公孫詭皆自殺，出之。上由此怨望於梁王。此只取梁地，不用事實。公子專魏。史記魏世家：惠王三十一年，徙治大梁。又信陵君傳：魏公子無忌者，魏安釐王異母弟也。安釐王二十年，秦昭王已破趙長平軍，又進兵圍邯鄲。公子姊爲趙惠文王弟平原君夫人，數遺魏王及公子書，請救於魏。魏王使將軍晉鄙救趙。留軍壁鄴。平原君使者冠蓋相屬。魏王畏秦，終不聽。公子從侯生計，殺晉鄙，將晉鄙軍擊秦，秦軍解去。公子留趙十年。秦日夜出兵東伐魏，公子趣駕歸救魏。魏王見公子泣，以上將軍印授公子，公子遂將。使使遍告諸侯。諸侯各遣將救魏。公子率五國兵破秦軍，乘勝逐至函谷關，公子威振天下。此取信陵魏王之弟，比前充爲弘弟，兼取歸魏將兵，以喻來鎮汴州，非取救趙事也。特詳引，使易辨耳。帝念元昆，人思仲氏。杖節赴敵，杖節臨戎，史書屢見。斬芻盡瘁。後漢書第五倫傳：倫攝會稽太守，雖爲二千石，躬自斬芻養馬。無以家爲，見爲李懷州表。或從王事。易坤卦：或從王事，無成有終，地道也，妻道也，臣道也。

禮優内子，禮記：卿之配曰内子。詩美夫人。詩序：鵲巢，夫人之德也。冕紘瑱紞，魯語：王后親織玄紞，公侯之夫人，加之以紘綖。左傳：衡紞紘綖。註曰：衡，維持冠者。紞，冠之垂者。紘，纓從下而上者。綖，冠上覆。疏曰：紞者，縣瑱之繩，垂於冠兩旁。詩：玉之瑱也，充耳琇瑩。傳曰：充耳謂之瑱。箋云：充耳所以縣瑱，或謂之紞紘，纓皆以結冠於人首。山蕨澗蘋。詩序：草蟲，大夫妻能以禮自防也。詩曰：陟彼南山，言采其蕨。采蘋，大夫妻能循法度也。能循法度，則可以承先祖，共祭祀矣。詩曰：于以采蘋，南澗之濱。子元罕見，漢書朱博傳：博字子元。夜寢早起，妻希見其面。冀缺如賓。左傳：初，臼季使過冀，見冀缺耨，其妻饁之敬，相待如賓。綠衣有感，翟茀仍新。詩序：綠衣，衛莊姜傷己也，妾上僭，夫人失位而作是詩也。碩人，閔莊姜也。其詩曰：翟茀以朝。遽歎夜一作「逝」，誤。川「夜川」，哀輓常語。遄聞晝哭。禮記：穆伯之喪，敬姜晝哭。文伯之喪，晝夜哭。孔子曰：「知禮矣！」原阡舊署，漢書游俠傳：京兆尹曹氏葬茂陵，民謂其道爲京兆阡。原涉慕之，乃買地開道立表，署曰南陽阡，人不肯從，謂之原氏阡。孟鄰斯卜。列女傳：孟母舍近墓，孟子之少也，嬉戲爲墓間之事，踴躍築埋。孟母曰：「此非所以居處子也。」乃去舍市旁。其子嬉戲爲賈。又曰：「此非所以居處子也。」乃舍學宮之旁。其子遊戲，乃設俎豆揖讓進退。曰：「此可以居處子矣。」長遂成大儒。閑居獻壽。潘岳閑居賦序：太夫人在堂，有羸老之疾，尚何能違膝下色養，而屑屑從斗筲之役乎？乃作閑居賦，有曰：稱萬壽以獻觴，咸一懼而一喜。作賦之官。曹大家東征賦：惟永初之有七兮，余隨子兮東征。注曰：子穀爲陳留長，大家隨至官，作東征賦。弓裘望襲，菽水承歡。禮記：孔子曰：「啜菽飲水盡其歡，斯之謂孝。」福善餘基，一作「慶」，誤。書：天道福善禍淫。好謙舊祉。復自良人，集於之子。

爰從上蔡，舊書志：蔡州汝南郡，領上蔡縣。去臨易水。見爲白從事啓。空報登壇，見爲懷州表。未聞曳履。見上河東公啓。鼂父先歸，莫之能比。漢書鼂錯傳：錯所更令三十章，諸侯讙譁。錯父從潁川來，謂錯曰：「劉氏安矣而鼂氏危，吾去公歸矣。」遂飲藥死，曰：「吾不忍見禍逮身。」趙母上言，蓋不得已。史記趙奢傳：趙王以奢子括爲將，代廉頗。其母上書言於王曰：「括不可使將，願王勿遣。王終將之，即有不稱，妾得無隨乎？」王許諾。及括敗，王以母先言，竟不誅也。細玩語氣，似言不比在治所先歸，而乃在家上書。則韓威當是僞言赴鎮，而乃羈延以得罪也。寒暄結恙，一作「患」。燥溼爲疵。徒虛百禄，詩：百禄是荷。靡效三豎。見賀拔員外。

嗚呼！壽夭所賦，彭殤不移。莊子音義：彭祖名鏗，堯臣，封於彭城。歷虞、夏至商，年七百歲。世本云：姓籛名鏗，年八百歲。一云周時，即老子也。殤子，短命者也，或云年十九以下爲殤。王羲之蘭亭序：齊彭殤爲妄作。誰能了悟，孰不憂悲！何兹達識，乃克先知。同易簀以就正，禮記：曾子寢疾病，曾元、曾申坐於足。童子曰：「華而睆，大夫之簀與？」曾子曰：「然！斯季孫之賜也，我未之能易也。元起易簀。」又曰：「吾何求哉？吾得正而斃焉，斯已矣？」舉扶而易之，反席未安而没。如買棺而指期。後漢書謝夷吾傳：豫尅死日，如期果卒。敕其子曰：「漢末當亂，必有發掘之禍。」使懸棺下葬，墓不起墳。時博士渤海郭鳳好圖讖，先自知死期，豫令弟子市棺斂具，至其日而終。按：文用郭鳳事。以上數聯，其母當以憂而死也。檀弓：買棺外内易。苟有所累，安能及斯！

道遠轘轅，左傳：使候出諸轘轅。初學記：轘轅關在洛陽。程遥河洛。建旐臨塗，移舟就壑。屢見。日慘林嶺，風淒灌薄。積靄茫茫，行煙漠漠。某等誠深通舊，情協先親。始自童子，至於成人。年將二紀，恩冠六姻。隋書：鄭善果母謂善果曰：「今此秩俸，當須散贍六姻。」北史序傳：顯貴門族，榮益六姻。念升堂之如昨，吴志：周瑜字公瑾。初，孫堅徙家於舒。堅子策與瑜同年，獨相友善，瑜推道南大宅以舍策，升堂拜母，有無通共。慟幽夜之無晨。文選陸機挽歌：大暮安可晨。注曰：張奐遺令曰：「地底冥冥，長無曉明。」歌停行路，舂輟比鄰。曲禮：鄰有喪，舂不相。里有殯，不巷歌。史記商君傳：趙良曰：「五羖大夫死，童子不歌謡，舂者不相杵。」漢書孫寶傳：寶祭竈，請比鄰。雖寓辭之有所，終含酸而莫伸。江淹恨賦：亦復含酸茹歎。壺清媿酎，直救反。漢書注：酎，三重釀醇酒也。按：「酎」字，英華作「酹」。注曰：集作「酹」。今從徐刊本。俎薄羞芹。惟餘彤管，有美清塵。詩：静女其孌，貽我彤管。傳曰：古有后夫人，必有女史彤管之法，事無大小，記以成法。嗚呼哀哉！

樊南文集詳注卷之七

序

太尉衛公會昌一品集序

英華原注：代桂府滎陽公。舊書李德裕傳：自開成五年冬回紇至天德，至會昌四年八月平澤潞，其籌度機宜，選用將帥，起草指蹤，皆獨決於德裕，以功兼守太尉，進封衛國公。按：英華，會昌二年四月上尊號玉册文，德裕已攝太尉，至四年，乃即真也。李文饒别集與桂州鄭中丞書曰：某當先聖御極，再參樞務，兩度册文及宣懿太后祔廟制、聖容贊、幽州紀聖功碑、討回鶻制、討劉稹制、五度黠戞斯書、兩度用兵詔敕及先聖改名制、告昊天上帝文并奏議等，勒成十五卷。貞觀初，有顔、岑二中書，代宗朝常相，元和初，某先太師忠懿公一代盛事，皆所潤色，小子詞業淺近，獲繼家聲。武宗一朝，册命、典誥、軍機、羽檄，皆受命撰述，偶副聖情，伏恐製序之時，要知此意。此序規模，全遵來示也。唐賢掌制誥者，每勒爲制集，以彰榮遇。常衮、楊炎、元稹、權德輿皆有制集。此則原本無「制」字，而改本有之，則題中當分别書也。

唐葉十五，帝謚昭肅，始以太弟，舊、新書紀：武宗至道昭肅孝皇帝諱炎，穆宗第五子也。文宗暴疾，宰相李珏、知樞密劉弘逸奉密旨，以皇太子監國。神策軍中尉仇士良、魚弘志矯詔廢皇太子成美，迎潁王於十六宅爲皇太弟，文宗崩，宣遺詔，即皇帝位於柩前。茂對天休，易：先王以茂對時育萬物。書：以承天休。遂臨西宮，臨，音力鴆反。左傳：鄭人卜臨于大宮。注曰：臨，哭也。此將即位而哭文宗。「哭」、「臨」字，史文常見。舊書劉栖楚傳：諫敬宗曰：「西宮密邇，未過山陵。」而紀書迎文宗於江邸，赴西宮成服，蓋靈駕在西宮，制皆如此。入高廟，將以準則九土，指麾三靈。漢書陳平傳：天下指麾即定矣。揚雄傳：方將上獵三靈之流。乃顧左右曰：「我祖宗並建豪英，漢書鼂錯傳：大禹得咎繇而爲三王祖，今陛下講於大禹及高皇帝之建豪英也。範圍古昔，易：範圍天地之化而不過。史卜宵夢，震嗟不寧，史卜用太公事，宵夢用傅說事，又史卜亦可用尚書枚卜功臣，後人每用爲擇相之典，不拘禹受命事也。宵夢亦可用黃帝得風、力事，皆見爲某先輩啓、爲崔福寄彭城公啓。是用能文，惟睿掌武，按：漢書，太尉掌武事，故後世稱太尉爲「掌武」。此句似能文惟睿之掌武，以點明太尉。後人固以掌武稱衛公也。然於義未安，俟再考。以永大業。今朕奉承天命，顯登乃辟，庸不知帝賚朕者，其誰氏子焉？」見崔福寄彭城公啓。左右惕兢威靈，迷撓章指，周訥揚吃，不能仰酬。漢書周昌傳：昌爲人吃，又盛怒，曰：「臣口不能言，然臣期期知其不可。」揚雄傳：雄口吃，不能劇談。既三四日，乃詔曰：淮海伯父，儀禮覲禮曰：同姓，大國則曰伯父，小邦則曰叔父。又曰：天子曰非他，伯父實來。德裕時爲淮海軍節度使。汝來輔予。霞披霧消，六合快望。徐曰：或云，當作「觖望」，然觖望謂不滿所望而怨也，文義不協，恐非。按：英華本作

「快」，徐刊本乃作「怏」，而有此疑也。觖望亦有止作冀望解者，見後漢書臧洪傳，而古帖古書中「怏然」、「快抃」，又頗有作「怏」者，疑古人偶誤通耳。四月某日入覲，是月某日登庸。書：疇咨若時登庸。按：舊書傳，武宗即位之年七月，召德裕於淮南，九月爲相。此云四月，是月，兼玩上文既三四日之語，與史大異，豈史之紀、傳、表皆誤耶？抑此文舛耶？淵角奇姿，山庭異表，文選：任彥昇王文憲集序：淵角殊祥，山庭異表。注曰：論語譔考讖曰：顔回有角額，似月形。淵，水也，月是水精，故名淵。摘輔象曰：子貢山庭斗繞口。謂面有三庭，言山在中，鼻高有異相也。爲九流之華蓋，張衡西京賦：華蓋承辰，薛綜注曰：華蓋星覆北斗，王者法而作之。作百度之司南。已見爲李詒孫啓。又晉書志：司南車，一名指南車，刻木爲仙人，衣羽衣立車上，車雖回運，而手常南指。帝由是盡付玄機，允厭入聲。神度，左右者咸不知其夢邪卜邪。金門朝罷，玉殿宴餘，獨銜集作「含」。日光，静與天語，帝亦幽闡，易：微顯闡幽。徵召誥説命之旨，定元首股肱之契，書：乃賡載歌曰：元首明哉，股肱良哉。曰：「我將俾爾以大手筆，晉書王珣傳：珣夢人以大筆如椽與之，既覺，語人云，此當有大手筆事。俄而孝武帝崩，哀册謚議，皆珣所草。按：古人有謂事非吉祥，不當用者，然歷代史傳，皆已習用，故不必忌也。居第一功。見祭楊郎中文。麒麟英華作「凌煙」，非。閣中，霍光且圖於勳伐；見爲懷州狀。玄洲苑上，魏收别議於文章。北史魏收傳：齊武成帝於華林别起玄洲苑，備山水臺觀之麗，詔於閣上畫收，其見重如此。自武定二年以後，國家大事詔命、軍國文詞，皆收所作，每有警急，受詔立成，或時中使催促，收筆下有同宿構。文苑傳：齊天保中及河清天統之辰，自李愔以下，在省唯撰述除官詔旨，其關涉軍國文翰，多是魏收作之。光映前修，允兼具美，我意屬此，爾無讓焉。」公拜稽首曰：「臣某何敢以當之，在昔太宗有臣，曰師古曰文本，舊書傳：顏籀字師古，博覽羣書，善屬文。高祖朝，遷中書舍人，專掌機密，凡有制誥，皆成其手。師古達於政理，册奏之工，時無及者。太宗踐祚，擢拜中書侍郎。新書儒學傳：顏師古字籀。按：師古似以字行，則以字爲名可也，以原名爲字，唐初尚有一字字乎？岑文本字景仁，博考經史，善屬文，貞觀元年，擢拜中書舍人。文本所草詔誥，或衆務繁湊，即命書僮六七人，隨口並寫，須臾悉成，殆盡其妙。高宗有臣，曰嶠曰融，舊書傳：李嶠爲兒童時，夢有神人遺之雙筆。高宗時爲鳳閣舍人，朝廷每有大手筆，皆特令嶠爲之，聖曆初，遷同鳳閣鸞臺平章事。崔融，聖曆四年遷鳳閣舍人，爲文典麗，當時罕有其比。朝廷所須洛出寶圖頌、則天哀册文及諸大手筆，並手敕付融。玄宗有臣，曰説曰瓌；舊書傳，張説字道濟，開元時爲尚書左丞相、集賢院學士，封燕國公，前後三秉大政，掌文學之任凡三十年。爲文俊麗，用思精密，朝廷大手筆，皆特承中旨譔述，天下詞人，咸諷誦之。蘇瓌字昌容，中宗景龍三年轉尚書右僕射、同中書門下三品，進封許國公。睿宗景雲元年十一月薨。徐曰：瓌不及事玄宗，當作頲。舊書：瓌子頲，少有俊才，神龍中，拜中書舍人，父子同掌機密。瓌薨，襲爵許國公。玄宗以爲中書侍郎，掌文誥。上謂頲曰：「卿所製文誥，可録一本封進，題云臣某譔，朕要留中披覽。」其禮遇如此。開元四年，遷紫微侍郎、同紫微黄門平章事。代宗有臣曰袞，舊書傳：常袞，寶應二年選爲翰林學士、考功郎中，知制誥。永泰元年，遷中書舍人。袞文章俊拔，與楊炎同爲舍人，時稱爲常、楊。大曆時，拜門下侍郎，同平章事。徐曰：改本云：常，楊繼美於代宗之世。疑此脱「曰炎」二字。按：李之來書止云常相，乃改本增之耳。至於憲祖則有臣禰廟曰忠公，左傳：楚子告大夫曰：「所以從先君于禰廟者。」舊書傳：李吉甫字弘憲，趙郡人。吉甫少好學，能屬文，該洽多聞，尤精國朝故實，沿革折衷，時多稱之。憲宗嗣位，以考功郎中、知制誥，旋召入翰林爲學士，轉中書舍人。元和二年擢爲中書侍郎、平章事。三年九月，充淮南節度使。六年正月再入相，九年卒，贈司空，賜謚忠懿。並稟太白以傅一作「傳」。精神，史記天官書：察日行以處位太白。索隱曰：太白辰出東方曰啓明，故察日行以處太白之位。東方朔别傳：朔遊鴻濛，忽遇母採桑於白海之濱，有黄眉翁指母以語朔曰：「昔爲我妻，託形爲太白之精，今汝亦此星之精也。」風俗通：東方朔太白星精，黄帝時爲風后，堯爲務成子，周爲老子，越爲范蠡，齊爲鴟夷，變化無常也。納非煙而敷藻思。見賀上尊號表。才可以淺深魏丙，漢書：魏相字弱翁，宣帝時爲丞相，封高平侯。丙吉字少卿，宣帝詔：朕微眇時，御史大夫吉，與朕有舊恩，其封吉爲博陽侯。後五歲，代魏相爲丞相。西都賦：蕭、曹、魏、丙，謀謨乎其上。道可以升降伊臯，而又富僧孺之新事，南史：王僧孺聚書至萬餘卷，多異本，無所不覩，其文麗逸，多用新事，人所未見者，時重其富博。識庾持之奇字。見爲李詒孫啓。清風濯熱，白雪生春，淮南王食時之工，漢書淮南王安傳：安入朝，上使爲離騷傳，旦受詔，日食時上。裴子野昧爽之獻。南史裴子野傳：梁武帝敕爲書喻魏相元乂，其夜受旨，及五鼓，催令速上。子野徐起操筆，昧爽便就，武帝深嘉焉。疑王粲之夙構，見濮陽公奏充判官狀。無禰衡之加點。禰衡鸚鵡賦序：衡因爲賦，筆不停綴，文不加點。然後可以宏宣王略，輝潤天文，豈伊乏賢，可纂一作「纘」。舊服？」帝又曰：「舜何人也，回何人哉，朕思丕承，汝勉善繼，無忝英華有「辱」字。乎爾之先！」公復拜稽首曰：「易曰中心願也，詩曰一作「云」。何日忘之，臣敢不夙夜在公，以揚鴻烈。」

會一日，上明發於法一作「清」。宮之中，詩：明發不寐，有懷二人。漢書鼂錯傳：處於法宮之中，明堂之上。念兆人之衆，顧九州之廣，永懷不待之痛，家語：孔子適齊，中路聞哭者甚哀，丘吾子也，曰：「夫樹欲静而風不停，子欲養而親不待，往而不來者，年也，不可再見者，親也。」遂投水而死。孔子曰：「小子識之，斯足爲戒矣。」韓詩外傳作「臯魚也」，「立槁而死」，餘同。式重如存之敬。公伏奏曰：「惟先后懋守丕基，允一作「永」，非。資内助，秀南頓集作「潁」，非。嘉禾之瑞，後漢書光武紀：南頓令欽生光武。論曰：是歲縣界有嘉禾生，一莖九穗，因名光武曰秀。開烈山神井之祥，見賽堯山及祭呂商州文。德駕河州，詩序：關雎，后妃之德也，詩曰：關關雎鳩，在河之洲。淑肩沙麓，見爲懷州狀。將顯降嬀之配，書：釐降二女于嬀汭，嬪于虞。水經注：歷山，嬀、汭二水出焉。南曰嬀水，北曰汭水。未宏褒紀之恩。春秋：桓公二年秋七月，紀侯來朝。公羊傳註曰：稱侯者，天子將娶于紀，與奉宗廟，重莫大焉，故封之百里。穀梁傳註曰：隱二年稱子，今稱侯，蓋時王所進。又：九年春，紀季姜歸于京師。漢書外戚恩澤侯表：后父據春秋褒紀之義。淪舊作「渝」，集作「論」，皆非，今改定。美椒塗，漢官儀：皇后稱椒房，取其實蔓衍盈升。以椒塗室，取温煖，袪惡氣也。掩華蘭掖，漢武故事：武帝生猗蘭殿。顔延之元皇后哀策：蘭殿長陰，椒塗弛衛。緣山破芿，夙聞齊主之悲；説文：芿，草也，從艸，乃聲，如乘切。玉篇：芿音仍。説文曰：草不芟，新草又生曰艿。又：芿，而證切，草芟陳者，又生新者。列子：趙襄子狩于中山，藉芿燔林，扇赫百里。樂府詩集：南齊時，朱碩仙善歌吴聲讀曲，武帝出遊鍾山，幸何美人墓，碩仙歌曰：一憶所歡時，緣山破芿荏，山神感儂意，盤石鋭鋒動。帝神色不悦曰：「小人不遜弄我。」時朱子尚亦善歌，復爲一曲曰：曖曖日欲暝，歡騎立踟蹰，太陽猶尚可，且願停須臾。於是俱蒙賞賚。按：「荏」、「動」不同韻。晉宣武舞曲軍鎮篇「鎮」、「動」二字爲韻，與此同例。采石傳形，早降漢皇之慟。拾遺記：「漢武帝思李夫人，李少君曰：「闇海有潛英之石，其色青，刻之爲人像，神悟不異真人，使此石像往，則夫人至矣。」乃遣人至闇海，十年而還，得此石。命工人刻作夫人形，置於輕紗幕裏，宛若生時。事亦見漢書外戚傳。繞徐刊本上有「今」字。樞有慶，帝王世紀：神農氏之末，少典氏娶附寶，見大電光繞北斗樞星照郊，感附寶，孕二十月，生黄帝於壽丘。嗚社承輝，藝文類聚：春秋潛潭巴曰：里社鳴，此里有聖人，其呴則百姓歸之。宋均注云：社里之君也，鳴則教令行，唯聖人能之。呴，鳴之怒也。而懿號未彰，貞魂莫祔，後漢書趙咨傳：敕子胤曰：「亡者元氣去體，貞魂游散。」按：妃不祔廟，故云。恐無以懋遵聖緒，光慰孝思。」公於是承命，有宣懿祔廟之制。新書：穆宗宣懿皇后韋氏，失其先世，穆宗爲太子，后得侍，生武宗。長慶時，册爲妃。武宗立，妃已亡，追册爲皇太后，上尊謚，奉主祔穆宗廟。「於是有」句法，仿左傳吕相絶秦體格。

初，文宗皇帝思宗社之靈，祧祖之重，傳于夏啓，既不克終，新書：文宗莊恪太子永，太和六年立，開成三年廢，暴薨。帝悔之曰：「朕有天下，反不能全一兒乎？」歸於與英華作「余」。夷，又集作「亦」。未能立。左傳：宋穆公疾，召大司馬孔父而屬殤公曰：「先君舍與夷而立寡人，寡人勿敢忘，請子奉之，以主社稷。」宋穆公卒，殤公即位。新書：陳王成美，敬宗第五子也，開成四年，帝立成美爲皇太子，典册未具而帝崩。乃推帝堯敦敘九族之道，書堯典：克明俊德，以親九族。皋陶謨：惇敍九族。弘魏文榮樂諸弟之志，集作「意」。魏文帝典論：年壽有時而盡，榮樂止乎其身，二者必至之常期，未若文章之無窮。徐曰：子桓爲嗣之後，猜忌諸弟，攜隙日深，故曹植求通親親表曰：恩紀之違，甚於路人，隔閡之異，殊於胡越。此句所云不可解，豈謂南皮之遊，西園之宴，少小追逐時與？按：典論論文，並不涉兄弟事，而舊書穆宗五子傳贈懷懿太子湊制亦云：念周宣好愛之分，長慟莫追；覽魏文榮樂之言，軫懷無已。則唐人習用之也。本集爲鹽州刺史狀，亦用之爲敦族之義矣。魏文有玄武陂詩曰：兄弟共行遊，驅車出西城，忘憂共容與，暢此千秋情。稍見友于之誼，而亦無「榮樂」字。魏志，文帝惟於趙王幹，親待隆於諸弟，以文帝爲嗣，幹母有力，且太祖遺令故也。其他則傳評所云，骨肉之恩乖，常棣之義廢矣。又北魏高祖孝文帝，篤愛諸弟，其紀文曰：「撫念諸弟，始終曾無纖介，惇睦九族，禮敬俱深。」彭城王勰傳曰：勰以寵受頻煩，乃曰：「臣聞兼親疎而兩，並異同而建，此既成文於昔，臣願誦之於後。陳思求而不允，愚臣不請而得，非獨曹植遠羨於臣，是亦陛下踐魏文而不顧。」高祖大笑，執勰手曰：「二曹才名相忌，吾與汝以道德相親，緣此而言，無慚前烈。」味其語，實引曹魏事爲比例，然則「榮樂諸弟」，必別有所據，未及徧考羣書，或古籍已逸耳。「榮樂」字既不見魏書，且北魏孝文不得直稱魏文，説者謂直用北魏事，非矣。按：典論論文云：「至若引氣不齊，巧拙有素，雖在父兄，不能以移子弟。蓋文章經國之大業，不朽之盛事，年壽有時而盡，榮樂止乎其身。是謂富貴榮樂，身亡則止，不如文章不朽，於諸弟何干。」此句且闕疑可耳。常曰，潁邸吾寧忘邪？文宗屢幸十六宅，與諸王宴樂，皆見舊紀。但武宗之立，由於宦官矯詔，彌縫反啓嫌疑矣。改本删之爲是。及武宗讓踰三四，漢書文帝紀：代王西鄉讓者三，南鄉讓者再。位當九五，易乾：九五，飛龍在天。出潛離隱，初九，潛龍勿用。文言曰：潛之爲言也，隱而未見。九二，見龍在田。註曰：出潛離隱，故曰見龍。躍泉在天，九四，或躍在淵。諱「淵」爲「泉」。揚八彩於堯眉，春秋元命苞：堯眉八彩，是謂通明，曆象日月，璇璣玉衡。尚書大傳：堯八眉者，如八字者也。挺二當作「三」。肘於湯臂。徐曰：「二」當作「四」。帝王世紀：湯臂四肘。按：春秋元命苞，湯臂四肘，是謂神剛，象月推移，以綏四方。又：白虎通，湯臂三肘，是謂柳翼，攘去不義，萬民蕃息。則作三肘，尤諧聲矣。故外則上公列辟，内則英華脱「則」字。常侍貴人，後漢書宦者傳：漢興，仍襲秦制，置中常侍官，然亦引用士人，以參其選。中興之初，内宫悉用閹人，不復雜調它士。漢書李廣傳：上使中貴人從廣。按：兼及閹人，語殊贅設，改本專從求仙引起，乃爲善於立言。咸願擬議形容，依稀彩飾。公搢圭歸美，吮墨摛詞，詠日月之光華，知天者之務也，吕氏春秋：虞帝卿雲歌曰：日月光華，旦復旦兮。贊乾坤之易簡，作易者之事乎。易：乾以易知，坤以簡能。公於是有聖容之贊。一品集真容贊序云：於是圖輕素，寫良金，擬鑑形於止水，若凝視於清鏡，五彩既彰，穆穆皇皇，居列仙之館，近元祖之光。

天寶季年，物豐時泰，骨骾一作「鯁」，同。者慕周偃武，漢書陳平傳：平謂漢王曰：「彼項王骨骾之臣，不過數人耳。」鮑宣傳上書曰：「朝臣亡有大儒骨鯁白首耆艾魁壘之士。」肉食者效晉清談，左傳：曹劌曰：「肉食者鄙，未能遠謀。」晉人多尚清談，如晉書王衍傳：惟談老、莊爲事，矜高浮誕，遂成風俗。後爲石勒所殺，將死，顧而言曰：「嗚呼！吾曹雖不如古人，向若不祖尚浮虚，戮力以匡天下，猶可不至今日。」豕不豶牙，易：豶豕之牙，吉。註曰：豕牙横猾剛暴，難制之物。豶牙，禁暴抑盛。疏曰：褚氏云：豶，除也。蠆因摇尾。詩：卷髮如蠆。箋曰：蠆，螫蟲也。尾末揵然。疏曰：「左傳已爲蠆尾。」言其尾有毒也。餘見濮陽公遺表。氛興燕易，謂安禄山叛范陽。駕狩巴梁。謂明皇幸蜀。九十年鑾輅不東，禮記：鸞車，有虞氏之路也。周禮夏官：大馭，掌馭玉路。凡馭路儀，以鸞和爲節。應劭漢官鹵簿：乘輿大駕御鳳凰車，以金根爲副，建龍旗，駕四馬，施八鸞，猶周金輅也。謂安、史亂後，車駕不復至東都。三千里華戎遂隔。西京賦：隔閡華戎。謂隴右諸郡陷吐蕃者。日者上玄降鑒，元聖恢奇，上玄謂天，元聖謂老子，非湯誥之聿求元聖。枚乘七發：馳騁恢奇。遂于首亂之邦，先有納忠之帥，「首亂之邦」謂范陽，「納忠之帥」謂張仲武。復我疆理，平我仇讎。集作「疆理我邊鄙，臧獲我仇讐」。負羽蒙輪，國語：晉獻公伐翟柤，郤叔虎被羽先升，遂克之。揚雄羽獵賦：賁、育之倫，蒙盾負羽，杖鏌邪而羅者以萬計。後漢書賈復傳：被羽先登。注曰：被，猶負也；析羽爲旌旗，將軍所執。又漢制考：被羽先升。注曰：繫鳥羽於背，若今軍將負眊矣。左傳：晉伐偪陽，圍之，狄虒彌建大車之輪，而蒙之以甲，以爲櫓，左執之，右拔戟，以成一隊。已聞於深入；漢書霍去病傳：去病出北地，遂深入。赤茀邪幅，「茀」可通「芾」。詩：赤芾在股，邪幅在下。將事於駿奔。陳萬一作「方」。賄以展儀，備四旗而告捷。「旗」本作「旂」，小誤，集作「駟介」。左傳：晉侯獻楚俘于王，駟介百乘，徒兵千，然非所用。隋書禮儀志：有繼旗四以施軍旅，一曰麾，以供軍將；二曰旞，以供師帥；三曰旟，以供旅帥；四曰旆，以供倅長。必用此也。仍願集無「願」字。於箕星之分，史記天官書：尾箕幽州。巫閭之旁，周禮夏官職方氏：東北曰幽州，其山鎮曰醫無閭。追琢貞珉，詩：追琢其章。彰灼來葉，以文上請，屬意宗臣。見祭楊郎中文。公乃更夢江毫，見上兵部相公啓。重吞羅鳥，見舉人獻韓琮啓。町畦一作「町畽」。河濟，「町畦」見祭呂商州文，若詩「町畽鹿場」，傳曰：鹿跡也。非所用矣。呼嘯神祇，宋玉招魂：招具該備，永嘯呼些。述烈一作「列」，非。聖之英猷，答大藩一作「藩維」。之深懇。既事苞理亂，思屬安危，不惟嵩嶽降神，固亦文星助彩，見爲李詒孫啓。螭蟠龜戴，一作「載」。蟲篆鳥章，漢書藝文志：六體者，古文、奇字、篆書、隸書、繆篆、蟲書。魏略：邯鄲淳善蒼雅蟲篆，許氏字指。晉書衛恆傳：四體書勢曰：黃帝之史沮誦、倉頡，眺彼鳥跡，始作書契。又曰：秦有八體，四曰蟲書。王莽時改定六書。六曰鳥書。拾遺記：蟲章鳥篆之記。構思而君苗硯焚，晉書陸機傳：弟雲嘗與書曰：君苗見兄文，輒欲燒其筆硯。灑翰而元常筆閣。魏志：鍾繇字元常。王粲傳注：粲才既高，辯論應機。鍾繇、王朗等雖爲卿相，至於朝廷議奏，皆閣筆不能措手。公於是有幽州紀聖功之碑。舊書張仲武傳：會昌時，爲盧龍節度使，時回鶻擾邊，有將特勤那頡啜擁赤心宰相一族七千帳，東逼漁陽。仲武遣其弟仲至與別將遊奉寰等，率鋭兵三萬人，大破之。獲馬牛、橐駝、旗纛，不可勝計。仲武表請於薊北立紀聖功銘，帝詔德裕爲之銘。餘互詳爲李貽孫啓，碑文載舊書仲武傳。按：幽州紀聖功之銘，專爲破那頡啜，蓋此功專在幽州，爲仲武所獨也。其後逐烏介，迎公主，則劉沔、石雄之功居多，而其地在振武軍也。那頡啜走，爲烏介所殺。

天街之北，獯鬻攸居，史記天官書：太史公曰：自河山以南者中國。中國於四海内則在東南，爲陽。陽則日、歲星、熒惑、填星；占於街南，畢主之。其西北則胡、貉、月氏諸衣旃裘引弓之民，爲陰。陰則月、太白、辰星；占於街北，昴主之。正義曰：街南爲華夏之國，街北爲夷狄之國。晉書天文志：昴爲旄頭，胡星也。昴、畢間爲天街。舊書回紇傳：其先匈奴之裔也，在後魏時，號鐵勒部落，臣屬突厥，又謂之特勒，後稱迴紇焉。餘見河南盧尹賀表。結以閼氏，一作「支」，同。降我皇女。漢書韓王信傳：上乃使人厚遺閼氏。師古曰：閼氏，匈奴單于之妻也。閼音於連反，氏音支。奉春君婁敬，常爲遠使；漢書婁敬傳：上曰：「婁者，劉也。」賜姓劉，號曰奉春君。上使敬復往使匈奴，還報曰：「匈奴不可擊。」匈奴傳：使劉敬奉宗室女翁主爲單于閼氏。下杜人楊望，長作畫工。漢書匈奴傳：元帝以後宮良家子王嬙字昭君賜單于。西京雜記：元帝使畫工圖形，案圖召幸。諸宮人多賂畫工，獨王嬙不肯。匈奴求美人，上按圖以昭君行，及去召見，貌爲後宮第一。乃窮按其事，畫工有杜陵毛延壽、安陵陳敞、新豐劉白、龔寬、下杜楊望、樊育，同日棄市。徐曰：舊書迴紇傳：肅宗以寧國公主出降，德宗以咸安公主出降，穆宗封第十妹爲太和公主出降。唐與迴紇凡和親者三，故云。乘以無年，遂忘舊好，見爲李詒孫啓。分偵邏於甌脱，漢書蘇武傳注：區脱，匈奴邊境候望之室也。區讀與甌同。匈奴傳：東胡與匈奴中間有棄地莫居千餘里，各居其邊爲甌脱。注曰：甌脱，作土室以伺也，若今之伏宿舍也。餘見滎陽謝上表。遺一作「遣」。祭酹一作「酹祭」。於蹛林。史記匈奴傳：五月，大會蘢城，祭其先、天地、鬼神。秋，馬肥，大會蹛林。漢書音義曰：匈奴秋社，八月中，皆會祭處，蹛音帶。鄭氏云：蹛林，地名。顔師古曰：蹛者，遶林木而祭也。按：遺，餘也，又去聲，餽也。周禮遺人註：以物餽贈也。左傳：請以遺之。此「遺」字似此解，秋時馬肥，每利入寇。俾我刁斗晨驚，兜零夜設。見桂州賽城隍文。公乃上資宸斷，旁耀一作「輝」，非。軍謀，心作靈臺，見爲裴祭薛文。手爲天馬。見爲舉人啓。充國四夷之學，此日方知；薛公三策之徵，他時未爽。並見李貽孫啓。既而鬼箝飛辨，史記：蘇秦、張儀師事鬼谷先生。註曰：風俗通義：鬼谷先生從横家。隋書志：鬼谷子三卷。周禮春官典同疏：鬼谷子有飛鉗、揣、摩之篇，飛鉗者，言察是非語飛而鉗持之。鉗、箝同。邳石降籌，漢書張良傳：良遊下邳圯上，有一老父衣褐，至良所出一編書曰：「讀是則爲王者師。後十年興。十三年，孺子見我，濟北穀城山下黄石，即我已。」其書乃太公兵法。餘屢見。不使郭閎仍讒於段熲，後漢書段熲傳：熲遷護羌校尉。延熹四年，諸種羌共寇并、涼二州。熲將湟中義從討之。涼州刺史郭閎貪共其功，稽固熲軍，使不得進。義從役久，戀鄉舊，皆悉反叛。郭閎歸罪於熲，熲坐徵下獄，輸作左校。羌遂陸梁，覆没營塢。於是吏人守闕訟熲以千數。朝廷知爲所誣，起復爲護羌校尉，遷并州刺史。寧教李邑更毀於班超。後漢書班超傳：李邑始到于寘，而值龜兹攻疏勒，恐懼不敢前，因上書陳西域之功不可成，又盛毀超擁愛妻，抱愛子，安樂外國，無内顧心。帝知超忠，乃切責邑。此數語，言其力破羣議。勢協聲同，火熠水灌，左傳，聲子曰：「王夷師熠。」注曰：吴、楚之間，謂火滅爲熠。史記趙世家：知伯率韓、魏攻晉陽，歲餘，引汾水灌其城，城不浸者三版。魏世家：秦引河溝灌大梁，城壞，遂滅魏。遂得朝還貴主，暮遁名王。後漢書竇憲傳：今貴主尚見枉奪，何況小人哉！漢書匈奴傳：虜名王貴人以百數。轄柳塞之歸車，山海經：鴈門山，註曰：即北陵、西隃，鴈之所出，在高柳北。漢書地理志：代郡高柳縣，西部都尉治。王融春遊詩：枝分柳塞北，葉暗榆關東。復梅妝而向闕，太平御覽引宋書：武帝女壽陽公主人日卧於含章簷下，梅花落公主額上，成五出之花，拂之不去，皇后留之，自後有梅花妝。按：敗回紇，平澤潞、太原，皆詳爲河南盧尹表、爲李貽孫啓，不更箋。此段謂逐烏介迎太和公主還朝也。及晉城赤狄赤翟即潞州。屢見。喪帥歸珪，白虎通：諸侯薨，使臣歸瑞珪于天子者何，嗣子諒闇，歸之者，讓之義也。有閼伯之弟兄，左傳：子産曰：「高辛氏有二子，伯曰閼伯，季曰實沈，居于曠林，不相能也，日尋干戈，以相征討。」誕景升之兒子。後漢書劉表傳：表字景升，二子琦、琮，表病甚，以琮爲嗣。會曹操軍至，琦走江南，琮舉州請降。吴志孫權傳注：吴歷曰：「曹公出濡須，權數挑戰，公堅守不出。權乃自乘輕船，從濡須口入公軍。行五六里，迴還作鼓吹。公見其舟船器仗軍伍整肅，歎曰：『生子當如孫仲謀，劉景升兒子，若豚犬耳！』」按：稹爲從諫之姪，故有此二語，然未顯豁，宜改本删之也。新書傳、通鑑，稹父從素，爲右驍衛將軍，武宗召見，令以書諭稹，稹不從。然此事殊不足信。將憑蜀闔，見爲柳珪謝啓。欲恃吴錢，姑務連雞，並見李詒孫啓。靡集作「不」。思縛虎，後漢書吕布傳：布降曹操，顧謂玄德曰：「卿爲坐上客，我爲降虜，繩縛我急，獨不可一言耶？」操笑曰：「縛虎不得不急。」二句爲河朔三鎮，欲爲輔車之勢，未肯恭行征討也，不如改本寫得詳重。既垂文誥，周語：祭公謀父曰：「有文告之辭。」尚有羣疑。易：「遇雨之吉，羣疑亡也。」通鑑：他宰相皆以爲國力不支，且劉悟有功，不可絶其嗣。從諫養精兵十萬，糧支十年，如何可取？請以積權知軍事。諫官及羣臣上言者亦然。公乃挺身而進曰：「重耳在喪，不聞利父；禮記：晉獻公之喪，秦穆公使人弔公子重耳，且曰：「亡國恒於斯，得國恒於斯。」舅犯曰：「父死之謂何？又因以爲利！孺子其辭焉。」衛朔受貶，祇以拒君。見李詒孫啓。今天井雄藩，見滎陽請不敍録狀。金橋故地，見爲河南尹賀表。跨摇河北，脅倚山東，豈可使明皇舊宫，見爲河南尹表。坐爲汙俗，文宗外相，徐陵爲貞陽侯重與王太尉書：外相内相，終當相屈。唐之使相，則外相也。從諫，太和時加同平章事。行有一作「宥」。匪人？易：比之匪人。」忠謀既陳，上意旋定。俄又埃昏晉水，霧塞唐郊。太原楊弁之亂。殊懿公之東徙一作「涉」。渡河，左傳：狄人伐衛，衛懿公戰于熒澤，衛師敗績，狄入衛，遂從之。又敗諸河，宵濟，立戴公以廬于曹。若紀侯之大去其國，見爲白從事啓。二句謂李石出奔汾州。稽於時議，憚在宿兵。見爲絳郡公啓。通鑑：楊弁請積約爲兄弟，朝議諠然，或言兩地皆應罷兵。公又揚笏而言曰：「彼地則義師，見李貽孫啓。帥惟宗室，新書宗室宰相傳：李石，襄邑恭王神符五世孫。乃玄一作「文」，非。王勤商之邑，詩：商頌：玄王桓撥。傳曰：玄王，契也。國語：玄王勤商，十有四世而興。后稷勤周，十有五世而興。水經注：契始封商，上洛商縣也。后稷造周之邦，詩序：生民，尊祖也。文、武之功，起於后稷。詩：即有邰家室。傳曰：邰，姜嫄之國也。堯見天因邰而生后稷，故國后稷於邰。左傳周書曰：文王所以造周。瓜瓞具存，詩：緜緜瓜瓞。堂構斯在，見爲懷州表。餘詳爲盧尹賀表。苟虧策畫，不襲一作「習」，誤。仇讎，左傳：楚文夫人曰：「令尹不尋諸仇讎。」子元曰：「婦人不忘襲讎，我反忘之。」則是奬夙沙縛主之風，長冒頓射親之俗。並見李貽孫啓。昔武安君用鉞，坑卒四十一徐曰：疑作「五」。萬；史記白起傳：趙括軍敗，卒四十萬人降。武安君乃挾詐而盡坑殺之，前後斬首虜四十五萬人，趙人大震。按：史記趙奢傳云：數十萬之衆降，秦悉阬之，趙前後所亡凡四十五萬。而國策與史記，又有言坑趙降卒四十二萬，數皆小異。齊桓公受胙，立功一十二國。左傳：會于葵丘，王使宰孔賜齊侯胙，曰：「天子有事于文、武，使孔賜伯舅胙。」史記：譜十二諸侯，自共和訖孔子。索隱曰：篇言十二，實敘十三者，賤夷狄不數吴，又霸在後故也。不數吴而敍之者，闔閭霸盟上國也。按：史記年表，首冠以周，末則吴也，凡十四國。周爲天王，故索隱專以吴爲言耳。桓公葵丘之會，王人與諸侯爲八，而國語云，一戰帥服三十一國，遂南征伐楚，皆與此不合。此汎指中國諸侯，如史記所表耳。今真將軍爲時而出，周亞夫事，見濮陽公謝上表。又史記趙世家：姑布子卿相無卹曰：「此真將軍矣。」賢諸侯代不乏人，況其俗産代地之名駒，見爲河南盧尹啓。富管涔之良璞，按：爾雅：西方之美者，有霍山之多珠玉焉。山海經：北次二經之首，在河之東，其首枕汾，其名曰管涔之山，其下多玉，句所用也。而王褒聖主得賢臣頌：及至巧冶鑄干將之樸。漢書作「樸」，今本文選作「璞」，徐氏據之而引管涔王使二童子獻劉曜神劍一口，誤矣。史記：蘇厲遺趙王書：代馬胡犬不東下，昆山之玉不出，此三寶者，亦非王有。即此二句之用意也。有抱樹辭榮之節，水經注：王肅喪服要記曰：魯哀公曰，桂樹者，起於介子推。子推，晉人也，文公有内難，出國之狄，子推隨其行，割肉以續軍糧。後文公復國，忽忘子推，子推奉唱而歌，文公始悟，當受爵禄。子推奔介山，抱木而燒死，國人葬之，恐其神魂賈於地，故作桂樹焉。琴操：介子綏作龍蛇之歌而隱，文公求之，不肯出，乃燔左右木，子綏抱木而死。子綏即子推。有漆身報德之風邪！戰國策：豫讓刃其扞曰，欲爲智伯報讎，漆身爲厲，滅鬚去眉，自刑以變其容，又吞炭爲啞變其音。趙襄子面數豫讓曰：「子獨何爲報讎之深也？」豫讓曰：「智伯以國士遇臣，臣故國士報之。」躡足以謀，漢書陳平傳：淮陰侯信破齊，自立爲假齊王，使使言之，漢王怒而罵，平躡漢王，漢王寤，乃厚遇齊使。屈指而定，見賀破奚寇表。謝安之圍棋尚劫，晉書謝安傳：玄等既破堅，有驛書至。安方對客圍棋，看書既竟，便攝放牀上，了無喜色，棋如故。客問之，徐答云：「小兒輩遂已破賊。」圍棋有劫，習見之事。曹參之飲酒正酣，見爲張周封啓。適有軍書，見賀破奚寇表。果聞戎捷。春秋：齊侯來獻戎捷。邯午謝衆，左傳：初，衛侯伐邯鄲午於寒氏，城其西北而守之，宵熸。注曰：午衆宵散。又：趙鞅謂邯鄲午歸我衛貢五百家，吾舍諸晉陽。午許諾。其父兄皆曰不可，不如侵齊而謀之。乃如之，而歸之于晉陽。趙孟怒，遂殺午。趙稷、涉賓以邯鄲叛。此曰謝衆，當用午衆宵散，抑豈以殺午比殺薛茂卿耶？丕豹出奔，左傳：晉郤芮殺丕鄭及里、丕之黨，丕豹奔秦，言於秦伯曰：「晉侯背大主而忌小怨，民弗與也，伐之必出。」史記：丕鄭子豹奔秦，說繆公曰：「晉君無道，百姓不親，可伐也。」繆公陰用豹。晉興兵將攻秦，繆公發兵使丕豹將，自往擊之，戰於韓，虜晉君歸。樂毅不歸，戰國策：昌國君樂毅爲燕昭王攻齊，下七十餘城。昭王死，惠王即位，用齊人反間，疑樂毅而使騎劫代之將。樂毅奔趙，趙封以爲望諸君。齊田單詐騎劫，卒敗燕軍復齊，燕王悔懼，乃使人讓樂毅且謝之。望諸君乃獻書報燕王。史記：樂毅卒於趙。鄒陽已去，按：舊作鄒衍，今考漢書傳，鄒陽仕吴，吴王濞陰有邪謀，陽奏書諫，吴王不内其言，於是鄒陽、枚乘、嚴忌皆去之梁。若鄒衍則自齊適梁，適趙，適燕，皆見尊禮，無所爲已去之事，且與下文複矣。後與劉稹書亦用此二事，故改定。新書傳有劉稹將薛茂卿事，已詳爲裴祭薛郎中文矣。又有李佐之者，爲從諫觀察支使，娶其從祖妹，後其奴告佐之漏軍中虛實，稹殺之。李師晦見從諫恣横，假言求長生不與事，請居涉，及稹敗，帝擢爲伊闕令。李丕爲昭義大將，軍中疾其才，丕懼，乞爲游奕深入，遂歸朝，帝擢爲刺史。詳詩集行至昭應縣篇。而從諫妻弟裴問爲賊守邢州，與刺史崔嘏自歸成德軍，洺州王釗歸魏博。通鑑有稹再從兄匡周爲中軍使兼押牙，郭誼患之，言於稹，稹使匡周稱疾不入。匡周怒曰：「我出，家必滅矣！」文先敍昭義事未竟，插入太原事，至「果聞戎捷」句，則謂太原已定矣。此四句又指昭義諸人之攜落而歸正者，然未可確爲分指，以下則謂誅劉稹也，數語殊添支節，改本删之而作分敍，方爲明暢。又按：新書傳，弁與稹連和，稹諸將言我求承襲，彼叛卒也，乃械其使送京師。使康良佺屯鼓腰嶺，敗太原兵，生禽卒七百，帝猶不赦稹。而通鑑只書弁遣其姪與賈羣俱詣稹，約爲兄弟，稹大喜。及吕義忠擒弁後，王逢擊昭義將康良佺，敗之，良佺退屯鼓腰嶺，無曾敗太原兵事。竊意昭義焉肯加兵太原？新書採唐末雜史説部，所謂事增於前者，要未一一皆實也。附標於此，餘可類推。砥磨周鉞，書牧誓：王左杖黄鉞。水淬鄭刀，史記天官書：火與水合爲淬。漢書王褒傳：清水淬其鋒。周禮考工記：鄭之刀。萬里來袁尚英華作「紹」，誤。之頭顱，二冢葬蚩尤之肩髀，並見賀破奚寇表。何其纂立大效，集作「功」。樹建嘉績，若是之速與！宗英可汗，謂黠戛斯君長。漢書敍傳：河間賢明，爲漢宗英。既畏王威，遂聞請吏，史記司馬相如傳：邛、笮之君長，聞南夷與漢通，得賞賜，欲願爲内臣妾，請吏比南夷。西南夷傳：冉駹皆振恐，請臣置吏，滇王舉國降，請置吏入朝。留犂徑路，漢書匈奴傳：韓昌、張猛與呼韓邪單于及大臣俱登匈奴諸水東山，刑白馬。單于以徑路刀金留犂撓酒，以老上單于所破月氏王頭爲飲器者，共飲血盟。應劭曰：徑路，匈奴寶刀也。金，契金也。留犂，飯匕也。撓，和也。契金著酒中，撓攪飲之。契，刻也。對湩酪以知羞；漢書匈奴傳：中行説曰：得漢食物皆去之，以視不如重酪之便美也。師古曰：重，乳汁也，音竹用反，本作「湩」。釋名：酪，乳汁所作。毳幕氈裘，漢書司馬相如傳：旃裘之君長咸震怖。餘見爲李詒孫啓。望衣冠而有慕。漢書終軍傳：白麟、奇木對曰：「殆將有解編髮，削左衽，襲冠帶，要衣裳而蒙化者焉。」師古曰：編讀曰辮。大畢伯士之胤，胤，一作「範」，誤。大，英華作「文」。注曰：集作「大」。徐曰：當作大畢、伯仕。周語：穆王將征犬戎，祭公謀父諫曰：「今自大畢、伯仕之終也，犬戎氏以其職來王。」注曰：大畢、伯仕，犬戎之二君，仕與士同，此喻堅昆。呼韓單于之師，改本作「呼韓谷蠡之師」，此「單于」二字誤。漢書匈奴傳：謂天爲「撐犂」，謂子爲「孤塗」。單于者，廣大之貌，言其象天單于然也。置左右賢王，左右谷蠡。又：共立稽侯狦爲呼韓邪單于，發兵西擊握衍朐鞮單于。呼韓邪單于歸庭，乃立其兄爲左谷蠡王。其冬，共立日逐王薄胥堂爲屠耆單于，發兵東襲呼韓邪單于。呼韓邪敗走，屠耆單于以其長子爲左谷蠡王，少子爲右谷蠡王。師古曰：谷音鹿，蠡音盧奚反。此喻回鶻。或執玉而朝靈囿，後漢書明帝紀：永平二年，宗祀光武皇帝于明堂，禮畢，登靈臺，使尚書令持節詔驃騎將軍、三公曰：「烏桓、濊貊咸來助祭，單于侍子，亦皆陪位。」徐曰：以臺爲囿，同在一處，義亦無害。或解辮而拜甘泉，隋書突厥傳：詔曰：襲冠解辮，同彼臣民。漢書匈奴傳：呼韓邪單于正月朝天子於甘泉宮，漢寵以殊禮，賜以冠帶衣裳。並垂於册書，光彼明一作「名」。命，按：「彼」，改本作「被」，或謂以賜姓名，用名以命之，似非也。通鑑：黠戛斯，古之堅昆，唐初結骨也。其君長曰阿熱，攻回鶻，大破之，焚其牙帳蕩盡，得太和公主。自謂李陵之後，與唐同姓，遣人奉公主歸唐，爲回鶻烏介可汗所邀奪。會昌二年十月，遣將軍至天德軍，言今出兵求索公主。三年二月，遣使獻名馬，德裕奏：「黠戛斯已自稱可汗，今欲藉其力，不可吝此名。若慮其不臣，當與之約，必如回鶻稱臣，乃行册命；又當敍同姓以親之，使執子孫之禮。」上從之。命德裕草賜黠戛斯可汗書，中有云：可汗受氏之源，與我同族。今回鶻殘兵，散投山谷，可汗既與爲怨，須盡殲夷。六月入貢，又賜之書。四年三月，遣將軍入貢，請發兵之期，集會之地，上又賜之詔諭。文中「宗英可汗」以下，謂此事也。又其時回鶻之將嗢没斯帥衆内附，乃賜國姓，并賜其弟數人名，遂爲朝臣，故有「大畢、伯士」數語，言其或來朝貢，或遂臣附也。會昌一品集有異域歸忠傳序，謂嗢没斯，有黠戛斯朝貢圖傳序，謂堅昆，又其時賜回鶻可汗及劉沔答回鶻宰相諸書，皆德裕所草，俱載集中。百王共貫，三代同規。公於是奉命有討北狄之詔，伐上黨之制，諭回鶻之命五，慰堅昆之書四。通鑑：自回鶻至塞上，及黠戛斯入貢，每有詔敕，上多命德裕草之。德裕請委翰林學士，上曰：「學士不能盡人意，須卿自爲之。」改本小結束處，殊勝原文。

每牙管既拔，芝泥將熟，一作「乾」。上輒曰：「爾有獨斷，朕一作「我」。無疑謀，固俟沃心，書：啓乃心，沃朕心。不可假手」。左傳：鄭伯曰：「鬼神實不逞于許君，而假手于我寡人。」公亦分陰可就，晉書陶侃傳：侃曰：「大禹聖者，乃惜寸陰，至於衆人，當惜分陰。」落簡如飛。故每有急宣，關於密畫，内庭外制，皆不與聞。此又豈可與美洞簫而諷於後庭，漢書王褒傳：元帝爲太子，喜褒所爲甘泉及洞簫頌，令後宫貴人左右皆誦讀之。聞子虛而嗟不同世者，漢書司馬相如傳：蜀人楊得意爲狗監，侍上，上讀子虛賦而善之曰：「朕獨不得與此人同時哉！」得意曰：「臣邑人司馬相如自言爲此賦。」論功而校德邪？其有勢切疾雷，易：動萬物者，莫疾乎雷。六韜：用兵之道，使如疾雷，不及掩耳。機難終日，易：君子見幾而作，不俟終日。屬宣室未召，見賀破奚寇表。武帳不開，見舉人上蕭侍郎啓。公莫暇昌言，且陳密疏。賈太傅之憂國，故一作「固」。動集作「洞」，非。深誠；用治安策論封建事。山吏部之論兵，詎因夙習？晉書山濤傳：吴平之後，帝詔州郡悉去兵。濤論用兵之本，不宜去州郡武備，其論甚精。于時咸以濤不學孫吴，而暗與之合。餘已詳陳許奏充判官狀。凡所奏御，罕或依違。舊書封敖傳：敖草封衛國公制曰：遏横議於風波，定奇謀於掌握，意皆我同，言不他惑。德裕口誦此數句，撫敖曰：「陸生有言，所恨文不逮意。如卿此語，秉筆者不易措言。」解其所賜玉帶遺之。以上二小段，乃來書中所云并奏議等也。及武宗下武重光，書：昔君文王、武王，宣重光。餘見河南盧尹賀表。崇名再易，公又觀圖東序，見獻集賢相公啓。按諜西崐，漢書禮樂志：宫童效異，披圖案諜。穆天子傳：天子西登崐崙，至於羣玉之山，先王之所謂册府。率億兆同徐刊本作「歸」，非。心，列公卿定議，以一十四字，詳爲河南盧尹賀表。垂百一作「億」。千萬年。藻縟辭華，鋪舒名實，秦晉於玉檢瑶繩之内，見爲李詒孫啓及祭老姑文。平勃於綠疇讒鼎之間。左傳：讒鼎之銘。注曰：讒，鼎名也。正義曰：服虔云：疾讒之鼎，明堂位所云崇鼎是也。一云：讒，地名，禹鑄九鼎於甘讒之地。二者並無案據。按：此爲叔向與晏子語也，而韓子：齊伐魯，索讒鼎，以其贋往，則是古物而在魯者。餘見汝南公賀元日表與滎陽公賀破奚寇表。「圖」、「疇」義同，當用洪範。淮南子俶真訓：洛出丹書，河出綠圖。方將命禮官，召儒者，訪匡衡后土之議，漢書郊祀志：匡衡以甘泉、泰畤、河東后土之祠，宜可徙置長安，願與羣吏定議。採公玉明堂之圖，漢書郊祀志：濟南人公玉帶上黃帝時明堂圖，明堂中有一殿，四面無壁，以茅蓋通水，水圜宮垣，爲復道，上有樓，從西南入，名曰昆侖。天子從之入，以拜祀上帝。考肆覲之禮於梁生，書：肆覲東后。後漢書祭祀志：建武三十年，羣臣言宜封禪泰山，不許。三十二年，上感河圖會昌符之文，乃詔梁松等復按索河洛讖文言九世封禪事者。松等列奏，乃許焉。梁松傳：松博通羣書，明習故事，與諸儒修明堂、辟雍、郊祀、封禪禮儀，常與論議。取封禪之書於犬子，漢書司馬相如傳：天子使所忠往取其書，而相如已死。其妻曰：「長卿未死時，爲一卷書，曰：『有使來求書，奏之。』」其遺札書言封禪事，所忠奏焉，天子異之。餘見爲柳珪啓。盡皇王之盛事，極臣子之殊功。而軒鼎將成，漢書郊祀志：黃帝采首山銅，鑄鼎於荆山下，鼎既成，有龍垂胡髯，下迎黃帝。黃帝上騎，羣臣後宮從上龍七十餘人，後世因名其處曰鼎湖。禹書就掩，孔靈符會稽記：會稽山南有宛委山，其上有石，俗呼石匱，壁立干雲。昔禹治洪水，厥功未就，乃躋於此山發石匱，得金簡玉字，以知山河體勢，於是疏導百川，各盡其宜。此兼用禹穴，見表狀中。非用靈寶要略與吳地記「吳王闔閭時，靈威丈人入包山洞，取靈寶經二卷。孔子云『禹之書也』」事。然猶進先嘗之藥，禮記：君有疾飲藥，臣先嘗之。親有疾飲藥，子先嘗之。獻高手之醫，初學記：司馬彪續漢書曰：東平王蒼到國，病，詔遣太醫丞將高手醫視病。漢官儀：丞相有疾，朝廷遣中使太醫高手。藏周旦請代之書，書金縢：王有疾，弗豫，周公告太王、王季、文王。史乃册祝曰：「以旦代某之身。」公歸，乃納册於金縢之匱中。追漢宣易名之義。漢書宣帝紀：初名病已，元康二年詔曰：聞古天子之名，難知而易諱也，今百姓多上書觸諱以犯罪者，朕甚憐之，其更諱詢。舊書武宗紀：本名瀍，會昌六年三月壬寅，上不豫，制改御名炎。一品集改名制旨云：漢宣帝柔服北夷，宏宣祖業，功德之盛，侔於周宣，御歷十年，乃從美稱。朕遠惟大漢之事，近稟聖祖之謀，爰擇嘉名，式遵令典，宜改名爲炎，分命宰臣告天地宗廟。作爲大誥，書序：周公將黜殷，作大誥。祈于昊天，書召誥曰：惟恭奉幣用供王，能祈天永命。一品集有武宗改名告天地文。始終一朝，紹續九德。書：九德咸事。「紹續」，即來書所云「獲繼家聲」也。其功伐也既如彼，史記：古者人臣功有五品，以德立宗廟定社稷曰勳，以言曰勞，用力曰功，明其等曰伐，積日曰閱。其制作也又如此。故合詔誥奏議碑贊等，凡一帙一十五卷，輒署曰會昌一品集云。紀年，追聖德也；書位，旌官業也；不言制禁，一作「集」，非。崇論道也。

惟公字文饒，姓李氏，趙郡人。蓋大昴中丘，漢書地理志：常山郡領中丘縣。又：趙地昴、畢之分野。有風雨翕張之氣；叢臺高邑，地理志：趙州領高邑縣。餘見上河東啓。有一作「名」。山河隱軫之靈。左傳：表裏山河。註曰：晉國外河而内山。揚雄蜀都賦：方轅齊轂，隱軫幽輵。謝靈運詩：隱軫邑里密，緬邈江海遼。沈約詩：上瞻既隱軫，下睇亦溟濛。按：「隱軫」字自有據，不必引甘泉賦也。互見祭張書記文。萃于直躬，慶是全德。許靖廊廟之器，蜀志許靖傳：評曰：蔣濟以爲「大較廊廟器」也。黄憲師表一作「長」。之姿，後漢書黄憲傳：憲年十四，荀淑竦然異之，與語移日，謂憲曰：「子，吾之師表也。」按：以下改本全删，尤見大體。何晏神仙，見祭呂商州文。叔夜龍鳳，晉書：嵇康美詞氣，有風儀。嵇康別傳：康長七尺八寸，偉容色，雖土木形骸，不加自飾厲，而龍章鳳姿，天質自然。宋玉閑麗，宋玉登徒子好色賦序：玉爲人，體貌閑麗。王衍白皙，世說：王夷甫容貌整麗，恆捉白玉柄麈尾，與手都無分別。左傳：有君子白皙。馬援之眉宇，見祭伏波文。盧植之音聲，後漢書：盧植字子幹，音聲如鐘。此其妙水鏡而爲言，蜀志李嚴傳注：習鑿齒曰：「夫水至平而邪者取法，鏡至明而醜者亡怒，水鏡之能窮物而無怨者，以其無私也。況大人君子，爵之而非私，誅之而不怒，天下有不服者乎！」餘見山南薛從事啓。託丹青而爲裕。按：英華作「裕」，徐氏疑當作「格」，今思衛公名裕，然生者不相避名，且二名不偏諱，「爲裕」，猶有餘裕也，「格」字必非。余疑其本作「譽」，音訛爲「裕」，細玩亦非也。餘見爲李貽孫啓。至於好禮不倦，禮射義：好學不倦，好禮不變。用和爲貴，敬一人而取悦，孝經：敬一人而千萬人悦。謙六一作「三」。位而無咎，徐氏引謙卦九三，以解三位，似未全也，作「六」字是。意集作「點」，似「黠」字之訛。以默識，孔融薦禰衡表：弘羊潛計，安世默識。確乎寡辭。見爲鄭從事妻祭文。車匠胡奴，罔迷於半面；後漢書應奉傳注：謝承書曰：奉少爲上計吏，許訓爲計掾，俱到京師。自發鄉里，在路晝頓暮宿，所見長吏、賓客、亭長、吏卒、奴僕，訓皆密疏姓名，欲試奉。還郡，出疏示奉。奉云：「前食潁川綸氏都亭，亭長胡奴名禄，以飲漿來，何不在疏？」坐中皆驚。又云：奉年二十時，嘗詣彭城相袁賀，賀時出行，閉門，造車匠於内，開扇出半面視奉，奉即委去。後數十年於路見車匠，識而呼之。背碑覆局，無俟於專心。魏志王粲傳：粲與人共行，讀道邊碑，因使背而誦之，不失一字。觀人圍棋，局壞，粲爲覆之，不誤一道。聿成儉訓，不有長物，晉書王恭傳：恭曰：「吾平生無長物。」昔猶卑官，端坐心齋。見爲柳珪謝啓。江革分謝朓之舊襦，便爲卧具；南史：謝朓大雪中，見江革敝絮單席，耽學不倦，乃脱襦并割氈與之。周正得袁憲之談柄，常一作「嘗」。在講筵。南史：袁憲字德章，憲父君正遺門客與憲候博士周弘正。會弘正將升講坐，弟子畢集，乃延憲入室，授以麈尾，令憲豎義。時謝岐、何妥遞起義端，弘正亦起數難，終不能屈。按：句中「得」字似誤。五車自娛，三篋能識，并見安平公奏充判官狀。麗則孔門之賦，揚子法言：詩人之賦麗以則，詞人之賦麗以淫，如孔氏之門用賦也，則賈誼登堂，相如入室矣。清新鄴下之詩。陸機陸雲別傳：雲亦善屬文，清新不及機，而口辯持論過之。任昉薦士表：辭賦清新。鍾嶸詩品序：降及建安，曹公父子篤好斯文，平原兄弟鬱爲文棟，劉楨、王粲爲其羽翼，次有攀龍託鳳，自致於屬車者，蓋將百計，彬彬之盛，大備於時矣。重以多能，推於小學，漢書藝文志：古者八歲入小學，周官保氏掌養國子，教之六書。王子敬之隸法遒媚，晉書王羲之傳：子獻之工草隸。按：王僧虔謂獻之遠不及父，而媚趣過之。晉書采以入傳。書斷謂小真書筋骨緊密，不減於父。皇休明之草勢沈著，吳録：皇象字休明，廣陵江都人，工書，中國善書者不能及也。王僧虔名書録：吴人皇象能草，世稱沈著痛快。宣和書譜：皇象官至侍中，工八分篆草，初學章草，沈著痛快。論者以象書比龍蠖蟄啓，伸槃腹行，當時以爲章草入神。異時一作「代」。相逼，當代一作「世」。罕儔。不妄集作「忘」。過一作「遇」。人，後漢書：第五倫不敢妄過人食。此則泛言交遊耳。慎於取友，與李杜齊名者少，後漢書范滂傳：滂母曰：「汝今得與李、杜齊名，死亦何恨？」願集作「須」。僑札交睨者稀。見滎陽公謝端午賜物狀。故能應是昌時，媚于天子，憲章皇極，燮理元穹，燭燿家聲，粉飾國史，侔帝典之灝灝噩噩，揚子法言：虞夏之書渾渾爾，商書灝灝爾，周書噩噩爾。尊王道之蕩蕩平平。見賀德音表。而又不節怨嗟，易：不節若則嗟若。知進憂亢，易：亢之爲言也，知進而不知退。張良竟稱多病，史記：留侯從入關，留侯性多病，即道引不食穀。王充方務頤神。後漢書王充傳：肅宗特詔公車徵，病不行，年漸七十，造養性書十六篇，裁節嗜欲，頤神自守。時德裕已爲分司閑職，故云。無潁陽之善田，漢書翟方進傳：汝南舊有鴻隙大陂，郡以爲饒。成帝時，關東數水，陂溢爲害，方進遂奏罷之。及翟氏滅，鄉里歸惡，言方進請陂下良田不得而奏罷陂云。潁陽漢屬潁川郡，鴻隙陂正在其地，故曰「潁陽善田」。舊注引王翦事而疑當作「頻陽」，誤矣。乏好時之巨産，漢書陸賈傳：賈楚人也，以好時田地善，往家焉。何曾之食既去，英華作「既疏」。注曰：集作「疏去」。徐刊本作「既去」，皆可疑。晉書何曾傳：曾爲丞相，加侍中，拜太尉，進爵爲公，領司徒，進太傅。曾性奢豪，廚膳滋味，過於王者。每燕見，不食太官所設，帝輒命取其食，食日萬錢，猶曰無下箸處。虞悰之鮓方嘗。南史虞悰傳：悰爲侍中、祠部尚書，武帝就悰求諸飲食方，悰秘不出。上醉後，體不快，悰乃獻醒酒鯖鮓一方而已。此二句，借食味以言罷相居東也。然何曾事，畢竟與上下句不倫，改本盡删之矣。憂其厚味，周語，單襄公曰：「厚味實腊毒。」嵇康養生論：識厚味之害性，故棄而弗顧。有爽和氣，肴蔌英華注疑作「荻」，非也。無佐，按：英華作「無在」，集作「無任」，皆不可通。此必作「佐」，謂肴蔌之外，無厚味佐之也，故改定。詩：其肴維何，炰鱉鮮魚。其蔌維何，維筍及蒲。琴鶴有餘。成萬古之良相，爲集作「作」。一代之高士，晉皇甫謐著高士傳。緊爾來者，景山仰之。按：詩，高山仰止，景行行止。毛傳：景，大也。鄭箋：景，明也。有明行者則而行之，有高德者則慕仰之。此與高山合爲景山，似兼用詩傳景山大山之義，改本專曰景行。

某昔在左曹，亞以給事中出，故曰左曹，即左掖也。實一作「每」。事先帝，雖詭詞望利，穀梁傳：造辟而言，詭辭而出。注曰：「辟，君也。詭辭而出，不以實告人也。」禮記：事君大言入則望大利，小言入則望小利。不接於話言；英華作「言話」，非。而申一作「深」，非。義約文，孔安國尚書序：承詔作傳，約文申義，敷暢厥旨。庶窺於風采。代天之言既集，書：皋陶謨曰：天工人其代之。蟠地之樂難忘。禮記：及夫禮樂之極乎天而蟠乎地。蓋屬才華，用爲序引，以鄒衍之迂怪，史記：騶衍深觀陰陽消息而作怪迂之變，終始、大聖之篇十餘萬言。其語閎大不經，必先驗小物，推而大之，至於無垠。將潁嚴之淺近，杜預春秋左傳序：末有潁子嚴者，雖淺近亦復名家。按：左傳「西狩獲麟」疏：潁容字子嚴，陳郡人，與賈逵、服虔並舉，即此人。忽焉承命，何所措辭。五嶺幽遐，八桂森爽，皆屢見。莫逢博約，寧遇切磋。處無價之場，卒然占玉；尹文子：魏田父耕於野，得玉徑尺，置於廡下，明照一室，大怖，棄之於遠野。鄰人取之，獻魏王，王召玉工望之相之。玉工望之，再拜賀曰：「天下之寶，此無價以當之，五都之城，僅可一觀。」登一作「立」。不枯之岸，蠡爾論珠，見李詒孫啓。梁書顧協傳：貢玉之士，歸之潤山，論珠之人，出於枯岸。雖嘗有意焉，亦不知量也。某叩頭再拜上。集無此六字。

太尉衛國公李德裕會昌一品制集序

題從文粹，而首有「丞相」二字。唐無其名，故删之。文苑英華辨證：李德裕集序二首，蓋鄭亞先委商隱代作，亞後改定，故有異同。今德裕集用鄭亞作。徐曰：典嚴正大，較原作更得體，故附録之。舊書鄭畋傳：父亞，字子佐，聰悟絶倫，文章秀發。李德裕在翰林，以文干謁，深知之。餘詳桂州謝上表。按：原稿非不華贍莊重，然大有矜持之態，且未全得體，一經點竄，氣象迥殊矣。文章之工拙，匪徒學問所爲，亦有氣局福分主之。是説也，余驗之久而益信。起結兩段全改，中間詞藻，取諸原本，而别運以清機，讀者細爲體味，可以得文章進境矣。

綸綍之興，載籍之始，先王發號施令，書冏命：發號施令，罔有不臧。明罰敕法，易：雷電噬嗑，先王以明罰敕法。蓋本於此也。唐虞之盛，二典存焉。夏殷之隆，厥有訓誥。自胤征甘誓，乃有誓命之書，皆三代之文，一王之法也。史記太史公自序：孔子作春秋，垂空文以斷禮義，當一王之法。虞夏之際，代祀綿遠，其代工掌制之名氏，莫得而知。至於成湯太甲，則有仲虺伊尹，爲之訓誥。高宗得傅説，則有説命之篇。周公召公相成王，則有洛誥酒誥、周官顧命。秦始皇帝并一區宇，丞相李斯，實掌其言。漢興，當秦焚書之後，侍從之臣，皆不習文史，蕭曹之輩，又乏儒墨之用，每封功臣，建子弟，其辭多天子爲之，縱委於執翰者，亦非彰灼知名之士。武帝使司馬相如視草，率皆文章之流，以相如非將相英華有「之」字。器也。厥後寖微寖長，英華作「寖以微長」。下於魏晉，亦代有其人。我高祖革隋，文物大備，在貞觀中，則顔公師古岑公文本興焉。在天后時，則李公嶠崔公融出焉。燕許角立於玄宗之朝，新書蘇頲傳：自景龍後，與張説以文章顯，稱望略等，故時號「燕許大手筆」。餘詳上篇。常楊繼美於代宗之世。舊書傳：楊炎字公南，文藻雄麗，遷中書舍人，與常衮並掌綸誥。衮長於除書，炎善爲德音，自開元以來，言詔制之美者，時稱「常楊」焉。德宗即位。拜門下侍郎同平章事。按：下「世」字，英華亦作「代」，避諱也，今從集。洎憲宗皇帝，英武啓運，雄圖赫張，中興之業，高映前古。其時則先太師忠公，翺翔內署，有密勿贊佐之績，平吳定蜀，時一作「實」。惟其功。及登樞衡，作霖雨，尊王室，卑諸侯，圖蔡料齊，外定內理，舊書李吉甫傳：憲宗即位，劉闢反，帝命誅討之，計未決。吉甫密贊其謀，兼請廣徵江淮之師，由三峽路入，以分蜀寇之力。由是甚見親信。元和二年春，擢爲中書侍郎、平章事。至六年正月，自淮南節度授中書侍郎、平章事，封趙國公。至淮西節度吳少陽卒，子元濟請襲位，吉甫以爲淮西内地，不同河朔，且四境無黨援，國家常宿數十萬兵以守禦，宜因時而取之，始爲經度淮西之謀。九年冬，暴病卒。新書傳：李錡在浙西請領鹽鐵，又求宣、歙，吉甫言：「錡不臣有萌，若益以鹽鐵之饒，采石之險，是趣其反也。」帝寤。劉闢拒命，高崇文圍鹿頭未下，吉甫言：「漢、晉、宋、梁凡五攻蜀，由江道者四。且宣、洪、蘄、鄂強弩，號天下精兵，請起其兵，擣三峽之虚，則賊勢首尾不救，崇文懼舟師成功，人有鬭志矣。」帝從之。劉闢平，吉甫功居多。又度李錡必反，曰：「錡，庸材，所畜乃亡命羣盜，非有鬭志，討之必克。徐州嘗敗吳兵，江南畏之。若起其衆爲先鋒，可以絶除後患。韓弘在汴州，多憚其威，詔宏子弟率兵爲掎角，則賊不戰而潰。」從之。錡衆聞徐、梁兵興，果斬錡降。以功封贊皇縣侯，徙趙國公。自蜀平，帝鋭意欲取淮西。及元濟擅立，吉甫與帝意合。又請自往招元濟，苟不悛，得指授羣帥俘賊以獻天子。不許，固請至流涕，帝慰勉之。會暴卒。按：李錡事，舊書傳不載，新書傳，平李錡在吉甫爲相後，今文皆作在内署時，則以阻其鹽鐵、宣歙之請也。元和十三年，討平淄青李師道，在吉甫卒後，所云「料齊」，二書傳皆不載。舊傳云：及爲相，患方鎮貪恣，乃上言使屬郡刺史得自爲政。新傳云：姑息藩鎮，有終身不易地者。吉甫爲相歲餘，凡易三十六鎮，殿最分明。此所謂卑諸侯也。顯王言於典誥，彰帝範於圖籍，紀在徽册，播於無窮。特進、太子少保分司東都衛公，長慶中，事惠皇，舊書紀：穆宗睿聖文惠孝皇帝。

爲翰林學士，訓誥之業彰於前一作「傳」，誤。聞。檀弓：我未之前聞也。舊書李德裕傳：穆宗即位，召入翰林充學士。禁中書詔，大手筆多詔德裕草之。長慶元年，轉考功郎中、知制誥。二年，轉中書舍人，學士如故。昭肅皇帝統握乾符，寤寐良弼，詔自淮海，復升台庭，舊書傳：初，德裕父吉甫，年五十出鎮淮南，五十四自淮南復相。今德裕鎮淮南。復入相，一如父之年，亦爲異事。盡付玄機，允厭神度。每彤庭一作「墀」。奏罷，別承天睠，帝亦講伊訓説命，一作「伊尹、傅説」。之旨，定元首股肱之契，以太平之制度，上古之文教，咸屬於公焉。

會先太后懿號未立，帝明發有永懷之痛，公述沙麓神井之瑞，贊繞樞懷日之慶，史記外戚世家：景帝王夫人夢日入其懷，此貴徵也，生男即武帝。懋遵聖緒，光慰孝思，於是承命有宣懿祔廟之制。及武宗郊昊天，拜清廟，文物胥備，朝廷有禮，詳汝南華州賀表。華夷述職，河朔修貢，唐自再失河朔，終不能復，故以河朔修貢爲撫馭之盛事。乃顯神庥，薦徽號，奉揚一德，以示萬方，於是撰仁聖文武至神大孝之册。會昌二年四月上尊號，註見前。按：此段，原稾所無。今先敍太后祔廟爲引，而以兩次尊號之册，挈武宗一朝之始終，包諸詔書碑贊於內，尤見森嚴。封域無虞，陸機辨亡論：烽燧罕警，封域寡虞。天子儵然有求玄之思；舊書武宗紀，帝在藩時，頗好道術修攝之事，即位之秋，召道士趙歸真等八十一人於三殿修金籙道場，帝親受法籙。餘見爲河南尹賀表。乃範貞金，模聖表，隆準日角，漢書：高祖爲人隆準而龍顏。後漢書：光武隆準日角。燭於宮庭，中外臣僚，咸欲以一無「以」字。頌山河而褒日月也，公於是有聖容之贊。天街之北，獯鬻攸居，因饑憑陵，怙衆強禦。嚴之以刁斗，而勃爾無懼；中之以文告，又一作「而」。腆一作「坦」。疑「嘸然」之訛。漢書韓信傳：諸將嘸然，陽應曰諾。然不率。天子震怒，旋命征之。公獨運沈機，上資神皆作「宸」，今從一品集本。斷，萬里勝負，決於帷中。雷霆既震，爾雅：疾雷爲霆。犬羊遂一作「遽」。潰，疣贅披抉，莊子外篇：附贅縣疣，出乎形哉而移於性。腥羶解離。禮記月令：春其臭羶，秋其臭腥。國語：子犯曰：「偃之肉腥臊。」廣韻：腥，豕臭肉；羶，羊臭。遁其名王，復我貴主，公於是有討北狄之詔。天寶末，薊門爲首亂之地，薊門即范陽之地。瘡痏榛棘，一品集刊本作「長安並蒙榛棘」。襲世未平。至是一作「於」。漁陽帥英華有「師」字，誤。仲武一作「張仲武」。埽除妖孽，一品集本作「僭亂」。按：一品集多訛字，今且並列之耳。臧獲仇讎，漢書司馬遷傳：臧獲婢妾。應劭曰：方言云：海岱之間，罵奴曰臧，罵婢曰獲。燕之北郊，凡民而壻婢謂之臧，女而婦奴謂之獲。晉灼曰：臧獲，敗敵所被虜獲爲奴隸者。奉揚威神，乃底康靖，仍願勒石於盧龍一品集作「陰山」，誤。之塞，魏志田疇傳：豈可賣盧龍之塞，以易爵賞。魏書地形志：北平郡新昌縣有盧龍山。此敍破那頡啜，詳原藁。以敍一品集作「顯」。聖功。飛章上聞，帝用允若。公祗膺明命，一品集作「公極涣汗明命」。舒展格言，呼嘯神祇，吐納嵩華，當晝而文星見，不寐而白鳳來，成一品集作「彰」。諸侯不朽之勳，尊一品集作「廣」。元后無私一品集作「爲」。之化，公於是有幽州紀聖功英華無「聖」字。之碑。潞帥劉從諫死，其子因關河之嶮，恃甲兵之衆，請爵争地，屢聞王庭。八字，一品集作「乃敢揚聲進討，拒命王庭」，誤。中外疑迷，互撓天聽。帝將耀神武，一作「帝凝思奮神武」。公累罄一作「獻」。忠一作「奇」。謀，且言一無「言」字。曰：「重耳在喪，不聞利父；雄一品集作「輒」，誤。渠當作「鬻拳」。受戮，祇以拒英華、文粹皆作「拒」，徐刊本作「抵」，愚謂當作「懼」。君。按：舊本皆作「雄渠受戮」，徐氏引漢景帝時，吴、楚七國反，中有膠東王雄渠以證之。今考史、漢，皆止言雄渠與吴、楚反，漢擊破誅之，未嘗獨有他事也。左傳：鬻拳強諫楚子，楚子弗從，臨之以兵，懼而從之。鬻拳曰：「吾懼君以兵，罪莫大焉。」遂自刖也。文定用此事，言以兵懼君，由於忠愛，尚自納於刑，況稱兵作亂哉！漢書禮樂志註：抵，忤也。冒，犯也。亦可通。然若果用此事，則疑「懼」字之訛也。按：范寧春秋穀梁傳序，左氏以鬻拳兵諫爲愛君，譏其乖大義也。與此引用之意相合。況明皇舊宫，天井内地，跨連一作「摇」。河北，脅倚山東，豈可行有一作「宥」。匪人，坐爲汙俗？若是可忍，一作「若可忍也」。孰不可容！」沃心無疑，躡足乃定。又曰：「上黨居天下之脊，當河朔之喉，今漳水雄兵，史記河渠書：西門豹引漳水溉鄴，以富魏之河内。水經注：濁漳水出上黨長子縣西發鳩山，東過壺關縣北，故黎國也。有黎亭縣，有壺口關。清漳水出上黨沾縣西北少山大黽谷，至武安縣，南入於濁漳。常山勁卒，書：太行、恒山至于碣石，漢書地理志：常山郡注曰：恒山在西，避文帝諱，改常山。漳水謂魏博節度，常山謂成德節度。是爲脣齒，實懼因依，不若乘於一作「其」。未萌，制其將動。」帝俞其奏，乃妙選使臣以勞諭之，嚴立刑賞以勸戒之。魏侯鎮侯，成德軍節度治恒州，元和十五年避穆宗名，改鎮州，故又稱鎮冀節度。戮力從命，按：此述德裕奏請遣李回使諭魏帥何宏敬、鎮帥王元逵事。詳爲李詒孫啓。此實克平昭義之要策，時亞亦從李回行，故較原稿所敘，更中要害。時告魏、鎮二帥，以王師不欲輕出山東，請公等取邢、洺、磁三州以報天子。二將聽命，皆櫜鞬道左，讓制使先行，事具史書。絶壺關之右臂，收泜水之上游，水經注：濁漳水條下，枝水，俗謂之祗，一作泜水。水承白渠於㮚縣之烏子堰。昔在楚、漢，陳餘不納左車之計，悉衆西戰，韓信遣奇兵自間道出，立幟於其壘，師奔失據，遂死泜上。獲茲渠魁，在此成算。又轅門叛將，横一作「潢」，非。水餘凶，竊上相之旌旗，盜晉陽之管鑰。詳賀尊號表、爲李詒孫啓。帝怒斯赫，人心愈疑，咸以師老於郊，梟巢尚固，議罷兵者蚊聚，請宥過者雷同。公又揚笏而言曰：「彼地則義師，帥分文粹作「介」，誤。宗室，是玄祖英華作「文王」，非。勤商之邑，后稷造周之邦，瓜瓞具存，堂構斯在。苟虧策畫，不襲仇讎，則是奬彌牟逐主之風，彌牟，衛將軍文子也。左傳：哀公二十五年五月，衛褚師比、公孫彌牟、公文要、司寇亥、司徒期，因三匠與拳彌以作亂，皆執利兵，譟以攻公。衛侯出奔宋。二十六年，叔孫舒帥師會越皋如納衛侯，公不敢入，師還，立悼公，南氏相之。注曰：南氏即彌牟。長冒頓射親之俗。詩稱『築室于道』，書謂『疑謀勿成』。」敍力主戰伐，以破羣疑，較原稿更詳重。由是洞啓宸衷，大破羣議。運籌制勝，舉無遺策；防微慮遠，必契神機。授鉞之臣，伏膺承命。謝安之圍棋尚劫，曹參之飲酒方酣，果有軍書，繼一品集作「奏」。聞戎捷。砥磨周鉞，水文粹作「兵」，誤。淬鄭刀，萬里來袁尚文粹作「紹」，誤。之頭顱，二冢葬蚩尤之肩髀。歡聲雖震於朝市，喜氣不見於形容，何其纂立功勳，鎮定風俗，若是之重也！文粹無「也」字。公於是有伐上黨之制，平晉陽之敕。上黨謂稹，晉陽謂弁。宗英英華作「華」，誤。可汗，獻琛輸一作「貢」。賚，越自絶漠，一作「域」。通於本朝。大畢伯士之胤，呼韓谷一作「鹿」。蠡之師，或執玉而朝靈囿，或解辮而拜甘泉，並垂於册書，一作「史册」。光被明命。公於是有諭回鶻之命五，慰堅昆之書四。按：此敍黠戛斯事，而兼及回鶻嗢没斯内附，皆詳原稿與代李貽孫啓。文章等於訓傳，機事出於神明，固將偃仰邳石之符，傲睨鬼箱之録，聞之者可以祛聾瞶，得一作「傳」。之者可以弼邦國。每牙管既拔，芝泥將熟，一作「乾」。嘗於前席，親授筆札，公亦分陰可就，落簡如飛。時有急宣，關於密畫，内庭外制，皆不與聞。或勢切疾雷，機難終日，宣室未召，武帳莫開，公則手疏一作「疏於」。封章，達於旒扆。一作「㞟」。當乙夜觀書之際，未嘗不稱美再三，此又豈可與傳一作「賦」。洞簫而諷於後庭，聞子虛而嗟不同世者論功校德邪？歲在乙丑，會昌五年。羣公常伯，書：王左右常伯常任。傳曰：常所長事，常所委任，謂三公六卿。舊書職官志：龍朔二年，改尚書爲太常伯，侍郎爲少常伯。見揚雄羽獵賦。以天子之道，貫於神祇。一年而風雨攸序，災沴不作；三英華、文粹皆作「二」，今從一品集，下句「頌」字同。年殲醜虜，頌本作「興」。北伐之詩；一作「師」，誤。四年誅狡童，詠東征之歌；詩序：六月，宣王北伐也，東山，周公東征也。而又移一作「伐」。摩尼之風，圓覺經，清浄摩尼寶珠映於五色，隨方各現。按：文以摩尼統言釋教也。又考舊書回鶻傳，元和初，始以摩尼至，其法日晏食，飲水茹葷屏湩酪。憲宗紀，元和二年正月，回紇請於河南府、太原府置摩尼寺，許之。武宗紀，會昌三年，摩尼寺僧莊宅錢物，差官點檢抽收，蓋此寺僧皆回鶻人，始立於元和時，而會昌時亦毀之。紀文所謂大秦穆護祆僧，皆勒歸俗也。通鑑注曰：大秦穆護，又釋氏之外教，如回鶻摩尼之類。祆，胡神也。唐制，祠部歲祀磧西諸州火祆，官品令有祆正，蓋主祆僧也。景教流行中國碑頌：貞觀十二年，詔曰：大秦國阿羅本遠將經像來獻上京，濟物利人，宜行天下。所司於義興坊造大秦寺一所，度僧廿一人。通鑑：憲宗元和元年，回鶻入貢，始以摩尼偕來，於中國置寺處之。其法日晏乃食，食葷而不食湩酪。注曰：回鶻之摩尼，猶中國之僧也，其教與天竺又異。壞浮圖之俗。後漢書西域傳：天竺國修浮圖道，不殺伐，遂以成俗。此謂拆寺之事，見河南盧尹賀表。偃兵返樸，四海胥定，思欲增鴻名，光下一作「神」。武。公乃觀東序之圖，按西崐之諜，鋪舒名實，藻縟文采，一作「質」，誤。類于上帝，爲唐神宗。公於是纂章天成功神德明道之册文。見前。號位既畢，華夷會同，方將命禮官，召儒者，訪匡衡后土之議，採公玉明堂之圖，考肆覲之禮於梁生，取封禪之書一作「文」。於犬子，盡皇王之盛事，極臣子之殊功。而軒鼎將成，禹書就掩。然猶進先嘗之藥，獻高手之醫，藏周旦請代之書，追漢宣易名之美，作爲一作「于」，誤。大誥，祈于昊天。始終一朝，紹續九德。此一段與宣懿祔廟一段爲首尾。其功伐集作「攻閥」，文粹作「攻伐」，誤。也既如彼，其制作也又如此。故合武宗一朝册命典誥奏議碑贊軍機羽檄，凡兩帙二十卷，與十五卷不同。輒署曰會昌一品制集。紀年，追聖德也，書位，旌官業也。歲在丁卯，大中元年。亞自左掖，出爲桂林。九月，公書至自洛，宣宗即位，德裕罷相，屢貶。至大中元年七月，再貶潮州司馬，此書至之時，已貶潮州矣。餘詳年譜。以典誥制命示于幽鄙，且使爲序，以集成書。尋玄珠莫究其文粹作「不究於」。倪域，莊子：黄帝游乎赤水之北，登於崐崙之丘，遺其玄珠，使知索之而不得，使離朱索之而不得，使喫詬索之而不得，乃使象罔，象罔得之。聽希聲莫窮於高下。老子：大音希聲。承命震惴，一作「恐」。幾移朝夕，援筆而復止者三四。伏一無「伏」字。念江陸修一作「盡」，誤。盪，辭讓不及，因齋潔以序焉。夫全功難持，一作「恃」，誤。荀子：天地無全功。按：此下全改，莊嚴團聚，大有東漢遺風。大名難兼，一作「堅」，誤。大名以人物言，字屢見。日赫於晝而乏清媚，月皎於夜而無温一作「陽」，誤。煦。冬之爲候也，則雪霜飄暴，凍入肌髮。夏之爲用也，則金流石爍，火走膚脈，如陽春高秋者稀焉。南則瘴風毒虺之爲厲也，北則獯戎黠虜之爲患也，如雒邑一作「陽」。咸秦者幾焉。鵰鷲不傅之以馳騁，驊騮不授之以騫翥，如應龍者鮮焉。見鄭州禱雨文。仲尼，聖賢之宗也，位止於司寇；師一作「老」。聃，道德之祖也，官不過柱史，如姬旦者幾焉。以上以天地人物立論。是以保衡傅說，佐佑殷宗；一作「王」。召公畢公，寅亮周室。咸著大訓，克爲元龜，書契以一作「已」。來，未之多有。李斯以刻石紀號之文勝，史記秦始皇本紀：二十八年，上泰山，刻所立石，其辭曰云云。登之罘，立石頌德焉。登琅邪，立石刻頌秦德曰云云。二十九年，登之罘，刻石，其辭曰云云。三十二年，之碣石，刻碣石門，其辭曰云云。三十七年，上會稽，立石刻頌秦德，其文曰云云。而不在休明之運，又何足數哉！以上數語應起段。周勃霍光，雖有勳伐，而不知儒術；枚皋嚴忌，善爲文華，文粹作「筆」。而不至巖廊。一作「巖廟」，一作「廊廟」。漢書董仲舒傳：虞舜之時，遊於巖廊之上。文穎曰：巖廊，殿下小屋。晉灼曰：堂邊廡巖，廊謂嚴峻之廊也。自是已一作「以」。降，其類實繁。惟公文粹作「君」。蘊開物致君之才，居元弼上公之位，建靖難平戎之業，垂經天緯地之文，萃于直躬，慶是全德。文粹作「粹于厥躬」，一品集本作「粹乎厥躬，華夷仰德」。今從文苑英華。蓋四序之陽春，九州之咸洛，品彙之應龍，人倫一作「中」。之姬旦，集有「也」字。按：純是東京法度。後之學者，其景行之云爾。一無「云爾」字，今刊文粹脱「行」字。

樊南甲集序

樊南生十六能著才集作「十」。論聖論，以古文出諸公間，後聯爲鄆相國公狐楚。華太守崔戎。所憐，居門下時，敕定奏記，始通今體。後又兩爲秘省房中官，一爲開成四年，試判釋褐；一爲會昌二年，又以書判拔萃。以上皆詳年譜。恣展古集，通典：秘書省雖非要劇，然好學君子亦求爲之，四部圖籍，粲然畢備。往往咽噱于任昉。范雲。徐陵。庾信。之間。咽噱即嗢噱。魏志注：太子又書與繇曰：執書嗢噱，不能離手。嵇康琴賦：留連瀾漫，嗢噱終日。注曰：服虔通俗篇，樂不勝謂之嗢噱。嗢，烏没切；噱，巨略切。有請作文，或時得好對切事，聲勢物景，哀一作「衷」。上浮壯，能感動人。十年京師，寒且餓，人或目曰：韓愈。文杜甫。詩，彭陽令狐楚。章檄，樊南窮凍。人或知之。仲弟聖僕，原注：羲叟。特善古文，居會昌中進士，爲第一二，常表集無「表」字。以今體規我，而未焉一作「爲」。能休。

大中元年，被奏入嶺當去聲。表記，所爲亦多。冬如南郡，漢書地理志：南郡，秦置江陵縣，故楚郢都。舊書志：荆州江陵府，荆南節度使治。舟中忽復括其所藏，火燹息淺切。墨汙，烏故切。玉篇：燹，野火也。半有墜落。因削筆衡山，洗硯湘江，以類相等色，得四百三十三件，作二十卷，喚曰樊南四六。宣和書譜：觀其四六藁草，方其刻意致思，排比聲律，筆畫雖真，本非用意，然字體妍媚，意氣飛動，亦可尚也。四六之名，六博格五、四數六甲之取也，楚辭：琨蔽象棋，有六博些。注曰：投六箸，行六棋，故云六博。鮑弘博經：用十二棋，六白六黑。漢書吾丘壽王傳，善格五。師古曰：即今戲之簺也。説文：簺，行棋相塞謂之簺。鮑弘簺經：簺有四采，塞白乘五是也，至五即格不得行，故謂之格五。禮記：六年教之數與方名。注曰：方名東西，九年教之數日。注曰：朔望與六甲也。漢書志：日有六甲，辰有五子。王粲儒吏論：古者八歲入小學，學六甲五方書計之事。按：六年所教之數，一至十也，五方即方名，此也四數，其四方四時之謂歟。未足矜。十月十二日夜月明序。按：所校英華汙，烏污反，似有訛刊，今從説文。

樊南乙集序

余爲桂林從事日，嘗使南郡，舟中序所爲四六，作二十編。明年正月，自南郡歸，二月府貶，選爲盩厔尉，通典：盩厔，漢縣，山曲曰盩，水曲曰厔，屬京兆府。按：篇中三言明年，辨詳年譜。與班縣令、武公、劉官人同見尹，按：左傳，官人肅給。後代史文，如北齊書循吏宋世良傳，爲殿中侍御史，詣河北括户還，孝莊勞之曰：「若官人皆如此用心，便是更出一天下也。」郎基傳，州府官人。酷吏盧裴傳：遷尚書左丞，伺察官人罪失，動即奏聞，朝士重跡屏氣。隋書王韶傳：晉王廣鎮并州，除行臺右僕射，後進位柱國。文帝幸并州，詔謝曰：「臣比衰暮，殊不解作官人。」許善心傳，攝黃門侍郎，留守京師。煬帝先易留守官人，出除巖州刺史。循吏梁彦先傳：四海之内，凡曰官人。王伽傳：官人無慈愛之心，不加曉示，致令陷罪。酷吏趙仲卿傳：鞭笞長吏，官人戰慄。舊書高祖紀：官人百姓，賜爵一級。武宗紀：赴選官人多京債。李衛公論潞磁等州縣令録事參軍狀云：官人皆由選擇，可委輯綏。蓋官人本統内外貴賤，各隨其宜以稱之，其後乃於令長掾屬及赴選筮仕者習稱也。前人辨之未備，故詳引焉。班縣令或班姓而即令盩厔者。武公，徐氏疑作武功，武功屬京兆府，劉官人似官於武功者，新書表有京兆武功劉氏，亦可舉稱，然皆未可定，尚書皋陶謨：能官人。按：此最始者，其後隨宜稱用不足詳引。尹即留假參軍事，專章奏。本傳以尹爲盧弘正，誤，詳年譜。假參軍，假法曹參軍也，詳偶成轉韻詩箋。屬天子事邊，康季榮首得七關，數月，集作「日」。李玭得秦州，按：杜牧題永崇西平王宅太尉愬院六韻結云：隴山兵十萬，嗣子握琱弓。註曰：今鳳翔李尚書，太尉長子。其名其地其時皆合，必即此李玭也，可以略補愬傳之闕。英華：授李玭鳳翔節度使制：生王侯之大家，傳帶礪之盛業。月餘，朱叔明又得長樂州，而益丞相亦尋取維州，舊書杜悰傳：李德裕鎮西川，吐蕃首領悉怛謀以維州城降，執政者與德裕不協，勒還其城。至是復收之，亦不因兵刃，乃人情所歸也。聯爲章賀。舊書宣宗紀：大中三年正月，涇原節度使康季榮奏吐蕃以秦、原、安樂三州及石門等七關之兵民歸國，詔靈武節度使朱叔明、邠寧節度使張君緒各出本道兵馬應接其來。六月，季榮收復原州，石門驛、藏木峽、制勝、六盤、石峽等六關訖，張君緒奏收復蕭關，敕於蕭州置武州，改安樂爲威州。七月，三州七關軍民，皆河隴遺黎數千人，見於闕下，上御延喜門撫慰，令其解辮，賜之冠帶。八月，鳳翔節度使李玭奏收復秦州。九月，西川節度使杜悰收復維州。時同僚有京兆韋觀文、河南房魯、宰相世系表，房魯字詠歸者，玄齡之裔，然非河南。似非此人也。文粹有房魯上節度使書。全唐詩話：長安木塔院，有進士房魯題名處。似即其人。樂安孫朴、京兆韋嶠、韋嶠未必即韋蟾之誤，詳詩集和孔雀詠。天水趙璜、宰相世系表：璜字祥牙。唐詩紀事：開成三年登第。長樂馮顓、彭城劉允章，新書劉伯芻傳：孫允章，字藴中，咸通中，爲禮部侍郎，後爲東都留守。是數輩者，皆能文字，每著一篇，則取本去。是歲，葬牛太尉，舊書牛僧孺傳：字思黯，穆宗長慶三年，同平章事。敬宗時，封奇章郡公。後至大中初卒。贈太子太師，謚文貞。新書傳：贈太尉，謚曰文簡。按：贈與謚二書不同。北夢瑣言又云：大中初卒，未賜謚。白敏中入相，乃奏定謚曰簡，無文字。唐文粹有李珏撰牛僧孺神道碑云：大中戊辰歲十月二十九日薨，己巳歲五月十九日葬。然則義山於三年春時抵京，明矣。天下設祭者百數。他日尹言，吾太尉之薨，曰「吾太尉」，當是牛氏宗黨。有杜司勳之誌，舊書杜牧傳：遷司勳員外郎、史館修撰。太平廣記引唐闕文：牧在牛僧孺揚州幕，惟以宴遊爲事，出没倡樓。僧孺密教卒三十人，易服隨後潛護之。及徵拜御史，僧孺餞之，命侍兒取一小書簏，對牧發之，乃街卒密報，凡數十百，悉曰：某夕杜書記過某家無恙。牧慚泣拜謝，終身感焉，故爲誌極言其美；誌文見文粹。與子之奠文，今不傳。二事集有「文」字。爲不朽。十月，四年十月，辨詳年譜。尚書范陽公盧弘正。以徐戎凶悍，節度闕判官，奏入幕。是判官，非掌書記，詳年譜。故事，軍中移檄英華只作「易」，徐刊本作「檄」，今從之。晉書葛洪傳：洪所著移檄章表。舊書職官志：諸司自相質問，其義有三：關、刺、移，關謂關通其事，刺謂刺舉之，移謂移其事於他司。牒刺，皆不關決記室，判官專掌之。其關記室者，記室假故，余亦參雜應用。明年，府薨，弘正遷宣武節度使，仍遽卒於徐鎮。選爲博士，在國子監太學，始主事講經，集作「始復欲注書講經」。申誦古道，教太學生集作「教天下學生」。爲文章。七月，六年七月。尚書河東公柳仲郢。守蜀東川，奏爲記室。十月，得見吴郡張黯見代，改判上軍。在徐已爲判官，此故求改也。詳年譜與赴東川諸詩箋。時公始陳兵新教作場，集作「新練兵作教場」。閲數軍英華作「兵」。實。左傳：在軍，無日不討軍實而申儆之。互見濮陽陳情表。判官務檢舉條理，不暇筆硯。明年，記室請如京師，復攝其事。自桂林至是，所爲已五六百篇，其間可取者，四百而已。

三年已來，喪失家道，平居忽忽不樂，始尅意事佛，方願打鐘掃地，爲清涼山行者，太平御覽引水經注：五臺山有五巒巍然，故曰五臺。晉永嘉三年，雁門郡人五百餘家，避亂入此山，見山中人爲先驅，因而不返，遂寧巖野。往還之士，稀有望見其村居者，至詣尋訪，莫知所在，故俗人以爲仙者之都矣。中臺之山，山頂方三里，西北陬有一泉，水不流，謂之太華泉。蓋五臺之層秀，仙經云：此山名爲紫府，仙人居之。其九臺之山，冬夏常冰雪，不可居，即文殊師利嘗鎮毒龍之所。今多佛寺，四方僧徒，善信之士，多往禮焉。按：今本水經注脱去，而寰宇記引之，互有省節，今合校正一二字也。寰宇記「仙人居之」下，又有「内經以爲清涼山」句。其九臺之山，似訛北爲九耳。元和郡縣志，五臺山在代州五臺縣東北百四十里，道經以爲紫府山，内經以爲清涼山，當亦本酈注也。華嚴大疏：歲積堅冰，夏仍飛雪，曾無炎暑，故曰清涼。法苑珠林：文殊將五百仙人往清涼之山，即斯地也。通鑑注五峯頂無林木，有如壘土之臺，故曰五臺。於文墨意緒闊略，爲置大牛集作「太平」。篋，塗逭破裂，不復條貫。十月，弘農楊本勝宰相世系表：楊籌字本勝，監察御史。餘詳詩集。始來軍中。本勝賢而文，尤樂收聚箋刺，因懇索其素所有，會前四六置京師不可取者，乃強聯桂林至是所可取者，以時以類，亦爲二十編，名之曰三字集作「爲」。「四六乙」。舊皆作「一」，然必爲「乙」所謂甲集、乙集也。故竟改正。此事非平生所尊，英華作「專」。尚應求備，卒不足以爲名，直欲以塞本勝多愛我之意，遂書其首。是夕是大中七年十一月十日夜，火盡燈暗，前無鬼鳥，荆楚歲時記：正月，夜多鬼車鳥度，家家搥門打户，捩狗耳滅燈燭以禳之。「門」一作「牀」。嶺表録異：有如鵂留，名鬼車，出秦中，而嶺外尤多。春夏之間，遇陰晦飛鳴，愛入人家，鑠人魂氣。或云九首，曾爲犬齧下一首，常滴血也。血滴之家，即有凶咎。前序言月明，此以無鬼鳥言，非陰晦，亦月明時也。一如大中元年十集作「十二」，誤。月十二日夜時。原注：是序前四六之夕。書罷，永明不成寐。集作「書罷永嘆，際明而不成寐」。

容州經略使元結文集後序

新書元結傳：後魏常山王遵十五代孫。少不羈，十七乃折節向學，事元德秀。擢進士第。國子司業蘇源明見肅宗，問天下士，薦結可用。結上時議三篇，擢右金吾兵曹參軍，攝監察御史，出佐使府。代宗立，丐侍親歸樊上。授著作郎，益著書。久之，拜道州刺史，進授容管經略使，罷還京師，卒。

次山有文编，新書藝文志：集類，元結文編十卷。英華載文編序曰：天寶十二年，漫叟以進士獲薦，名在禮部，會有司考校舊文，作文編納于有司。又曰：叟在此州，今五年矣，乃次第近作，合於舊編，分爲十卷，復命曰文編，時大曆三年也。有詩集，有元子三書，皆自爲之序。元結傳：作自釋曰：河南，元氏望也。結，元子名也。次山，結字也。少居商餘山，著元子十篇，故以元子爲稱。天下兵興，逃亂入猗玗洞，始稱猗玗子。後家瀼濱，乃自稱浪士。及有官，人以爲浪者亦漫爲官乎，呼爲漫郎。既客樊上，漫遂顯。當以漫叟爲稱。藝文志：儒家類，元子十卷，又浪説七篇，漫説七篇。小説家類，元結猗犴子一卷。按：顏魯公所撰墓碑，作猗玗子，是次山詩集，志不載。其篋中集一卷，乃選本，非此所指。次山見譽於弱夫蘇氏，始有名，文藝傳：蘇源明，京兆武功人，初名預，字弱夫。見取於公浚陽公，元結傳：禮部侍郎陽浚。按：摭言亦作「陽」，文粹作「楊」。「陽」、「楊」字古通，吕覽稱楊朱曰陽生。始得進士第。文編序：陽公見文編，歎曰：「以上第污元子耳，有司得元子是賴。」明年，都堂策問羣士，竟在上第。元結傳：擢上第，復舉制科。見憎於第五琦、元載，新書表：第五琦，乾元二年，同中書門下平章事。元載，寶應元年，同中書門下平章事。故其將兵不得授，作官不至達，母老不得盡其養，母喪不得終其哀，元結傳：經略容管，身諭蠻豪，綏定八州。會母喪，人皆詣節度府請留，加左金吾衛將軍，民樂其教，至立石頌德。間二十年。其文危苦激切，悲憂酸傷於性命之際，自占心經已下若干篇，是文粹原注句。外曾孫遼東李惲辭宰相世系表：有遼東李氏。按：惲辭無可考。收得之，聚爲元文後編。

次山之作，其綿遠長大，以自然爲祖，老子：天法道，道法自然。元氣爲根，揚雄解嘲：大者含元氣。變化移易之。太虛無狀，莊子：道不遊太虛。老子：是謂無狀之狀。大賁無色，易：賁，無色也。寒暑攸出，鬼神有職，南斗北斗，東龍西虎，史記天官書：中宮，北斗七星，所謂「璇、璣、玉衡以齊七政」。又曰衡殷南斗，又曰北宮，南斗爲廟，又曰東宮蒼龍，又曰西宮參爲白虎。方響物色，歘何從生，啞鍾復鳴，舊書張文瓘傳：虔威子文收，尤善音律，嘗裁竹爲十二律吹之，備盡旋宮之義。時太宗召文收於太常，令與祖孝孫參定雅樂。太樂有古鍾十二，近代惟用其七，餘有五，俗號啞鍾，莫能通者。文收吹律調之，聲皆響徹。黄雉變雄，舊書五行志：高宗文明後，天下頻奏雌雉化爲雄，或半化未化，兼以獻之，則天臨朝之兆。爾雅：鳪雉。註曰：黄色，鳴自呼。山相朝捧，水信潮汐。王充論衡：水者，地之血脈，隨氣進退而爲潮。抱朴子：潮汐者，朝來也，夕至也，一月之中，天再東再西，故朝水再大再小。郭璞江賦：吐納靈潮，或夕或朝。若大壓然，不覺其興；若大醉然，不覺其醒。其疾怒急擊，快利勁果，出行萬里，不見其敵。高歌酣顏，人飲於朝，斷章摘句，如娠始生。狼子豽孫，競於跳走，爾雅：狼，牡貛牝狼，其子獥。又：貀無前足。註曰：晉時得一獸，似狗，豹文，有角兩足，即此類也。左傳：狼子野心。説文：漢律，能捕豺貀，購百錢。豽，本作「貀」。翦餘一作「除」，非。斬殘，程露血脈。其詳緩柔潤，壓抑趨儒，説文：儒，柔也。北史王晞傳：武成本忿其儒緩，因奏事，大被訶叱，而雅步宴然。此趨儒意相近也。如以一國買人一笑，如以萬世換人一朝。重屋深宮，但見其脊，牽繂長河，不知其載。詩：汎汎楊舟，紼纚維之。傳曰：紼，繂也。疏曰：繂竹爲索，所以維持舟者，繂是大緪。死而更生，夜而更明，衣裳鍾石，雅在宮藏。其正聽嚴毅，不滓不濁，如坐正人，照彼佞者。子從其翁，婦從其姑，豎麾爲門，懸木爲牙，張蓋乘車，屹不敢入，將刑斷死，帝不得赦。其碎細分擘，西京賦：擘肌分理。切截纖顆，如墜地碎，若大咽文粹注：上聲。餘。鋸取朽蠹，櫟蟒出毒，爾雅釋樂郭註：敔如伏虎，背上有二十七鉏敔，刻以木，長尺櫟之。廣韻：櫟，捎也。集韻：擊也。按：櫟與擽通。刺眼楚文粹注：去聲。齒，不見可視。顧顛踣錯雜，汙瀦傷損，禮記：汙其宮而瀦焉。如在危處，如出一作「在」。夢中。其總旨會源，條綱正目，若國大治，若年大熟。君君堯舜，人人羲皇，上之視下，不知有一作「其」。尊，下之望上，不知有一作「其」。篡。辮頭鑿齒，淮南子：海外三十六國，南方鑿齒民。注曰：吐一齒出口下，長三尺。按：南夷志：黑齒金齒銀齒諸蠻，皆鑿齒之類。此以言遠方種類，非用山海經「大荒之中，有人曰鑿齒，羿殺之」也。餘見一品集序。扶服臣僕；融風彩露，淮南子：距日冬至四十五日，條風至。註曰：艮卦風，一名融。易緯：立春，條風至，此以發生萬物言。洞冥記：東方朔語武帝曰：「吉雲之國，雲氣著草木，成五色露。」江淹雜體詩：露彩方汎灩。飄零委落，耋老者在，童亂者蕃，邪人佞夫，指之觸之，薰薰熙熙，不識其故。吁！不得盡其極也。晁氏讀書志：結性耿介，自謂與世聱牙，豈獨其行事而然，其文辭亦如之。然其辭義幽約，譬古鐘磬，不諧於俚耳，而可尋玩。在當時，名出蕭、李下，至韓愈稱數唐之文人，獨及結云。而論者徒曰次山不師孔氏爲非。嗚呼！孔氏於道德仁義外有何物？百千萬年，聖賢相隨於塗中耳！次山之書曰：三皇用真而恥聖，五帝用聖而恥明，三王用明而恥察。

嗟嗟此書，可以無書。徐刊本作「無乎」，而文粹作「無書」，味句意似言有此一書，不必更有他書，故雖不師孔子可也。孔氏固聖矣，次山安在其必師之邪。按：本傳：初爲文，瑰邁奇古，此篇是矣，要以造意爲主，意緒可尋，則詞源易泝，凡所依據推演，讀古者自知之。

樊南文集詳注卷之八

書

别令狐綯拾遺書

通典：補闕、拾遺，武太后置二官，以掌供奉諷諫，自開元以來，尤爲清選。左右補闕各二人，内供奉者各一人，左右拾遺亦然，兩省補闕、拾遺凡十二人，左屬門下，右屬中書。按：舊書綯傳，太和四年，登進士第，釋褐弘文館校書郎。開成初，爲左拾遺，當即轉補闕，詳年譜。唐制，遺、補爲侍臣，故秩雖卑，而體則重，此所云仕益達也。書上於開成初，誠懇之至，卻類感憤，然是時與令狐交誼未乖，而云「僕困不動」，當屬未得進士時也，豈自料其後之乖好哉。

子直足下，行日已定，昨幸得少展寫。足下去後，憮然不怡，今早垂致葛衣，書辭委曲，惻惻無已。自昔非有故舊援拔，卒然於稠人中相望，見其表，得所以類君子者，一日相從，百年見肺肝。爾來足下仕益達，僕困不動，固不能有常合而有常離。足下觀人與物，共此天地耳，錯行雜居，蟄蟄哉！不幸天能恣物之生，而不能與物慨然量其欲，牙齒者恨不得翅羽，角者又恨不得牙齒，此意人與物略同耳。有所趨，故不能無争，有所争，故不能不於同中而有各異耳。足下觀此世，其同異如何哉？

兒冠出門，父翁不知其枉正；徐刊本誤作「狂直」。女笄上車，夫人不保其貞汙。此於親親，不能無異勢也。親者尚爾，則不親者，惡望其無隙哉。故近世交道，幾喪欲盡。足下與僕，於天獨何稟，當此世生而不同此世，每一會面一分散，至於慨然相執手，嚬然相感，決然相泣者，「決」，爲流行之義，故以言淚流，徐刊本作「泫」，似非。敬齋古今黈，「決」字，古書中無有作「決」者，俗作「決」，誤。豈於此世有他事哉。惜此世之人，率不能如吾之所樂，而又甚懼吾之徒孑立寡處。而與此世者，蹄尾紛然，蛆吾之白，擯置讒誹，襲出不意，使後日有希吾者，且懲吾困，而不能堅其守，乃捨吾而之他耳。足下知與此世者居常紿於其黨何語哉？必曰，吾惡市道。史記廉頗傳：免歸，失勢之時，故客盡去。及復用爲將，客復至，廉頗曰：「客退矣。」客曰：「夫天下以市道交，君有勢，我則從君，君無勢，則去，固其理也，有何怨乎？」嗚呼，此輩真手搔鼻皻，廣韻：皻，皰鼻也。按：亦作「齇」，南史宋前廢帝紀，肆罵孝武爲「齇奴」。魏書，王氏世齇鼻，江東謂之「齇王」。而喉噦人之灼痕爲癩者，禮内則：不敢噦噫嚏咳。説文：噦，氣啎也。玉篇：逆氣也。論語：伯牛有疾。註曰：先儒以爲癩也。説文：惡疾也。此謂灼痕，非癩，而誤以爲癩。市道何肯如此輩邪！

今一大賈，坐滯貨中，周禮地官廛人：凡珍異之有滯者，斂而入於膳府。鄭司農云：謂滯貨不售者。人人往須之，甲得若干，曰：其贏若干，丙曰：吾索之；乙得若干，今刊文粹脱「干」字。曰：其贏若干，戊曰：吾索之。既與之，則欲其蓄，不顧其亡失口舌，拜父母，出妻子，伏臘相見有贄，男女嫁娶有問，不幸喪死有致饋，葬有臨送弔哭，今刊文粹無「哭」字。是何長者大人哉？他日甲乙俱入之不欺，則又愈得其所欲矣。迴環出入如此，是終身欲其蓄，不顧其亡失口舌，拜父母益嚴，出妻子益敬，伏臘相見贄益厚，男女嫁娶問益豐，不幸喪死，饋贈臨送弔哭情益悲，是又何長者大人哉？唯是於信誓有大欺漫，然後罵而絶之，擊而逐之，訖身而勿與通也。故一市人，率少於大賈而不信者，無敢不信於大賈者。此豈可與此世交者等耶！今日赤肝腦相憐，明日衆相唾辱，皆自其時之與勢耳。時之不在，勢之移去，雖百仁義我，百忠信我，我尚不顧矣，豈不顧已，而又唾之，足下果謂文粹作「爲」。市道何如哉？

今人娶婦入門，母姑必祝之曰善相宜，白虎通：娶妻卜之相宜否。前祝曰蓄息。「善相宜」，先祝夫婦好合。「蓄息」，又祝子孫衆多也。前祝，又進祝之也，徐刊本作「則祝」，誤。後日文粹作「曰」，誤。生女子，貯之幽房密寢，四鄰不得識，兄弟以時見，欲其好，不顧性命，即一日可嫁去，是宜擇何如男子徐刊本有「者」字，誤。屬之邪？今山東大姓家，非能違摘天性而不如此，至其羔鵞在門，有不問賢不肖健病，而但論財貨，恣求取爲事。當其爲女子時，誰不恨，及爲母婦則亦然。彼父子男女，天性豈有大於此者耶。今尚如此，況他舍外人，燕生越養，而相望相救，抵死不相販賣哉！紬一作「細」。而繹之，漢書谷永傳：燕見紬繹。注曰：紬繹者，引其端緒也。真令人不愛此世，而欲狂走遠颺耳！果不知足下與僕之守，是耶非耶。

首陽之二子，文粹作「二百」，必「子」字形近而訛。史記伯夷傳：伯夷、叔齊，孤竹君之二子。豈蘄盟津之八百，蘄，求也。莊子齊物論：予惡乎知死者不悔其始之蘄生乎？此言甘餓死者，豈求爲興王之佐歟？徐曰：當改作「蘄」，如左傳「宋公蘄之」之意，誤矣。史記周本紀：是時，諸侯不期而會盟津者八百。吾又何悔焉！千百年下，生人之權，不在富貴，而在直筆者，得有此人，足下與僕，當有所用意。其他復何云云，但當誓不羞市道，而又不爲忘其素恨之母婦耳！商隱再拜。

上崔華州書

一作「牋」。按：此是上崔龜從，非崔戎也，乃朱長孺疑「二十五」當作「三十五」。徐氏則力辯其必非義山作，爲編文者誤采，皆由不考定義山年齒，而又泥華州之必爲崔戎，遂致總無一合。今既辨定生年，因見義山自幼早爲戎所深知，何煩上書哉。舊書賈餗傳，太和時，凡典禮闈三歲，九年，被甘露之禍，自後當稱故相矣。開成元年十二月，紀以中書舍人崔龜從爲華州防禦使，例兼御史中丞憲銜，故有中丞閤下之稱。二年正月，紀以吏部侍郎崔鄲爲宣歙觀察使，鄲傳云：太和八年，權知禮部。而於鄯傳云：兄弟邠、郾、鄲三人知貢舉，掌銓衡，爲時名德。新書亦云：崔氏兄弟，凡爲禮部五。蓋權知禮部者，權主貢舉也，文中崔宣州指此。若賈餗，則兩書傳中，皆不云曾主貢舉，舊書崔羣傳，於元和七、八年，雖爲禮部侍郎，但十二年同平章事，其後乃觀察宣歙，豈得僅呼崔宣州哉？然則爲餗爲龜從爲鄲審矣。開成二年，義山已得進士，此書當上於開成二年或春初，尚未得第，或得第後而未遽得官，須再試或辟舉，亦尚有獻書求知之事耳。至三年三月，龜從入爲户侍，四年鄲入爲太常矣。

中丞閤下，愚生二十五年矣，五年誦經書，七年弄筆硯，始聞長老言，學道必求古，爲文必有師法。常悒悒不快，退自思曰：「夫所謂道，豈古所謂周公孔子者獨能邪？蓋愚與周孔俱身之耳。」以是有行道不繫今古，直揮筆爲文，不愛攘取經史，諱忌時世。百經萬書，異品殊流，又豈能意分去聲。出其下哉！

凡爲進士者五年，始爲故賈相國所憎，按：餗三典禮闈，一爲太和七年，見詩集故番禺侯，其餘當在五、六年間。義山當於六年應試，爲賈所斥，八年又爲鄲所斥，下云「居五年間」，統計太和五、六年以下也。餗於太和二年，同考制策，此不可言禮闈。明年，病不試，又明年，復爲今崔宣州所不取。居五年間，未曾衣袖文章，謁人求知，必待其恐不得識其面，恐不得讀其書，然後乃出。嗚呼，愚之道可謂強矣！可謂窮矣！寧濟其魂魄，安養其氣志，成其強，拂其窮，惟閤下可望。輒盡以舊所爲發露左右，恐其意猶未宣洩，故復有是說。某再拜。幅短而勢橫力健，不減昌黎。

與陶進士書 徐曰：陶進士不知其名，豈即後所謂華山尉耶？按：未可定。

去一月多故，不常在，故屢辱吾子之至，皆不覿。昨又垂示東崗記等數篇，不惟其辭彩奥大，不宜爲宂慢無勢者所窺見，且又厚紙謹字，如貢大諸侯卿士及前達有文章積學者，何其禮甚厚，而所與之甚下耶！始僕小時，得劉氏六說讀之，舊書傳：劉知幾子迅，右補闕，撰六說五卷。國史補：劉迅著六說以探聖人之旨，唯說易不成，行於代者，五篇而已，識者伏其精峻。新書劉迅傳：迅續詩、書、春秋、禮、樂五說。嘗得其語曰：「是非繫於襃貶，不繫於賞罰；禮樂繫於有道，不繫於有司。」密記之，蓋嘗於春秋法度，聖人綱紀，久羨懷藏，不敢薄賤，聯綴比次，手書口詠，非惟求以爲己而已，亦祈以爲後來隨行者之所師稟。

已而被鄉曲所薦，入求京師，又亦思前輩達者，求，謂入京求舉也，又亦謂又將求知己也。徐刊本以「求」作「來」，以「又」作「久」，未知何本？固已有是人矣，有則吾將依之。繫鞵出門，寂莫往返，其間數年，卒無所得，私怪徐刊本誤作「祕」。之。而比有相親者曰：「子之書，宜貢於某氏某氏，可以爲子之依歸矣。」即走往貢之，出其書，乃復有置之而不暇讀者，又有默而視之，不暇朗讀者，又有始朗讀，而中有失字壞句不見本義者，譏誚太毒。進不敢問，退不能解，默默已已，不復咨歎。故自太和七年後，雖尚應舉，除吉凶書，及人憑倩作牋啓銘表之外，不復作文。文尚不復作，況復能學人行卷耶？唐人應舉者，卷軸所爲詩文，投之卿大夫，謂之行卷。時獨令狐補闕最相厚，歲歲爲寫出舊文納貢院。唐時進士必先寫舊文，納貢院，不徒憑一日之短長也。既得引試，會故人夏口主舉人，時素重令狐賢明，一日見之於朝，揖曰：「八郎之友誰最善？」綯直進曰李商隱者。三道而退，亦不爲薦託之辭，故夏口與及第。正深於薦託也，乃云爾哉。開成二年，高鍇知貢舉，擢商隱進士第，見本傳。鍇出爲鄂岳觀察使，故稱夏口公，而不稱其郡望，則是時鍇尚在鄂岳也。餘詳年譜。十道志：鄂州，漢江夏郡。江夏記曰：一名夏口，沙陽、夏汭、鄂渚、鈞渚，皆其名。然此時實於文章懈退，不復細意經營述作，乃命合爲夏口門人之一數耳！味此數句，其感令狐淺矣，時必已漸乖也。爾後兩應科目者，兩應科目，係他科也。通考列唐一代進士，每曰是年進士幾十幾人，諸科幾人。開成二年，有諸科三人，徐氏謂即下博學宏詞南場試判，非也。又以應舉時，與一裴生者善，復與其挽拽，不得已而入耳。前年乃爲吏部上之中書，宏詞試於吏部，如舊書紀咸通二年，試吏部宏詞選人是也。故曰「吏部上之中書」。歸自驚笑，又復懊恨周李二學士按：周，周墀也，見代爲表。李未知何人，疑爲讓夷。舊書傳，讓夷，太和初爲右拾遺，充翰林學士，轉左補闕。三年遷職方員外郎左司郎中，充職九年，拜諫議大夫。開成元年，以本官兼知起居舍人事。二年，拜中書舍人。讓夷既先充翰林學士，則轉郎官，必如周墀之兼内職，開成時爲舍人，亦與學士同職也。以大法加我。夫所謂博學宏辭者，豈容易哉！天地之災變盡解矣，人事之興廢盡究矣，皇王之道盡識矣，聖賢之文盡知矣，而又下及蟲豸草木鬼神精魅，一物已上，莫不開會，此其可以當博學宏辭者邪？恐猶未也。設他日或朝廷、或持權衡大臣宰相，問一事，詰一物，小若毛甲，而時脱有盡不能知者，則號博學宏辭者，當其罪矣。言他人不足罪，惟舉鴻博者當之也。左傳：子孔當罪。私自恐懼，憂若囚械，後幸有中書長者曰：「此人不堪。」抹去之。乃大快樂曰：「此後不能知東西左右，後漢書逢萌傳：詔書徵萌，託以老耄，迷路東西，不知方面所在。亦不畏矣。」去年入南場作判，南場謂吏部。比於江淮選人，正得不憂長名放耳。舊書裴行儉傳：咸亨初，爲吏部侍郎，始設長名、姓歷、牓引、銓注等法，封演聞見録：高宗龍朔之後，以不堪任職者衆，遂出長牓，放之冬集，俗謂之長名。李肇國史補：自開元二十二年，吏部置南院，始懸長名，以定留放。舊書李峴傳：爲荆南節度江陵尹，知江淮選補使，後又知江淮舉選，置銓洪州。新書選舉志：其後江南、淮南、福建，大抵因歲水旱，皆遣選補使，即選其人，而廢置不常，選法又不著。按：通典，黔中、嶺南、閩中郡縣之官，不由吏部，以京官五品以上一人充使就補，御史一人監之，四歲一往，謂之南選，唐初制也。其後立制不一，考之唐會要，則貞元時，停福建選補，長慶以後，每停黔、嶺選補。開成五年，嶺南節度盧鈞奏海嶠擇吏與江淮不同，嶺中往弊是南選，今弊是北選，餘詳滎陽公舉王克明等狀。則其時閩、嶺選補久停，故此專言江淮也。又按：「南場作判」，乃吏部常例，試判非謂拔萃也。拔萃自在尉弘農罷後，詳年譜。徐氏誤會而駁本傳之非，則轉謬矣。尋復啓與曹主，求尉於虢，舊書本傳：釋褐，祕書省校書郎，調補弘農尉。實以太夫人年高，樂近地有山水者，而又其家窮，弟妹細累，喜得賤薪菜處相養活耳。始至官，以活獄不合人意，輒退去，將遂脱衣置笏，永夷農牧，會今太守憐之，催去復任。新書傳：姚崇曾孫合，元和中，進士及第，調武功尉，善詩，世號「姚武功」者，歷陝虢觀察使，終祕書監。按：舊書傳，崇玄孫合，餘詳年譜。陝虢觀察即自領陝州刺史，故曰今太守也。姚合於開成四年八月涖陝，而五年冬暮，又別有京兆公涖陝，見代作賀表。則此書在五年九月也。逕使不爲升斗汲汲，疲瘁低儽耳。説文：儽，垂皃，一曰嬾解，落猥切。然至於文字章句，愈怗息不敢驚張。公羊傳：僖公四年，卒怗荆。玉篇：怗，服也，静也。嘗自呪，願得時人曰：「此物不識字，此物不知書。」是我生獲「忠肅」之謚也。而吾子反殷勤如此者，豈不知耶？豈有意耶？不知則可，有意則已虚矣。

然所以拳拳而不能忘者，正以往年愛華山之爲山，而有三得；通典：華州，西至京兆府百八十里，東至弘農二百三十五里，西岳華山在焉。鄭縣有少華，華陰縣大華山，在南有潼關。始得今刊文粹脱「得」字。其卑者朝高者，復得其揭然無附著，而又得其近而能遠。似全以華山喻己之於令狐，始居其門，今不復附著，跡雖遠而心猶近，以爲迴護之詞，下文切磋數句尤明顯。陶進士必與令狐有相涉者，而令狐氏華原人也。思欲窮搜極討，灑豁襟抱，始以往來番番，不遂其願。間者得李生於華郵，爲我指引巖谷，列視生植，僅得其半。又得謝生於雲臺觀，雲臺觀在華山，觀側有莊，唐、宋説部中屢見。暮留止宿，旦相與去，愈復記熟。後又徐刊本有「復」字，非。得吾子於邑中，邑中似即華陰縣。至其所不至者。於華之山無恨矣，三人力耶！今李生已得第，而又爲老貴人從事；雲臺生亦顯然有聞於諸公間； 吾子之文，粲然成就如是。我不負華之山，而華之山亦將不負吾子之三人矣。以是思得聚會，話既往探歷之勝，至於切磋善惡，分擘進趨，僕此世固不待學奴婢下人指誓神佛而後已耳，吾子何所用意耶！

明日東去，既不得面，寓書悯悯。九月三日，弘農尉李某頓首。感述既淺，憤懣殊深，與別令狐書大異矣。

爲濮陽公與劉稹書

英華作「檄」，集作「書」，玉海引之亦作「檄」。然「檄」爲聲罪之詞，「書」有勸戒之語，文非檄體，首尾顯然。李衛公文集有代諸節度與澤潞軍將書，玉海又引册府元龜，武宗遺諸鎮告諭以利病禍福之宜，茂元與稹書云云，蓋上受廟謨，故可貽書誡諭，其體則書，其義同檄，故册府作書云，而列之檄類。史記張儀傳：爲文檄告楚相。註：許慎云：檄，二尺書也。文心雕龍有云張儀檄楚書。

足下前以肺肝，布諸簡素，仰承復命，猶事枝辭。易：中心疑者其辭枝。夫豈告者之不忠，抑乃聽之而未審？擇福莫若重，擇禍莫若輕，國語范文子語。一去不迴者良時，一失不復者機事。噫嘻執事，誰與爲謀？延首北風，心焉如灼。是以再陳禍福，用釋危疑，言不避煩，理在易了，丁寧懇款，至於再三者，誠以某與先太師相國，舊書劉悟傳：子從諫，充昭義節度使。文宗即位，進檢校司空。太和七年，加同中書門下平章事。武宗時，進司徒，卒。新書傳：武宗立，兼太子太師，卒。俱沐天光，並爲藩后，陸機詩：發跡翼藩后。昔云與國，今則親鄰。而大年不登，同盟一作「門望」，非。未至，左傳：諸侯五月而葬，同盟至。飯貝纔畢，襚衣莫陳。並見表與祭文。乃睠眷、睠通：詩小雅：睠睠懷顧。韓詩作「眷眷」，大雅：乃眷西顧。箋曰：眷本又作睠。後生，遽乖先訓，遷延朝命，見桂州謝上表。迷失臣職，不思先軫一作「縠」。之忠，徐曰：左傳宣十三年，晉人討邲之敗與清之師，歸罪於先縠而殺之，盡滅其族，先縠違命喪師，不可謂忠。疑當作「先軫」。左傳僖二十八年，晉原軫將中軍，上德也。三十三年，狄伐晉及箕，先軫免胄入狄師死焉，狄人歸其元，面如生。按：英華刊本誤作「轂」，而注曰：左傳作「縠」。明是訛「軫」爲「轂」也，故直改正。將覆欒書之族。春秋左傳：晉欒盈出奔楚，自楚適齊，齊納諸曲沃。欒盈帥曲沃之甲入絳，乘公門，范鞅用劍以帥卒，欒氏退，欒盈奔曲沃。晉人克欒盈于曲沃，盡殺欒氏之族黨，欒魴出奔宋。按：盈，書之孫，黶之子，皆用晉事切地。此僕隸之所共惜，一作「惋」。兒女之所同悲。況某擁節臨戎，援一作「拔」，非。旗誓衆，後漢書隗囂傳論：隗囂援旗糾族。南史虞寄傳：杖劍興師，援旗誓衆。封疆甚邇，音旨猶存，忍欲賣之以爲己功，間之以開戎役？將祛未痞，欲罷不能，顧思苦口之言，家語：孔子曰：良藥苦於口，而利於病；忠言逆於耳，而利於行。以定束身之計。晉書段灼傳：鄧艾被詔書，束身就縛。又王坦之傳：卒士韓悵束身自歸。此謂束身歸朝，語習見。舊書代宗紀：田承嗣表：請束身歸朝。德宗紀：李懷光謝罪，請束身歸朝。

昔先太尉相公，常蹈亂邦，不從逆命，翻身歸國，全家受封，居韓之西，爲國之屏，棄代之際，人情帖然。舊書劉悟傳：悟爲淄青節度都知兵馬使，憲宗下詔誅師道，師道遣悟將兵拒魏博軍，悟未及進，馳使召之。悟度使來必殺己，乃召諸將與謀曰：「魏博田弘正兵強，出戰必敗，不出則死。今天子所誅者，司空一人而已，悟與公等皆爲所驅迫，何如轉危亡爲富貴。」於是以兵取鄆，擒師道，斬其首以獻。擢拜悟義成軍節度使，封彭城郡王。穆宗即位，檢校尚書右僕射，移鎮澤潞，旋以本官兼平章事。寶曆元年九月卒，贈太尉。太師相公，一作「國」。以早副軍牙，久從征旆，事君之節已著，居喪之禮又彰。故乃一作「前」。奬其象賢，仍以舊服，皆見前。舊書傳：悟請以其子從諫繼纘戎事，敬宗寶曆二年，充昭義節度等使。納職貢賦，十五徐刊本誤作「五十」。餘年。於我唐爲忠臣，於劉氏爲孝子。人之不幸，天亦難忱，書：天難諶，命靡常。詩：天難忱斯。纔加壯室之年，禮記：三十曰壯，有室。奄有壞梁之歎。禮記：孔子歌曰：泰山其頹乎，梁木其壞乎，哲人其萎乎。蓋寢疾七日而歿。按：新書傳，於太和六年，前曰「從諫方年壯，思立功」，後又曰「卒年四十一」。通鑑曰：悟薨，從諫匿其喪。司馬賈直言責之曰：「爾孺子何敢如此？」若如新書，似不合稱孺子，證以此文，則新傳有舛也。主上深固義烈，是降優恩，蓋將顯足下之門，爲列藩之式，不欲劉氏有自立之帥，上黨爲辜恩集作「姑息」。之軍，李陵答蘇武書：陵雖辜恩，漢亦負德。俾之還朝，以聽後命。按：「後」字，英華作「故」，集作「復」，皆轉相誤也，今改定。舊書傳：詔稹護喪歸洛，以聽朝旨，稹竟叛。通鑑：上遣供奉官往諭指，稹入朝，必厚加官爵。其義甚著，其恩莫偕。昨者祕不發喪，已踰一月，安而拒詔，又歷數旬。祕喪則於孝子未聞，拒詔則於忠臣已失。失忠於國，失孝於家，望此用人，由茲保族，是亦坐薪言泰，漢書賈誼傳：疏曰，抱火厝之積薪之下，而寢其上，火未及燃，因謂之安。巢幕云安，見上范陽公啓。智士之所寒心，史記刺客傳：鞠武曰：「以秦王之暴，而積怒於燕，足爲寒心。」索隱：凡人寒甚則心戰，恐懼亦戰，今以懼譬寒，言可爲心戰。謀夫之所齰舌，漢書田蚡傳：韓安國謂蚡曰：「魏其必愧，杜門齰舌自殺。」説文：齰，齧也，側革切，或从乍作「齚」。矧於僕者，得不動心？竊計足下之懷，執事之論，當以趙氏傳子，魏氏襲侯，「趙氏傳子」，謂成德王庭湊死，子元逵襲也。「魏氏襲侯」，謂魏博何進滔死，子重順襲，賜名弘敬也。皆舉河朔近事言之。欲以逡巡希恩，顧望謀立耳。夫事殊者趣異，勢別者跡睽，胡不度其始而議其終，搴其華而尋其實？願爲足下一二荀子儒效篇：應當時之變，若數一二。史記淮陰侯傳：蒯通曰：「聽不失一二者，不可亂以言計。」而陳之。

趙、魏二侯，於其先也，親則父子，於其人也，職則副戎，節度使下皆有副使，每以其子爲之，其後即自爲留後襲爵，史傳中習見。賞罰得以相參，恩威得以相抗，故朝廷推而與之。今足下之於太師也，地則相近，叔姪相近，尚非親父子也。職非副戎，賞罰未嘗相參，恩威未嘗相抗，稽一作「秘」，誤。喪則於義爽，拒詔則於事乖，比趙魏二侯，信事殊而勢別矣。此施之於太師，趙魏則爲繼代象賢之美；施之於足下，足下則爲自立擅命之尤，得失之間，其理甚白。又計足下，未必不恃太師之好賢下士，重義輕財，吳國之錢，往往而有，漢書吳王濞傳：發書遺諸侯曰：「寡人金錢在天下者，往往而有，非必取於吳，諸王日夜用之不能盡。」餘詳爲李貽孫啓。梁園之客，比比而來。漢書梁孝王傳：招延四方豪傑，自山東遊士莫不至。餘屢見。將倚以爲牆藩，託以爲羽翼，使之謀取，使以數求。細而思之，此又非計。山高則祈英華作「瓶」，誤。羊自至，泉深則沈玉自來。管子：山高而不崩，則祈羊至矣。淵深而不涸，則沈玉極矣。管子注：山高淵深，興雨之祥在焉，故烹羊以祈，沉玉以祭。極，至也。按：英華作「瓶羊」，誤，今改正。「泉深」，唐人諱「淵」作「泉」。己立然後人歸，身正然後士附。語有之曰：「政亂則勇者不爲鬬，德薄則賢者不爲謀。」故吳濞有姦而鄒陽去，燕惠無德而樂生奔。並見一品集序。晉寵大夫，卒成分國之禍；漢書劉向傳：昔晉有六卿，世執朝柄，終後六卿分晉。衛多君子，左傳：吳公子札適衛曰：「衛多君子，未有患也。」孰救渡河之災。見一品集序，衛事前後稍倒，固不必拘也。此之前車，得不深鏡？漢書賈誼傳：鄙諺曰：前車覆，後車誡。史記高祖功臣表：居今之世，志古之道，所以自鏡也。東觀漢記：覽照前世，紀爲鏡戒。

代憲四祖，代、德、順、憲四朝。文明繼興，當時燕趙中山，按：左傳注曰：中山鮮虞。國策注曰：漢中山王靖移居盧奴。後漢書郡國志：恆山在中山國上曲陽西北也。至後魏改定州。唐義武軍節度治所，建中三年置，其先則屬成德軍也，當時亦爲李惟岳所據。見紀、傳。淮陽齊魯，新書藩鎮傳論引杜牧語曰：趙、魏、燕、齊，同日而起，梁、蔡、吳、蜀，躡而和之，其餘混澒軒囂，欲相效者，往往而是。按：盧龍則朱滔，德宗建中三年反，僭稱王，改燕爲冀。成德則李寶臣，代宗大曆十年反。李惟岳，德宗建中二年反，王武俊，建中三年反，僭稱趙王。王承宗，憲宗元和五年邀赦，十一年又反。魏博則田承嗣，大曆八年反，三年僭稱魏王。齊則淄青李納承父正己作亂，與趙、魏、冀同于建中三年長至日稱王。李師道，元和十年連吴元濟以叛。梁則汴宋李靈曜，大曆十一年反，結田承嗣爲援。其後建中三年，淮西李希烈兼淄青節度，與李納、朱滔、田悦連和攻汴州，入之，僭即帝位，號國曰楚。蔡則吴少誠，德宗貞元五年反，吴元濟，元和中反。吴則李錡據浙西，蜀則劉闢據西、東川，皆元和初反。或討平，或赦罪復官，或自死，俱詳史傳。此皆代、憲四朝中事，而朱泚、李懷光之陷京師，致德宗出幸奉天，尤爲巨寇。其他反側之徒，亦尚有之。至魏博之史憲誠，鎮冀之王庭湊，盧龍之朱克融，其叛則在穆宗時，兖海之李同捷則叛於文宗時矣。連結者幾姓？旅拒者幾侯？後漢書馬援傳：援曰：「若黠羌欲旅距。」咸逆天用人，背惠忘德。據指掌之地，後漢書岑彭傳：辛臣諫田戎曰：「今四方豪傑，各據郡國，洛陽地如掌耳。」謂可逃刑；左傳：有罪不逃刑。倚親戚之私，謂能取信。一旦地空家破，首裂支分，暗者不能爲謀，明者固以先去，悔而莫及，末如之何。先太尉與李洧尚書，太尉事見上。舊書李洧傳：洧，正己從父兄，正己用爲徐州刺史。正己死，子納犯宋州，洧以徐州歸順，加御史大夫，封潮陽郡王，爲徐海沂觀察使，檢校工部尚書。齊之密戚；楊太保與蘇肇給事，舊書吴元濟傳：元濟，少陽長子也。先是少陽判官蘇兆、楊玄卿及其將侯惟清，嘗同爲少陽畫朝覲計。及元濟自領軍，兇狠無義，素不便兆，縊殺之，朝廷贈蘇兆以右僕射。楊玄卿先奏事在京師，得盡言經略淮西事於宰相李吉甫。楊玄卿傳：玄卿每與少陽言，諭以大義，乃爲凶黨所搆，賴節度判官蘇肇保持，故免。玄卿潛奉朝廷。元濟繼立，玄卿即日離蔡，以賊勢盈虚條奏。玄卿妻陳氏并四男並爲元濟所殺，同圬一射垛。蘇肇以保持玄卿，亦同日遇害。玄卿後歷涇原、河陽、汴宋節度觀察，授太子太保，卒。按：「兆」、「肇」音同，故史文兩用，但兆死於賊手，引之反覺不武，而給事亦不符，疑傳刻有誤也。册府元龜、通鑑皆作「兆」。蔡之懿親。並據要地方州，領精甲鋭卒。及其王師戾集作「沴」。止，我武維揚，則割地驅人以降，送款輸忠以入。非不顧密戚，非不念懿親，非不思恩，非不懷惠，直以逆順是逼，死生實難，能與其同休，不能與其共戚故也。況足下大未侔齊蔡，久未及李吴，將以其人，動於不義，僕固恐夙沙之國，縛主之卒重生；屢見。彭寵之家，不義之侯更出。後漢書彭寵傳：寵發兵反，攻拔薊城，自立爲燕王。建武五年春，寵齋獨在便室，蒼頭子密等三人，斬寵馳詣闕，封爲不義侯。

又計足下，當恃太行九折之險，部内數州之饒，皆見盧尹賀表。兵士尚强，倉儲且足，謂得支久，謀而使安。危哉此心，自棄何速！昔李抱真相國，用彼州之人，破朱滔於燕國，困田悦於魏郊，連兵轉戰，緜歲經時，而潞人夫死不敢哭，子死不敢悲，何者？李相國奉討逆之命，爲勤王之師，義著而誠順故也。舊書李抱真傳：德宗即位，兼潞州長史、昭義軍節度使。建中三年，田悦以魏博反，抱真與河東節度使馬燧，屢敗悦兵，加檢校兵部尚書。時悦窘蹙，朱滔、王武俊皆救悦，抱真外抗羣賊，内輯軍士，賊深憚之。興元初，遷檢校左僕射平章事。時朱滔悉幽薊軍應泚，抱真以大義説王武俊，合從擊滔，大破滔於經城，以功加檢校司空，卒，贈太保。及盧從史釋喪就位，賣降冀功，將乘討伐之時，欲肆凶邪之性，計未就而人神已怒，事未立而兵衆已離。以萬夫之長，困一卒之手，驅檻一作「轞」。北闕，家語：管仲桎梏而居檻車。史記張耳傳：乃轞車膠致。漢書張耳傳：貫高乃檻車詣長安。師古曰：車而爲檻形，謂以板四周之，無所通見。棄尸南荒。而潞之人，猶老者捫胸，漢書高帝紀注：捫，摸也，音門。按：「捫胸」，猶撫膺。少者扼腕，戰國策：樊於期偏袒扼腕而進曰：「此臣之日夜切齒腐心。」史記刺客傳作「搤捥」。又張儀傳作「搤腕」。索隱：捥，字書作「𢯷」。掌後曰腕，勇者奮厲，必先以左手扼右腕也。謂朝廷不即顯戮，深爲失刑。其故何哉？以從史不義不暱，左傳：不義不暱，厚將崩。去安就危，衆黜其謀，下不爲用故也。舊書盧從史傳：從史爲澤潞節度使李長榮大將，長榮卒，因軍情得授昭義軍節度使。前年丁父憂，朝旨未議起復，屬王士真卒，從史竊獻誅承宗計，以希上意，用是起授，委其成功。及詔下討賊，陰與承宗通謀，且誣奏諸軍與賊通，兵不可進，上深患之。護軍中尉吐突承璀將神策兵與之對壘，從史往往過其營博戲，上戒承璀，俟其來博，幕下伏壯士縛之，內車中，馳以赴闕，貶驩州司馬，子繼宗等四人，並貶嶺外，此皆以昭義舊事曉之。二帥去就，非因傳聞，鳩杖之人，續漢禮儀志：八十九十，禮有加，賜玉杖，長九尺，端以鳩爲飾。鳩者，不噎之鳥也，欲老人不噎，所以愛民也。鮐背之叟，詩：黃耇台背。箋曰：台之言鮐也，大老則背有鮐文。疏曰：舍人曰：「老人氣衰，皮膚消瘠，背若鮐魚也。」知其本末，尚能言之。則太行之險，固不爲勃者之守，勃舊作「渤」。英華注曰：疑作「悖」。今考「勃」與「悖」，亦有同義者，如莊子「徹志之勃」。而勃亂、狂勃、凶勃、猖勃，皆見史書，因「勃」與「渤」古通。史、漢渤海皆作「勃」，故誤「勃」爲「渤」耳，不必改「悖」。數州之衆，固不爲邪者之徒，此又其不足恃也。由此言之，則以何名四字一作「則何以敗名譽」。隳家聲？司馬遷書：李陵既生降，隤其家聲。何事捨君命？何道求死士？何計得一作「固」。人心？此僕者所以對案忘飡，推枕不寢，爲足下惜，爲足下危，而不知其所以然也！

況太師比者養牛添卒，畜馬訓兵，旁招武幹之材，中舉將軍之令，然而聽於遠近，頗有是非。雖朝廷推赤心，後漢書光武紀：降者更相語曰：「蕭王推赤心置人腹中，安得不投死乎？」宏大度，漢書高帝紀：常有大度。然而不逞者已有乖異集作「異圖」。之説，横議者屢興悖惡之歎，「人之多言，亦可畏也」，誰爲來者，宜其弭之。新書傳：仇士良積怒，創言從諫志窺伺，從諫亦妄言清君側，因與朝廷猜貳。善貿易之算，歲榷馬，征商人，又熬鹽貨銅鐵，畜馬高九尺獻之，武宗不納。怒殺馬，益不平。舊書武宗紀：討劉稹時，制曰：從諫因跋扈之資，恃紀綱之力，誘受亡命，妄作妖言，中罔朝廷，潛圖左道，接壤戎帥，屢奏陰謀。今足下背季父引進之恩，失大朝文誥之令，則是實先太師之浮議，彰昭義軍之有謀。爲人姪，則致叔父於不忠，按：通鑑，從諫弟從素之子稹，而此云季父、叔父，又不符，蓋從素事，本皆誤采也。爲人孫，則敗乃祖於無後，亦何以對燕趙之士、見齊魯之人耶！南史：江淹獄中上書曰：何以見齊魯奇節之人、燕趙悲歌之士乎？

又計足下旬日之前，造次爲慮，今茲追改，懼有後艱，書周官：惟克果斷，乃罔後艱。此左右者不明，而咨詢之未盡也。近者李尚書祐、董常侍重質之輩，並親爲賊將，拒我官軍，納質於匪人，效用於戎首，禮記：子思曰：「毋爲戎首。」久乃來復，尚蒙殊恩，皆受圭符，咸領旗鼓，舊書傳：李祐，本蔡州牙將，事吴元濟，自王師討淮西，祐爲行營將，每抗官軍，皆憚之。爲李愬所擒。愬知祐有膽略，厚遇之，往往帳中密語，達曙不寐。竟以祐破蔡，擒元濟，以功授神武將軍。太和初，遷檢校户部尚書、滄德景節度使。董重質本淮西牙將，吴少誠之子壻也。爲元濟謀主。及李愬擒元濟，以書禮召重質於洄曲，乃單騎歸愬。憲宗欲殺之，愬表許以不死，請免之。尋授鹽州刺史，後歷方鎮，檢校散騎常侍，加工部尚書。不能悉數，厥徒實繁。書：實繁有徒。豈有足下藉兩代之餘資，委數萬之舊旅，按：「委」字英華作「弄」。注曰：集作「委」，「弄」字似本爲「弃」字之訛耳。俛首聽命，舉宗效誠，則朝廷又豈以一日之稽遲，片辭之疑異，而致足下於不測，沮足下於後至？一作「圖」。故事具存，可以明驗。幸請自求多福，無辱前人，護龍旆以歸洛師，「龍旆」即謂「丹旐」。秉象笏而朝魏闕，禮記：笏，天子以球玉，諸侯以象，大夫以魚須文竹，士竹本，象可也。餘屢見。必當勳庸繼代，富貴通身，無爲鄰道所資，使作他人之福。

儻尚淹歸款，未整來軒，一作「轅」。戎臣鼓勇以争先，天子赫斯而降怒，金玦一受，左傳：晉侯使太子申生伐東山皐落氏，衣之偏衣，佩之金玦。牙璋四馳，見代濮陽遺表。魏衛壓其東南，晉趙出於西北。拔距投石者，數逾萬計，已見賀破奚寇表。又漢書甘延壽傳：少善騎射，爲羽林，投石拔距，絶於等倫，嘗超踰羽林亭樓。應劭曰：投石，以石投人也。拔距，即下超踰羽林亭樓是也。張晏曰：范蠡兵法，飛石重十二斤，爲機發，行二百步。延壽有力，能以手投之。「拔距」，超距也。師古曰：投石，應説是也。拔距者，有人連坐相把據地，距以爲堅而能拔取之，皆言其有手掣之力。超踰亭樓，又言其趫捷耳，非拔距也。今人猶有拔爪之戲，蓋拔距之遺法。科頭戟手者，動以千羣，見賀破奚寇表。兼驅扼虎之材官，英華注曰：唐諱。漢書李陵傳：陵叩頭自請曰：

「臣所將屯邊者，皆荆楚勇士，奇材劍客也，力扼虎，射命中。」高帝紀：發巴蜀材官。張晏曰：材官、騎士習射御，騎馳戰陳。仍率射鵰之都督。漢書李廣傳：中貴人見匈奴三人，與戰，射傷中貴人，殺其騎且盡。中貴人走廣，廣曰：「是必射雕者也。」北齊書斛律光傳：光從世宗校獵，雲表見一大鳥，光射之，正中其頸，形如車輪，旋轉而下，乃大鵰也。邢子高歎曰：「此射鵰手也。」當時傳號「落鵰都督」。感義則日月能駐，淮南子：魯陽公與韓戰，戰酣，日暮，援戈而麾之，日爲之反三舍。拗憤則砂石可吞，西都賦：乃拗怒而少息。餘見獻集賢相公啓。使兵用火焚，左傳：祭仲對曰：「夫兵猶火也，弗戢，將自焚也。」此謂火攻。史書屢見。城將一作「兼」。水灌，見一品集序。事亦屢見。魏趣邢郡，趙出洺州，按：新書藩鎮傳：裴問守邢州，自歸成德軍。王釗守洺州，送款魏博軍。磁州將高玉，亦降成德軍。稹聞三州降，大懼，大將郭誼、王協始謀誅稹。通鑑：李德裕曰：「昭義根本，盡在山東，三州降，上黨不日有變矣。」文亦先以怵之，故下云「倚山東而山東不守」。介二大都之間，左傳：襄九年，天禍鄭國，使介居二大國之間。是古平原之地，漢書地理志：平原郡屬青州。舊書地理志：河北道德州平原郡，漢平原郡，隋置德州，又爲平原郡。按：與邢、洺近，詳史志。車甲盡輸於此境，糗糧反聚於他人。恃河北而河北無儲，北史魏宗室傳：國之資儲，惟藉河北。按：舊書志：澤、潞屬河東道，邢、洺、磁屬河北道。杜牧上李文饒論用兵書：昭義軍糧，盡在山東，澤、潞兩州全居山內，土瘠地狹，積穀全無，是以節度使多在邢州，名爲就糧，山東糧穀，既不可輸，山西兵士，亦必單鮮。此所謂「河北無儲」也。山東、河北並言之也。倚山東通鑑注：昭義鎮潞州，其巡屬磁、邢、洺三州，皆在山東。而山東不守，以兩州之餓一作「殘」。殍，「兩州」，謂止澤、潞兩州也。徐刊本誤作「數州」。抗百道之奇兵，指八鎮之師。見李貽孫啓。比累卵而未危，戰國策：君危於累卵，而不壽於朝生。漢書枚乘傳：吴王濞爲逆，乘奏書諫曰：「今欲乘累卵之危，走上天之難。」説苑：晉靈公造九層之臺，荀息聞之，求見曰：「臣能累十二博棋，加九雞子於其上。」公曰：「危哉！」荀息曰：「公爲九層臺，三年不成，危甚于此。」寄孤根於何所？見彭陽公遺表。則老夫不佞，亦有志焉，願驅敢死之徒，以從諸侯之末，下飛狐之口，按：酈生食其傳曰：杜大行之道。史記註曰：在河内野王北。漢書註曰：在河内野王之北，上黨之南。傳又曰：距蜚狐之口。史記註：如淳曰：上黨壺關也。案蜚狐在代郡西南。漢書註：如淳曰：上黨壺關也。臣瓚曰：飛狐在代郡西南。師古曰：瓚説是。壺關無飛狐之名。今考史記孝文紀，匈奴入上郡、雲中，以令勉爲車騎將軍，軍飛狐。註曰：如淳曰：在代郡。蘇林曰：在上黨。漢書如淳曰同。水經注曰：飛狐口，蘇林據酈公之説，言在上黨，即實非也，如淳言在代是矣。則知如淳本言在代郡，史、漢酈傳之註，當有脱誤耳。後漢書志：中山國上曲陽縣恆山在西北。註曰：自縣北行四百二十五里，恆多山坂，名飛狐口。通典、元和郡縣志：蔚州安邊郡飛狐縣，有飛狐道，酈生所言，即此其地。漢、晉屬代郡。又按：辨飛狐者如此，然酈生皆以收取滎陽言之，據敖倉之粟，即在滎陽；塞成皋之險，即在汜水；守白馬之津，漢之東郡白馬縣，唐之滑州黎陽津，西南接滎陽，約三百里；若飛狐，必在代郡，則地勢獨遠矣。蓋酈生之飛狐，必即指上黨，故蘇林據之也。即論此時諸鎮攻討，其恆、冀之師，西南入潞，豈得取道於北之蔚州？文意專謂從河陽北入澤、潞，固取壺關之説，非取代郡之説也。大抵飛狐之名，自古有於河内相近言之者，後乃辨定耳，故詳引而細剖之。太平寰宇記引述征記曰：太行山首始於河内，北至幽州，凡百嶺巖，亘十二州之界，有八陘，第五井陘，第六飛狐陘，一名望都關。入天井之關。通典：澤州理晉城縣，縣南太行山上有天井關。按：杜牧上李相公論用兵書：河陽西北去天井關，强一百里，關隘多山，若以萬人爲壘，下窒其口。可爲此二句切證。餘已見請不敍録將士狀。巨浪難防，長飇易扇，此際必當驚地底之鼓角，駭樓上之梯衝。後漢書：公孫瓚告子續書曰：袁氏之攻，狀若鬼神，梯衝舞吾樓上，鼓角鳴於地中。喪貝躋陵，易：震來厲，億喪貝，躋于九陵，勿逐，七日得。疏曰：貝，資貨糧用之屬，犯逆受戮，無糧而走，雖復超越陵險，必困於窮匱，不過七日，爲有司所獲矣。飛走之期既絶；見爲李貽孫啓。投戈一作「戎」，非。散地，史記淮陰侯傳：齊、楚自居其地戰，兵易敗散。黥布傳：兵法，諸侯戰其地爲散地。漢書音義：謂散滅之地。王弼易略例：投戈散地，六親不能相保。註云：置兵戈於逃散之地。灰釘之望斯窮。魏志王淩傳注：魏略曰：淩試索棺釘，以觀太傅意，太傅給之，遂自殺。宋江鄰幾雜志：楊文公談苑，説樊南集故事，灰釘，云揚雄賦，殊非。南史徐勉傳：屬纊纔畢，灰釘已具。王楙野客叢書：劉鍇注樊南序，恨不知灰釘事。僕謂出南史陳高祖九錫文。按：「灰釘」字屢見，古人偶有未知，不足爲累。劉鍇注本，今不可得，惜哉！而餘冬序録載之，乃以劉鍇爲徐鍇，誤也。又引杜篤論都賦，燔康居，灰珍奇，椎鳴鏑，釘鹿蠡，以爲談苑言商隱雕篆如此，此亦謬説。然足正江氏以爲引揚雄賦之誤。自然麾下平生，盡忘舊愛，帳中親信，即起他謀，辱先祖之神靈，爲明時之戮一作「哂」，非。笑。公羊傳：季子和藥而飲，公子牙曰：「不從吾言，而不飲此，必爲天下戮笑。」册府元龜引戰國策魯仲連遺燕將書：壤削主困，爲天下僇笑。今戰國策高氏、鮑氏注本「爲天下僇」，皆無「笑」字。靜言其漸，良以驚一作「兢」。魂。

今故再遣使車，重申丹素，惟鑒前代之成敗，訪歷一作「用」。事之賓僚，「寮」同。思反道敗德之難，書：蠢兹有苗，反道敗德。念順令畏威之易。時以吉日，蹈兹坦途，勿餒劉氏之魂，左傳：

若敖氏之鬼，不其餒而。勿污潞人之俗。書胤征：舊染污俗。封帛增欷，文選古樂府：中有尺素書。註引鄭氏禮記註曰：素，生帛也。含毫益酸，陸機文賦：或含毫而邈然。延望還章，用以上表。按：雖已用兵，尚有還章上表之約。通鑑，劉稹上表自陳，言從諫爲權倖所疾，所以不敢舉族歸朝。何弘敬亦爲之奏雪。王宰亦上言，賊有意歸附。然則諸將前後，皆有觀望，與之潛通，使非李衛公力贊廟謀，安得成此膚功哉？又按：當時用兵雖速，而不至若新書所紀之速也。舊紀當得其實，觀此書可悟。詳年譜。成敗之舉，慎惟圖之，不宣。河陽三城節度使王茂元頓首。

按：册府元龜將帥部傳檄類所載字之不同者，補列於左，其必誤者不録。

懇款作「切」。此無「此」字。僕隸 音旨作「問」。之屏作「屏藩」。貢賦作「修貢」。我唐作「唐室」。纔加作「加其」。優恩作「絲綸」。蓋將顯足下之門至以聽後命作「俾足下還朝，聽國家後命」。已踰一月作「已當踰月」。又歷數旬至未聞脱去「胡不」。度其始英華只作「胡」，脱「不」字徐刊本改作「故」，今已從册府改正。趙魏二侯上有「夫」字。恩威得以相抗下有「義顯事順」四字。相近作「猶子」。此施之於太師至施之於足下作「此施之於足下」，餘脱去。足下則爲自立作「則有自立之罪」。又計作「詳」。牆藩作「藩屏」。使之作「以」。謀取 代憲作「憲代」。連結作「結連」。戾作「萃」。止 輸忠以入作「輸誠而入」。顧作「念」。密戚 思作「知」。恩 是逼作「迫」。僕固無「固」字。恐 支作「以」。久 謀而使安作「謀其更安」。自棄何速作「遠」。

昔作「昔者」。　燕國無「國」字。　魏郊無「郊」字。　哭　悲上下句字互易。　不即作「加」。　顯戮此又其無「其」字。　不足恃也　何事捨作「稽」。　君命　何計得作「固」。　人心　此僕者無「者」字。不寢作「寐」。　乖異作「異圖」。　之歎作「疑」。　亦可畏作「異」。　也　宜其作「猶宜」。　弭之亦何以作「面」。　對燕趙之士　旬日之前作「爰自始初」。　近作「乃」。　者李尚書　重無「重」字。質　郡作「圭」。　符英華作「郡符」，今已從册府改。　而作「遂」。　致　沮足下於後至作「阻足下之後圖」。「沮」、「阻」通用。　富貴通作「逼」。　身　軒作「轅」。　鼓作「賈」。　勇　出其作「於」。　西北英華作「其今」，已從册府改。　兼驅作「馳」。　扼作「攙」。　虎　感義則至可吞作「雷電大擊，沙石可吞」。　使無「使」字。　兵用　城將作「兼」。　介二大都作「介二大郡」。英華作「分」作「都」，今酌從「介」字、「都」字。　此作「異」。　境　既作「須」。　絶惟鑒上有「幸」字。　歷作「用」。　事　時作「恃」。　以吉日　增欷作「歎」。

按：以上諸字，已有文苑英華及徐刊本所「一作」者，然必備列，以供合校也。

爲河東公上西川相國京兆公書

此見成都文類，宋慶元五年，建安袁説友爲四川安撫制置使兼知成都府事，集成刊行者，當必可據。　合之述德抒情詩「歸期過舊歲」，則至東川幕，即有西川之役，大中六年冬也。　若因此而謂蜀中諸詩，皆此一時所作，則必不然。　辨詳年譜及各篇下矣。　余多病，不能再訂，後之能誦玉谿詩者，其細辨之。

姚熊頃時鬬毆，偶在坤維，阿安未容決平，遽詣風憲，當道頻奉臺牒，令差從事往推，去就之間，殊爲未適。顧惟敝府，託近貴藩，雖蒙與國之恩，猶在附庸之列。仰遵教指，尚懼尤違，書：弗永遠念天威，曰吾民罔尤違。敢遣賓僚，往專刑獄？自奉臺牒，夙夜兢惶。今謹差節度判官李商隱侍御往，本傳檢校工部郎中，此專曰侍御，是舉憲銜稱之。以今月十八日離此。某素無材効，早沐恩憐，獲接仁封，實惟天幸，頗希終始，以奉恩光，事大之心，朝暾是誓，其他並附李侍御口述，伏惟照察。因阿安人控御史臺，故牒下東川，令遣官赴西川會讞也。舊書紀：大中四年，魏謩奏：諸道州府百姓詣臺訴事，多差御史，恐煩勞州縣，請令諸道觀察使幕中判官帶憲銜者委令推劾。如累推有勞，能雪冤滯，御史臺闕官，便奏用。從之。北夢瑣言：杜悰凡莅藩鎮，未嘗斷獄，繫囚死而不問，在鳳翔洎西川繫囚，無輕無重，任其殍殕。人有從劍門拾得裹漆器文書，乃成都具獄案牘，略不垂愍。按：公移率筆，本不足存，後人拾遺得之，則又不欲棄置也。

箴

太倉箴

漢書高帝紀：七年，蕭何立太倉。通典：司農卿屬太倉署，有令三人，丞二人，掌倉廩出納。金石録：唐太倉箴，太和七年十月，李商隱撰，行書，無姓名。金石略：李商隱文并書，碑出京兆府。寶刻類編：太倉箴，李商隱撰，柳公權細書，大中元年立。按：寶刻類編載永樂大典中，不著撰人姓名，約爲南宋時人也，與金石録不符。考舊書傳，公權名德顯官，至大中初，轉少師。當無商隱撰、公權書之事。

險哉太倉，險若太行。見爲懷州表。彼懸車束馬，國語：齊桓公西征，至於石抗，懸車束馬，踰太行與辟耳之谿拘夏。注曰：太行、辟耳，山名，拘夏，辟耳之谿也。三者皆險，故縣鈞其車，傴束其馬而度。爲陟高岡；此禍胎怨府，枚乘諫吴王書：福生有基，禍生有胎。左傳：叔孫昭子曰：吾不爲怨府。起自斗量。漢書律曆志：量者，龠、合、升、斗、斛也。無小無大，不可不防。澄陂萬頃，不廢汪汪；見爲柳珪啓。火烈人畏，左傳：子産謂子太叔曰：「惟有德者，能以寬服民。其次莫如猛。夫火烈，民望而畏之，故鮮死焉。水懦弱，民狎而玩之，則多死焉，故寬難。」不廢剛腸。嵇康絶交書：剛腸疾惡。曷若寬猛，處於中央。左傳：仲尼曰：「寬以濟猛，猛以濟寬，政是以和。」

泉穀之地，漢書王陵傳：陳平曰：「問錢穀，責治粟内史。」勿言容易。東方朔答客難：談何容易。貪夫徇財，賈誼鵩鳥賦：貪夫徇財兮，烈士徇名。有死無二。左傳：必報德，有死無二。御黠馬銜，家語：夫德法者，御民之具，猶御馬之有銜勒。不得不利。漢書張敞傳：馭黠馬者，利其銜策。下或諛我，過人之聰，是人甘言，見彭陽遺表。將欲相聾。下或誇我，秋毫必睹，是人甘言，將欲相瞽。長如欲戰，莫捨強弩；「彊弩」、「勁弩」，屢見史、漢諸書。長如獲禽，左傳：射御貫則能獲禽。莫忘縛虎。見一品集序。衆人之言，有訛有真。如彼五味，有甘有辛。口自嘗取，無信他人。天生五色，有白有黑。

目自別取，無爲人惑。

而況乎九門崇崇，「九門」，見禮記月令。此猶曰九重。近在牆東。天視天聽，惟明惟聰。問龠合斗斛，何以用銅？取寒暑暴露，不改其容。亦象君子，介然居中。漢書律曆志：凡律度量衡用銅者名自名也，所以同天下齊風俗也。銅爲物之至精，不爲燥濕寒暑變其節，不爲風雨暴露改其形，介然有常，有似於士君子之行，是以用銅也。終日戰慄，猶懼或失。古逸詩：唐堯戒曰：「戰戰慄慄，日謹一日，人莫躓於山，而躓於垤。」銜用何利，鍛之以清；虎用何縛，挼之以明；廣韻：挼，手摩物也，乃回切。又挼莎，説文曰：摧也，俗作挼，奴禾切。弩用何射，發之以誠。俾後來居上，見上范陽公啓。無由以生；有餘不足，無由以爭。心爲準概，何憂乎不直不平。漢書律曆志：以井水準其概。孟康曰：概欲其直，故以水平之，井水清，清則平也。各敬爾職，一乃心力。倉中水外，人馬勿食。陶母反魚，以之歎息。世説：陶公少時作魚梁吏，常以坩鮓餉母，母封鮓付使，反書責侃曰：「汝爲吏，以官物見餉，非惟不益，乃增吾憂也。」豈無他粟，豈無他芻。薏苡似珠，不可不虞。見祭崔丞文。倉中役夫，左傳：江芉怒曰：「呼役夫！」千逕萬塗。桀黠爲炭，眭盱爲鑪。本鵩鳥賦「天地爲鑪兮」諸句法。莊子：而睢睢盱盱，而誰與居。註曰：跋扈之貌。西京賦：睢盱跋扈。「眭」與「睢」通。應事成象，無有定一作「成」。模。緣私指使，曲禮：六十曰耆，指使。慎勿以呼。賓朋姻婭，詩：瑣瑣姻婭，則無膴仕。或來譊話。倉中酒醴，慎勿以貰。漢書高帝紀：常從王媼、武負貰酒。師古曰：貰，賒也。海翁無機，鷗故不飛；海翁易慮，鷗乃飛去。列子：海上之人，有好鷗鳥者，每旦之海上，從鷗鳥遊，鷗鳥至者百數。其父曰：「吾聞鷗從汝遊，取來吾玩之。」明日之海上，鷗鳥舞而不下。是以聖人，從微至著，漢書董仲舒傳：積微至著。不遺忠恕。借借貸貸，此門先塞。須防蒼蠅，變白爲黑。見祭濠州刺史文。

嗚呼！孰慮孰圖？詩：旻天疾威，弗慮弗圖。昔在漢家，倉令淳于，致令少女，上訴無辜。陷身至是，不亦悲乎？史記：太倉公者，齊太倉長，臨菑人也，姓淳于氏，名意。文帝四年，中人上書，言意以刑罪當傳西之長安。於是少女緹縈隨父西，上書曰：妾父爲吏，齊中稱其廉平，今坐法當刑，妾切痛死者不可復生，而刑者不可復續，願入身爲官婢，以贖父刑罪。書聞，上悲其意，此歲中亦除肉刑法。敢告君子，身可殺，道不可渝。

按：刺貪也。

傳

李賀小傳

按：長吉事蹟無多，而宋史藝文志傳記類曰：李商隱李長吉小傳五卷，是誤一爲五也。

京兆杜牧爲李長吉集序，舊書傳：李賀字長吉，宗室鄭王之後。狀長吉之奇甚盡，世傳之。長吉姊嫁王氏者，語長吉之事尤備。長吉細瘦，通眉，長指爪，能苦吟疾書，最先爲昌黎韓愈所知。舊書傳：父名晉肅，以是不應進士，韓愈爲之作諱辨，賀竟不就試。所與遊者，王參元、按：文粹作「參元」，本集濮陽公表云「季弟參元」矣。新書刊本或作「恭元」，誤也。柳子厚賀王參元失火書云：「京城人多言足下家有積財，士之好廉名者，皆畏忌，不敢道足下之善。」亦與茂元家積財相合也。柳書當爲元和十年以前永州司馬時所作，然則參元應舉，久而不售矣。長吉姊嫁王氏者，疑即參元所娶也。書史會要工於翰墨類中有王參元。楊敬之、新書傳：楊敬之，元和初，擢進士第，轉大理卿、檢校工部尚書、兼祭酒，卒。權璩、舊書權德輿傳：子璩，中書舍人。崔植新書傳：崔植，長慶初，同中書門下平章事。爲密。每旦日出，與諸公遊，未嘗得題，然後爲詩，如他人思量牽合，以及程限爲意。恆從小奚奴騎距驉，陸龜蒙笠澤叢書書李賀小傳作「騎駏驉」。漢書匈奴傳：奇畜則橐駝驒奚。師古曰：驒奚，駏驉類。按：廣韻：駏驉，獸似驢也。故用之，或作「距驢」，誤。背一古破錦囊，遇有所得，即書投囊中。及暮歸，太夫人使婢受一作「探」，誤。囊，出之，見所書多，輒曰：「是兒要當嘔出心始已耳。」上燈與食，長吉從婢取書，研墨疊紙足成之，投他囊中。非大醉及弔喪日，率如此，過亦不復省。新書賀傳，多採此文。王、楊輩時復來探取寫去。長吉往往獨騎往還京洛，所至或時有著，隨棄之，故沈子明家所餘四卷而已。舊書傳：手筆敏捷，尤長於歌篇，其文思體勢，如崇巖峭壁，萬仞崛起，當時文士從而效之，無能彷彿者。其樂府詞數十篇，至於雲韶樂工，無不諷誦。新書志：李賀集五卷。宋史志：李賀集一卷，又外集一卷。

長吉將死時，忽晝見一緋衣人，駕赤虬，持一版，書若太古篆或霹靂石文者，云當召長吉。長吉了不能讀，歘下榻叩頭，言阿㜷一作「彌」。原注：長吉學語時，呼太夫人云。廣韻：㜷，武移切，齊人呼母。老且病，賀不願去。緋衣人笑曰：「帝成白玉樓，立召君爲記，天上差樂，不苦也。」長吉獨泣，邊人按：左傳：吴人踵楚，而邊人不備。謂邊疆之人也，此則謂旁近之人。盡見之。少之，一無之字，誤。長吉氣絶。常所居窗中，教教有煙氣，聞行車嘒管之聲，太夫人急止人哭，待之，如炊五斗黍許時，困學紀聞曰：天官書云，熟五斗米頃。句本於此。長吉竟死。太平廣記引宣室志：李賀卒後，夢太夫人鄭氏云：「上帝遷都於月圃，構新宮，名曰白瑶，召賀與文士數輩，共爲新宮記。帝又作凝虛殿，使賀輩纂樂章。」按：此種記載，無煩核實。王氏姊非能造作謂長吉者，實所見如此。

嗚呼，天蒼蒼而高也，上果有帝耶？帝果有苑一作「囿」。囿宮室觀閣之玩耶？苟信然，則天之高邈，帝之尊嚴，亦宜有人物文彩愈此世者，何獨番番一作「眷眷」，誤。於長吉，而使其不壽耶？噫，又豈世所謂才而奇者，不獨地上少耶？一作「即」，連下句讀，誤。天上亦不多耶？長吉生二十四年，按：舊書傳，卒年二十四，據此文也。新書傳作二十七，據杜牧所作李賀詩集序也。杜之序，作於太和五年辛亥，而曰「賀死後十五年矣」，則當卒於元和十二年丁酉矣。賀之生年，未可遽考，故卒年未定孰是。新書傳云：賀七歲能辭章，韓愈、皇甫湜始聞未信，過其家，使賦詩，賀援筆輒就，自目曰高軒過。此蓋采自唐摭言也。然詩云「龐眉書客感秋蓬，誰知死草生華風，我今垂翅附冥鴻」，其非七歲明矣。近人吴江沈絜箋注昌谷詩，而謂此篇正屬避嫌名不敢舉進士之時，賀年當一十有九。余以高軒過題下，原註韓員外愈、皇甫侍御湜見過，考之韓於元和四年六月，改都官員外郎，守東都省，五年，爲河南令，六年行職方員外郎，至京師，七年兼國子博士，八年改郎中矣。皇甫之稱侍御，未可細考何時，新書所敍甚略，且錯亂，然有云：愈令河南，厚遇之。而賀集有河南府試樂詞，則並謦訪李，必元和四五年事，故詩曰：東京才子，文章鉅公也。其爲賀非七歲尤明。則當作「二十七」爲是。位不過奉禮太常舊書傳：補太常寺協律郎。舊書志：太常寺屬奉禮郎二人，從九品上，協律郎二人，正八品上。賀當以奉禮升協律。中，一無「中」字。當時人亦多排擯毁斥之，又豈才而奇者，帝獨重之，而人反不重耶，又豈人見會勝帝耶？陸龜蒙笠澤叢書書李賀小傳後：吾聞淫畋漁者，謂之暴天物。天物不可暴，又可抉摘刻削露其情狀乎？使自萌卵至于槁死，不能隱，天能不致罰耶！長吉夭，東野窮，玉溪生官不挂朝籍而死，正坐是哉，正坐是哉！按：魯望云：內壹鬱，則外揚爲聲音，今讀其詩，初心非願隱逸也，斯亦假以自歎歟！

碑銘

刑部尚書致仕贈尚書右僕射太原白公墓碑銘

并序。舊書傳：白居易，太原人。北齊五兵尚書建之仍孫。建立功高齊，賜田韓城，子孫家焉，遂移籍同州。至建曾孫温，徙於下邽，今爲下邽人。金石録：唐醉吟先生傳并墓碑，注曰：傳白居易自撰，碑李商隱撰，譚邠正書，大中五年四月。

公以致仕刑部尚書，年七十五，會昌六年八月，薨東都，贈右僕射，十一月，遂葬龍門。

舊書白居易傳：會昌中，請罷太子少傅，以刑部尚書致仕。與香山僧如滿結香火社，每肩輿往來，白衣鳩杖，自稱香山居士。大中元年卒，時年七十六，贈尚書右僕射。遺命不歸下邽，可葬於香山如滿師塔之側，家人從命而葬焉。新書傳：會昌初，以刑部尚書致仕。六年，卒。宋陳直齋撰白文公年譜云：舊書卒年非也。左傳：使女寬守闕塞。注曰：洛陽西南，伊闕口也，俗名龍門，新書地理志：河南縣龍門山，東抵天津，有伊水石堰。按：龍門香山，在伊水上，白香山詩集中言之最多，其開龍門八節石灘，尤快心功德也，葬此亦宜。而公自撰墓誌，葬於下邽縣臨津里北原，祔先塋也，是則遺命改之矣。又按：自撰墓志云：大曆六年，生於新鄭縣東郭宅。會昌六年□月，卒於東都履道里私第，春秋七十有五。此墓碑與墓志合，故陳直齋謂舊書卒年非也。

子景受

舊書傳：無子，以其姪孫嗣。新書表：景受，孟懷觀察支使，以從子繼。陳直齋曰：公自喪阿崔，終身無子。自爲墓誌云，以姪孫阿新爲後。又云：三姪曰味道、景回、晦之。唐書世系表，載公子景受，以從子繼，碑亦云景受。按公舍其姪，而以姪孫爲後，既不可解，而所謂阿新者，即景受乎？則昭穆爲失次，不然，則治命終不用耶。本朝汪立名撰白香山年譜：公自撰醉吟先生墓志云：「三姪，長味道，巢縣丞，次景回，淄州司兵參軍，次晦之，舉進士。」並不詳何人子。又云：樂天無子，以姪孫阿新爲之後。觀墓碑及史表，則非阿新明矣。公之墓志，預作於會昌初，豈其後復易以從子承祧，而遂更其名乎？表有景受生邦翰，司封郎中，邦翰生思齊，鄭州録事參軍，行簡子味道，成都少尹。按：景受與景回，爲兄弟行，文中所云，是公存時，已名景受也。公自言姪孫爲後，則阿新、景受似爲二人也。以姪孫爲後，古已有之，如晉書之荀顗、阮孚是已，豈阿新又殤，乃又以景受爲後乎？或疑阿新升一輩，以景同排，必不然也。

大中三年，自潁陽尉典治集賢御書，侍太夫人弘農郡君楊氏來京師，

舊書傳：居易妻，楊穎士從父妹也。陳直齋云：於虞卿、汝士爲從兄弟。

胖胖兢兢，奉公之遺，畏不克既，乃

件右功世，以命其客取文刻碑。文曰：

公字樂天，諱居易，前進士，按：唐摭言：投刺謂之鄉貢，得第謂之前進士，此三字代及第也。避祖諱，陳直齋曰：避祖諱者，公祖名鍠，與宏同音，言所以不應宏詞也。摭言云：白公試宏詞，賦考落。誤也。按：摭言，宏詞賦題斬白蛇劍也。舊書傳，元稹爲集序曰：樂天一舉擢上第。明年，中拔萃甲科，由是性習相近遠、玄珠、斬白蛇劍等賦洎百節判，新進士競相傳於京師。不云試宏詞，而賦題則合矣。又按：若果避鍠音，則下文祖諱，自可明書，何乃亦僅云祖某耶，是尚可疑。按：文苑英華載公自爲墓志，高祖志善，曾祖温，王父鍠，先大夫季庚。舊書傳作「庚」。其上云：北齊五兵尚書建之仍孫，建生士通，士通生志善。傳云：太原人。建立功於高齊，賜田韓城，子孫家焉，遂移籍同州。至温徙下邽，今爲下邽人。此皆不書。其云避祖諱者，不可妄揣。陳直齋乃以祖名鍠與宏同音，所以不應宏詞，以釋避諱，并以摭言爲誤，未知其何據，似妄斷矣。廣韻，鍠在十二庚下，户盲切，説文音皇，宏在十三耕下，户萌切，音相近而細別，且禮不諱嫌名也。又英華載公祖故鞏縣令白府君行狀，諱鍠也。又載公父襄州別駕白府君狀，諱季庚，字子申，則作「庚」，似誤。又按：唐摭言云：白公試宏詞，賦考落，登科之人，賦皆無聞，白公之賦，傳於天下，所謂不捷，聲價益振也。元微之已云：「斬白蛇賦傳於京師。」則是實試宏詞，雖被黜，而賦自傳誦。公自爲墓志云：累登進士、拔萃、制策三科。宏詞不捷，自不言耳。陳直齋避宏同鍠音之説，雖或當有所據，然下文祖某考季庚，其亦諱祖，又何説歟？竟難妄揣，或別有意，當闕疑。選書判拔萃，注祕省校書。舊書傳：貞元十四年，始以進士就試。擢昇甲科，吏部判入等，授祕書省校書郎。自爲墓志云「累登進士拔萃，制策三科」。亦不云試宏詞，然摭言節録白蛇賦句，而曰白公之賦傳天下，登科之人，賦並無聞，則當以考落故不敍，而賦自傳誦，微之仍敍入，摭言當不誤也。元年，對憲宗詔策，語切不得爲諫官，補盩厔尉。舊書傳：元和元年四月，憲宗策試制舉人，應才識兼茂明於體用科，策入第四等，授盩厔縣尉、集賢校理。明年試進士，取故蕭遂州澣爲第一，蕭澣，見前祭文。按：舊書紀、傳，長慶元年，白居易與賈餗、陳岵同考制策，而此於元和時即試，取蕭澣，當如今之爲同考官也。事畢，怗集賢校。怗，通作「貼」。舊書志：集賢院修撰官、校理官無常員。以官人兼之。按：文粹只作「校」，豈省文耶，徐刊本作「校理」。一月中，詔由右銀臺門入翰林院，李肇翰林志：翰林院在銀臺門北，麟德殿西廂重廊之後，學士院在翰林之南，別户東向，引鈴門外，雖宣事不敢入。試文五篇，明日，一作「年」，非。以所試制加段佑兵部尚書領涇州，遂爲學士。舊書傳：元和二年十一月，召入翰林爲學士。右拾遺，舊書傳：三年五月，拜左拾遺。獻疏曰：蒙恩授臣左拾遺，依前翰林學士。新書亦作「左」，此獨作「右」，當誤。滿，將擬官，請掾京兆，以助供養，授户曹。舊書傳：五年當改官，居易奏曰：「臣聞姜公輔爲内職，求爲京府判司，爲奉親也。臣有老母，乞如公輔例。」於是，除京兆尹户曹參軍。

時上愛兵，襄陽、荆州入疏獻物在約束外，公密詆二帥，且曰非善良。後雖與宰相不厭禍，其後禮官竟以多殺不辜，謚于頔爲厲。按：二帥，襄爲于頔，荆爲裴均，徐氏以荆南爲嚴綬，誤也。舊書紀曰：元和三年四月，以荆南節度裴均爲右僕射、判度支。五月，均請以荆南雜錢萬貫修尚書省，從之。九月，均同平章事、襄州刺史，充山南東道節度使。四年四月，均進銀器一千五百兩，以違敕，付左藏庫。是則均先鎮荆州，後鎮襄陽也。陳直齋白公年譜曰：元和三年，有論裴均進奉狀，而此亦云荆州，則在均未鎮襄陽前耳。于頔傳曰：頔於貞元十四年，節度山南東道，聚斂虐殺，專以凌上威下爲務。累遷至左僕射、平章事。憲宗即位，威肅四方，頔稍戒懼。以子季友求尚主，憲宗以長女永昌公主降焉。頔入朝，册拜司空、平章事。内官梁守謙掌樞密。有梁正言者，自言與守謙宗盟情，頔子敏與之遊處。正言取頔財賄，言賂守謙，以求出鎮。久之無效，敏誘正言之僮，支解棄溷中。事發，付臺按問，貶頔爲恩王傅，改授太子賓客。敏流雷州，賜死。元和十年，王師討淮蔡，諸侯貢財助軍，頔進銀七千兩、金五百兩、玉帶二，詔不納，復還之。十三年卒，贈太保，謚曰厲。季友訴於穆宗，賜謚曰思。新書居易傳：元和四年，天子以旱甚，下詔蠲貸，居易建言，頗采納。是時于頔入朝，悉以歌舞人納禁中，或言公主取以獻，皆頔嬖愛。居易以爲不如歸之，無令頔歸曲天子。蓋頔以從襄陽入朝，故稱襄陽，進奉前後皆有，而此所書，則元和三四年間事也。後雖與宰相不厭禍者，言不懼禍而悛也。頔既以使相入爲相，而行賄殺人，均亦以財交權倖，任將相凡十餘年，荒縱無法度，皆所謂不厭禍也。王彦威議于頔謚曰：「跋扈立名，滿盈不戒，及入覲後，又子罪官貶，連起國獄。謹按殺戮不辜曰厲，愎狠遂過曰厲，請謚爲厲。」

李師古當作「道」。襲父事逆，師古、師道皆李納子，師古先襲。元和初卒。異母弟師道又襲，集中凡值李師道，皆作師古，是不可解。務作項領，以謾儕曹，漢書：季布曰：「今噲奈何以十萬衆横行匈奴中，面謾！」師古曰：謾，欺誑也，音嫚，又莫連反。又：「欺謾」字見宣帝紀。上錢六百萬，贖文貞故第以與魏氏。舊書傳：淄青節度使李師道進絹，爲魏徵子孫贖宅。新書傳作上私錢。蓋以絹準錢也。公又言：「文貞第正堂，用太宗殿材；舊書魏徵傳：徵有疾，稱綿惙。徵宅先無正寢，太宗欲爲小殿，輟其材爲徵營構，五日而成。魏氏歲臘鋪席，祭其先人。今雖窮，後當有賢。即朝廷覆一瓦，魏氏有分，彼安肯入賊所贖第耶？」上由是賜錢直券，以居其孫。舊書傳：居易諫曰：「徵是先朝宰相，太宗賜殿材，成其正室，尤與諸家第宅不同。

子孫典貼，自可官中爲之收贖，而令師道掠美，事實非宜。」憲宗深然之。按：韋述兩京記，有永興坊西門北魏徵宅，太宗幸焉。宋敏求長安志，永興坊，開元中，此堂猶在，家人不謹，遺火燒之，子孫哭臨三日，朝士赴弔，後裔孫謩相宣宗，居舊第焉。在職三年，每譏見，多前笏留上輦，是否意詔，湔剔抉摩，望及少年，見天下無一事。以上皆爲拾遺兼内職時事，舊傳敍於京兆户曹之前。五年，舊書傳：六年四月，丁母陳夫人之喪，退居下邽。九年冬，入朝授太子左贊善大夫。汪立名曰：潁川縣君事狀云：元和六年四月三日，殁於長安宣平里第。元稹祭文亦作六年，碑作五年，誤。會憂，掩坎廬墓。禮檀弓：延陵季子葬長子於嬴、博之間，其坎深不至於泉，既葬而封，廣輪掩坎，其高可隱也。漢書劉向傳：封墳掩坎，其高可隱。廬墓事，史文習見。七年，以左贊善大夫箸一作「著」。吉，「著吉」，服闋即吉而爲官也。按：箸有被服也之義，本通用，故從文粹。武相遇盜殊絶，賊棄刃文粹作「刀」。天街，日比午，長安中盡知。公以次紙爲疏，按：公與微之書：僕擢在翰林，身是諫官，月請諫紙。又詩云：月慚諫紙二百張。此云次紙，豈急不暇擇，用次等紙乎？俟再考。言元衡死狀，不得報，即貶江州。舊書志：江南西道江州潯陽郡。舊書傳：十年七月，盜殺宰相武元衡，居易首上疏論其寃，急請捕賊，以雪國恥。宰相以宫官非諫職，不當先諫官言事。會有掎摭居易浮華無行，貶授江州司馬。移忠州刺史。舊書志：山南東道忠州南賓郡。舊書傳：十三年冬，量移忠州刺史。穆宗用爲司門員外。四月，知制誥，加秩主客，真守中書舍人，敍緋。舊書傳：十四年冬，召還京師，拜司門員外郎。明年，轉主客郎中，知制誥，加朝散大夫，始著緋。按：十五年正月，憲宗暴崩。閏月，穆宗即位。陳直齋所定年譜，自忠州召入，在十五年冬。受旨起田孝公代恒陽，舊書田布、李愬傳：長慶元年，鎮州軍亂，害田弘正，都知兵馬使王廷湊爲留後。時李愬由潞州節度遷魏博節度，病不能治軍，無以捍廷湊，朝廷乃急詔起復田布代愬帥魏博。新書表：田布，魏博節度使檢校工部尚書、孝公。按：地志，魏州，漢魏郡元城縣之地，在恆山之南，故曰代恒陽。徐刊本作「衡」，誤甚。**孝公行贈錢五百萬，拒不内。**新書傳：田布拜魏博節度使，命持節宣諭，布遺五百縑，詔使受之，辭曰：「布父讎國恥未雪，人當以物助之，方論問旁午，若悉有所贈，則賊未殄，布貲竭矣。」詔聽辭餉。此亦以錢准縑。**燕趙相殺不已，公又上疏列言河朔畔岸，**背畔傲岸意。**復不報，又貶杭州。**舊書志：江南東道杭州餘杭郡。舊書傳：時制御乖方，河朔復亂，居易累上疏論其事，天子不能用，乃求外任。七月，除杭州刺史。年譜：長慶二年七月。**既至，築堤捍江，分殺水孔道，用肥見田。**「見」音現。**發故鄴侯泌五井，渟儲甘清，以變飲食。循錢塘上下民，迎禱祠神，伴侶歌舞。**按：似謂民多往來迎神而禱祠之，見民情之喜樂也。徐刊本作「迎濤」，再考。新書傳：始築堤捍錢塘湖，鍾洩其水，溉田千頃；復浚李泌六井，民賴其汲。玉海：六井，相國井、西井、金牛池、方井、白龜池、小方井也。白樂天治湖浚井，刻石湖上，至熙寧六年，陳襄修六井，元祐五年，蘇軾復治六井，改作瓦筒。按：諸書皆言六井，此獨作五，似偶誤耳。徐氏以大、小方井合爲一，然地不相連也。近刊杭州府志：以「六井」爲「五井」，似其時金牛井已就湮廢，故云。**徙右庶子。**舊書傳：秩滿，除太子左庶子，分司東都。寶曆中，復出爲蘇州刺史。按：元相序載舊傳者作「右」，此亦作「右」，二書皆作「左庶子」，豈以右召而轉左耶。**出蘇州。**舊書志：江南東道蘇州吴郡。年譜：寶曆元年三月。**授祕書監，換服色，遷刑部侍郎。乞官分司，得太子賓客，除河南尹。復爲舊官，**謂重授賓客也，公罷府歸舊居詩，係重授賓客歸履道宅作。進階開國。九年除同州，不上，改太子少傅，申百日假。漢律：賜告者，病滿三月當免，天子優賜其告，使得印綬將官屬歸家理疾。按：十旬爲長告，香山集有百日假滿少傅官停自喜言懷之詩。又二歲，得病徐刊本作「所」，非。薨官。舊書傳：文宗即位，徵拜祕書監，賜金紫。太和二年正月，轉刑部侍郎，封晉陽縣男。三年，稱病東歸，求爲分司官，除太子賓客。太和已後，李宗閔、李德裕朋黨事起，天子亦無如之何。楊穎士、楊虞卿與宗閔善，居易愈不自安，懼以黨人見斥，乃求致身散地，冀於遠害。凡所居官，未嘗終秩，率以病免。五年，除河南尹。七年，復授賓客分司。開成元年，除同州刺史。辭疾不拜，授太子少傅，進封馮翊縣開國侯。四年冬，得風疾。餘已見前。新書傳：遺命薄葬，毋請謚。

白氏由楚入秦，秦自不直杜郵事，戰國策：白起爲秦將，賜死杜郵。史記：白起曰：「我何罪於天，而至此哉？」良久，曰：「長平之戰，降者數十萬人，我盡坑之，是足以死。」武安君死非其罪，秦人憐之，鄉邑皆祭祀焉。封子仲太原，以有其後。新書表：始皇思起功，封其子仲於太原，故世爲太原人。祖某，鞏縣令，考季庚，襄州別駕，舊書傳：祖鍠，歷酸棗、鞏二縣令。父季庚，授朝散大夫、大理少卿，賜緋魚袋，徐泗觀察判官。歷衢州、襄州別駕。贈太保。一女，妻譚氏。墓誌：適監察御史譚宏謩。始公生七月，能展書指「之無」二字，横縱不誤。見舊書公與微之書中。既長，與弟行簡俱有名。舊書傳：行簡字知退，擢進士，累官主客郎中，文筆有兄風，辭賦尤精密。居易友愛過人，兄弟相待如賓客。行簡子龜兒，多自教習，以至成名。當時友悌，無以比焉。故李刑部建，舊書傳：李建字杓直，刑部侍郎。庾左丞敬休舊書傳：庾敬休字順之，太和時，再爲尚書左丞。友最善。居家以户小飲薄酒，朔望晦輒不肉食，攜鄧同、韋楚白服遊人間。舊書傳：儒學之外，尤通釋典，常以忘懷處順爲事。在湓城，立隱舍於廬山遺愛寺。新書傳：暮節惑浮屠道尤甚，至經月不食葷，稱香山居士。按：公薦韋楚狀：伊闕山平泉處士韋楚，隱居樂道二十餘年。太和六年，河南尹臣白居易狀奏。又詩題稱韋徵君拾遺，又醉吟先生傳：平泉客韋楚爲山水友。姓名過海，流入雞林日南有文字國。舊書東夷傳：新羅國漸有高麗、百濟之地。龍朔三年，詔以其國爲雞林州都督府。漢書志：日南郡，故秦象郡，武帝元鼎六年開，屬交州。舊書傳：元稹序曰：雞林賈人求市頗切，自云：「本國宰相，每以一金换一篇，甚僞者，宰相輒能辯別之。」自篇章已來，未有如是流傳之廣者。爲中書舍人三日，如建中詔書，上鄭公覃自代，後爲相，稱質直。舊書鄭覃傳：故相珣瑜之子，文宗太和九年，遷尚書右僕射。訓、注伏誅，召覃入草制敕，以本官同平章事。覃少清苦貞退，位至相國，人皆仰其素風。文宗時，文貞公果有孫起使下，數歲，至諫議大夫，賢可任，爲今上御史中丞。舊書魏謩傳：楊汝士牧同州，辟爲防禦判官，汝士入朝，薦爲右拾遺。至開成四年累遷諫議大夫，宣宗大中二年爲給事中，遷御史中丞。餘詳獻集賢相公啓。他日，景受嘗跪曰：「大人居翰林，六同列五具爲相，獨白氏亡有。」公笑曰：「汝少以待。」公詩有「同時六學士，五相一漁翁」之句。五相，裴垍、王涯、杜元穎、崔羣、李絳。其曾祖弟，今右僕射平章事敏中，果相天子。復憲宗所欲得，開七關，句絶。城守四州，詳見樊南序，大中三年事也。以集巨伐。一作「代」。按：文粹作「代」，徐刊本作「伐」。「巨伐」，猶曰大功也。然白氏宰相，惟敏中一人，若謂其世代，至此而極大，亦通，故未可定。仲冬南至，備宰相儀物，擎跪齋栗，莊子：擎跪曲拳，人臣之禮也。給事寡嫂永寧里中，有兄弟家，指嚮健慕，以信公知人。舊書傳：敏中字用晦，少孤，爲諸兄之所訓厲。長慶初，登進士第。武宗時，累至兵部侍郎、學士承旨。會昌末，同平章事。宣宗即位，加右僕射、太原郡開國公。按：會昌六年三月，宣宗即位，五月，敏中爲相，傳文小疎。集七十五卷，元相爲序。汪立名白集凡例曰：新唐書藝文志曰：白氏長慶集七十五卷。考公前集爲長慶集，元相勘定。公之殁，去長慶末二十有二年，距微之殁，亦十有五年，今後集具在，奈何以長慶集括公之作乎？此誤相承已久，至今莫辨也。按：舊書傳，文集七十五卷，經史事類三十卷，並行於世。長慶末，浙東觀察元稹爲序，序全載傳中，中云：長慶四年，樂天自杭州刺史，以右庶子召還。予時刺會稽，因得盡徵其文，手自排纘，成五十卷。前輩多以前集、中集爲名，予以爲陛下明年當改元，長慶訖於是矣，因號白氏長慶集。然則舊書本全敍其畢生著述，而引元序爲評贊，初非括其生平也，此文云集七十五卷，元相爲序，語則稍混，新書藝文志緣此致誤耳。汪氏既糾新志之失，何可没舊傳之是哉？唐語林：大中末，諫官疏請白居易謚，上曰：「何不讀醉吟先生墓表。」卒不賜謚。弟敏中，在相位，奏立神道碑，使李商隱爲之。北夢瑣言：敏中奏定居易謚曰文。舊書傳：元稹字微之，河南人。應才識兼茂明於體用科，登第者十八人，稹第一，除右拾遺。與居易同門生。穆宗時，宫中呼爲元才子，召入翰林，爲中書舍人承旨學士。長慶二年，拜平章事。自撰墓誌：外以儒行修其身，中以釋教治其心，旁以山水風月歌詩琴酒樂其志，前後著文集七十卷，合三千七百三十首，近者事類集要三十部，合一千一百三十門。時人目爲白氏六帖。死無請謚，無建神道碑，但於墓前立一石，刻吾醉吟先生傳一本可矣。語訖，命筆自銘其墓云。宋敏求春明退朝録：唐白文公自勒文集，寫本寄藏廬山東林寺，又藏龍門香山寺。高駢鎮淮南，取東林集而有之，香山集經亂亦不復存。其後履道宅爲普明僧院，唐明宗子從榮又寫本，寘院之經藏，今本是也。北夢瑣言：白太傅與元相國友善，以詩道著名，時號「元、白」。其輓元詩云云。洎自撰墓誌云，與彭城劉夢得爲詩友，殊不言元公，時人疑其隙終也。汪立名曰：開成三年，先生之齒六十有七，微之歿久矣，醉吟先生傳所謂如滿爲空門友，韋楚爲山水友，夢得爲詩友，皇甫朗之爲酒友，皆就當時在洛之人而言，非該舉平生也。公晚年哭微之詩甚多，感悼悽愴，如在初没，隙終之語，豈不大謬耶？按：舊書劉禹錫傳：遷太子賓客分司東都，晚年與少傅白居易友善，唱和往來，居易因集其詩而序之，中有「余與微之唱和頗多，二十年來爲文友詩敵，今垂老，復遇夢得」云云，則晚年詩友，自以元逝劉存專言之。其後哭夢得詩首云「四海齊名白與劉」，結云「應共微之地下遊」，並無存没異情之跡，何可妄逞浮薄，揣誣前哲哉！ 系曰：

公之世先，用談説聞。未詳。肅代代優，肅、代，肅宗、代宗時也。下「代」字讀曰世。布蹤河南。「南」字叶韻。徐氏疑其誤，非也。陰德未校，論語註：校，報也。徐氏疑當作「報」，亦非。公有弟昆。本跋不搖，禮記：燭不見跋。注曰：跋，本也。疏曰：本，把處也。此云本跋，猶言本根。徐刊本作「本枝」，誤。乃果敷舒。匪骼匪臑，説文：禽獸之骨曰骼。禮記少儀：臂臑。疏曰：謂肩脚也。招魂：肥牛之腱，臑若芳些。噫烏介反。其醇腴。于鄉洎邦，取用不窮。天子見之，層陛玉堂。徵徵其中，上汰唐禹。帝爲輦留，續緒襞縷。歲終當遷，户曹是取。

曄白其華，詩序：白華，孝子之絜白也。皭不痕緇。上聲，見祭楊郎中文。用從棄遺，至道天子。嚋誰與伍，率中道止。納筆攝麾，綽三郡理。忠、杭、蘇三州。既去刑部，倏東其居。大尹河南，翦其暴逋。君有三輔，見渤海舉人自代狀。臣有田畝。臣衰君強，謝不堪守。謂除同州不上也，臣年已衰，君方申嚴吏治，故力不能副也。

翊翊申申，一作「伸」。韓詩外傳：孔子曰：「關雎之事大矣哉，馮馮翊翊。」漢書禮樂志：附而不驕，正心翊翊。餘見論語。宋永至樂：申申嘉夜，翊翊休朝。君子之文。不僭不怒，惟君子武。君子既貞，兩有其矩。孰永厥家，曾祖之弟。同曾祖之弟。坤柄巽繩，以就大計。易：坤爲柄，巽爲繩直。匪哲則知，亦有教詔。益裒其收，揠莠而導。刻詩於碑，以報百世。公老於東，遂葬其地。謂葬龍門也。續資治通鑑長編：真宗景德四年，以唐刑部尚書致仕白居易孫利用爲河南府助教，常令修奉墳塋影堂。按：文粹篇後有殤子辭，其下有「弘農楊氏」四字。如作文人名例，辭云「子有令子，儉衣削食。以紀先功，志刊貞石。彼蒼不遺，俾善莫隆。令子建立，痛寃無窮」，此可細思而悟其事也。其云紀功刊石已，即碑序中件右功世，取文刻碑之意，然「志刊貞石，彼蒼不遺」，乃有其志而未及爲者，若景受則實取文刻碑矣。余謂阿新越次爲嗣，是白公、楊氏所愛，定於存時者，不意公没後，阿新亦殤，此殤子辭，必爲阿新。其曰令子，即阿新，其曰令子，乃景受。蓋阿新殤後，又以景受爲繼，而郡君痛寃無窮，自以辭志之也。文粹必因其附刻碑側，故兼登之，否則何煩旁及哉！據辭追揣，情事宜然，舊、新傳、表之異，可以互通矣。又按：碑中所書年數皆率略，不必細校。

劍州重陽亭銘 并序。舊書志：劍南道劍州普安郡，屬東川節度使。

陪臣未嘗屢覲天子宮闕，時在梓幕，故首曰陪臣。矧得舞殿陛下邪！然下國伏地讀甲乙丙丁詔書，漢書紀注：令有先後，故有令甲令乙令丙。亦有以識天子理意，尺度堯、舜，不差毫撮，於絶遠人意尤在。不然者，安得用江陵令舊書志：江陵縣，晉桓温所築城也。使上水六千里，挽大小虎牙、灔澦、黄牛險，以治普安。水經注：江水又東逕魚復縣故城南，江中有孤石爲灔澦石，冬出水二十餘丈，夏則没，亦有裁出處矣。按：酈注止此。前明刊本，又有小注曰：李膺益州記云：灔澦堆，夏水漲没數十丈，其狀如馬，舟人不敢進。又曰：猶豫，言舟子取途，不決水脈，故猶豫也。樂府作「淫豫」，坤元録作「冘豫」，此朱謀㙔注箋也，不可混引。樂府詩集：滛豫歌二首：灔澦大如馬，瞿塘不可下，灔澦大如牛，瞿塘不可流。按：寰宇記：諺曰：灔澦大如樸，瞿塘不可觸。又有如馬、如鼈、如龜共八句，范石湖吴船録引舊圖云「灔澦大如象，瞿塘不可上，灔澦樸如馬」，共六句，皆非水經注之文。水經注：江水又東逕黄牛山下，有灘名曰黄牛灘。又：江水又東歷荆門、虎牙之間，荆門在南，虎牙在北。餘詳詩集註中。按：江水東下，蔣由江陵令遷劍州，泝江而上也。如馬、如牛、如樸六句，李肇國史補有之，「流」作「留」。□令既爲侯，講天子意，三年大理。田訟斷休，市賈平，獄户屈膝，落民不識胥吏，四方賓頗來繫馬靡牛，縻，説文：牛轡也。按：縻、靡可通，見易中孚卦。□樹膚不生。乃大鏟險道，緄石見土，毛詩：小戎篇傳曰：緄，繩也。其平可容考工車四軌，周禮冬官考工記：匠人涂度以軌，經涂九軌，環涂七軌，野涂五軌。建爲南北亭，以經勞餞。又亭東山，四川通志：鶴鳴山在劍州，環繞而治，一名東山。號曰重陽，以醉風日。南北經貫，徐刊本作「貫」，誤。若出平郡，無有噫□□三年，民恐即去，遮觀□□謂留，當爲遮觀察使請留。□□東山，實在亭下。侯蔣氏，名侑。按：舊書蔣乂傳：乂常州義興人，子係、伸、偕、仙、佶。伸，大中末，同平章事。新書傳云：乂徙家河南。新書表亦載之。此蔣侑頗似同族，無可考。文曰：

仁之爲道，隆磊英傑。天簡其勞，羨以事物。爲君之□，□蔣是□。全蜀藝文志多一空格。撮取不窮，如武有庫。見爲某先輩啓。蔣之有世，以仁爲歸。伯氏之宜，仲氏之思。厥弟承之，繩而不紈。廣韻、集韻：並同絿。詩：不競不絿。傳曰：絿，急也。按：以韻論，「紈」字疑有舛。以令爲侯，天子之德。汝侯爲理，劍有盈昃。易：日中則昃，月盈則食，此謂當盈者盈，在昃者昃。君南臣北，父坐子伏。周易乾鑿度：君南面，臣北面，父坐子伏，此其不易也。周禮地官：大司徒，施十有二教，五曰以儀辨等，則民不越。鄭氏註曰：儀謂君南面，臣北面，父坐子伏之屬。飲牛漚菅，魏志管寧傳注引高士傳曰：寧鄰有牛暴寧田者，寧爲牽牛著涼處，自爲飲食，過於牛主，牛主大慚，若犯嚴刑。是以左右無鬬訟之聲。左傳：武城人拘鄫人之漚菅者，曰：「何故使吾水滋？」田一作「由」，誤。訟以直。市正獄清，漢書曹參傳：慎毋擾獄市。謁歸告休。唐類函：李斐漢書曰：告，請也，言請休謁也。漢律，使二千石有予告，有賜告。顏師古曰：告或謂謝，謝亦告也。此似言政簡獄清，吏得以無事告休，非蔣告休也，觀下三年可知。朝雨滂滂，徐刊本作「滂沱」。濕其帩頭。後漢書獨行傳：向栩似狂生，好被髮著絳綃頭。註曰：説文，綃，生絲也。此當作「幧」。古詩云：少年見羅敷，脱巾著幧頭。鄭氏注儀禮云：如今著幓頭，自頂中而前交額上，却繞髻也。晉書五行志：太元中，人不復著帩頭，天戒若曰，頭者元首，帩者助元首爲儀飾者也。今忽廢之，若人君無輔佐也。廣韻：斂髮謂之幧頭。按：古詩陌上桑作「脱帽著帩頭」，則幧、帩通用，此似以言政簡吏閒，風雨應節。揚子方言：絡頭，帞頭也，幧頭也。民樂以康，願有顯庸。

侯作南亭，北亭是雙。至於東山，乃三其功。摧一作「推」。險爲夷，大石是扛。説文：扛，橫關對舉也。後漢書：費長房令十人扛樓下酒器。亦既三年，民走乞留。伯氏南梁，重弓二矛。按：南梁不一地，史記，魏伐趙，戰於南梁。通典，汝州，戰國時謂之南梁，必非所用也。隋書志，巴西郡，梁置，南梁北巴州。北史賀若敦傳：巴西人譙淹據南梁州。此即唐時之閬州，皆係古名，非當時習稱者。唐人習稱梁州興元府曰南梁，如劉禹錫彭陽唱和集後引「開成元年，公鎮南梁」，又山南西道節度使廳壁記云「於是按南梁故事」，山南西道驛路記云「南梁人書事于牘」之類是也。重弓二矛，爲節鎮之儀，此必其兄鎮興元也。舊書傳：蔣係，宣宗時吏部侍郎，改左丞，出爲興元節度使。係爲乂之長子，與伯氏亦合，第侑非親兄弟耳。餘見祭宣武王尚書文。古有魯衛，惟我之曹。惟仁之歸，有世在下。其攄其超，尾鬣馬馬。應瑒慜驥賦：鬱神足而不攄。張協七命：天驪之駿，逸態超越。按：以天馬比其昆季，兄爲鬣，弟爲尾，如龍頭龍尾之評。徐刊本作「尾馬鬣馬」，今從全蜀藝文志原本也。法苑珠林五十二卷中，有杯度道人云「馬馬」之字。惟蔣之融，由唐庬嘏。庬，莫江切，厚也。左傳：民生敦庬。詩：純嘏爾常矣。傳曰：嘏，大也。箋曰：予福曰嘏。說文：嘏，大遠也。古雅切。惟是亭銘，得其麤且。下、馬、嘏、且叶韻，嘏、且字不可誤讀。唐大中八年九月一日，太學博士河内徐刊本作「南」。李商隱撰。義山由太學博士出充梓幕，此仍書京職，而宋本詩集，亦首標太學博士李商隱義山，不及他銜者，重王朝，尊儒職也。金石録：此碑，李商隱撰，正書，無姓名，大中八年也。全蜀藝文志：碑在隆慶府東山之陽，石刻今存，亭圮，後宋治平中再建，明正德中又建。四川通志：重陽亭在劍門驛東鳴鶴山上，今圮。王阮亭秦蜀後記：劍州東南一里鶴鳴山，有李商隱重陽亭記。按：豈近時人重建歟？按：四川通志藝文類竟不收此。

按：此文，徐氏采之全蜀藝文志，而余取原書覆校者也。金石録無跋語，亭屢建屢圮，碑文必多剥落矣。今所登者，缺字尚少，詞義略見古趣，使果出義山手，何無矯然表異者乎？義山自稱，或曰玉谿，或曰樊南，其郡望則隴西，故他人稱之曰成紀。此書「河内」，雖合史傳，而準之文翰，則可疑也。徐刊本作「河南」，豈別有據，抑傳寫之訛歟？鄭氏通志金石略亦載之，但作「太和八年劍州」，不言何人文、何人書，則更可疑矣。余頗疑碑文久漫漶，而楊用修爲補全之，恐未可篤信也。今且附列於此。

又按：余疑用修爲補全者，更有可旁證也。全蜀藝文志，用修所最矜喜者，得漢太守樊敏碑於蘆山、漢孝廉柳莊敏碑於黔江也。序言二碑，皆無銷訛，刻猶古剞。實則柳碑僅存其名，而未能追補矣。孝廉諱敏，何爲加「莊」字哉？巴郡太守樊君碑，趙氏金石録云：首尾完好，摘載其大略。至明弘治中，李一本磨洗出之，不可讀者過半。通志金石略亦列之，而注曰：未詳。用修何以竟得一字無損之原刻哉？洪氏隸釋，孝廉柳敏碑有闕字，而文本不多，碑在蜀中，巴郡太守樊敏碑頗全，惟後共闕七字，碑在黎州，用修據此而補全之，則亦易矣。其所録字句，有與趙氏、洪氏異者，不備列，而顧亭林於樊碑云：重刻本，字甚拙惡，但未及考其何時重刻也。統爲核之，用修所云，何可盡信哉！

賦

蝨賦

亦氣而孕，亦卵而成。初生以氣，相生似卵。晨鷖露鶴，詩：鳧鷖在涇。説文：鷖，鳧屬。韓詩外傳：

魏文侯嗜晨凫。周處風土記：鳴鶴戒露，此鳥性警，至八月，白露降，流於草上，滴滴有聲，則高鳴相警，徙所宿處。張景陽七命：晨凫露鵠。徐曰：鶴古通作鵠。不如一作「知」，誤。其生。藝文類聚：吴録曰：婁縣有石首魚，至秋化爲寇凫，凫頭中猶有石也。「寇」一作「冠」。師曠禽經：鶴以聲交而孕。張華注：雄鳴上風，雌承下風，則孕。淮南八公相鶴經：雄雌相視，目睛不轉，則孕。汝職惟齧，而不善齧。説文：蝨，齧人蟲。回臭而多，跖香而絶。沈括筆談：芸香草，今謂之七里香，南人採置席下，能去蚤蝨。附陸龜蒙後蝨賦：余讀玉谿生蝨賦，有就顔避跖之歎，似未知蝨，作後蝨賦以矯之。衣緇守白，髮華守黑，不爲物遷，是有恒德。小人趨時，必變顔色，棄瘠逐腴，乃蝨之賊。按：「逐腴」一作「涵腴」，今從笠澤叢書。徐曰：嵇康養生論：蝨處頭而黑。抱朴子：今頭蝨著身，皆稍變而白，身蝨著頭，皆漸化而黑，則元素果無定質，移易在乎所漸也。文謂衣中之蝨本白，衣或化爲緇，而蝨終自白，髮中之蝨本黑，髮或變爲白，而蝨終自黑，故曰：「不爲物遷，是有恒德。」又曰：蝨賦，刺朝士也。回賢而貧，貧故臭。跖暴而富，富故香。蝨惟回之齧，而不恤其賢，惟跖之避，而莫敢攖其暴，是亦不善齧矣。世之虐煢獨而畏高明，侮鰥寡而畏彊禦者，何以異此。義山殆深知蝨者，魯望偶有感於趨時之輩，朝衛暮霍，惟疏鬣奎蹄之間望走，以爲廣宫安室者，故作後蝨賦以矯之，意各有存，辭遂相反。

蝎賦

徐曰：本作蠍，俗省作「蝎」，即詩經之蠆。通俗文云：長尾爲蠆，短尾爲蠍。蠍毒傷人曰蛆，張列反，字或作「蜇」。商君書有曰蝨官者六，而晉書庾峻傳曰：有朝廷之士，又有山林之士，此先王之宏也。秦塞斯路，利出一官。雖有處士之名，而無爵列於朝者，商君謂之六蝎，韓非謂之五蠹，時不知德，惟爵是聞。然則六蝨六蝎，並出商君之書，義山所以賦此二物也。

夜風索索，緣隙憑壁。弗聲弗鳴，潛此毒螫。陶弘景名醫別録注：蝎雄者螫人，痛止一處，雌者痛牽諸處。漢書陳萬年傳：毒螫加於吏民。厥虎不翅，厥牛不齒。漢書：董仲舒對策曰：「夫天亦有所分予，予之齒者去其角，傅其翼者兩其足，是所受大者不得取小也。」師古曰：謂牛無上齒則有角，其餘無角者則有上齒。傅讀曰附，附，著也。言鳥不四足。爾兮何功，既角而尾。徐曰：蝎賦，刺處士也。葛洪云：蝎前謂之螫，後謂之蠆。蓋前即其角，後即其尾也。虎有四足則無翼，牛有兩角則無上齒，而蝎既有角以螫人於前，又有尾以毒人於後，果何功而得此？詩集井泥篇云：猛虎與雙翅，更以角副之。其猶此謂與？按：二首刺小人之陰毒傷人者，朝士處士，不必分說。

雜記

按：文粹各標小類，故於象江太守諸條，標曰五紀，似以其得五人也。斷讓二條，則在析微類中。此姚氏自爲例，本集不必仿之，故統曰雜記。徐刊本作「雜著」，今遵子史精華所引作「雜記」，詳目録。

象江太守

舊書志：象州象山郡屬嶺南道桂州都督府。又曰：非秦之象郡，秦象郡今合浦縣。按：象州在柳州東南約二百里矣，元和郡縣志郭下陽壽縣有陽水，太平寰宇記武仙縣有鬱林水，凡水之在象州者，皆可曰象江也。

滎陽鄭璠，自象江得怪石六：其三聳而鋭上；又一，如世間道士存思，圖畫人肺胃肝腎，次第懸絡者；見爲某先輩啓。又太乙帝君經：求道者甘寒苦以存思。真誥：迴元者，太上更新之日也，常以其日思存古事。按：道書每以吉日思存，心願飛仙。而「古事」或作「吉事」，即指登仙也。疑「古」字誤。又一，空中而隱外，若癃瘻殃疝病不作一作「好」。物者；説文：癃，罷病也。又瘻，頸瘤也。嵇康養生論：頸處險而癭。張華博物志：山居多癭，飲泉水之不流者也。史記倉公傳：湧疝也，令人不得前後溲。又：病氣疝，難前後溲，蹶陰之絡，結小腹則腫痛。又：牡疝在鬲下，上連肺。説文：疝，腹痛也。素問：岐伯曰：病名心疝，少腹當有形也。按：癃瘻殃疝，皆比空中隱外，但癃係老病耳，殃則統言疾殃，尤不類。檢字書，疦，音血，廣韻，瘡裏空也，與空中頗合，似緣相近而有訛，然未可臆定。又一，色紺冰去聲。而理平漫，「紺冰」，謂紺色而無光也。餘見柳珪第一啓。彈之好聲。

璠爲象江，三年不病瘴，平安寢食，及還長安無家，居一作「召」。婦兒寄止人舍下。後漢書：張禹以田宅推與伯父，身自寄止。按：今本文粹作「召」，似歸後無家，故召婦兒同寄人舍下。徐刊本作「居」，俟再考定。計輦六石，道費俸六十萬。璠嗜好有意，極類前輩人。

華山尉

尉，縣尉也。舊書志：華州，初名華山郡，屬縣有華陰，其殆尉於此耶。

陶生，有恆人。善養，又善與人遊，又善爲官。會昌初，生病骨熱且死。是年長安中進士爲陶生誅者數十人。生在時，吾已得之矣，及既死，吾又得之。

齊魯二生

程驤

右一人字蟠之。其父少良，本鄆盜人也。舊書志：河南道鄆州東平郡。晚更與其徒畜牝馬草一嬴，「嬴」，文粹作「羸」，當誤。徐刊本作「草嬴一」，今酌從之，俟再考。古今注：驢爲牡，馬爲牝，生騾，驢爲牝，馬爲牡，生駏。按：嬴善走，漢書霍去病傳注曰：單于自乘善走騾。匡謬正俗：牝馬謂之草馬，惟充蕃字，常牧於草，故稱草馬。淮南子曰：馬爲草駒之時。高誘注曰：放在草中，故曰草駒。是知草之得名，主於草澤矣。字典：嬴，六書正譌：俗作騾。按爾雅：牝曰騇。註曰：草馬名。魏志：杜畿課民畜，牸牛草馬。北史楊愔傳：禿尾草驢。草爲牝畜之稱，今俗語猶然。私作弓矢刀杖，一作「仗」。學發冢抄道。集韻：「抄」與「鈔」同。通俗文：遮取謂之抄。按：鈔盜、鈔略，屢見史書。常就迥遠坑谷，無廬徼今刊文粹作「僻」，誤。處，漢書注：如淳曰：所謂游徼循禁，備盜賊也。餘見爲李詒孫啓。按：十里一亭，十亭一鄉，鄉有三老、嗇夫，游徼，秦制已然，不僅京都之周廬徼道也。依大林木，早夜偵候作姦。李師古貪諸土貨，下令卹商。鄆與淮海近，一作「競」，誤。出入天下珍寶，日日不絕。少良致貲一作「資」。以萬數。每旬時歸，妻子輒置食飲勞其黨。後少良老，前所置食有大臠連骨，史記絳侯世家：召條侯賜食，獨置大胾，無切肉。韋昭曰：胾，大臠也。以牙齒稍脱落，不能食。其妻輒起請黨中少年曰：「公子與此老父椎埋剽奪十數年，「椎埋」謂「發冢」，見爲渤海公舉代狀，「剽奪」謂「抄道」。意徐刊本作「竟」，誤。不計天下有活人。今其尚不能食，況能在公子叔行胡浪反。耶？公子此去，必殺之草間，毋爲鐵門外老捕盜所狙快。」史記留侯世家：良與客狙擊秦皇帝博浪沙中。注曰：狙，伏伺也。少良默憚之，出百餘萬謝其黨曰：「老嫗真解事，敢以此爲諸君別。」衆許之，與盟曰：「事後敗出，約不相引。」少良由是以其貲一作「資」。廢文粹作「發」。舉貿轉，史記仲尼弟子傳：子貢好廢舉，與時轉貨貲，注曰：廢舉謂停貯也，物賤則買而停貯，值貴即逐時轉易貨賣，取貲利也。索隱曰：劉氏云：「廢謂物貴而賣之，舉謂物賤而買之。」貨殖傳：子貢廢著鬻財於曹、魯之間。注曰：著讀音如貯。索隱曰：漢書亦作「貯」。按：漢書作「發貯」。師古曰：多有積貯，趣時而發。而事文類聚引史記貨殖傳注，有「漢書作『發』，非」五字，疑今本史記索隱有脱文耳。注：趣時而發，鬻賣之也。與鄰伍重信義，卹死喪。斷魚肉葱薤，禮拜畫佛，讀佛書，不復出里閈，意徐刊本作「竟」，誤。若大君子能悔咎前惡者。十五年死。

子驤率不知，後一日，有過，其母罵之曰：「此種不良，庸有好事耶？」驤泣，問其語，母盡以少良時一作「之」。事告之。驤號哭數日不食，乃悉散其財。踰年，驤甚苦貧，就里中舉負，「舉負」，舉債也。説文：債者負也。今俗負財曰債。給薪水灑掃之事，讀書日數千言，里先生賢之，時與饘糗布帛，使供養其母。後漸通五經、歷代史、諸子雜家，往往同學人去其師，從驤講授。又其爲人寬厚滋茂，動静有繩墨，人不敢犯。烏重胤爲鄆帥，舊書傳：烏重胤，穆宗時，爲天平軍節度，鄆曹濮等州觀察使。喜聞驤，與之錢數十萬，令市書籍。驤復以其餘賫諸生。其里閭故德少良者，亦嘗一作「常」。來與驤孳息其貨，數年，復致一作「置」。萬金。驤固不以爲己有，繩契管揵，雜付比近，用度費耗，了不勘詰，道益高。開成初，相國彭城公遣其客張谷聘之，張谷，劉從諫之厚遇者也。從諫爲使相，從諫父悟，封彭城郡王。後郭誼與張谷遣人至王宰軍，請殺稹以自贖，及誼斬劉稹時，并誅張谷，事見史書。驤不起。

劉　叉

右一人字叉，不知其所來。在魏，與焦濛、閻冰、田滂善。任氣重義，大軀，有聲一作「膂」，誤。力。常出入市井，殺牛擊犬豕，羅網鳥雀。亦或時因酒殺人，變姓名遁去。會赦得出。後流入齊、魯，始讀書，能爲歌詩。然恃其故時所爲，輒不能俛仰貴人。穿屐破衣，從尋常人乞丐酒食爲活。

聞韓愈善接一作「友」。天下士，步行歸之。既至，賦冰柱、雪一作「雲」，誤。車二詩，一日居盧仝、孟郊之上。樊宗師以文自任，見叉拜之。新書韓愈傳：盧仝居東都，愈爲河南令，愛其詩，厚禮之。仝自號玉川子。孟郊，湖州武康人，愈一見爲忘形交。郊爲詩有理致，最爲愈所稱。又樊澤傳：河中人，子宗師，學力多通解，著春秋傳、魁紀公、樊子凡百餘篇。韓愈稱宗師論議平正有經據，常薦其材云。後以争語不能下諸公，因持愈金數斤去，曰：「此諛墓中人所得耳，不若與劉君爲壽。」愈不能止，復歸齊、魯。叉之行，固不在聖賢中庸之列，然其能面道人短長，不畏卒禍，及得其服義，則又彌縫勸諫，有若骨肉，此其過人無限。新書韓愈傳附劉叉，全據此文，然删節處，有未明豁者。

宜都内人 舊書志：山南東道硤州夷陵郡宜都縣。

武后篡既久，頗放縱，耽内習，武后事詳史書，躭内習者，如左傳齊侯好内，史記倉公傳病得之内之義。不敬宗廟，四方日有叛逆，防豫不暇。時宜都内人以唾壺進，思有以諫者。后坐帷下，倚檀几，與語問四方事。宜都内人曰：「大家知古女卑於男邪？」后曰：「知。」内人曰：「古有女媧，帝王世紀：女媧氏，亦風姓也，承庖犧制度，亦蛇身人首，一號女希，是爲女皇。廣韻：女媧，伏羲之妹。史記司馬貞補三皇本紀：太皞庖犧氏，風姓，蛇身人首，亦曰宓犧氏。崩，女媧氏代立，亦風姓，蛇身人首，號曰女希氏。蓋宓犧之後，已經數世，金木輪環，周而復始，特舉女媧，以其功高而充三皇也。女媧氏没，神農氏作。神農氏母，有媧氏之女。帝王世紀：女媧氏承庖犧制度，一號女希，是爲女皇。按：上古荒遠難稽，似其初以女媧爲氏，未嘗明言女身，乃有是爲女皇之説。淮南子、風俗通皆云「伏羲之妹」，甚至僞造三墳，有「后女媧」三字，追誣神聖，可云無忌憚矣。通鑑「殺僧懷義」下注，全引此條，而曰此蓋文人寓言。亦不正是天子，佐伏羲理九州耳。後世孃姥，有越出房閤斷天下事者，皆不得其正。多是輔昏主，不然抱小兒。獨大家革天姓，改去釵釧，襲服冠冕，符端日至，大臣不敢動，真天子也。然今徐刊本有「者」字，非。内之弄臣狎人，朝夕侍御者，久未屏去，妾疑此未當天意。」后曰：「何？」内人曰：「女，陰也，男。陽也。陽尊而陰卑，雖大家以陰事主天，然宜體取剛亢明烈，以消羣陽，陽消然後陰得志也。今狎弄日至，處大家夫宫尊位，其勢陰求陽也。陽勝而陰亦微，不可久也。大家始今日能屏去男妾，獨立天下，則陽之剛亢明烈可有矣。如是過萬萬世，一作「歲」。男子益削，女子益專，妾之願在此。」后雖不能盡用，然即日下令誅作明堂者。舊書薛懷義傳：則天欲隱其迹，乃度爲僧。造明堂，懷義充使督作。又於北起天堂。證聖中，薛師恩漸衰，恨怒，焚明堂、天堂並爲灰燼，則天又令充使督作。後令太平公主令壯士縊殺之。

斷非聖人事

堯去子，舜亦去子，周公去弟，後世人以爲能斷，此絶不知聖人事者。斷之爲義，疑而後定者也，聖人所行無疑，又安用斷？聖人持天下以道，民不得知；聖人理天下以仁義，民不得知。害去其身，未仁也；害去其家，未仁也；害去其國，亦未仁也；害去其天下，亦未仁也，害去其後世，然後仁也。宜而行之謂之義，子不肖去子，弟不順去弟，家國天下後世，皆蒙利去害矣。不去則反，宜然而爲之，堯、舜、周公未嘗疑，又安用斷？故曰：「斷，非聖人事。」

讓非賢人事

世以爲能讓其國，能讓其天下者爲賢，此絶不知賢人事者。能讓其國，能讓其天下，是不苟取者耳。湯故時非無臣也，然其卒佐湯，有升陑之役，鳴條之戰，竟何人哉，非伊尹不可也。書序：伊尹相湯伐桀，升自陑，遂與桀戰于鳴條之野，作湯誓。武故時非無臣也，然其卒佐武，有文粹作「者」，誤。牧野之誓，白旗之懸，果何人哉？非太公望不可也。書序：武王戎車三百兩，虎賁三百人，與受戰于牧野，作牧誓。史記周本紀：以黄鉞斬紂頭，縣太白之旗。苟文粹無「苟」字。伊尹之讓汝鳩、仲虺，書序：伊尹去亳適夏，既醜有夏，復歸于亳。入自北門，乃遇汝鳩、汝方，作汝鳩、汝方。又：湯歸自夏，至于大坰，仲虺作誥。太公望之讓太顛、閎夭，書：亦惟有若虢叔，有若閎夭，有若散宜生，有若泰顛，有若南宫括。則商、周之命其集乎？故伊尹之醜夏復歸，太公望之發揚蹈厲。禮記：發揚蹈厲，太公之志也。當此時，雖百汝鳩、百仲虺，伊尹不讓也；百太顛、百閎夭，太公望亦不讓也。故曰：「讓，非賢人事。」

逸句

李涪刊誤：釋怪引李商隱文曰：「儒者之師曰魯仲尼，仲尼師聃猶龍，不知聃師竺乾，善入無爲，稽首正覺，吾師吾師。」釋怪曰：正史不言老子適戎狄，師於竺乾，未知商隱何爲取信。孔子師堯、舜、文王、周公之道，以老子老而能熟古事，故師之。聖人學無常師，非謂幼而學之如堯、舜、文、周之聖德也。故袁宏後漢紀孔融答李膺曰「先君孔子與子先人李耳同德比義，而相師友」，是也。竺乾者，佛書言生周昭王時，言後漢明帝夢金人，有傅毅對。徵於周、漢正史，並無此文，未知删師竺乾，出於何典。近世尚綺靡，鄙稽古，商隱詞藻奇麗，爲一時之最；所著尺牘篇詠，少年師之如不及；無一言經國，無纖意奬善，惟逞章句。因以知夫爲錦者，纖巧萬狀，光輝曜日，首出百工，惟是一端，得其性也；至於君臣長幼之義，舉四隅莫反其一也。彼商隱者，乃一錦工耳，豈妨其愚也哉！按：北夢瑣言，唐李涪尚書改切韻，涪，福相之子，以開元禮及第，時人號爲「周禮庫」，其歷官當昭宗時。文昌雜録曰：唐國子祭酒李涪作刊誤。此雖正論，而詆之太過，豈有積憾於義山耶？老君西昇，聞道竺乾，有古先生，西昇經首言之。古先生，説者以爲佛，或以爲老子自謂。翻譯名義集引符子云「老子之師名釋迦文」。其怪誕不經固無待置辯耳。後漢書襄楷傳：或言老子入夷狄爲浮屠。注曰：浮屠即佛陀，但聲轉耳，並謂佛也。或聞當時言，老子西入夷狄，始爲浮屠之化。三國魏志注：浮屠經所載，與中國老子經相出入，蓋以爲老子西出關，過西域之天竺教胡。按：老子西入流沙，化胡成佛，屢見諸書。而南齊書顧歡傳中道經云：老子入天竺維衛國，國王夫人浄妙，老子因其晝寢，乘日精入浄妙口中，後年四月八日夜半，剖左腋而生。是以老子後身爲佛矣。義山乃云「聃師竺乾」，種種異説，何可究詰哉？

通鑑考異引東觀奏記：李德裕見夢於令狐綯，通鑑：懿宗咸通元年，右拾遺句容劉鄴上言：「李德裕父子爲相，有聲迹功效，竄逐以來，血屬將盡，生涯已空，宜賜哀閔，贈以一官。」敕復李德裕太子少保、衛國公，贈左僕射。考異：李太尉南行録，咸通二年九月，右拾遺内供奉劉鄴表略云：子曄貶立山尉，去冬獲遇惟新之命，作解之恩，移授郴州尉，今已没於貶所。枯骨未歸於塋域，一男又殞於江湘。其李德裕，請特賜贈官。敕依奏下。又引實録注東觀奏記云令狐綯夢云云，即愚前所采者，不更録。下又引實録注云：白敏中爲中書令，時與右庶子段全緯書云：故衛國太尉，親交雨散於西園，子弟蓬飄於南土。嘗蒙一顧，繼履三台，保持獲盡於天年，論請爰加於寵贈。全緯嘗爲德裕西川從事，故敏中語及云。按此似繇敏中開發，而數本追敍贈官，多連鄴奏。德裕素有恩於敏中，敏中前作相，既遠貶之，至此又掠其美，鄙哉！按：據考異按語，竟以敏中爲掠美也。愚以令狐綯亦畏其精爽，非發於誠心，劉鄴事乃足美談，詩集卷首已采入，此加引焉。乞歸葬故里。綯畏其精爽，於帝前論奏，許其子立山尉曅護喪歸葬。

又：是時柳仲郢鎮東蜀，設奠於荆南，命從事李商隱爲文曰：「躬承新渥，言還舊止。」又云：「身留蜀郡，路隔伊川。」通鑑：咸通元年十月，書復李德裕官爵，注中追引此事。

河南邵氏聞見後録：李義山樊南四六集，載爲鄭州天水公言甘露事表云：宰臣王涯等，或久服顯榮，或超蒙委任，徒思改作，未可與權。敷奏之時，已彰虚僞，伏藏之際，又涉震驚云云。當北司憤怒不平，至誣殺宰相，勢猶未已，文宗但爲涯等流涕，而不敢辯。義山之表，謂徒思改作，未可與權，獨明其無反狀，亦難矣。

漫叟詩話：嘗見曲中使柳三眠事，不知所出。後讀玉谿生江之嫣賦云：「豈如河畔牛星，隔歲止聞一過；不比一作「及」。苑中人柳，終朝剩得三眠。」注云：漢苑中有柳，狀如人形，一日三起三眠。一作「倒」。按，亦見趙德麟侯鯖録、許彦周詩話。「江之嫣」者，江鄉之美人也。

野客叢書：張敞傳「長安中浩穰」注，穰音人掌反，只此一音。李商隱作平聲用：「曲蒙恩澤，方尹浩穰。既殊有截之歡，合首無疆之祝。」固雖一意，然於理合從上聲。按：詩經，降福穰穰，豐年穰穰，音如羊反。漢書志南陽郡穰縣，音人羊反。諸字書作平聲多，作仄聲少，文家多作平聲用。今本漢書張敞傳無音，而他書有音汝兩切，引張敞傳語證之者，音可通讀，義實相符也。王氏乃云：只此一音，疎矣。此當代尹京兆者之表，似與渤海公舉代狀同時也。

又：王勃云云一條，引李商隱曰：青天與白水環流，紅日共長安俱遠。按：未知果爲樊南筆否？

演繁露：唐人舉進士必行卷者，爲緘軸，録其所著文以獻主司也。其式見李義山集新書序曰：治紙工，率一幅，以墨爲邊，準用十六行式，率一行不過十一字。按：查初白曰：義山文集，宋時尚全本，其散體古文，有新書序，在第七卷中，演繁露引其數語，乃唐人行卷之式。即此數語是也。

又：節將入界，每州縣須起節樓，本道亦至界首，衙仗前引，旌幢中行，大將打珂，金鉦鼓角隨後。右出李商隱所撰使範。

漁樵閒話：李義山賦三怪物，述其情狀，真所謂得體物之精要也。其一物曰：臣姓猾狐氏，帝名臣曰巧一作「考」。彰，字臣曰九規，一作「尾」，似非。而官臣爲佞魖焉。説文：魖，耗鬼也。揚子雲甘泉賦：捎夔魖而抶獝狂。佞魖之狀，領佩水一作「丰」，誤。漩，一爲闕文，一訛作「凝」。説文：淀，回泉也。郭璞江賦：漩澴滎瀯，此以水漩風輪，狀佞人之圓轉捷給。上云九規，即取極圓之意。漩，有平去二音。手貫風輪，其能以烏爲鶴，以鼠爲虎，以蚩尤爲誠臣，以共工爲賢主，以夏姬爲廉，以祝鮀爲魯，誦節義于寒浞，贊韶曼于嫫母。其一物曰：臣姓潛弩氏，帝名臣曰攜人，字臣曰銜骨，而官臣爲讒䰡（一作「魖」，一作「𩴾」，皆非。山海經：小人國有神，人面獸身，名曰犂䰡之尸。）焉。讒䰡之狀，能使親爲疎，同爲殊，使父瞻其子，妻羨其夫。又持一物，狀若豐石，得人一惡，乃劓乃刻。又持一物，大如長（一脱「此」字。）簪，得人一善，掃掠蓋蔽。諂啼僞泣，以就其事。其一物曰：臣姓狼浮（一作「貪」，非。）氏，帝名臣曰欲得，字臣曰善覆，而官臣爲貪魃焉。貪魃之狀，頂（一本作「項」，一本似「兇」字而模糊，恐皆非。）有千眼，亦有千口，鼠牙蠶喙，通臂衆手。常居于倉，亦居于囊。頰鉤骨箕，（一作「鉤骨箕鑊」，誤。頰可以爲鉤，骨可以爲箕，言其善取物。）環聯琅瑲，或時敗累，囚于牢狴，拳梏屨校，叢棘死灰。僥倖得釋，（一作「失」，似爲「免」字之訛。）他日復爲。（按：此見陶氏説郛、陳氏秘笈，皆以漁樵閒話爲蘇軾撰。余檢晁氏讀書志曰：漁樵閒話二卷，設漁樵問答，及史傳雜事，不知何人所爲。馬氏通考亦引晁氏之語，是則後人爲之，謬託蘇公，適滋本書之不足信耳。故下引王氏一條爲互證焉。）

困學紀聞：李義山賦怪物，言佞魖、讒䰡、貪魃，曲盡小人之情狀，螭魅之夏鼎也。

又：商隱誌王仲元云：第五兄參元教之學。（按：即李賀小傳之王參元。）

楊伯嵒臆乘：莊子云：雲氣不待族而雨。族，聚也，未聚而雨，言澤少也。李義山雪賦云：雲市飄蕩，當從於月；月窟淅瀝，合隨於雲市。云族云市，亦奇字。（按：曰雪賦、曰「雲市」，未知無誤字否。

明一統志：桂林府形勝，水環湘、桂，山類蓬、瀛。唐李義山文。

謝華啓秀：長溪清潯，流影不去。注曰李義山。按：楊升庵所纂數條，皆見本集，此獨無之。

按：趙璘因話録：裴晉公平淮西，賜以玉帶，公臨薨卻進，使門人作表，皆不如意。公口占狀曰：內府之珍，先朝所賜，既不敢將歸地下，又不合留向人間，謹卻封進。聞者歎其簡切而不亂。而北夢瑣言則以玉帶爲寶劍，以內府之珍爲武庫神兵，而屬之令狐楚相國，令商隱起草，不愜其旨。又注云：裴晉公臨終，進先帝所賜玉帶，與此事頗同，未知孰是。舊朝士多云「李義山草進劍表」。令狐公曰：「今日不暇多云，信口占之。」舊書憲宗紀，裴度充淮西宣慰處置使，上御通化門勞遣之，賜之犀帶，而趙璘以爲玉帶，或更賜玉帶乎？然裴相薨時，不可合也。令狐將薨，商隱已馳至興元，或更有斯事歟？今考裴相赴彰義時，賜通天御帶，而賜玉帶無考。史傳言晉公遺表未成。通鑑云：文宗怪度無遺表，問其家，得半藁，以儲嗣未定爲憂，言不及私，則似未遑他及。然令狐事亦不符，而趙璘爲大中時人，較可信耳。按：逸句不能徧搜，俟續得再補。

西清詩話：義山雜纂，品目數十，蓋以文滑稽者。其一曰殺風景，謂清泉濯足，花上曬褌，背山起樓，燒琴煮鶴，對花啜茶，松下喝道。晏元獻罷相守潁，以惠山泉烹日注，賦詩曰：「未向人間殺風景，更持醪醑醉花前。」王荊公居金陵，蔣大漕夜謁公于蔣山，騶唱甚都，公取「松下喝道」語作詩戲之云：但怪傳呼殺風景，豈知禪客夜相投？自此殺風景之語，頗著于世。按：説郛載雜纂一卷，爲類四十一，所云殺風景者，與此有異同也。余初擬刊文集之後，但其他可采用者甚少，而措語皆不雅馴，故不足附。

史容黄山谷外集詩註次韻答柳通叟求田問舍之詩：蛾眉見妬且障羞。註引李義山美人賦：枕有光而照淚，屏無影而障羞。按：史容南宋時人，其所引必可據，故爲補入。辛亥春正。

按：偶檢佩文韻府一東「馮」字韻，李商隱上河東公啓，棠猶念召，郲尚思馮。按袁宏後漢紀，馮魴拜郲令，郲賊圍縣舍，魴力戰，光武嘉之曰：「此健令也。」又「窺」字韻，李商隱啓，竊仰洪鈞，來窺皎鏡。又「豹」字韻引李商隱文，學殊半豹，技愧全牛。愚以輯佩文韻府時，必徧徵古籍，今此註本既不得，在京都見永樂大典，復不能取佩文韻府，字字搜尋。甚矣，老病里居之可歎也。志其三字，以嗚歎懷。